献礼中华人民共和国成立70周年

共和国国情报告

大河上下

—— 黄河的命运

DA HE SHANGXIA

HUANG HE DE MINGYUN

陈启文 ◎ 著

时代出版传媒股份有限公司
安徽文艺出版社

图书在版编目（CIP）数据

大河上下：黄河的命运/陈启文著. —合肥：安徽文艺出版社，2019.9
（共和国国情报告）
ISBN 978-7-5396-6566-5

Ⅰ．①大… Ⅱ．①陈… Ⅲ．①报告文学－中国－当代 Ⅳ．①I25

中国版本图书馆 CIP 数据核字(2019)第 020010 号

出 版 人：段晓静		选题策划：岑　杰	
丛书统筹：岑　杰　韩　露		校对统筹：段　婧	
责任编辑：岑　杰　胡　莉		装帧设计：丁　明　褚　琦	

出版发行：时代出版传媒股份有限公司　www.press-mart.com
　　　　　安徽文艺出版社　www.awpub.com
地　　址：合肥市翡翠路 1118 号　邮政编码：230071
营 销 部：(0551)63533889
印　　制：安徽新华印刷股份有限公司　(0551)65859551

开本：787×1092　1/16　印张：30.5　字数：425 千字
版次：2019 年 9 月第 1 版　2019 年 9 月第 1 次印刷
定价：68.00 元

（如发现印装质量问题，影响阅读，请与出版社联系调换）
版权所有，侵权必究

目　录

总序　为天地立心，为生民立命（李炳银）／001

引言／001

上篇　从憧憬到抵达

第一章　忧患之源／003
　　一、宿命的追寻／003
　　二、逆着时光的背影／008
　　三、看不见的黄河／023
　　四、世间最纯净的诞生／030
　　五、失血的源头／041

第二章　玛多，一个人的记忆／051
　　一、一个人的出现／051
　　二、那股骨子里的韧劲／058
　　三、在人类生存的极限下／064
　　四、时空中的一个坐标／071

第三章　在历史的分水岭上 / 077
　　一、一段漫长的过渡 / 077
　　二、在历史的分水岭上 / 081
　　三、如果这就是命运 / 085
　　四、一道天然的分界线 / 090

第四章　谁能改写历史 / 095
　　一、没有白来刘家峡 / 095
　　二、万里黄河第一城 / 109
　　三、谁能改写历史 / 115

第五章　大河套 / 125
　　一、大柳树之梦 / 126
　　二、塞上江南 / 131
　　三、只有深入，才会看见真相 / 138
　　四、从三盛公到乌梁素海 / 144
　　五、欲渡黄河冰塞川 / 156

中篇　由远及近的黄河

第六章　黄河的命运 / 167
　　一、穿越晋陕大峡谷 / 167
　　二、一个不同凡响的高潮 / 173
　　三、咆哮万里触龙门 / 177

第七章　迂回与进入 / 184
　　一、传说中的延河 / 185

二、从宝塔山到南泥湾 / 191
　　三、迂回与进入 / 196

第八章　八百里秦川 / 205
　　一、山河表里潼关路 / 205
　　二、八百里秦川 / 208
　　三、当黄河遭遇渭河 / 217

第九章　历史选择了三门峡 / 221
　　一、历史选择了三门峡 / 221
　　二、近乎完美的设计意图 / 225
　　三、如果真理再往前走一小步 / 229
　　四、重新审视三门峡 / 241

第十章　绝地上的诞生 / 248
　　一、黄河的命门 / 248
　　二、小浪底不是三门峡 / 256
　　三、不只是完美的假定 / 269
　　四、一个令人发疯的科学神话 / 272
　　五、假如没有小浪底 / 282

下篇　当黄河成为一个悬念

第十一章　当黄河成为一个悬念 / 293
　　一、从孟津到桃花峪 / 293
　　二、谁能堵住黄河 / 302
　　三、花园口，被淹没的记忆 / 317

第十二章　共和国的大堤 / 325
　　一、当守望变成远眺 / 326
　　二、曾经沧海难为水 / 335
　　三、共和国的大堤不会倒 / 342
　　四、从将军坝出发 / 354
　　五、问水开封 / 366
　　六、东坝头,或铜瓦厢 / 374

第十三章　黄河滩 / 378
　　一、一场不该发生的灾难 / 378
　　二、荒谬的存在,尴尬的生存 / 386
　　三、滩区人,路在何方 / 397

第十四章　渐行渐远的长河 / 402
　　一、追寻梁山水泊 / 402
　　二、大汶河倒叙 / 412
　　三、从艾山卡口到泺口险工 / 418

第十五章　黄河入海流 / 422
　　一、黄河口 / 422
　　二、久仰了,打鱼张 / 426
　　三、黄河欲尽天苍黄 / 434
　　四、黄河入海流 / 438

主要参考文献 / 444
后记 / 446

总序

为天地立心，为生民立命

李炳银

真正的文学具有一种宽广的社会关怀。陈启文是个有很好的小说创作经历的作家，用他自己的话说，是一位"职业虚构者"。自2008年以来，陈启文在年过不惑、走向知天命之际，越来越觉得"还有比写小说更重要的事情要做"。他投入大量精力采写了"共和国国情报告"系列报告文学，相继推出了《南方冰雪报告》《共和国粮食报告》《命脉——中国水利调查》《大河上下——黄河的命运》《袁隆平的世界》五部大型报告文学，这些选题也确实反映了中国社会的最基本国情。在我们大力推进现代化的今天，如何认识和解决好这一系列基本问题，仍然是当下以及未来极其重要的课题。在这些方面，"共和国国情报告"为我们提供了难得的启示。陈启文也因此被报告文学界视为从虚构类写作向非虚构类写作转型的代表性作家、当代报告文学界"知识分子写作"的代表性作家。

我一直在思索，什么是知识分子？知识分子只有通过自己的思想和作品，影响到他人，影响到社会，起到很好的导向作用，他的知识才会变得更有价值，否则拥有知识有什么用？鲁迅先生为什么是真正的知识分子？就是因为他通过他的作品，影响了那个时代，影响了我们的民族。报告文学不同于小说、散文、诗歌，它是一个作家、一个知识分子的社会责任和人文情怀的表达，通过这种表达，它能使你的思考变得更有价值、更有力度。陈启文尝谓，这样的写作，于他"别无选择"，是"现实的逼迫"让他的文学写作由小说转变为深入真实、真相的报告文学。他的五部报告文学都一以贯之地体现了这样的情形。而正是在这样的写作中，作者通过"真诚的精神参与、深刻的生命体验，把现实的真实揭示到本质的程度，表现出一个知识分子的个性观察、判断、思辨和'为天地立心,为生民立命'的传统士人精神",同时也让自己的作品为文学与作家找回了尊严和价值。这种以文学的调查、思考担当民族、国家未来责任的情怀,是一种信仰忠诚的表现,它使很多身处现世却对民族大义、民生安危置若罔闻,终日流于搞笑弄怪的表演和写作行为失去了分量。

文学家唯有"采铜于山",方可有面真、明道、救世的作为。陈启文对报告文学的理解和创作实践,突出地见证和表现了报告文学的文体价值与个性力量,为报告文学创作树立了很好的榜样。他的报告文学作品,多是激情和沉思的一种文学表达。他在对真实的对象做文学艺术化表达方面,能力突出。在面对严酷的事实真相和很多冷峻局面的时候,他总是会将个人的痛苦面对和民族、国家的未来结合起来思考,在一种包含了家国情怀的目标追求中展开自己激情的倾诉,使得高尚、伟大、辉煌和丑陋、患难、危机等很多丰富的对象内容有了精彩动人的呈现。阔大的视野和仔细求真的追问,以及精到的文学语言描绘,时常感染人,使人放弃世俗的计较而伴随他的思考与忧患行走。

陈启文是一个具有把握大题材的能力并擅长大叙事的人。在如今这个浮躁和有着太多功利的社会环境里,像陈启文这样可以用很多年的时间、精力认真地进行一次次真实的文学考察、表达的作家已经十分少见,这样的写作态度和精神,格外地值得提倡和赞扬。作为一名优秀的作家,其创作实力、创作成就和创作态度,很令人钦佩,这也是决定"共和国国情报告"成功的关键因素。这一系列报告文学,在内容的深厚丰盈和文学真实的艺术表达方面,都是别人不易比肩的扛鼎之作。

一

2008年年初发生于中国南方的严重冰雪灾难,曾经严重地拨动了国人的心弦。可是,谁又能够想到,在冰雪消融,灾难过去之后,当人们还未能对这样的灾难进行很好的总结的时候,"5·12"汶川特大地震又发生了,一场更加巨大的灾难降临到中国人民的头上。因为眼前现实的关注和迫切的救灾行为,再加上紧接着的北京奥运会,人们就在不经意间忽略了南方冰雪灾害的经历,自然也对像陈启文《南方冰雪报告》这样的作品有些忽略,以致它在出版之后很长一段时间里,并没有引起人们的充分关注。但是,是星星自会闪烁,是珍珠自会有人珍藏。

陈启文的长篇报告文学《南方冰雪报告》,无论是从题材对象,还是作家表达的鲜明个性特点等方面看,都是应当给予充分关切的优秀文学著作。在我们现实的文学历史上,表现灾难的文学作品并不少,但是,在我有限的阅读范围内,《南方冰雪报告》无疑是极少数接近成功的作品之一。

在每一次大的自然灾难发生之后,总会有一些面对这些灾难的作品诞生,如当年的大兴安岭森林大火、1998年的大洪水、2003年的"非典",以及2008年的冰雪和特大地震。但是,不可否认的是,在这些已经发表、出版的大量相关报告文学作品中,真正可以视为成功、优秀的作品极少。这些作品大都是一些对直观现象的新闻描述,很少有独特的发现、感悟和反思,粗略直白。在新闻传媒大量直接画面的报道之后,这些在时间上已经失去了优势的文字内容,就显得非常苍白无力、单薄索然。所以,如何面对和表现灾难的题材对象,一直是文学,特别是报告文学界人们努力研究的问题。

在仔细地阅读了陈启文的这部《南方冰雪报告》之后,我感到了不少的满足。可以说,这部作品,对于人们如何面对和写作灾难题材,做出了非常成功和有益的探索,具有很明显的超越价值。认真地检视这部作品的成功经验,不仅对于很好地认识这部作品本身很有作用,对于同类文体、题材的创作也会有积极的意义。

首先,我认为,陈启文的成功在于他采取了真正使自己"深陷"的采访方式。陈启文是在冰雪灾难过后开始这次创作的,这既使他有失去现场观察感受的遗憾,但又使他可以在自由从容的状态下去寻找接近和理解灾难的机会。我们赞成作家在事发之后及时抵达现场,但单纯地抵达并不能够代替成功,报告文学创作毕竟不同于新闻写作,在和新闻竞争时效的时候,失意的往往是报告文学。在没有了新闻的现场感之后,文学依然是可以超越直观景象而抵达人的精神、情感、生理和理性的灾难现场的。而这也正是报告文学可以发挥自己的优势,在更加独立、个性和深刻等方面填补新闻空白、实现自我的很好机会。

在一个人背着简单的行囊,孤独地沿着曾经的严重灾难发生地京广铁路线、京珠高速公路和偏僻山岭间的高压输电线路行进,"深陷"曾经的灾害真实现场之后,陈启文就可以通过他特地或随意接触到的司机、警察、电工、农民、士兵、干部或是老人、孩子的灾难经历,复原灾难的严重情景,在很多人经历感受的细部,将灾难不带任何功利地表现得具体而真实,给予文学的形象记忆。像司机们长时间被堵在路上的焦急不安,像一位农民全力救助被堵旅客的动人情景,像很多电力工人舍生维修电路的艰难情景,像从总理到基层各级官员在灾难中的岗位责任,像在灾难中很多人道德品行的不同呈现,等等,都在作家真实、细腻的故事描述中得到了形象再现。如果只是走马观花地走一趟,只靠看材料、听介绍来获得信息,作家就很难有这样接近生活本原的认识和感受。所以,这真正"深陷"的采访,为陈启文的成功奠定了最为坚实的基础。因此,在任何的灾难题材面前,作家是否有过这种真正"深陷"的采访,将在很大的程度上决定作品的成败。这对于报告文学创作是具有根本意义和作用的。

但是,报告文学写作虽然要求作家尽可能客观真实地描述事实的本来面貌和它本身包含的社会人生等内容,可是,报告文学绝不是纯粹的事实记录,不是流水账式的原始再现。报告文学是一种作家个人在接近题材对象之后的文学报告,作家在自己的写作中应当拥有充分的独立和自由。不是为了什么宣传,不是为了表功,不是简单地记事,而是要通过真实客观的事实描述,表达作家的真实感受和理性见识。很多的报告文学作家总是在这个关键的地方迷失,在不经意间放弃了自己的文学权利,将自己的写作纳入了非自己和非文学的轨道。陈启文的《南方冰雪报告》,题目非常朴素平直,可是,你在进入他的叙事之后就会发现,这完全是一种在个人的眼光发现、情感感受、理性思考等独立运行下的叙事。他随意地捕捉采访对象,可是毫不浮泛潦草。他的目的既是描述最本真的冰雪灾害情景,也是个性地追踪不同的人、不同的生命在这场灾害中的特殊表现。他既真实地表现了人的无奈,同时也很真实地表现了人的脆弱、坚强和伟大。所以,他在灾害和人之间实现了沟通,也就在这样的沟通中将灾害和人的表现描述得非常充分。在这里,冰雪灾害不再是个概念,而是与很多人的吃、住、行甚至生命、情感和道德精神紧密地联系在一起。灾难事实性地成为人们生活中的一种特殊的现场。

十分明显的特点还在于,作家在整个叙述中,没有像有些人那样简单地诅咒、抱怨灾难,而是理性甚至是哲学地给灾难以科学和深刻的理解,有些文字,几乎是可以当作警句来读的。作家指出灾难之所以发生的正常和特殊性,提醒人们科学的自然灾难观念和应对灾难的平常心态。我很乐意地说,陈启文的《南方冰雪报告》,是在这次灾难的叙述平台上,向人们自然和科学地宣示自然灾难的不可避免和科学的自然观的作品。这些地方很好地表现了陈启文的文化素养和学识深度,也构成了他这部长篇报告文学鲜明的理性色彩。

在他不管是被动还是主动地接受了这次报告文学的写作任务之后,我从他执着、积极的努力中感受到了他的认真态度。但在文学表达的特点方面,最能够体现陈启文个性的还是他的语言风格。这是一部真正跳出了新闻报道、英雄事迹报告的泛常表现的报告文学。作品非常成功地用丰富、形象的灾难生活现场和人物生死命运故事表现了灾难和灾难中的人,许多地方,其真实、生动、形象的描写,完全不让虚构的小说。如描述爬上输电铁塔,经受长时间冻饿及排泄艰难情形的文字,读来就非常令人震惊和感慨。作者的语言平实、准确、简练却富有很强的表现力,时常能够抵达人的深层感受和事物的本质。例如写到烈士罗海文最后牺牲时的情形,这个平时非常注意安全保护的人,最后却在他自己无法把握的时候丢掉了性命。在工友们将他从折断的铁塔上解救下来的时候,他已经接近昏迷,浑身冰冷。工友们一个接一个敞开胸怀,希望用自己的体温温暖、救治他即将冰冷的心。可是,他还是无奈地走了。这种饱含着人的生死命运的生动故事描写,使得作品充满了生命和人性的丰富内容,文字语言也达到了震撼人心的地步。

陈启文长于在看似细小但其实具有丰富意蕴的地方渲染和发挥,结果以小见大,展示出深刻的思想和情感精神高度。这些明显得益于他小说表现的经验,可这又是我们不少多年从事报告文学写作的作家所欠缺的。

报告文学是一种在现实社会生活的地面上运行的文学。优秀的报告文学作品,可以改变人们的社会感受和判断。认真从事报告文学创作的人,也会在报告文学的创作中改变自己的社会生活观念和行为方式。

我很高兴地看到,陈启文的这次报告文学写作经历,使他感到"在灾难中如何建立健全的人格与正义理性……比浪漫主义的英雄故事更有价值"。他坦言:"我想要特别强调的,是每一个公民的行动能力,尤其是那些早已安于坐而论道的知识分子的行动能力。如何恢复人在灾难抗争中的主体地位,如何做一个合格的公民,每个人都有自己不可逃避的现实责任,都必须去承担自己理应承担的角色。而正是通过这样一场大雪灾,无数人重新找回了强烈的参与意识和行动能力,强化了对公共事务的关注程度和热情,包括我自己。"陈启文在已经有自己的小说写作计划的时候,在半犹豫间接受了这次报告文学写作任务,结果,在成功地完成报告文学写作的同时,对自己的社会生活观念也有了明显的修正,这样的现象真令人高兴。相信陈启文的这种修正,会对不少自觉脱离现实社会关注和告别自己应有的社会行动能力的人有所触动。报告文学是比较直接塑造社会和人的社会存在、精神行为的文学,在真正的报告文学写作中,作家获得的往往并不单是文学的成果。我很乐意呼吁,有更多从事文学写作的人,更多有志于塑造现实的社会和自己的精神人格、行动作为的知识分子,积极地参与到报告文学的创作中来!

二

继《南方冰雪报告》之后,陈启文又于2009年采写了长篇报告文学《共和国粮食报告》。当时,中国北方正遭遇罕见的干旱,而一场半个多世纪以来的全球粮食危机,如同无声的海啸,已经波及世界上七十多个国家。在我们这个地球村,还有六分之一的人处于饥饿状态,每天都有数以万计的人在地球的某一个角落倒毙。就在这样的背景、这样的气氛下,陈启文怀着强烈的担当精神和使命意识出发了。他跑了二十多个省区的主要粮食产地,以一个农民后代的姿态去追溯中国六十年的粮食之路,对于他,"这是一次用粮食记录生命的历程,也是用粮食回溯历史的历程",而其目的是以粮食问题为载体,书写一个大国的公共记忆。

粮食安全关乎国家战略和人民生计,人间食粮,是一个世界性、历史性和人类性的永恒主题。从生命的本质意义看,粮为万物之首,民以食为天,粮食承载着生命生生不息的繁衍,是世界上最大的人权。从时空看,粮食几乎承载了人类所有的历史,甚至就是世界的总和。追溯中国历史,五千年漫长的农耕文明绵延深厚的土地,却从未长出让中华民族吃饱肚子的庄稼。中国历代农民起义和王朝更迭,大都与天下饥荒有关。当下,"吃饭"问题仍是全世界的"第一件大事"。在全球每六人还有一人在挨饿的今天,在全世界人口最多的中国,人们能丰衣足食,绝对贫困人口越来越少,可以说,这是新中国成立六十年最引人注目也最令人引为自豪的变化。《共和国粮食报告》适时反映了这一问题,以敏锐的目光、强烈的担当精神与问题意识,反思现实,追问历史,从不同的角度切入历史与现实。尤其是在粮食危机成为世界头号问题的今天,在西方学者提出"谁能养活中国"的当下,作者抓住共和国六十年间那些具有节点意义的历史事件,通过一些重要篇章抵达现场,揭示历史,从废除半封建半殖民地土地所有制的"开国大土改"开始,历经农村合作化、"大跃进"、三年困难时期、农业学大寨、开发北大荒、联产承包责任制、农民进城、杂交水稻奇迹、土地撂荒流转和集约化经营等,梳理编织成一部共和国粮食简史。

作品记录辉煌,也不刻意回避历史的曲折。在每一个关键节点上,作者都是从追问开始追寻真相,坚持独立调查,恪守历史唯物主义和实事求是的原则,客观公正地书写历史。新中国一直把粮食放在农业生产的纲要位置,而粮食与土地直接有关。作品解析地权的变化,从"打土豪,分田地",到农民分得了田地之后,从自耕农到合作社、人民公社,直至实行联产承包责任制,重新让农民有了土地经营权,而今长期不变的联产承包责任制和中央关于农村土地流转的相关政策的出台,又构成了新时期农村土地权属改革的新天地。可以说,纵观中国历史,还没有哪一个朝代像今天一样能迅速适应生产力变化的要求,在短期内对土地权属做出这样与时俱进的调整。再比如说土地上种出的粮食,以稻米为例,先是传统的本地品种,再是引进的良种高秆,之后是高秆换矮秆,矮秆改杂交,杂交改超级稻,而今,超级稻又面临着更大更新的科技革命,这些过程和结果,形成了多少可歌可泣的故事啊!这些,《共和国粮食报告》都有涉及,而且写得细致入微。从大体上看,共和国曾创造了新中国成立初期和国民经济调整时期这两段流金岁月,但由于人所共知的原因,三十年里,也有历史无法遮蔽的那些让我们曾经极其痛苦、极其迷茫的困境。峰回路转,在共和国历史进入又一个三十年后,经历了十年动乱的中国终于回归正常社会,从解冻到复苏,从真挚地迎来温饱到自信而且坚定地迈步走向小康,中国以连年的粮食增产再造着东方文明的光荣,整个世界都看到了一个奇迹——拥有十三亿多人口的中国,用仅占世界百分之九左右的耕地,养活了占世界六分之一左右的人口。居安思危,今天,在金融海啸爆发的同时也爆发了世界性的粮食海啸,中国的粮食现状如何?中国人在21世纪能不能养活自己?如何构筑起中国粮食安全岛?

把粮食置于天、地、人、时交织的立体系统,作者采取在时空中多重穿插的方式,以充满激情又富于理性的叙述,力图从不同的侧面将中国粮食的历史、现状和未来呈现出来,力图为六十年来的中国粮食之路留下一部有血有肉的形象史。作者秉持对历史、时代和未来,对国家、民族和大众负责的态度,将粮食问题置于几千年文明史的大背景下和当今变动不居的国际局势中来思考,将粮食提高到关系国家安全、民族命运、人民福祉的战略高度来思考,为当下报告文学如何更好地干预现实、参与生活提供了有益的借鉴。被誉为"中国第一部全景式展现六十年来的中国粮食之路的长篇报告文学",也是"中国第一部以报告文学体裁诠释中国粮食问题的最完整读本",《共和国粮食报告》当之无愧。

粮食是主题,但历史的主体终归是人——现实的活生生的人。

三

水是人类和神灵的血脉，是生命存在的基本要素。当太阳高升过头顶，陈启文先生以一己之力，循着历史和现实的因子，循着黄河、长江、淮河、海河、大运河等以及白山黑水间的沟沟壑壑，循着北回归线上的中国大地，全方位关注中国七大水系严峻的水危机形态，历经艰难，苦行数年，独立调查，研究水利之利弊，忧焚在胸，用如椽巨笔全景实录中国江河。《命脉——中国水利调查》有着理性的评判精神和富有雄心的高贵的文学品质，是近年来极其卓越的报告文学作品之一。

陈启文历时数年，分别沿着黄河、长江、淮河、海河、辽河、大运河、松花江、珠江等中国的江河上下考察采访，其用时用力用心的情形前所未见，非常令人感动和钦敬。中国的治水历史，或许有流域史、地方史、工程史、灾难史等，但是我相信，未曾有过这样全面地对中国主要江河做实际考察、审视的文学报告史。所以，这部几乎融汇了中国主要江河历史和现实丰富变迁内容的报告文学，是截至目前唯一的"中国水利调查"，得来非常不易，具有重要而特殊的价值。

陈启文将自己对中国水利调查的作品命名为"命脉"，这是有其个性思考和追求的表达，同时也道出作者自己不辞坎坷辛劳和艰险来进行这样一种调查的用心及目的。在作品的"绪言"里，开篇就写道："水是人类最早认识的元素之一，看似寻常，又非同寻常。在人类诞生之前水就诞生了，没有水，也就没有人类，没有一切生命。"但是，水有利害，面对水之利害，人们也必须有趋避的活动。而治水，历来就是人们努力趋利避害的结果。中国的文化历史记忆，很多都同人与水的相互关系紧密联系。陈启文正是基于水的这种根本、关键作用，特别是现实中中国人与水的尖锐矛盾关系才走近水，走近中国这么多的江河两岸的。水的汇流成就了江河，而江河里水的数量和质量却时时关乎人的生活和生命。从这样的视角看，陈启文对现今中国江河水利的调查，并不是简单的对中国水利史的调查，其实是对现实中中国人与水相关的生活命运、环境状况的调查,其行也伟,其心也善,其情也诚。

　　已经有很多书写黄河、长江等河流的壮伟灿烂历史的文章了。陈启文在追溯这些江河源流的时候,自然也免不了对泉流成河而不断地汇流起来的情势感到惊讶并加以赞美,可他似乎更加关注中国的每一条江河从开始到最后千回百转地流入大海的经历、命运,在访水的过程中,对人们在与水的相互作用过程中的得失给予认真科学的辨析,从而真实和客观地呈现出中国水资源和治水的纷繁状况。《命脉——中国水利调查》,涉及中国历史上的治水英雄如大禹和后来的都江堰分流工程,灵渠开凿沟通湘江、漓江,大运河通航南北中国,直到现今的三门峡、小浪底、长江三峡等等人工水利建设工程,涉及历史上各大河流的历史灾难表现及各个相关的人物故事。其史志价值和非常丰富的地理文化知识与人文历史故事内容,如同潮涌般地涌流到阅读者的面前,使人欲罢不能,使人在阅读中不断地眼界开阔、思考深入和忧患沉重起来。

　　面对中国的各大江河,原本我们应该为这些滋养和长久浇灌着中国人生命繁衍与文化成长的对象,唱一曲深情和感谢的歌谣;可是,当陈启文用他现场的考察告诉我们,黄河水量日渐减少,人力干预效果乏力,水质恶化,断流危机未消,华北平原因缺水沉降面积达 6 万平方公里,天津市区下沉 2 米以上,北京成为严重缺水的城市,上海因为长江、黄浦江的水质恶化,守着长江口,"到处是水,可不能用",湘江不断瘦弱、被污染,长江航运不畅,海河水系的河流基本上都是干枯的,水源环境几乎崩溃,流经北京的永定河已经成了"死亡的样本",淮河三分之二的河段失去使用价值,大运河几乎接近一条臭水沟,是中国污染最严重的河流,东北的辽河、松花江、嫩江等水源不足,时有灾难发生并伴有污染等惊心动魄的事实时,人们还能够开启自己的歌喉,献出深情的赞美歌唱吗!当对水利的调查无形地转变为对水资源、水质的调查,而且一个个人们不愿看见的危机事实被呈现出来的时候,人们也许才会明白陈启文将自己的作品命名为"命脉"的缘由。所以,这是在现实的立场上对中国人生命和文化经济发展命脉的关注、考察,是通过对水资源环境的审视,思考现实的中国命运前途的忧患书写。

《命脉——中国水利调查》内容丰富、厚重,已经可以见出作者对于此次写作的投入和用心程度。但是,最让人钦佩和感动的是,陈启文以自己的中国水利调查为对象,对现实中国水资源、水质量和利用过程中所存在的严重危机的面对和忧患。

《命脉——中国水利调查》涉及对象浩繁,但作者将每一次的流域考察作为一种精神文化感受和文学的体验旅行,虽然历尽艰难,但矢志不改。作者在各自不同的表现和感受中将水与人、水与历史和现实的地理文化内容关系结合起来,将自己对水的认识高度同人类社会、国家民族的生死存亡利害关系紧密联系,在一个更加深远宽阔的视角观察中强调和突出了水的作用及价值,显示出水的"命脉"关键性。因之,这样的文学书写,是以真挚的个人情怀对中国前景命运的承当,其价值又非简单的文学写作可以概括、拘囿。

我以真诚赌明天,陈启文的心声能够唤醒那些在水危机面前依然麻木的人们。这是最值得期待的!

四

黄河,这条大约在160万年前逐渐生成的河流,自青藏高原起步,经黄土高原、华北平原、山东平原一路弯转向东,最终汇入大海。黄河流经中国九省区,流域面积约75万平方公里,流域人口约1.7亿。这条中国第二、世界第五的大河,其流域历史,与我们中华文化、中华民族的历史以及发展、沿革有着密不可分的关系。也许正是因为黄河,中华民族的文化、历史才得以孕育和生成。所以,要理解中华文化和历史,不了解黄河不行。黄河像一条纽带,把我们的昨天、今天甚至未来紧紧联系在一起。认识黄河的历史,认识黄河的文化,认识它的自然环境、人文环境,认识黄河曾经造成的危害和不断被治理的过程,了解黄河的故事以及各种与我们的国家、人民的命运纠结发展的成败经验,是了解中国文化、历史和国家命运、性格的重要途径。

正因如此，面对黄河一直是一件非常庄重、严肃的事情，而书写黄河，就更是一种需要责任担当和真诚情感及才学能力的活动。令人颇感高兴的是，如今我们收获了陈启文的长篇报告文学《大河上下——黄河的命运》，因此，我们的书写有了很丰富的非凡意义。不仅中国的读者需要认真地看这部书，外国的读者想了解中国更需要看。这种对黄河带有精彩传记性的书写，为人们提供了一个非常有价值的文本。此前，曾经有过从不同的角度接近黄河的作品，但是，大多因为专业或局部等原因，而难以在整体上全景式地给黄河一个全面的关注。而陈启文的《大河上下——黄河的命运》却是努力在从整体、从历史到现实的深入穿越与必要的横向联系过程中，对黄河的自然发展和人文更新的全面调查与描绘。所以，这部作品，在我看来，是迄今为止最好的一部真实的、有关黄河的故事命运的传记，它有充足的理由走向广大的读者，走向世界。

为了写这部书，陈启文用几年的时间，经历风雨，经历高寒炎热，从黄河的源头沿河而下直到入海口，源头的高寒缺氧和田野调查路上的各种艰险令他记忆深刻。他用一颗赤诚之心去观察、感受、理解黄河的历史与中华文化、中华民族起伏命运的融合、冲突、纠缠，文化、文学地叙述了长期以来治黄的成败得失等。《大河上下——黄河的命运》是对黄河自然呈现状貌和人为塑造的真实记述，既写了黄河上的大工程，也写了黄河沿岸普通人的命运，黄河的命运和我们国家、民族的命运紧密相连，内容相当丰富。像书中描绘长久而艰难地在青藏高原玛多县黄河第一水文站检测水情的谢会贵的人生事业和命运情形，像描绘刘家峡水利枢纽工程复杂怪异的修建过程，以及像孟朝云这样为工程献出了丈夫、儿子的生命，如今却生活十分艰难的人的生活情景等，像叙述三门峡水利工程的失败而小浪底水利枢纽工程的科学成功，像一生心常系黄河的毛泽东、现代史上的水利专家李仪祉和将自己的生命几乎全部投入黄河治理的王化云、林秀山等人的生命内容等，都因为融入了十分丰富的有关自然、政治、科学、管理、人生等丰富人文历史而显得丰厚和灵动。这些以个人行走的方式直接进行现场调查、观察、感受而获得的大量资料信息，在得到国家水利部的大力支持后，使得作家有一种背靠大山看云卷云舒的从容和清晰发现,完全不同于那些单纯以行走为主要目的,向人们提供一些旅途见闻式的零碎感知消息的写作。陈启文的作品,是读万卷书、行万里路的发现、研究、感知和归纳的结晶,在我看来,是目前写黄河、认识黄河、理解黄河最全面深入、最深刻坚实的一部作品,不仅有精彩故事,更有独到的见解。它既是一部历史的书、文化的书,又是一部不可多得的文学的书、好读的书。

作者用写实的形式,以黄河的流径为线索,从源头到入海口,将历史和现实的丰富内容贯串到一起,在河流不断延伸的同时,适当地停留、徘徊,在其沿岸如陕西关中、河套地区、晋陕峡谷、汾河两岸、中原地区、河口地区等看中华历史文化的繁衍变化;调查黄土高原和很多支流如洮河、延河、渭河、汾河等河流对黄河的不断塑造、改变,非常具有自然追踪的系统性和文化考察的独特性。在充分的事实把握和信息搜集的基础上,作者很多的理性思辨表达具有震撼的力量。这是真实、富有激情地解读黄河的呕心沥血之作,明显是用力、用心、用情、用才的行走写作。黄土,黄河,黄种人,是一种自然和种族的命运交集,也是一种大自然与中华民族相遇共进的历史表现。黄河的历史复杂又曲折,反映了中国文化历史和现实精神情感在克服艰难中不断走向新生的过程。正是在这个坚实的基础上,《大河上下——黄河的命运》有种非常宏大厚重、丰富灵动的命运感,具有引人入胜的阅读诱惑力,让人走近它并被它震撼,受益多多。

黄河是一个用再多浩繁的书写都难以穷尽的对象。但是,这并不说明人们在黄河面前就无法系统、个性和成功地表达。陈启文的《大河上下——黄河的命运》,从黄河奔流自然沿革和人类为发展自己而努力对其进行治理的痕迹着眼,事实上就像牵住了黄河的牛鼻子,使很多看似紊乱的历史文化和自然传说故事有了一个相对完整而清晰的框架,具有了分段、分部、分点表达,最后形成合力交响的可能。这部作品结构大气宏伟,严谨有序,叙述又将河、事、人、文等有机地融合交叉进行,语言精练富有节奏,细节捕捉敏锐生动,是一部精神情感非常浓郁的有关黄河的命运诉说和动情表达的文学作品,特别是具有较高的历史全局视点和眼光,对不少重大事件如"大跃进"运动、对不少黄河上的水利工程、对沿黄自然生态的历史现实状态等的认识、评判,具有气魄和见识,颇有启发力量。

五

袁隆平是享誉国内外的著名人物,多少年来,有关他和他亲自主持研究并不断获取成功的杂交水稻的各种消息,"汗牛充栋",有关袁隆平个人的访谈记述也非常多。在这样的时候,再来面对袁隆平和他的人生事业、精神情感世界,是需要勇气和力量的。即使像陈启文这样已经具有丰富的报告文学创作实践经验的作家,也感到"这是一次难度极大的写作"。但是,陈启文最后还是接受邀请承担了这次写作任务,这就使我们更加有了一种认真的期待。

虽然袁隆平和杂交水稻研究团队的各种社会、科学的活动仍然在不断地释放着新的消息,可在不少人的感觉中,这些似乎已经不是新鲜的话题了。这种好像熟悉的陌生对象存在,是一种带有某些疲劳接受成分的表现。可是,此前很多看似丰富多样的传递,既没有真实充分地呈现袁隆平和杂交水稻的内在情形,也未能准确深入地解析围绕袁隆平和杂交水稻而存在的一些误解及偏颇的意见等。因此,对于像中国袁隆平和杂交水稻科学研究这样的国际高端话题对象,非常需要一部真实深入地追溯、还原其原本面貌内容的作品,需要一部不是消息性地传递或停留于传奇模范人物层面上的表达,而是在社会人生和内在科学学理深度上做生动叙述,才足以与这个重大浑厚题材对象相匹配的壮伟的作品。很高兴,如今我们看到了陈启文的《袁隆平的世界》,这样一部深入参透一颗伟大头脑和心灵及神奇稻种的非凡作品,终于使我对这个题材的报告文学写作的殷切期待得到了满足。

《袁隆平的世界》在现实观察采访和仔细地进行历史事实的回溯叙述中,真实和简洁地还原了袁隆平作为一个中国社会人,在截至《袁隆平的世界》创作之时八十七岁的人生岁月中所经历的复杂生活感受和艰辛事业道路。他虽然出身于一个并非底层的普通的家庭,可因遭遇军阀混战和日本侵略中国的战乱而经历颠沛流离的生活。虽然说他最初将学习农学作为"第一志愿",是因为儿时参观一个资本家的园艺场,留下太美好的印象,但坚定他在这条道路上一直坚韧不拔地走下来的内动力却是"吃饭是第一件大事,没有农民种田,就不能生存"这样稚性简单却也深刻的认识和后来多年经历与看到的严重饥饿情景,还由于自小母亲希望并要求他"博爱、诚实"的教育,由于抗日战争在他心里树起的"要想不受别人欺侮,我们中国必须强大起来"及"让中国人把饭碗牢牢地端在自己手里"等信念及目标追求等。袁隆平一生为追求稻谷新品种而在漫长、艰苦卓绝和困难重重的道路上攀登,写下了从湘西雪峰山开始到走向世界的崎岖艰难历程和高伟壮举,也将他的人生信仰、精神情怀世界真实地镌刻在这样的道路上。《袁隆平的世界》在很多地方通过袁隆平的自身经历和人生故事细节,寻找他这些立身之本和精神情感的形成根源,对于我们认识矢志不渝地不惧酷暑如同"刚果布"农民般活动于稻田,难顾家里老小,舍弃自我家庭而奔波于四方,痴迷于杂交水稻研究,不断获得科学新成果,被誉为"杂交水稻之父""米菩萨""现世神农"等的袁隆平提供了非常有力的根据。正是这些真实的社会人生内容,使读者见识了袁隆平独特的人生道路和精神情感世界,感受到他鲜活的形象性格存在和丰富浓厚的内容存在。作品写出了袁隆平"这一个"人的经历、性格、精神情感世界,在真实人物的呈现和文学的表现方面,为历史和现实提供了足以令人感动和记忆的精彩形象,丰富了人们的社会历史信息记忆,也丰富了文学的人物形象塑造。我相信,袁隆平因陈启文的这次真实书写,会同徐迟笔下的陈景润、黄宗英笔下的徐凤翔、理由笔下的林巧稚、赵瑜笔下的马俊仁、何建明笔下的余秋里等不少作家报告文学作品中的真实人物一样,既以自己的人生作为存在于历史,也因作家的文学书写而存在于以后的文学人物队列当中,就如同司马迁的《史记》,记下了很多真实的却又具有非常生动的文学特点的历史人物一样。

袁隆平是因为在杂交水稻的科学研究方面持续推进并不断获得重大成果而存在的一个独特对象。这如今已经是一个世界性的科学现象和科学课题,非常引人关注且影响巨大。可是,在此前的很多消息和文字中,这个对象大多是通过消息发布以劳动模范吃苦耐劳等形象出现于人们面前的。这样的反映和表现，自然也会是一种真实的传达，但是，对于袁隆平这样的带有很强科学性活动成分的对象，显然是不充分深入和未能抵达肌理的表现。这次，陈启文的《袁隆平的世界》，明显是在努力打破这些局限而希望接近完整和通透表达的一种书写。作家没有将文体定位为传记，这就自觉和巧妙地省略了某些虽然真实、重要，与袁隆平的人生事业相比却相对边缘的内容（如他没有过多描述袁隆平多次不被院士评选委员会接纳而引起的个人和社会的纷纭意见等），他将笔墨集中于主人公的精神性格和国家人类情怀、事业方面，始终抓住杂交水稻这个核心主题不放松。在上面论及的真实生动地表现袁隆平社会人生事业曲折情形之外，《袁隆平的世界》最突出和最具个性的是，对袁隆平和他的杂交水稻科学研究的学理起始与复杂艰难的推进超越过程，给予了既符合科学原理的技术性阐述，又简洁生动的文学表达。作品从袁隆平1961年夏天发现特异水稻植株"鹤立鸡群"开始，后经三系法、两系法到超级稻，从超级杂交稻的第一期到第四期目标，从最初的亩产五百多斤，到现在示范田突破平均亩产一千公斤大关，对其间诸多人力的、科学的、自然的、精神情感的等有关学理技术性相互交融缠绕和科学规律逻辑内容，给予了非常现实和认真的追寻解析，可以说是从文学的描述角度，第一次对袁隆平和他的杂交水稻进行了生动的学理表达。有了这些非常富有科学性的内容，袁隆平的人生和事业明显地就有了立体蕴含和丰厚深邃的形象，如同一尊包含凝重的雕像，使人无法同他人混淆而对袁隆平印象深刻。自然，要做到这一点，着实不易。陈启文若不是怀有一定要搞清楚袁隆平的出生年月日，而到北京协和医院问询查档，终于以确凿的证据说明袁隆平于1929年8月13日在北京协和医院由林巧稚大夫接生（这一点连袁隆平自己都一直没有搞清楚）的执着用心和认真写作态度，一个外行是绝难将袁隆平杂交水稻的内在科学性原理阐述清晰的。这不能不使人对陈启文的文学写作态度和执着精神满怀钦佩和敬意！陈启文的笔触，既深入袁隆平的个性、精神、情感世界，也以很大的科学求证态度深入杂交水稻的科学原理层面，从而使自己的作品成功实现了内外兼得、全景透视、全息表达的成功目标。

《袁隆平的世界》还毫不回避地面对了围绕袁隆平和杂交水稻而出现的转基因话题。这种敢于直视现实的勇气和客观的科学面对,就是一种严肃的社会文学写作态度。对于这个问题,各方面的认识、看法、态度很是纷纭,但是,陈启文通过不少当事人的阐释、解读、描绘,使我感觉对此已经不那么盲目和惊恐了。在科学还未能够对转基因这样的对象完全做出解析、回答的时候,不少臆想的危言是需要慎重对待的。

《袁隆平的世界》是一部社会人生信息和科学内容都十分丰富的作品,可是阅读的时候,我感到作家总是言之凿凿,各种内容像流水一般哗哗地涌流。我就想,如此密集的信息内容,陈启文竟能够了然于胸,从容把握表达,还不使读者产生阅读疲累的感觉,那该需要花费多少的采访研读工夫啊!又需要作家花费多少心思架构把握这些烦冗甚至艰涩的内容啊!因此,我对陈启文的严谨写作态度和文学表达才情甚是诚服。我在这里感受到陈启文走向客观真实的独立性格,也在这里清楚地感受到他富有对社会人生以至科学对象进行文学化的生动感知、表达的本领,还在这里感受到文学一旦与伟大崇高和纯洁智慧的人物交融,必然会焕发出超越世俗功利的独有的巨大感染力。这样的作品,无疑会对读者产生很大的降伏力量。

2019 年 7 月,大暑

引　言

一

　　遥想一条万里巨川的诞生,那该是一个庄严而浩大的仪式,自然也是天地造化。但黄河到底是怎样诞生的,又是一个让人类费尽猜测的千古之谜。这一谜团近年来已被中国地理学家揭开了,并且向世人呈现了在地球造山运动中大地重新塑形和黄河逐渐形成的过程。科学的阐释过于深奥,这里我尽可能把它转化为简明扼要的常识。第一阶段(距今三百二十万年至三百万年),在黄河形成之前,青藏高原及甘肃一带为海拔千米以下的"准平原",广布发达的、流向不同的内流水系,这是孕育黄河的子宫。而当时的华北平原还是古海洋,一直漫延到今天的三门峡一带。第二阶段(距今两百四十七万年左右),随着青藏高原持续上升隆起,海拔高度超过2000米,山地起伏增大,纷乱的内流水系逐渐在洼地形成新的湖泊,此时黄河尚处于最初的孕育中。第三阶段(距今一百六十万年左右),这是地质构造巨变期,青藏高原在一次猛烈的抬升运动中,致使其他板块边缘发生褶皱状断裂,形成黄河生成区的阶梯状地貌。

　　最好是去兰州九州台实地查看,那儿离黄河母亲并不太远。那是一座典型的黄土崩阶地,一听名字就能猜测这又是一处与大禹有关的风景。传说大禹导河积石,曾登临此台眺望黄河水情,察看四周地形,并在台上将天下分为九州。按《说文解字》的解释,"水中可居曰州"。从字面上看,"州"字正像河流环绕的高地(山丘)之形。从此,"九州"就成了中国的代名词,而一座黄土崩阶地的一次命名,从此,它也被置于华夏文明的核心。隔河相望,是一座与之相对的皋兰山,既是对峙,也是呼应。皋兰山比九州台还高出60多米(海拔2129米),由此形成两山夹长河的峡谷地貌。这黄土中的陡崖、陡边坡及沟谷两岸直立的深沟峡谷,见证了一条大河以缓慢而持久的冲刷穿越黄土坡的过程。据地质学家勘测,皋兰山北坡仍在隆升,这足以证明让黄河诞生的造山运动还未停止。一直以来,九州台被地理学家认为是黄河最高阶地。但最近,兰州大学地理科学系的学者又在九州台一带新发现一级比九州台还高100米的台地(阶地),这为黄河的生成演变史找到了最有力的地质根据。一方面,经对这片台地的古地磁探测,可以确定黄河生成年代为距今一百六十万年左右;另一方面,它又一次再现了黄河生成的过程,正是由于这些阶梯状地貌的出现,才让一条大河呼之欲出,原来广泛分布的古湖泊,还有纷纭散乱的高山流水,才终于遇到了一个知音——黄河。它们造就了黄河,黄河也成全了它们,一条百川交集、万溪汇聚的大河,就在千山万水中诞生了。

最初的黄河远没有今天这样漫长,它还将不断地延伸自己的生命:一边是在流水的冲刷下切作用下,产生溯源侵蚀,使源头不断向上延长;一边是它裹挟着黄土高原的滚滚泥沙在下游淤积,填海造陆,造就了一个幅员辽阔、沃野千里的华北平原,又在自己造就的大陆上向越来越远的苍茫大海延伸。这是天地造化的良性循环,先是青藏高原的抬升造就了黄河,而黄河和黄土高原又造就了华北平原,华北平原又造就了中华民族。

追溯黄河流域最古老的文明,又有一个惊世的发现。20世纪60年代初,考古学家在山西芮城西侯度村一片高出黄河河面约170米的阶地上,发掘出了距今已有一百八十万年的古人类遗址,这是迄今我国发现的最早的人类文化遗存,比我国之前发现的最早的人类元谋猿人还早约十万年。这一发现让世人在震惊的同时也情不自禁发出了惊呼,华夏文明的第一缕圣火竟然在如此遥远的岁月就在黄河岸边点燃了。然而,这一发现虽佐证了黄河流域是人类文明的摇篮,也颠覆了我们此前的历史叙述:既然黄河生成年代为距今一百六十万年左右,而黄河流域的人类史至少还比它早二十万年,这又如何解释呢？唯一的解释是,那时黄河还没有完全形成,很可能还是一段一段分隔开的自然段落,而西侯度的古人类恰好就在秦晋高原的这一个自然段落里繁衍生息。对这一猜测,有地理学家从地质学及卫星图上分析、推断,也能得以验证,如今分隔在黄河两岸的秦晋高原,原本就是浑然一体的黄土高原,在黄河奔腾不息的冲刷下才形成了一条又宽又深的河谷。

如果我们遵从上述历史推断,那么人类与黄河的历史关系将被颠覆,这些在黄河完全形成之前就已出现的人类,毫无疑问是黄河生成、演变的见证者。然而人类又一直没有看清这条历史长河的来龙去脉,面对这条在岁月中哗哗流过的河流,人类一直在不断地追问:黄河到底从哪儿来？这从遥远岁月深处发出的追问,一下把人类历史激活了。那亘古的追问,一如现代人对宇宙的追问,在距离人类非常遥远的时空中,在无尽的岁月中,人类对那神秘的大河之源充满了无尽的猜测和想象。

二

黄河是仅次于长江的中国第二长河,也是世界第五大长河。这是一个早已写在教科书上的标准答案,却也未必百分之百正确。这里以水利部黄河水利委员会的说法为准,黄河"发源于青藏高原巴颜喀拉的约古宗列盆地,由此向东,流经青海、四川、甘肃、宁夏、内蒙古、山西、陕西、河南、山东九个省区,在山东省垦利县注入渤海,干流全长5464公里,流域面积包括内流区在内79.5万平方公里,流域内总人口约一点零七亿"。从河长、流域面积和流域内总人口看,黄河在中国江河中名列第二,但衡量一条河的大小还有一个更重要也更实在的指标——水量,一般以"多年平均天然径流量"来表述,以下一律简称为"水量"或"年径流量"。

当我开始涉足黄河时,许多熟谙黄河天性的人就一再提醒我,"黄河是一条河情特殊、极其复杂难治的河流",其不同于其他江河的显著特点,第一就是"水少沙多,水沙异源"。那么黄河水有多少？沙有多少？

历史上,黄河年径流量曾经位居全国第四（661亿立方米）,而黄河水利委员会(以下简称"黄委")根据1956至2000年系列水文数据重新核算,黄河年径流量为535亿立方米(一说为580亿立方米)。无论哪种说法,在中国七大江河中黄河仅高于海河和辽河,屈居第五,一条长江的水量就超过了十七条黄河,一条珠江的水量也超过了五条黄河。而作为中国第二长河,黄河的水量还不如长江的一条支流。湘人王闿运曾出此狂言:"大江东去,不过湘水余波而已。"若将大江置换为大河,王闿运倒也未打诳语。这里就以黄河与湘江相比:湘江年径流量为791.6亿立方米,而湘江干流全长800余公里,约相当于黄河的七分之一,流域面积9万余平方公里,约相当于黄河的九分之一。又据2014年的统计数据,湘江流域人口约4000万,约占黄河流域人口的四成,而湘江水量却是黄河的1.36倍。透过一连串的枯燥的数据,可以直接得出一个枯燥的答案:黄河的干涸缺水或水资源危机,几乎是与生俱来的宿命,但这条中华民族的母亲河却要以如此有限的水量浇灌近80万平方公里的北方大地,泽被数以亿计的苍生,且不说黄河年年喊渴,近年来连水量充沛的湘江也是如饥似渴,黄河的命运就可想而知了。而她流经的西北、华北和中东部平原,大多为干旱、半干旱地区,越是缺水,就越需要水,越是干渴,人类就越是充满了对水的渴望。

那么黄河又有多少沙?黄河的含沙量和输沙量均居世界大江、大河之冠,多年平均输沙量约16亿吨,为长江的3倍、湘江的近150倍。这就是黄河的又一个灾难性的命运。我总是下意识地把黄河称为一条泥沙俱下的大河,其实这是一个错误的认识。"九曲黄河万里沙,浪淘风簸自天涯",唐人刘禹锡的这首《浪淘沙》,早已揭示了黄河"水沙异源"的秘密。简而言之,黄河之水来自青海,大浪淘沙来自黄土高原。更准确地说,黄河总水量的六成来自兰州以上,黄河九成以上的沙量则来自内蒙古托克托河口镇至河南省三门峡区间,在这一区间内,黄河流经世界上黄土覆盖面积最大的高原。一条母亲河,仿佛在黄土高原重新经历了一次分娩,从此继承了黄土高原的姓氏。黄河姓黄,黄土高原的黄。若没有黄土高原,黄河是没有姓氏的,她的名字就是甲骨文中一个简单的象形文字——𦥑。换句话说,若没有黄土高原,也许就没有黄河,她可能是另外一条河。

这个假设还可以继续推演:若没有黄土高原,也许就没有华北平原。从塑造黄土高原到冲积出华北平原,是黄河最伟大的创造。若没有黄土高原,也许就没有中华民族。黄河、黄土、黄种人,还有被我们尊为"五帝之首"的黄帝,有着一脉相承的神秘基因。其实也不神秘,一个黄皮肤的民族就是黄河与黄土高原共同孕育的,这让我们的生命与血液里有着浓烈的黄颜色的染色体。唯其如此,我们才自称"炎黄子孙"。黄土高原被喻为中华民族的摇篮,又何尝不是怀孕生育的神奇子宫?中华民族又是一个典型的大河民族,一条古老而漫长的黄河,就像一条蛰伏在地而未升天的蟠龙,这就是一个大河民族的龙脉与图腾,也是我们的血脉与命脉。正因为如此,我们都自称"龙的传人"。

从上古传说中的三皇五帝到北宋覆没,黄土高原的核心区一直是中国的心腹之地,也是魂之所系。黄河是古代中国政治、经济、文化中心的一条中轴线,黄河文明在中华文化源流上一直占有主流的地位,享有独一无二的崇高地位,如《汉书·沟洫志》:"中国川原以百数,莫著于四渎(江、河、淮、济),而河为宗。"一部上下五千年的中华文明史,一大半篇幅是由万里黄河抒写和渲染出来的。曾有学者指出:"黄河孕育的文明是人类历史上一种非常早熟的文明。同恶劣气候和洪水泛滥的斗争,使得中国人的治水、历算、土地测量以及农业耕作、饲养家畜、制陶冶炼等等技术,比西方早成熟至少一千年。但是,在历史演变、社会机制、政治组织等方面,已因此走了一条纯粹东方式的道路。"在某种意义上说,这条"纯粹东方式的道路"就是被黄河逼出来的。如果没有大一统的中央集权和强大的国家意志,就难以抵御这万里巨川给人类带来的巨大灾难。黄河的灾害又绝不只是一种单纯的自然灾难,黄河安危和社稷安危有着生死攸关的内在联系,历来为国家的心腹之患。

从传说中的大禹父子治水开始,无论是治水失败的历史罪人,还是功成名就的治水英雄,无不为之殚精竭虑。鲧采取不断筑高堤防的办法,但道高一尺,魔高一丈,越是堵,河流越是堵得慌,最终酿成堤倒水决、淹死无数黎民的惨祸,这也是从水利到水害的一次利害急转。鲧不是第一个失败者,更不是最后一个,从鲧在羽山堵口到汉武帝在瓠子堵口,人类以反复的失败验证了一个治水的绝对真理:绝对的堵,是绝对堵不住的,你堵得再死,河流也能自寻出路。而当一条河流自寻出路时,往往就是人类的绝路。而大禹治水的一个上策便是顺其自然、因势利导。他用一把天授神斧将一道道堵塞河道的山石劈成峡谷,最终将洪水流畅地导入大海,这不但使他成为一个大河民族的治水英雄,也让他成为与尧、舜齐名的贤圣帝王,治水治河与治国安邦就这样高度统一在这个上古圣王的身上。

追溯一条大河的治理史,自古至今,一直在争辩、反思与追问中推进,而争论的焦点与症结其实就是两个字:堵、疏。堵与疏并非截然对立,在对立中也有统一。事实上,人类治水,从来就是堵与疏并用,互相依赖,不可或缺。如郑国渠是以凿山为疏、筑渠为堵,水到而渠成,没有水自然不成。中国古人并不缺少综合治水的智慧,除了堵与疏,还有第三种策略——保。所谓保,就是水土保持。有些话,我曾在《命脉》中说过,这里不是重复,而是重申:从治水三策看,中国人是堵得最多,疏得较少,保得最差、最失败。一部中国水利史,几乎就是一部河防史。黄河上游的荒漠化,尤其是黄土高原的水土流失,绝对不能完全归咎于气候与自然原因,更多的还是人类对生态植被的破坏。历史上,黄土高原原本有茂密的森林,而自战国以来随着铁制农具的广泛使用、不断改进,农耕文明的进步和自然生态走向了背道而驰的方向,黄河流域与黄土高原被人类大规模垦荒,原始森林遭到了大规模砍伐,这必然导致越来越严重的水土流失。又加之黄河的侵蚀卷走了大量的土壤,那被森林植被覆盖的高原演变成了赤裸贫瘠、千沟万壑的黄土高原。早在两千多年前就有"天雨黄土,昼夜昏霾"的史载,这是对沙尘暴最逼真的描述。而越是在所谓的太平盛世,由于人口激增,越是掀起了毁林开荒的高潮。这是一种恶性循环。逐水而生的人类,因水而萌生和繁衍了农耕文明;而人类大规模进行垦荒,一旦洪水淹没了粮田,就成了人间万劫不复的灾难。中国的许多河流,每一次疯狂的泛滥,几乎都是被人类逼疯的,你已经把它逼得走投无路了。而面对洪水的泛滥,人类除了把堤坝拼命筑高,越筑越高,再就是俯身向河神祈求,祈求有一种比河流更强大的力量,一种超自然的力量,来镇压它们。几乎每一条河边,都有镇水塔、镇水铁犀。

但河流是镇不住的,尤其是黄河这种一旦发起怒来就特别暴戾,又特别狂野、任性的大河,既极其复杂难治又变幻莫测,让人防不胜防。自有史载以来的两千五百多年间,黄河决口一千六百余次、改道二十六次。"三年两决口,百年一改道",如同一个千年难解的魔咒。每一次黄河决口改道,都给下游人民带来深重的灾难,也会给下游的生态环境造成巨大的破坏。这也让一条悬河成为一个高悬于人间的巨大悬念,牵动着治天下者的每一根神经,关乎每一个黄河儿女的生死存亡。

三

当滚滚的大河流进1946年早春,此时离新中国成立还有三年,但黄河已经提前进入一个史无前例的历史阶段——人民治黄。人民治黄,这"人民"二字并非随意所加,而是源于人民治理黄河的历史,一个标志性的历史开端被定格于1946年2月22日。这天,地处黄河下游流域的冀鲁豫解放区成立了中国历史上第一个人民治理黄河机构——冀鲁豫解放区治河委员会。随之黄河下游故道沿岸各专署、县设立修防处和修防段;冀鲁豫黄河故道管理委员会又于当年5月31日改为冀鲁豫区黄河水利委员会。

人民治黄,不能没有领军人物。黄委主任,又被人们习惯地称为共和国的"河官"。

王化云是人民的黄委第一任主任,也是共和国的首任河官,并且是任职时间最长的一位黄委主任。他本非专攻水利出身,1935年毕业于北京大学法律系,法学才是他的专业,然而一切仿佛已经注定,历史无缘成就一位"术业有专攻"的法学家,却让他以另一种形象在历史中浮现。救亡图存是那一代中国人最大的使命,他曾参加过"一二·九"运动,随后又投身于抗日救亡之中,但他一生仿佛注定要为另一种救亡图存而生。黄河是一个民族世代的忧患,解民于倒悬,又何尝不是一种救亡图存啊!1946年6月,王化云受命于危难之际,担任了冀鲁豫区黄河水利委员会主任。这对于时年三十八岁的王化云，只能说是半路出家。对于治黄，他还只是刚刚开始，但对于黄河他并不陌生。他的家乡馆陶县就在黄河故道旁边，也许就是一种融入了血脉与骨子里的对母亲河的情感，让他由此转换了人生角色，从此全身心开始了长达四十六年的治黄生涯。无论这条历史长河如何起伏跌宕，可以说，他把一生的心血都交给了黄河，直到最终带着泪水与微笑离去。

回首当年，无论是刚刚成立的人民治黄机构，还是首任黄委主任王化云，一开始就必须两面应战，一面是带领解放区人民抢修黄河故道堤防，加紧把花园口决口改道的黄河重新纳入原来的河道（黄河归故），一面要对付国民党的飞机轰炸和地面部队的侵扰。人民治黄，就是在这种"一手拿锨，一手拿枪"的危急情势下，在黄河归故后完成了"确保临黄，固守金堤，不准决口"的重任，对600多公里老堤防进行了加高培厚，新修了200多公里堤防，还在全区范围内的沿河各县一律成立了防汛指挥部，从而初步确立了人民治黄体制和黄河防汛组织体系。

一种史无前例的人民治黄体制，从解放区一直延伸到共和国，也从黄河下游的解放区扩展到了整个黄河流域。王化云作为新中国的首任河官，在穷其一生的治黄生涯里，先后提出了"宽河固堤""除害兴利，综合利用""蓄水拦沙""上拦下排"等一系列治河主张，经国务院、水利部批准后，推出一系列工程和非工程措施。这里以王化云的一个核心治河观点"上拦下排，两岸分滞"为例："上拦"，就是通过防与治的各种途径，在黄河上、中游尽可能把洪水、泥沙控制利用起来。我在前文提及，若要追溯中华民族的命运，根在黄土高原，若要根治黄河，根也在黄土高原。黄河作为一条极其复杂难治的悬河，几乎在黄土高原才可以找到根本性症结，只有加强对黄土高原的水土保持，尽量减少入黄泥沙，并且在上、中游干支流上修建拦截洪水和泥沙的水库，才能减缓黄河下游的泥沙淤积和河床抬升。"下排"，就是充分利用黄河下游河道具有大水排沙多的特点，采取泄洪排沙的方法，刷深河槽，排沙入海。而"两岸分滞"即在黄河下游两岸设立分洪、滞洪区，用以分流洪水、调节洪峰，以减轻和分散大洪水对堤防的压力，保证堤防安全和洪峰顺利通过。这也是人民治黄以来在多年实践中摸索总结出来的一条行之有效的治理措施。

从20世纪70年代开始,王化云又发展了"上拦下排"的治河思想,提出全河"调水调沙"。尤其是到了晚年,他又充满智慧地提出"要把黄河看成一个大系统,运用系统工程的方法,通过拦水拦沙、用洪用沙、调水调沙、排洪排沙等多种途径和综合措施,主要依靠黄河自身的力量来治理黄河"。古代治黄,几乎都是基于洪水泛滥的下游,如果不把大河上下、左右两岸纳入一个大系统,那么是根本无法治理的,只能是头痛医头,脚痛医脚。一个简单的例子,黄河之沙主要来自中上游,但灾难深重的却是下游。而三门峡工程利在下游,受害的却是三门峡上游的渭河流域。为了补救三门峡工程的失误,王化云晚年干的最重要的一件事,就是力推小浪底工程尽快上马。若要采取调水调沙、排洪排沙等综合治河措施,小浪底如同黄河的一个命门。对于一个年过古稀的老人,这也是他与生命展开的最后一场赛跑。1991年9月,王化云在重病之中听到小浪底开工的喜讯,他瘦削的脸颊绽开一丝微笑,两行热泪在微笑中无声地滑过。1992年2月18日,一代"河官"走完了他上下求索的一生。

王化云是人民治黄事业的主要奠基人之一,而人民治黄不是哪一代人、哪一任黄委班子干出来的,而是一任接着一任干,是一代又一代人的接力赛,一条永远的黄河就是人类永远的追求。随着小浪底水利枢纽于2001年竣工投入使用,人民治黄的历史也掀开了崭新的一页。这崭新的一页,也可以说是王化云首先掀开的。从王化云提出把黄河看成一个大系统、对黄河进行综合治理看,这新的一页主要体现在四个标志上:一是黄河不断流,二是堤防不决口,三是水质不超标,四是河床不抬高。

先说黄河不断流。黄河下游的山东河段从1972年开始自然断流,1987年后几乎连年出现断流,甚至连续出现过大河上下同时断流的现象。1997年1至3月,黄河源头的玛多县黄河干流首次出现断流,其后,黄河源还连续多次出现黄河干流跨年度长时间断流。一条神龙既不见首也不见尾,这也是"一条极其复杂难治的河流"显现出的另一种灾难性事实:黄河的水资源、水生态都到了足以用恶化和枯竭来形容的程度。而随着小浪底枢纽在绝地上的诞生,如同开启了黄河的命门,黄河断流的历史没有带进新世纪。随着又一个千年开始,黄河迄今以来再未曾出现过断流。不能不说,这是小浪底枢纽发挥了关键性的作用,但也要归功于黄委水调部门实施全河大跨度接力式的调度运作,还有大河上下、沿黄两岸各省区以大局为重,才能一年又一年地保证了黄河不断流。这也是综合治理的效应,如果单凭一个小浪底唱独角戏,是根本不可能完成的。

再看堤防不决口。在新中国历史上,黄河下游先后进行了四次大修堤,尤其是第四次大修堤,建成了"防洪保障线、防汛交通线、生态景观线"三位一体的标准化堤防体系。这不仅为黄河提供了坚实的防洪屏障,还构建了黄河沿岸的一道生态屏障。我甚至觉得,这是人类堤防史上最具野心的作品,是美与力量的双重体现,完美地体现了人与自然和谐相处、天人合一的大境界。而近七十年来人民治黄创造了一个前所未有的奇迹,伏秋大汛无决口。在这至少经历了三代人的岁月里,黄河下游经历了十二次上万立方米每秒以上的洪水,其中还有1958年和1982年两次特大洪水(分别为22300立方米每秒、15300立方米每秒),但黄河人最终都把洪水安全地护送到了大海。随便翻开黄河的历史,这都足以用"奇迹"来形容。如果说这是人民治黄创造的伟大奇迹,那么这些奇迹又是黄河儿女造就的。人们习惯把黄河战线的干部职工称为黄河人,我觉得应该有更宽广的视野,黄河流域的所有人都是黄河儿女、黄河人。如果说在共和国历史上有一道屹立不倒的黄河大堤,体现了强大的国家意志,我觉得还有一种更伟大的力量藏于民间。人民治黄,人民既是前提也是主体,"这是不管多大洪水都冲不垮的一道长堤"。

三是水质不超标。从我亲眼所见的实情看,这个目标至少暂时还未达到。当下突显出来的水危机,一个是水资源危机,一个是水质性危机。在现有管理体制下,无论是生态环保和水土流失治理,还是严格控制入河排污总量,对于水利部门而言都是不可能独当一面完成的。如生态植被保护和水土流失问题,主要是国土、林业部门和各地政府的职责,而控制入河排污总量的决定权实际在环保部门。如何达成水功能区限制纳污红线的要求、强化入河排污口监督、加快对污染严重的江河湖泊水环境的治理,以及对突发水污染事件的应急处理,等等,均需完善各相关部门与地方政府的联动机制,让社会各方面形成合力,把治水治河变成整个社会的行动,才能在共同推进中有效化解日益严峻的水危机。

最后一个标志是河床不抬高,这一点摆在最后,其实是最重要、最难的。黄河下游之所以成为一个巨大的悬念,是因为河床不断抬高,只要河床不抬高,泥沙俱下又何妨?还可以任其自然填海造陆。黄河,不只是泥沙太多,更是水沙关系不协调,无法将大量泥沙排泄到大海里,这才造成黄河下游河道的严重淤积。但现在,这个天下第一难的问题至少是暂时解决了。小浪底枢纽发挥了关键性作用,这也是王化云先生设想过的,通过人造洪峰调水调沙、排水排沙,冲走一部分泥沙。黄河调水调沙试验,被时任水利部部长汪恕诚誉为"人类最伟大的河流泥沙治理试验",借用一些专家的话说,"这是人类由被动治理黄河走向主动治理黄河的转折点,是世界水利史上最大规模的人工原型试验"。而今,十五个年头过去了,黄河下游河床不但没有抬高,反而开始下切,这也是人民治黄创造的史无前例的奇迹。"神舟飞船上天,黄河河床下切",这一上一下,被誉为中国进入新世纪以来的两个伟大成就。而在这伟大的成就里,还有一个很重要的背景,那就是黄土高原的综合治理和水土保持,减少了入黄泥沙量。

上述四个标志,反映了人民治黄近七十年来取得的巨大成就。黄河"三年两决口"的灾难性历史已得以根本性扭转,这让黄河从一条"害河"变成了一条"上善若水"的水利之河。同新中国成立之前相比,流域内引黄灌溉面积已翻了将近十番,同时还为沿河五十多座大中城市和中原油田、胜利油田等一大批工矿企业提供了生活与工业用水,并通过引黄济津、引黄济青等远距离、跨流域调水,缓解了河北、天津及山东青岛等流域之外缺水省市的用水危机。在黄河干流上建成的近二十座水利枢纽工程,水力发电装机总容量达1000多万千瓦,黄河流域已成为国家重要的水电能源基地。这些,都是来自黄委的数据。但又不能不说,由于许多自然规律仍未被人们认识和掌握,黄河存在的问题依然十分突出,尽管近七十年来伏秋大汛无决口,但洪水的威胁还没人敢说从根本上解除,黄河依然是一条悬河、一个悬念,依然是"中国之忧患"。

对江河水利,我素无专攻,我能够做到的就是做一个忠于事实的记录者,对我将要涉及的许多事实和问题,这里只是提前扼要交代一下,更多、更深入的内容,我还将在接下来的全书中叙述。但凡涉及专业性问题,我都十分谨慎,尽可能以专家和水利部黄河水利委员会的说法为依据。2014年7月29日夜,我和时任黄委主任陈小江一同乘坐从北京开往郑州的高铁。在三个多小时的旅程里,我们奔赴的一个共同目标,是黄河;我们从头到尾谈论的只有一个话题,也是黄河。与陈小江的一夕谈,也为我接下来对《大河上下》的采写提前清理出了一个头绪。说起来,我和陈小江还是同年同月生,有着相似的人生经历。他1984年从武汉水利电力学院毕业后,长期在水利部工作,从2011年3月到2015年8月担任黄委主任。作为新一代黄河人的领军人物,陈小江给我留下了严谨沉稳的印象,却也相当直爽,他没有回避我提出的每一个严峻逼人的问题,认为也没必要回避。这种直爽又何尝不是一种敢于直面黄河严峻现实的担当?很多问题也是人类必须面对和正视的。陈小江认为,人类治黄大致经历了三个阶段:第一阶段是防治水对人类的伤害;第二阶段是开发利用;第三阶段是节约和保护并举,甚至要把保护置于更重要的地位,一条底线是不能超出河流的承载能力。他还打了一个比方,一条船超出了承载能力必将沉没。而黄河目前存在两大突出问题:一个是水生态环境不断恶化,一个是越来越严重的水资源短缺或资源性水危机,导致水资源供需矛盾日益尖锐。这就是黄河难以承受的生命之重。

河流也是有生命的,这并非我的文学描述,而是黄河人的共识。陈小江的前任李国英(曾任水利部副部长,现任安徽省委副书记、省长)曾针对"人类对河流的伤害及其代价"这个大问题,痛心疾首地指出:"河流孕育了人类文明,但人类在发展的过程中却造成了对河流的伤害,并为此付出了代价。一个时期以来,黄河存在且日益严重的主河槽淤积、萎缩,'二级悬河'形势严峻,水资源供求矛盾尖锐,水污染加剧等问题,无不反映出黄河的生存危机。"为此,他提出了"河流生命概念的建立""维持黄河健康生命"等治黄理念。陈小江又把治黄理念进一步丰富了,提出了"治河为民,人水和谐"的目标。我和他交流时,他还特意补上了一句,在治河防洪上,"以前是抗,现在是避"。这话听着简单,却又意味深长。倘若没有人类,黄河处于自然漫流的状态,一切自然而然,也就无所谓水利水害。水利于人,水害于人,皆是以人类的立场来判断,从而采取趋利避害的对策。以前的抗,主要是针对黄河的灾难性一面。每当洪水滔天时,人类视黄河如当前大敌、人类的天敌,而为了捍卫自身的利益,只能采取对抗、抵抗、反抗等强硬措施、铁腕手段,这就难免伤及无辜的河流。而陈小江提出在顺应自然规律、维持黄河健康生命的同时,把黄河灾害给人类带来的危机化为生机,如黄土高原的山洪暴发、水土流失,以前给人类带来了惨重的灾难,如今通过生态修复、植被保护和淤地坝建设,洪水泥沙都转化为了人类可以利用的宝贵资源,既改善了当地的生态环境和生产生活条件,又在维护黄河的健康生命上发挥了根本性的作用,这不就是"治河为民,人水和谐"的境界吗?

这里我无意于对李国英、陈小江的个人做出评价,他们都是相当低调的人,一再强调人民治黄的成就是一代又一代人接力打造的,人类的治黄思想也是一代又一代人接力推进的。黄河人对治河的探索与追求,其实也体现了中华民族一直追求的境界,如《中庸》提出"能尽人之性,则能尽物之性;能尽物之性,则可以赞天地之化育;可以赞天地之化育,则可以与天地参矣",这首先是对人类提出的要求,如果人类的自觉修养能够达到像天一样造福于人类和自然,则可达到"天人合一"的理想境界,也是"人水和谐"的理想境界。

四

在告别陈小江的第二天,我就奔赴黄河上游。这是一个从憧憬到抵达的过程。

走向她,是自然而然的。她仰卧于象形的波涛之上,世界一片安详。

阳光穿过真实的尘埃,像大河一样苍黄。随着我灰色的影子渐渐接近,眼前泛出了一阵一阵的水光，迷蒙之感随之而来，我擦了擦眼镜上的一层灰尘，才看清一个母亲的形象。尽管我憧憬已久，但还是未曾预料，一个黄河母亲的形象会被人类塑造得如此年轻饱满，这和我想象的一位白发苍苍的慈母形象有着太大的反差。以天空、大河和逶迤起伏的山峦为背景，一个长发如水的女子，一个敞开了胸怀的母亲，就这样坦荡着自己，一副对人类毫无防范的姿态，随着那像波浪一样起伏的身体曲线，那丰腴而光洁的双腿泛出了湿润的光泽，让我在刹那间感到了一种冲动和抑制不住的情思。一个光溜溜的婴孩，依偎在母亲怀里，这样一个天真而又活泼的黄河之子，也让我走向一条母亲河的压抑和沉重一下减轻了许多。母亲眼含微笑，甚至有些羞涩地看着她的儿子，那长久的凝望，只有以同样的凝望才能理解，理解那疼爱中隐含的忧伤。

　　一个母亲忧伤的眼神让我麻木已久的灵魂瞬间苏醒。黄河，母亲！这不是一个矫情的比喻，在凝视她的那一刻，你会下意识地觉得，你和一个母亲、一条大河有了血脉与命脉的联系和心领神会的默契。在这里，无论是谁，只要看见她了，就会不由自主地走向她，许多来自四面八方的陌路人，就像失散多年的亲人，终于又有了一个团聚的机会，围聚在母亲身边。

　　我心里十分清楚，这只是黄河上游的一尊雕塑、一块石头，不是大理石，而是花岗岩，据说就是这黄河底下的花岗岩。这让我对一个母亲的形象有了更深刻的理解。如果不以深刻的方式，谁又能在这顽石身上慢慢刻画出这样一个母亲的形象？那基座上的波浪纹和鱼纹图案，是源自古老的马家窑文化彩陶图案，而最早开始塑造它的就是黄河上游的先民们，其中也许就有我们的祖先。无论你现在栖身何处，又无论你是喝哪条河水长大的，每一个炎黄子孙、龙的传人，谁也无法割裂同黄河的联系，我们生命中的染色体都是黄的。

　　看见她了，你会不知不觉地弯下腰、低下头，一种儿女面对母亲的姿态，就这样在不经意间完成了，连你自己都不知道是怎样完成的。

　　看见她，你就能真正看见一条大河了。

上篇 从憧憬到抵达

忧患之源
玛多，一个人的记忆
在历史的分水岭上
谁能改写历史
大河套

第一章　忧患之源

黄河被称为"中国之忧患",而黄河的忧患从源头就开始了。

从鄂陵湖、扎陵湖到星宿海,一路走过来,当我眼睁睁地看着一个个已经干涸或正在干涸的湖泊,离黄河源头越来越近,我心里却越来越绝望,我们还能看见那个传说中的黄河源头吗?

当一条万里长河从源头就开始断流时,你是否想过,我们已经走到了一条断头路上?

当你仰望巴颜喀拉山北麓那斑驳的积雪,俯瞰卡日曲河谷和约古宗列盆地那穷奢寒碜的草地时,你又是否意识到,一场巨大的生态灾难正在降临,甚或已然降临?

伟大导师恩格斯早已对人类发出警示:人类对于大自然的每一次胜利,都将受到大自然的报复。

——采访手记

一、宿命的追寻

很突然,一条大河仿佛突如其来,就像李白那劈头盖脸的两句诗:"君不见黄河之水天上来,奔流到海不复回。"

一个人很大程度是天地造就的,造就诗人李白的一大半是河山。他早已习惯屹立于高山之巅,在某种巅峰状态俯瞰大河,而一条万里巨川给他带来了极大的震撼,还有生命的极大快感。那么,这从天而降的黄河之水,李白又是在哪儿看见的?可以肯定,他绝对不是在青藏高原的巴颜喀拉山看见的,据说他是在华山之巅俯瞰黄河。大山、大河,极端地扩张了一个诗人浪漫的视野,李白仿佛受到了神灵的启示,以汹涌的诗情和磅礴的气势为黄河抒写了一个诗意的源头,把一条长河的来龙去脉、一生一世都交代清楚了。但那股足以穿透历史长河的浩荡之气,很可能淹没了一条真实的黄河。其实我更喜欢他的另一首《西岳云台歌送丹丘子》:"西岳峥嵘何壮哉!黄河如丝天际来。"在华山之巅看黄河,我试过,黄河如丝,太逼真了。这比李白劈头就来的那两句诗虽说少了一些狂野的气势,却更接近黄河的真相。

追溯这条河的源头,按东汉许慎在《说文解字》中解释:"河,河水出敦煌塞外昆仑山,发原注海。"这只是东汉时代人类对黄河源的一种猜测,但大方向是对的,一直是对的。在古人心目中,昆仑山乃万山之祖、百川之源。又据先秦古籍《山海经》载:"昆仑山,纵广万里,高万一千里,去嵩山五万里,有青河、白河、赤河、黑河环其墟。"这一系列以不同颜色命名的河流,或是黄河上游的支流,或是在注入大海之前便已消失的内陆河,但偏偏就没有黄河。最接近黄河正源的,当是《尚书·禹贡》中的记载,大禹"导河自积石,至龙门,入于沧海"——这也是关于黄河源最早的史载,一条长河从积石山到入海口的主脉在《尚书·禹贡》中基本打通了。

积石山为大禹治水导河之源,如果我们相信大禹治水不是传说,或是一个接近历史事实的传说,那么它就是黄河水利史也是华夏水利史的一个伟大开端。积石山也是当地藏民尊奉的神山,藏名叫阿尼玛卿山,意为黄河之祖,又称玛积雪山。此山为昆仑山脉中支,从青海东南部一直延伸至甘南边境。远在战国时代,中国古人就能把黄河之源推到如此接近其正源的地步,不能不让我们对祖先的智慧及其深远的目光惊叹不已。大自然也在见证,当黄河流出扎陵湖后,河床便开始下切,一条长河流到其上游的第一个县城玛多后,河水绕过一座由红砂岩构成的赤红色山脉,其主峰海拔 6000 多米,远远高过黄河发源的巴颜喀拉山。又有神话传说,这里就是女娲补天的地方,那塌陷的天空就在甘肃、青海交界处,女娲炼石补天后,还有一堆剩下的石头堆积于此,便是如火焰般赤红的积石山,实为丹霞地貌的红色砂岩。由于这一堆补天石的阻挠,黄河不得不改变流向,从大致由东向西的方向一变为绕积石山向东南流,从青海流进四川,入川后又为岷山所阻猛地折转向西,变成了一条倒流河。黄河倒流,只是一次被逼无奈的回头,但黄河坎坷曲折的命运仿佛就是从此开始的。

一条九曲回肠的黄河,从那神秘的源头流出后,一直犹犹豫豫,东奔西走、南转北折,似乎对自己的前途与命运还没有把握。这也让人类对其源头的追溯越发地坎坷和曲折。尽管一个大方向早已确定,但这条大河的源头却一直扑朔迷离。对于人类,这是一种宿命的追寻,能否发现,何时发现,谁来发现,或许也是一种宿命。

人类与黄河的风云际会,在时空中时常发生错位。张骞在出使西域时,竟然鬼使神差地抵达了黄河上游,这让他充满了错愕与惊喜。在那个时代没有谁比他走得更远,也没有人怀疑他走到了黄河最远的上游。太史公司马迁自然不会遗漏他这一伟大的发现,郑重其事地将之载入了《史记·大宛列传》:"汉使穷河源,河源出于阗,其山多玉石……"这是中国最早的关于边疆和域外地理的一个专篇,但司马迁与张骞都犯了一个历史性的错误。据后世对张骞出使西域路线的考证,他抵达的压根儿就不是黄河的最远的上游,而是更加遥远的塔里木河东支,这条支流在注入盐泽(今罗布泊)后一度失踪,但并未消失而是潜入地下,直到东南的布尔汗布达山南侧,这条地下河又重见天日。布尔汗布达山位于柴达木盆地南侧,为昆仑山的东延山地,东与阿尼玛卿山(积石山)相接,这又难免令人陡生猜测:在西汉时代黄河上游是否与塔里木河东支一脉相连?至少,这两条河流相距并不遥远。而从水色看,塔里木河还真像是黄河。如果这真是一个历史性的错位,以张骞、司马迁和《史记》的影响力,必然会让一条黄河在历史中长久地偏离方向,离黄河正源越来越远。

一条长河在错位的时空里从西汉流到西晋,才有人把她重新纳入历史的正轨,并且把黄河正源往上大大推进了一步,从积石山一下推进到了离黄河正源近在咫尺的星宿海。此人名张华,字茂先。在他编撰的《博物志》中首现黄河"源出星宿"之说。《博物志》为中国第一部博物学著作,但在古人眼里却是一部志怪小说集。张华是一个非常了不起的人物,此公为西汉留侯张良的十六世孙、唐朝名相张九龄的十四世祖,他本人也是官至司空的西晋著名政治家、文学家、藏书家。《博物志》内容多取材于古籍,其中搜罗了不少山川地理知识,而"源出星宿"之说,当是他在古籍中发现或听闻的。在古人心目中,"山有昆仑,水有星宿,生人有祖宗,皆其源也。其源既远,其流必长"。昆仑山和星宿海就是山河之源。

晋人张华猜测到了黄河之源,仅仅只是猜测,一条长河从战国流到隋唐,才有了人类抵达河源的确凿记载。隋炀帝大业五年(609年)灭吐谷浑,置河源郡,辖地就在今黄河源区的青海果洛藏族自治州和海南藏族自治州的部分地区。到了唐太宗贞观九年(635年),吐谷浑再度崛起,又有侯君集、李道宗率师远征,在《新唐书》中有大唐远征军"次星宿川,达柏海上,望积石山,览观河源"的记载。随后又有史载,贞观十五年(641年)文成公主进藏,吐蕃王松赞干布"率部迎亲于河源",这个"河源"也在星宿海一带。

在元代之前,关于河源的记载,大多是往返于边塞的将军、使臣们途经黄河上游时留下的一些杂录,东鳞西爪,既不成体系,又缺少水利勘察的专业知识,有些记载只是从道听途说中得来,与神话传说混杂在一起,作为传奇稗史尚可,但在真正的河源考察上只能作为参考。若从水利史、黄河史的专业角度来追溯,中国历史上第一次由朝廷派遣专使大规模考察黄河源,还是元世祖至元十七年(1280年),忽必烈命都实为招讨使,佩金虎符,踏上黄河探源之旅。而在此前,还有一段前奏——时任都水监的郭守敬,在完成"西夏治水"的使命之后,没有直接返京,他还有一件酝酿已久的事情要做:考察河源。郭守敬是历史上著名的水利专家,也是历史上以科学考察为目的、专程探寻河源的第一人。很可惜,郭守敬一路千辛万苦地踏勘探源的记录,后来失传了,这也让他的探源之旅变得近乎没有实际意义。

都实一行出发时,郭守敬尚健在,依情理、逻辑猜测,作为河源考察先驱的郭守敬对都实应该是有影响的,我却未能搜寻到两人有过交集的史实。都实为金朝女真族贵族后裔,但并非水利专家,他曾三次出使吐蕃,对那条进入雪域高原的路,应该相当熟悉。史上也大致勾勒了他走过的路线,从元大都(今北京)进入甘肃河州宁河驿(今甘肃临夏一带),然后穿过甘南的崇山峻岭,溯河而上,历时四个多月,他最终抵达了大唐将军侯君集、李道宗也曾抵达的星宿海一带。行到这里,都实也就"行到水穷处"了,凭当时的条件,他们也没有办法继续往上追溯,哪怕再往前迈一步,都是人类难以逾越的。屈指一算,从唐人侯君集、李道宗到元人都实,相隔六百四十多年,然而在黄河溯源史上,人类却再也没有往前迈出一小步。但都实的这次探源之旅却并非徒劳无功,他与唐人虽然站在同一个地方,两者之间却有着根本的不同,他来这里不是路过,而是专门来勘察河源的。都实是外行,但与他同行的应有不少内行。根据都实一行的考察成果和他们绘制的河源图,翰林学士潘昂霄撰成了中国第一部关于河源的专著《河源志》。该书记载了黄河由西南往东北流百余里汇为"火敦儿"(星宿海)的一支源流,这条河流极有可能就是黄河源流之一的卡日曲。

在都实渐行渐远的背影之后,一条大河的源头在人类的远眺中依然那么缥缈而高远。岁月深处,还将有一个又一个身影从不可知的远处跋涉而来。尤其到了清朝,把河源考察推到了一个风生水起的高潮。大清帝国有着极强的版图意识,清廷"屡遣使臣,往穷河源,测量地度,绘入舆图",但一条兴风作浪的大河却屡屡与这个帝国作对。为让黄河安澜,康熙皇帝把目光从泛滥成灾的中下游转向了最上游的源头。康熙四十年(1701年),钦命朝臣舒兰(时任内阁侍读)"偕侍卫拉锡往探河源"。舒兰、拉锡一行于当年农历四月从京师出发,于六月抵达星宿海一带,发现"星宿海之源,小泉万亿,历历如星,众山环之"。这一次,他们没有在唐人、元人抵达的地方就此止住,从星宿海又往上走了两天,人类的脚步终于跨越了那个难以逾越的"大限",而且又发现星宿海之上有三座山,"三山之泉,溢为三支河,即古尔班索里玛勒也。三河东流入扎陵诺尔(今扎陵湖),扎陵一支入鄂陵诺尔(今鄂陵湖),黄河自鄂陵出。其他山泉与平地水泉,渊沦萦绕,不可胜数,悉归黄河东下"。

无论从哪方面看,这一次考察都把人类对黄河源的认识又往前推进了一步。

转眼又是一个甲子,从康熙盛世到了乾隆盛世,黄河却依然难以安澜,乾隆四十七年(1782年)，又钦差阿弥达(亦称阿必达)前往河源，此次河源考察肩负的一个神圣使命，就是在大河诞生之地"告祭河神"。阿弥达不辱使命，这一次比舒兰、拉锡走得更远，西逾星宿海300里，对前辈发现的那三支河进行了极为艰险的实地勘察，并由此认定星宿海西南的阿勒斯坦郭勒河(今卡日曲)为黄河上源。这是历史上第一次查明黄河的真正源头。阿弥达回京复命后，乾隆又命纪昀(纪晓岚)等依其考察撰成《河源纪略》，这意味着，以卡日曲作为黄河上源不但被朝廷认可，还被历史认可了。

历史的认可并未让人类追溯黄河之源的脚步就此止住，后世对这条长河的神秘源头依然充满了无尽的想象。哪怕在抗日战争的烽火岁月，也有一些国内学者赴河源考察，但他们只走到了扎陵湖和鄂陵湖，连唐人早已抵达的星宿海也未能抵达。

二、逆着时光的背影

对那个伟大的开端我憧憬已久。出发时，我就预感到，这将是我有生以来一次艰险而绝美的旅程。在我的天命之年，这甚至是对自己生命极限的一次挑战。其实我从来就不是一个充满挑战性的人，更不想挑战自己那恐高畏寒的天性。但那种一往情深又难以按捺的憧憬与冲动，最终还是让我战胜了对高寒缺氧的畏惧。

我承认，在出发时我有一种出征的悲壮。

一条大河的源头早已摆在那里，一路上布满了前人深深浅浅的足迹，但我依然茫然，这可能与大脑缺氧有关。我不是一个探源者，更不是探险者，只是一个历史的追踪者。这条从大禹时代一直延伸过来的路，如果你不走一遍，又怎能切身体验先辈筚路蓝缕、跋山涉水的艰辛？而以今天的高速，唐人李靖、元人都实当年要用数月乃至经年走过的漫漫长旅，我实在难以用"漫长"来形容。一天之内，我就可以从中国的任何地方飞抵中国西北角的西宁。一条由西宁通往云南景洪的青康公路(214国道)，又足以在一天之内把你送到黄河源头的第一座县城玛查理(玛多县城)。

从西宁一路朝西南方向行进一百多公里,在青藏公路与青康公路的交会点,是一道必然会在山河之间出现的分界线——日月山和倒淌河。

日月山,海拔3500多米,山顶由第三纪紫色砂岩组成而呈赤红色,"远看如喷火,近看如染血",在古籍中有"土石皆赤,赤地无毛"的记载,被古人称为赤岭,藏语为尼玛达娃,蒙古语为纳喇萨喇,皆是太阳和月亮的意思,属祁连山脉(海拔最高为4877米)。这是位于青海湖东部的一道天然水坝,更是自然地理上的一条极为重要的分界线:它是我国季风区与非季风区的分界线,黄土高原与青藏高原的叠合区,还是青海省外流区域与内流区域的天然分水岭,由此将一山东西两侧划分为农业区与牧业区;从人类文明看也是农耕文明与游牧文明的分界线,东侧为农业区,一派青稞吐穗、油菜花开的田园风光,西侧则是蒙古、藏等少数民族游牧的高原牧场。一山之隔,在同一个天空下形成如此鲜明强烈的反差,如同两个迥然不同的世界。

历史上,日月山素有"西海屏风""草原门户"之称,日月山口历来是内地进入青藏高原、远赴西域和西藏的一道咽喉。在唐代,日月山还是大唐帝国与吐蕃的分界线,当年文成公主在一支庞大的送亲队伍的护送下,就是由日月山口进藏的。在日月山下有一条缠绵悱恻的倒淌河,相传文成公主翻越日月山时,深知一过此山再也没有归期,她怅然伫立于日月山之巅,如生离死别般回首远眺,天高路远,故都长安早已消逝在邈远的天际,转过头来,满目皆是苍凉雄浑的崇山峻岭,此去依然关山重重,遥遥无期。遥想那一个大唐公主,一个逆着时光的背影,既清晰又渺小,在日月山中往复徘徊,缠绵悱恻,泪如泉涌,化为一条倒淌的河流,那河水像泪水一样咸涩。撇开神话传说,从纯粹的自然水系看,这条河原是一条东流入黄河的外流河,后因日月山隆起,河水向西注入青海湖畔的措果(耳海),因众河皆东流,唯此河独向西淌,故名倒淌河。如今在倒淌河畔,渐渐形成了一个像模像样的集镇,属海南藏族自治州共和县,就叫倒淌河镇,号称青藏高原第一镇。一条大河之源,自有太多的第一。而这个青藏高原第一镇还真是名不虚传,翻过日月山,过了倒淌河,就已进入青藏高原东北部,也进入了黄河源区。

这条路在青藏高原的走向,与文成公主当年走过的唐蕃古道大体一致,一条由北而南的西部大通道,一路穿越日月山、河卡山、鄂拉山、姜路岭、巴颜喀拉山、雁口山等十多座大山,穿越三江源以及众多源出青藏高原、云贵高原的江河水系。它所穿越的地域,既是黄河、长江这两大江河源头的重要水源涵养区,亦是澜沧江—湄公河、怒江、红河等从中国西部流向东南亚的三大国际河流的源区。青藏高原的雪山冰川,为这些江河孕育、分娩了无数纷纭错杂的、大大小小的源流,又以不同的海拔高度和对比鲜明的气候带,造就了一道完整的植物垂直分布带谱。凡有植物生存的地域必有活跃的动物,这是举世公认的世界上动植物种类最为繁杂多样的地域之一,形形色色的动植物在此生成并存,物竞天择,由此形成了达尔文所描述出的自然奇观和生命奇观,它对中国乃至整个地球的生态平衡起到的作用,不是不可或缺,而是至关重要。然而,这也是一个生态和生命都极其脆弱的地带,这也是我一路上亲眼看见的,青藏高原的地形复杂,高寒缺氧的冻土层被人类不断撕裂,让每个在这条路上走过的人都惊叹为天险畏途,而人类的活动又把天险推向了更危险的程度。

尽管漫长的旅程已被现代时速大大缩短,但黄河源区依然比我想象的要大得多。

黄河源,首先是一个泛指,东起积石山-阿尼玛卿山,西至东昆仑山南支雅拉达泽山,北达柴达木盆地,而南界已抵蒙古语中那座"富饶的青色的山"——巴颜喀拉山。一言以蔽之,从黄河源区的把口站——唐乃亥水文站以上,包括龙羊峡水库以上区域,均被纳入了黄河源区,涉及青海、四川、甘肃三省六州十八县,相当于一个浙江省加一个海南省的陆地面积(约 13.2 万平方公里,一说为 16.7 万平方公里)。这里位于青藏高原东北部,平均海拔在 4000 米以上,完全含氧量仅为我赖以为生的平原地区的一半。这么高的海拔,这么低的含氧量,在我的脑子缺氧之前心里就有些紧张缺氧。这时候我特别想抽支烟缓解一下,但打火机咔嚓咔嚓溅出火星,却怎么也打不着了。

从青海海南藏族自治州共和县城奔向果洛藏族自治州西北部玛多县城的路上,一直向着西南行进,穿越高海拔的河卡山隧道,翻越昆仑山系北列支脉鄂拉山,这是横亘于共和县与玛多县之间的最大的一座山,最高峰虽根尔岗海拔5000多米(5305米)。在紫红、暗紫、灰绿的火山熔岩和大量不明外来岩块间,一条山道变得极为凶险。一路上,我隔着车窗看着那穿山越岭的车辆,还有许多徒步行走的背包客和骑单车、骑摩托的驴友,感觉那悲壮的探源之旅,越来越不真实了。恍惚间,我觉得自己像出使西域的张骞一样,是不是搞错了方向?这是去哪儿呢?是去被人类视为绝域的黄河源,还是去一个熙熙攘攘的风景区?不过,在高原必然会出现的生理反应是真实的,那种奔向某种绝域的心理也是真实的。在这里,每个人都有一种"西出阳关无故人"的感觉,不管是谁,只要碰上了,一个个就像久别重逢的亲人,都会互相加油鼓劲、摇旗呐喊。而我也是一个临时拼凑的小旅行团的一员。说实话,一个人,我是绝不敢在这高原上踽踽独行的。

出乎意料,在这里我竟然看到了一种熟悉的鸟儿的身影——鹌鹑,它们的出现让我吃惊了好一会儿,但很快我就发现自己犯了一个常识性的错误,那种在我家乡的平原上最常见的鹌鹑,是不可能飞到这高原雪山上来的。我看见的是世界上分布海拔最高的雉类——雪鸡,它们的外貌很像鹌鹑,也属鹑类,但个头比鹌鹑大得多,是鹑类中最大的。那黑褐色的斑纹、翅羽上的大块白斑,与它们栖息处的山岩是一样的颜色。如果它们不是在汽车尖锐的喇叭声中惊飞而起,你根本就不知道它们的存在。身为人类,忽然有些惭愧,我们不该来打扰这些雪山生灵自由自在的生活,或许有一天,它们会莫名地从人类的视线里失踪,每年都有多少人类已知的或未知的生灵,就这样在天地间悄无声息地消失了。

经幡是人间神圣而永恒的风景,在经幡簌簌抖动的风声中,很多人突然俯下身,低下头,匍匐在大地上叩拜。对于那些有信仰的、心有神灵的人类,这是迢迢长旅中的一次必然的叩拜。而在经幡之间,又见人烟。那是一个神赐的小镇,只因这里有一汪神赐的温泉。温泉镇属海南州兴海县,走到这里,已进入三江源国家自然保护区的核心区,一条黄河流到这里,已蕴积了巨大的能量,从玛尔档峡至班多峡切割形成了黄河源区的大峡谷,这也是黄河流域最长、最深的一道"V"字形峡谷,独特的高原气候加上神奇的自然景观,让人提前感受到了一条绝美的、水深流急的长河。如果我不是溯水而上,而是顺水而下,兴许能感受到一条长河更强烈的冲动。而人类也早已按捺不住冲动,正蓄势待发。对于人类而言,兴海是"海南州重要的水电资源开发基地",已列入国家水电重点开发的项目,有班多、羊曲和茨哈三座梯级水电站。在黄河一级支流曲什安河、大坝河流域内开发的还有十九座梯级电站。此外,县境内还有众多富含药用矿物质的温泉,拥有冬虫夏草、雪莲、大黄、柴胡、黄芪、秦艽、羌活等三十余种被人类视为"仙药"的藏药材,尤其是贵比千金、被人类视为延年益寿仙药的冬虫夏草,兴海是全省的主产区之一。在兴海县境内绵延的崇山峻岭之间还蕴藏着二十余种金属、非金属矿产资源,其潜在价值约300亿元,是全国三十一个重点找矿县和全省十个重点资源开发县之一,更是海南州重要的有色金属工业发展基地。设想一下,如果这一切被人类尽情开发,这绝美的、生态又极其脆弱的黄河源区将变成怎样的一副面目?哪怕是想一想,我心里已经千疮百孔、满目疮痍。在这里,我体验到了传说中的"到了温泉不吃饭"是怎么回事,由于气压过低,一壶水很快就烧开了,但这沸腾的开水只有七十多摄氏度,这水不说把生米煮成熟饭,连鸡蛋也煮不熟。此时我已饥肠辘辘,勉强吞下了一碗高压锅煮的烩面片,嘴里不是滋味,心里更不是滋味。我在艰难地吞咽时,发现每个人的喉结都在费劲地滚动。

高原的太阳一直迟迟不肯落下,一条路已然走到了世界的尽头,一座小县城还不知隐在哪儿。入夜,终于抵达了玛多县城,未见灯火通明,但见一片笼罩在沉寂中的黑暗。我不想用"死寂"来形容玛多的夜晚,这过于残忍,但这座黑黢黢的县城真像一座鬼影幢幢的鬼城。初来乍到,我只怪自己运气不好,赶上停电了。而真相,还得等待第二天太阳升起时揭晓。玛多一夜,那是我有生以来度过的最黑暗而又漫长的夜晚,在剧烈的高原反应中,我不知是怎么挨过来的。当一缕寒冷刺骨的晨曦穿过窗户照进来时,我真有一种死去活来之后重见天日之感。

玛多,在藏语里,或在藏民心里,就是黄河源头。这里是黄河源头第一县,准确地说是黄河流经的第一个县。黄河正源其实不在玛多县境内,而在玉树藏族自治州曲麻莱县境内。青海的每个自治州的面积差不多都有内地的一个省大，而黄河源的核心区域，就跨越了海南、果洛、玉树三州。玛多县城玛查理，是世界上海拔最高的县城，也可能是世界上最小的县城，这儿离真正的黄河源头还远着呢。在这里，谁都知道距省会西宁上千里（近500公里），但离黄河源头还有多远却谁也说不清楚，你问谁，谁都是一脸的神秘莫测，仿佛那是一个不可泄露的天机。

历史上，玛查理是由内地进藏的一个驿站，也是黄河最上游的一个古渡口，如今依然是黄河上游的第一个县城，也是我见过的最小的一个县城，整个县城实际上就是一个"丁"字街，人口仅有两千左右。这在我生活的沿海城市，一座大楼就全部装下了。在县城西郊，远远便能看见一座混凝土结构的六孔桥，那是"黄河第一桥"——倒邦公路桥。但很少有外来游客知道它的本名，都把这座长不过90米的六孔桥称为黄河第一桥。这倒也并不夸张，倒邦公路桥始建于20世纪50年代，在那岁月，人类能在高寒缺氧的冻土层地带筑起这样一座公路桥，也算是破天荒的壮举。无论是从历史看，还是从地理位置看，它都是名副其实的黄河上游第一桥。过了桥，一路向西，溯流而上，以与黄河流向相反的方式，依次穿越鄂陵湖、扎陵湖、星宿海、约古宗列盆地，将最终抵达黄河正源。但到底哪里才是黄河正源，还没有最终的定论。这里离黄河正源还有多远，也说不定，一般的说法是约有200公里，但这200公里的路，远比去省会西宁的500公里要漫长得多。从清晨出发，一条道走到黑，能够走到你想去的地方，那就是天神在冥冥中庇佑了，该谢天谢地了。

若你不想往前走了，那就赶紧打道回府吧，在这里连犹豫也是奢侈的，哪怕动动脑子，也会出现高原反应。我没怎么想就上车了，不敢想。

假如时光倒流半个世纪，过了黄河第一桥，从玛多县城玛查理一路西行，基本上就是在无人区里穿行了。哪怕到了今天，玛多依然是中国人口最稀少的县境之一，在幅员辽阔、人烟稀少的青海省，玛多也是全省人口最少的县，25000多平方公里的玛多大地，比海南省的陆地面积小不了多少，才有一万多人口，平均每2平方公里只有一个人。而县境内大大小小的河流、溪涧、湖泊，比人口还要密集。不过，这只是我对着地图的想象。想象那辽阔的高原，几乎看不见人烟，偶尔会听见几声狼嗥，这里一声，那里一声，隔得很远，天地间真是寂寞啊。

一切想象都还有待验证。一辆越野车在蜿蜒崎岖的山道上穿行，一路上充满了抑制不住的冲动，它强烈地颠簸着、摇晃着，仿佛想把浑身的泥土抖搂下来。玛多就是一般人高不可攀的高原了，换了以前，要找到一辆去黄河源的车还真不容易，现在有不少汽车，可玛多县城的不少司机还是以受不了高原反应为由，不肯去黄河源。那里的海拔比玛多县城更高也是事实，但主要原因还是路况太差，他们宁肯跑一趟500公里以外的西宁，也不愿跑200公里坑坑洼洼的山道。在这方面我倒是有点经验，就是多给钱，爽爽快快地掏腰包。在这里讨价还价也是浪费生命，只要你多说几句话，就会感到恶心，不是一般的恶心，那是胸腔里缺氧了。

跑了60多公里，就是我想要抵达的第一个目的地，一个依托黄河源头天然水系而建的黄河源水利风景区，包括扎陵湖、鄂陵湖、冬格措那湖、星星海以及景区内的黄河河段与湿地。鄂陵湖和扎陵湖这一对姊妹湖，人类几乎把最美的形容词都慷慨地献给了她俩，有人说她们是镶嵌在黄河源头的两颗明珠，有人说她们就像青藏高原上两颗璀璨夺目的绿宝石。人类的比喻其实都很俗气，明珠与宝石那过于耀眼的珠光宝气反而遮蔽了她们的自然风姿与万种风情。若要看清这姊妹湖，先要登上一座山，那是两湖之间的一座雪域神山——措哇尕泽山。措哇尕泽，藏语，意为扎陵湖和鄂陵湖两湖间的大山。藏语往往比汉语更确切。在黄河源头一共屹立着十三座神山，措哇尕泽山远看酷似一匹骆驼，一大一小两座山峰构成了它的两个驼峰，山下的草原，相传就是格萨尔王的故乡。格萨尔王本名觉如，原本是个穷游牧人家的孩子，在藏族传说里是莲花生大师的化身。相传，格萨尔还是一个十二岁的少年时，就在赛马选王的角逐中骐骥一跃，登上王位，并迎娶当地贵族嘉洛之女珠姆为妃，从此一生戎马征战，一手操持除暴安良、降妖伏魔的宝剑，一手捧着扬善抑恶、弘扬佛法的经卷。他以武功统一了大大小小一百五十多个游牧部落，又以智慧与信仰让天下归心，成为藏族人民心中的旷世英雄和宗教领袖。一部伟大的英雄史诗《格萨尔》，至今还在青藏高原上传唱，被誉为"东方的《荷马史诗》"。

关于格萨尔王伟大而神奇的传说，在藏区每个地方都广为流传，又各有各的地域特色。而在措哇尕泽一带，又有这样一段传说：这里原本是一片干旱缺水、赤地千里的贫瘠绝地，格萨尔长大之后，为了给父老乡亲开辟一条重生之路，从遥远的天涯移来了扎陵湖和鄂陵湖，有了碧波荡漾的湖水，必有碧波荡漾的水草，有了阳光下的浪花，必有漫山遍野的野花。这一方繁花似锦、人畜兴旺的水土，在高原的长风中声名远播，引得无数人来投奔格萨尔王，他的部落迅速壮大，成为青藏高原上最强悍的民族。这虽说是神话，却给了格萨尔称王一个更合乎情理的解释——水是国之命脉，家之命脉，一切生命之命脉。夏禹能成为华夏之帝，只因其解天下生民于水深火热之中，而格萨尔能成为藏民心中伟大的王者，也是以水泽被苍生而赢得天下归心。从夏禹到格萨尔王的神话传说，其实都已超越了治水的意义，所有关于人类生存的基本诉求，从治水、治政到治国安邦乃至人格、人生境界都已融为一体。一座措哇尕泽神山，绝非我等一目了然的一匹骆驼，在藏民心中它就是格萨尔王的化身，那座较大的山峰叫格萨峰，较小的山峰则以格萨尔王后珠姆的名字命名。

这座山看上去不过两三百米高，然而这只是我们的一种错觉，其海拔实际上超过了4600米。一条自唐代以来从中原通往吐蕃的唐蕃古道，就从山中通过，这是文成公主走过的一条路，鄂陵湖畔还留下了松赞干布迎娶文成公主的迎亲滩。这座山如今又称牛头山，山顶伫立着一座纯铜铸造的牛头雕像，因此而得名。要爬上山顶不容易，还未爬到半山腰，光天化日之下忽然乌云翻涌，一场暴风雪顷刻间席卷而来。但一座被经幡簇拥的牛头碑，连漫天大雪都遮挡不住它执着而顽强的身影。这座黄河源头的标志碑于1988年国庆节落成，为玛多县政府所立，又名"华夏之魂河源牛头碑"，那碑上铭刻着我倍感亲切的字迹，是胡耀邦同志题写的"黄河源头"，下面还铭刻着十世班禅用藏文题写的"黄河源头"。这里无疑是黄河源头，但还不是我要追溯的黄河源头，有人一再提醒："一些旅行社以及许多不明就里的旅游者把这里当成了黄河源头,而真正的黄河源头,还在距此150多公里的曲麻莱县麻多乡境内。"这样的提醒是必要的,如今很多黄河源头的县乡,为了开辟黄河源头的旅游业,都在明里暗里地较劲,从玛曲上游的约古宗列曲到玛多县的黄河源风景区,一路上竖立着数十个黄河源标志碑,每一座碑都会把你引向一个可能的源头。若从广义看,这些箭头所指的每一个方向都是对的,但人类想要探寻和抵达的显然不是这样一个泛指,而是想要看见黄河的第一滴水是从哪里诞生的。对此,游客们并非不知道,有的旅行社也并非为了诓人,但很多游客走到这里,就再也难以往前走了,不是不想,而是没力气,就像我,连呼吸的力气都没有了。但我不甘心就此止步,离黄河源头越来越近了,我的心情也越来越激动起来,非要看个水落石出不可。

上山,下山,一番折腾后,天很快又放晴了,一对姊妹湖又映现出了蓝天白云。

鄂陵湖,古称柏海,又称鄂陵诺尔、鄂灵海,在藏语中叫错鄂朗——蓝色的长湖。藏语比汉语更真切、更传神,你看那被蓝莹莹的天空映衬得蓝莹莹的湖水,若用汉语来形容,不知要费多少笔墨。这个湖处于玛多县西部的一个凹地内,状如一个东西窄、南北长的金钟。

过了巴颜朗玛山,又见一片水泽,水色忽然为之一变,这是扎陵湖,又称扎陵诺尔、查灵海。扎陵湖和鄂陵湖一样,同处于玛多县西部构造凹地内,但形状恰与鄂陵湖相反,东西长,南北窄,湖心偏南浮现出一条乳黄色的带子,就是黄河的主流,将湖面一分为二,一半水色碧澄发亮,一半水色微微发白,在藏语中意为"白色的长湖"。

这对姊妹湖,在漫长的岁月中也曾被人类视为黄河的源头。她们是黄河源区也是黄河上游数一数二的淡水湖,海拔在4000米以上,其中鄂陵湖是一个大的高原淡水湖。一条大河上下共有四大淡水湖,黄河上游就占了四分之三:鄂陵湖、扎陵湖和宁蒙河段的乌梁素海。黄河中游一个大湖也没有,黄河下游仅有一个东平湖。而在四大湖中,黄河源头就占了两个,这一对姊妹湖对黄河有多么重要,看看这些枯燥的数字就明白了个大概:鄂陵湖水域面积约610平方公里,比扎陵湖(约526平方公里)大近100平方公里,蓄水量约 107 亿立方米,是扎陵湖(约 46 亿立方米)的 1 倍多。无论从哪方面看,鄂陵湖都是大姐,扎陵湖是小妹。若从云端俯瞰,这姊妹俩又恰似一只蝴蝶。其实,如果没有巴颜朗玛山这一道天然堤相隔,这一对姊妹湖就是浑然一体的一个湖,即使被分隔,也如黄河一脉相连的孪生姊妹。

这里,我尽可能以逼真的方式描述出这一对姊妹湖的形象,但我不敢保证那些数字的绝对准确性,哪怕是地理教科书,记载的也只是一个大概数字。我一直深感用过于精确的数字描述江河湖泊其实是最不精确的,尤其是黄河这条深不可测又变幻莫测的大河,时时刻刻都在变。对于我们这些行色匆匆的过客,满眼都是浮光掠影的风景,蓝天、白云、湖水、草原、寺庙、经幡……这一切在我们眼里都是如此神奇,却恍如梦境中浮现出来的幻影。这也让我深感美丽的脆弱,总是担心这样的美景会像海市蜃楼一样稍纵即逝。

这姊妹湖畔就是一片高原牧场。来之前,我就看过这里的风光图片,那些戴着毡帽、骑在马上的康巴汉子,一只胳膊露在外面,像闪光的青铜。在物竞天择的自然选择中,这如同人间绝域的高原却孕育出了天地间最不绝望的生命,从骨骼到性格,他们一个个如此坚毅、刚烈与强悍。他们的脸孔也是这样,这些浓眉大眼、帅气逼人的藏族牧人,大多是康巴汉子。他们是地球上最剽悍、最英武的男子汉。这让我下意识地觉得,这雪山冰峰烘托起来的高原,甚至就是唯独适合他们的生存环境,这样的生存环境也特别适合他们放牧的牛羊。

我从未怀疑过那些照片的真实性,然而,在这湖畔,我偶尔看见的几个牧人却像我一样打不起精神。每经停一个地方,我都会走过去和他们攀谈。短暂的停留,让我结识了一个叫才仁达杰的牧人,他和我岁数差不多,刚过天命之年,这让我们两个民族的兄弟,至少在沟通时没有代沟。不同的语言多少会有一些障碍,但如今的藏民,时常和天南海北的游客打交道,大都能懂一些汉话,只是说出来的话,就像他们盯着这片水土的眼神一样生硬。但只要一提过去,他们的眼神里就立马闪烁出兴奋的光芒,瞬间就像图片上的那些康巴汉子一样精神焕发,连生硬的汉话也变得流畅起来。

过去,其实也并非久远的过去。假如倒回去二十年,才仁达杰还是一个剽悍而英武的康巴汉子,像我在照片上见过的一样。那时候他养了一千多只羊,到了夏季,湖畔的牧草长得又高又密,成群结队的牛羊往草丛里一走,站在远处几乎都看不见了。那时除了牧人们放养的牛羊,"这草原上还有野牛、野驴和藏羚羊,多着呢!这海子里的鱼也多着呢!那湖心岛上的天鹅、大雁、红脖子鱼鸥、青麻鸭,多着呢!那时唯一比现在少的就是人……",才仁达杰连比带画地跟我说。我听懂了他的意思,那时候还没有这么多一车一车拉来的游客,更没有那些神出鬼没的淘金客,连天上的白云、眼前的湖水也比如今悠闲、自在,天地间的一切都静悄悄的,能清楚地听见鱼儿在水里冒泡的声音、羊儿嚼着青草的声音。这湖边的水草把牛羊喂养得一个个膘肥体壮,光滑的皮毛油光发亮,这让它们很容易成为某些凶猛野生动物的猎物。那些家伙一般很难被发现,它们特别善于伪装,把自己伪装成草原的一部分,然后在草原深处悄悄逼近。但这些康巴汉子和他们的牧羊犬眼睛特别尖,鼻子也特别灵,一下就能嗅到危险的气息。但血腥恐怖的场面还是时常会出现,那一堆堆在阳光下静静发光的白色骨骸,就是牛羊被凶猛的野生动物吃掉后又吐出来的骨头,过了多少年还留在这里,这高原上,好像没有比骨头更硬的东西……

一个藏族牧人的讲述,远比我的描述更加逼真,但我难以直接转述,只能大致说出他所表达的意思。那些凶猛的野生动物,大多是熊和狼。狼的出现是一件很突然的事,哪怕是出现在一个牧人的回忆中,也让我猛地一惊,一只狼出现了,马上就会冒出一群狼。那时候这里的狼还真是多着呢!才仁达杰说着,忽然发出一声嗥叫,哪怕是人类的模仿,也是那样凄厉瘆人。才仁达杰告诉我,它们嗥叫,不是因为饥饿,而是为了表达它们吃饱喝足了的心情。这嗥叫声离牧人的藏包很近,近得同人类的生活几乎没有距离了。只要一听见狼嗥声,睡梦中的牧人一下子就惊醒了,他们的羊圈或牛栏里可能又出事了。果然又出事了,羊圈、牛栏里充满了血腥味,顺着滴洒的血迹,你就能找到一堆血淋淋的、白生生的骨头。还有的狼特别可恶,它们只吃掉了牛羊的五脏六腑就扬长而去了,连羊肉牛肉都懒得吃了,好像吃腻了。但你还真是拿这些狼没办法,没有一条狼是好惹的,谁要惹恼了它们,它们就会疯狂地跟你玩命。才仁达杰指着湖边的一片沼泽说,就是在那儿,一个牧人不知怎么把一条狼给惹火了,一下从四面八方呼啦啦拥上来几十条狼,紧追着那骑在马上的牧人,但它们是跑不过一匹马的,等到狼群赶到时,牧人已经躲进了自家的房子里。藏民的房子都是用坚固的石头砌起来的,再多的狼,也不可能攻破那像石头城堡一样的房子。但再坚固的房子也有空子可钻,这些狼竟然用它们的脑袋撞碎了窗户玻璃,一条一条地扑进了屋子……

这让一个倾听者惊愕不已,我不敢相信那一幕是真的发生了,但愿它只是一个传说。但人类生活与野生动物的领地越来越近,甚至出现了交叉和重叠,这早已是不争的事实。那一堆堆白森森的骨骸,既有兽骨也有牛羊的骨头,这是生命的证据。一直有人在追问,究竟是野生动物侵入了人类的生活,还是人类入侵了野生动物的领地?这个问题,无疑只能由人类来回答,答案很复杂也很简单,这是人类过度放牧出现的一个灾难性的先兆。这里只说一个事实吧,当年那茂密的牧草,牛羊怎么也吃不完。于是乎,一个才一万来人口的玛多县,竟然发出了"突破百万牲畜"的号召,那百万牲畜,玛多人根本就放不过来,于是当地政府又再次发出号召,对于愿意来玛多放牧的,不但分给他们草场,还无偿提供良种牛羊。结果呢,那"风吹草低见牛羊"的草原风景,很快就被牛羊啃得只剩了紧贴着地面的草根,然后又被高原鼠兔啃得连草根也不剩了。这让野兽们已无藏身之地,几乎活不下去了。在被人类逼得走投无路后,它们只能追着人类放牧的牛羊,被逼得离人类越来越近,这也让人类的处境变得非常危险。在玛多县城玛查理周围也有不少哈熊和狼群出没,它们盯着的目标也许不是越来越少的牛羊,而是越来越多的人类。

随着草场大面积沙化,降水量越来越少,黄河源的河流湖泊开始大面积缩水,那支离破碎、干涸嘶哑的水泽四周,敷衍着一片稀薄、焦黄的草地,连几只浮在水汊里的水鸟,看上去也死气沉沉的。而在这无边的荒凉与沉寂中,连高原反应也比以前严重了。这是植被遭受破坏、空气中含氧量减少的必然反应,别说我们这些来自高原之外的人,连世世代代生于斯长于斯的藏民也有高原反应了。

才仁达杰伸出一根黑炭似的指头,指着鄂陵湖和扎陵湖之间的一条沙沟说,十几年前这里还是一片浅水滩呢,可眼下连湖底都露出来了。这条水沟干涸了,扎陵湖的水位就下降了。当水沟变成了沙沟后,湖边的浅水就变成了沙滩。一个牧人也许不知道湖水下降背后的原因,却眼睁睁地见证了湖水一天天萎缩,随之而来的便是草场的大面积沙化。他用靴尖踢开一堆沙子说,你看,这地方过去是没有沙子的,水草长得好着呢!可现在,土里的沙子全都露出了,堆起来了,里边一点土都没有,连草根都没有了。

一个牧人的眼神,忽而在回忆中闪烁发光,忽而在眼前的现实中一片焦渴,而在他忽闪忽闪的眼神之间,我那不祥的预感变得异常强烈。这是黄河源区生态恶化的第一个征兆,早已不是预感,而是事实,那就是河流、湖泊的干涸与萎缩。这里仅以玛多为例,这个黄河源头第一县又有"千湖之县"的美誉。以前,这其实是大打了折扣的美誉,玛多远不止一千个湖,县境内分布着四千多个大大小小的湖泊。然而,一个打了折扣的美誉,如今眼看着却越来越不美了,就在这近二十年来,玛多县就有三千多个小湖泊在天地间蒸发了。再看整个黄河源区,原有六千多个湖泊,在1998年至2001年的两三个年头里就差不多干涸了一半。一条长河从源头流来,沿途接纳了众多的小河流之后,穿过星宿海、扎陵湖、鄂陵湖等河源湖泊,才形成一条真正意义上的干流或主流,这些已经干涸或正在加速干涸的湖泊,就是汇聚为黄河主流或径流的主要水源。

大河有水小河满,小河没水大河干。这是俗语,也是常识。

看看这一对姊妹湖吧,她们被人类誉为"黄河源头的两颗明珠",但与二十多年前的图片相比早已黯然失色。明珠也许只是一个比喻,而这一对姊妹湖作为黄河源区的两大蓄水池却是名副其实。可眼下,只要你走近湖边,俯身一看,就能看清楚水位有多低,从历史水位留下的痕迹看,至少比过去降低了2米多。我来这里时,还算好的。而在此前,这贯穿两湖间的黄河干流曾以连续三年跨年度断流的灾难性事实,向人类频频发出警示:1997年1

月至 3 月,玛多县附近的黄河干流首次出现断流;1998 年 10 月 20 日至 1999 年 6 月 3 日,在跨年度的近八个月时间内,扎陵湖至鄂陵湖河段持续断流。其后,黄河源区还连续两年出现黄河干流跨年度长时间断流。

走笔至此,昨夜的一个谜底已经解开:20 世纪 90 年代末,国家曾斥资近亿元,在鄂陵湖注入黄河处建起了黄河源第一座水电站,就叫黄河源水电站。翻检当年的报道,这座水电站"载入了中国水电建设史册,还将以 24 亿立方米的库容在河源大地造就一大奇观,为扎陵湖、鄂陵湖这两个'姊妹湖'再添新姊妹,塑造亮丽风景……"。不能不说,建这座电站是非常必要的,玛多是青海省最后一个无电县,这是一个造福一方的民生工程,诚如时任玛多县县长杨英所说:"电是玛多人梦寐以求的东西。建镇(县城玛查理镇)四十多年来,县、乡机关和各个单位及牧民都是靠着柴油机、家用太阳能及蜡烛、煤油灯工作、生活。进入新年后,县政府所在地和黑河乡、扎陵湖乡三个地方首先通了电,我们非常高兴。电为我们的新生活、新经济带来了希望!"然而人算不如天算,一个无电县的历史刚刚宣布结束,很快就因黄河源头断流而无水发电,一个无电县又重新点燃了摇曳的烛火。

若仅从数据看,这是不可思议的。从大背景看,三江源区占了黄河总水量的一半左右,黄河源流在玛多县的年均径流量也有 7 亿立方米,这足以驱动一座年均发电量还不到 2000 万度(千瓦时)的发电站。何况此前,黄河在历史上虽说出现过下游断流,但还从未出现过从源头就开始断流的现象。然而,这已是谁都可以眼睁睁看见的现实,就在鄂陵湖注入黄河的水口,在裸露的湖底和河床间,只有几个被太阳炙烤着的小水函闪烁着、颤动着,那倒伏在污泥中的水草散发出腐败的腥臭味,而我在张大嘴呼吸时,只能把刺鼻的气味大口吞下去,那种恶心呕吐的感觉又一阵一阵翻涌上来了。

湖泊的大面积缩水,直接减少了黄河的径流量。尤其可怕的是,大河上下,还一度出现上游和下游同时断流,这首尾呼应其实是互为因果的,结果便是一条神龙既不见首也不见尾,无头无尾了。黄河源头的断流,也直接导致源区地下水位的急剧下降,有些严重的地方地下水位下降超过 10 米,这让难得喝上黄河水的玛多人,连喝上地底下的井水也越来越难了,随着水井水位越陷越深,水桶上的绳子也愈来愈长。地下水位的急剧下降,一个致命的后果是造成水循环模式改变,水源涵养调节功能明显下降,随之而来的便是土壤水分丧失,地表植被死亡,草场大面积退化、沙化,水土流失日益严重,干涸的湖泊变成盐沼地,大片湿地变成了灾难性的"黑土滩"或旱草滩。这是一系列恶性循环必然带来的生态灾难。有专家预测,如果黄河源区的生态系统按照现在的趋势继续恶化下去,几年后,玛多那"千湖之县"的美誉将会彻底名存实亡,如果连黄河流经的第一县都没有了水,那么前人追溯的一个个黄河源头都将沦为假设,一条长河或许又将回到大禹"导河自积石"的历史开端,以积石山为源头。

对于大自然,二十来年只是沧桑中的一瞬间,对于人类,则足以把一个壮年变成一个两鬓沧桑的老人。而我看着这低沉而疲倦的湖水、枯萎发黄的草场和一个与我同龄的牧人,真有一种老人式的苍凉。对于牧人才仁达杰,哪怕是椎心之痛,在二十来年的岁月嬗变中也会变得缓慢而迟钝,在他黝黑的脸上也看不出来。而当他下意识地扭头回望着什么时,那皮肉松弛的脖子已凸显出弯曲的青筋。我也问过,一个牧人能靠这五十来只羊养活一家人吗?才仁达杰却笑着说,他眼下最担心的不是一家人,而是这一片草场够不够他这几十只羊吃。那笑里,透出苦涩,更透出某种欲说还休的无奈。很多牧人,为了养活他们的牛羊,不得不离开这一方水土,赶着牛羊去转场放牧。然而,这里曾经就是青海最好的高原牧场之一,哪里又有比这更好的牧场呢?想象当年一个年轻的康巴汉子,骑在一匹藏青色的骏马上,一路荡气回肠地唱着《格萨尔王》,在一片高原旷野的远景中呼呼地抡着牧羊鞭,风起云涌般地指挥着那一千多只羊,就像指挥着一支浩浩荡荡的队伍,神气得不得了!一个牧人骑着一匹瘦马,赶着一群稀稀拉拉的羊,走进一片稀稀拉拉的草地,那身影越走越远,越来越小,化作一团模糊的影子。忽然觉得,这个牧人,很可能就是扎陵湖草原上的最后一个牧人。这突如其来的感觉,又使我心里蓦地涌来一阵阵酸楚,那是一种比高寒缺氧更强烈的感觉。

很多疑问都是一个像我这样的匆匆过客无从解答的,但有一点我心里非常清楚,当人类频频回首过去,很可能是我们今天出了问题,而一旦出现这种纠结的目光,甚至让他们看不到明天。

三、看不见的黄河

在一个牧人逆着时光的背影之后,我们又一次上路,继续向黄河源头挺进。挺进,是我们的导游桑却江才对大伙儿的激励,还真是让不少人又挺起了精神,但我依然走不出一个牧人留下的阴影。

而接下来的路愈加艰险,一条沿着鄂陵湖边缘蜿蜒的砂石路,像波浪一样跌宕起伏,这条路被往来司机戏称为搓板路,而我们的藏族司机兼导游桑却江才则充满了藏民特有的幽默感,他说这是一条"会跳舞的路"。这个比喻很形象,但跳得最厉害的不是路,而是越野车。这样的路旅游大巴很难开进来,只有马力强劲的越野车,才可以在这山道上行驶。我们这辆越野车上,连我一起共五个游客,这是驴友们在玛多县城的临时拼车。车开得不快,但跳得厉害,我连心脏都快跳出来了。我是这车上年岁最大的,几个年轻人这时候精神头还挺足。有人说在这么美的一个地方,连颠簸也是一种美,可很快就美不起来了,一车人浑身一震,猛地就怔在那儿了。在高寒缺氧的地方脑子反应慢,过了片刻才反应过来,车轮陷在一个泥坑里了。不过一旦反应过来了,每个人都很自觉,全都下去推车。在这高原上,稍一用劲心口就憋得慌,感觉一口气堵在心眼里,想吐却吐不出来。那个难受劲儿,难以形容。车轱辘在烂泥中打滑,桑却江才在车上拼命地踩油门,那轰鸣声连空气都震动起来。一车人,弯着身子,总算把这辆车从烂泥坑里推出来,每个人的脸上、身上都溅满了泥巴,一个个都像是从泥淖中挣扎出来的。大伙儿上车时,我还站在那烂泥坑边喘息,这也是我多年来养成的习惯,我总是最后一个上车,坐在最后一个位置上。然而,此时,我却望着一片多年来养成的冻土发愣。由于这些年来我一直在为江河、为生态而上下奔波,对冻土我多少了解了一点。高原冻土是生态链中不可或缺的一环,可以说是维持生态平衡的基础。而这条路无疑是修在冻土上的,它变得这样起伏不平,出现这么多坑坑洼洼,很可能是路基下更深处的永冻层正在消融,这对高原是最具破坏力的,冻土退化必然会引起地下水下渗,从而进一步引起土壤含水量的下降,直至引发湖泊河流的水位下降。

但愿事情还没有我想象得那样糟糕,但我心中那不祥的预感越来越强烈,我只能从理性上安抚自己忐忑而错杂的内心。生态毕竟是一个系统,仅从一两个征兆来看,虽说也能看出某些端倪,但若要看出全貌,还得继续往下看。接下来的路,像我忐忑的心情一样变得更加坎坷了,一会翻过一座山包,一会蹚过一条小溪,50多公里的路,比我从南中国海滨到青藏高原的路还要遥远。如果以一个游客欣赏风景的眼光看,再遥远、再艰险也不虚此行,无论你把镜头对着哪个方向,摄入的都是绝美的风景。

在抵达黄河源头之前,还有一个湖泊必将出现——星宿海。这是黄河流经的第一个湖泊,位于玉树州曲麻莱县麻多乡境内麻涌草原北面,东与扎陵湖相邻,西接黄河干流玛曲。这里也曾长久地被人类视为黄河源头,难以逾越。一个人走到这里,才能设身处地地体验到,那些全凭徒步跋涉的前人走到这里有多么艰难和凶险,在古人心中,"河上通于天,源出星宿",他们能不畏艰险地走到这里,或许就是有这样一种虔诚的信仰和信念在支撑着他们。

在藏语里,星宿海名为错岔,意为花海子、斑斓湖。但更准确地说,这是一个东西长约30公里、南北宽几公里至十几公里的一个不规则的盆形湿地。这不是水的海子,而是花的海洋。有些花很常见,如报春花、紫云英,但它们能在这高原上长得鲜活多姿,却也分外难得,没想到这些寻常野花的生命力如此坚韧。还有很多花是我闻所未闻的,如高山紫苑、垂头菊、马先蒿、点地梅,在桑却江才的指点下,我才认得了它们,记住了它们的名字。一个人走到这里,一枝一叶都值得你终生铭记。自然,我最关心的还是水,一条黄河从这花海子中流过,却几乎看不见。哪怕走到了盆地中的最低洼处,也看不出哪里是主流,只能看见一些散落着的小水洼和水凼。在阳光的照耀下,大大小小的水泊闪烁发光,看上去还真像满天闪烁的星斗。

来之前,我在西宁翻检清朝大臣杨应琚编纂的《西宁府新志》。杨应琚是土生土长的青海人,对青海的生态极为关心,他一生身体力行,大力提倡种树种花,还亲自"引流种树"。他于乾隆十三年(1748年)修成的《西宁府新志》,为我们呈现了当时的星宿海是怎样的一副模样:"形如葫芦,腹东口西,南北汇水汪洋,西北乱泉星列,合为一体,状如石榴进子。每月既望之夕,天开云净,月上东山,光浮水面,就岸观之,大海汪洋涌出一轮冰镜,亿万千百明泉掩映,又似大珠小珠落玉盘。少焉,风起波回,银丝涣散,炫目惊心,真塞外奇观也。"在枯燥的史志里,极少有如此形象生动的笔墨。可如今乾隆版的《西宁府新志》已是绝版,乾隆年间的星宿海也成了绝版的风景。

两百多年的岁月也许过于久远,那么还说近二十年吧。20世纪90年代末,著名生态探险家曲向东和他的考察团队用了三个月的时间,驾车从黄河入海口逆水而上,最终抵达了黄河源头。当他们抵达河源地区后,那急遽萎缩的冰川、湖泊、河流以及令人揪心的高原牧场和湿地的严重退化,被他们拍摄成了影像,而这些影像公开展示出来后,让许多对黄河以及黄河源区原本不太关心的人,也突然绷紧了神经。十年后,2009年6月,曲向东和他的"Ⅱ度计划"考察队再赴三江源地区探险考察,这一次他们还特意带着生态探险摄影家茹遂初于1976年拍摄的黄河源星宿海照片,他们寻找到茹遂初当年拍摄的地点,再次拍摄了黄河源星宿海现状的照片,对比之下,让许多人愈加感到了极为强烈的反差。从1976年到2009年,三十多年的沧桑变化,当年的星宿海已经名不副实,一个星罗棋布的美花海子,已然变成了干涸的湖底、苍凉的戈壁……

然而,眼前这个星宿海比照片里那个星宿海更惨,其惨烈的程度也远远超过了鄂陵湖和扎陵湖那一对姊妹湖。这是黄河流经的第一个古老湖泊。如今的湖岸已退缩了三四十米,这让黄河干脆把它撇开了。由于不再与黄河相连,这传说中的花海子看上去就像一个被抛弃的孤儿,已成为一个孤零零的内陆湖,甚至连湖也算不上,实际上已是一片濒临干涸的湿地。而我从进入玛多后,在遣词造句上就极为谨慎,实在不忍心用"惨不忍睹"这一类的词语来形容这个在清人眼中"大海汪洋"一般的星宿海,那一缕缕气若游丝的水流,恰似人类脸上那悲惨以至绝望的泪痕。从鄂陵湖、扎陵湖到星宿海，一路走过来，眼睁睁地看着一个个已经干涸或正在干涸的湖泊，离黄河源头越来越近，我心里却越来越绝望，我们还能看见那个传说中的黄河源头吗？当一条万里长河从源头就开始断流，人类又是否真切地意识到我们所面临的危机？

接下来，人们还要面临两难甚至三难选择，在星宿海上源就是前人早已发现的"三山之泉，溢为三支河"——扎曲、约古宗列曲和卡日曲。这三支河都曾被前人认定为黄河源头，那么，我们又将走向哪儿？

当大伙儿的眼光一齐看着桑却江才，他没有犹豫，就把我们带上了一条路。

那是一代又一代人追溯黄河之源的一条路，同那些远远走在前面的先辈相比，我们只是亦步亦趋的追踪者。这条路一直在玛曲河谷里穿行，只是人类与河流的方向背道而驰，河流一路向东，我们则一路向西。玛曲是黄河源头最初形成的第一段干流，在藏语中，玛曲之意就是黄河。这让我在心里不禁暗叹，最了解这条河的，还是生于斯长于斯的大地苍生。就在古往今来的人们上下求索时，这里的藏民早就认识到玛曲就是黄河之源了，而一旦发生洪灾或干旱，藏民们就会聚集在长风与经幡中拜祭河神。经幡只是我们眼中的风景，却是藏民虔诚而崇高的信仰。而我们要抵达黄河源头，无论是哪个源头，从星宿海往上都必须先穿过一条16公里长的玛曲河谷。若要抵达黄河源头的约古宗列盆地，这条河谷是一条必经之路。说是河谷，在一片土黄色的悬崖深壑间，几乎看不见那一线黄河在哪儿，但见一路上被风吹得哗哗作响的经幡，让人频频产生河水流淌的幻觉。经幡飘拂处，是一座座以石块或石板垒成的祭坛——玛尼堆，这些石块上刻有佛像、慧眼、形形色色的吉祥图案和藏传佛教的六字真言。我虽不知所云，也会下意识地投去虔诚的一瞥。

约古宗列盆地，是一个东西长40公里、南北宽约60公里的椭圆形盆地。那环绕盆地四周的山岭，如同低垂在天边的一抹阴云。若从高处环顾四周，整个盆地就像安放在天地间的一口大炒锅，在藏语里，约古宗列的意思就是"炒青稞的锅"。在这口大锅子里，散落着一百多个小水泊，这和星宿海有些相似,但不像漫天闪烁的星斗,却排列得如同神秘的星象,仿佛暗藏着几分玄机。无论有什么玄机,大自然终将暴露一切。但在桑却江才等藏民眼里,这不是什么星象,而是一把被撒在锅里的青稞。仔细一看,还真是像青稞,那些小水泊是青色的,闪烁着青色的光芒。

走进这盆地,地皮很软,像踩着沼泽,感觉大地在脚下蠕动着,正瓦解着下沉。在那些零零星星的小水泊之间,又见一片支离破碎的高原牧场,风吹草低,不见牛羊,只见东蹿西跳的鼠兔。在这里,除了人类,唯一还活跃着的生命就是这肥硕的高原鼠兔了,它们这样四处乱窜,有时也难逃被车轮碾死的悲惨命运,在留下斑斑血迹后化为一小堆白骨。此时,当我们进入它们的领地,或是脚步声惊扰了它们,它们又开始东蹿西跳,引得游人一片惊呼。我倒没有大惊小怪,似乎早在预料之中。这是黄河源区生态恶化的第三个征兆,在高原鼠兔出没之处,暴露出一块块如同斑秃的红土和黑土滩,哪怕长草的地方,那稀稀拉拉的草丛也是一片枯黄。而我在扎陵湖畔邂逅的那个牧人,一直是我脑海中抹不掉的阴影。假如他转场到这里放牧,又该把目光下意识地转到过去了,然后跟我历数这二十年来的沧桑变化。

追究高原鼠兔异常猖獗的缘故,一个直接原因就是人类滥捕滥猎野生动物,这其中就有鹰、狐等鼠类天敌。一旦没有了天敌,以食草为生的高原鼠兔和以食草根为生的鼢鼠便日益猖獗,它们的繁殖能力和生命力远远超过人类。据有关方面调查,地处黄河源核心区的果洛藏族自治州,每年被鼠类吃掉或破坏的牧草,据说相当于三百万只羊一年的饲草量。这些鼠类既吃草又吃草根,它们把草根四周的深层钙积土挖出来抛撒到地面,这些浮土又压抑了植物生长,让生态原本就十分脆弱的高原牧场退化为一片片"黑土滩",加剧了黄河源区沙漠化的进程。在黄河源区,已经出现了间歇性的沙漠,只是人们出于谨慎,还没有将其正式列入沙漠,大多称之为沙化或荒漠化。多少年来,黄河源区的州县一直把消灭高原鼠害作为当务之急,但鼠害分布广,控制难度大,灭鼠年年都是当务之急,高原鼠类却愈来愈猖獗。人类可以轻易地摧毁生物链中的某一环节,但在生态系统不断恶化、生物链出现断裂的情况下,人类单凭某种单一的方式恢复生态,只能是效果极为有限的无奈之举。其实，高原鼠类在任何岁月都有，它们本身也是生物链中的一环，在草原植被处于正常的环境中，通常不会导致数量失衡，而一旦失衡，就是整个生态系统出问题了。

玛多这个黄河源头第一县，也成为草地退化、沙化、荒漠化最严重的第一县，已经把牧民们逼到了无处放牧的境地，一个人口仅有一万多人的玛多县，就有七千多人沦为生态难民。那个在扎陵湖畔放牧的才仁达杰还算幸运的，玛多的大多数牧民都只能忍痛挥别他们世代相传的羊鞭、牛鞭，开始了另一种谋生方式，由传统的放牧、游牧转为集中定居，由单一的畜牧业转向劳务输出、养殖种植、商贸经营、民族手工业、旅游服务业。我觉得这也是一条必然的路。加剧草场退化的一个直接原因就是超载放牧，让他们走出草场是人类对自然的让步，如果再不采取退牧还草、封山育林等措施，继续在超出自然生态承载能力的状况下过度放牧，必将引发一系列的生态灾难和自然灾害，在加害自然的同时又加害自己。另外，让他们走出原本就不适合人类生活的高寒山区也是人类文明的进步。从国家层面到当地政府，近年来一直致力于把生态难民转化为生态移民。在途经玛多县花石峡镇时，我还特意去参观了一个有三百多户的生态移民新村。花石峡镇位于玛多县境东北部，距县城玛查理近70公里，是将原清水、花石峡、黑海三乡撤乡并镇后设立的一个大镇，人口比县城玛查理还多一千多人。该镇地处山原、河谷地，东邻措那湖南岸，一幢幢色彩鲜明的藏式小楼，依山傍水，只是那水也干涸萎缩得厉害，只剩下一点水的意思了。

随意走进一户人家，除了藏民家里特有的吉祥图案和色彩绚丽的藏式家具，电视、冰箱、电脑等电器一应俱全。从盖房子到这些家用电器，国家都是有补贴的。尤为重要的是，此举一举多得地解决了长期困扰他们的吃水、行路、用电、上学、就医等诸多难题。近年来，随着来黄河源旅游的人越来越多，他们大多吃上了旅游这碗饭，有的搞起了民居接待，有的表演藏族歌舞，还有的制作和销售藏族特有的石雕、藏毯等民间工艺品，看样子生意挺红火。这里原本就是从西宁通往黄河源区的一条必经之路，又是去果洛州首府玛沁和玉树州的分岔路口。在玉树大地震时，这里是一条生命通道，如今这里也成了这些生态移民的一条重生之路。而从某种意义上说，一场巨大的生态灾难，远比一场地震来得更可怕。地震是在短时间内极具摧毁力的灾难，而生态灾难则对人类的生存具有更深远、更漫长的毁灭性。当然，无论是谁，当生活的轨迹转向一个完全不同的方向，都会有一个从无所适从到慢慢适应的过程。很多移民在搬迁之后，对以前的游牧生活依然充满了难以割舍的眷恋，觉得没有牛羊的生活很不习惯，但这些特别纯朴的藏民也懂得，这世上还有一种东西比牛羊更重要，那就是像生命一样重要的水。

我们的司机兼导游桑却江才也是一个生态移民，他生于玛多县扎陵湖乡的一个牧民世家，2010年高中毕业，没有考上大学，恰好那年扎陵湖乡的一部分牧民要实行移民搬迁，他们全家将要搬到玛多县城玛查理镇的移民新村，这让他没怎么想就选择了一所职业学院的旅游专业。像他这种年轻一代的藏民，对城镇新生活比父辈祖辈更有适应能力，一个深山独居户能够搬进县城里，对于他们来说没有太多的犹豫，能过上城里人的生活，那甚至是一种深深的吸引。或许就从他们这一代人开始，先辈们那世世代代的游牧生活，将从赖以为生变成一种淡淡的乡愁，甚至是一种传说。

站在约古宗列曲边上，远眺雅拉达泽山巅的积雪，我高度近视的双眼里或许也在闪烁冷寂的光泽。约古宗列不仅是一个盆地的名字，还是藏民对一条河流的命名。常见有人把约古宗列曲和玛曲有意无意地混为一谈，其实两者还是有区别的。准确地说，约古宗列曲只是玛曲的上源之一，也可以说是玛曲的一条支流。当约古宗列曲与玛曲的另一上源卡日曲交汇后，自汇口以下的干流才称之为玛曲。当玛曲流经星宿海、扎陵湖、鄂陵湖后，一条长河的干流才可称之为黄河，当她从大地的裂缝中流过，蓝得比地图上那条长河还要沉静幽深。

桑却江才还将继续带着我们往上追寻，但他发现大伙儿有些打不起精神。他眼珠子转悠了一下，忽然指着与约古宗列曲一脉相连的玛曲问："你们看它像什么？"这个藏族小伙子的声音激动又急切，还没等我们回答，他又抢先说出了答案："玛曲还有一个更美丽的名字，孔雀河！你们看像不像？这数不清的水泊在阳光下闪闪烁烁，五光十色，真像是孔雀啊，哗一下开屏了,多漂亮啊!"

他的声音和手势,充满了对一条母亲河的感情,但我心里却又涌上一阵莫名的酸楚,这条孔雀河,在不远的将来或许也会变成一种传说。

四、世间最纯净的诞生

每一条河流的源头都是山。一阵阵耳鸣,不知是因为海拔太高,还是呼呼的风声和水声从耳畔掠过。无论从哪一个角度,你都可以看到在阳光下闪烁着冷寂光泽的雪山和微微泛蓝的冰峰。那是巴颜喀拉山脉,长江与黄河的分水岭,也是黄河的源头。对于人类,那是一个永远充满了神秘感的存在,离它越近,越是神秘。你眼睁睁地看着它,感觉已是最后1公里了,但一条在高原上蜿蜒而行的土路却像永远没有尽头。

兴许,在这憧憬与抵达之间就是人类的极限。又想到那些在万水千山中左冲右突、苦苦求索黄河源的前辈们,那时根本就没有路,也没有一个确定的方向,更没有精确的地图,其环境之恶劣、行程之艰难,都是我们今天难以想象的,更不说切身的体验,他们又是怎样跨越一道道难以逾越的艰险?

这里就从共和国诞生之初开始追溯吧。1952年8月,由水利部黄河水利委员会组成了新中国历史上第一支河源查勘队,这也是中央政府直属机构第一次组成科考队,新中国历史上第一次对黄河源区进行全面查勘。这么多的"第一"叠加在一起,突显了这是人类探寻河源的又一个划时代的历史开端。这次查勘,由黄委办公室主任项立志担任队长,主要队员有董在华、周鸿石、史宗浚等专业技术人员。这次查勘的大背景和大目标,是为了全面收集黄河全流域基本情况,为从根本上治理黄河做准备,还有两个具体任务:一是查勘黄河源河势,看有无发电筑坝地址;二是"共和国第一任河官"、黄委主任王化云提出,在查勘黄河源的同时,查勘从长江上游通天河调水入黄河上游的引水线路(即南水北调西线工程)。因此,这也是历史上第一次进行南水北调工程的查勘。8月中旬,项立志率队从河南开封出发,十二天后抵达青海西宁。不怪他们行动迟缓,只怪那时的交通还很落后,不过,同那些骑着骡马或徒步跋涉的古人相比,他们的速度已足以用神速来形容了。

然而,过了玛多,查勘队也只能像古人一样艰难行进了,能骑马的地方就骑马,连马都迈不过的坎,那就只能全凭人类的两条腿穿滩涉流、徒步跋涉了。白天翻山越岭,夜里在帐篷里宿营,那些简陋的勘测设备和生活物资全靠牦牛驮运。那时候进入鄂陵湖、扎陵湖一带,便是只有野兽出没的无人区,虽说也有先人在这里披荆斩棘地走过,但在他们离去后,这里很快又重新回归到它荒无人烟、一片沉寂的自然状态。查勘队在这人间绝域里穿行二十多天,不说路途艰苦,几乎是无路可走,既没有精确的地图,又没有向导(好不容易找了一个向导,也从未上过河源),在这茫茫荒野中他们对自己走到了哪里、到哪里去,都难以判断,河流成了唯一的方向,他们只能一路追踪着黄河逆水而上,一条原本就如涓涓细流的黄河在湖泊湿地变得支岔众多,很难辨别哪是干流哪是支流,这让他们有几次把黄河干流给弄丢了,不知绕了多少弯子,才又摸索着把黄河重新找了回来。

这还不算什么,最考验他们的还是那种高原极地气候。青藏高原是地球上的第三极(不仅指珠穆朗玛峰,而且指青藏高原),其气候恶劣不只是绝对温度的严寒,其风云变幻和温差之大让人难以适应。这也是我的切身体验,我刚爬到一座山上,不是极顶,只是半山腰,想要看清楚那条一直看不见的黄河,忽然乱云飞渡,狂风乍起,一场大雪铺天盖地般席卷而来,瞬间把我打入冰雪世界,除了没被埋没的经幡,天地间一片雪白,寒流让我龇牙咧嘴,牙缝里嘶嘶作响如同冷笑和狞笑。我都不知道自己是怎么挺过来的,在咆哮的狂风中只听桑却江才在粗暴地吼叫,让我赶紧从山上退下来。刚刚退下来,忽然又云开日出,太阳一出来就相当暴热,这让你忽而冷得浑身哆嗦,忽而又热得张口喘息。我来这里已经入伏,这是青藏高原一年中最好的季节。而查勘队当年在此查勘时,已是中秋前后,青藏高原的气候已如同严冬,他们在风雪肆虐的高原艰难地跋涉,4米长的测量标杆,在怒吼的狂风中要三个人手攥着绳拉,才能艰难稳住标尺,同时还得在风雪中稳住自己的身体。狂风裹挟着冰雪扑面而来,吹得人根本睁不开眼,一睁眼就泪流不止,

第一章　忧患之源

但他们必须睁开眼,贴在经纬仪冷冰冰的镜头上观测。等到一个地方观测完,眼泪已经冻成了冰凌,那标尺连同人的双腿已被大雪埋下了一截。冻疮是每个人都少不了的,每个人冻裂的指头上都贴满了胶布,而最容易受伤的还有鼻孔,无论是伤口流出的鲜血,还是眼里流出的泪水,很快都会凝结成冰凌。

在这每走一步都气喘吁吁的高原上,他们却从天刚亮一直干到天黑。回到了宿营的帐篷里,还要在摇曳的灯光下计算、绘图,仔细核对测绘数据。夜晚的气温最低降到零下36摄氏度,一顶顶帐篷在暴风雪夜的高原上不停地晃动,但从帐篷里透出的一线线微弱的灯光却久久不灭,每个人都冻得浑身发抖,连手里的笔也握不住,只能用唯一的温暖——心里的一团火来焐热自己。哪怕睡着了,也会出现严重的高原反应,最直接的反应就是头疼欲裂,恶心呕吐,心口憋闷得就像死神死死压在你身上……

他们的经历,有些我体验到了,有些我永远也体验不到。同他们相比,我只是一个21世纪的高原过客,来也匆匆,去也匆匆,而他们则要用更漫长的时间、更险峻的方式去经历和体验。这次查勘,从当年9月下旬进入黄河源区,考察行程5000多公里,实测面积2000多平方公里(2625平方公里),于12月末返回河南,每个人都是带着一身冻疮和伤痕回家的,如同死里逃生一般,而迎接他们的是妻儿久别重逢的热泪。

不知是巧合还是天意,一支由六十余人组成的队伍,历时六十余天完成了新中国第一次对黄河源区的查勘。这次对黄河源区的全面查勘,在新中国的历史上是破天荒的,其行进路线、查勘范围、工作深度也远远超过了历朝历代任何一次河源勘查:一是初步掌握了黄河源区的基本情况;二是测绘了从长江上游引江入黄的大致路线,并首次提出从通天河调水100亿立方米的初步设想,为南水北调的前期勾画开了先河;三是通过实地考察,明确提出了"约古宗列曲应为黄河正源"。这是水利部黄河水利委员会的历史评价,具有难以改写的权威性。那么,新中国第一代黄河人又是如何确定黄河正源的?据说,就在查勘队苦苦寻觅黄河正源时,搜集到了一首在巴颜喀拉山北麓传唱的藏族民谣:"马塞巴,雅达约古塞;约塞巴,雅合拉达合泽……"

意思是"黄河之水哪儿来？约古宗列。约古宗列的老家在哪儿？雅合拉达合泽……"雅合拉达合泽在藏语里就是万水之源的意思，这座山是长江、黄河、柴达木盆地的分水岭，它横亘在约古宗列盆地的西南方向，远远就能看见，那也是我们正要奔赴的方向。

从积石山、鄂陵湖、扎陵湖、星宿海、约古宗列盆地到约古宗列曲，这每一个地方，都曾是前人走过的路的尽头，而每一个人类足迹的尽头都曾被认为是黄河源头。但从约古宗列曲走到其源头，还有一段说起来很短、走过来很难的路。终于，一块白色石碑闪现在约古宗列西南边的山腰间。

桑却江才尚未开口，一车人就已感觉到，黄河源到了，这一次是真的！

眼前这块大理石标志碑，哪怕被高原直射的太阳照得白得耀眼，也能看见"黄河源"那三个大字。但一看就知道，这并非1952年秋天立下的那块碑，当年的查勘队员在那样艰苦的条件下，也根本不可能以精雕细琢的方式来打造这样一块大理石碑，只是就近搬过来一块石头，刻上了"河源之石"四个大字，就立在这泉眼边上了。而在此后的地图、地理教科书中，均以此为标准："黄河源出青海省巴颜喀拉山脉雅合拉达合泽山东麓的约古宗列曲。"一块标志碑，在物换星移中数度更迭，但那源泉之水还在当年发现的地方，我一看就傻眼了，那是一眼仅有三四平方米的小泉眼，小得简直只能用眼角去看，没见泉水往外奔突，却像几滴泪水在眼眶里团团打转。泉水里依稀可见一颗颗浑圆的石头，泛出冰凉的寒光，有一种透心的清凉。桑却江才生怕我们小瞧了这泉眼，又赶紧解释说，这是一个终年不冻的泉眼，从这儿冒出的泉水又融进了盆地内，浸渗出一条条小溪流，才逐渐形成了一条小小的泉水河。顺着他手指的方向，我看见了，一缕如淡蓝色轻烟般的涓涓细流，就是约古宗列曲。如果这就是万里黄河的源头，一条黄河仿佛是从他的指缝间流出来的，再往前走，才渐渐有了一条小河的模样，宽不过10米，深不过半米，在浑圆的石头间倒也流得汩汩有声……

难道这就是黄河正源？这实在让人有些难以理喻，不光是我，几乎所有围在泉眼边上的人，都在不可思议又怅然若失地摇头，但这不会影响它在相当长的时间内成为中国地图、地理教科书和地理出版物上的标准答案。而同样作为标准答案的,还有这次查勘中出现的一个颠倒性错误。凡到过黄河源的人都知道,从玛多过来首先进入的是鄂陵湖,然后才是扎陵湖,鄂陵湖在东,扎陵湖在西,这也是此前的黄河探源者早已搞清楚了的,但新中国历史上的第一次查勘却把两湖的位置颠倒了。要说,这也是情有可原的,由于河源地区的环境极其复杂,加之当年的测绘设备还很落后,难免会在时空中出现错位,然而这一错位却让前人的正确答案变成了错误,此后的地图、地理教科书和出版物也纷纷修正前人的历史性错误,结果却是跟着一起犯错。这一错位其实很快就在学术界引起了争论,却一直延续了二十六年,直到1978年后,经青海省政府重新考察核定,并报请国务院批复,才正式恢复了鄂陵湖和扎陵湖在时空中的实际方位。

这次查勘的历史,足以反映人类在时空中的局限和渺小。一个人对自身的确认很难,对一条大河源头的确认就更难了。每一条河流都拥有太多的源头,黄河又是世界上最复杂的河流之一,若要在纷纭复杂的水系中正本清源,绝不像李白的一句"黄河之水天上来"那样直接和痛快。数千年来,人类一直如"上穷碧落下黄泉"地上下求索,从最初的"两处茫茫皆不见"到在艰难的跋涉中一步一步地接近目标,一次一次地修正错误,经历一个比黄河还要漫长的过程。在这条漫长的路上,除了那些前赴后继者在岁月中长途跋涉,还有多少未竟的大河探源之梦?

一种让人睁不开眼睛的光芒,来自高原上的太阳。这过于耀眼的阳光,让我下意识想起一个曾经与太阳合为一体的伟人。又仿佛,我一直是沿着一个伟人的思路在前行。

一个无人不知的事实,一代伟人毛泽东虽然降生于长江流域的湘江之滨,却对黄河情有独钟。黄河,像一个深奥的命题,深深地吸引着他。而一条伟大的河流,也在向一个划时代的伟人发出挑战,他一生曾多次萌生过把黄河从头到尾走一遍的想法,从黄河的源头一直走到黄河的入海口。还在延安时,毛泽东就同美国记者埃德加·斯诺推心置腹地进行了数次长谈。在斯诺眼里,毛泽东不亚于美利坚的华盛顿。这让这位美国人在两位伟人之间产生了很多的联想和遐想。一次,他问毛泽东:"如果您卸去领袖重任,最想去做哪些事情?"毛泽东深深地吸了一口烟后回答,骑马沿黄河流域考察。这绝非一个心血来潮的想法。1952年秋天,毛泽东在新中国成立后第一次考察黄河时,半开玩笑地对黄委主任王化云等陪同人员说:"李白说黄河之水天上来,我真想骑着毛驴到天上去,从黄河的源头一直走到黄河的入海口,我要看看黄河究竟是怎么一回事。"

这未解之缘,在岁月嬗变中一直延续着。1958年8月,这是一年中最炎热的季节,"大跃进"运动一浪高过一浪。此时,一个被汗水湿透了的身影,久久伫立在郑州兰封县(今兰考县)东坝头。这个季节,正是黄河汛期,河水猛涨,浊浪翻滚,站在防洪大堤上,也能感觉到洪水带来的震撼。看着眼前这条惊心动魄的大河,毛泽东沉声说,他要在这里横渡黄河。这就是毛泽东的性格,越是不可想象的事情,他越是充满了挑战的勇气和征服的气魄,但保卫人员绝对不敢让党和国家的最高领导人去冒这样大的风险,在反复的劝阻之下,毛泽东最后只好作罢,但横渡黄河,对毛泽东,依然是一个执着而强烈的念头。一年之后,又是洪水滔天的汛期,毛泽东来到山东泺口视察黄河,又对时任山东省委第一书记舒同说:"全国的大江大河我都游过了,就是还没有游过黄河。我明年夏季到济南来横渡黄河。"

然而到了第二年夏天,"大跃进"的灾难性后果已经开始显现,毛泽东置身于远离尘嚣的庐山,呼吸着山野里清新的空气,内心却充满了隐忍不言的焦虑和忧患。在和身边的卫士们闲谈时,他又一次感慨地谈到了自己平生有三大志愿:"一是要下放去搞一年工业,搞一年农业,搞半年商业,这样可使我多搞调查研究、了解情况,我不当官僚主义,对全国官员也是个推动。二是要骑马到黄河、长江两岸进行实地考察。我在地质方面缺少知识,要请一位地质学家,还要请一位历史学家和文学家一起去。三是最后写一部书,把我的一生写进去,把我的缺点、错误统统写进去,让全世界人民去评论我究竟是好人,还是坏人。"这三大志愿是毛泽东一生未竟的夙愿,而他骑马考察黄河的想法,一度提上了议事日程。透过他的这次谈话,很显然,他绝不是随便说说而已,此时他已经有了很清晰的思路,他要请一位地质学家、一位历史学家和文学家一起去,是想从自然地理、历史地理和人文地理上来完成一次对黄河从头到尾的行走。

转眼,几个年头又过去了,到了1963年秋天,在刘少奇等中央一线领导人的主持下,国民经济逐渐好转,让一个民族遍体鳞伤的三年困难时期也终于成为历史了,这让毛泽东似乎有了一种少有的轻松,他再次想起了自己多年未竟的夙愿,并把自己的想法告诉身边的汪东兴。长期在毛泽东身边工作的汪东兴,自然是知道毛泽东这一夙愿的,也是深知毛泽东的性格的,他马上开始落实。1964年元月,这一重任最终落在了内蒙古军区保卫部副部长图门毕力格图的身上。汪东兴向图门做了交代,并强调,这是绝密行动。很快,骁勇善骑的图门毕力格图便带领一支精干的骑兵小分队,沿途考察内蒙古境内黄河沿岸的十八个旗县。谁也不知道执行这次任务的核心意图,只有图门心里清楚。

这是一次历尽奇险的考察,早春的黄河上游还是冰天雪地,一个个渺小的身影,在荒无人烟的荒漠、戈壁和被冰雪覆盖的草原上,风餐露宿,艰难前行,除了他们和一些游弋在荒原上的狼群,几乎看不到还有别的生命存在。他们此行,从黄河上游沿岸的地形、文物、历史、风土、人情,到社情、道路、人员成分、政治环境等,都是必须详细了解、了如指掌的。在整理成材料后,又像战争年代的情报,以绝密的方式火急送到中南海。但有的任务是勇敢的图门无法完成的,这是另一些人的使命。入夏之后,又有一批专家、学者怀揣着秘密使命,走上了他们考察的路线,从专业学术方面进行了一系列深入考察。在此期间,一匹匹千挑万选出来的马匹也陆续运抵北京,同时秘密抵京的还有那些勇敢而又忠诚的骑士,每一个都是武艺、胆略、骑术十分精良的战士。每天除了训练和等待命令,谁也不知道他们将要执行怎样的任务。

当一切准备就绪,剩下的依然是等待,等待来自中南海的明确指示,随时整装待发。

这一等又是两个年头,到了1966年夏天,又是一个去黄河源考察的最佳季节,但接下来的一切已经没有悬念,这些剽悍的骑士等来的不是出发的命令,而是一场让无数人猝不及防的风暴。那一场长达十年的风暴很快就席卷了整个中国。这一年,毛泽东七十三岁,毛泽东以节奏缓慢又十分强劲的方式横渡了长江,但他却放弃了黄河之行。从此以后,毛泽东终其一生,再也没有提及他一直想去的那个地方——黄河源。这是他一生未能成行的思路,也是一个伟大的遗憾。

就在毛泽东与世长辞两年过后,1978年夏天,又有两支黄河源区考察队不约而同地出发了。一支是黄河水利委员会的查勘队,其主要目的还是为了南水北调西线工程。经过四个月的查勘,他们对长江通天河至黄河源区的三条引水线路和十七个引水坝址进行了综合考察和测量,并对扎陵湖、鄂陵湖进行了一次更深入的查勘。在黄委查勘黄河源时,青海省从来没有袖手旁观。他们这次查勘,以青海省测绘局为主,并邀请了有关方面的专家学者参与,根据测绘数据,他们不但纠正了扎陵湖和鄂陵湖二十多年的时空错位,并且按照国际上认定河流正源的标准,明确提出卡日曲才是黄河正源。

按照国际标准,即河源唯长、流量唯大、与主流方向一致,同时还要考虑流域面积、河流发育期、历史习惯等因素,在扎曲、约古宗列曲和卡日曲这三支河流中选择一条作为黄河正源。那么,最上游的扎曲首先就被排除了,它流程最短,水量又小,一年之中大部分时间干涸,只能算作约古宗列曲的一条支流。三选一变成了二选一,又拿约古宗列曲和卡日曲相比,卡日曲比约古宗列曲要长近30公里,流域面积要多700多平方公里,水量也要大两倍多,在旱季也不会干涸断流。因此,以卡日曲为黄河正源是不二的选择。至此,人们长期以来的苦苦求索似乎终于有了一个正果。又按卡日曲的发源的山脉认定:黄河发源于巴颜喀拉山北麓的各姿各雅山。

然而,后世修改前人的错误,往往会犯下又一个错误。而人类要做出下一个判断,又得再等许多年。到了1985年,黄河正源又再次被颠倒过来了,经多方查勘和论证,黄河水利委员会根据历史传统和各家意见,确定玛曲(约古宗列曲)为黄河正源。这其中的一个根本理由是,卡日曲并非一条独立的河流,实为约古宗列曲的一条支流。就这样,从1952年到1985年,人们用三十三年的时间转了一圈,又回到了新中国第一代黄河探源者最早确定的那个黄河正源。黄河水利委员会在约古宗列盆地西南隅的玛曲曲果竖立了"黄河源"标志碑,就是我们看到的那块白色大理石碑。黄委是代表水利部在所辖流域内行使水行政管理权的中央政府直属机构,这块碑,无疑是最具权威性的一块标志碑。如果可以确认,那么这就是黄河源头的第一块标志碑,也是黄河源头的最后一块碑,这是一条长河的开端,也是一条探源之路的终点。但我发现,黄委对此也并未给予绝对的确认,他们的正式表述还是相当谨慎并留有余地的,并未把黄河正源绝对化,而是给出了一个比较宽泛的范围:"黄河发源于青藏高原巴颜喀拉山的约古宗列盆地,由此向东,流经青海、四川、甘肃、宁夏、内蒙古、山西、陕西、河南、山东九个省(区),在山东省垦利县注入渤海,全长5464公里。"

黄委以约古宗列盆地为黄河源头,而不是以更确切的约古宗列曲为源头,这意味着,一条大河正源还没有最后定案。在接下来的叙述中,我将以此为设定标准。设定,我觉得还是用"设定"这个说法相对准确,对这样一条"河情特殊,极其复杂难治的河流",也可谓是世界上最变幻莫测的历史长河,一切都只是人类暂时的设定,或许永远也不会有一个标准答案。那些教科书里的标准答案只是相对标准,而非绝对标准。如此,我们才能以不那么标准、不那么确定的认知方式,去接近大河上下的真相。

然而,哪怕是一个相对宽泛的标准,也依然存在广泛的争议。在与我同行的一位游客手上,就有一本由地质出版社2011年出版的中国地图册,明确标示卡日曲为黄河源。他以这本地图册向我们的导游摊牌了,非要去看看那个真正的黄河正源卡日曲不可。这位游客的心情可以理解,对于我们这些长途跋涉、历尽坎坷来黄河源头一探究竟、一睹芳颜的游人,谁又不想求得一个正解呢?但把一条长河走到了尽头,却依然是无穷无尽,那个黄河源头,仿佛越来越遥远,越来越迷茫。

一个很简单的问题,如果有人问你到了黄河源没有,你该怎么回答,到了,还是没到?

这样的问题估计会经常出现,桑却江才显然有着丰富的经验。为了让每个人都不留下遗憾,他带着我们几乎走遍了每一个被人类设定的黄河源头。

从约古宗列曲走向卡日曲,海拔还在不断上升。在高原上,其实没有明显的正在上升的感觉,唯一的感觉就是太阳照着越来越冷的身体,最后我连皮夹克都穿起来。这种寒冷的感觉不是来自高原上的太阳,好像是来自远方的雪山和比雪山更高的冰峰。每次下车后徒步穿行,桑却江才都走得很慢,越来越慢,一个年轻的藏族小伙,其实可以走得很快,是我们拖了他的后腿,此时我两腿像浮肿了一样拖都拖不动了。就算你腿脚矫健,也千万不要性急。

我在黄河源区奔波时,很多人都给我讲起一段不幸的往事。1990 年 5 月,黄委设计院测绘大队作业一组组长杨广成,一个年方二十五岁的小伙子,带领八名年轻组员执行南水北调西线工程的测绘任务。那是他第一次上青藏高原,一上来就产生了强烈的高原反应,据说平时身体越棒的人,高原反应越是强烈。这只是一种说法,不一定对。但在高原上放慢节奏,可以减小高原反应,则绝对是正确的。但杨广成当时还太年轻了、太性急了,为了赶快完成任务,早点撤离这令人头痛欲裂的高原,他没有放慢节奏,而是加快了速度,一般正常情况下需要两个月才能干完的水准测量任务,他带着一帮小兄弟只用了二十天加班加点就完成了,又连夜转移到玉树藏族自治州治多县境内的第二个测区。高原测绘,原本就是高强度的、艰险的工作,他又如此拼命,在坚持了一个多月后,终于挺不住了。组员们赶紧找来当地的藏医,诊断后,那个藏医痛心地责问,为什么不早点把病人送到医院?有些话藏医没说,但心里十分清楚,晚了,对于一个生命,一切都为时已晚,小伙子的肺部多日前就已出现水肿了,这对于来自高原之外的人是致命的。而在青藏高原,从深山中的测绘作业组驻地到治多县医院,也是非常遥远的。第二天,一辆救护车终于开来了,兄弟们把杨广成抬上车时,杨广成一边艰难地呼吸着,一边安排一位骨干临时负责,还布置了接下来的测绘任务。而无论是杨广成本人,还是他的哥们,当时都太年轻了,还根本无法参透生与死之间的界线,谁也没有预感到这一别竟是他们的永别。两天后,7 月 12 日,杨广成就在治多县医院病逝了。一个年轻的生命,从日月山、阿尼玛卿山、巴颜喀拉山一路走过来,这也许是他一生中走过的最遥远、最漫长的一条路,却一下就走到了他短暂生命的尽头。一条风景绝美的路,成了他的不归路。

这是一个为黄河献出的年轻生命,也是对每一个走进黄河源头的人发出的生命警示。或许是被一种共同的心绪笼罩着,我们一个一个都老老实实地跟在桑却江才后面,这样缓慢而有秩序的行进,在进入黄河源后还是第一次出现。或许,人类从自然进程向社会进程进化,就是在某种莫名的敬畏和神圣的期待中进行的。当秩序井然而心无旁骛时,每个人心中只有一个憧憬已久的目标——黄河之源。

传说中的卡日曲,终于在我们盘桓已久的那条山道尽头出现了。

无论是"约古宗列曲说""卡日曲说"还是"多源说",这都是一个从来就不会缺席的主角。而在约古宗列曲和卡日曲的两难选择中,还有一种比较中肯的"南北二源说",认为"黄河发源于巴颜喀拉山北麓各姿各雅山下的卡日曲河谷和约古宗列盆地,分南北二源"。此说以玛曲为黄河干流,把约古宗列曲和卡日曲都作为玛曲的两条支流,自然也是黄河源头的两条源流(南北二源)。如果撇开主流说法的傲慢与偏见,我觉得这是最接近黄河正源真相的一种说法,至少也可以作为参考答案。

卡日曲的出现再次让我感到震惊,这同我走近约古宗列曲那个泉眼是一样的感觉,不是被一个伟大的发现而震惊,而是被一种渺小的存在所震惊。那从各姿各雅山山坡切沟流出的五缕小泉,就是一条大河诞生的源泉,而更早的孕育与分娩,则是白云深处那冰峰雪山的融水。一缕缕缓慢溢出的小泉渐渐交织聚集在一起,化作一片透明的泉水从藏民拜祭河神的经幡中闪烁而出,那经幡已经天长日久了,仿佛已与这源泉结成了永世之缘。一条弯弯曲曲的小溪,从此流入山坡上的一道切沟,然后流入平坦而又狭长的卡日曲河谷,在沙砾与野草、海子与溪流交错的荒原上,由西南缓缓流向东北,她将穿越100多公里的峡谷,在巴颜禾欠山与约古宗列曲汇合。至此,她的历史使命就已完成,在她与约古宗列曲的结合处,就是玛曲,一条万里长河从此诞生了。

如果说这就是一条大河的源头,卡日曲和约古宗列曲一样,也许更多的只是一种象征意义,她实在太弱小了。或是李白诗歌的渲染太深,许久以来，我对黄河源总有一种"黄河之水天上来"的狂想，很容易把黄河的源头想象成飞流直下的瀑布，充满了从天际云端跃入大地河谷的磅礴气势，但想象中的瀑布无论在哪一个源头都没有出现。如果出现，那必将是高山雪崩、洪水滔天的巨大灾难。事实上，哪怕再伟大的河流，它的伟力也不是从刚一诞生就拥有的，而是一点一点地积聚起来的，那个积聚的过程和这条长河一样漫长。这样一想，你就能冷静地正视眼前的一切了。这水虽说没有想象中那种如同瀑布的狂野与激情，却是我有生以来见到的最纯净的水，纯净得像婴儿慢慢涌现的眼泪，每一滴水都是那样晶莹、纯真。看了这清澈见底的水，你的心也会清澈见底。这世间，又有什么比纯真、天真更真实的呢？这让我猛地惊觉，恍然大悟，一条河流的诞生，恰如一个婴儿的诞生啊！

这也许就是我看到的一条大河诞生的真相，也是真谛。

卡日曲，在藏语中意为红铜色的河。一条清澈得通体透明的小河，又怎么是红铜色的河呢？我深信生于斯长于斯的藏民不会看走眼，凝神看，在阳光的照射下，卡日曲正焕发出红铜色的光泽，一片彤红如流血的母腹，让我怆然泪下。

五、失血的源头

人类有一种与生俱来的天性，那就是征服与挑战。无论哪一个既定或设定的黄河源头，在人类仰望或远眺的目光下，永远都不会成为终点，他们还将以无与伦比的执着，一次次推翻认知的极限，把一条大河的源头继续往上推，从一个极端推向另一个极端。

20世纪80年代初，著名河流发育史专家、地矿部研究员杨联康成为徒步考察黄河全程的亘古第一人。他应该是当年走得比所有人都要远的一个黄河探源者，这让他又有了一个惊世的发现，在巴颜喀拉山脉的山脊发现了拉郎晴曲，他认为这才是黄河真正的源头，比约古宗列曲长约30公里，比卡日曲长约11公里。然而这还不是尽头，近年来又有探险科考人员远远超越了杨联康这个亘古第一人，一直深入卡日曲上游的那扎陇查河，这条河在青海省"三江源头科学考察"中，曾被认为是卡日曲最长的支流，但如今很多人都认为黄河上源应该从这里算起。今非昔比，那些探险家、科学家一旦发现了新的黄河源头，就能用随身携带的GPS进行定位，测出精准的经纬度和长度，然后标注在自己的地图上。而根据他们的测定，那个写进了教科书中的黄河全长（5464公里）一下又延长了300多公里（5778公里）。一条母亲河又往上延伸了300多公里，这让多少黄河儿女、中华儿女倍感自豪。然而，当你仰望巴颜喀拉山北麓那斑驳的积雪，俯瞰卡日曲河谷和约古宗列盆地那穷窘寒碜的草地，又是否感觉到，一场巨大的生态灾难正在降临，甚至早已降临。

　　河源向上延伸，是黄河源区自然生态系统恶化的又一灾难性的征兆，表明亘古的冰川正在加速消融，雪线正在人类的步步紧逼下不断退缩。近年来，一座座千年雪山渐渐不见了踪影，在高原的脊梁上化为了流水。如果这还不足以引起人类的警觉，还有一个极端的、触目惊心的案例已经引起了全世界的惊呼——珠穆朗玛峰变矮了！

　　大自然从来不会以孤例示人，它会以一连串的惨烈灾难让世人在震惊中觉醒。

　　2004年4月，由于冰川加速融化，在陡峭的山形和强降水的联合作用下，一场冰川雪崩发生在大禹导河的积石山-阿尼玛卿山西侧，顷刻间，天地震荡，山河动摇，一座华夏传说中的大禹治水导河之源、在藏民心中被尊奉为黄河之祖的神山，仿佛又回到了女娲补天之前的昏天黑地，崩塌下来的冰川裹挟着冰碛物，如天塌下来一般扑向清水河、权隆河、达玛曲河汇入的曲什安河的河谷处，在那塌陷的天空之下又有谁能幸免于难？而一场灾难发生后还将引发次生灾害，崩塌物堆积成一道纵向3公里、横向5公里、平均厚度超过300米的冰雪大坝，被堵塞的河道形成了一个堰塞湖，从上游流来的河水没有了出路，全都涌进了这个堰塞湖里，随着水域面积的不断扩大和蓄水量的剧增，一道由砾石和冰川碎屑组成的冰碛坝承受的压力越来越大，又加之坝体本身松散多孔，每天都在松动。随着气候变暖，冰雪消融瓦解，一座冰湖溃决的危险越来越大。到了2005年6月，积石山再次发生冰川崩塌，一座以灾难的方式形成的冰湖又终于以灾难的方式溃决,崩塌的山体形成巨大的泥石流,眨眼间又冲毁和埋葬了数个村庄……

每一场灾难给人间带来的浩劫,都没有任何方式可以直接换算,譬如说生命。在尖锐的阵痛之后,顷刻间爆发的灾难还将遗留无穷的隐患与后患。众所周知,那一座座高过云端的雪山和冰川就是孕育江河的真正源头,也是一座座固体水库,"黄河之水天上来",这何尝不是对李白诗句的一种正解?在季节的轮回更替中,雪山冰川的融水一直是江河的源泉,而年复一年的冰雪又将覆盖消融的冰雪,这是大自然处于正常状态的良性循环,从而保持了雪山冰川永恒的存在。但如果雪山冰川以近年来的非正常速度加剧瓦解和消融,在短时间内,它将直接引发冰湖溃决、山洪暴发、冰川泥石流等自然灾害,积石山已以惨烈的灾难验证了;从长远看,还将造成水资源严重短缺、河流湖泊干涸断流,而由于干旱缺水又必将带来荒漠化。有专家预言,如果冰川消融的趋势以现在这样的速度继续下去,到2050年,中国三分之二的冰川将不复存在;到2100年,几乎所有的冰川都将融化殆尽。若专家的预言一语成谶,那将是人类乃至天地万物的大灭绝。

我一路追踪而来,从河流湖泊干涸、多年冻土消融、草场植被退化、高原鼠灾泛滥到冰川雪崩,这种种征兆其实只是一种灾难的不同表现形式而已,它们是不分先后、不分彼此、互为因果的,由此形成了一种导致黄河源区自然生态不断恶化的恶性循环、一种随时处于崩溃状态的多米诺骨牌效应。在追溯黄河源之前,我也曾探访过青海湖,愈演愈烈的荒漠化,也同样是青海湖难以逃脱的命运。随着注入青海湖的七十多条河流干涸断流,环绕这个大湖的草地变成荒滩、盐碱滩乃至沙漠,一些专家早已发出了警示,这个中国第一大的内陆湖泊正在演变为第二个罗布泊。在一个大湖死亡之前,死亡的气息已经开始弥漫,早在十多年前,就在一条注入青海湖的支流里,成群结队的湟鱼逆流而上准备产卵,这是它们的生命本能,它们却难以本能的方式预测,一条让它们怀孕、生育的母亲河,已经变成了死亡之河。由于水量锐减,大批湟鱼因搁浅而死亡,而一条河流已经连把它们遗体带走的力气都没有了,层层叠叠地堆成了一条半米厚的死鱼墙,那些面对着青海湖张开手臂兴奋地叫喊的人啊,又是否看到了发生在他们背后的悲惨一幕?这样的悲剧,离人类已经很近了。

当我一路追踪时,也在一直追问,这一切灾难的背后推手又是谁?

追根究底,无非又是两大原因,一是自然原因,一是人为因素,说穿了就是天灾人祸。

从自然原因看,无论是体制内的专家还是绿色和平等民间环保公益人士,均高度一致地指向了一个世界性的罪魁祸首——全球气候变暖。在黄河源头,这也是一切灾难的源头。气候变暖的原因非常复杂,但人类也难辞其咎。在过去的一个多世纪里,以煤炭和石油为主的石化燃料加速度把人类推向了现代化进程,也以前所未有的速度向大气中排放大量二氧化碳,由此而产生所谓的"温室效应",让地球越来越热,持续处于高烧状态。而在加害大自然的同时,人类也成为直接受害者。从更直接的人为因素看,从黄河源到三江源原本都是人烟稀少甚至阒无人迹的自然王国。在新中国第一支黄河源查勘队深入源区时,过了玛多基本上就是无人区。而近三十年来,一片在雪域高原沉睡的净土再也难得清净,一个与世隔绝之地,变成了一个黄金宝地。

一个千疮百孔的黄河源,最早为害的不是鼠辈,而是人类。就在玛多县扎陵湖乡,有一大片20世纪八九十年代被人类乱挖乱采的红金台沙金矿区,一首在淘金人中传唱的青海花儿《沙娃泪》唱出了他们一路辗转跋涉的悲苦:"哎,出门人遇上了大黄风,吹起的沙土打给脸上疼,尕手扶栏下着走不成,你推我拉的麻绳俩拽。哎,连明昼夜地赶路程,一天地一天地远离了家门,风里雨里的半个月整,到了个金场里才安下了心,哎把毡房下给在沙滩上,下哈个窝子了把苦哈下,铁锨把蹭手着浑身儿酸,手心里的血泡着全磨烂……"在这"一路上的寒苦哈说不完,沙娃们的眼泪淌呀不干"的血泪诉说里,也再现了淘金者当年日夜兼程、纷至沓来的情景,虽说艰苦备尝,矿难如麻,但很多人也在这里淘到了自己的第一桶金。玛多县也在开采金矿资源中开创了一个西部贫困县的财富奇迹,一度跃居青海省乃至全国的首富县,从1980年至1982年,全县人均年收入连续三年在全国位居第一。然而,玛多县的金矿都是高寒山区的沙金,采金对原本就极其脆弱的生态植被造成了毁灭性的破坏,而人类的破坏远比鼠辈要厉害得多,到1998年,淘金者已把一座红金台翻了个底朝天。当金矿资源开采殆尽,留下的只有千疮百孔的淘金坑,而这种以牺牲资源和生态环境为代价的致富之路,只能是竭泽而渔,不可长久持续,换来的只是得不偿失的生态灾难,一个玛多县很快又从一个富甲中国的首富县沦为了一贫如洗且遍体鳞伤的贫困县。

危机与灾难,我一直在不断地重复,我知道我在重复,只因人类一直在重蹈覆辙。人类对于大自然的每一次胜利,都将受到大自然的报复。——这可不是我的独白,而是伟大导师恩格斯对人类发出的警示。当人类在一场又一场致命的自然灾害中惊醒时,又有多少人觉悟到这自然灾害首先就是人类造成的?然而,灾难总是突如其来,而人类的觉悟总是来得太迟。那个灾难性的后果也不是没人知道,但人类总是太急功近利。一轮淘金热过去了,还有一轮又一轮的淘金热,每年都有成千上万的人像蝗虫一样扑向黄河源区的草场,有的人拿着尖嘴的锄头在一座座山上挖虫草,有的人是来抢摘黑枸杞,这都是比金子还贵的"软黄金"。这已不是掠夺,而是洗劫,甚至是一场天地人间的大浩劫。一边是人间为利益而争斗的暴力冲突,一边是天然植被的毁灭性灾难,而人类对付大自然的工具,一转身就可以用来对付自己的同类。在黄河源区的草地上,一亩地的草场出现两百个鼠洞不稀奇,每走半步便有一个,但比鼠洞更多的还是人类挖出的数也数不清的沙坑,寸草不生。

往更深处追溯,从修建铁路、公路、水利水电工程,开发矿产资源,到过度放牧、垦荒,都是以推进社会经济发展、改善民生的神圣名义出发的,而追根究底,自然生物链断裂的过程,就是人性撕裂的过程。每次一想到黄河源区那些价值数以百亿计的地下矿藏,我的神经就下意识地绷紧了,如若当地政府毅然决然地要开发那些矿藏资源,随时都可以找到理直气壮的理由,如发展社会经济、改变西部贫穷落后的面貌、改善民生等等,都可以找到名正言顺、理所当然的借口。以人民的名义进行,借用一句诗,"请举起森林一般的手制止",否则黄河源区的自然生态和一切的自然生态必将万劫不复。

这里还以玛多为例。玛多从来不是玛多人的玛多,也不只是黄河源区的玛多,而是三江源的核心区域。一个地方对生态的破坏很快、很容易,而修复太难、太沉重。这也是一个地方难以承受的,其间暗含了一种危机转嫁方式,最终只能由国家来埋单,实际上就是由全体纳税人来负担。这是公开的秘密,如今很多曾经滥开滥采的地方,都在以"努力转变发展方式"的名义,"积极争取国家项目和资金,对以往的矿山环境进行恢复治理"。而无论从国家战略还是国家责任看,都必须保护三江源的生态环境,维护黄河、长江这两大母亲河的健康生命。为此,国务院从2005年正式启动三江源生态保护和建设的工程,按照当时的总体规划,国家投入75亿元,计划用七年时间,使三江源区域的退化、沙化草地得到治理和恢复。

玛多县作为黄河源头第一县,又被列入青海省退牧还草重点县,自然是这次治理的重点。从2006年红金台淘金坑一期治理开始,采取了推沙填坑、回填表土、栽种林草、封育围栏、河道治理等措施,而我此前提及的、正在进行的生态移民,也可谓人类对大自然的一个让步,给自然生态让出了一个自然恢复的空间。除此之外,人类对自然的良性介入也是很有必要的,如在旱季通过人工降雨对草原进行雨水补济,就有助于自然生态恢复生机。《周易》谓"天地之大德曰生",天地有生育万物之德,"人法地,地法天",既善待山水,又效法自然,这其实就是天地良心。当人类尊重和顺从大自然,很多事都会顺其自然地发生,生态系统一旦有了生机,自然就有了自我调节功能,但要真正构筑起一道生态屏障,人类还任重而道远。尽管目前三江源的生态环境恶化趋势得到了"初步控制",但显然还没有完全达到预期效果。从2014年开始,按照国务院部署,三江源自然保护区生态保护和建设二期工程、三江源国家生态保护综合试验区建设同时启动,实施范围从黄河源区的15万余平方公里扩展到近40万平方公里,总投资预计比一期工程增加两倍多。有专家指出,这彰显了中央治理三江源生态的决心,如果说一期工程是在严峻而紧迫的生态危机中启动的"应急工程",二期工程则是"常态化、持续性的保护升级"。

一位明智的专家曾这样对我说,从黄河源到三江源,乃至整个青海,其实根本就用不着开发，只要把自然环境保护好了，就是对中国最大的贡献，也是对青海最大的爱护。

青海省一位副省长也说过类似的话："青海是经济小省、生态大省，对国家GDP的贡献有限，但保护好三江源区的生态环境，对国家的贡献就是巨大的。"

无论从哪方面看，这都是一个正确的观点。青海拥有近70万平方公里的国土面积，相当于内地的两三个省，人口不过六百万，仅相当于内地一个地级市的人口，而且大多聚居于省会西宁以及州府、县城，而青海的旅游资源非常丰富，只要围绕对自然生态伤害相对较小的旅游业及相关产业、绿色生态环保产业谋发展，其社会经济和民生便有足够的发展空间。而青海省作为三江之源、"中华水塔"，可以说掌握着中华民族的命脉，维系着黄河、长江、澜沧江-湄公河以及众多中小流域的命脉与生态。这三大江河都是中国乃至世界名列前茅的大江大河，长江为中国第一、亚洲第一、世界第三的大河，黄河为中国第二、亚洲第二、世界第五的长河，澜沧江-湄公河为位居亚洲第三的国际河流。这一条条伟大的河流，孕育于三江源这同一个子宫，而孕育她们的伟大的母亲，就是青海。而对于青海，又有什么比维持这三条大河的健康生命更伟大的事情？

维持黄河的健康生命，是黄河人追求的终极目标。水利部黄河水利委员会对黄河源区乃至黄河上游的职责和定位都相当明确，他们对黄河源头的每一次查勘，绝不仅是为了确立一个黄河正源，其根本目的还是对黄河源区的生态环境、水文、水资源及其演变趋势进行综合勘测。近年来，黄河人特别强调整个黄河流域是一个系统工程，其实又岂止一个黄河流域，天地万物都是一个系统。作为一个置身局外的旁观者，以前我最关注自己的感受，一种主观性很强的对某个河段、某个局部的感受，而现在我也像黄河人一样，习惯于把整个黄河作为一个系统来看，这让我把关注的目光延伸到了大河上下——黄河的命运。

从生态看，黄河源区最重要的功能就是生态保护和水土涵养，若要维持黄河的健康生命，首先必须维护黄河源头生态系统的平衡，这对维持黄河中下游的生态平衡起着积极的保护作用,直接关系到黄河流域社会经济的可持续发展。一旦失去黄河源头这个生态屏障,整个黄河的生态系统从一开始就会陷入紊乱无序的状态,甚至导致系统性崩溃。从水利尤其是宝贵的水资源看,黄河源区为黄河贡献了三分之一的年径流量(约204亿立方米),以其海拔高度又加之如此丰富的水资源,黄河源区既是黄河水塔,也是维持黄河健康生命的"发动机"——这是黄委原主任李国英做的一个比喻,而要维持黄河的健康生命,就必须使发动机具有强劲的"造血"功力。

谁都知道,若要化解这一场灾难,只有全球采取一致行动应对气候变化,积极使用清洁能源、可再生能源,减少二氧化碳的排放,冰川才有可能回归常态,黄河源区的生态灾难才有可能得到根治。然而,谁都知道,那是相当艰难的事,远水解不了近渴,在人力尚不能完全改变全球气候变暖趋势的情况下,唯一能解近渴的、迫在眉睫的,只有打通与黄河源一山之隔的长江上游通天河,为黄河源区这个发动机提供强劲的"造血"动力。回到1952年,新中国第一支黄河河源查勘队就对南水北调西线工程进行了历史上第一次查勘,如今中线、东线工程已经投入使用,但西线工程却一直迟迟未能上马,究其原因,一是一直存在很大的争议,二则有太多不可预测的因素。

进亦忧,退亦忧,这是一个士大夫在人间王国的处境,如今也是人类在自然王国中进退两难的处境。在奔赴黄河源之前,我与时任黄委主任的陈小江也曾触及这个话题,与陈小江的一夕谈,让我在抵达黄河源区之前就有了某种提前经历的意味。西线工程最终能否上马,还有待于进一步论证,而陈小江再三重复着一句话,一个马克思主义哲学观点,任何真理"只要再走一小步,哪怕是向同一方向迈出的一小步,真理就会变成谬误"。对此,我心领神会。实话实说,作为一个局外人,又从不甘心置身于局外的人,我也觉得西线工程应该谨慎,再谨慎,从黄河源到整个三江源的生态实在太脆弱了,人类在这里动土,必须比在太岁头上动土还要有敬畏之心。在做出极为谨慎的抉择之前,遏止黄河源乃至三江源的生态危机已刻不容缓。就在我奔波于黄河源区时,又从黄河最上游的西宁局(西宁水文水资源勘测局)获悉,8月下旬,陈小江带领工作组抵达青海省海南、果洛、玉树三州,考察黄河源区水生态环境修复状况。从鄂陵湖、扎陵湖到约古宗列盆地的黄河源标志碑,我在这条路上眼睁睁地看到的一切,他们也必将看到,而以黄河人的专业眼光,对黄河源头的水质、水量、气候、植被变化等环境要素,无疑会比我这个门外汉有更理性、更深切的感受。尤其是海南藏族自治州塔拉滩、切吉滩、木格滩(俗称"三滩"),那是黄河上游风沙危害和土地沙漠化最严重的地区之一,他们也脚踏实地地深入调查了,那也是我这次探源之旅的一个重点,但我与他们擦肩而过,他们抵达时我已经离开了。在玛多,陈小江一行看望、慰问了玛多水文勘测人员,那是黄河源头的守望者,也将是我接下来要以一个专章来叙写的。这是一次不约而同又失之交臂的探源之行,对于我,看过了,把这一切忠实地记录下来,我便做完了我想做的、该做的一桩事。对于他们,这还只是一个自然段落,一条在天地间流淌的自然河流哪怕再漫长也有尽头,而一条流经人间岁月的长河,永远没有尽头……

黄河是中华民族的母亲河,这是中国人挂在嘴边的一句话。黄河又是一条河情特殊、灾难深重、极其复杂难治的河流,被称为"中国之忧患",而当她的源头成为忧患之源时,必将是这条大河上下之忧。如果说拯救黄河源,就是拯救整个黄河,那么拯救自然生态,就是人类的自我拯救。

尽管我是喝长江水长大的,但在心里我一直把黄河像母亲一样敬着。追溯祖先的血脉,我也是从中原黄河流域辗转迁徙到江南的客家民系,但我既不是一个朝圣者,更不是一个探险者,从来就没有挑战极限的妄念。一个年届天命的人,早已没有了年轻时的血气和冲动,走到这里,我已抵达了生命的极限。从一开始,我的想法就很简单,就是想看看一条大河是怎样诞生的,这是我对黄河源头一往情深又难以按捺的憧憬。从憧憬到抵达,然而转身,一条路的终点变成了一条长河的开端,却再也没有出发时那种悲壮,只有不可名状的惆怅与悲哀。我相信,每一个有幸抵达过黄河源头的人,都会产生某种强烈的不幸之感。我们母亲河的生态环境,从源头就开始恶化了。当一条长河的源头变成了忧患之源,许多人甚至不相信这就是黄河源头。

当我转身离去之际,又一次下意识地蓦然回首,视野里的一切都被青藏高原的阳光清晰地照亮,那静穆的雪山冰峰倒映在水中,你只能用冰肌雪骨、冰魂雪魄这些人间最干净、最圣洁的词语来形容。一朵一朵白云低得就像在眼下掠过,恍若神仙驾来的祥云一样圣洁。藏民说,那是神。神,其实就是天意。冥冥中还有一种力量正在主宰着天上的雪线。有人把绕过积石山-阿尼玛卿山的九曲黄河第一弯喻为"宇宙中的庄严幻影",其实整个黄河源、三江源、青藏高原都是宇宙中庄严的幻影,一个被我频频使用的词总是在脑子里盘旋,绝美!在我心中,绝美不只是无与伦比的美丽,而且是绝无仅有之美,美得让人绝望,仰望她,让我下意识地想要跪下。

我们跟着桑却江才,按藏族仪式拜祭了母亲河的源头,就像完成了一次洗礼。

此时我的心情已如静水深流。这是我天命中的一条河,我将沿着一个伟人的思路,从黄河源一直走到黄河的入海口,缓慢而冷静地走过自己的天命。每个人都有各自的天命,黄河也有自己的天命。一个人从逆水而上到顺水而下,当你同河流保持一致的方向时,或许才会与这条长河有更默契的、高度一致的命运感。

天命如水,到时候你啥都明白了。

第二章 玛多,一个人的记忆

端详着眼前这个像高原岩土般质朴的汉子,我最关注的不是他为何能成为劳模,而是一直在琢磨,一个人在环境的极限状态下如何生存。这个人骨子里有多么顽强的韧劲,才能在高寒缺氧的生命禁区里长久地坚守?才能忍受那漫长乏味的、几乎与世隔绝的生活?这三十多年他是怎样熬过来的?当我脱口问了这样一个愚蠢的问题时,他黢黑的面孔下意识地一抖,又难得一笑:"你不要问我是怎么度过的,你要问我是怎么活过来的。"

——采访手记

一、一个人的出现

如果你要去黄河源头,这是你无法绕开的一个地方,玛多。在并不遥远的过去,一个人走到这里,仿佛走到了世界的尽头。若再往黄河上游走,已是一派苍凉肃杀的无人区。一条黄河从源头流到这儿,河水才映现出那荒凉河谷中颤抖的身影。

颤抖缘于流水的波动,也是那些走得离黄河最近的人正在一阵一阵地颤抖。

如果说玛多给我留下了什么记忆,我只能说,这是一个让我一阵一阵地颤抖的地方,一个让我头痛欲裂的地方。我实在不甘心用恶劣,甚至十分恶劣来形容这里的自然环境,但对于人类,尤其是我们这些来自高原之外的人,这儿又的确是生存环境极度严酷的地区之一。玛多是青海省甚至是全国海拔最高的县境,平均海拔4500米。在这里别提春夏秋冬,一年只有冷暖两季。除了短暂的夏天,一年里的八个月都是冰天雪地,国庆节刚过,院子里的井水就开始结冰,随后便是气温骤降。冷,可以冷到人类生存的极限,最低达零下48摄氏度。暖呢,我来这里时,季节已入伏,离大暑也很近了,太阳几乎直射北回归线,然而在北半球热死人的酷暑,这里早晚还冷得要穿毛衣。我在县城玛查理留宿的那个风雨交加之夜,终于体验到了什么是高寒缺氧,每一次呼吸都牵扯得神经一阵阵疼痛,冷得连棉被也裹不住瑟瑟发抖的身子骨……

这就是我用短暂的一天一夜体验到的玛多,一生一世都不会忘记。如果一个人,将要用三十多年的时间来体验这一切,那又该是怎样铭心蚀骨的记忆？在这如人间绝域的地方,又是什么在如此深深地吸引他？如果说神秘的黄河源让我充满了无穷的想象,那么我觉得一个人的内心也许比黄河源更神秘。

一个人的出现,让我忽然有些疑惑,这就是我想要找的那个人吗？

他有些迟缓、蹒跚地挪动着脚步,一看就知道这是一个长期在高原上生活的人,焦黑的脸色、青紫的嘴唇,这模样绝对不像一个五十多岁的汉子,仿佛一个历尽沧桑的老人。他看了我一眼,脸上似乎也带着和我一样的疑惑。直到落座、喝茶、抽烟,这每一个细节都进行得非常缓慢又有条不紊,而那双关节突出的手,就像特写一样醒目。

透过这样一个身影,我遥想着那个血气方刚的小伙子。那是1977年,黄河水利学校又有一批应届生就要毕业了,将要分赴大河上下。这所始建于1929年的学校,被誉为"黄河技术干部的摇篮"。在莘莘学子中,一个叫谢会贵的学生,从不显山露水,一心埋头于学业,然而在毕业前夕却干出了一桩轰动校园的事情,他向学校递交了一份决心书,"好男儿志在四方,我们应该到最艰苦的地方"！而大河上下最艰苦的地方在哪儿？黄河人都知道,玛多。有人说,社会上最艰苦的行业之一是水利,水利行业最艰苦的地方在黄河,黄河上最艰苦的地方是水文,水文最艰苦的是上游,上游最艰苦的地方在源区,源区最艰苦的地方在玛多。

那年谢会贵刚刚二十岁,我也曾想过,二十岁,弱冠之年,还是个连胡子都没有长黑的毛头小子呢!他递出那份决心书,兴许是头脑发热一时冲动吧,又或许是他对玛多有多么艰苦还不大了解吧。但要说谢会贵不了解玛多,又有点说不过去。他是青海省贵南县人,那儿也属黄河源区,离玛多并不遥远,玛多是个啥地方,他是从小就听说过的。而他的家乡是在黄河源区海拔最低点,在龙羊峡至共和盆地一带。说来,谢会贵一个农家子,可以说是黄河改变了他的命运。为了修建龙羊峡水库,他们家乡成了库区,被迁移到了"天下黄河贵德清"的贵德县,那可真是一个山清水秀的好地方。而为了妥善安置库区移民就业,政府又将一部分符合条件的移民子弟通过考试择优录取到黄河水利学校。谢会贵1975年高中毕业,原本就打算回乡务农了,却有了这样一个机遇。对于他,这是一次如鲤鱼跳龙门般的人生飞跃,却又因为谢会贵自己的选择,而跌入了一个人间绝域。凡到过青藏高原的人都知道,海拔3000米以下是一个世界,越过海拔3000米是一个世界,越过海拔4000米又是一个世界,也就是生命禁区了。然而,三十多年后,一个早已过了天命之年的黄河汉子,对自己弱冠之年的选择依然不悔,他的想法,远比我的描述要简单得多,"青海是我的家乡,我自己都不去,谁还会去呢"。

这一去又有多远呢?如果以今天的时速,一条青康公路在五六个小时之内就可以把我从西宁送到黄河源头的第一座县城玛查理,而在当年,这条路还是一条在高山深壑、悬崖绝壁间往复穿插的砂石路,又加之高原冻土层的沉降起伏,更有风云莫测的气候,一旦山洪暴发、大雪封山,一条路就断了。而谢会贵要去的玛多,人烟稀少,车也非常少,大多是搭乘去玉树州方向的过路车。谢会贵在西宁等了八天八夜,才终于等到了一班路过玛多的汽车,又在路上走了四天四夜,才抵达了玛多。当那辆一路颠簸、风尘仆仆的汽车把一个小伙子吐出来,就像吐掉了一粒枣核,在这空旷得令人绝望的高原上,一个人真的觉得自己就像一粒枣核,突然被抛弃在了一个来路不明的地方。好一会儿,小伙子还傻乎乎地站在那里,这其实是高原反应,脑子缺氧,转得也慢了,但哪怕浑浑噩噩,也能一眼就看穿了整个县城,一条灰扑扑的土街,两旁散落着几十栋破破烂烂的土坯房,在街道转弯处便是这座县城最高的、最显眼的标志性建筑——一座两层的电影院。而整个县城才一千多人口,除了县直机关的干部职工、家属和驻军,九成以上都是清一色的藏民。小伙子忽然想到了远在中原古都开封的母校,这县城里所有的人口,加在一起,一幢四五层的教学楼就可全部装下了。而你在这里想问个路,也几乎没有人能听得懂。这些藏胞对汉人很友善,可在那岁月,还极少有汉人来这里,由于交流太少,汉藏之间语言不通,微笑与手势,在这里,就是人间最好的语言。

小伙子就是在一个藏族大爷的手势指引下,走到了当年县城最偏远的地方,却是离黄河最近的地方——玛多水文站。这里将成为他走出校园后的第一个归宿,对于短暂的人生,这将是他最漫长的一个归宿。"黄河有多长,水文就有多长。"这是黄河水文人挂在嘴边的一句话,还应该加上一句:"水文有多长,他们走过来的路就有多长。"人生记忆里,最难忘的也许就是那些个"第一"。是的,这里有太多的"第一",这里是黄河源头最上游的一个水文站,人称"万里黄河第一站"。不用说,这里也是青海省乃至全国海拔最高、条件最艰苦的水文站。但它也是黄河源头最重要的水文站。追溯历史,青海省水文事业以1951年首设西宁等五个水文站为开端,最早来这里建站的老一代水文工作者都是从祖国各地奔赴青藏高原的,有的还是从大城市来的。玛多于1955年6月建站,这在黄河水文史上是破天荒的。

那可真是破天荒啊,尽管新中国成立五六年了,在这荒凉河谷里还有嗜血的野兽与流窜的匪徒神出鬼没。一场惨案不久就发生了。那是1957年2月26日清晨,白茫茫的大雪几乎覆盖了天地之间的界线。在这样的冰天雪地,是极少有人出门的,但有两个人却必须在早晨八点钟准时出门,他们是玛多水文站建站之初的两位职工。他俩都不是玛多本地人,一个叫李创姓,时年二十五岁,甘肃永登县人;一个叫王际元,时年二十四岁,山东寿张县人。那时玛多水文站还在小县城最偏远的黄河沿,两个年轻人扛着沉重的测量仪器和破冰的钢钎在冰天雪地中艰难地跋涉,一人肩上还背着一支七九式步枪,这家伙,还是晚清时训练新军时从西欧引进到中国的,和三八式一样，是比较典型的手动步枪。那个年代的水文人竟要背着枪测流，可想而知，那时候这里有多么荒僻和凶险。从水文站到观测断面有五六里，而在这种连站着也要拼命喘气的地方，他们扛着那么重的东西走路，每走一步还要在深陷的大雪里用力拔脚。除了他们自己，没有人看见他们是如何走过来的，一切只是人们后来的猜想。哪怕是猜想，也让我突然之间胸口闷塞，如同窒息一般难受。我知道，这两个年轻的生命已经走上了一条不归路，但此时他们还一无所知。哪怕有极其不祥的预感，感觉自己正在迫近一个深渊，他们也不会停下脚步。当他们走到测流的断面时，一定已疲倦至极。在稍做准备后，他们便开始打冰测流。那沉重的凿冰声一如既往，仿佛要使劲打破天地间那可怕的沉寂。一阵枪声猝然响起，王际元连喊一声也来不及就连同手中紧攥着的钢钎一起倒下了。后来人们才发现，一颗子弹击中了他的左胸，穿透了一颗年轻的心脏。几乎在同时，另一颗子弹也击中了李创姓的胸部，他倒下后，还在白雪覆盖的冰河上往前艰难地爬了十几米，一伙从山沟里冲出的匪徒又追上来在他身上连刺了几刀。没有人听见枪声。两个倒在黄河源头的遗体，在那个人所不知的世界，一直静静地躺在一条冰河之上，而冰川之下，静水深流。直到两天后，他们才被人发现，而我在时隔六十多年后描述的情景，是人们根据他们倒下的位置和姿态而猜想的。那渗进冰雪的鲜血像色泽鲜艳、质地莹润、生长极缓慢、不可再生的红珊瑚。

这两位水文人被匪徒残杀，看似有些偶然和极端，而在他们背后却有着意味更为深长的必然性。这些离黄河最近的水文人，在和平年代干的是最危险的事，也可以说是高危职业。每当暴风骤雨降临之际，每个人的第一个条件反射就是找个遮风避雨的地方，他们的第一个条件反射就是在第一时间测出准确的水文数据，而预警机制、抗洪抢险的预案，就靠他们提供的数据作为决策的依据。我不想用坚如磐石来形容他们，他们和我们一样，每个人的生命都非常脆弱。河流往往是最危险的雷击区，但他们必须长时间在电闪雷鸣中测流。而那随时都会夺走他们生命的惊涛骇浪，别说一个人，连一条船都可以席卷而去。但无论怎样险恶，黄河水文人都从未退缩。在玛多这被两位水文人的鲜血染红的河谷里，那早出晚归测流的水文人，依然是这河谷里一旦出现就再也不会消失的身影。一个刚刚二十岁的小伙子，命定地将要成为这河谷中的一个身影，一个最长久的身影。如果说这就是命运，那也是他自己选择的命运。

尽管在来之前，谢会贵对玛多有多么艰苦都想过了，也有了十足的心理准备了，然而，对于一个刚刚走出校门的学生娃，玛多的现实还是与想象、心理反差太大。最强烈的反差还不是一个县城的大小，而是他将要开始的生活、每天都要过的日子。那时候玛多县城没有电，连煤油灯也没有，从生火做饭到焐热自己的身体，只能烧牛粪。把生米煮成熟饭，原本世界上最简单的一件事，在这里却成了天下第一难，别说煮饭炒菜，连水也烧不开，看着那沸腾的开水，最多也不过七八十度。从吃第一碗夹生饭，到喝第一碗温暾水，谢会贵就这样开始了他漫漫无期的高原人生。

对于来这里的每个人，高原反应比生活反差来得更加强烈。谢会贵没有忘记他在玛多度过的第一个夜晚，这也是他将在未来的漫长岁月里度过的每一个夜晚。在那冷得让人瑟瑟发抖的寒夜，一间房里生一个小火炉就是世间唯一的温暖。每个人在睡前都会将炉子烧得通红，但哪怕烤得脸颊和胸膛滚烫，背脊还是一阵阵发凉。隔了一米来远，你就感觉不到这火炉的暖意了。那时候大家睡的是床板，铺的是毛毡和羊皮褥子，但往被褥里一钻，就像钻进了一个冰窟窿。好不容易把被褥焐热了，迷迷糊糊地睡了一会儿，又被从窗缝里、门缝里钻进来的寒风冻醒了。那门窗在睡前明明闩紧了，却还是被狂风吹得吱吱嘎嘎的，偶尔发出哐当一声闷响，像是被吹开的木门撞到了墙上，又像是有什么东西打在了墙上。在这不可名状的恐怖中，隐隐还能听到狼群在荒原上的低沉的嗥叫。这一夜不知醒过来多少回，或是冻醒了，或是惊醒了，或是被一口气给憋醒了，无论以怎样的方式醒来，那身体贴着褥子，就像一层冰似的冻结在床板上。这也是我在玛多亲身体验过的。所谓高寒缺氧，除了高寒，还有更难以忍受的缺氧。这里的含氧量只有平原的百分之四十，头痛欲裂、心慌胸闷、恶心呕吐，这样形容还只挨着皮毛。那种难受劲实在难以形容，躺在床上，身上就像压着一块大石头，压得你没有气力呼吸了，还得拼了命似的爬一座高山。那种喘息，喘得你连舌头都要吐出来。这时候,每个人都会被折磨得直后悔,我就后悔过,实在不该来这个鬼地方,活受罪啊。

谢会贵后悔了吗?我看了看眼前这个一脸黢黑的汉子,他没说出一个"悔"字,却发出一声叹息:"唉,有时候突然很想家,难以克制地想家!"

这其实也是一种高原反应,更是一种与世隔绝的孤独与寂寞,但对于当年的一个小伙子,还只是刚刚开始。那时候他不是没有想过,如果让他回家当一个农民,至少也能和一家人团聚在一起,等到结婚成家,也能过上老婆孩子热炕头的日子,这寻常的日子,虽说庸常,却也是人间最寻常、最质朴的一种温暖。他脑子里萌生的这种很单纯的想法,全被老站长看在眼里。在这里熬过了漫长岁月的老站长,看着这个身子还有些单薄的小伙子,其实也是打心眼里为他着想。谢会贵犹犹豫豫的,还没有开口,老站长就主动提出让他回家住些日子。难道老站长就一点也不担心,小伙子这一走恐怕就再也不会回来了?这个,老站长心里似乎比谁都清楚,一个人勉强留在这里,留得了十天半月、一年半载,也留不了他一生。在那个年代,一个人既然来到了这里,先就要有在这里熬过一生的准备。

谢会贵没有让老站长失望,他回家待了不到二十天,又气喘吁吁地出现在水文站大门口。老站长信心十足地看了他一眼,笑着说:"小谢子,回来了?有人说你这一走就不会回来了,我还打赌呢,说你一定会回来!"这半开玩笑的话,让腼腆的谢会贵还有些脸红,他低声说:"我是自愿到玛多来的,我不能打退堂鼓,绝不能当逃兵……"

或许是刚刚经历长途奔波,小伙子的声音显得有些低沉疲倦,但老站长一听,心里似乎更有数了。如果说谢会贵在毕业分配时递交了一份决心书,多少还夹杂着一个小伙子心血来潮般的豪言壮语,一份决心书,说穿了不就是一张纸嘛,而此时,谢会贵说出来的每一个字,在阅人阅世的老站长耳里,那都是过了脑子的,前思后想从心底里吐出的实诚话。这让老站长心底里有了一个笃定的判断,这小伙子一定会在玛多留下来,他这一次回来,比上一次似乎多了点什么,骨子里多了一股初来乍到时还没有的韧劲儿……

二、那股骨子里的韧劲

　　那股骨子里的韧劲，是很多水文人能够在世界的某个偏僻角落里一生坚守的漫长诠释。很多人可以在瞬间爆发出巨大的热情、惊人的能量，甚至是舍身赴死的英勇，而如生命一样漫长的坚守，往往比短时间的爆发更能考验一个人的顽强意志与耐力。如果没有骨子里的那股韧劲，别说熬过二三十年，你连两三天都受不了。

　　这些年我一直在大河上下奔波，在荒凉河谷中见得最多的就是水文人。哪怕作为一个旁观者，我也感觉到他们的日子是如此单调乏味。用谢会贵的话说，他们每天要干的事情很简单，就是看水。但要真正干起来，却又非常不简单，量水位、测水量、报水情，他们是为江河把脉的人。水文站一般外人是严禁入内的，我得到了特别许可，才有幸探访过大河上下的数十个水文站，在他们值班室的墙上，都无一例外地贴着一张图，红色的格子上用铅笔细细地画着三条曲线。如果没有他们解释，我是根本看不懂的，这是水位流量关系曲线图，一条曲线代表一年的流速，一条曲线代表一年来河流断面面积，而用流速乘以他们监测的断面面积，就得出一年的流量。这每一条曲线又由三百六十五个点构成，每个点都代表了一天测得的数据，每一个数据都要经过初作、初校、复核三道严格的程序。这看似简单的一张图纸，用水文人的话说是"一天一个点，一年一条线"，每一个点每一条线都凝聚着水文一线职工日复一日、年复一年的心血。

　　每天早上八点，无论刮风下雨，天寒地冻，他们必须准时出门，定时巡测。我已经反复描述过玛多的严寒，这里每年八个多月都要烤火，一年四季也离不开火炉。哪怕在大暑天，玛多的早晨也寒冷刺骨。出门前，他们先要穿好皮大衣、毡靴，戴上口罩、皮帽，扎好围巾，然后戴上烤热的皮手套。但有一点，早上出门时他们从不洗脸，脸上一沾水，出门时就结成一层冰壳子了。他们只能用烤热的双手使劲揉搓着冰冷的脸颊。这就跟猫儿洗脸一样，他们也爱开玩笑，时常拿自己取乐。一出门就骑上自行车，一路猛蹬，潮湿的浓雾在那死气沉沉的河谷里弥漫着,雾中隐约透出水文人暗淡的身影。骑了一半路,一双手差不多就冻僵了。到了断面,俯身一看,那黄河跟明镜儿似的,立马就照出了玛多水文人真实的面孔,那眉毛、口罩、帽檐儿上都结了白花花的一层霜。

黄河流到玛多黄河桥下,从源头那不过1米左右宽的小溪流变成了一条宽约70米的大河,在黄河源区没有比这更大的河流了。每次测流之前,他们便开始摩拳擦掌,——他们的存在让我对中国式成语有了更接近本义的理解,这绝不是什么"精神振奋,跃跃欲试"的样子,他们必须先把冻得麻木了的双手摩擦发热,让每一个关节都能灵活运转,还得使劲跺着冻僵了的双脚,以此来获得生命的热量。这样,才能投入他们一天的工作。而在当时,所有设备都是最原始的,测流断面,没有测量车,只有一种笨重的捆绑式测流工具——在一根铁制悬杆上绑上的测量仪器,水文人把那家伙叫作铅鱼,还真像,只是比鱼重得多,而一根几米长甚至十几米长的铁悬杆加上铅鱼的重量,两个人只有使劲才能抬起来。但玛多站人手少,谢会贵也就只能一个顶俩了。捆绑好悬杆和铅鱼,等他直起身来,油污已沾了一身。操控铅鱼是最沉重也最危险的,这也是谢会贵干得最多、最长久的一项工作。随着他不紧不慢地操控着探入水流的铅鱼,此时的黄河就像受到了神灵的控制,也牵动着谢会贵的每一根神经。在铅鱼发出的电铃声中,开始显示出一个个数据,另一个水文人员蹲在一旁,在膝头摊开的笔记本上快速而准确地记下一个又一个稍纵即逝的数据。一秒,一分,一刻,一个钟头,两个钟头,时间一如单调而有节奏的钟表。时间也是最好的老师,谢会贵干这活干得久了,压根就不用看表,他早已有了自己的生物钟。时间和数字,都是最单调、最枯燥的,而水文人的执着,就是从单调里找到意义,从枯燥中发现乐趣。

何时开始测流每天都是定时的,但何时能够测完则是难以把握的,在涨水期测一份流量就要用两三个小时,甚至更长。每到防汛抗旱的关键时刻,有时一天要测量四五次。而一旦洪水暴涨,一条平日里看上去风平浪静的黄河,突然变得汹涌澎湃,浊浪排空,一不小心,连人带杆就会被浊浪与激流席卷而去。越是危急关头,一个处于龙头位置的水文站越要抢在第一时间测出水位、流量、含沙量等准确完整的洪水信息,为下游的抗洪抢险提供水情数据,也为黄河水资源的调配和水利枢纽提供宝贵的第一手水文数据。此时要掌控那剧烈摆动的铁制悬杆和水中的铅鱼,你咬着牙硬挺是挺不过去的,除了使尽力气,还得深谙这条河流的水性,如此才能驾轻就熟,游刃有余……

每当谢会贵终于把沉重的铅鱼从水底收上来时,这次测流就算告一段落了。但这还只是玛多站监测的第一个断面,也是离县城最近的一个断面,还有两个分别距玛多县城60多公里的监测断面。所谓"分别",是这两个站不在同一个方向,也不在一条路上,想要顺便捎带上根本不可能。关于那条路有多少艰难险阻,这里暂时一笔掠过,而接下来的一切如同重复。这就是他们度过的很普通的一天,而他们从早上出发到夜幕降临时一身泥一身水地回到小站,就表明这一天终于顺利地度过了,一切正常。而高原的天气瞬息万变,正常之日太少,非常之日太多。有时候,刚才还是蓝天白云、明晃晃的大太阳,突如其来一阵风,在这无遮无挡的高原旷野,一刮风便是飞沙走石,顷刻间,狂风便席卷着漫天大雪和冰雹铺天盖地而来。而在这高原绝地,你想找一棵可以搂紧的树也没有。没有任何树木能在这里生长,唯一能看见的植物只有低矮、耐寒的野草,几乎是紧贴着地皮、匍匐在大地上生长——在狂风的猛烈冲击下,这其实也是人类最适合的姿态。这时候你千万别支着身子、顶着风,趴下!赶紧就地趴下!

一个人可以趴下,但骨子里那股韧劲绝不能趴下。或许就是凭着老站长早就看出来了的、认准了的那股骨子里的韧劲,谢会贵在来玛多的短短两年里,就摸清了这一段河流的特性和测验方式,成了站里的骨干。而一个人对水文如此投入,只因他对这条伟大的河流、这份平凡的事业如此热爱,才会如此执着和坚韧地守望下去。一个人可坚韧到什么程度?谢会贵在1979年的冬天验证了自己。在入冬之前,上级就给玛多站下达了一项前所未有的测验任务——冰期试验,谢会贵被选拔为这次试验的骨干。此时,玛多的温度已骤降到了零下四十多摄氏度,河上坚冰厚达1.5米,冰上还铺着1米多深的积雪。在人类生存的极限状态下,连走路都连连打晃,谢会贵却要先扒开积雪,然后打一溜冰孔。打冰,不是有打冰机吗？有,可在这高寒缺氧的地方,人类还在艰难地蠕动,打冰机却早已冻得一动也不动了。无论你怎么想办法,都无法启动。血肉之躯的人类,有时候真是比机器还顽强,谢会贵二话没说,就挥着一个2米长、20斤重的冰钎,开始一下一下地打冰。在这鬼地方,有劲也使不上,稍一用力就喘息不止；打了一会儿,又浑身发热,他们脱掉了皮袍子,一个冰孔好不容易打透了,已累得满头大汗。打,接着打,要不这汗水都变成冰溜子了。滴水成冰啊！每次,他都要打十几个冰孔,一干就是两三个小时。而一溜冰孔终于打完了,这还只是刚刚开始,每小时还得测一次流。可等你安装流速仪时,冰孔立马又结了一层冰,还得再打一遍,清除冰塞,把打碎的冰块捞干净了,才能把流速仪放进去。在放下流速仪之前,先还得用热水把仪器的运转部分慢慢冲开,从冰洞里放进河流的仪器才能正常运转。

　　那一个冬天的冰期试验,让二十二岁的谢会贵打出了一个一辈子属于自己的品牌："玛多打冰机"。要说这是对他的称赞其实还有点低估了他,他不是机器,但他验证了人类比机器更能忍受高寒缺氧的极限。这次打冰测流,也差点儿就让他把这条命交给黄河了。那是在鄂陵湖打冰测流时,一场漫天大雪骤然而至,白茫茫的原野看不清方向。他把一只手举到额头,在飞舞的雪花中辨别方向时,隐约听见脚底下响起冰裂声。好在谢会贵那时头脑灵活、反应敏捷,在冰面上疾速地向后滑溜了数米,他才躲过一场灭顶之灾。若稍有迟疑,一头栽进了那冰窟窿里,就没有眼下坐在我面前闷头抽烟的谢会贵了。干水文原本就是一个高危职业,尤其是第一线的水文人,流水无情,危机四伏。1991年元月,那是玛多历史上气温最低的一个月,低到了零下五十四摄氏度的极端温度。谢会贵和一个同事林伟扛着仪器,踏着冰雪,一步一步艰难地走到测流的断面。在破冰之后,为了将铅鱼深入河底,测到更精确的数据,谢会贵穿着胶皮裤跳入了河水中。那极度严寒的冰水足以穿透胶皮衣裤,让人感到钻心彻骨的寒冷。而除了能感觉到的严寒,还有难以察觉的暗流。谢会贵刚刚在水中放好了铅鱼,一股从冰层缝隙里袭来的暗流,像电流一样把谢会贵击倒了,好在林伟眼疾手快,一把将谢会贵从河里拖了起来。多年后,林伟回想起那个瞬间,还下意识地连打了几个寒战,那哪像是捞起来的一个人啊,就像从冰河里拖起来了一根硬邦邦的大冰棍。谢会贵能够活转来,就像死过一次又重生。按说他该休息几天吧,可到了第二天早上八点,这个死过一次的人又像平时一样早已做好了出发的准备,而且又一次走在了最前边……

冬去夏来,河流与时间,在时空中不舍昼夜地流逝着。不知不觉间,玛多水文站已换了七八任站长,那个当年身子单薄、眉宇间还有一股英气的小谢子,渐渐变成了玛查理街上谁都一眼就能认出的谢光头,而他那看起来比实际年龄要大许多的脸,也让玛多的小娃儿一口一声地叫他老阿爷。岁月不饶人,谢会贵也并非不服老,但无论你叫他什么,"玛多打冰机"依然是不变的身份。每次打冰测流,他总是抢在同事的前头,第一个跳下水。但毕竟上了岁数,又加之长期坚守在高原上,从最初的高原反应到如今,已落下了一身高原病,尤其是一直折磨他的老胃病,在冰河里受了刺激,立马就发作起来,一旦发作,一张黢黑的脸孔便变得越来越苍白。那些年轻小伙子眼看他就支撑不住了,都争着过来要换下他,但他却死死地握着手里的铁标杆不肯松手,别争了,危险,我能坚持! ——这是一个不爱言语的人,说得最多的一句话。

他也挺实诚地说过,他也不是铁打的,人心也是肉长的,也怕死,如果他死了,老婆孩子怎么办?这些话根本不用去想,句句都是人之常情,人同此心,心同此理,天底下哪一个人不想好好活着呢?可每次他又把最大的危险留给了自己,最大的危险就是生命危险,只因他不想让那些还没有太多经验的年轻人去冒生命危险。干水文这一行,与河流打交道,还真得有阅历,对这条变幻莫测的河流有长时间的感受。他说:"我同这条河打了三十年交道,对这里的水性、河床的变化规律,我比别的人都了解,一旦遇到了危险情况就可以随机应变,让那些年轻小伙子下去,我在岸上看着,还真不放心啊。"

谢会贵不光是打冰测流,多少年来他都是一个人干两个人的活。如果把他开过的车一溜儿连接起来,就是玛多水文站三十多年来的历史,从最初的手扶拖拉机、摩托车、解放牌卡车、跃进客货两用车、北京吉普、切诺基到如今的皮卡,他至少开过七八辆了,从接手每一辆车到把一辆车开到报废,他都无法计算,他在这黄河岸边的一条条山道上跑过多少公里了。这些车,都是玛多水文站各个不同历史阶段的巡测车。黄河源区的路,我已亲身体验过,从玛多到黄河源头玛曲,比从玛多到青海省会西宁还要遥远,遥远的不是空间距离,而是一路上折腾的时间太长了,那路况也实在太差了。黄河源作为国家级保护区的核心区域,又加之生态极其脆弱,也不能开山劈石地修路。而一条蜿蜒狭窄的土路,到处都是烂泥坑,陷车是正常的,不陷车才是不正常的。

　　一旦陷车,发动机立马就熄火了,一辆车彻底趴窝了。在高寒山区,车子趴窝的原因,不是发动机缺氧,就是油门打不着火。在这冷死人的地方,你要把车子重新发动,先得把发动机焐热。在这呼啸的寒风中,连个火星子也打不燃,更没有可以燃烧的干柴树枝,又拿什么去焐热那冰冷的机器?只有用你的胸膛,你胸膛里的热血散发出的热气。这是谢会贵经常要干的,每次汽车一趴窝,他总是第一个脱下大衣,然后把自己的胸膛紧贴在发动机上。等到发动机终于启动了,车轮还在泥坑里不断打滑,在这大雪覆盖的旷野里,连找个石头垫一下车轮都遍寻不着,还不如干脆把衣服垫在车轮下,这也同样是谢会贵经常要干的。然后,谢会贵几乎是光着膀子在车上猛踩油门,其他人喊着号子使劲推,一辆趴窝的车才像老牛一样气喘吁吁地爬出了烂泥坑。

　　那样的遭遇还算是幸运的,还有多少次,一辆车趴窝后,那冰冷的机器连人类的胸膛和热血都焐不热了,只能靠人来推了。在一个风雪肆虐的日子,谢会贵和三个同事去黄河乡热曲断面破冰测流,收工时已是傍晚六点,狂风一直在怒吼。在返回玛多途中,谢会贵最担心的事发生了,在距黄河乡20来公里的一个坑洼里,由于没看清楚被大雪覆盖了的路面,汽车猛地颠簸了一下,就深陷在泥雪里。谢会贵一会儿爬到车底下,一会儿又揭开机箱盖,什么法子都试过了,连测流时穿的救生衣都垫在车轮底下了,但那车依然趴在那里。——没办法了!谢会贵说,推吧。四个人在那个被狂风吹得狰狞可怖的雪夜里,又沿原路把一辆车推回黄河乡,推了整整一夜。除了一条回头路,几乎什么也看不清。

三、在人类生存的极限下

端详着眼前这个像高原岩土般质朴的汉子,我最关注的不是他为何能成为劳模,而是一直在琢磨,一个人在环境的极限状态下如何生存。这个人骨子里有多么顽强的韧劲,才能在高寒缺氧的生命禁区里长久地坚守?才能忍受那漫长乏味的、几乎与世隔绝的生活?这三十多年他是怎样熬过来的?当我脱口问了这样一个愚蠢的问题时,他黢黑的面孔下意识地一抖,又难得一笑:"你不要问我是怎么度过的,你要问我是怎么活过来的。"

这话让我心里猛地一震,又一抖。时常听黄河人说,在那种人类生存的极限状态下,不要说在黄河上破冰测流,更不要说像谢会贵那样一个人干两个人的活,就是你啥也不干,只要能在那儿待下来,就是人间奇迹。所谓人间奇迹,只因超越了人类生活的常态,或经历过非人的折磨,或有非同寻常的过人之处。是啊,凡是来过这里的人,哪怕像我这样来这里看看就走的匆匆过客,也深深地感受到了,即使空手空脚站立不动,心脏也承受着数倍于平原地区的负荷。而要长久地待在这里,随时都有生命危险,暴风雪、洪水、泥石流、凶险的道路,听说以前这里还流行过鼠疫,危机四伏,险象环生,要不怎么被称为生命禁区呢?在这离人间最远、离天空最近的地方,人的生命和大自然的生态都显得十分脆弱,生与死的距离也是如此之近,一场寻常的感冒就可能夺走一个人的性命。

往事如烟,又历历在目。一位早已习惯于沉默的汉子,对我所有的疑问似乎都觉得没必要回答,只是一支接一支地抽烟。那手指上被烟火燎过的痕迹,是这汉子的又一个特征。我也是个老烟鬼,但没他抽得这么凶。他笑了笑说,这还不是最凶的,尤其是在那些酒后的夜晚,最多的时候他一晚上抽过五六包。他语不惊人,仿佛早已习以为常,这其实也是很多水文人长年养成的习惯。每个水文人,除了难以言说的艰苦,更有难以忍受的孤独与寂寞,这也是我同水文人交心时他们掏心掏肺的倾诉。他们每天从早干到晚,一身泥一身水地回到站房,在那些寂静得可怕的夜晚,没有电,更不说电视、电脑了,除了偶尔去那唯一的电影院里看看靠柴油机发电的电影,他们几乎无处可去,而待在屋子里也没有任何排遣孤独寂寞的方式。一个月才能收到一次邮件,等到最新一期的日报到了他们手里已是月报,当日的新闻对于他们早已是一个多月前的旧闻。可明明知道这已是旧闻,每个人都抢着看,看了一遍又一遍,直到把一张报纸翻烂了,他们还在把一个个老故事像刚刚发生的事情一样传播。而站里的一台半导体收音机,几乎就是水文站与外界沟通的唯一渠道。除此之外,陪伴他们的只有烈酒和烟火,还有黄河在那黑暗而漫长的时空里隐隐约约传来的流逝声。水文人又长年累月与河水打交道,每个人都是一身风湿,酒是他们往命里灌的东西,烟那一点儿闪闪烁烁的微光,则是比烈酒更长久的打发孤寂、挨过长夜的方式。

与世隔绝,说到底还是交通极为不便,而交通不便给他们带来一个更可怕的伤害是吃不上蔬菜。在这高寒缺氧的地方是长不出蔬菜的,从粮食到蔬菜都只能从千里迢迢的西宁运过来。可想而知,在那一个月才能收到一次邮件的年代,哪怕是再新鲜的蔬菜运到这里也都腐烂了,而玛多人唯一能吃到的蔬菜只有冻成了冰疙瘩的白菜。谢会贵告诉了我冻白菜的做法,先放在开水中焯,再放在凉水中拔,最后放在油里炒。这样几经折腾,那菜中的人类最需要的维生素就所剩无几了。但哪怕这样的冻白菜,没几天也就吃完了,一年大多数时间只是咸菜咽馒头、清水煮面条。由于长时间吃不上新鲜蔬菜和水果,别说吃,连见也见不着,有些职工回到了远方的家里,看见家人买来了水果,脑子里会像高原缺氧一样突然短路,怎么也想不起来这水果叫什么,只好说"那个,那个",其实那都是最平常不过的水果,香蕉、梨子、苹果。你说他们傻吧?他们也觉得自己在高原上待傻了,像是来自另外一个世界。事实上,从玛多回一趟家,在那时也真是遥远得像两个世界的距离。由于难得回一次家,难得吃上一次蔬菜和水果,谢会贵和他的同事们均患上了不同程度的维生素缺乏症,每个人都早早就脱发谢顶,你再看看他们的指甲,不是凹,就是翘,这就是维生素严重缺乏的症状。

对于我们这些来自高原之外的人,雪域高原是绝美的风景,而对于长久地生活在这里的人,一棵小草、一朵小花、一点儿绿意,在他们眼中都是绝美的风景。有一年春天,谢会贵回家探望生病的老母亲,他是个难得尽孝的孝子,也是一个男儿有泪不轻弹的硬汉子,看到躺在病床上的母亲,他也没掉一滴眼泪,可一眼看见家门口绽放的一朵小花,泪水一下涌了出来,一滴一滴地洒在花瓣上。多少年了,他都忘了世界上还有这么娇艳的色彩。别看谢会贵一副木讷寡言的样子,其实他心里充满了生活情趣。每年天气转暖的季节,他都会拿出平常采集的草籽,播撒在水文站的小院里,这是玛多水文站最美的风景,也是这雪域高原的一道独特风景。

对于每个人,恋爱结婚,生儿育女,既是人生大事,也是人间常事。但长期奔波于江河、在野外作业的水文人,想要找个对象,特别难,尤其是在玛多这种条件非常艰苦的水文站,非常难。在我走访过的水文人中,像谢会贵这一代,还有他的前辈们,基本上是一头沉,半边户,妻子都是农村户口。哪怕到了现在,我还遇到了很多找不到对象的年轻水文职工,有的谈了六七个对象,到头来都吹了。在黄河源、三江源等青藏高原腹地的水文站,很多人过了而立之年,个人问题依然悬而未决。但这其实不是什么悬念,很多年轻水文人都不约而同地道破了实情,他们谈过的对象,不是对他们人才人品不满意,而是明确提出,只要他们愿从海拔 4000 多米高的地方调到海拔 3000 米以下,这些姑娘都愿意成为他们的新娘。但让我感动而敬佩的,哪怕在今天这样一个物欲横流的年代,也依然有很多年轻人难以割舍他们心爱的水文站,对那些跟他们吹了的姑娘,他们也没有一丝抱怨,而是为她们设身处地地着想,以满心满意的真挚去理解她们。在这样一个生命禁区,又有哪个姑娘能受得了呢?又有哪个姑娘的父母亲愿意把自己的女儿嫁到这里来活受罪呢?在这里,可不只是一般的受苦,随时都有生命危险,一场很普通的感冒,很可能就会夺走一个年轻的生命。

又不能不说,谢会贵同很多水文人相比还真是幸运,他的个人问题几乎毫无悬念,在他来玛多的第三个年头,还不到二十三岁呢,就在玛多县城找上对象了。他对象是县民贸公司的出纳员,单位好,工作好,人更好。在很多人眼里,那真是一桩美满而浪漫的姻缘,有多少小夫妻能像他们一样,有雪域高原为他们祝福,还有黄河为他们证婚。第二年,他们的第一个孩子就降生了,是个小子。可这小子长到五六岁时,由于在玛多唯一能吃到的就是保存较久的苹果,他竟然以为天底下唯一的水果就是苹果,只有苹果。这让两口子突然意识到,如果让孩子在这种与世隔绝的环境下长大,那就废掉了。为了让孩子有个能与外面世界接触的环境,给他找个好的学校,妻子几次向谢会贵提出,想在西宁安个家。还有一些好心的朋友也劝他,老谢呀,你就是再没本事,回西宁卖冰棍,给人家擦皮鞋,也比待在那鬼地方强啊,起码可以照顾孩子生活和学习呀!然而,谢会贵在玛多待的时间越长,越是不想离开玛多,有人说他简直是待傻了。妻子眼看大小子都过了上学年龄了,在几经犹豫后忍痛做出了抉择。1992年,妻子与他离婚,带着八岁的大儿子离开了玛多,把一岁的小儿子留给了他。十年夫妻,家破人离,在黄河面前发誓要"执子之手,与子偕老"的谢会贵,又为了黄河只能肝肠寸断地看着妻子携儿远去。妻离子散,原本是人间最不幸的事,转眼便成了他的遭遇。而唯一能够给他消愁的只有烈酒,他一边流泪一边唱着在玛多淘金人中传唱的青海花儿《沙娃泪》:"哎,孟达地方的撒拉人,尕手扶开上了玛多的金场进了,一路上少年(哈)唱不完,不知呀不觉地翻过了日月山。哎,出门人遇上了大黄风,吹起的沙土打给着脸上疼,尕手扶栏下着走不成,你推我拉的麻绳俩拽。哎,连明昼夜地赶路程,一天地一天地远离了家门……"

长歌当哭,那歌声真像哭一样。一段往事诉说到这里,我眼前这位一直木讷寡言的硬汉子,声音有些颤抖,眼眶里已有泪光隐约闪烁。离婚后,他独自带着一岁的小儿子留在了玛多,既当爹又当妈,从原本在玛多还算温暖幸福的生活一下变得举目无亲,很多人都担心他迈不过这道坎,但他一如既往,每次测流依然是走在最前边的一个人,依然是穿着胶皮裤第一个跳下冰河里的人。为了不耽误工作,没过多久,他又忍痛把小儿子送回老家让姐姐照顾,一个团团圆圆的四口之家,在谢会贵三十六岁的本命年,又如同轮回般地转回了原点,他又变成了孑然一身的单身汉。对前妻的离去,谢会贵没有丝毫怨言,而说到两个儿子,他黢黑的脸上充满了愧色。大儿子是前妻带大的,小儿子是姐姐带大的,而身为人父,他连自己的儿子是怎么长大的都不知道,但对这里的水情、河势,他比谁都清楚。

对于有过家的人,或家在外地有家不能回的人,那白天难见人烟、夜晚孤灯冷月的生活,愈加难以忍受。尤其是过年时,一年到头,回家团聚,对于这些水文人,原本是一天数着一天地期盼,而过了十个团圆年的谢会贵,这个年,还真是跟他过不去了。大年夜,去西宁采办年货的同事因大雪封山赶不回来了,一座半埋在雪堆里的水文站,只有谢会贵和卡文明两个光棍汉。卡文明是玛多站唯一的藏族职工,他其实不是光棍汉,但家在外地,一年到头难得回一趟家,跟打光棍差不多。这大过年的,他原本是急着要回家过年的,可由于大雪封山,一条回家的路被老天爷隔断了。这两个民族的兄弟,在这与世隔绝的水文站里,还真是相依为命啊。他们吃不上团圆的饺子,更没有辞旧迎新的鞭炮,只有两条硬邦邦的生羊腿。他们一边喝着老烧锅,一边蘸着盐巴一口一口地啃着生羊肉,那凶狠的样子像狼一样。开始,谢会贵神志还挺清醒,还像大哥一样,对卡文明这个满脸忧伤的藏族兄弟又是劝慰又是开导,可还没等卡文明额头上的愁结解开,他这个大哥自己先哭了,他一哭,卡文明那堵在胸膛里的孤独与郁闷一下如排山倒海,两个汉子紧紧抱在一起放声恸哭,也只有这样的恸哭,才能把堵塞在胸口的那比烈火烧心更强烈的痛苦倾吐出来……

这种在酒后放声恸哭的男人往往是最质朴、最直率的,也就是人们常说的真性情吧,这样的人往往又是最豁达的。在谢会贵离婚两年后,朋友们帮他在西宁介绍了一位女友,第一次见面,他就老老实实地告诉她,玛多是个怎样的地方,他又是什么原因离婚的。他的真率,他的朴实,还有他的忠厚,没有让女友退避三舍,在见了一面之后,又有了见第二面的念头。一段姻缘,几乎又毫无悬念地降临了,谢会贵也终于在西宁安了一个家。但他在这个家里待的时间很少,用他妻子半开玩笑半是嗔怨的话说,这个家就像是他的旅店,几个月也难得回来一次,而他真正的家,还是那个青藏高原、黄河源头的玛多水文站。

哪怕老谢一言不发，我也越来越感觉到这个人从未后悔自己的选择。事实上，他不是没有离开玛多的机会，如果他真想离开这里，也许早就离开了，他的人生也许将以另一种方式来书写。在大多数人眼里，那无疑是更合乎情理、更有出息的一种方式，然而一个难得的机遇却被他自己断送了。

那是他来玛多的第二年，谢会贵参加了黄委河源查勘队，既是向导，又是测流骨干。1978年7月27日，这是他忘不了的一个日子，也是历史应该铭记的日子。谢会贵对黄河河源玛曲和卡日曲分别进行了测流，第一次对两条河流在同日测得了精确的可比流量。这些数据，为黄委确定黄河正源，也为长期以来一直相持不下的黄河正源之争提供了最直接也最有说服力的实证（实测数据）。而在这次查勘途中，一个致命的意外事件发生了，查勘队队长董坚峰的马在幽险的山道上被磕绊了一下，突然受惊，而在这高山深壑间的山道上，步步惊心，一匹狂奔的惊马，随时都会摔进万丈深渊。幸亏谢会贵眼疾手快，那反应比高原反应还快，他纵马往前一跃，用自己的马拦住了董队长的马，又死死挽住惊马的缰绳，那一场人与马的较劲和角力，让在场所有人都惊呆了。在所有人屏息敛气的死寂中，那惊马仰天发出的一声声嘶鸣在空气中阵阵震荡。当惊马终于被制服了、驯服了，每个人都看见了谢会贵手上那被马缰勒出的一道深深的血痕。这次考察结束时，董坚峰问谢会贵愿不愿意到郑州工作。这绝非单纯的感激，董坚峰更看重的还是谢会贵在测流中表现出来的那种专业水平和不畏艰险、十分投入的敬业精神，如果把这样一个人才放在一个更高的平台上，无疑有更大的发展空间。要说一个二十来岁的小伙子，对此一点也不动心是假的，郑州是黄河水利委员会的大本营，也可谓是黄河之都，一个最底层、第一线的水文人，能从这世界最边缘的角落里调到那中原之中心的大都市，足以用一步登天来形容。但每到这关头，谢会贵立马就想到他的那份决心书，这是他的诺言，而为了信守自己的诺言，他在送别董坚峰时，婉言谢绝了董队长的好意。其实，只要他改变主意，就还有机会。董坚峰在完成这次考察后不久，就担任了谢会贵母校的党委书记，1982年又担任了黄河水利委员会水文局党委书记、局长。

这是黄河水文战线的一把手了，但他一直没有忘记那个甘居水文第一线、最底层的小伙子。谢会贵也从来没有忘怀这位关心自己的领导，却一直没有去找他。

随着谢会贵在玛多待的时间越来越长，年岁越来越大，他自己不想走，上级也几次三番想把他调走。玛多站的顶头上司是西宁水文勘测局，局领导苦口婆心给老谢做思想工作。这个思想工作做得挺有意思，一般做谁的思想工作，是让他到祖国最需要的地方去，而祖国最需要的地方往往就是条件最艰苦的地方，而给谢会贵做思想工作恰恰相反，是要把他从最艰苦的玛多调到那些海拔较低、条件较好的水文站去。不说去西宁，退而求其次，就是回到他移民搬迁的家乡贵德水文站，也是不错的选择。我去贵德看过，那里是"高原小江南"，又是省会西宁的后花园，谁都知道，天下黄河贵德清啊！但这个老谢，还真像是在高原上待傻了，说来说去就是那句话，"玛多虽说艰苦，可那儿的环境我早已适应了，情况也熟悉。反正工作总是要有人来做，与其换其他同志来吃苦，还不如我继续在这里干"。这话听着很平实，却暗含着一股子比石头还笃定的倔劲儿。这个老谢，不像是在那高原上待着呢，他仿佛已经将自己的生命与黄河源头的那片高原融为一体了，除非你把他搬下山，他自己绝不会走下山。

他还真是被人搬下山了。那是2003年，谢会贵突发脑血栓，幸亏这时候青康公路的路况好多了，赶到医院时，老谢已经认不得人了。但这个历尽奇险的水文人，又一次让人们见证了生命的奇迹，连大夫也惊叹，这是一个特别顽强的生命。对于谢会贵，这也是他又一次死里逃生。他还在病床上躺着时，来医院里探望的局领导就开始盘算，这次老谢下来了，就不能让他再上去了，就在西宁给他找个清闲点的事儿干干吧。可等到领导再次来医院看望他时，老谢却不见了踪影。接下来便是一个在西宁局闹得上上下下都知道的"寻人事件"，而他们要寻找的那个人，又将毫无悬念地出现在那个叫玛多的地方……

四、时空中的一个坐标

在玛多，我也时常听到这样一句话："四十岁前拿命换钱，四十岁后拿钱保命。"

几乎无人不知，长年累月生活在高寒缺氧的环境中，那伤害的程度足以用对生命的摧残来形容。有人给我透露了一个冷酷的数字，在玛多这地方，人均寿命只有五十四岁左右。而一个人在高原上待了多年后，哪怕离开了高原，在余下的生命里也将是一个只能靠药物来维持生命的"药罐子"。在青藏高原工作的地方干部，一般干够二十年就可以轮换或退休了，而像谢会贵这样一干就是三十多年的，极为罕见。所谓地方干部，这里还得解释一下，这是用黄河人的眼光来看的，水利部黄河水利委员会是中央政府直属机构，而玛多水文站麻雀虽小，却也是黄委垂直管理的一个最底层的中央直属单位，在他们看来，那些非中央直属单位的干部就是地方干部。但像水文站这样的中央直属单位，又一直处于边缘化的状态。由于他们每天都在与水打交道，很少与人打交道，与地方上、社会上少有接触，社会上对他们的存在也不大关注。他们时常被人们看见，却很少被人们认识，哪怕对他们比较了解的，也只是大致知道他们在河谷里测流，却不一定知道他们每天干的事都与自己的生命财产息息相关。很多人看到这些一脸黢黑、木讷寡言的水文人，第一个感觉就是他们在那荒凉河谷里待傻了，而他们一旦闲下来，也时常长久地发呆。这也是水文人下意识的一种习惯。

由于对他们缺乏了解，很少有人知道，这些最底层的、第一线的水文人工资待遇很低，比那些同在玛多工作的地方干部低多了。如果说一个人年轻力壮时来到高原打拼，就是"四十岁前拿命换钱"，这个目标谢会贵过了五十岁没有实现，一辈子也难以实现。从刚到玛多水文站每月拿30多块钱工资，到如今，他每月也就能拿到3000多块钱的工资。他一个人干两个人的活，别说拿双倍工资，愣是连一天的出车补助他也没有拿过。如果说这微薄的工资就是他拿命换来的钱，那谢会贵的命、水文人的命也太不值钱了，太廉价了。而"四十岁后拿钱保命",却是谢会贵用生命来验证了的痛苦的现实。他从二十二岁那年获得了"玛多打冰机"这个响当当的称号,如今这台"打冰机"也日渐磨损老化了,一身的高原病加上水文人的职业病、风湿痛、关节痛、胃痛,还有致命的脑血栓,从三十岁之前就开始折磨他,年岁越大越是厉害,无论在玛多水文站还是西宁的家里,那大大小小的药罐子,不是治胃病的,就是治风湿痛、关节痛的,有时候药罐子摆得太多了,他还得在这些药罐子上分门别类贴上标签,一不小心,就吃错了药。

那么,谢会贵又拿自己的生命换来了什么?回首二十岁时,他用一张纸把自己送到了这个雪域高原,从此他就认了,一辈子交给玛多了。在接下来的漫长岁月里,他以自己的坚守和全身心的投入,为自己换来了上上下下的夸奖,几乎每一任站长都这样夸奖他,"别看老谢是咱们玛多站资历最老的,可干起活来愣是一点儿也不含糊……",夸奖的话多了,既是不断地重复,也是在不断地强调,而他每次听了也只是憨厚而实诚地一笑。除此之外,他也为自己换来了一大堆荣誉证书,从黄委系统劳模到全国五一劳动奖章获得者,作为一个最底层的水文人,应该说,他已经抵达了人生荣誉的高峰;然而说穿了,同一个人的生命相比,同他一生最宝贵的年轻岁月相比,这些荣誉证书说穿了也不过是一张纸。而每次在光环闪耀中领奖时,他也只是憨厚而实诚地一笑。如果说这些荣誉都是纸,他还用生命换来了更重要的东西,尽管写在纸上,却绝对不是纸,那是他和他的同事们在玛多测量的数以万计的水文数据。那上面记录了黄河源头各个季节、各种气候、各类不同自然条件下流量、蒸发量、降水量、泥沙量等数据,这每一个高精度的水文数据,都在填补中国乃至世界水文的空白,更是国家防总、黄河防总、黄河水利委员会在防洪减灾、水资源开发利用、流域生态环境保护、水污染监测治理等方面的第一手数据,要说这每一个数据都关乎国计民生,绝对不是我在夸大其词。没有这些数据,水利部黄河水利委员会就不可能打造一条数字黄河,中国第二大长河源头的水文数据将是绝对空白,一条如同巨龙般的黄河,从龙头开始就是个处于失明状态的瞎子。想想也知道,要不,国家怎么会在人类生存的极限下设一个水文站呢?这里根本不具备设站条件,但必须设站!

玛多水文站就是黄河的第一只眼,谢会贵就是这只眼睛里的一只瞳仁……

每当老谢陷入沉默时,我总是下意识地注视着他背后的黄河流域图。若从管理层级看,从水利部、黄河水利委员会、黄河水利委员会水文局、黄河上游水文水资源局到西宁水文水资源勘测局,西宁局已是黄河水文的第五级管理机构,这是一个比县区还低半级的机构,但从其测区范围看,以玛多水文站为龙头,地跨青海、四川、甘肃三省(流域面积 14.5 万平方公里),除了黄河流域,西宁局还要代管长江流域的四川甘孜水文站。用局长王瑛的话说,"线长,面广,点多"。这些水文监测站点,或在玛多这样的雪域高原,或在人迹罕至的荒滩僻野,或在凶险莫测的深壑长峡之中,而在新中国成立之前,这些站点大多是黄河的盲点,如果没有像谢会贵这样的水文人一代代在这里设站、坚守,将依然是绝对的空白。

对谢会贵这些长年累月坚守在水文一线的职工,黄委一直是十分关心的。听谢会贵说,前任黄委主任李国英(曾任水利部副部长,现任安徽省委副书记、省长)、继任黄委主任的陈小江都曾到玛多或到他家里来慰问过他。但他们关心的绝不只是一个谢会贵,而是所有的水文人。怎么才能把成千上万的水文一线职工从繁重的工作和艰苦的生存境遇中解放出来?这首先要采用现代科技手段,推进水文测报走向现代化。而灾难有时候也是转机,在 1998 年长江大水后,尤其是 2010 年至 2011 年长江、淮河等流域出现跨流域、跨年份的大旱灾后,中央出台了新中国成立以来第一个关于水利的一号文件,不仅重申了水利关系到防洪安全、供水安全、粮食安全,而且首次把水利提高到"关系到经济安全、生态安全和国家安全"的战略高度。随着国家对水利的投入加大,近年来,黄委以河源区水文情势变化规律研究为重中之重,对水文水资源监测、预测预报技术进行提质改造,针对不同河段、不同时段的水沙特性和重点,推进和构建相互关联、相互协调、各有侧重、各具特点的黄河上游水文体系。如今,很多水文站可以在巡测车、巡测船上操作着电脑监测流量,有的还实现了水文观测的全自动化,只要坐在监测室内点点鼠标,就可以通过连接设备测出比人力测量更精准的水文数据。

玛多水文站现在也挂上了玛多巡测站的牌子,那开着一辆越野车来西宁机场接我的,就是现任站长张红兵,一个大高个的西北汉子,还不到四十岁,不过看上去比他的实际年龄要大。一路上,他车里都放着那首水文人之歌:"我们像繁星一样,镶嵌在共和国蓝图上。山高路远,坚强守望,见证江河的消消涨涨。雨打风吹,一如既往,预测水势的闲闲忙忙。共和国知道水文,祖国腾飞有水文的热和光……"

越是高寒缺氧的地方,越需要水文人的热和光。玛多,依然是黄河水文战线最艰苦的地方,但如今的玛多站与谢会贵那时相比已经好了不止一个时代,那漫长的黑夜早已被电灯照亮了,还连接上了卫星电视和宽带网络,这让一个孤悬于青藏高原、黄河源头的小站和世界的距离一下缩短了。而现代科技从来不是抽象的、冷冰冰的,许多艰险而繁重的任务,原来必须用人力来完成,如今配备了巡测车和现代化的测流设备,大大降低了劳动强度,提高了安全性。以前一年到头都要定时监测,现在则以遥测为主,巡测为辅,这既扩大了信息收集范围、提高了测报质量,也让长年累月坚守在水文一线的职工由驻守变为巡测,有的河段和时段甚至可以由巡测变为无人值守。而一线水文职工的住房和生活条件也今非昔比,每一个水文站看上去都是那样舒适而温暖,小院里还建起了蔬菜温室大棚,一年四季都能吃上新鲜蔬菜了。而我觉得,最具人性温度的还是制度,在跨入 21 世纪后,黄河源区水文站就实施了轮休制度,每年 11 月至次年 3 月,是黄河上游的冰封期,这些水文一线职工就可以回到远方的家里。

有了这样温暖的人性制度,又有可以替代人力的遥测设备,谢会贵就是不想走,也得走了。如今,黄河源区的老一代水文人大多已退休,有的已离开了人世。他们的早逝,让人扼腕叹息,如果不是长期守望在这片高原上,他们也许会活得更长一些。在这样一个生命禁区里坚守,真是在提前预支生命啊。而谢会贵在 2009 年从玛多调到西宁局时,他已是在这里待的时间最长的,也是当时年岁最大的。若按现在的年龄标准,五十六七岁的老谢其实并不老,还处于春秋鼎盛的壮年呢!但长期生活在高寒缺氧的高原上,他看上去真像一个历尽沧桑的老人了。

一个人,从二十岁的憧憬与抵达,到天命之年步履蹒跚地离去,这就是他漫长而简单的人生履历。无论当初的选择是热血沸腾还是心血来潮,他已在人类生存的极限下,以三十二年的生命和岁月验证了,那就是他矢志不渝的选择,那也是他一生中唯一的选择。我有幸抵达了黄河源头的青藏高原,又有幸找到了一个离他最近的机会,但他不愿意谈自己,他谈得最多的是那个水文站和他的那些老前辈和同事,"说啥呢,做得比我好的大有人在"。但黄河可以做证,青藏高原可以做证,一个人在海拔4500米的高原上坚守三十二年,哪怕再平凡,也足以用崇高来形容。

老谢虽说离开了玛多,但没有离开黄河、离开水文,他的魂,就像留在黄河源头了。没有人比他更牵挂黄河源头的水情和生态变化。从雪线上升、冰川消融,到湖泊湿地的干涸萎缩,到黄河径流量的锐减,这生态不断恶化的灾难,依然像高原反应一样牵扯着他敏感的神经。他第一次在同日测得了玛曲、卡日曲两条源流精确的可比流量,他也眼睁睁地见证了黄河最上游的干流乃至源头从1997年到1999年连续三年跨年度断流的灾难性事实,向人类频频发出警示。而如今,随着黄河源头从过去的无人区变成一个个旅游景点,很多游客缺乏生态环保意识,老谢对游人带来的各种污染以及对生态的损害也格外担心。他多么希望有幸来此一游的游客们,能够像那些心有神明的藏胞一样,对这里的每一滴水,对我们这条伟大的母亲河保持一种神圣的敬畏、虔诚而纯粹的信仰。黄河孕育了我们这个民族,她是我们的生命之源,无论谁在这里破坏的任何东西,都是对母亲的玷污,也将污染我们的灵魂。还有一个让他担心的问题是,现在虽说有了现代化的测流设备,但在玛多那处于极限状态的地理环境和气候条件下,仪器设备是无法全部代替人力的,它们比人更不适应那里的恶劣环境和气候。事实上,他的担心不是多余的,我听现任站长张红兵说,玛多巡测站现在主要还是靠人工观测……

当我起身告别时,王瑛局长说了一句话:"老谢代表了那个时代的劳模,我们不希望出现第二个谢劳模。"这话乍一听,让我非常惊诧,但他接下来的话又让我立马释然了,"老谢这辈子受苦了,太苦了,再也不能让我们的职工在那里一待就是三十多年,这不合适,以人为本,绝不是一句空话,从管理手段、管理机制上,从人性、人情上,都必须以人为本……"

这话让我心里一阵感动,但王局长也给我透露了一个苦衷,由于水文站是国家直属单位,按国家有关规定,特别强调文凭,但那些有文凭的大学生谁愿意到最底层的水文站来啊!干水文这一行,最重要的不是文凭,而是实用人才,如今我们实行轮休、轮岗了,可还是特别需要有像老谢这种扎扎实实、特别坚韧、特别能吃苦的精神……

精神,也许这就是黄河人身上特有的黄河精神吧。是啊,除了精神,你也无法解释这个在生命禁区里守望的人,还有他们守望着的一切。

对于我,玛多只是一条必然之路上的短暂驿站,我已无从进入一个二十岁的小伙子当年抵达的那个玛多县城玛查理。三四十年过去了,我眼中的玛多县城依然像是内地的一个偏远小镇,人口不过三千,很多都是近年来在县城周边安置的生态移民。一条主街实际上就是穿城而过的青康公路,在公路两边延伸出一里多路的两排院落,但以一座水文站为坐标,还是可以看出这个县城比原来大多了,玛多水文站原来坐落在县城边上,如今已坐落在县城中心。我在离去前,又一次深深凝望,一个仅有五间房的小小院落,它的存在,让我们复杂的内心一下变得简单明了,面对它,一切都得以逼真地映现。唯愿在我接下来的奔波于大河上下的漫漫长旅上,它的存在如同时空中的一个坐标,一个闭上眼睛也能看见的坐标……

第三章 在历史的分水岭上

从黄河源头约古宗列盆地到龙羊峡,为黄河上游河源段。

这是人类的设定,也是天地的造化。这漫长的河段,宛如万里黄河的一段漫长的过渡,长达 1684 公里,约占黄河总长的三分之一,也占黄河上游总长(3472 公里)的近一半。这一段黄河,可以说是一条长河,但还说不上是大河。

龙羊峡水利枢纽工程在一代伟人毛泽东与世长辞的那一年(1976年)上马,这对一个一辈子魂系黄河的伟人是最隆重的祭奠。而这工程又是在 1979 年 11 月成功实现截流的,就在这一年,共和国的又一个时代终于艰难起航。

这也让龙羊峡横亘在一个清晰的时空坐标上——

从共和国的历史看,龙羊峡水利枢纽又恰好矗立在共和国的历史分水岭上;

按水利部黄河水利委员会的划分,黄河上游河源段在此终结,从龙羊峡开始,黄河进入了它上游漫长的峡谷段。

——采访手记

一、一段漫长的过渡

过了黄河源头第一县玛多,一条长河宛如一根飘拂在高原上的银白色缎带,仿佛被一阵风拉长了,婉转而轻盈地流向青藏高原的东端,一路上穿过巴颜喀拉山与阿尼玛卿山之间的古盆地和低山丘陵,除了偶尔闪现的几段峡谷,大部分河段一直静悄悄地流淌在宽阔的河谷里。当经幡开始飘扬在缓慢起伏的山冈上,河谷两岸呈现出湖泊、沼泽、草滩,还有从那遥不可及的高原牧场深处升起的炊烟,缥缈而高远。那偶尔现身的牧人与牛羊,看上去亦神态安详。河谷愈来愈宽阔,水势越来越平缓,一条清澈如溪的河流,比蓝天、白云更空灵,波光粼粼,悠然流淌,性情十分温驯。然而,她绝不会只以这种姿态流淌下去,一个高潮即将来临⋯⋯

当一条波澜不惊的河流绕过传说中大禹导河的积石山——阿尼玛卿山时,忽然变得风生水起,随之又连续遭遇了西倾山和青海南山的阻挡和挟制,在青海、甘肃、四川三省交界处,一条长河被山势与峡谷扭曲成了一个"S"形河曲,在四川省若尔盖县、甘肃省玛曲县造就了黄河九曲之首曲——九曲黄河第一弯。古老的华夏文明中没有"S"这个字符,而在古人看来,这个"S"形河曲形似阴阳太极图,若从高处俯瞰,也确实非常像。古人根据日月交替、天体运行、阴阳变化之理,创造了阴阳太极图。在神秘主义者看来,阴阳太极图蕴含着无限的智慧与玄机,诠释着宇宙不为人知的奥秘,但也并非玄之又玄,其含义与真谛,其实就是中华民族对宇宙宏观、自然规律的最初觉悟,由此而形成了一种追求万物和谐、阴阳交合的自然人生境界,"阴阳融而太极成,阴阳合而万物生"。而在藏民心中,黄河这个"S"形河曲又与藏族本教(卍)和藏传佛教(卐)的日月与生命轮回有形似之处。汉藏民族对这个河曲的理解既有异曲同工之妙,又有灵犀相通的默契。

假如没有这样一次大扭曲,黄河的自然历史将被改写,她很可能撇开四川,直奔甘肃而去了。这也是黄河与长江从三江源分道扬镳后又一次近距离地擦肩而过,让江河失之交臂的障碍,是一座横亘在两大流域之间的巴颜喀拉山。这座山雄踞于青藏高原东部的川西高原北隅,为长江、黄河两大水系的分水岭。对于黄河,这虽说经历了一次大转折,绕了一个大弯,却还真是值得。尽管她过境四川如同蜻蜓点水,但却不虚此行,在这里接纳了发源于四川岷山的白河、黑河。这两大支流为黄河提供了她成长为一条大河的能量。而甘肃玛曲,并非青海黄河源头最早形成的那条干流——玛曲,却是整个黄河流域唯一一个以"黄河"命名的县(玛曲,藏语即黄河)。而这个玛曲也不是那个随时都会断流的玛曲,而是黄河流域水资源最富饶的县境,境内拥有众多的河流,黄河在这儿拐了个弯,这大大小小的河流纷纷变成了黄河的支流,主要的一级支流就有二十八条,还有三百多条二级支流。看看黄河是怎么来的吧,她流入玛曲县境时的水流量仅占黄河总流量的五分之一;又看看她是怎么走的吧,黄河出境时水流量猛增到了黄河总水量的三分之二(百分之六十五)。只要会简单的加减法,就可以直接得出答案:一个玛曲县,就为黄河这条命脉输入了近一半血液(约占黄河总水流量的百分之四十五)。天地间,还有什么比九曲黄河第一弯更伟大的弯?

　　黄河能拐这样一个弯,只能感谢大自然。这也是大河上下最大的不同。简而言之,黄河上游是自然河道,到了下游就变成人工河道。如果按照人类的意志裁弯取直——这是人类经常干的事,黄河绕开了玛曲,也就只能带着她五分之一的径流量无可奈何东流去。而黄河好像是特意绕这么一个大弯,在进入甘肃、四川境内补足了能量后,随即又猛一回头,再次奔入青海境内,一路向西北方向流淌。这在人类看来,如同倒行逆施,但黄河这一次方向非常明确,她的下一个目标,将是青海省贵德县龙羊峡……

　　对于人类,又是一段足以用漫长来形容的水路。从甘肃玛曲至青海龙羊峡,黄河在这一区间内流经高山峡谷,水流湍急,一条长河的水量也越来越大,一条大河的气势已呼之欲出。然而,在这迂回与进入的过程中,黄河湍急的流速也被不断地缓解和延宕,与同样发源于青藏高原的长江相比,黄河的高潮被大大推迟了。

　　若要看清黄河之水的本色,这一路上你也将看得最清楚。青海是黄河发源地,也是黄河流经的第一个省,而作为黄河水塔的青海省,为黄河提供了总水量的近一半(百分之四十九)。青海省一半以上的人口、耕地和GDP总产值都集中于黄河流域。1987年国务院分配给青海省14亿立方米的耗水指标。二十年后,2007年青海省黄河流域的用水量为20亿立方米。这同青海给黄河贡献的总水量相比,还不到十分之一。但黄河不是青海的黄河,而是中国的黄河。为此,青海省加强了对黄河取水许可总量控制指标的精细化管理,不再像以前那样想用就用。按照总量控制的原则,全省确定了各地耗水指标,最多的海东地区为5.21亿立方米,其次是西宁地区,4.79亿立方米;较少的果洛州为0.21亿立方米,最少的玉树州仅为0.01亿立方米。这些精确到小数点后两位数的数据,足以表明青海省对黄河水资源管理精细到了何等程度,也足以让我等旁观者看清,黄河的每一滴水多么珍贵。

当我追随一条长河而奔波时,每次想要掬水洗净脸上的风尘,一看那晶莹如露珠般的水花,我真的感到于心不忍,我又下意识地松开了手,任那水点点滴滴地从指缝间流入河流。这样的珍爱,这样的痛惜,只因我见多了干涸的湖泊、河流,干得冒烟的土地和焦渴地仰望着苍天的众生。

接下来的一段路,河流依然平静,但感觉气味越来越复杂了,太阳的味道、水的味道、大山的味道、石头的味道,还有被太阳晒得冒烟的沙子的味道。我已经预感到了,在经历了漫长的平静之后,必将是突如其来的震撼。一种久未激活的震撼,在瞬间逼真地出现了。

那震撼的感觉来自深切于地腹中的凶险峡谷,也来自一条大河。

这里还是黄河的上游,除了湍急而威严的黄河水,还有红岸河、莫渠沟、龙春河、浪麻河等众多支流水系,正分别从左右两岸奔突而来,又被黄河一一接纳和吞没。当消逝与重生同时发生时,一条长河,被转化为另一种更强大的生命形式,黄河,仿佛就是在这里变成了名副其实的大河。眼看着水势越来越猖獗,两岸耸峙的大山却把黄河一步一步逼到了危险的绝境,那被河流深切的峡谷在幽深的阴影里不断挤压,越来越狭窄,峡谷最窄处,几乎是命悬一线。

龙羊峡,这就是我一直憧憬着的龙羊峡。龙羊,绝对不像汉语词汇那样仁慈,这是藏语,龙为沟谷,羊为峻崖。但这样的直译远不足以表达它令人绝望的程度。我几乎是绝望地站在一道悬崖的边缘上,这没有任何象征性,一个人,只有站在这悬崖的边缘上,透过崖壁上的一个缺口,才能看清一种真相:那命悬一线的峡谷就是黄河唯一的通道,当一条大河从峡谷西部入口处奔向东端的出口,黄河再也无法隐藏它无与伦比的狂野,如同一头狂躁的困兽,一路发出狂暴可怖的咆哮声。

越过一只苍鹰起伏的翅膀,我看见,青藏高原的太阳在颤抖。

一种巨大的落差，以狂暴的方式创造了世界上最伟大的能量之一，而人类绝不会袖手旁观，黄河上游第一座大型梯级水电站，几乎是宿命般地横亘在这里。这也就是人们常说的黄河龙头水电站。它的确切位置，我在3G手机的高清地图上找到了：青海省海南藏族自治州共和县与贵德县的交界处。

这里是地球上的一条裂缝，是黄河裹挟着的巨大能量把它撕裂的。

太阳，从黄河源头开始就一直处于直射的状态，一种直接的感受，这里就是地球离太阳最近的地方。此时的太阳，已经高过了苍茫群山最高的山顶。阳光下是我渺小而又异常清晰的影子。很长时间，我像个傻子似的站在一道像鹰嘴一样突出的悬崖上，除了这道悬崖，脚底下空无一物，两只手交叉在胸前，下意识地把自己紧紧抱成一团。

二、在历史的分水岭上

每当走向一个过于伟大的事物，我都感到需要极大的勇气。

龙羊峡是黄河上游峡谷段的第一道峡谷，龙羊峡水电站则是黄河上游的第一座大型梯级电站，人称黄河龙头水电站。我已经历了太多的"第一"，一个概念仿佛在我的震惊中被偷换：一道峡谷，变成了一道大坝；一条大河，变成了一座水库。那庄严的大坝有着银灰色的外壳，看上去很高，实际上更高，它比后来的三峡大坝还要高，是名副其实的亚洲第一坝。就是它，一举将龙羊峡以上的黄河上游十几万平方公里的流量全部拦截在这峡谷里，又是高峡出平湖，一座当年中国最大的水库，在这里直接诞生了。

每一座大型水利枢纽工程，都体现了强大的国家意志。一直以来，新中国治黄的一个核心意图就是"上拦下排"。而最早提出这一策略的就是共和国的首任河官、被毛泽东戏称为"黄河王"的王化云。从这个意图出发，王化云提出在黄河上游的峡谷地带修建一系列梯级水电站。他也许不是最早提出此观点的，但无疑是最具代表性的。从那以后，贯穿整个毛泽东时代，一座座拦河大坝在黄河中上游干流的峡谷里以不可逆转的意志崛起，黄河被一段一段地拦腰截断，筑起了一系列可以为人类掌控的梯级水库，每一座水库上都建起了水电站。但发电从来不是人类的第一目标，人们的核心意图，还是通过这些水利枢纽来调节黄河水量，发挥防洪、灌溉、发电、航运、养殖等多种功能和综合效率。这其实也是共和国每一个水利枢纽工程的普适性目标。

龙羊峡水电站，就是在这样的思路上，在黄河上游峡谷段的第一道峡谷里，被推出来的国家工程。从此，一条飞流直下的大河只能在它自己发出的咆哮中盲目地挣扎，无论怎样挣扎，都只有一种命定的结局，那是人类在20世纪70年代为它安排好了的命运。它们的出现其实早在我的预料之中，但还是让我震惊不已。不能不说，人类选择在这里建一座水电站如同天造地设。像所有的水利枢纽一样，这是没有任何诗意的存在，它更像是一个庞大而威严的帝国，充满了统御一切的霸气。这是人类强加给自然河流的一个伟大主题，只有人类，才有截断和阻挡一条大河的力量，让一条桀骜不驯的河流服从他们的指令。

我这样形容绝对没有任何贬义，这其实就是水利的本质。"水利"一词可以高度概括为：人类社会为了生存和发展的需要，采取各种措施，对自然界的水和水域进行控制和调配。但看着眼前这一切，我还是倍感茫然，如果不使劲想，你真是无法想象，在这道银灰色的大坝筑起来之前，龙羊峡是什么样子，黄河又是什么样子。

在高原直射的阳光下，只有云翳偶尔投下的暗影，但很快就像云一样被风吹走。我一直不敢把眼睛完全睁开，在这里，眼睛很容易被太阳灼伤，但又并没有炎热之感，风很大，一直很大。这夏天的西北风，吹得整个高原沙沙作响，吹在脸上，如刀割一般。我的高原反应，好像也与这弥漫的风沙有关，一种浑浑噩噩的感觉，气短、胸闷，又不敢用力呼吸，一用力脑子里就会出现空白。

我只能断断续续地想象，当年那些第一次走到这里来的人，他们又是怎样的感受？那是中国水利战线的一支铁军——中国水利水电第四工程局。这支非凡的队伍中，很多都是直接从野战军转业的军人，这些久经沙场的军人，也是新中国第一代水利人。而在每一个大型水利工程开工之前，还有很多刚招来的新工人。第一代水利人现在已经很难寻觅了,现在我能够在龙羊峡见到的,大多是1976年招来的那一茬新工人。哪怕当年一个十七八岁的毛头小伙子,如今也是早过天命之年的老师傅了。

我找到了他们中的一个,李庆元,李师傅,一个黑而且瘦的汉子,额头的皱纹像刀刻出来的一样,突出的颧骨上有两团很扎眼的高原红。他沉默地看着我,甚至有些麻木。这几乎是那个时代的人给我留下的一种共同感觉。我习惯性地掏出烟,给他一支,我自己也叼上一支。我还想给他点上火,但防风打火机在这里怎么也打不燃。我以为是风大了,李师傅说,不是风,是这里空气稀薄了,别说打火机,这里连车子发动也不容易打着火。他一边说一边掏出了火柴,连划了三根火柴,终于把烟点着了,然后又脸凑脸地给我对上火。我和他,两个素昧平生的人,仿佛就在这一点对接的微弱火光中拉近了距离。

这汉子比我大几岁,1976年,他十八岁,我十四岁。这三十多年的岁月里发生了什么,他已无法清晰地说出,而最刻骨铭心的一段记忆,还是那个开端。当年,他是坐着解放牌卡车从西宁到这里来的,和他一起来的,全都是像他一样的毛头小伙子和小妹子,一张张面孔上还是一脸稚气。大伙儿背着背包上车时,一个个兴奋得不得了,激动得不得了,那是一种充满了孩子气的兴奋,幼稚而天真,但那也是那个时代特有的兴奋,庄严而神圣。对于那个尚处于未知状态的目的地,他们充满了憧憬,每个人都觉得自己正在奔向祖国最需要的地方,将要去干一项伟大的事业。没有人知道,他们将要抵达的是一个生命的极地。每个人最终会是怎样的结局,那时谁也不知道,只有命运知道。

对于眼前这位汉子,那个过程在回忆中已被大大缩短了。经历了漫长的颠簸,一直像幕布一样蒙着他们的帆布车篷终于被揭开了,还没看清楚揭开这一幕的人,一阵大风就猛扑上来。其实,那风在龙羊峡根本算不上什么大风,但那些个半大孩子一下傻眼了,一个个吃力地站在大风中,一张张还长着细嫩茸毛的小脸蛋被大峡谷的风沙打得一片生疼,眼睛睁不开了,连手里的红旗也被风吹得举不起来了。这让他们满怀憧憬的工地,眨眼间就变成了他们的伤心之地，一百多个半大孩子在风中瑟缩成一团，每个人都觉得自己突然变得孤零零了，就像一群被遗弃的孩子。还没下车呢，就有不少小妹子站在风沙里哭了，没哭的，也在风中流泪，被泪水冲刷出来的沙尘，比眼泪还多。

这时，一个穿着土黄色军大衣的人突然来了，一来就瞪着眼大骂："熊样，就你们这熊样，也敢上龙羊峡来啊？"

还没等孩子们看清楚他是谁，这个人一转身就走了，走时又撂下一句狠话："哭吧，先让眼泪把你们那脏脸蛋洗干净！"

就是这句话，让那些半大孩子忽然就哽住了绝望的哭声，齐刷刷地去看那个凶巴巴的人。这人是谁呢？

李师傅讲到这里，忽然停顿了一下。我看着他的脸，那瘦削的脸孔不是严峻，而是僵硬，像一块僵硬的生铁。他好像不愿再提那个早已逝去的人，他说起了比那个人更凶狠的风沙。风沙是这里的家常便饭，哪怕八九级的大风在这高原峡谷里也是极平常的。大风裹挟着高原的黄沙席卷而来，有时候在晌午，天一下黑了，天昏地暗中，啥也看不见，只有沙石扑打在脸上。疼痛，只是最初的感觉，不一会儿就麻木了，时间长了，连疼痛都不知道了。这就是龙羊峡人每天都要过的日子。而一旦风沙暂退去，太阳又出来了，高原的太阳照在身上凉飕飕的，却在每个人脸上烙下了一生也无法消退的印痕——高原红。这是在阳光的暴晒下脱去了一层一层的死皮才会出现的。当年那些尚未成形的小伙子、姑娘就这样脱去了一层一层的人形，从脱去人形到重新长成一副人形，他们仿佛就是这样长大的。而当他们脸上生长出这样的高原红，他们也就不再是那些没心没肺的半大孩子了，每个人都像经历过苦难的炼狱，也能在这炼狱一般的世界上坚持下来了。白天，他们在工地上干活，不到半天，一张脸就变得灰蒙蒙的，你看着我，我看着你，只能看到对方的牙齿是白的，不叫名字，谁也不知道是谁。吃饭，也在工地上。这碗饭不容易吃，一端上饭碗，你就得赶紧掀起工装紧紧捂住，手脚慢了点，那碗里立马就会扑上来一层灰沙，这碗饭你就更难吃了。夜里，躺在帐篷里，那凄厉的风声听起来，像荒原上的狼嚎一样瘆人。哪怕睡不着，你也只能紧闭着双眼,一睁眼,沙土就会钻过帐篷的缝隙,扎进眼睛里。就这样,闭着眼睛,让风沙吹落到每一张脸上,还不能咬着牙,一咬牙就会咯吱咯吱地响。这还不算啥,每到大风天,有时候一顶帐篷会被整个儿刮走,一个人走路时也会被风刮跑,大伙儿必须手牵着手,臂挽着臂,才能在狂风中穿过……

如今,当年那个叫李庆元的半大孩子,已化身为一个和我面对面地坐着的龙羊峡汉子。那张像刀削一样的脸,在峡谷的风沙与高原烈日的轮番磨砺下,早已像高原的岩石一样粗粝,那风沙再打在脸上,就像石子打在岩石上,几乎岿然不动。这像岩石一样坚忍的生命,或许就是龙羊峡给予那一代人的第二次生命。他不愿提到自己,他讲述的其实是一代人的共同经验和集体记忆,甚至是一种国家记忆。在那些过于理性的人看来,这也许就是一种集体无意识。而对于这些早已走过天命的人,没有人觉得自己当初做出了正确的选择,但谁都听从了命运的安排。那是一个习惯于听命与服从的年代,并由此而产生了一代人共同的命运。

每一次走近他们,我仿佛都是在体验人世间最残酷的事情。而当我咽下"残酷"这个字眼时,李师傅使劲抽了一口烟,在火光照亮的一瞬间,我发现他的嘴角在微微颤抖。

三、如果这就是命运

有人说,一个人能在龙羊峡坚持下来,哪怕什么也没有干过,也是一种牺牲。而在这样一个凶险之地,从一开始,牺牲,就成了最大的可能。

我踩着的这个地方,是一个真正的终点,葫芦峪。

走到这里,一切突然安静下来了,如此静穆,又有几分阴森。这里是个山谷,也是个风口。两边是碎石翻滚的山坡,山土像被火焰烧灼过的焦土,连岩石上也有火焰的纹路。在这乱石丛生、风沙扑面的山谷里,竟然开满了一些无名的野花,看上去显得有些多余。仔细看,又不是花,而是一种顽强生长着的野草,矮小、硬扎,一簇簇地丛生着,营造出了某种似花非花的幻觉。谁也不知这是一种什么植物,但只有它可以从石头坚硬的裂缝里生长出来,以坚忍而顽强的方式,把草根深深地扎进这高原的岩石中。这同样不是一种象征,从来就不是,这只是在环境允许的极限下,在亿万年的物竞天择中,最终留下来的一种古老的孑遗植物——戈壁红,这是龙羊峡人对它的命名,一种透入心肺的暗红色,像干涸凝固的血。

我伫立的地方,当年曾站着一位黑着脸孔的军人,芦积苍。那时候大型水利工程的指挥长,大都是军人或军人出身的人,芦积苍只是其中之一。我见过的每一个龙羊峡人,都会有意无意地给我提到这位老军人,芦积苍,一个不断重复的名字。这是一个1937年参军、在枪林弹雨中出生入死的老革命,时任水电四局党委书记。一到龙羊峡,一看这险恶的地势,凭一个军人的本能,他就知道,这将是一场硬仗。他这辈子不知打过多少次硬仗,他有这个心理准备,还没开工,他就来到了这个叫葫芦峪的山谷,长久地看着这个地方出神。风很大,一阵风猛烈地掀起了他厚重的军棉大衣,但没风能够吹动他,他往那里一站,就是一个顶天立地的汉子。

就是这里了!他用一个凌厉而威严的手势,打破了长久的沉默。

几个随他而来的人看了,也都觉得这地方不错,这里虽说是个山谷和风口,但在龙羊峡这光秃秃的石头山之间,也算是一块依山傍水的风水宝地。那时,很多人还以为指挥长带着他们来这里,是来寻找安营扎寨的地方呢,但老首长一开口,就让他们倒抽了一口凉气,那是一种透入骨髓的阴森——老首长来这里不是寻找营地,而是墓地,烈士的墓地。这块墓地,是按照一个团的编制选定的。那些正从四面八方奔向龙羊峡的生命,一个个热血沸腾、生龙活虎,而这里,很可能将成为他们最后的归宿。

我一步一步地走进葫芦峪,仿佛正一步一步走进一个老革命冷峻的内心。从龙羊峡工程开工以来,三十多年来,已经有两百多名烈士被埋葬在这里。没有一个团,但接近一个营,一个工程,牺牲了这么多人,绝不亚于打一场相当规模的现代战争。两百多块坚硬而羸弱的墓碑,组成了一个时代的集体遗像。这是一种森严的存在,如同一片静穆的森林。我一块一块挨着看过去,每一块冷硬的石头上,都刻着一个毫无表情的名字。经历了一轮轮的风霜雨雪,那被高原直射的阳光照亮的笔画,有的早已残缺、模糊。只有那个时代的过来人,才会把这些名字还原为一个个有着鲜活血肉的生命。

面对这样的石头、这样的墓碑,每一次正视都需要极大的勇气。

如果有比铭记更好的方式,那就是遗忘。我真想把他们连同那个时代一起忘怀。对于他们,对于那个时代,遗忘或许是最好的方式,让一切成为过去。

但我还是颤抖地记下了这几个墓碑上的名字——

阎海,挖掘队队长,有人说他像一头闷声不响的驴子。在他生命的最后时刻,他没有任何预感,依然像平日一样在埋头挖着土石方。那天,工地上又刮起了大风,狂风裹挟着车辆扬起的尘土,弥漫得几步开外就看不见人影。一辆汽车在倒车时,将弓着腰挖土的阎海一下撞倒了。离他最近的几个工友看见他倒下了,赶紧冲过来,要把他扶起来,但已经扶不起来了,也看不出伤在哪里。但他自己知道,他快不行了。在战友们准备送他去急救时,他的脑子还很清醒,他清醒地知道自己快不行了,但还有最后一件事要办。他一边吃力地呼吸,一边在身上哆哆嗦嗦地摸索着,从怀里掏出身上仅有的一点钱,又吃力地抬起头,举起手臂,他说,这是他的党费。是的,这就是他最后一次交的党费。在我们今天所处的这个时代,谁也不必再背着一堆不着边际的理想,你也许觉得,这只是黑白电影里时常出现的一个矫情的情节,然而,这就是当年在龙羊峡发生的最真实的一幕。在时代的嬗变中,没有任何虚构可以置换真实,真实就是如此。我也只能真实地记下这个细节,而我的心情比真实更复杂。如今,很多那个时代的过来人,他的工友们,只要一闭眼,眼前就浮起了那黄土风沙中的一幕,这又是他妻子最不愿意回首的一幕。阎海牺牲时,年轻的妻子一头扑在丈夫身上,哭着喊,你一扔就扔下了三辈人啊!这是一个最想把阎海烈士遗忘的人,只要谁提起她丈夫,这不幸的女人就会凄惨地发作。那哀哭之声,在龙羊峡无边的黑暗中一直断断续续地传来,很多人在半夜里都会被女人的哭声惊醒。又不知过了多少日子,女人渐渐哭得意识不清,她精神失常了。一直到现在,她都不能见到丈夫的任何照片和遗物,更不愿走进葫芦峪——她丈夫的墓地。

弥芳玲,一个年轻美丽的生命在她二十二岁时猝然终止。龙羊峡的很多过来人都还记得,这姑娘长着一双又大又黑的眼睛,还有一对笑起来特别可爱的小酒窝。那是在1985年秋天,她正在工地上埋头干活,这丫头干什么总是不慌不忙、有条不紊的。她没有注意到,一直悬在她头上的那道阴影,一只吊在空中的水泥罐。这其实没有什么,就像一些沉重的吊臂也经常悬在我们头上,我们也不会太在意。然而,这道笼罩她的阴影成了一道致命的阴影,水泥罐突然出现了故障,她根本就没来得及反应,所有人都没有反应,顷刻间,几吨重的混凝土像天塌下来一般,砸在了她身上。从事故发生的概率上来看,她只是偶然被砸中的一个,属于万一。而厄运和灾难又总是在偶然和万一中不幸发生,这样一想,反而又是一件必然要发生的事情了。那个惨哪!过于悲惨的事情,让许多过来人不忍回忆,她的血肉永远留在了大坝的混凝土中,没有谁能够清理干净。能够清理的是她寥寥无几的遗物。她哥哥在清理妹妹的遗物时,看到最多的是妹妹给母亲的汇款单。这样一个孝顺女儿,就这样撒手走了,一个母亲的精神崩溃了。这可怜的母亲,一直到现在,也没有从三十多年前的打击中恢复过来。

从阎海到弥芳玲,还有这墓碑上刻着的许多名字,如果用现在的眼光看,他们的牺牲,或他们的不幸遇难,其实都只能定义为工伤死亡事故。但在那个时代,很少有人往这事故上面想,哪怕最普通的人也有一种高尚的想法:他们不是事故的死难者,而是为了新中国的水利建设而光荣牺牲的烈士。

说起来,还有一个更可怜也更坚强的女人,孟朝云,孟大姐。她不是烈士,而是一位烈士的遗孀,也是一位烈士的母亲。丈夫牺牲时,大儿子十二岁,小儿子才四岁。她不是这里的职工,只是跟着丈夫来这里过日子的家属,也就是所谓的"半边户"。那时她还年轻,对这个地方也充满了憧憬,以为跟随丈夫来到这里,从此就能过上好日子了,却没想到会是这样悲惨的人生。

丈夫死时,她整个人都傻了,脑子里只有一个念头:她是跟着丈夫一起来的,丈夫走了,她也要跟着丈夫一起走。然而,丈夫一撒手就走了,她却撒不了这个手。她看着眼前的两个孩子,两个孩子也眼睁睁地看着她。就在母子对视的那一刹那,这个女人明白了,她走不了了,这两个儿子只能由她来抚养成人。活着是比死更顽强的一件事,她不想活,但也得活。她抹掉了眼泪,转身就去灶膛里生火给孩子做饭了。她没有哭,她的眼泪是被烟火呛出来的。十几年过去了,眼看着两个儿子渐渐长大了,老大又像他爹一样,是一条十分健壮的汉子,上了水利工地了。看着大儿子那副又宽又壮实的肩膀,她感到自己终于又有了盼头,她孤儿寡母之家又有个男人来扛了。然而灾难很快又一次降临,老大像他爹一样,在一场事故中牺牲了。命运如此残酷,一个女人,年轻丧夫,中年丧子,一门双烈,这双重的灾难和人间所有的不幸全都降临在一个庸常的女人的身上。但她没有倒下,她的精神也一直没有崩溃,她再次咬着牙活过来了。

但一直到现在,她依然活得异常艰难。现在,她还住在龙羊峡一间寒碜的小屋子里。拉开一条旧布帘,又像拉开了一道帷幕,幕后是一个女人真实的生活。走进小屋,就像走进了一个阴暗的地窖。眼下正是夏天,哪怕在夏天,这屋子也显得异常昏暗、寒凉。在一间转身都很困难的小客厅里,只有一台老旧的电视机陪伴她的伶仃孤寂。地上,是她刚上山挖回来的一袋野菜,她准备用盐腌了,做咽饭的咸菜。一张破沙发上,有一堆别人给她的羊毛,她准备给自己织一条羊毛褥子。大峡谷里湿气太重了,她一双老寒腿越来越僵硬了。看得出,这是个挺能干的女人,什么都能干,但她一直没有一份正式工作。当年,她是随迁的家属,现在老了,也没有退休工资,每月仅有300来块钱的低保。这几个钱,她要吃饭,还要吃药。一个女人到了这岁数,身体慢慢枯萎,不是这里出了毛病,就是那里又有什么病痛。她心脏一直不好,这是老毛病了,她只能用最廉价的药物来维持最卑微的生命。现在,她小儿子已结婚成家,有了孙子了,但儿媳妇和她一样,也是个"半边户"。她不想给儿子、儿媳妇增添负担,也就只能靠自己的力气来活着。她也看开了,活一天,是一天。

我注意到,在她的窗台上,还养着一盆盆小花,不知道什么花,散发出淡淡的清香。一个命运悲惨的女人,一种清贫的生活,有了这一点儿花点缀,哪怕是长了刺的花,也多少让人感到一点温馨。一问,我才知道,她养花不是给自己看,而是拿到小街上去卖,一盆花能卖五六块钱,这对她拮据的生活多少是点儿补贴。

大姐淡淡地说着,又站起身,给这花浇了一点儿水。看着她佝偻着身子浇水的身影,是那样平静和淡定,那干涸得几乎凹陷下去的眼眶里没有一丝泪痕,脸上也没有什么悲戚的表情。看着她,我又一次想到了命运,如果这就是命运,在经历了大苦大难之后,无论是当局者,还是旁观者,也许都能平静地接受了。

牺牲的不止那些献出了年轻生命的烈士,还有那些依然活着的人。由于常年在高寒缺氧的地方工作,这里很多人都有高血压、心脏病和风湿病。有一年,水电四局对职工的基本情况进行调查时发现,全局职工平均寿命只有五十九岁。这是一个残酷的数字,他们和葫芦峡那些烈士一样,几乎都在以牺牲的方式奉献着自己的生命。

四、一道天然的分界线

又一次走向黄河。或许只有通过河流,人类才能接近生命的真相。

站在龙羊峡的任何一个地方,都能看见峡谷里那座银灰色的水利枢纽。我只是这里的一个过客,它的存在,对于我是外在的,我也不可能进入它幽深而复杂的内部,只能从外部感受它的辉煌和崇高——这是我一直规避的词语,但只有这样的汉语词汇才足以形容它。当崇高变成一种真实,你才能发现这辉煌背后的另一种真实——沉重与苦难。在中国,苦难与辉煌从来就不是悖论,而是互为因果。为了这样一个结果,那些长眠于此地的人、守望在此地的人,还有从这里离去的人,用一千多个日日夜夜完成了一次伟大的缔造,缔造了共和国水利史上最伟大的传奇之一。

它创造了许多的中国之最,其拦河大坝之高、库容量之大、湖面之广、单机容量之大、地质条件之复杂、海拔之高、各种试测仪器的种类和规模之多,还有施工条件之艰险等,均居全国水电站之首。这个工程的进展一直不顺利。一个最令人担心的问题,从一开始就出现了。这里虽是峡谷,但峡谷河床并不像人们想象的那样坚固,坝址有十条大断层,这样一道巨大的大坝压在断层上面,还有被拦截的巨大水量,每一条断层都是巨大的隐患。在大坝建造的过程中,拦河坝基础处理难度之大、水库滑坡之严重,就让建设者们感到了从未有过的严峻挑战。

事实上,龙羊峡工程从1986年下闸蓄水运行,就让很多人不放心。这也难免让人觉得,在这里建一座大型水利枢纽,也许一开始就是一个错误。这也引起了国际水电专家的高度关注。1987年在北京举行国际大坝会议,来自世界各国的水电专家、学者专程赶到龙羊峡,他们想要看看中国人又创造了怎样的奇迹。在这里,他们以英语、法语、德语、日语发出了此起彼伏的惊叹,也毫不掩饰地表达了他们的担心。然而,在龙羊峡水电站运行了十三年多的时间后,这一个悬念终于有了答案,一份正式的工程竣工验收安全鉴定报告终于在青海西宁定稿,最终结论为:"龙羊峡水电站自1986年下闸蓄水运行至今已十三年多,经历了三次较高水位、三次三级左右的水库诱发地震活动期和两次里氏四级以上的构造地震影响,总的来说近坝库岸、大坝和两岸坝肩岩体、引水系统和发电厂房等工作状况正常。龙羊峡水电站工程总体是安全的,各建筑物工作状态未见明显异常,已具备进行竣工验收的条件,存在问题需在运行中不断解决,以利于工程的安全运行。验收委员会对工程质量做出总评价,认为龙羊峡水电站工程总体来看大坝径向和切向变位绝对值较小,基础和深部断层变位较小,坝体防渗效果好,大坝和基础工作状态正常;主坝及基础处理整体质量合格,断层带高压固结灌浆后变形模量满足要求;设计技术方案合理、可靠,满足规范要求。"

我在此真诚祝愿,这个结论能够成为一个最终的结论。

如果单纯从发电量来看,龙羊峡水电站的总装机容量为128万千瓦(年发电量为23.6亿度),这还只是理论上的数字,近年来由于黄河源头断流,径流量锐减,龙羊峡水电站有时候只能运转一台发电机组。按设计发电量,一座龙羊峡电站就能满足整个青海省的电力所需,甚至还有部分盈余可以输出省外,但当历史遭遇现实时已经逆转,现在青海省必须从外省购电,由一个电力输出省变成了输入省。

哪怕按龙羊峡设计的装机容量和发电量,也要比接下来建设的许多水电站小多了。不过,它不是单纯用来发电,还为西北电网的调峰、调频起到了不可或缺的作用。而作为一座大型水利枢纽工程,电调服从水调,水利是第一位的,它为下游防洪、防凌、灌溉及缓解下游断流发挥了重要作用,如拦蓄和调节下泄流量,有效减少黄河内蒙古段凌汛灾害。作为龙头水电站,它起到了黄河干流其他水电站都无法替代的作用。对于一座水利枢纽工程,还有什么比无可替代更能证明自己的价值呢?我还特别注意到,这一工程通过调节水量,可以使下游段陆续建成的刘家峡、盐锅峡、八盘峡、青铜峡等四大水电站每年净增发电量6亿多度,尤其是增加了龙羊峡以下青、甘、宁、内蒙古四省区农田灌溉面积1700万亩,净增城市工业用水4亿7千万立方米,更能有效地减少下游段洪水和凌汛灾害的威胁。这也是人类对一座水利枢纽工程的完美设计意图,唯愿人类在付出了热血、生命和巨大的代价之后,它能按照人类的思路运行。

眼下,贵德县境内还有三座大中型黄河梯级电站正在开发。其中,拉西瓦电站是龙羊峡至宁夏青铜峡黄河干流河段上的第二座大型梯级水电站,仅一期工程五台机组总装机容量(350万千瓦)就差不多是龙羊峡的3倍,多年平均发电量(102亿度)超过了龙羊峡的4倍。除了国家和地方的水电开发,还有民营企业的大手笔投入。近年来,贵德县依托得天独厚的水电资源优势招商引资,陆续建成了十几座小水电站,这些小水电站也不乏大手笔,进军水电领域的中国私营企业实力雄厚,越来越令人瞩目。历史正在被现实改写,人类还将一次次重新开始。然而龙羊峡这一水利枢纽,依然是一种强大的不可忽视的存在。在我离去之前,太阳的光芒已把这一人类的杰作调到了最高的亮度,它的光芒过于炫目,以致我一直没有真正看清它,我看到的兴许只是某种并不存在的景象。

龙羊峡是黄河上游河源段和峡谷段的一道天然分界线。

对黄河上中游如何分界,历来众说纷纭,莫衷一是。有不少专家认为,黄河应该以河源至龙羊峡或刘家峡为上游。从我一路走来的历程看,我觉得这是很有道理的,龙羊峡是黄河流经青海大草原后,进入黄河峡谷区的第一峡口,以龙羊峡为黄河上游和中游的分界线,可以让黄河的来龙去脉以及上中游的分际显得更加清晰。但从现在的主流观点看,黄河上游还远远没有结束,她还将在大西北绕一个大弯,一直奔流到内蒙古托克托县河口镇,上游才能告一段落。

这里,我还是以水利部黄河水利委员会的设定为准。一条从青海高原流来的长河,坎坷曲折,往复回旋,过了龙羊峡,黄河上游的第一段就算告一段落了。从上游峡谷段的第一峡龙羊峡开始,黄河将进入上游的第二阶段——峡谷段。这一路上没有太多的悬念,基本上是沿着北纬三十五度线流淌,沿途穿过积石峡、李家峡、公伯峡、刘家峡、盐锅峡、八盘峡……到上游的最后一个峡谷青铜峡,这一段黄河共流经了二十个大峡谷,河谷忽宽忽窄,交错出现川峡相间的河谷形态。其中有黄河上游最长的峡谷拉加峡,也有最狭窄的野狐峡,而从比降看,最陡峭的还是龙羊峡。

每一个大峡谷,都将以巨大的落差产生巨大的能量,对于人类这就是可供开发的巨大水电资源。据公开报道,黄河上游段尤其是峡谷段一直是国家重点开发的水电基地,在第十个五年(2001年至2005年)计划期间,规划在黄河上游兴建二十五座大中型水电站,而兴建这些水电站不只是为了发电,大多数水电站都将成为小浪底模式的水利枢纽工程。但人们也不无担心,展开这种集群式的大规模水电建设,在解决全国各地电网供需矛盾,支撑起黄河上游、西部地区更多的经济增长点的同时,对区域地质、生态又将产生怎样的影响?巨大的资源,有时候也是考验政府执政能力的巨大难题。

我又一次带着疑问从龙羊峡出发,一路追随黄河东去。

从贵德至民和县,境内海拔逐渐从3000多米向1000多米递降,从民和下川口进入甘肃,这一段气候温和湿润,有"高原小江南"的美誉。贵德上游为峡谷,过了贵德又是峡谷,贵德县是恰好处于两段峡谷间的一个小盆地。天下黄河贵德清,如果没有上游的龙羊峡水库,贵德之水天然就如此清澈吗?而由于黄河源区的沙漠化不断加剧,龙羊峡水库也正像当年的三门峡水库一样遭受泥沙淤积的威胁。谁都知道,黄河的泥沙淤积是从中游的黄土高原开始,然而,这古老的忧患真的是提前发生了,从黄河源头的青藏高原就开始了。中科院寒区旱区环境与工程研究所董治宝、胡光印等专家利用遥感与地理信息系统技术对黄河源区沙漠化状况进行监测,发现在北部的龙羊峡库区一带,农业开垦对沙漠化发展的影响较大。这也是我走进贵德的一个主因。这是万里黄河流经的第一个农业县,位于青海省海南藏族自治州东南部,处在青藏高原与黄土高原的过渡地带。这是上苍恩赐给青海的一块风水宝地,但在这风水宝地的背后,却是当地人几十年来对黄河的治理,把乱石滩改造成良田,植树、修建水电站,减少了水土流失,这才让流经贵德的黄河水逐步变清,要不,再清澈的水流到荒漠,也将变成泥沙俱下的浊水。看着眼前这条黄河,我暗自吃惊,这是黄河吗?真的是黄河吗?天下黄河贵德清,清得让人难以置信。在这样一个高寒大漠之野,竟然有这样一个丹山碧水之县,这是贵德最美的风景,唯愿不会成为绝美的风景。

从这里离去,我竟有几分难以割舍的惆怅。我心里像这清澈的黄河水一样清楚,过了这里,就再也难觅黄河的清流了。

第四章　谁能改写历史

　　从贵德到兰州，又有洮河、湟水等重要支流汇入黄河，随着水量剧增，一条大河的气势越来越旺盛，在峡谷中急促而威严地奔流着。

　　河流总是那样变幻莫测，总有一些突如其来的惊人举动。当黄河从龙羊峡流到刘家峡，这条东去的大河好像突然后悔了，在这里发生了一个突如其来的大回转，又猛然折回头向西流去，重新奔向上游峡谷。九曲黄河，这是最惊险的一曲，大自然经常上演这种让人类出乎意料又猝不及防的情节，而黄河倒流，也成就了刘家峡一道绝美的奇观……

　　历史绝不是谁都可以改写的，但它会以各种方式留下诚实的证言，甚至是铁证。

——采访手记

一、没有白来刘家峡

　　追踪一条岁月长河，仿佛时空穿越，但该出现的必然会出现。

　　当我走进又一道峡谷，恰好赶上了一场大雾，把我想看到的一切笼罩了。雾中的喧哗像潮水一样汹涌，但含义不明，不知这喧哗是来自黄河，还是水电站，抑或是这大雾本身。这样的雾，没有任何寓意，只是我恰好赶上的一个真实的天气。在峡谷里，尤其是在水汽充盈的夏季，雾是很容易生成的。只能等待，等待风把晨雾吹散，或在阳光下蒸发。我一点也不着急，一个放浪于江湖的闲人，有的是时间，那雾中的一切可以遮蔽，但不会消失，该出现的是必然会出现的。我甚至还感到有些庆幸，在我抵达一些坚固的事物之前,先体验到一种柔软的感觉,这是很有必要的。

也就半个来小时吧,浓密的大雾便开始消散,刘家峡开始露出它峥嵘的面目。刘家峡自然是一道峡谷。一条黄河流到这里,依然保持着河源段的清澈,但这看似柔软绵长的水流,却像一把不动声色的锋刃,把青海、甘肃的深厚的山塬生生地切出一条又深又窄的峡谷,从青海的龙羊峡、积石峡到甘肃的刘家峡,最窄处,从谷底望上去,只见颤颤悠悠的一线天。一路上看着这样的大峡谷,我的眼睛感觉有些累。

刘家峡也曾是一个百来户人家的小山村,一个随时都有可能被洪水冲走的小山村。谁也没想到,在一场致命的洪水席卷而来之前,它却以另一种方式终结了自己的历史。但一开始,这座水电站到底选址在哪里,还没有明确的思路。就在毛泽东主席在新中国成立之初第一次考察黄河后不久,从1952年秋天至1953年开春后,由北京水力发电建设总局和黄河水利委员会组成了贵德、宁夏联合勘察队,对龙羊峡至青铜峡的上游峡谷河段进行勘察。而刘家峡只是他们勘察的一个点。那时黄河上游的峡谷里人烟稀少,荒凉河谷里时常还有狼群出没。年轻的勘察队员在峡谷里搭起了帐篷,点燃了篝火,借用当年的话语或许更能还原当年的情景和那一代人的心境:"他们渡急流,战恶浪,攀登悬崖峭壁,敲遍每一块岩石,考察每一段河床,在刀劈斧削似的峡谷里,在汹涌湍急的黄河上……选定了征服黄河的新战场。"这个新战场就是刘家峡。但事实上,这时还没有最后定夺,还得等待更权威的专家们到来。而当时最权威的专家,无疑就是苏联专家。1954年春天,一支有苏联专家参加、由一百二十多人组成的黄河勘察队,对黄河干支流又进行了一次自下而上大规模的勘察,勘察的结果和那些年轻勘察队员的是一致的。在坝址比较座谈会上,苏联专家发话了:"兰州附近能满足综合开发任务的最好坝址就是刘家峡。"那时候,苏联老大哥说话是作数的。话音刚落,基本上就一锤定音了。

年轻的共和国,接手的是一个历经百年战乱、积贫积弱的烂摊子,又刚刚打了一场朝鲜战争。在当年,要建一座刘家峡工程,其难度丝毫不亚于后来建一座举世瞩目的三峡工程。这将是一项举全国之力的国家工程,也是共和国历史上第一个由全国人大来审议决定的大型水利枢纽工程。

1955年7月,在第一届全国人大第二次会议上,周恩来总理特意邀请了参加会议的部分专家代表来西花厅,没有做任何指示,而是向专家们提出了一连串的问题:水库建成后蓄水量是多少?会淹没多少亩农田?从上游挟带下来的泥沙量是多少?如何解决?这些问题,其实就是在黄河上游修建水利工程的一系列关键性问题,也是一直到现在仍然让人们最揪心的问题。周恩来以思维缜密著称,他显然是担心人们过分地陶醉于这个工程,尤其担心那种急于求成的心态。对自己提出的问题,他也并不急于得到答案,而是一再恳请专家们深思熟虑,该想到的,都要想到,不但要想到好的方面,还要想到最坏的结果。

历史的事实也是如此,在全国人大审议通过后,刘家峡工程并没有急于上马,而是在冷静地等待。这里面也许有经济上的原因,无疑还有许多需要深思熟虑、未雨绸缪的论证。这反复的勘测、比较、权衡和等待,也表明了在新中国成立之初,中国人对修建一座大型水利枢纽工程的冷静、理智和审慎。如果不是一个狂飙突进的"大跃进"时代来临,或许它还将等待一段时日……

那是一个早已从日历上撕掉了的日子,但也有不少有心人保存了这张日历。1958年9月27日,在新中国第九个国庆日来临之际,刘家峡工程在一声声闷雷般的爆破声中开工了。

事实上,我接下来要叙述的一个个大型水利工程,也几乎都是在这年头上马的。

刘家峡工程的主力军也是中国水利水电第四工程局。在他们的老档案里,还保存着那个时代的黑白影像资料,揭开这尘封的档案,便是一段激情燃烧的岁月。而在那个时代,水利工程绝不只是单纯的水利工程,政治色彩非常强烈,比江河狂澜更汹涌的是人类狂热的激情。"喝令三山五岳开道,我来了!"伴随着狂热催生的狂想,很多水利工程几乎都是在激情驱使下仓促上马,有条件要上,没有条件创造条件也要上。应该说,刘家峡工程也是当年"没有条件创造条件也要上"的大型水利工程之一。在大型施工机械设备寥寥无几的情况下,来自全国各地水电战线的工人,同当地的回、汉、东乡、撒拉等民族的数万民工一道,"英勇地向凶猛的黄河展开搏斗",按照打隧洞、截流、挖基坑、筑大坝、装机组几个阶段,"一个战役一个战役地集中力量打歼灭战"。这里,我引用的都是那个时代的主流话语,为的是还原当年的话语情境。

  通过半个多世纪前的影像回放,尽管岁月的色彩早已变成了黑白,但依然可以逼真地看到,从峡谷到山顶,旗帜是必然要出现的,一张张请战书、挑战书和决心书也是必然要出现的,有的决心书是咬破了指头蘸着血写的。这里的每一个人,都神色坚毅,炸山头、平道路、凿岩石、堵河流,黄河两岸硝烟滚滚,数里长峡炮声隆隆。在这沉寂了千万年的峡谷里,人类展开了一轮又一轮的殊死搏斗。除了烈性炸药在大峡谷里日夜回荡的爆破声,几乎所有的土石方全靠人类的血肉之躯来搬运。而最艰险的工程是在峡谷激流中拦河筑坝,难度巨大,工程量巨大。当镜头被放大到整个工地,只见一个个像蚂蚁一样的人,挑的挑、抬的抬、背的背,还有一辆辆来回穿梭的独轮车,而这种运载土石的独轮车在当时就算是大工具了。

  陈毅元帅曾说过这样一句话:千百万农民用独轮车推出了一个新中国。其实,新中国前三十年的水利工程,也是千百万水利人用独轮车推出来的。

  很快,对人类最严峻的考验就来临了。大西北的冬天来得很早,国庆一过,天气就变得异常寒冷,而天气变化又非常突然,一夜大风,哗啦啦的,气温陡降十几度,哗啦啦的不是风,是冰凌。当地人说,搅天凌了。连那猎猎飘扬的旗帜也结冰了,僵硬得连风也吹不动。然而,这又正是施工的最好季节,若是天气温暖,黄河水涨,就难以施工了。在寒风和冰雪中,很多人都是光着膀子、打着赤膊干活,那赤裸的身体只有冰雪裹着,当鹅毛大雪落在身上,眨眼就被浑身的热汗和热气融化了。然而,他们扛得住100斤重的石头,扛得住刺骨的寒风,却扛不住饥饿。就在一场"大跃进"被人类推至登峰造极时,一场大饥荒接踵而至,无论你怎样热情高涨,这都是一个越不过的坎儿。一个老人说,刚开工时,他们还能敞开肚皮吃,后来,他们吃的是又干又硬的玉米窝窝头,就大咸菜。再后来,连窝窝头也吃不上了,一餐只能喝半碗玉米糊糊。人是铁,饭是钢。当民工们连肚子也吃不饱,就只能靠一股狂热的劲头来撑着了,但还是有很多人撑不住,一块石头刚上肩,就扑通一声栽倒在烂泥坑里了,但哪怕倒下了,一个身躯还硬挺着,挣扎着想要在烂泥坑里重新站起来……

实话实说,看了这样的景象,我没有什么激情燃烧的感觉,只感到浑身发冷,我无法控制住我的颤抖。

要了解那段岁月,必须追踪那一段历史的见证者。然而,在时隔半个多世纪后,这样的追踪已是一件非常艰难的事,那一代人,有的已经辞世,有的早已不知去向,活着的,也该是七八十岁的老人了。

如今已八十多岁的王进先老人,就是刘家峡当年的建设者之一。他不是民工,而是水电四局的一名正式职工。从1952年参加工作以来,直到1983年退休,他转战于全国各地的水利工地上,从北京官厅水库到三门峡、刘家峡、石泉、安康,一个工地短则几年,长则十几年。而转战、奋战,对于他们那一代人,从来就不是过时的词语,每一个岗位,对于他们,都是战斗岗位。说到他,在刘家峡的老一辈人中几乎无人不知。他是1956年从北京官厅水库转战到黄河三门峡,在三门峡,他曾说出了这样一句誓言:"三门峡工程不建成,不娶老婆不回家!"

刘家峡工程开工后,他又从三门峡转战到刘家峡。他是钻工,他带领的钻工小组在开掘最艰险的隧道工程时,掘进速度一直遥遥领先。苦和累是不用说的,苦和累甚至是他们早已习惯了的一种生活。让他们犯难的还是一些技术上的难关。一天,他们负责打炮眼,当一排炮眼打成后,水源突然断了。没有水,有的钻杆被卡在孔里,无论你怎么用力都拔不出来。眼看着就要按时放炮崩岩了,王进先和钻工们急中生智,他们双膝跪下,用手指扒开炮眼里的石渣,又用嘴啜饮泥坑里浑浊的积水,再一口一口地喷在风钻的进水眼里。就这样,吐一口,转几圈,终于拔出了被卡住的钻杆。这事很快就在工地上传开了,后来只要钻杆被卡在孔里,兄弟班组就按他们的方法干,从此解决了施工过程中一道常见的难题。王进先还评上了工人工程师。1959年,作为全国劳模,王进先在北京参加了全国群英会,受到刘少奇、周恩来等中央领导的接见。可惜,那张珍贵的大合影他没能保存下来,这又与一个国家主席的命运有关了。他一生获得过的荣誉证书和奖章,多得要用箱子来装。但更让一个老人怀念并珍藏的还是一幅幅褪色发黄的老照片。他慢慢抚平了一张看上去还算清晰的老照片,指着一张工人背石头和清理基面的相片说:"现在的开挖设备很先进,原来全是手工作业,人拉肩扛,工作条件很差,我们都是没条件创造条件上,吃苦劲头可大了……"

王进先是这老照片中的一个影子,无疑也是那一代水利人的一个缩影。退休之后,老人的身体状况一直不大好,百病缠身,很多都是久治不愈的旧伤。这病,也是水利人的职业病,尤其是严重的风湿病,让他两腿僵硬,步履蹒跚。这难以忍受的疼痛与苦难,差不多折磨了他的后半生。当豪情不再,而悲从心起。我不止一次在这一代老人们干涸的眼眶里,看到浑浊的泪光闪烁。而我的眼睛再一次模糊了。

如今,这些老一辈,大多处于被遗忘的状态,没有谁把他们的名字刻在石头上,他们也从来没有这样虚幻的念头。对于他们,能够活到现在,安享晚年,就已经是实实在在地满足了。

每遇到这样一个老人,我都在心中虔诚地祈求他们多活几年。

在刘家峡的每一个角落里,几乎都散落着那一代人的故事。

苦难的岁月中也有一些温暖的记忆。一个姓张的回族老师傅,是当年钢筋班的一名普通工人。对自己的那些往事,他不愿再说什么,但他讲起了另一个人的故事。那是1968年,国家为了补充刘家峡水电一线的技术力量,陆续分来了一批大学毕业生。这年年底,从清华大学水利工程系河川枢纽电站专业毕业的胡锦涛,也被分配到张师傅所在的这个钢筋班。时过境迁,很多事张师傅都不记得了,但还清楚地记得胡锦涛那时候的样子:头戴安全帽,穿着一身汗湿的工装,怀里揣着图纸,无论走到哪里,他手里都拿着一个本子、一支笔、一把尺子。有时候,在工人们上班前,他就站在一堆堆钢筋前,又是量,又是记。没过多久,他就熟悉了各类钢筋的规格,准确计算出各类钢材的需求量。他还蹲在工地上,跟那些老师傅苦学怎样网钢筋,怎么进行木模安装、放线。这里的风沙也很大,一天下来,胡锦涛浑身上下落满了厚厚的灰尘,只能看清一双眼睛了。在满面尘垢中,那双眼睛显得特别亮。

那时候,没有谁能预测一个大学生的未来,但在那一辈工人师傅的心中,这无疑是个很敬业也很有出息的年轻人。

最让张师傅感念的,还是胡锦涛对自己的接济。那时,他家人口多,老家又在西部贫困农村,生活很艰难。胡锦涛就每月从自己的口粮里节省出一部分来接济他。这虽是滴水之恩,却让张师傅一生难忘。在一个大学生帮助工友们的同时,他也同样得到了工友们的帮助。陈志冲是当年的钢筋班班长,胡锦涛在峡谷里安家后,陈师傅就在生活上经常照顾人生地不熟的胡锦涛一家。这也让那段苦难的岁月,盈满了相濡以沫的暖意。1974年,胡锦涛调到兰州工作,从此便离开了西部大峡谷里的水电工地。但他没有忘怀这段岁月,一直惦记着和他一起度过了艰难岁月的工友和师傅们。1985年,胡锦涛得知陈师傅患心肌梗死,很快就从北京寄来了治疗心肌梗死的新药,使陈师傅的病情得以稳定。1995年7月,胡锦涛在青海龙羊峡水电站视察时,还特意抽出时间和那些曾在水电四局一块工作过的工友见了面,畅叙阔别之情。说到那六年岁月,胡锦涛很动情地说:"我是学水电的,对水电建设我是有感情的。离开四局二十多年了,我是很想念四局的,毕竟和四局的同志们度过了六年难忘的岁月。这六年时间不长,但是,是受教育受锻炼的六年。请大家转达我对四局全体职工的问候。我们水电队伍有个好的传统,艰苦奋斗,四海为家。我们国家之所以在能源建设上有今天这个局面,是因为大家不畏困难、无私奉献,付出了巨大的牺牲,才换来祖国江河上的一颗颗明珠。"

这一番话,也让每个人听了都很动情。胡锦涛曾是与他们穿着一样工装的工友,也是后来的党和国家领导人。可以说,他这一番话也代表了国家对这些水电人的肯定,每一句话虽很朴实,却让人感觉到一种落在心坎上的震颤。许多在水电战线上默默无闻地干了一辈子的工人师傅,忽然觉得他们的一生都有了意义,这辈子,也值了啊。

在刘家峡工程开工整整两年之后,到了一个最关键的节点:大河截流。

刘家峡人特意把这个节点选在1960年元旦。但这个一元复始的日子,却是冰天雪地、寒风刺骨的一天,在零下十多摄氏度的严寒之下,黄河已是冰冻三尺。这对人类是严峻考验,但对大河截流却是一个好日子,在这样的冰凌之下,似乎更容易把一条处于半僵死状态的大河拦腰截断。截流工程似乎有些异乎寻常地顺利,人类又一次创造奇迹,这奔涌了亿万年的黄河,第一次被人类成功地实施截流。但此时大功尚未告成,截流之后便是大坝混凝土浇注,而且必须抢在凌汛到来之前将整个大坝浇注工程完工。但刘家峡人,这些经受住生命极限考验的人,却突然变得一筹莫展了。混凝土浇注必须用振捣器来振捣,国产机械功率太小了,而大功率振捣器必须从苏联进口。换了以前,这不是问题,苏联老大哥肯定会慷慨地支持,但此时的苏联已不是中国的老大哥了,中苏关系已闹得剑拔弩张了。咱们中国人一个个都是硬骨头,绝对不会向任何一个外国低下高贵的头颅。怎么办?只能靠自力更生了,但中国人又不可能在短时间内就生产出那种大功率的振捣器。但很快就有人想出了办法,于是,历史上最荒诞也最悲壮的一幕出现了:成千上万人穿着笨重的雨靴或胶鞋,喊着号子,像跳舞一样在大坝上面使劲地踩踏,当时把这种方式叫"人力振捣"。这是中国人的又一发明创造,也只有以人定胜天为信仰的中国人才能够创造出来。

或许真的可以人定胜天,但这样的"人力振捣"却代替不了科学,结果其实可想而知。由于振捣得不均匀,更不密实,当这道混凝土大坝筑起来后,连混凝土里的石子都是松散的,用手指头一抠,就能抠出来……

这样一道拦河大坝,能够拦住黄河吗?到了1961年,刘家峡工程,这个在共和国历史上第一个被全国人大审议通过的大型水利工程,终于被迫停工了。停工的直接原因是严重的质量问题,当然还有不少别的原因,最大的一个原因,是中国人在经历了三年"大跃进"也经历了三年大饥荒之后,国民经济已经到了崩溃的边缘,一股把中国向正常社会扭转的力量终于出现了。这一年,被迫停工的不止刘家峡工程,很多当年一哄而上的工程,在三年之后也纷纷下马了。有的是彻底下马了,有的则需要静静地等待一个让中国和中国人得以休养生息、恢复元气的过程。这个过程到底需要多久,谁也无法预测。

在废墟一般的荒芜中,刘家峡陷入了一种瘫痪的听天由命的状态。而在国家主席刘少奇的主持下,新中国终于度过了三年困难时期,又渐渐恢复了元气,一些暂停的工程又陆续上马,刘家峡工程是其中之一,在1964年正式复工,但复工的第一件事不是建设,而是毁灭,必须把那道"人力振捣"的混凝土大坝炸掉,才能重建。

事实上,刘家峡也就是在毁灭中重生的。经过三年国民经济调整,中国人的心态也得以调整,当一个社会回归到正常,同样的峡谷,同样的工地,三年前和三年后就像迥然不同的两个世界。在痛定思痛之后,人们好像终于发现,那些咬破指头蘸着鲜血写的决心书,是没有多大用处的,也没有谁再说出那种"我就是玉皇,我就是龙王"的豪壮誓言。每个人心里似乎都明白了,全凭人力来修建一座大型水利工程是不可能的,还得靠机械。在全国各地的支援下,刘家峡工地上初步建成了一条自动化机械化的作业线,一辆辆大型吊车和挖土机、履带式拖拉机开上了工地。这些大型施工设备,其实也是三年国民经济调整时期所展示出来的一种国家实力。在接下来的几年里,从开采砂石料、拌和与输送混凝土一直到浇筑大坝,刘家峡全都是机械化操作。没有了只争朝夕的狂热,整个工程,一直在不紧不慢又按部就班地推进。

在刘家峡工程复工后的第三个年头,1966年3月,北国正值早春,大河正在解冻,一个熟悉的身影出现在工地上,很多人一下就认出来了,那是时任中共中央书记处总书记的邓小平。而邓小平从他早已习惯了的欢呼声中,显然还听到了另一种声音。那是闷雷般的爆破声,他把目光转过去,凝神看着一个方向,那是在炸坝。

一道大坝修了三年,炸了三年还没有炸完。人类付出了多大的代价,又白流了多少血汗,甚至是白白地献出了生命。有人说这是交了一笔学费,这其实是一种冷血的、极不负责任的说法。或许正是因为这样冷血,这样极不负责任,才让中国人一次次交出这样昂贵的学费。

邓小平对这里的实情显然还不大了解,他没有看见筑坝,倒是看见了炸坝,这让他感到有些奇怪。他问站在身边的刘书田:"呃,那是干什么?"刘书田回答说:"那是在炸坝,因质量不合格,把它炸了重浇。"

邓小平默然地朝那个方向凝视了一会儿,说:"你们还很重视质量嘛!"

刘书田说:"这大坝千年大计,必须重视质量!"

说到刘书田,应该交代一下,这也是在新中国水利史上一个值得后世铭记的人物,他是著名水利工程专家,时任刘家峡水力发电工程局局长兼党委书记。他一生在三门峡、刘家峡和葛洲坝三个大型水电工程担任过一把手。不管历史最终怎样评价这三大工程,作为这三大工程建设的直接指挥者和执行者,在当时的条件下,他干出来的这三大工程,至少在工程质量上都经受住了历史的检验。就是三门峡,也不是施工质量出了问题,而是从一开始就在设计意图上出了问题。这是后话。

邓小平在刘家峡工地上看得很仔细,看了之后,又若有所思地问刘书田,在黄河水利建设上还有什么设想。

刘书田不假思索地说:"我们的设想是,抢刘家峡,带八盘峡,装盐锅峡,攻龙羊峡,上黑山峡……"

这其实不是刘书田的设想,而是水利部黄河水利委员会的一揽子计划,邓小平听了却并未满意地点头,而是唉了一声,说:"你们还得给西南留一点嘛!"

这话意味深长。如果按照这一揽子计划,黄河上游峡谷几乎将要被不留余地地开发,而邓小平自然也惦记着他的家乡,黄河也是要流经四川的。然而,这里边,也许又不只是一个伟人对家乡的关怀和牵挂吧。

邓小平视察刘家峡,是载入了刘家峡工程大事记的一件大事。他以亲切平实的方式,给这里带来了一种实干精神。而刘家峡人的目标也清晰而实在:力争在1970年年底筑好大坝,开始蓄水;1972年开始发电。预定的时间是六年。然而,谁又能想到,邓小平的背影尚未走远,风云突变,一场长达十年的浩劫已经越来越近。而这个给刘家峡人带来了实干精神的小个子,没过多久就被打倒了。

当一个小个子的身影在春天离去,仿佛转眼就是灼热无比、如同燃烧一般的夏天了。又一轮历史性的狂热,正在这个异常酷热的夏天以狂欢的方式上演。

而此时,那道炸了三年才炸完的大坝,已经荡然无存,不只是在现实中,好像从人类的记忆里也被彻底抹杀了。没有了惨痛的记忆,又一轮狂飙突进开始了。不能不说,中国人的激情总是很容易被煽动和点燃,那种只争朝夕的劲头又上来了,所有的工期都在拼命往前赶。譬如说,按照复工后的原定施工方案,大坝基坑开挖和底部浇筑,只能在枯水季节进行,每当汛期洪水袭来,所有人员和机械就要从河床中撤出,给洪水让路,等到汛期过了再开进去施工。给洪水让路,这是人类做出的理性而明智的选择,而人类一旦失去理性,也就不明智了,很多人都觉得,这样,一年要白白耽误五个多月的施工时间,浇筑大坝要三进三出才能完成。"解放了的中国工人阶级,岂能听从洪水的调遣!"人类又一次发出了这样的豪言壮语,他们决不给洪水让路,"一定要叫黄河常年让出一段河道,确保主体工程全年施工"!

而当时许多工程技术人员或被打倒了,或已靠边站,在施工方案上拿主意的是所谓"三结合"的设计小组。他们走的是"群众路线",最后集中大家的意见,提出了增开一条导流隧洞,加筑一座高拱围堰的方案,使高拱围堰挡住洪水,让洪水全从导流隧洞中流走,这样就避免了耽误工期和三进三出,至少为整个工程抢回一年的时间。这个方案,很快就得到工地党委、上级领导部门和工人群众的热情支持,于是,"一场艰巨的战斗迅速打响了!隧洞里,风枪怒吼,大地颤动,炮声阵阵,顽石开花。工人们不畏天寒地冻,不顾油水溅身,一个劲地争时间、抢速度",在跟时间赛跑的过程中,人类又一次奇迹般地战胜了时间。1967年,刘家峡拦河大坝筑起来了,正式下闸蓄水,这比原计划提前了三年多。当闸门落下时,工地上欢声雷动,但掌声、欢呼声、锣鼓声和鞭炮声还没有停息,很多人就傻眼了,在下闸蓄水后,由于左岸导流洞闸门关闭不严,导致大坝漏水,越来越严重。又不能不说,刘家峡的建设者们不是孬种,他们都是真正的勇士,为了堵住漏洞,他们奋不顾身地扑了上去,一次次舍身堵漏。但无论他们怎样舍生忘死,这漏洞怎么都堵不住,导流洞漏水流量眼看着越来越大,而这时水库已有大量蓄水,一旦闸门垮下,谁都知道,那是怎样的后果……

到了这时候,才有人猛然想起那道被炸毁的大坝,才意识到他们以不同的方式犯了一个同样的错误。在中国,历史的教训实在太多了,但能够真正吸取教训的人又实在太少了,否则历史的悲剧也不会一次又一次重演,前车之鉴在中国很难成为后事之师。哪怕到了今天,也有不少人想要拼命捂住这些伤疤。

眼看着漏洞怎么堵也堵不住,洪水猛撞着刚筑起来的大坝,冲着人类吼叫、咆哮,刘家峡人看到了一条大河的力量,而它有多大的力量,就会制造多大的灾难。危急之中,他们只能赶紧向上级报告。这事惊动了周恩来总理。总理听说后也非常着急,这事一刻也不能耽误,这不是一个工程能不能保住的问题,如果刘家峡大坝垮塌,洪水巨大的冲击力将危及下游无数老百姓的生命财产。而当时的水电部已被军管会接管,从国民党营垒里过来的傅作义将军虽然担任水利部(后来的水利电力部)部长长达二十二年,但在"文革"狂潮中他发挥不了任何作用,当时实际上负责水利部工作的副部长钱正英正在造反派的冲击下自身难保。周恩来深知,刘家峡的危急已刻不容缓,必须果断做出决定,让部里懂业务的领导干部火速赶往刘家峡。周恩来冒着极大的政治风险,亲自主持国务院业务小组会议,专题研究解决刘家峡水电站的问题,并正式提出让钱正英等人出来工作。会后,钱正英便率领工程技术人员火速赶到刘家峡。这是一次生死大决战,要描述整个堵漏抢险过程有难度,这里只说结果,导流洞的漏洞最终被成功堵住了,一个工程保住了,黄河两岸人民的生命财产也保住了。

后来,不是没有人想过,如果,万一……

那个比噩梦更恐怖的后果就不说了,但人类又的确应该时时想到那个最坏、最可怕的结果,只有无时无刻不感觉到头上悬着一把达摩克利斯之剑,人类兴许才不会再犯同样的错误,在每一次头脑发热时,至少能感到某种警示和惊悚。

经历了这样一次危机,尽管十年浩劫和狂热还在继续上演,但刘家峡人变得冷静了许多,又回到了那种按部就班的正常的施工状态。对于一个大型水利枢纽工程,这个速度其实不算慢了,到1974年岁末,刘家峡水电站的五台机组全部建成投产,这也意味着,全国第一座装机容量超过百万千瓦的大型水电站终于竣工了。

而我最早知道刘家峡,是在那册早已不知去向的小学或中学课本上,它和长江大桥一样,是毛泽东时代的伟大建设成就之一,创造了一系列的中国之最:中国第一座百万千瓦级大型水电站,中国第一台30万千瓦双水内冷水轮发电机组,中国当时最大的水利电力枢纽工程。尤其让中国人倍感骄傲和自豪的是,刘家峡水电站是我国自己勘测设计、自己制造设备、自己施工安装、自己调试管理的大型水利枢纽工程,在一个以自力更生为荣的时代,这四个"自己",足以证明中国和中国人不依赖外力,就可以靠自己的力量屹立于世界的东方。这又是那个时代的主流话语了。它对我们这一代人的精神影响是异常深刻的,一直到现在,刘家峡水电站带给我们这一代人的精神自豪感依然牢不可破。

然而,历史的真相又如何呢?

刘家峡的雾是一层一层地退去的,这让我有一种很真实的感觉,感觉刘家峡的面纱也是一层一层地被揭开的,揭开了一层,又有一层,到现在似乎还没有完全揭开。

之所以选择刘家峡,对于我,不只是因为这是一个国家工程,还因为历史有另一种书写方式。在中国,我还没有发现有哪个水利工程,可以从头到尾地贯穿新中国水利建设的各个历史阶段:它在新中国成立初由苏联专家参与设计,又由全国人大审议通过,在"大跃进"时代上马,在三年困难时期下马,又在经过了三年国民经济调整之后复工,最终在十年浩劫中建成。它几乎凝聚了毛泽东时代水利建设的所有经验教训、成败得失。通过这一坎坷而又艰难曲折的历程,我们可以清晰地看到一部浓缩的新中国水利史。

而这样的历史还将在新时代续写。由于当年那些由中国人自主设计的,也大长了中国人民志气的"争气机组""争光机组"一直存在着先天缺陷,自电站运行以来,这些设备的安全隐患一直不断。从1988年开始,刘家峡水电站开始进口法国、加拿大、美国、俄罗斯等国的先进的设备、技术和工艺。刘家峡人现在活得比任何一个时代都要清醒,自力更生固然重要,硬骨头精神对于一个民族更是不可或缺,但一个民族、一个国度能够正视自己的落后,坦承自己的落后,有时候比那种自信和自豪更重要。又何况,有的东西原本就是没有国界的,是不分意识形态的,像科学、技术。有一个常识,刘家峡人比世人都懂,闸门关得再紧,毕竟也要打开,否则一条黄河就成了一潭死水。只是中国人觉悟到这个常识,也许太晚了一点,要不也就少了许多不必要的坎坷曲折和不该发生的悲剧。如今,又历经二十多个年头,刘家峡人对五台国产发电机组也进行了长达二十多年的系统改造,使机组出力从原来的 116 万千瓦增加到了现在的 135 万千瓦,净增发电量近 20 万千瓦时,这相当于三门峡水电站现在发电量的 2 倍。

若同三门峡工程相比,又不能不说,刘家峡是幸运的,甚至是侥幸的。三门峡已被迫把自己从当年中国最大的一个水利枢纽工程降低到了一个中型水电站,一直到现在还面临着是去是留的诘问,而刘家峡却把自己越做越大,越做越强。哪怕用现在的眼光看,一直在与时俱进的刘家峡工程也无愧为新中国水利史上的一个得意之作。而一个工程能否与时俱进,也不是人类的意志和愿景所能决定的,这里面有一个重要前提:无论在施工中发生了多少问题,犯了多少错误,有一个前提是绝对不能错的,那就是从一开始在选址和设计上就必须正确。如果这个前提一开始就错了,无论你以后采取了多少正确的方式来补救,都于事无补、无药可救。这其实就是水利建设最残酷的一面,几乎没有亡羊补牢的可能。

穿行于刘家峡,还能看到很多那个时代的遗迹,在水电站高大的厂房里,一幅毛泽东视察黄河的巨幅油画占据了整整一面墙,这面墙对面的墙上就是毛泽东的那句名言:"要把黄河的事情办好。"这画像,这标语,从 1973 年电站开始运行后,就一直挂在这里。风流水转,这里已换了一茬又一茬人,但刘家峡人一直舍不得摘下来。也有人建议过,最好换上刘家峡的风景画,但刘家峡人觉得,有些东西是永远无法置换或取代的。

看着一个伟人的巨幅画像,我也有一种岁月倒流的感觉。忽然想,假如时光能够像这一段黄河一样倒流,历史又是否可以逆转?这是对时间的假设,也只能用时间来做出判决。事实上,半个多世纪的时间也一直在检验它,直到现在。一个水利工程能够运行到现在,无论从哪方面看,它都可以在时间的流逝中胜出。而我,也没有白来一趟刘家峡,感到又补上了非常必要的一课。

站在刘家峡大坝上,又一次凝望那条倒流的黄河。此时,那些雾已不知被吹到哪儿去了,视野格外清晰与辽阔,这让我高度近视的两眼第一次看清楚了这峡谷里的一条大河,这是一条从不屈服于命运的大河,凶险、诡谲、奇崛,处处惊险,却又化险为夷。当你看着她时,你会在一种隐忍不言的流逝中渐渐忘怀那大苦大难又大起大落的一切。

面对她,我下意识地弯下腰、低下头,保持了人类最谦卑的姿势。

二、万里黄河第一城

从一段民间传说开始,当黄河穿行于四沟峡,第一次流出青海时,她泪流满面,依依不舍,八次回望,形成了著名的八道湾。一条九曲回肠的母亲河,既对她的发源地青海牵肠挂肚、难以割舍,又惦念着远方的儿女,在经历了一段缠绵悱恻后,才毅然决然地向东流去。然而这样的传说,只是人类的童话,对于一条自然河流,从来不问人间的分界线。

但又不能不说,兰州是一座幸运之城,甚至可以算作黄河的宠儿。黄河源自青海,却撇开了青海省会西宁,这让兰州有幸成为黄河上游第一城,人称"万里黄河第一城"。如今人们惯于挑刺,稍有不慎就被视为所谓硬伤。对这种说法,实在不必太较真,若要较真,就必须强调一下,这"万里黄河第一城",特指的是省城。黄河发源和流经的第一个省是青海,但她却撇开了青海省会西宁,这让兰州成为黄河流经的第一座省城,获得"天下黄河美兰州"的美誉。

每次漫步在黄河岸边,感到这座城市是流动的。黄河对这座城市似乎特别钟爱,这是中国唯一一座黄河穿城而过的省会城市。一个自西向东延伸的狭长形城市,夹于南北两山之间,仿佛被一条大河无形地拉长了,和河流保持一致的方向。一辆辆古老的黄河水车,依然在黄河岸边转悠,如同轮回。旧时,兰州人就是靠这水车从黄河汲水,如今这水车早已退出了人类生活,只是这黄河风景线上供游人观赏或凭吊的一道风景。

还记得,我第一次走进兰州是2012年7月中旬,这是兰州一年最好的季节,但我的运气不大好,一到这里,黄河风情线就拉起了警戒线。据兰州市抗旱防汛指挥部一位负责人说,自7月中旬以来,黄河上游来水持续增大,黄河兰州站的洪峰流量曾一度达到1986年以来最大。由于水位居高不下,岸堤长时间浸泡在水中,致使百米黄河岸堤塌陷断裂了,经当地政府迅速抢险才控制了险情,但一条黄河风情线几乎变成了黄河和城市之间的一片沼泽。很多兰州市民就在这条警戒线边议论纷纷,还有人去看了那塌陷断裂的岸堤,在散乱的碎片中,除夹杂着一些潮湿的泥土和砖块外,竟然找不到一点钢筋,嵌在护堤最外层的水泥层也很薄,用兰州市民的话说,就是在土坯墙外贴了一层石砖。一个老先生悲愤地说:"以前哪,只能看到这大堤外面的东西,看着还觉得蛮厚实,这次塌陷后,才看到里边的东西。金玉其外,败絮其中啊!"市民们大多知道,兰州黄河堤防是按百年一遇的洪水标准设计的,难道刚建起来几年就遇到了百年一遇的洪水?

如今,人类只要一提及灾难,马上就会跳出一连串的多少年一遇,五十年、一百年、五百年、一千年,仿佛这么多百年一遇、千载难逢的灾难全都集中在我们这个不幸的时代。到底是灾难在创造历史,还是人类在篡改历史?好在沧桑岁月中总有一些参照物。而兰州既然是黄河上游第一城,自然还有不少的第一,譬如说那座黄河铁桥——天下黄河第一桥,它的存在,仿佛就是为留下一个铁证。这是一段提前交代的后话。

兰州人第一要感谢的是黄河,没有黄河也许就没有这座城市。

兰州第二要感谢刘家峡水电站,它的综合效益首先就是在兰州体现出来的。1949年,陕、甘、青三省仅有1万多千瓦的发电能力,还比不上刘家峡水电站装机容量的一个小零头。数字太枯燥,我对数字的概念是模糊的,而对比更直观。这么说吧,那时,甘肃一个省的年发电量,还不到现在北京东西长安街街灯年用电量的一半。青海更是少得可怜,只有几台破旧机子发着微弱的电流,供给西宁市内一些半暗不明的街灯。刘家峡并网发电之后,甘肃省一天发出的电,差不多等于1949年甘肃省全年发电量的5倍。除了发电，刘家峡工程还可以防御兰州地区的特大洪水，使兰州这个黄河上游最大的工业基地解除了千年一遇洪水之患。

一座城市，有了水，有了电，有了十足的安全感，就可以放开手脚去干自己想干的事了。兰州迅速崛起为西北中枢重镇和黄河上游最大的工业城市，这曾经是让兰州人倍感自豪的标签。然而，随着兰州到处矗立起大大小小冒烟的烟囱，整个城市仿佛变成了一座浓烟滚滚的工厂。多年来，兰州市一直是全国大气污染最严重的城市，一个兰州的文友告诉我，每年开春过后，兰州天气寒冷多变，雾天增多，空气污染程度加重，城市能见度急剧下降。这种笼罩在城市上空的大雾，实际上是一种灰霾，它就像一个巨大的锅盖一样，罩住了整个城市，兰州成了一座看不见的城市。这样的灰霾天气从春到夏，在四五个月内反复发作。如果仅仅只有来自黄土高原的黄沙，兰州人也许没有这样恐慌，让他们更恐慌的是在这灰霾的笼罩之下，地面上不断产生的汽车尾气、锅炉排放气、煤烟根本无法排放出去。每当兰州上空浓雾压顶，兰州人即使在关门闭窗的家里，也难忍呛人的烟味。一个文友说，这地方真不是人待的，年轻时还能扛得住，老了怎么办？现在有不少条件比较好的家庭，都开始选择在西安等别的城市购房养老。我在兰州待了几天，嗓子总是干疼发痒，不停地干咳。兰州的朋友建议我少出门，可不出门，我来兰州干吗呢？我只能像兰州人一样，一出门就戴上口罩，这让我感到很憋闷，又很苦恼，这样子，怎么跟人打交道？

污染的不仅是大气，还有河流。我从黄河上游一路走来，在兰州以上，黄河水看上去比长江上游还清，到了兰州，看见一片起伏涌动的黄色波澜，让我感觉，黄河变成黄河，是从兰州开始的。但很多兰州人不承认，他们说我的感觉的确只是一种感觉，黄河开始变黄，从青海就开始了，甚至从"天下黄河贵德清"的贵德就开始了，理由是，黄土高原就是从贵德开始的，一直绵延至河南孟津县，东为吕梁西坡，南为渭河谷地，北与鄂尔多斯高原相接，西至兰州谷地，海拔一般在1000余米，地形起伏不平，坡陡沟深，沟壑纵横，切割深度达百米以上。如果没有黄土弥漫的高原，黄河水怎么会变黄呢？

我没有分辩，这是一个理直气壮的理由。黄河变黄也许真的与兰州无关,但黄河变成别的颜色,又绝对与兰州有关。

这一切,都被黄河母亲看在眼里呢。就在黄河母亲雕像的下方约30米处的杂草丛中,就有一条排污管,流出的污水汇成一个个臭水池,又从池边溢出,一股股颜色乌黑、散发着臭气的水流正源源不断地流入黄河。在污水的侵蚀下,河滩的泥土和鹅卵石大都变成了黑色和绿色,塑料袋、烂衣服等垃圾随处可见。从这里往下走,一路上都能看见一条条伸向黄河的排水管道。刚开始,我还以为这就是排污管道,一打听,才知道,这些管道其实是兰州的城市排洪通道。据兰州市环保局统计,全市城区伸向黄河的大小排洪道主沟有八十余条,汇水总面积达3000多平方公里。但由于长期以来缺乏有效管理,甚至不知道该由谁来管,是水利部门、市政部门还是环保部门呢?多少年来,大多数排洪沟已变为城市下水道和垃圾沟,沟内堆积了大量的生活垃圾。一些居民说,由于排洪道附近没有垃圾台,一些住户索性将生活垃圾直接倒进了排洪沟,长此以往便成了垃圾场。不少污水管道也和排洪沟相通,每到夏季降雨时,这些污泥浊水裹挟着各种垃圾就会伴随雨水冲进黄河。除了这些排洪沟,黄河兰州段还有五六十处隐形排污口,大多是企业私自开挖的,这些隐蔽的排污口通常白天关闭,晚上集中排污,以逃避环保监测。

说到兰州黄河段的污染,最触目惊心的是2006年的最后三个月,兰州接连发生四次大规模的污染事故。10月22日,在兰州市滩尖子体育公园附近的一个狭长形回水湾内出现大量红色污水,近岸的水面呈淡玫瑰红色,上面漂着油花,污水汇入了黄河;11月21日,黄河兰州段再次出现红色污水,这一次发生在兰州市黄河儿童公园河段;12月初,有人发现在连接黄河的一条河内出现红褐色污水,调查发现,污水的源头是兰州市百美纸业有限公司;最恐怖的一次发生在12月22日,被称为"12·22"污染事故,黄河被漂白成了一条乳白色的河流,绵延几十公里,散发出刺鼻的气味……

黄河不再是黄河,成了一条像变色龙一样的河流,一会儿是玫瑰红,一会儿又变成了奶白色。说起这些事故兰州人又倍感蹊跷,奇怪呢,四次污染事故,两次发生在每个月的22日,一次是21日,有人戏称为这是黄河的"黑色22日"。而更吊诡的是,对最严重的"12·22"污染事故,居然一直找不到真凶。兰州市环保局对外宣称,这次污染系兰州新西部维尼纶有限公司(简称兰维公司)向黄河排放较高浓度的电石渣浆水所致。他们认定的依据是:污水源头附近的企业中,只有兰维公司使用电石作为原料。但兰维公司随即便矢口否认,说他们虽曾有前科,但这次他们是被冤枉了,他们已经建成了三个环境污染事故应急池,不可能再向黄河直接排污。

谁是真凶?一句话,捉贼拿赃。但环保部门还是没能找到兰维公司排放现场的确凿证据。一个重要的原因是,兰州市排水管道网络非常复杂,从20世纪50年代至今,几乎每个年代的管道都有,由于资料缺失,究竟有多少条管道,长度是多少,走向和分布如何,几乎没有人能知晓。这些排水管道交错相连,几十家排污单位可能共用一个排水管,发生污染事故,追查起来如同大海捞针。一直到现在,这仍然是一个谜案。

不过,在一些环保专业人士看来,与这些污染事故相比,更严重的污染其实是那些天天在排放的生活污水,只是因为人们常见而熟视无睹。

在中国,环保问题尽管越来越被重视,但仍面临诸多复杂难题,黄河就是其中的典型代表,不仅仅是在兰州段,整个黄河几乎都在承受着日益加重的污染。有关部门的统计显示,近二十年来,黄河排污量增加了一倍,十几条重要支流沦为了排污沟,黄河干流正在丧失自然的水体净化功能。但要把黄河的污染完全归咎于近二三十年,也说不过去。兰州大学资源环境学院张明泉教授说:"黄河兰州段的污染,很大程度上是因为环境治理速度落后于城市发展速度,一些老工厂建于20世纪七八十年代,布局不合理,改造成本也很高。"这是事实,黄河和众多遭受污染的大江大河一样,很多的污染是历史遗留问题,尤其在计划经济时代,人们还普遍缺乏生态环保意识,江河沿岸的企业普遍没有污水处理设施,这是上一辈欠黄河的债,得让这一辈人来还。而现在呢,用张明泉教授的话说,"近年来出现了一个怪圈,一方面大力治污,一方面又到处铺摊子、拼资源、抢速度,这样的发展模式在GDP的驱使下,依然保持着强劲的惯性。污染问题,说到底是发展观念问题:在经济和环保二者之间如何取舍"。

从一个简单的问题到另一个简单的问题,这一辈人欠下的债,难道又得让下一辈的子孙来还吗?然而,问题是,我们这一代人能等到下一代吗?黄河水利委员会的一位专家痛心疾首地说:"黄河流域有五十多座大中城市的居民,每天都是饮用黄河水,每一滴水的污染,都有可能被我们自己喝进肚子里。"

事实上,人类已别无选择,作为黄河唯一穿城而过的省会城市,兰州人与河流长相依聚,没有什么比黄河能与他们的生命更紧密地联系在一起。仅兰州城区就有两百多万市民的饮用水来自黄河,维护母亲河的健康生命,就是维护人类自己的健康生命。治水治污,对于兰州人,对于每一个喝黄河水的人都是迫在眉睫的事,一天也不能等。这也是兰州当下最重要的水利建设。近年来,为治理黄河污染,兰州市付出了巨大努力,与2000年相比,城区工业废水年排放量减少了4000多万吨,主要污染物化学需氧量减少7000多吨。但不能不说,兰州仍未从根本上解决黄河污染问题。目前,兰州市废水排放量、生活及其他污水的处理率均未达到国家规定的标准。焦虑之中,也有一个令人振奋的消息,兰州市准备在未来几年实施黄河污染综合治理项目,包括污水治理、河洪道综合治理和垃圾综合治理三方面,总投资达74亿元,这对于一个经济欠发达的西部城市来说,绝对是一个需要勇气的大手笔,项目完成后,黄河兰州段的污染问题将有望得到彻底改观。

对于兰州,我只是一个匆匆过客,离别时,我想再看看那尊黄河母亲的雕像。天色突然开始暗淡下来,能见度迅速下降,路上车辆不得不打开车灯缓慢行驶,铺天盖地的黄沙骤然降临,风力也越来越大,道路两旁的树木在大风中疯狂摇晃,一个个模糊的身影躬着身子,捂着嘴鼻,正在艰难前进。是灰霾,还是又一次沙尘暴突然降临了?

睁大眼睛,我想再看看黄河母亲,迷蒙之中,那曾经清晰的形象已经看不见了。

三、谁能改写历史

在没有灰霾和沙尘暴的日子,大西北灿烂的阳光,会把一座黄河铁桥照得无比清晰。

这算不上一座大桥,却有着一种令人肃然起敬的庄严感。

黑铁,如同坚硬的黑色铠甲,因阳光的渗透而通体透亮。这铁桥至少浓缩了一百年的阳光。阳光里有金属悠久的气味。但它又并非钢铁铸造的庞然大物,甚至还有几分优雅的姿态。

当我走在这座百年老桥上,感觉略有一些颤抖。它带给我的绝对不是审美感受,似乎还蕴藏着一丝惊恐和不安。颤抖的应该不是桥,而是别的什么。但它不动声色。

若要看清黄河,这是一个非常好的角度。站在这桥上,一低头,就看见了,黄河水就在我脚下穿桥而过。经历了上游的一道道大峡谷,黄河的咆哮已如远去的雷声,一条长河仿佛已历尽奇险,流到这里已变得十分慈祥。在一片荡漾的黄色波澜中,依然漂浮着古老的羊皮筏子。但一看就知道,它们从一种半原始的状态已成为现代人的一种漂流的工具,每个漂流者都穿着救生衣,就是落水也不怕了。当昔日生死叵测的过渡变成了游乐性质的漂流,多少悲惨的往事,仿佛也有了游戏的味道。

在这座桥出现之前,黄河经历了没有桥的漫长历史。上下五千多公里的黄河,上下五千年的岁月,从头到尾没有一座桥。自古以来,就有"天下黄河不桥"之说。像赵州桥那样让国人充满了炫耀意味的石拱桥是无法凌驾于黄河之上的。在黄河上游的峡谷地带,那时还是纯净的空冥世界,古人无法在大峡谷里架桥,也没有必要架桥。到了兰州,人烟渐渐变得稠密,但兰州地处黄河上游的高原地带,这看似平缓的河段,流经的是松散的黄土地,在这样的黄土上架桥比在坚硬峡谷里架桥更艰难,艰难得几乎没有任何可能。虽说这里的黄河还不算太宽,这近在眼前的彼岸,却仿佛是遥远的另一个世界。在漫长的岁月里,这里人甚至渴望漫长而寒冷的冬天早日来临,等到大河冰冻了,他们也就可以抵达彼岸了。而在黄河没有冰冻的日子,就全靠羊皮筏子摆渡了,但它们在黄河上不堪一击,尤其是到了汛期,河水猛涨,一个浪头打过来,羊皮筏子就翻了,有人被洪水席卷而去,也有人能侥幸抓住一根救命的稻草。对于这里人,生死不在一念之间,而在一命之间,是死是活,又很少有人抱怨这条黄河,只能说人各有命。

后来终于有了一座桥,但不是这座黄河铁桥,而是另一座桥,一座浮桥。那是明洪武年间,明朝开国功臣冯胜因累积军功而被敕封为宋国公,朱元璋"诏列勋臣望重者八人,胜居第三",冯胜是明朝开国元勋仅次于徐达、常遇春的第三人。就是这位宋国公做了一件功德无量的事:在兰州城西搭起了黄河上的一座浮桥。可惜,此公在开国之后并未得到好报,"后以功高遭太祖猜忌,赐死"。但他架起的浮桥却保留下来了。后来,又有卫国公邓愈将浮桥移至原来浮桥上游的 20 里处,人称镇远桥。到了洪武十八年(1385 年),指挥杨廉又将浮桥移建于兰州白塔山南、城西北约 1 公里处的古金城关,从此基本固定下来了。自明朝开国一直沿用至清末,五百多年来,这座浮桥是黄河两岸的交通要道,还被列入兰州八景之一——降龙锁蛟。

但这座桥,其实不是桥,而是用二十四只大船横排于黄河之上,号称"巨舰二十四艘"(一说是二十五艘,另有三艘备用),船与船之间相距 5 米,以长木连接,铺上木板,两边加上栏杆,南北两岸竖铁柱四根、大木柱四十五根,用两条铁缆、四条麻缆维系,将一座浮桥固定在河面上。到了冬季黄河结冰时,便将之拆除,等到翌年开春,黄河解冻,又开始重新搭浮桥。如此,年复一年,这浮桥就像季节的大门,到时候打开,到时候又关上。古人有两句诗,"伫看三月桃花冰,冰泮河桥柳色青",描绘的就是当时浮桥的真实情景。

如今,明朝的浮桥已不复存在,但有遗存的三根铸铁桥柱。我去看了,不能不看。每根铁柱长约 2 丈,据说重达 10 吨,人称将军柱。阳光照亮了一座铁桥,也同样照亮了这五百年前的铁柱,斑斓、跳动,充满了与幽深岁月有关的神秘感。但敲击一下,铸铁的声音依然洪亮。它没有锈蚀,反而被岁月磨砺得更有光泽。仔细看,还能看见铁柱上铸有铭文:"洪武九年,岁次丙辰,八月吉日,总兵官司卫国公建斯柱于浮桥之南,系铁缆一百二十丈。"

悠远的岁月,一下被这铭文揭示得明亮而清晰了。

历史不会因一座浮桥而改写。眼前这座黄河铁桥,是黄河历史上一座真正意义上的桥梁。或许只有你看了一座浮桥残存的遗迹之后,才会感觉到,这座桥绝对是坚固的,就像它本身的金属质地。一座钢铸铁打的桥梁,并不像一个钢铁铸造的庞然大物,它的姿态,看上去甚至有几分优雅。

从桥的这一端走向桥的另一端,已不止一百年。一个历史的开端,发生在光绪三十二年(1906年),在众多充满了危机感的大臣的推动下,洋务运动极一时之盛。有人把洋务运动称为中国的"白银时代"。为抵御列强的侵略,屡战屡败的大清帝国不但赔偿侵略者数百亿两白银,又用白花花的银子买来了西方的先进设备器械,还用白银请来了众多外国设计师、工程师给中国修铁路、建桥梁。也就在那段岁月,一个在兰州的近代史上起到了轴心作用的人物抵达了这里,此人便是被清廷任命为兰州道道尹兼甘肃农工商矿总局(兰州洋务局)总办的彭英甲彭大人。他来兰州好像就是为了干一件事:兴洋务,办实业。这也让他成为兰州近现代工业或实业的开拓者和奠基者。但彭英甲很快就发现,无论他想干什么,都会遇到一个拦路虎:黄河。如果黄河上没有一座真正的桥梁,干什么都会遇阻。说也巧,就在他上任那年五月,德商天津泰来洋行经理喀佑斯正好来甘肃考察,兴许也是来大西北寻找商机。彭英甲和喀佑斯很快就见面了,一座桥成为他们谈话的主题。那时候黄河上除了浮桥,还没有一座桥,喀佑斯诚恳地表示,他很愿意为彭英甲彭大人效劳,为他创造这个第一,一举终结"天下黄河不桥"的历史。他的要价在当时也不高,十五万五千两白银。尽管两人在口头上很快就达成了协议,但喀佑斯只是个商人,对甘肃洋务局提出的水文、地质、桥梁结构、造型等等具体问题,一句话,这里到底能不能修桥,他无法解答。不过,喀佑斯又是个很诚实的商人,他没有为急于抓到合同而不懂装懂,而是发电报给天津,要商行速派工程设计人员来兰州黄河勘察,如果能,再签订修桥合同。

很快,德国设计师和工程师就来到了这里。数月之后,经过反复测量,德方的工程技术人员得出结论:白塔山下的黄河虽然水流湍急,但只要严格按照章程修桥,还是完全能修好的。于是,双方正式签订了合同,按合同规定,"以千年旧有之桥,易木为铁",这座铁桥的使用寿命为八十年,一说为百年。其实,无论是八十年,还是一百年,对于一般人而言,实在是过于漫长,谁也躲不过生命的终极,没有哪一个个体生命可以从头到尾负责到底。谁又能以自己有限的生命担保一座桥能安全运行八十年甚至一百年?当一个人在一纸契约上签上这样长的使用期限,心里会不会犯虚?但无论是作为业主方代表的彭英甲,还是德国泰来洋行的代表,他们都一丝不苟地用中文和德文签上了自己的大名。

光绪三十四年(1908年)春,兰州黄河铁桥正式动工了。在那个时代,这可以说是一个国家重点工程。而在大桥开工之前,最艰难的任务是运输桥梁建设材料和施工设备。兰州当时还是边鄙之地,中国也没有建桥的钢铁等材料,所有修桥的设备材料只能从德国海运至天津大沽港,再由天津经北京、郑州、西安一路辗转运抵兰州。当时没有铁路,也没有大型运输车辆,连一条像样的公路也没有,全靠老百姓用骆驼、大轮拖车转运到兰州来。而为了保证材料运输,甘肃洋务局还在天津、郑州、西安等地专门设立了转运委员,专此督办。开始两批材料虽说运输艰难,但都顺利运到了兰州。问题出在第三批设备和材料上,这批设备材料自天津运抵郑州后,那些赶马车的中国民夫一看就傻眼了,那家伙一个个又笨重又超长,其中有大天汽帽六件、大铁机器柜两件,这马车根本无法装运。中方只好与泰来洋行磋商,能不能把一些大件拆开了搬运?但这想法,被那些一丝不苟、极为严苛、看上去有些冷酷和专横的德国人一口拒绝了,根本就没有商量的余地。德国人认为,把这些大型材料拆卸后会影响施工质量,如果你一定要拆,那么他们就"不能担保固八十年之责任"。对于此事,直到今天还有我们可爱的同胞悲愤地认为,这是傲慢的德国人在欺压、要挟咱们落后的"支那人",但他们又拿不出历史的证据。能够拿得出证据的还是一些技术专家,我请教过他们,他们的观点还是比较中肯,由于当时中国自己不掌握相关技术,把整体物件拆卸后很容易遗落零部件,安装起来也非常麻烦,而经过拆卸和重新组装,很显然,肯定没有原来整装出厂的部件牢固。这其实是常识。最终,由于德方工程技术人员"不近人情"的严苛,中方不得不请木匠临时打造了一辆辆特制的大马车,才千辛万苦地将第三批建材和大部件运到兰州。当时又正是暑热难熬的季节,那些骡马拖着这些笨重无比的家伙,在坑坑洼洼的路途上一路不停地喷着热气,很多尚未抵达兰州,就倒毙在路上了。而烈日下那些长途奔波的中国民夫,也不知有多少累得趴下了。就这样,不断地换骡马换人,最终才把这些大型设备材料运抵兰州。这是中国人付出了惨重代价的一次长途运输,但从保证质量上看,这个代价又是值得的。

但很快就有人发现,咱们中国人又一次上当受骗了。据称,中德双方在合同中曾明确规定:自天津转运的桥料"如有重大料件,难于运动,归泰来洋行自运,甘肃不管",而按当时的标准,凡"遇有一千二百斤以外之料",就必须由德方承运。但中方为什么在付出这样惨重的代价之后才发现呢?是疏忽了,还是另有原因?但不管怎样,彭英甲也是一个严格按合同办事的人,在得悉这一情况后,他立即电催泰来洋行:"不能起运者有锅炉六件,每件重二千一百斤(附清单)","故请贵行照合同办理,勿误要工"。但泰来洋行却声称,他们已得到某材料转运委员的允准,由中方代为运输。这让彭英甲震惊而愤怒,是谁敢这样自作主张?难道他吃了豹子胆了?这背后又有什么猫腻?彭英甲很快就查实了,没有中方官员做出如此愚蠢的允诺,彭英甲也不再电催泰来洋行,而是立即照会德国驻天津领事馆:"自转运桥料以来,彼此事事皆照合同办理,本局尚不敢稍有违约。望贵馆即速告知泰来行,照合同自运是为主要。"在几番交涉后,彭英甲权衡利弊,以大局为重,决定已运抵陕西的桥料继续由中方运输,并敦促泰来洋行,"嗣后,遇有一千二百斤以外之料,必须守定合同,问明泰来行办理,勿稍违越原议"。

从这些函电可以看出,中德双方围绕合同条款和如何履约的问题,发生过很多争执。实话实说,这样的争执换了任何一个订约方,哪怕到了今天,也是难以避免的。没必要把德国人过于理想化,泰来洋行毕竟是商家,而商人从来都是追求利益的最大化的,能够规避的风险他们肯定要规避,能够省钱的地方他们也肯定要节省。在这个争执的过程中,以彭英甲为代表的中方,无论是恪守契约的精神,还是其据理力争的态度,都让人由衷地敬重,而凡是中方据理力争之处,最终泰来洋行都履约了。这里还有一个事例,光绪三十二年(1906年),黄河铁桥尚未开工,泰来洋行却临阵换将,把他们聘请的大工程师德克派到黑龙江修铁路去了,改由一个年仅二十岁的工程师负责黄河铁桥工程。彭英甲又立马致电泰来洋行和天津德国领事:"现在二期料已启程,请照合同与德克一并速来。喀佑斯原办之人,非来监修不可。"三天后,泰来洋行回电:新工程师已经启程。这位新工程师就是泰来洋行聘请的美国人满宝本,在当时也是一位优秀的工程师。但彭英甲还是再次致电德国驻天津领事馆,对泰来洋行的临阵换将予以严正申明:"喀佑斯系原包桥工之人,德克系估桥工之人,二人必须来一人,办事熟悉,两有裨益。"应该说,彭英甲的申明是理直气壮的,但问题是,合同并未规定一定要指定谁在这里担任工程负责人。在某种意义上说,这是泰来洋行的内部事务,而泰来洋行必须恪守的终极合约条款,就是确保工程质量,并且"担保固八十年之责任"。事实上,彭英甲很快也发现,这位美国工程师满宝本是一位经验丰富、在专业技术上甚至比德克更优秀的工程师,黄河铁桥实际上就是在他的主持下完工的。

但此事还是让人不免追问,如果满宝本不是一位优秀的工程师,而是一个滥竽充数者,大桥出了问题,咱们中国人又找谁去追责呢?这其实是一个多余的问题。中方支付给泰来洋行的白银并不是一次性支付,如果中国人傻到把所有的银子在工程竣工之前一次性付给泰来洋行,那也只能怪自己太傻了。而泰来洋行总归是要赚钱的,在所有的银子未到手之前,他就是想要糊弄咱们落后的"支那人",至少也不会糊弄自己,更不会糊弄他们该拿到的钱吧。所以在这一点上,或许有追问的必要,但历史却并无改写的可能。

从中德双方正式签订合同,到黄河历史上的第一座桥梁在宣统元年(1909年)七月初四竣工通行,历时三年。为了这样一座铁桥,双方有利益的博弈和激烈的争执,但至少没有太多被后世假想的受欺凌、被损害的民族屈辱。还有一些值得我们铭记的名字,包括美国人满宝本、德国人德罗和华工刘永起等人,还有由德商泰来洋行招雇来的六十九位洋工华匠,他们开创了黄河的一段历史,结束了黄河自古以来没有桥梁的历史。

黄河铁桥建成之后,被命名为"第一桥",它也是名副其实的黄河第一桥。

黄河"第一桥"的名称最终以一个伟人的名义被终结。1928年,一说为1942年,为纪念孙中山先生,由当时的甘肃省主席刘郁芬手书一块"中山桥"匾额,悬挂于铁桥南面的牌厦上,"第一桥"从此改名为"中山桥",一直沿用至今。但终结的只是一个名字,而非事实,黄河第一桥一旦诞生,永远都是黄河第一桥,哪怕坍塌,哪怕不复存在,也无法改变这个事实。但在民间,很少有人叫它第一桥或中山桥,当地老乡都直呼其为铁桥,黄河铁桥。

黄河铁桥的第一次大修是1931年,主要是由于风水撼动、大车碾压,铁桥部分桥面板损坏。抗战爆发后,随着中国东部和中部地区的江山沦陷,这座铁桥成了从大西北到大西南的一道交通要隘,运输压力猛增,桥梁出现了较大震动,民国政府又在1940年4月开始对铁桥进行了三个月左右的维修。1944年4月1日至5月9日,又进行了一次小规模维修,主要是将铁桥腐朽的梁木、桥面板及人行道板等予以抽换。但对这座桥最大的一次考验,还是1949年8月26日,在人民解放军解放兰州战役中,铁桥桥面木板被焚,杆件及纵梁被枪弹打得通红,但桥身安稳如常。而解放军也以夺得黄河铁桥作为解放兰州的标志。

直到新中国诞生,在黄河全线一共只有兰州黄河铁桥、郑州黄河铁桥和泺口黄河大桥这三座大桥,全都是由外国人设计和施工。1954年,国家拨款六十万元对铁桥进行了一次全面维修加固,这是一次成功的加固,在原平行弦杆上端架了一道弧形钢架拱梁,更加美观坚固。

按德国人在合同上写的"担保固八十年之责任",合同到期时间应为1989年8月19日,然而就在合同到期的前十天,8月9日,一艘自重260吨的供水船突然失控猛地撞到了桥墩上。260吨,这还只是船体的自重,还有数百吨载重,这是一次比雷霆更猛烈的撞击,整个兰州都感到了震撼,黄河水顷刻间如同海啸。一座铁桥在拼命摇晃,谁都以为它这次要倒了,但奇迹出现了,这座运行了八十年的铁桥在遭受致命的撞击后,居然没有倒塌,当强烈的震荡终于过去,整个桥身依旧"安稳如常"。而许多比这小得多的船,已经不知道撞塌了多少比这更大的钢筋混凝土大桥。兰州市当即组织技术力量进行抢修。在检修中,很多施工人员吃惊地发现,整座铁桥共有260多万颗螺丝,在经历了近一个世纪之后,这些螺丝无一不拧得相当紧固,在岁月中没有丝毫松动。面对德国人干出来的这一工程,一些原本对老外不太服气的中国人也不得不震惊和叹服了。

我无法看到这座铁桥的内脏,但我也能感觉到这座桥的内敛,还有巨大的张力。这不只是钢铁的力量,而是一种大于钢铁的力量——结构的力量,严谨、精确、凝练,几乎把一种力量贯彻到极致。这不是一个想当然的臆断,这是时间的审判。一百年后,时间可以做出判决了。一座桥可以承载多少岁月?不说经历了多少暴风雨、洪水、泥石流,只说经历了多少次战乱,辛亥革命、军阀混战、抗日战争和解放战争,这座桥除了在新中国成立前夕短暂中断了数日,纵使山河破碎,它也一直以倔强的姿态屹立在乱世之中,连炸弹也无法将它彻底毁灭,连200多吨的船也没有把它撞毁……

而更让我震惊的还是这样一个细节:1989年,在黄河铁桥整整竣工八十年之际,兰州市政部门收到了一封从德国寄来的函件,在询问铁桥运行状况的同时,又以严谨的措辞正式通告兰州市政当局,根据原泰来洋行当年和清政府兰州道订立的契约,在黄河铁桥运行八十年后,合同到期,德方不再对这座铁桥承担任何责任。——这是让我倍感震惊和敬畏的一个细节,也是对我一开始的担心给予的最后回答,这些德国人不是推卸责任,而是把一种责任贯彻到了最后。想想,八十年,差不多经历了四代人,当年那些设计师、工程师应当早已作古,泰来洋行也已于1946年注销,而德国在这八十年岁月里经历了两次世界大战,而且两次都是战败国,但他们对自己在八十年前在遥远中国的清朝时期建造的一座铁桥,却依然没有遗忘。哪怕当年的承包商已经不存在,哪怕生命成了空白,但责任却没有成为空白。而在中国,还有多少建筑商能够记得他们公司在八十年前建造的工程呢?

也曾有人猜测:黄河铁桥是当年的泰来洋行从德国拆来的一座旧桥。但现在已经有确凿的证据证实,通过对德国现存的戈岭大桥和黄河铁桥进行比较,这两座建于同一时代、同一类型的铁桥,采用了当时世界上最先进的架桥技术,而黄河铁桥的跨度更大,水流更加湍急,比戈岭大桥的难度更大。历史无法颠倒,更无法改写,需要改变的或许是我们这种集体无意识的弱国心态,太不自信,总是把自己看作一个无辜的被侮辱和被损害者。

钢铁,作为一种千锤百炼的金属材料,是坚硬而又耐久的,但如果钢铁放错了位置,也只能变成一堆废铁。

此时,就在我伫立在一座百年铁桥上时,正好传来另一座桥在松花江上垮塌的消息。那也是一座被称为改写了历史的大桥,始建于 2009 年年底, 2011 年 11 月 6 日通车,耗资十八个亿。据当时的报道称,该桥是我国长江以北地区最长的超大型跨江桥,其竣工通车也刷新了国内超大型跨江桥的最快建设速度,设计使用寿命为一百年,结果不到一年就垮塌了。它没有改写历史,但有人总结,它至少创造了四大奇迹:计划三年建成的大桥一年半就竣工了,工程进度堪称中国奇迹;一座设计寿命百年的大桥通车不到一年就垮塌了,工程质量堪称中国奇迹;四辆超载货车压不垮轮胎,却能压坏一座大桥,荒诞程度堪称世界奇迹;事发后连施工单位都找不到,问责制度堪称中国奇迹。而当这奇迹被彻底撕开之后,很多人才看到这大桥的内脏,在垮塌的桥梁体内,充塞着鹅卵石、木棍和编织袋的混合物,而铺在箱梁内的钢筋,竟然没有捆扎。

历史绝不是谁都可以改写的,更不是一个谁都可以任意打扮的小姑娘,它会以各种方式留下诚实的证言。

如今的中国人,在黄河上修一座桥早已不是什么难事了,大河上下,从源头到入海口,已建起了一百多座黄河大桥,黄河天堑早已变通途。然而又有多少大桥能够运行八十年以至百年?又有多少桥梁能在运行百年之后依然让人类如此珍视?2004 年,兰州黄河铁桥被兰州市政府确定为永久性的步行桥;两年后,又被国务院批准为全国重点文物保护单位,这也意味着,它将被永久保存下去,成为黄河桥梁史乃至中国桥梁史上的一个活化石。

我觉得,咱们中国人没有必要妄自菲薄,也没有必要把一座德国商人制造的桥梁过于理想化。有人说这样一座桥铸就了一座城市的荣耀,还有人说这样一座桥给兰州留下了独特的地理标识,黄河上从此多了一道亮丽的彩虹,我从来不赞同这些溢美之词,我甚至觉得这不是什么好兆头。所谓城市的荣耀,松花江上那刚垮的大桥不也曾是哈尔滨市的荣耀吗?而彩虹,重庆綦江的彩虹桥不是早就垮塌了吗?与其发出多情的赞叹,不如诚实地承认一种事实:一座桥,一百年,一直无声而默契地陪伴着黄河,它承载了太多的劫难,它也有力地抵御了一百年来所有的灾难,这就是它的全部真实。只要咱们中国人能把每一座桥修成这样,就足够了,足以对得起历史了。

当我再一次凝视那被黄河水浸泡了一百多年的桥墩,我突然明白了我想表达的真实意思,它的存在,其实就是沧桑岁月的一个证据、一个铁证。

第五章　大河套

　　黄河穿过甘肃境内的最后一道大峡谷黑山峡,从宁夏中卫市沙坡头南长滩村入境,到内蒙古托克托县头道拐水文站进入尾声,这一段黄河,便是位于黄河上游最北端的宁蒙河段,涵盖了黄河上游峡谷段的最后一段(从黑山峡到青铜峡)和黄河上游的最后一段——冲积平原段。

　　在我所经历的河流中,还没有哪条江河像黄河这样蜿蜒曲折。她先沿着贺兰山向北,再由于阴山阻挡向东,然后沿着吕梁山向南,到了青铜峡又忽然一转,从北纬三十七度线掉头北上,在北纬四十度线的内蒙古巴彦淖尔又一次转身向东。倘若黄河一直沿着北纬四十度线向东奔流,这将是她抵达渤海湾的一条捷径(直线距离),然而流到内蒙古托克托河口镇,她又一次折转向南,仿佛故意要以自己的大手笔在大西北巨大的时空中书写出一个巨大的"几"字,但这个字,我们这些渺小如蝼蚁一样的人类是看不清的,只有上帝才能看清楚。青铜峡正好处在这个"几"字一撇的最低端,而黄河上那举世闻名的潼关和三门峡则位于"几"字的那一钩处。从青铜峡到三门峡的直线距离其实很近,但黄河这么一绕,一下就绕到内蒙古去了,绕出了一个数万平方公里的河套平原。

　　天下黄河富宁夏。没有这段黄河就没有富饶肥沃的塞上江南。

　　黄河百害,唯富一套。没有这段黄河就没有从宁夏一直绵延到内蒙古的河套平原。

　　然而,这也是黄河上游最变幻莫测、灾难频繁的一段。宁蒙河段(尤其是内蒙古河段)一直是黄河上游凌汛的重灾区,人民治黄七十年,伏秋大汛无决口,但在宁蒙河段和下游的山东河段发生过多次凌汛决口……

——采访手记

一、大柳树之梦

跋涉于万里黄河的上游,河道如此曲折而又狭窄,仿佛是为了把一条河拉得更长一些。尽管我的方向早已明确,一条长河的流向就是我的走向,但在四顾茫茫的荒凉河谷里,我还是时常陷入迷茫之境。一个关键时刻,或一个空间的坐标,往往就在这时候突然出现了。黑山峡,便是从甘肃进入宁夏的一道关键。这是黄河在甘肃境内穿过的最后一道大峡谷,也是黄河进入宁夏境内的第一道大峡谷。

我第一次知道黑山峡,是从范长江的笔下。20世纪30年代,范长江作为《大公报》旅行记者,深入"中国的西北角",而他的旅行实际上是以田野调查的方式记录沿途见闻。当他坐羊皮筏子进入大峡谷时,被那峭壁屏列、迂回曲折的气势深深震撼,赞叹这"峡势颇不减于长江三峡中巫峡的作风"。黑山峡还有一个更耸人听闻的名字,"鬼门三峡"。从鬼门,到巫峡,这些字眼都是形容这鬼斧神工的神奇,而更凶险莫测的还是峡谷中的一个个礁石险滩,如龙王坑、拦门虎、五龙旋、一窝煮、阎王砭……名字就让人毛骨悚然。

但对于那些非常勇敢的、充满了大无畏精神的人类,这天造地设的关键,往往也是他们开天辟地的契机。这绝壁上还留下了解放初勘测水利工程时打下的一个个小石洞,一条在崖壁上凿出的绝径,闪烁着阴冷、湿润的光泽,那是在深谷里溅起的水渍。这是一条名副其实的绝径,最窄处仅仅能站下两只脚,而这遭严重侵蚀的岩层,踩在脚下嘎吱作响,随时都有崩塌的危险。必须承认,我没有穿过这条大峡谷。尽管我一直追随着黄河的脚步,但时常陷入走投无路的境地,一条长河有太多绝美的风景,但那是我永世无法抵达的。黄河可以突破重重险阻,在一道70余公里的大峡谷里左冲右突地转了五十多道弯,以最惊险的方式,把一条大河从甘肃送入了宁夏。黑山峡并非甘肃、宁夏两省区的分界线,而是两省区之间的自然连接,从甘肃靖远县大庙村一直延伸到宁夏中卫市山坡头小湾村。

黑山峡给人类带来的震撼和激情,也让人间充满了波澜壮阔的豪情,那就是打造"一个可以造福千万人的水利巨作"。1954年,由国内水电科技人员和苏联专家组成的黄河勘察团和黄河规划委员会,就在酝酿建一座黑山峡水利枢纽。这一设想在新中国第一个五年计划期间,被列入了毛泽东亲自督促的全国二十六个水利建设工程规划中,被誉为"中国水利建设的二十六颗明珠",然而一个甲子过去了,那二十五颗明珠早已在时空中闪耀,黑山峡却依然是一个久拖未决的悬念。一座大型水利枢纽,建,还是不建,怎么建,又具体建在哪里,这一连串的疑问,一直没有定论。

究其原因,这里的地质条件复杂,风险太大。每一座大型水利枢纽工程,必须先提前预测大坝的灾难性因素。黑山峡地处中国地震区划的强震区。一些专家提出,"塞外江南头顶一盆水,宁夏百姓也受不了,何况坝基条件并不乐观",一座高坝大库的高风险,又有哪个人敢于拍板可以绝对排除?而这是必须绝对排除的,连万分之一的风险都不能存在,不说专家,哪个老百姓不知道?不怕一万,就怕万一啊!按国际惯例,针对复杂的坝基条件应采取避让原则,能不建就不建。但也有专家更具体地论证,黑山峡-香山地块处于南北两大活动构造带之间,在这一强震带上的属基本稳定地区,而预选的甘肃小观音和宁夏大柳树两处坝址区域稳定性条件较好,如按一百年内地震最强烈度八度考虑,"可认为安全度保证率可靠"。2003年,宁夏方面还公布了一份黑山峡河段地震地质的补充论证报告,更具体指出"大柳树坝址不存在抗断问题,可安全修建160米左右高坝",这是由国家地震局组织、中国地球物理研究所和中国分析预报中心等单位联合做出的报告,每一个单位和专家都是这方面的最高权威。

在地震等灾难性因素被基本排除之后,接下来就从人类利益或水利的角度来权衡了。

从水利的角度看,一座水利枢纽,首先要明确的功能和目标是防洪防汛。宁蒙河段是黄河上游最变幻莫测、灾难频发的一段。由于河道比降小,河床物质细碎、松散,河水含沙量高,这一段河道已经提前出现了黄河下游的特征,形态变化频繁,横向摆动幅度较大,致使沿岸许多地方产生严重的河岸侵蚀、坍塌,沿途大片耕地、草地和林地随着河水侵蚀而丧失,这不只给沿途生态环境、社会经济和民生带来了惨重的灾难,还是黄河上游泥沙的一个主要来源。除了自然因素,还有一个原因,龙羊峡、刘家峡两库建成以来,宁蒙汛期河段流量减少,泥沙淤积,严重影响黄河的生命健康。而宁蒙河段是黄河上游凌汛的重灾区,龙羊峡、刘家峡水库对减缓凌汛也起到了一定的作用,但两库下泄流量需要六到八天才能到达宁蒙河段,不但远水难解近渴,而且与上游梯级电站的发电调度也存在矛盾。这一系列问题怎么解决呢?这也是我向众多专家请教过的问题。

2014年7月底,我在采访时任黄河水利委员会主任陈小江时,他还特意给我画了一张宁蒙河段和大柳树的位置图,把设想中的黑山峡水利枢纽的作用比喻为"抽水马桶效应"。如果这座水利枢纽能够建成,将与其上游龙羊峡、刘家峡枢纽构成黄河上游的三大控制性工程,宁蒙河段防洪标准由目前的二十年至五十年一遇提高到百年一遇。而拦蓄在黑山峡水库内的河水,通过内蒙古三盛公枢纽分洪和海勃湾水库调控,与刘、龙两水库联合调度,基本可实现远、中、近梯级调度的良好效益,可灵活、及时、有效缓解凌汛灾害,还可以像小浪底一样通过人工制造洪峰冲沙,对堵塞在河道里的冰块也有冲刷、瓦解作用。这个形象生动的比喻,让我这个门外汉一下恍然大悟。

从开发水利电力资源的角度看,这里早已被列入国家黄河上游水利水能开发的重要梯级地带,巨大水能蕴藏量就是巨大的开发潜力、巨大的效益。若这座枢纽投入运行,通过对黑山峡上游水电站发电下泄流量进行反调节,既可满足河口镇(黄河上中游分界处)以上地区工农业用水127亿立方米,在黄河灌区用水高峰期及黄河下游断流多发季节增加供水量,发电装机容量又可达200万千瓦(年发电量78亿度),这超过了龙羊峡的3倍多,也大大超过了刘家峡的发电量。

还有很多综合效益是难以用数据来表述的,从维系黄河健康生命、维持黄河生态基流,到改变大西北干旱地区自然生态,改善经济欠发达地区人口的命运,促进工业和农林牧业的大力发展,这一水利枢纽都有难以估量的意义。随着南水北调西线工程被提上议事日程,黑山峡河段的开发功能定位和任务要求汇总又增加了西线调水量的反调节任务。早在1978年,李先念在主持国务院的日常工作时,就做了这样的批示:"这是多么好的事啊……总之要多快好省地建成这个项目。"

直到今天,黑山峡水利枢纽一直没有上马,黑山峡河段也成了黄河上游龙羊峡至青铜峡最后一个未开发河段。这不能怪黑山峡,一切皆因人间的纠纷。一个众所周知的原因,就是甘肃和宁夏之间持续了数十年的坝址和方案之争,背后当然是基于不同立场的利益诉求。人间的纠纷比鬼斧神工的大自然更复杂,而我作为一个两不相关者,就站在双方的立场上设身处地大致交代一下吧。

站在宁夏这边看,最佳方案就是在其境内的大柳树建高坝,这是一级开发方案。21世纪初,水利部黄河水利委员会在修编黄河流域规划报告时,将宁夏的一级方案也放了进去,国务院后来的批示为:"原则同意规划报告,但黑山峡河段继续论证。"还有一个在大柳树建低坝的二级开发方案。宁夏属于干旱地区,农业的发展需要巨大的水资源,如果能在大柳树建一个水利枢纽,那么就能把大漠戈壁改造为绿洲,再造一个大柳树灌区,从根本上改变大柳树生态区1700多万经济欠发达地区人口的命运。在不久的将来,这里将成为保障西部地区乃至全国的商品粮基地。而依托这样一座水电站,宁夏也必将成为西北的重要能源基地。这就是宁夏人做了六十年的"大柳树之梦"。在宁夏人的心目中,这是最后一盏没有点亮的阿拉丁神灯。

站在甘肃这边看,如果在大柳树建高坝大库,坝址在宁夏,淹没区却在甘肃。而被淹没的并非荒漠戈壁滩,而是甘肃最为富饶的地区之一,如白银市的靖远、景泰、平川区,将要淹没的是黄河两岸近十万亩被称为"塞上江南"的肥沃土地,也是甘肃仅剩的黄河谷底的米粮川。一座石林国家自然保护区也将沉没水下,这是我国现存的第三纪地质的孤本,正在申报世界自然遗产名录。此外,还涉及两个黄河扬水站的搬迁。而最棘手的还是号称"天下第一难"的移民搬迁,初步调查需搬迁近九万人口,这还不包括当时调查时没有统计在内的流动人口和在库区上学的景泰子女。为此,甘肃方面一直力主在白银境内的小观音建高坝。但据2006年的调查结论,无论在宁夏大柳树还是在甘肃小观音修建高坝,该淹没的大部分还将被淹没。

很多专家对这座久决不下的水利枢纽感到痛心疾首,这工程拖一天就是一天的损失,"每年损失70亿度电,三十年就是2000多亿度,按每度电3毛钱计算,这就意味着三十年间国家已经损失了600多个亿啊"。很明显,这笔账,是基于人类的利益得出的答案。宁夏方面也曾发话,在利益上甘愿做出让步,"大柳树一级开发完毕后,所有发电量和税收都给甘肃,提供甘肃移民所需的土地,只需要甘肃方面来解决搬迁问题"。对这个看上去很美的承诺,甘肃没有正面回应,仿佛其间暗藏玄机,而他们也不能不考虑:搬迁过后谁来负责移民的后续生活?如果这些人返回故地谁来担责?历史上不是没有教训,三门峡水库好几万移民从宁夏返回原住地就是前车之鉴。

一座水利枢纽,先后推出了四个方案,却长久地陷入了僵局,有人说,其"争议时间之长,人力物力耗费之大,矛盾尖锐复杂程度和涉及面之广,在我国水电工程中实属罕见"。而这僵局背后,不仅只是利益博弈,还有代价的考量。一座黑山峡水利枢纽无论建在哪儿,淹没区付出的代价都太大了。但只要能在付出代价后得到更巨大的回报,这个代价就是值得的。就怕得不偿失,在付出巨大的代价后得到的却是惨重的灾难。若要防患于未然,必须超越地方的、局部的利益,甚至还要超越狭义的人类利益来做出决策和抉择。

对于两省区之争,我虽设身处地地换位思考过,但两不相干,只做事实性的客观陈述,但对于黄河这条中华民族的母亲河,我从未置身度外,把自己当作一个外人。甘肃、宁夏休戚与共,是同饮一河水的命运共同体,而人类与河流更是命运共同体,这就是我的立场。而在我画上一个句号之前,一座水利枢纽还远远没有画上句号。

二、塞上江南

从黑山峡到青铜峡,是黄河上游的最后一段峡谷。有人把黑山峡称为黄河上游的最后一道大峡谷,不知是误会,还是要特别强调黑山峡的地位,黄河上游的最后一道大峡谷是青铜峡,但是没有黑山峡大。更严格地说,在青铜峡以下还有一道石嘴山峡谷,这才是黄河上游的最后一段峡谷,但没有纳入黄河峡谷段之内。

黄河进入宁夏的起点,被定位于南长滩,从南长滩到内蒙古托克托县头道拐进入尾声,这一段黄河,便是位于黄河上游最北端的宁蒙河段,涵盖了黄河上游峡谷段的最后一段(从黑山峡到青铜峡)和黄河上游的最后一段——冲积平原段。

天下黄河富宁夏。没有这段黄河就没有富饶肥沃的塞上江南。

黄河百害,唯富一套。没有这段黄河就没有从宁夏一直绵延到内蒙古的河套平原。

一首在河套平原广为流传的民歌,唱出了八百里河套的风景与梦想:"黄河北,阴山南,八百里河套米粮川,渠道交错密如网,阡陌纵横似江南……"

八百里河套,八百里秦川,八百里洞庭……这都是一些约定俗成的泛指,并非准确的数字,也难以准确统计。河套平原原本就是一个很宽泛的范围。若不深入其境,你还真不知道,河套平原的组成如此多元而复杂,大河套、小河套、前套、后套,还有西套。所谓河套,是河套河之意,但我感觉却像一个套一个、层出不穷的俄罗斯套娃。

先从最大的说起吧,大河套,泛指广义的河套平原,一般是指内蒙古高原中部的黄河中上游沿岸平原,西起宁夏下河沿,东至黄河上游和中游的分界线——内蒙古托克托河口镇,涵盖了西套和前套、后套。简而言之,黄河宁蒙河段的所有冲积平原,皆可纳入大河套。

若按黄河从西向东的流向,最早出现的是西套,指内蒙古巴彦淖尔盟西南部的磴口县与宁夏青铜峡之间的平原,也就是银川平原,而银川平原和青铜峡以南的中卫平原又合称宁夏平原。而中卫平原,又是河套平原在黄河上游最早出现的一个平原。

前套则远着呢,主要指内蒙古包头、呼和浩特一带的平原,也就是南北朝时著名的敕勒川,五代时叫丰州滩,明朝以后又叫土默川。因此,前套平原又称土默川平原。

而后套,也就是人们常说的小河套,狭义的河套平原,仅指后套平原,指乌拉山以西至巴彦高勒的平原,呈扇弧形展开,面积近万平方公里。

黄河为人类创造了一个大平原,也为人间营造了一个个小村庄。这里,就从南长滩开始吧。它的出现,让我的视线一下变得清晰了。

这是一个地处宁夏、甘肃两省区交界处的神秘村落,也是黄河黑山峡创造的一个杰作。由于峡谷对水势的阻挡和激流不尽的冲刷,黄河在这里转了一个大弯,在河南岸形成了一个月牙形的长滩,就像黄河臂弯中的一片绿洲,苍山环绕,一河环流,宛如一个弧形半岛,又如一块镶嵌在黑石与黄河之间的翡翠。而这太多的比喻和形容,无非是为了突显这个村庄得天独厚的环境,它因此而造就了三个第一:宁夏黄河第一村、宁夏黄河第一渡、宁夏黄河第一漂。这里虽不是黄河上中游的分界线,但黄河就是在这里从甘肃进入宁夏的。尤为重要的是,这是黄河上游一个重要段落的起点和拐点,从南长滩到内蒙古头道拐,就是位于黄河最北端的宁蒙河段。在这个意义上,南长滩毫无疑问是宁蒙河段的第一个见证者。

由于大山的阻隔,南长滩自从有了人类繁衍生息,一直处于与世隔绝的状态。这村里的一千多村民,大多姓拓。据西夏学泰斗李范文先生考证,蒙元军队灭西夏国后,西夏党项贵族拓跋氏的一支逃难至此,从此隐姓埋名生存下来。这是党项族作为一个民族实体消失以后,迄今发现的关于这个古代少数民族最鲜活的载体。除了专家考证,村民家里还保存有完整的族谱。我关注的重心不是人文历史,而是黄河。如果从1227年西夏亡国算起,这个古村落,已见证了一条长河近八百年的沧桑,而一个古村落长久的存在,又证明这一方水土自古至今未发生太大的变迁。

南长滩属宁夏中卫市沙坡头区的辖地,而沙坡头的名气自然要比南长滩大得多。

据元代史志记载:"自兰州而东,过北卜渡,至鸣沙河,过应理州,正东行至宁夏路。鸣沙河,即宁夏中卫鸣沙山南黄河也。"这条路,就是我从兰州一路走过来的,只是历史上的古驿道变成了如今的高速公路,而史志中所说的鸣沙山,就是今天的沙坡头。"大漠孤烟直,长河落日圆",这是唐代大诗人王维的千古绝唱,据说写的就是这里,一尊王维的塑像,就伫立在像他笔力一样苍劲、雄浑的境界之中。这不仅是诗中的意境,还是现实中的情景,是沙坡头风景的一部分。若顺着王维的目光看,视野显得特别开阔,一条刚刚穿过黑山峡的黄河,无疑是这里的主角,那祁连山的余脉香山和腾格里大沙漠,仿佛就是为了衬托一条母亲河的伟大和庄严。黄河不只是人类的母亲,还是这大漠的母亲,她在沙坡头书写了一个"几"字,宛如留下了一段深沉的旋律,才扬长而去。但在她身后的大漠里不但留下了壮美的落日,还留下了一片神奇的绿洲。这其实就是我来这里的缘故。我来这里不是为了领略"沙坡鸣钟"的神奇,而是为了看清楚这更神奇的大漠绿洲。这片绿洲和南长滩一样,也是黄河的杰作。若没有人类与河流的精诚合作,未必就能创造出这样一个超自然的世界。唐人王维是否抵达过这里难以考证,但比他更早的汉人,早在两千多年前的汉武帝元鼎元年(前116年),为屯兵戍边,就曾在沙坡头筑堤引水,开挖美利渠(又叫蜘蛛渠),从此黄河水自流灌溉着中卫黄河北岸的几十万亩良田,一直到如今还在泽被苍生。

沙坡头是宁夏中卫的一个缩影。如果把视野继续扩展,从中卫平原到卫宁平原,从卫宁平原到整个大河套,均为黄河上游水土流失较为严重的区域,也是风大沙多、气候干燥、风沙危害严重的地区,为全国防沙治沙重点区域。然而,在黄河和黄土塬的相互作用下,灾难性的水土流失又造就了一个典型的黄河冲积平原——河套平原。这也验证了,对于水土流失也不能一概以灾难视之。

当然,人类也不能放任黄沙弥漫、泥沙俱下,否则连一条黄河都会被沙漠淹没,更遑论人间。在沙坡头我见证了"人类治沙史的奇迹"。这是沙坡头人在20世纪50年代创造出来,也可谓是被风沙逼出来的民间智慧,即先利用废弃的麦草编织成一束束方格铺在沙上,再用铁锹轧进沙中。这种网状的麦草方格,环环相扣,连成一片,既可防风固沙,改变沙地下垫面性质,又能涵养水分,即便在无灌溉条件下种植沙生植物也能生长,还可以促使天然植被恢复,从而形成草障植物带。如能就近引黄河水浇灌,营造乔灌木混交林,自然效果更佳。此举不但建立起一道道遏制沙漠推进的生态屏障,还在流动沙丘上营造出了一片片绿洲。而绿色植被不但可以降低风速,防止吹蚀和阻沙,还可以改变气候,增加降雨量。这是沙坡头人用最原始、简便、经济的方法,创造的绿色传奇,投资少、成本低,在全国荒漠化地区推广之后,取得了巨大的经济、社会和生态效益。这也解决了困扰全球的荒漠化难题,沙坡头人发明的麦草方格被称为"中国方格魔方",沙坡头人的治沙模式已被国际公认。由于沙坡头人的创造,宁夏的防沙治沙一直走在全国前列,如今已形成了以"麦草方格"为主、"五带一体"综合治沙工程体系。

从中卫沙坡头到石嘴山沙湖,河流、湖泊、湿地、生灵,在这里构成了一个相互依存、密不可分的网状的生态系统。我忽然想到,如果整个黄河流域都是这样的风景,不就是黄河治理的终极目标吗?

过了中卫,便是青铜峡。一条大河穿过上游的最后一道峡谷,流转空间猛然扩大。

走到这里我才明白,天下黄河九十九道弯,没有哪一个弯大过河套。

黄河在这里变得越来越黄了,浑浊的黄河水沿着内蒙古鄂尔多斯高原的西北边缘向东北方向浩浩荡荡地流淌,直至内蒙古呼和浩特托克托县河口镇,从西到东,整个河套平原,都是黄河统御的领地。但这浩浩荡荡的感觉,又真的只是一种感觉,黄河看上去很大,最宽处有五六里,但水很浅,水量很小,河床就像她流经的这片平原一样平缓,一路上基本没有支流注入,我看见的黄河水,其实就是从上游峡谷里流来的,又经过一道道大坝的拦截,每个地方先都要把自己的水库蓄满,这让上游来水就更少了。一条黄河,事实上是紧贴着淤积得越来越高的河床流淌,随着河漫滩以及河流冲积的沙岸不断蔓延,眼前开始出现广袤的冲积平原。

一个人从黄河上游的幽深峡谷里走出来,感觉从一个世界走进了另一个世界,真有一种脱胎换骨之感。这里没有山,连山的影子也没有,只有平原,如同平躺的大地。但有一种与之呼应的东西,那是水,河套河,真是河套河,大河套着小河,河流与水渠纵横,流水之声不绝。在这流水声中,你分不清哪是春秋的河流,哪是汉朝的水渠,然而这所有的水只有一个源头,那就是黄河。这也是人类在这漠北大地世代开垦的原因,拥有这样一条大河,就不愁没有水灌溉。那时上游也没有一道道拦河大坝拦着,那时的黄河还是一条畅通无阻的龙脉,贯穿了中华民族的历史。

在这样的大地上,你找不到任何中心,也没有边际。唯一的方式就是跟着这里的河流或水渠走。这是一个正确的方向,有水的地方必有田园,必有人烟。

这里是黄河上游最早开发的农耕文明区。但在周朝之前,河套还是狄人游牧的大草原。也有人推测那是匈奴人,但一直存在争议,而没有任何争议的是,在人类开垦之前,这里只有幽深的森林和疯长的野草。在人类眼里这是一片蛮荒,而对于大自然,这就是它的本来面貌。人类在这里最早的拓荒,大约在春秋时代,那时离河套最近的赵国出了一个开疆拓土的国王,赵武灵王。发生在他身上的一个最著名的故事,就是"胡服骑射",他以这种方式把赵国的版图一直延伸到阴山山脉,在前套——土默川平原东部设立了一个云中郡。但在随后的乱世中,匈奴人又一次席卷而来,而这些游牧的匈奴人,总是以嘲弄的方式来摧毁更先进的所谓农耕文明。秦始皇统一中国后,没有放过这些匈奴人,大将蒙恬率十万大军像撵鸭子一样将匈奴人又一次逐出河套,并从内地迁来三万户没有土地的老百姓,在河套设云中、九原两郡。这三万户百姓堪称中国最早的生产建设兵团,没事时,他们开垦田地、修筑渠道、引黄灌溉;有事了,一声令下,全民皆兵。但那些被逐出了河套的匈奴并没有远去,他们就在这河套的边缘转悠着、觊觎着,一旦关中与中原的乱世来临,他们又会乘虚而入,把这里的农田重新变成他们游牧的草原。

这种草原游牧文化和中原农耕文明的拉锯战一直在反复进行。在秦汉易代之际,河套又被匈奴趁机占领,大量屯垦的汉人被匈奴人撵回了他们的老家。由于西汉前期的几位皇帝都以休养生息为主,无意于征战,匈奴人一直在河套逍遥自在。汉武帝登基后,通过数代休养生息的大汉帝国已是兵强马壮,汉武帝又是一个英武盖世的天子,而所谓英武盖世说穿了还是帝国的实力。这样一个天子自然不会放过游牧的匈奴,他派号称常胜将军的卫青西征云中,一举击败匈奴的楼烦、白羊二王,重新夺回"河间",即河套。又有大臣主父偃上疏,建议在河套筑城、屯田、养马,作为防御和进攻匈奴的前沿基地。这与汉武帝的想法一拍即合,一个建议旋即开始实施,汉武帝在河套设置了朔方郡、五原郡,后又置西河郡。而朔方郡,就是现在内蒙古巴彦淖尔市磴口县一带。随着大批汉人从内地迁徙而来,人类对河套的开垦又进入了一个高潮,河套虽是边关,但其经济繁荣与富庶甚至超过了内地。

到东汉时,朝廷又采取怀柔政策,把那些归附汉朝的匈奴人安置在河套,河套也成了汉民与匈奴等少数民族和睦相处的一方水土。但好景不长,中国总是有太多的乱世,从东汉末年开始,中国经历了黄巾之乱、三国鼎立,这乱世一直延续到魏晋南北朝时,河套又成了北方多个少数民族政权争夺的重地,大量垦荒的汉民在兵荒马乱中又逃回了内地,荒芜的河套再次变成了大草原。直到唐朝时,才又有内地汉民来河套复垦,并在后套修建大型引黄灌渠。在盛世唐朝,这里又是一派塞北江南的景象了:"贺兰山下果园成,塞北江南旧有名。"这是唐朝诗人韦蟾的一句诗,就是当时河套一带最真实的写照。

北宋时,这塞北江南又被西夏和契丹辽国分别割据。此后,河套一直以放牧为主。

元朝著名水利家郭守敬为大元帝国立下的治水第一功,就是"西夏治水"。这在中国水利史上是不可忽视的一笔。那是元世祖至元元年(1264年),郭守敬来到这里,旋即开始"西夏治水"。当时,黄河两岸已修筑了不少引黄水渠,如建于两千多年前的汉延渠和后来建的唐徕渠都是长达几百里的古渠,渠系纵横交错。但成吉思汗征服西夏时,蒙古人的兵马践踏之处,水闸水坝顷刻间便化为一片惨不忍睹的废墟。这些游牧民族,似乎对农耕文明怀有天生的敌意，或是原本就有一种充满了破坏感的天性。但当蒙古人成了统御天下的真命天子后，情况又大不一样了，成吉思汗的孙子忽必烈几乎在元朝开国伊始，便开始兴修水利，而他最伟大的功劳便是开凿京杭大运河。这是后话。有了这样一位重视水利的天子，郭守敬这样的水利家自然也大有用武之地，他对西夏残存的旧渠进行恢复疏通，对难以恢复或原来设计就不合理的就开辟新渠，又在渠系和灌区之间重新修建了许多水闸、水坝。经过郭守敬的一番整治，荒废已久的西夏水渠又得以重新开闸，当老百姓看着那哗哗流来的渠水，许多人的眼泪像水一样流了出来。他们在郭守敬跟前跪倒了一大片，把他当成上苍派到人间来拯救老百姓的水神。

同样是入主中原的少数民族，清人入关后对水利也高度重视，尤其是在清中叶以后，清人先后在河套一带的黄河两岸建成永济渠、长济渠、黄济渠、杨家渠、塔布渠等八大干渠，这些干渠把河套平原、乌梁素海和黄河编织成了一个缜密的灌溉系统，灌溉面积达二十万公顷，河套由此成为西北最重要的农业灌区。

到民国年间，说到河套，就不能不说到一个人——傅作义。抗战时期，他率部驻守河套一带。在国民党非嫡系部队里，傅作义以善于治军而闻名，他统率的部队一直是抗战时期第八战区的主力，战斗力在西北各部中排名前三。但该部最大的问题是装备很差，步兵武器主要还是汉阳造或晋造，火炮没有几门，军饷从来没发足过。傅作义在辖区内一方面大力整军，一方面实行减租减息等惠民措施。作为旧式军人，他也有很深的地盘情结，对自己地盘内的民生问题，他都会倾注大量心血，苦心经营。他深知，只有老百姓富了，他才能兵强马壮。而水利是民生的重中之重。屯守河套后，他的部队也像八路军三五九旅一样，一手拿枪，一手拿锄头。在戎马倥偬中，他一直不忘兴修水利，分别在后套灌区之东建三湖河灌区，在前套建民生灌区。然而，他拥有的地盘毕竟有限，这让他无法对整个河套地区的水利建设进行全面系统的规划，虽说修了不少水利工程，但渠系紊乱，旱年水不进渠，汛期又泛滥成灾。这对傅作义无疑是一个深刻的教训。新中国成立后，傅作义将军被任命为共和国第一任水利部部长，或许就与他深厚的水利情结有关。

从治军到治水,在担任水利部部长的二十多年里,傅作义每年差不多有三分之一的时间在江湖上奔波,跋山涉水,把中国七大水系、十大流域几乎踏遍了,在抗洪抢险的第一线,在难以忍受的灼热干旱中,都能看到他焦虑奔走的身影,连毛泽东都说:"看来,你对水利这一行是真钻进去了。"作为共和国的首任水利部部长,尽管身份特殊、时代背景特殊,他能够发挥的力量极其有限,但在中国现当代水利建设史上,这应该是一个不该忽视也值得我们真诚敬重的人物。

追溯一部河套平原的沧桑变迁史,翻来覆去,其实不外乎两个结果,治世则为塞外粮仓,乱世则为流血的战场。它的命运由黄河创造,却为人类所主宰。谁都想利用它、统治它,然而又有多少人俯下身来,真正看清楚过它?

三、只有深入,才会看见真相

站在这一眼望不到尽头的平原上,我贪婪地眺望,天地广阔,万物自在,每一个村庄看上去都是那样遥远。那些正在麦地里忙碌的农人,只有走得离他们很近了,才能看清楚,黄土一样的面孔,黝黑而深邃的皱纹,头上戴着干净洁白的小圆帽,这是一个民族的标志,也是一种信仰的标志。走近他们,让我感觉不仅是同这片土地在接近,也是在与他们的内心接近。他们的耕耘、浇灌,既有像泥土一样的纯朴、深厚,还有一种神性。这是一片有信仰的土地,必须先找到一种理解和默契的方式,才可以真正走进这一方水土。

这个季节,北方称为麦天。太阳将又一茬麦子烤得蓬松而喷香了。这熟透了的麦子,给河套平原带来了无比辽阔的饱满与荣耀。河套平原有两百万亩小麦。两百万亩啊,我不知道这是多大的面积,我只能看见,一望无际的麦田像油画一样,连麦芒在阳光下也发出金子一样的光泽。看这小麦的长势,这个全国粮食主产区又将迎来一个大丰年。此时,离开镰收割的季节很近了,农人们都在做着麦收前的准备,维修农机具、清理晒麦场,还得提前准备好足够的柴油。如今的农人早已不用在石头上磨他们的镰刀了,现在大都实现了机械化耕作和收割。看得出,他们很兴奋,收割是令人兴奋的,甚至是他们的一个节日,这些老大不小的农人,甚至像小孩盼过年一样,早早就盼着收麦天的到来。他们也是最忠诚的麦田守望者,这岁月,还能老实巴交地种着自己的一亩三分地,除了对土地和庄稼的忠诚,你已经无法解释。而这样的忠诚,兴许也与他们的信仰有关。

我原本想找一个农民给我当向导,眼看着是不行了,连县里、乡里的干部也都奔向了农人的麦田。对于他们,没有什么比麦收更重要,而且得赶紧收,好不容易盼着一茬麦子成熟了,怕风灾、水灾,还要担心雨害,这里很少下雨,可这个季节谁都怕下雨。连县里、乡里的干部都奔向了农人的麦田,我也就只能一个人在这大平原上游荡了。这样其实也挺好,走过一片麦田,可以蹲在田垄上和这麦田的主人随便唠嗑一下年景和收成。他们很好客,也很高兴对一个外人谈谈他们的收成。路过一个村落,又可以去村民家里讨一碗水喝,顺便打听打听这里的水情和旱情。这其实也是我养成的习惯,一个逐水而居的老百姓,他们对于从身边流过的这条大河或许永远都不可能从头到尾去了解,但至少,他们对流经身边的这一段流域很了解,有时候比水利专家的了解更深。我打心眼里,是把他们当作我的老师的,随时随地都会向他们请教。

老陈是磴口县渡口镇东地村一个普通农民。他姓陈,我也姓陈,一笔写不出两个"陈"字,五百年前是一家,我们认了家门,也就很自然地拉起了家常。他打着赤膊,一蹭一蹭地擦着他的小四轮,一边和我东一句西一句地谈着他家里的、村里的事情,对镇里、县里的事,他就不知情了,他也不想知道,他一个农民要知道那些事情干吗呢?他说现在的景况是一年比一年好了,这几年,两里路的村道铺上了水泥,多少年没有修的水渠也修好了,他们原来喝水是打井,打出来的是苦咸水,现在已接上了自来水。而他家的收入还是靠种粮,除了麦子,还有玉米。说到这里,他冲我憨厚地笑了笑:"家门哪,我得赶快去收麦子啦!"

我把一碗水喝完了,赶紧起身告辞。当他在小四轮上支起身子,向我挥手道别时,晌午的阳光把他强壮的胸脯映得一片通红,亮堂堂的。我看了看那擦得锃亮的小四轮,又看了看他,突然觉得,这是一个能把小四轮擦得亮堂堂的汉子,也是一个能把心擦得亮堂堂的汉子。

感觉是从什么时候发生了变化,我有些茫然,有些浑浑噩噩。这与突如其来的风沙有关。接下来的路,几乎都是在漫天黄沙中穿行。这里的一切都被笼罩在一个灰蒙蒙的罩子里。尽管乌云密布,但这里一般不会下雨,很少下雨。

塞北江南啊,名不虚传,但河套平原看似江南,又绝对不是江南。江南有充沛的河水与雨水,这里的河水越来越少,降雨更少,每年平均不足300毫米,年蒸发量却高达2000毫米。还没有哪个地方像河套这样表达了人类与江河水系那种难以割舍的血脉联系。这是一个完全仰仗黄河水活着的地方,如果没有黄河水的浇灌,我所看见的那像油画般的一切,顷刻间就会像海市蜃楼一样消失,变作一片荒无人烟的大漠。

只有深入,才会看见真相。从西到东,穿越河套平原,这干旱高温的气候和扑面而来的风沙,无情地撕开了一幅幅虚幻的图景,它其实不像我憧憬的那样美好,在这个"黄河百害,唯富一套"的地方,我看到了为水所滋润的一面,也看到了为水所遗弃的一面。

就是在这里,磴口县西北部的沙金套海苏木,我看到了另一个河套。这是一个蒙古族聚居的乡,苏木,在蒙古语里的意思就是乡。这是个半农半牧区,地处乌兰布和沙漠边缘,当年修建著名的三盛公水利枢纽工程时,这里的农牧民也曾踊跃上河工,指望用自己的汗水把一条水渠引到这沙漠的边缘,世世代代就不愁没水喝了。但远水最终也没解他们的近渴,事实上那水离他们并不遥远,只是黄河水根本就不像他们想象的那样可以取之不尽用之不竭。喝不上黄河水,他们也就只能自力更生了——打井。

七十多岁的巴特尔老人在巴音乌拉嘎查(村)里住了半个多世纪,每天都为喝水而发愁。20世纪80年代,当地政府在这嘎查里打了一口深井,全村人吃的、用的,还有给牲口喝的水,全靠这口井。井水抽上来后,还用自来水管接到了每户村民家里。那水量开始还不小,喝起来还有股甜丝丝的味道。但后来就不行了,水量越来越小了。说着,巴特尔老人就拧开了水龙头,只有一缕比筷子还细的水断断续续流出。为了多存一点水,老人把家里的水桶、水盆、水壶、水瓮几乎全用上了,这不是老人贪心,而是担心,怕突然断水。断水在这里是时刻都会发生的事,如果所有人在同一时刻一齐打开水龙头,这水就断了。每天,这井水都会用得一滴不剩,有时候还不到半天井底就干涸了。要蓄一夜,才能在第二天清晨浸出一层水,也就刚够把井底盖上。接水,储水,现在是巴音乌拉嘎查人每天最重要的事,老人把这些坛坛罐罐接满,得小半天时间。若是断了水,这一天的日子就没法过了,你想到邻居家去借水,蒙古族人是很慷慨的,可他们宁愿借给你一桶油,也不愿意借给你一桶水。

这井水看着还挺清澈,像矿泉水,但又绝非我们想象的那种矿泉水,很重的盐碱味,很可能还有别的有害矿物质。听巴特尔老人说,很多喝了这井水的村民都患上了肠胃病,还有各种各样的毛病,有可能与这井水有关,也可能没有什么关系,谁知道呢?又不管有关还是无关,这里的农牧民都别无选择,就算明知是毒药,他们也得硬着头皮喝,总不能活活给渴死。猛地想到一句成语,饮鸩止渴。此时,我的嗓子也干得冒烟了,连想也没想,就从巴特尔大爷的水桶里舀了一瓢水,一仰脖子喝下去了。那井水的苦涩滋味儿,是在喝下去之后才出现的,持久而尖锐。

我在巴特尔老人的叮叮咚咚的接水声中告别了巴音乌拉嘎查,这几十户农牧民聚居的小村被阳光映照着,依然是低矮陈旧、破败荒凉的土坯房。和别的乡村一样,这嘎查里几乎看不到青壮年的身影,他们宁愿背井离乡去外地打工,也不愿留在这里喝这苦涩的井水。巴特尔老人的两个儿子都外出打工了,一年到头很少回来,回来了也过不了这里的日子,在城里再苦再难,也能喝上一口干净水,干了一天活,也能痛快淋漓地洗个澡,这里连洗脸都没有水,洗了菜才能洗脸,洗了脸还要喂牲口。

从巴音乌拉嘎查一路走过来,触目之处,除了山石,就是沙砾、沙丘,很难看到绿色。想一想也知道,一个地方,连人畜饮水都困难,又哪来的水浇地?天气异常炎热,我一把一把地抹着脸上的汗水。眼前,黄乎乎的太阳照耀着黄乎乎的大地,却难以找到让我眼前一亮的水源。哪怕是泥坑里的一洼积水,也能缓解一下我极度的干渴。偶尔会看见一些坐在沙丘上一动不动发呆的老乡。他们被烈日晒得发黄开裂的帽檐儿都朝后戴着,怕被风吹走。女人们的面孔都用纱巾蒙着,不然就睁不开眼睛。但他们说,只要把这些沙丘挖开,就是很好的土地,只要有水,他们就能种上麦子。类似的话,我也听巴彦淖尔盟的一个干部说过:"我们最缺的是水,只要有水,就什么样的荒漠都能治理,什么好东西都能种出来。"而在这句话的背后,又是一系列关于黄河、关于水、关于开垦与拓荒的悖论。河套啊,这河套河的河套,仿佛被水危机给死死套住了。

最缺水的地方,最多的便是风沙。无论你走到磴口的哪个地方,热烈迎接你的就是风沙。整个河套,实际上被两大沙漠挟持着,西有乌兰布和沙漠,南有毛乌素沙漠。

我走得离乌兰布和沙漠越来越近了。听这里的老乡说,在不起风的日子,这上万平方公里的大沙漠,只有无边的空旷和死寂。如果它一直保持这个样子,虽说有些瘆人,让人莫名地恐惧,但不会对人类构成真正的侵害。真正让人类恐惧的还是乌兰布和的另一副面孔。乌兰布和是什么意思?这是蒙古语,意思是"红色公牛",一旦发作,就是疯狂。而以它疯狂的力量,几乎可以把整个沙漠搬起来,在半空中呼啸而过。大白天,突然天昏地暗,如同黑夜,在这里是时常发生的事。

磴口地处贺兰山与狼山之间,原本就是一个著名的风口,风沙线长达150多公里,号称三百里。追溯这个古老县境的历史,还得从汉武帝置朔方郡开始。朔方郡当时下辖十县,其中有三座古县城遗址都在磴口境内,如今全都被黄沙掩埋了。不过,至少在太史公马迁活着时,这里还是一块远离沙漠的水草肥美之地,有他的《史记》为证,那时候还压根儿就没有什么乌兰布和沙漠。这里的风沙变成灾难性的,大约是南北朝时期,由于连年混战,许多老百姓为了在乱世中寻找一条活路,流落到这天高皇帝远的塞北边地,大量砍树、垦荒,将树林变成村庄、田园,原始植被遭到破坏,地表裸露,加之黄河数次改道冲刷,在风的作用下,荒沙被刮起,遇阻碍堆积,形成了乌兰布和沙漠。而曾经水草肥美的磴口古县,也成了一个漠北荒凉之地,到新中国成立时,磴口仅有两万多人口,比汉代时少得多。

而磴口的风沙变得像今天这样大,听当地老乡们说,还是"大跃进"时开始的,那时候,这里和别的地方一样,砍树、炼钢。这地方的树,长起来不容易,砍起来倒容易,三年"大跃进",砍掉了三万亩。这些树林原本就是老百姓千百年栽起来的防沙林,砍掉一片,就出现一个缺口,结果这一带,被砍出了几十处缺口,风沙就是从这些缺口推过来的。那些没有缺口的地方,林带也没有原来宽了,挡不住风沙了。由于乌兰布和沙漠不断从西向东推进,磴口县境内的水土流失面积每年正以20平方公里的速度扩展,而沙漠移动又直接使耕地盐碱化,磴口县盐碱化的土地已超过三分之二。这还不是磴口一个县的事,还直接威胁到了西部大动脉——包兰铁路和110国道,同时还对巴彦淖尔盟总干渠形成了严峻的威胁。现在,二十里柳子的泄洪闸因泥沙淤塞已被迫废弃,一段很重要的引水渠也被流沙埋没了。被埋没的不只是人类修建的水渠,还有黄河。

乌兰布和沙漠每年以10米左右的速度向东推进,黄河流经磴口县境内50多公里,每年约有6000万吨泥沙被推进黄河里。用当地老百姓的话说,就是风把沙漠搬进了黄河。我觉得这些老百姓真是语言大师,一个"搬"字,太形象了。你站在磴口呼啸的风沙中看看,更形象。早在1993年春天,由于连续发生几次沙尘暴,加大了对黄河的输沙量,河床不断抬升,致使南套子段黄河大堤决口,冲出了一个80多平方公里的黄泛区。

一直以来,我都以为黄河成为悬河,是从下游开始的。是磴口,让我纠正了一个认知上的误区,黄河成为悬河,从磴口就开始了,在风沙中,你也能一眼看清楚,黄河河道已比县城高出了五六米。面对正在被淹没的命运,磴口绝对不想成为第四座被黄沙掩埋的县城,他们一直在不遗余力地同风沙作战,同荒漠化作战。1998年,磴口被列入全国生态建设重点县。从1999年开始,磴口开始治水、治沙、治山。截至目前,全县已治理了近十万亩荒山沙漠。我能理解磴口人焦虑而急迫的心情,然而,一个磴口太小了,全凭这样一个沙漠边上的小县,是抵挡不住风沙的,也是保护不了黄河的,如果没有更大的力量加入,磴口县城也许终将成为历史上第四座被沙漠埋葬的县城,这个古老的县境也许会在沙漠中消失。

碛口不只是碛口人的,它与整个河套、与黄河的命运紧密联系在一起。随着泥沙淤积加重,黄河内蒙古段在短短几十年便形成地上悬河。但我觉得,这么深厚的泥沙,绝非几十年就能淤积起来。几百年、上千年也不止。黄河成为悬河的历史,也许就像这里的历史一样漫长。只是到了我们所处的这个时代,突然加速了。

黄河,或许真的会像一个伟人所问:黄河涨上天怎么办?

这是一个至今还没有答案的问题,而我只能带着疑问又一次上路。我的脚步在风沙中加快了,仿佛想要逃离什么。

四、从三盛公到乌梁素海

在河套,谁都知道三盛公,但谁都不知道这地方为什么叫三盛公。

这是一个含义不明的名字,不知是否与信仰有关。

天主教传入河套至少有一百二十多年了,三盛公就是西方传教士进入河套最早的落脚地。19世纪80年代,三盛公被定为西南蒙古教区主教座堂,并由当时的主教韩默理主持建造了一座三盛公大教堂。这辉煌的圣殿,所用的全部木料砖石都是从甘肃、宁夏等地经黄河用船运来的。这表明,那时从甘肃、宁夏到内蒙古巴彦淖尔盟以至碛口县这一段黄河,水流还很大,通航能力还不小,因为能运载建材的船舶应该还是相当大的船。而现在的这条泥沙俱下的黄河,哪里还能行船?有的地方,踩着淤积的泥沙就能跋涉而过了。

一座修建百年的老教堂,如同时空中的一个参照物,它的存在仿佛是为了衬托人类的另一种伟大创造。从碛口县城巴彦高勒朝着东南方向步行三四里,一抬头,就能看见,在黄河干流上横亘着一座全长300多米的拦河闸——万里黄河第一闸。

我怔怔地看着这座半个多世纪前的建筑,感觉瞳孔正在放大。

尽管我早有心理准备,但它的宏大与雄伟还是超出了我的想象。

到目前为止,我都在努力回避某些过于宏大的汉语词汇,但又真的找不到可以代替的词汇。中国的许多水利工程都是无可替代的,而这座三盛公水利枢纽,也同样是无可替代的。迄今为止,这是黄河上唯一的以灌溉为主的引水大型平原闸坝工程,由设在磴口的内蒙古黄河工程局管理。正是因为有了这个灌溉工程,这里才被称为河套平原的源头,才有了亚洲最大的平原引水灌区、全国三个特大型灌区——内蒙古河套灌区。走笔至此,简单交代一下,这三大灌区分别是四川都江堰灌区、安徽淠史杭灌区和内蒙古河套灌区,堪称中华农耕文明的典范和杰作。

  登上闸坝,我差点失去了平衡,感觉身体摇晃得很厉害。我只能摇摇晃晃地走着,走过一道300多米长的闸坝。这样的行走有一种漂浮感,只觉一阵阵窒人的水汽迎面扑来,两耳灌满了黄河浑浊的喧哗声。黄河在咆哮,一条大河被人类拦起来了,一道大坝死死地压在大河身上,她不能不咆哮。

  这里有专门的讲解人员,如果没有人讲解,对这里的一切我还真是莫名其妙。

  要理解这里的一切先要回过头去看,三盛公枢纽上游黄河,用水利专业术语说,为50多公里的游荡型河流,水势不稳,河道摇摆不定。这样的河流是灾难性河流,很容易造成堤防决口、洪水泛滥。而三盛公枢纽正是利用这一段黄河的运行规律,变水害为水利。通过这样一道闸坝,把闸前的黄河水位抬高了5米左右,又通过枢纽的调节,水势稳定了,河道也不再摇摆漂荡。而当水位抬高了5米左右后,闸前水位已高过河套平原,这样就能把黄河水引入河套,而且是让黄河水自流到河套平原。假设一下,如果黄河有足够的水,可以渗透到河套平原的每一个角落,甚至可以让乌兰布和与毛乌素沙漠起死回生,从万里沙漠变成万里绿洲,在那空旷而死寂的大沙漠上,还不知会催生出多少新的生命。然而,这只是我的幻想,如果黄河真有这样大的水量,又何必要从千里之外的长江南水北调?

  这里,还是先回到那个历史的开端吧。那是1959年,正是"大跃进"大办水利的时代,但三盛公从一开始就并非一个孤立的工程,这是根治黄河水害和综合开发黄河水利第一期工程的主要项目之一,也是一项国家工程,国家直接投资了5000多万元。这在那个时代已经是大手笔的投入了。按三盛公枢纽的设计意图,除了解决河套地区的一系列灾难性问题,还担负着对黄河中下游的水量调节,发挥防凌作用,沟通黄河两岸交通,保障下游用水。这也是一个酝酿已久的工程,也是一个提前上马的工程。从勘测、设计到施工,都有苏联专家上下奔波的身影。这很可能也是苏联专家帮助中国修建的最后一个大型水利枢纽工程,由于中苏交恶,工程还未竣工,苏联专家就奉命提前撤走了,接下来就只能全靠咱们中国人自己干了。当年,为了支援三盛公,黄河三门峡工程局先后派出数百名工程技术人员和经验丰富的老工人来这里施工,国家还专门为这一工程培训了上千名各岗位的技术工人。可以说,这一工程基本上代表了新中国成立初期水利工程的先进技术水平和施工水平。1961年5月,赶在黄河夏汛来临之前,三盛公水利枢纽截流成功。而随着三盛公工程竣工,数千年来河套灌区水旱灾害终于有了历史性的终结。

但如果从整个灌区系统工程看,在三盛公枢纽工程竣工后,整个工程还远远没有竣工。水利建设者又挥洒了十多年血汗,在先前修建的河渠上修建了一条东西长180多公里的总干渠,直到1975年才全面竣工。河套平原引黄灌溉,主要靠这条东西走向的总干渠。这里的讲解员为了让我们这些门外汉能够听懂,打了这样一个通俗易懂的比喻:如果说这条总干渠是河套灌区的血脉,三盛公枢纽就是这条血脉的心脏,正是在它的调节下,河套平原才能从塞外荒原变成塞北江南,而河套灌区灌溉面积由过去不到三百万亩一下翻了五六倍。

一条黄河在这里流淌而过,另一条黄河在这里诞生。

这条总干渠,也被河套人称为黄河,"二黄河"。

历史需要现实来验证。此刻,阳光和大河反射的光芒以交相辉映的方式,把一座造型相当别致的建筑照得通明灿烂,四座引水闸都打开了,黄河水翻滚着,汹涌而来,如排山倒海一般,从闸门里倾泻而出,浑浊的水浪腾得很高,在每一座闸门口形成一道道瀑布,又一齐哗哗地奔向总干渠。那一刻我仿佛又变傻了,我被淹没在一阵阵不可名状的尖叫声里。这并非风景,也没有什么诗意,但很震撼,非常震撼。这样的震撼让我目光迷乱而不安。我不知道黄河还有多少水可以排进来,黄河又还剩下多少水可以流到下游去。

这其实不是我的担心,而是黄河中下游人最揪心的一个问题。

应该说,随着黄河河床的不断淤塞抬升,人类的视野也在不断提升,现在人们看黄河,已不是看黄河流过身边的那一段了,他们的看法就像毛泽东当年的思路一样:把黄河从头到尾看一遍,看看黄河到底是怎么回事。这一看,你也许就不是震撼而是震惊了。从1972年开始,黄河几乎年年断流,根本就流不到下游了,很多山东人好多年都没有见过黄河水了,都不知道黄河水是什么样子了。黄河断流,是在下游的山东发生的,但山东人若要想黄河不断流,他们只能找黄河上游。他们觉得,就是因为上游包括三盛公在内的一个个大型水利枢纽,一道道拦河大坝,把黄河水给拦住了,耗尽了,也就没有水流到下游了。不能说这是全部真相,但至少是部分真相。很多不幸处在黄河下游的人,用他们空洞的双眼看着空洞的黄河,悲愤地说:"我们在黄河流域缺乏一个统一规划,国家在上游投资引黄,新辟了几百亩、几千亩的稻田,与此同时,下游却因黄河断流,消失掉几万亩、几十万亩甚至更多的麦田。这值得吗?"

还有一个比这更具体的故事。三盛公所在的巴彦淖尔盟和山东潍坊市是友好盟市,"我汲川上流,君喝川下水。川流永不息,彼此共甘美",然而,地处黄河三角洲的潍坊正是黄河断流的一个重灾区,潍坊人已经难以喝到"川下水"了,也就只能眼瞅着川上人的甘美而独自啜饮川下的苦涩了。一个故事就这样演绎出来了:一位潍坊的官员到了巴彦淖尔,看了三盛公枢纽,又看了河套的"二黄河",也就是那条100多米宽、总长180多公里的总干渠。当他看着那哗哗流淌的黄河水时,他的目光像我一样迷乱了:"天啊,你们有这么多黄河水!"当时,陪同他的是黄河工程管理局局长王继军,这个工程管理局主要就是负责三盛公水利枢纽工程的运行管理。那位山东汉子情急之下一把抓住王继军,使劲地摇着他的肩膀说:"兄弟,咱们做个交易怎么样?你们不要再引黄河水,你们每年打多少粮食?我们全给你们就是!"

这个故事一直在三盛公流传,流传了很多年,也不知是哪年哪月的事,但三盛公的很多人都给我讲了这个故事,他们的语气和表情甚至有些自豪,我却感到有什么堵在心口,堵得我透不过气来。这个故事,我没有找王继军本人核实过,但王继军也坦承,若从单纯的经济效益看,像山东这些比较发达的省份在下游用水的效益,要比这里高得多,那里是沿海地区,工业发达,农业现代化水平很高,产量也很高。山东人没有吹牛皮,山东人完全有足够的实力来弥补河套的损失。山东人那笔账算得也很简单,极有说服力,但真要算起来却又不这么简单了。如果这个假设存在,如果真的可以这样算账,河套人还真愿意做这笔交易。然而这个假设又只能永远是个假设,因为这里边还有一个被黄河中下游人忽视了的问题,一个大问题:河套原本就是被乌兰布和沙漠与毛乌素沙漠挟持着的一块生态极端脆弱的平原,如果没有黄河水的滋润,河套就只能坐视这里的一切被沙漠吞噬。中国也许可以缺少一个河套平原,但这里还有西部大动脉包兰铁路和110国道,还有连接北京到兰州的光缆、通往西北的电网,都将被黄沙掩埋。这是国家的战略布局,是不可能被任何假设动摇的。还有,如果河套真的变成了一个大沙漠,中国又多出一个巨大的沙尘暴发源地,黄河水还没有流进山东,沙尘暴就把黄河中下游掩埋了。黄河,还有下游吗?

听了这话,我心里不像刚才那样堵得慌了,我仰起脑袋使劲透了一口气。

三盛公没有假设,只有真相。这些真相一个外人是看不见的,但一旦被揭示出来,就会让你感到不可思议的惊奇。

我就被这样一个真相震惊了:三盛公枢纽的设计运转年限,只有二十五年。到现在,它已经运转了半个多世纪,还在继续运转。而这样的水利工程又岂止是一个三盛公?在中国还不知有多少这种超龄服役、老病缠身的工程。又好在中国人有顽强的意志,当他们把一个工程用到了极限,还在不断地延续它们的生命。从2002年到2008年,三盛公人对老化的混凝土、金属结构、机电设备进行了除险加固,而施工难度最大的工程是我看不见的那些水下工程,而越是看不见的工程,越是关键,也越是危险。三盛公枢纽就在这样的修修补补中,如老骥伏枥般艰难地运转着。

忽然我看见一幅被阳光照得熠熠发光的题词:"水利是农业的命脉。"这是毛泽东亲笔手书的八个大字,一直挂在这里,挂了半个多世纪了,我却恍若刚刚发现。与其说这是一个伟人发出的指示,不如说是一种警示。这警示的背后,是几十年来,水利几乎一直处于被遗忘的状态,而遗忘,又只因为那个时代的水利工程还在这个时代继续运转。有人说,中国改革开放三十年的成果,一直是毛泽东时代的水利在浇灌。事实就是如此。而农民是最实在的,这让他们更觉得,如果不是毛主席当年大办水利,这几十年他们都不知道到哪里去找水浇地。河深海深,不如毛主席的恩情深啊。他们一辈子也没有达到一个伟人想要让他们迅速达到的理想境界,他们从头到尾都是农民,也习惯于以农民意识来看事、想事。

艰难运转的不只是工程本身,还有和这个工程一起从娘胎里带来的陈旧管理体制。毛泽东时代的一座水利工程被后人继承了,毛泽东时代的很多思想观念也被继承下来了,长期以来,很多人依然停留在那种吃大锅饭、喝大锅水、干与不干一个样、干好干坏一个样的观念上,而要改变这一观念甚至比改造一座老旧不堪的工程还难。内蒙古黄河工程管理局是差额补贴的事业单位,运行管理费用主要依靠水费、电费等收入来支撑。由于电站设备陈旧老化、发电效率低下,还要不断投入资金维修。水费那就更不用说了,以中国水价之低廉,收入差不多只有成本的四成左右,根本就是赔老本的买卖。而那一点儿比例很小的差额拨款,还经常不能足额到位,拖欠工资的事情时有发生,也就不可避免地引发一些极端事件。2008年年关将至,这里发生了一起震惊全国的血案,一个职工因为工资纠纷,用早已准备好的单刃尖刀,在当时的局长胸口上连捅了九刀。这个杀人者和被杀者无冤无仇,然而他却以血腥而残忍的方式一刀一刀地捅下去,连眼睛也没有眨一下,连刀子也不转动。他将局长捅死了,还捅伤了一名人事干部。这一血案不能不引起人们的关注和震惊,也给人们带来了血淋淋的警示和反思。

如今内蒙古黄河工程管理局痛下决心,要以改革的方式杀出一条血路来。但既有体制已经决定,谁也不可能改变这个机构的性质,只能想方设法广辟财源。他们看到了这里的另一种财源:风景与生态旅游资源。2005年10月,在他们不遗余力的争取下,三盛公终于被评为国家级水利风景区。实话实说,尽管中国现在充满了遍地开花的风景区,但这个地方还是很值得来看看的。走到这里,我仿佛走错了地方,在黄河水量锐减的情况下,这一段黄河因有一道闸坝拦蓄,还能让你看到一条大河雄浑壮阔的气势。黄河与河套,共同赋予这一方水土以独特的风韵,这里甚至就是一个浓缩的河套,河套河,水连水,满眼都是葱茏的树木和湿润的草地,还有大片的黄河湿地和黄河流域难得一见的天然河滨沙滩。入冬之后,这里还可以看到黄河特有的流凌和冰凌。不能不说,无论是在河套,还是在黄河流域,这样的风景已经很难看到了。但我觉得最别出心裁的,还是他们在废物利用上的独特创意。在一次次加固整修工程时,他们拆下来了上万件、重达千吨的废旧金属构件,这些废物原本连堆放的地方也没有,卖也卖不了几个钱。不知是谁想出了一个非常好的点子,他们请来了中央美术学院的专家教授,把这些形状各异的废旧金属材料制作成了一件件奇特的雕塑作品,摆放在景区公园。我看见了,这还真是独一无二的艺术品,很有现代艺术感。这是历史与艺术的一次换位思考,也是人类以艺术的方式对那段历史的回应。通过这些笨重而粗糙的建筑材料,你一看就知道了中国当时的水利技术以及材料、工艺是何等落后,而新中国的水利建设者就是在这样落后的情况下,建起了一座又一座大型水利枢纽。看了这些材料,你又会有一种强烈震撼,比艺术更真实。

然而,艺术毕竟解决不了技术问题,人类可以用不断除险加固的方式来延续一个老旧工程的寿命,但始终无法排除它的大限,这个大限就是泥沙淤积。当年这工程的一大亮点,就是利用水势运行规律,相当成功地解决了黄河水利工程的一个老大难问题:泥沙淤积。至少在三盛公二十五年的使用年限里,一直保证了枢纽运行安全正常,渠道畅通无阻。但由于最近二三十年来黄河内蒙古段泥沙淤积越来越严重,河底蹿高,河床猛抬,三盛公的库容正在逐年减少,而库容减少又基本上让枢纽工程失去调水调沙能力,由此而陷入了恶性循环。

这里现在还剩下多少库容？这是我最关心的。回答我的又是一个让我头皮发紧的答案：按库区的设计库容为4亿立方米，现在大部分库容已淤死了，仅余1.4亿立方米。这是精确到了小数点的数字。我立刻进行了一下推算，以这样的速度淤塞下去，过不了多久，我现在看到的一切，都将被厚厚的泥沙掩埋。到那时，人类来这里看到的唯一风景，是沙漠。

当河套平原变成沙漠，下一个又将轮到谁？以沙漠的推进速度，到山东还要多久？

这绝对不是一个假设，三盛公没有假设。从三盛公出发，走不了多远，你就有置身于沙漠的感觉了。

有些地方我总想绕道，但巴彦淖尔的乌梁素海是一个我想要绕开又无法绕开的地方。

巴彦淖尔，蒙古语，意为富饶的湖泊，因境内散布着乌梁素海以及众多的湖泊而得名。世界太大了，有时候会让人忘记想要去的地方。真正到了，也依然茫然。必须站住，必须仔细辨识眼前的事物，这是一个必然要经历的过程，或过渡。

那是我在河套经历的最热的一天，被阳光照亮的每一样东西都像燃着火焰。当干燥的阳光照亮了我最熟悉的杨树林，我确信自己抵达了乌梁素海。这片杨树林显得混乱、糊涂、萎靡不振，但乌梁素海在蒙古语里的意思是明白的，就是杨树林。糊涂的也许是岁月，据说在六百多年前，这里还是一片生长杨树的洼地。杨树是命贱的、生命力又十分顽强的树种，从我的家乡江南，到遥远的新疆、西藏、内蒙古、东北，随处可见开枝散叶的杨树，它们可以不择纬度、不择温度、不择高度地生长，但也有一个最基本的生存底线，那就是湿度。如果没有水，在干旱高温的沙漠里，是长不活一棵杨树的，但可以长出另一种生命力更顽强的植物——红柳。这让乌梁素海又有了另一种意思——生长红柳的湖泊。关于红柳和乌梁素海的关系，又有梦想和民俗可以验证，"烧红柳，吃白面"，就是乌梁素海人梦寐以求的生活，也是这里独具特色的民俗风情。这让乌梁素海的意义突然变得暧昧了，它到底是杨树林，还是红柳湖？一直到现在，还没有一个乌梁素海人告诉我答案，或许它一直处在模棱两可的状态,从来就没有一个正解。又或许,最正确的答案就是你目睹的这一切,这里还能看见稀疏的、萎靡不振的杨树林,但几乎看不见红柳了。在这里疯长的是芦苇和人类。

乌梁素海不是海,也不是杨树林或红柳湖,而是一个在全球荒漠半荒漠地区极为罕见的淡水湖,大小和长江中游的洪湖差不多,是黄河流域最大的淡水湖,为中国八大淡水湖之一。在这样一个极度干旱少雨的地方,还有这样一个大湖,也真是奇迹了。然而,这个湖泊的意义和它在蒙古语中的意思一样,也是暧昧的、模棱两可的,它是湖泊,更像湿地。它又的确是一片世界公认的湿地,2002年,乌梁素海就被国际湿地公约组织正式列入国际重要湿地名录。据说,在地球同一纬度上,乌梁素海是世界上最大的湿地。由于湿地和水域、陆地之间不像湖泊那样有着清晰的边界,人类对湿地的定义一直存在分歧,但至少有一点是没有分歧的,大家都把"湿地"喻为"地球之肾"。

肾,五行属水,为脏腑阴阳之本、生命之源。如果这个定义不是假设,地处黄河流域和河套平原的乌梁素海就是河套之肾,也是河套平原的生命之源。然而,这个河套之肾却患上了严重的肾衰竭,乌梁素海正在持续的干旱中不断干涸、萎缩。在它最终的宿命降临之前,人类终于有了来得太迟的危机感,很多人正在焦虑地查找病因,还有很多人正在奔走呼吁,并且频频使用"抢救""拯救"一类的词语,而这样的词语让人感到一个自然湖泊到了最危急的时刻,最后一刻,人类必须抓住这最后的机会。

若要理解这最后一刻,还得追溯一个自然湖泊最初的诞生。

乌梁素海的诞生,从一开始就是灾难性的。追溯到郦道元的时代,据他在《水经注》中的记载,那时还没有什么乌梁素海,在这里流淌而过的是黄河的一段主流,也就是现在的乌加河。这条流经后套平原北部的河流,在后来的岁月中因流沙侵入和狼山山洪的冲积,河床不断抬高,以致彻底被泥沙淤断,当河水没有了出路,就只能冲出已有河道,最终造成黄河在河套改道。这是水利专家考证的原因。而地质专家考证出了另一个原因:随着地质史上的新构造运动,阴山山脉持续上升,后套平原相对下陷,从而造成黄河改道。尽管原因有别,但结果又是一样的:清道光三十年(1850年),黄河决口改道,由东流而一变为南流。随着河道南移,扬长而去的黄河在乌拉山西部留下了一个河迹湖——乌梁素海。换一种方式说,乌梁素海就是被黄河母亲撇下的一个孩子,一个被遗弃的孤儿。如果不是黄河这次灾难性的决口和改道,也就没有这个乌梁素海,在荒漠或半荒漠地区,也根本没有一个大湖诞生的可能。

鬼使神差,黄河把不可能变成了可能。侥幸的是,这个结果还不错,黄河没让它变成河套人常说的"死河筒",倒是不断向大自然进军的人类,在未来岁月里一步一步地把它逼成了"死河筒"。这是后话。

在诞生之初,乌梁素海只是两个很小的河迹湖,水域面积仅有2平方公里左右。若在我的故乡江南,这根本算不上湖,只是两个小水凼。但在北方人眼里,这就是海子了。这海子一旦诞生,就不断长大,它的成长,又得益于人类在河套平原上兴修水利。清末,河套平原先后修通了长济渠、民生渠等几条大灌渠,这些灌渠引黄灌溉的尾水,先汇入乌加河,又注入乌梁素海。乌梁素海就是被河套灌区的尾水养大的。从单纯的水利意义上看,乌梁素海是后套平原排泄农田退水和洪水的唯一蓄洪区,这也让它成为河套灌区水利系统的一个不可或缺的组成部分,这也是一次黄河决口改道的灾难给人类带来的水利。对江河变幻的结局,尤其是最终的结局,人类还真是难以预测,有些你苦心孤诣修建的水利工程,却给人类带来了遗祸无穷的水害,有时明明是一场大水灾,却在风流水转中变成了天然的水利。乌梁素海接纳了河套地区九成以上的农田排水,这些被人类引来的黄河水,辗转进入乌梁素海之后,经过湿地湖泊生态系统的层层过滤、净化——像过滤血液中的杂质一样过滤着水质之后,又通过王六子壕等与黄河相通的水道再排入黄河,这对黄河水质、水量调控和控制河套地区的盐碱化,有着无可替代、不可或缺的作用。不妨假设一下,没有这样一个自然湖泊,河套平原上的水系和生态系统将变得一片紊乱。又正因为有了这样一个大湖,乌梁素海和黄河之间、河湖与河套之间、自然水系和灌溉水系之间畅通无阻又相互调节,由此形成了这一方水土的新陈代谢和血液循环。

乌梁素海还将在灾难中生长。20世纪30年代,由于乱世之中的黄河堤防无人问津,洪水泛滥,致使后套平原多次被淹,泛滥的洪水推波助澜,让乌梁素海水量猛增。其实,当时乌梁素海周围也有大量垦荒的农人,为了保护自己开垦出来的土地,他们在海子周围也修建起一道道防水堤,但这些矮小的湖堤断断续续,又一直未经统一整修,湖水频繁决口,这些拓荒者只能是"水来人走,水退人回",这倒也是人类与江湖相处的一种很公平的自然法则。在这种自然状态下,海子水域一直在扩张、漫延。到1947年,湖水面积扩展到800平方公里,超过了中国现在的第五大淡水湖——巢湖。到新中国成立初年,乌梁素海更是一度达到了上千平方公里,这应该是乌梁素海也是北方湖泊最鼎盛的时期。但高潮过后,随之而来的便是不断萎缩。当一个上千平方公里的大湖萎缩到今天,这个湖还有多大呢?据2012年8月7日实测,乌梁素海面积仅为六十年前的四分之一,已不足300平方公里。

比数字更直观的还是地图。我带着地图,但不能相信地图,现在的地图越来越精美,也越来越有欺骗性。地图上的乌梁素海像一片蔚蓝的大海,眼前这乌梁素海早已看不到一点大湖的气象,又被芦苇和蒲草分割成大小不一的几个水汊,就像被撕裂了的橘瓣。还有地图上那勾画得无比清晰的湖岸线,随着乌梁素海的大大缩水,事实上早已变成了虚线。很多专家预测,过不了多久,短则十年,长则二十年,乌梁素海就将在地球上消失。不知那时候的地图,又将怎样描绘一个不存在的湖泊!

随着湖岸线忧伤地消退,我只能努力睁大我的眼睛,但还是看不到我渴望的湖水。

芦苇,芦苇,芦苇……这一眼望不到边际的芦苇,以狂欢的方式,在风中搅成一片,几乎把一个大湖遮蔽了。随便走到哪个湖湾里,都能听到哗哗的声音,但这不是水声,而是风吹芦苇的响声。如果说这个北方的大湖还有波浪翻滚的景象,那么已与湖水无关,只有芦苇才有这样巨大的能量。疯长的其实不是别的,是财富。乌梁素海现在是内蒙古最重要的芦苇产地。当芦苇变成了财产,乌梁素海也正在变成遗产。

芦苇喧哗，而湖水死寂。这个大湖是快要干死了。哪怕走进湖中央，脚还踩在泥沙上。这个在自然史上还很年轻的湖泊，已是满脸未老先衰的皱褶。哪怕在这皱褶里看到了一点儿水，这水也浑浊得映照不出人类倒立的身影。不只是干涸与萎缩，一阵风吹过苇丛，你还会闻到某种异样的味道。人类的污染物被大量排入湖中，使湖底沉积的淤泥越来越厚，在这潮湿而闷热的风中，散发出一阵阵腥臭味。这人类难以忍受的一切，却让芦苇、蒲草以及各种水生植物更加疯狂，在水下形成了大面积的草原。

乌梁素海的大面积萎缩，可以追溯到"大跃进"时代，那也是人类对乌梁素海最大规模的一次围垦，被围垦的当然不止一个乌梁素海，这是那时所有中国湖泊的宿命。"大跃进"、人民公社、农业学大寨、以粮为纲，在一轮又一轮的政治运动中，这样的围垦从未消停过。乌梁素海水域面积在1949年达到鼎盛，随后便开始逐渐萎缩，这样的萎缩在"大跃进"后又开始加速。而除了围湖造田，还有另一个原因，新中国成立后，河套灌区年久失修的灌溉系统得到了大规模整修，随着水资源利用率的提高，排入湖内的水量受到限制，致使海子水位日益下降。在人类大办水利的同时，一个自然湖泊只能以惊人的速度萎缩，到1965年时，乌梁素海水域面积已从上千平方公里萎缩到了400多平方公里，差不多缩水三分之二。然而人类并未善罢甘休，他们恨不得把每一寸水域都变成米粮川，到20世纪70年代，环湖四周的水域大多被开垦为农田，湖区面积缩水至200多平方公里。但没有人感到危机，没有任何力量来阻止人类向乌梁素海的步步紧逼。

面对人类的不断挑战，几乎被逼入了绝境的乌梁素海，也会施以疯狂的报复。到了1977年汛期，湖水在忍气吞声多年之后突然开始猛涨，开始咆哮。这一次，无论人类怎么严防死守，都没能阻挡住被逼疯了的湖水，湖水在西北岸堤防上冲撞了数日之后，终于撕开了一道裂口，排山倒海一般，冲向人类开垦的田地、建起来的村庄，而傲慢的人类在势不可当的洪水中终于露出了他们渺小、脆弱、不堪一击的本相，他们就像他们的牲口一样，在翻滚的浊浪中哀号、挣扎，直至消失……

这悲惨而残忍的一幕，让许多侥幸逃生者不堪回首。但我又不能不残酷地说,人类的灾难,有时候对于一个自然湖泊却是幸运的。这一次灾难,让乌梁素海水域面积从岌岌可危的 200 多平方公里一下扩大到了近 300 平方公里,那些被人类开垦为农田的水域,又被乌梁素海重新夺回去一部分。尽管只是一小部分,但也让人类终于对这个自然湖泊保持了一种必要的敬畏。从此,他们很少再向这个大湖伸手了,而乌梁素海的水域面积一直维持在 300 平方公里左右,基本上保持了它作为中国八大淡水湖之一的地位。

当一只白色鸟从芦苇丛中惊飞,我站在一边,感觉自己就像个影子。天空过于浩大,它们的身影很快就变成了一条银白色的虚线,在我的视线中渐渐消失。它们要飞向哪儿呢?当我远眺着一只鸟飞走的那个方向时,落日正在乌梁素海降落。眼看着,那最后的阳光一点一点地没入暗影,我又一次弯下腰,低着头,看着一片死水微澜的湖泊。忽然惊觉,这样的姿势已经接近一种凭吊。但愿,这不是我向一个北方的大湖做最后的告别。

五、欲渡黄河冰塞川

大河套,大得无边无际,我越来越觉得自己是一个盲目的闯入者。我唯一的方向,就是我从源头一直追踪到这里的大河,然而她有时候一下就会消失得无影无踪,忽然又在另一个方向出现。我知道,这条大河在不断地拐弯,这让我的视线也必须变弯,才能跟上一条河流的节奏。然而我忽然发现,她几乎像乌梁素海一样处于凝滞的状态,不再流动了。

这并非我的幻觉,而恰好证明我的意识还非常清醒。我坐在一个土疙瘩上,打开一直随身带着的黄河流域图,这样就可以看得更清楚了。黄河从宁夏的石嘴山市和内蒙古伊克昭盟的拉僧庙入境,从石嘴山至巴彦高勒(磴口县城)的流向,是由西南流向东北。在巴彦高勒至包头市有一边为自西向东,包头市至清水河县的喇嘛湾又变为了由西北流向东南,自喇嘛湾至伊克昭盟准格尔旗马栅的榆树湾出境,则为由北向南。这一段干流全长 840 公里,河宽坡缓,七弯八拐,尤其是从昭君坟至头道拐这一段河道,河道已接近零比降了。难怪黄河在这一带几乎处于凝滞状态。水往低处流,没有比降就没有落差,没有落差就没有冲动。这一带河谷很宽,但黄河的躯体显得特别瘦小、柔弱,这瘦弱的躯体在入冬和开春之际却可以积蓄并迸发出巨大的能量。

我来这里时,时值大暑,正赶上黄河的伏秋大汛,可别说大汛,连小汛也未见。多少年来,黄河早已是一条没有汛期的河流。要说也有,但不是洪汛,而是凌汛,这也是黄河和长江防汛最大的不同,长江防汛主要是防一年一度的伏秋洪汛,而黄河每年则要防两次大汛。更具体地看,黄河一年四汛,凌汛、桃花汛、伏汛、秋汛,如同四季轮回,周而复始。自1946年人民治黄以来,数千年来"三年两决口,百年一改道"的黄河,经历了一个多甲子的岁月,伏秋大汛没有发生过决口,这是骄人的成绩,但也不敢说是岁岁安澜,除了伏秋大汛,黄河还有更凶险莫测的凌汛。人民治黄七十年,伏秋大汛无决口,但在上游宁蒙河段和下游山东河段发生过多次凌汛决口。

春暖花开,原本是大自然最美的季节,然而在黄河宁蒙河段,却是最让人恐惧的季节。这话,听起来很反常,看起来更反常,要真正搞清楚,对于我这样一个水利的门外汉,还真是深邃而复杂。这也是黄河系统的很多水利专家说过的,"凌汛的发生、发展是一个非常复杂的演变过程"。黄河上中游的宁蒙河段和下游的山东河段,都是从低纬度流向高纬度地区,纬度决定温差,温差又决定时间差。每年开春,黄河开河,"二月河开凌解放",气温先从低纬度河段回暖,冰凌下的水一鼓,把冰块鼓开了,当低纬度河段未封冻的或提前冰消雪化的河水流向高纬度河段时,那里还处于封冻状态,上游来水和下游冰冻水狭路相逢,一路发生激烈的碰撞,融冰水加槽蓄水挟带着大量破裂冰块,轰轰烈烈地向下游推进。而冰下则是暗流汹涌的水流,也带着冰块向下游流动,沿途水鼓冰,冰阻水,节节卡冰结坝,形成越来越大的凌洪和冰排——黄河两岸的老乡把凌洪直接叫作冰排。由于冰排的挤压、堵塞,又因过水断面大部分被冰凌堵塞,汹涌而下的河水一下没有了出路,河道里铺天盖地漂满了浮冰,在一两天内就可堆积起长达数公里长的冰坝,致使下游水位猛涨,而涨在最上面的又是极具杀伤力和摧毁性的冰块,那锋利无比的冰块,遇到了树,可以把碗口粗的大树齐崭崭地切掉,遇到了人,就跟切豆腐似的,极易造成漫滩和堤防决口。在同等流量下,凌峰水位比伏汛水位高得多,对凌汛的预测、防守、抢险的难度要大大超过伏秋洪汛,"伏汛好抢,凌汛难防",防不胜防,又猝不及防。在人民治黄的历史上,虽说从未发生过伏秋大汛决口,却已多次发生凌汛决口。对凌汛决口,一般是难以追责的,历史上久有"伏汛好抢,凌汛难防""凌汛决口,河官无罪"之说,这也的确是人力不可抗拒的自然灾害,也足以说明,防凌是比防洪更艰险的任务。

在三伏天炽热的阳光下,我却时不时就想起李白《行路难》中的两句诗,"欲渡黄河冰塞川,将登太行雪满山",这让我穿越千百年岁月,看见了唐代黄河那冰凌堵塞的情景,竟一阵不寒而栗。

对于防洪,我多少有些了解。我出生于长江与洞庭湖交汇处,从小就看见大人防洪抢险,参加工作后,也曾多次参与防洪抢险。但对于凌汛,我是彻头彻尾的门外汉,不懂不能装懂,只能向有关专家请教。为此,我采访了时任黄委防办副主任、高级工程师魏军。这位英俊帅气的河官,1974年出生,是黄委最年轻的部门负责人,但说到黄河防凌,他却似历尽沧桑。他打开电脑,把一个个灾难的现场,一下推到了我这个远离凌汛的江南人的眼前。

这里,我仅以2001年的乌海凌汛决口为例。当年,黄河封河比往年早,又由于河套平原一带气温时有回升,导致部分宁蒙河段在开春之前提前就解冻开河,被冰凌堵塞的黄河水位猛涨。这也验证了专家们的说法,"由于凌汛演变十分复杂,变化非常迅速,灾害也难以预测,难以防御,难以抢护"。12月17日早上九点左右,一场惨重的凌灾发生了。内蒙古乌海市乌兰水头段发生决口,一道大堤被凌洪撕开了近四十米的裂口,洪水席卷着冰块流凌向人间猛泻,而决口处离包兰铁路桥仅有十多公里,一条西北交通大动脉面临严重威胁。灾难发生后,从国家防洪办、黄委派到内蒙古自治区的防汛专家和各级领导纷纷赶到灾区,一边紧急疏散转移灾区群众,一边组织力量堵口抢险。不能不说,我们这个社会在危急时刻拥有强大的动员能力和执行力。大型设备在现场抢护施工,上游青铜峡水电站开始控流,减轻河水下泄流量,为封堵决口创造有利条件。科技与上游水利枢纽在关键时刻发挥了极大作用,乌海决口仅用三天时间就堵住了。接下来就是把灾区的洪水抽干,让灾民早日返回家园。这次凌汛决口,受灾区域50多平方公里,4000多名灾民全都安全撤离,但房屋财产、牲畜、田地全部遭受了灭顶之灾,直接损失数以亿计。如果换了以前,譬如1933年发生在磴口的凌汛决口,不知有多少人葬身于这冰山雪海般的凌汛中。今非昔比,从国家到当地政府都把老百姓的生命放在最高位置,在重大灾难中没有发生重大死伤,这也是黄河凌汛史上前所未有的。

乌海凌汛决口,既非人民治黄历史上的第一次决口,也不是最严重的一次决口,我之所以援引这个案例,正是为了避免某种极端性、特殊性,作为一个具有普遍性的实例,为凌汛防洪抢护寻找一条普遍的、可推广的经验,当然也有必须汲取的教训。这也是很多专家给我举的一个例子。这次凌汛决口说起来有各种各样的原因,自然也可以归咎于天灾,但一个重要的直接原因,就是防洪堤坝的标准不高。这段堤防是在原民堤基础上加高加宽改造而成的,坝体主要由泥沙和盐碱土堆积,一旦遭遇高水位长时间的浸泡,极易出现背河渗水、管涌、流土、滑塌等险情。据当地专家透露,"宁蒙河段早有二级堤防的规划设计,但大部分断面还远远不能达到设计标准"。很多专家都说,乌海决口,对于当下的凌汛形势是"适逢其时的棒喝;它既让宁蒙河段防凌存在的问题得以充分暴露,又为强化新时期流域防洪抗旱一体化管理明晰了着力点"。对于凌汛的严峻性、宁蒙河段防洪工程薄弱、河道排凌不畅的现状,国家防办、黄河防总既正视又高度重视。据黄委防办给我提供的一份材料,国家防办、黄河防总在联合召开的现场会商会上,发出了指向非常明确的警示:"内蒙古包西铁路桥以上河段有可能发生决口等重大险情。"

灾难具有突发性,但宁蒙河段防凌任务是长期的,黄河防总在全流域的防汛减灾中担当着协调、指挥的重任,主要是协调水库管理单位、电力电网部门以及有关军区、相关地方政府齐心协力,共御凌汛。那么,又如何从根本上建立起长效机制,让大河上下岁岁安澜呢?这是我思考的问题,也是我的主题。

魏军再次放大了电脑中那些凌汛图像,给我做了一次深入浅出的讲解,这对我是一次难得的科普。那些专业术语过于深奥,这里,我尽量用通俗易懂的方式予以转述——

宁蒙河段,顾名思义,分为宁夏河段和内蒙古河段,而内蒙古河段地处黄河最北端,更是凌汛的重灾区。当一段极其平缓的黄河遇到寒冷而漫长的冬季(极端最低气温达零下三十四摄氏度),又加之它在内蒙古河段区间的支流较少,寥寥无几的支流又均为雨洪产流的季节河(又称时令河),每年11月份进入冰期,内蒙古河段几乎无水补给,来水绝大部分来自兰州以上。而兰州处于北纬三十六度线左右,而这内蒙古河段则处于北纬四十度线左右,纬度越高温度越低,这就拉开了上下河段的温差。一条河流没有落差,却有这样大的温差,河道特性和水文气象条件决定了流凌、封冻日期溯源而上,而开河日期则是自上而下。据包头三湖河口水文站的实测数据,这一河段的流凌、封冻日期比兰州早一个多月,开河日期却要晚一个月左右。在流凌封冻期,"湿周"(Wetted Perimeter)明显增加。"湿周"是一个科学名词,指过流断面上流体与固体壁面接触的周界线,这是过水断面的重要水力要素之一,湿周越大,水流的阻力和水头损失就越大,由于阻力增大及部分过水断面被冰凌堵塞,必然会使水位不断上涨,又因为部分水量无法流走,自然转化为槽蓄水量储存在河道内。等到第二年3月份春季开河时,上游来水、融冰水加槽蓄水交集在一起,裹挟着大量破裂后的冰块向下游流动,又加之这一段河流没有落差或比降带来的冲击力,在沉重而缓慢的流淌中,沿途水鼓冰,冰阻水,节节卡冰结坝,就像越滚越大的雪球,在一两天内就可堆积起长达数公里长的冰坝。而冰坝则造成了更严重的阻冰壅水,导致下游河段水位猛涨。这并非黄河径流量增加了,而是水被阻挡住了,顶起来了。凌峰流量往往要比伏汛洪水小得多,延续时间也要短,但因过水断面大部分被冰凌堵塞,致使凌峰水位往往比伏汛同等流量的相应水位要高得多,看上去特别恐怖。那巨大的浮冰在河道里横冲直撞,左冲右突,相互碰撞,被撞击的堤坝如同撕心裂肺,摇摇欲坠,又加之冬季天寒地冻,防守困难,凌汛突发性强,抢险难度大,极易造成大堤决口。

这里还是继续转述魏军高工给我的讲述。大致说来,黄河防凌和伏秋防汛一样,主要有工程措施和非工程措施,两者相互结合,而在具体实施的过程中又有区别。

先说工程措施,主要包括堤防工程、分水分凌工程、水库防凌工程、破冰防凌措施。

摆在第一的是堤防工程。一直以来,修筑堤防都是凌汛防御的主要措施,这也是任何工程措施都不可替代的。由于凌汛更具灾难性,防凌难度更大,堤防设计标准也要比防洪设计标准更高。宁蒙河段自青铜峡以下(除石嘴山峡谷外)均为冲积平原河道,在龙羊峡、刘家峡等大型水库相继建成后,从自然河流变为了被水利枢纽调控的河流,随着水量实行统一调度,水量分配发生了根本性变化,由于下泄流量得到控制,原本足以冲刷河床的流量难以出现,输沙失去平衡,导致内蒙古河段河道淤积严重,河床以每年7厘米左右的速度抬升,主槽过洪能力大大降低,中小水漫滩的河段比比皆是。以前,一说到悬河,立马就会想到黄河下游。而如今在黄河上游也形成了典型的地上悬河,这也是我在磴口亲眼所见。而黄河之所以特别复杂难治,基本上都可以归结于悬河的症结。而就单纯的堤防工程而言,随着灾害的风险增加,修筑堤防的标准也要增加,这是一个常识。此外,在沿河两岸的河套里也出现了类似于黄河下游的黄河滩,很多老百姓在防洪堤内围垦造田,修筑了大量的生产堤,致使河道过流能力降低,这既增加了凌汛灾害发生的风险,也给他们的生命财产带来了极大的危险。因此,仅仅靠修筑堤防这一单纯的工程措施,难以防御灾害发生,必须还有别的工程措施。

分水分凌工程也是一个行之有效的措施,这个比较好理解,就是通过沿黄两岸的涵闸分水防凌,减少河槽蓄水量,减少凌洪的威胁,这对开春解冻时的平稳开河很有作用。

水库防凌工程,也发挥着越来越重要的作用,就是通过大河上下的水库联动,调节水量,还可以调节出库水体的水温,这既能改变下游河道的水力条件,还可以改变下游河道的封冻、开河的形势。位于宁蒙河段上游的龙羊峡、刘家峡、青铜峡等一系列水库,其中的一项重任就是承担宁蒙河段的防凌任务,而地处宁蒙河段下游的万家寨水库也有降低下游水位的作用,让阻塞在上游的河水得以加速下泄。这一系列水利枢纽自投入运行以来,直接改变了黄河的流量和水温,宁夏河段不常封冻的河段已延伸100公里左右,境内河道多以流凌出现,多年来,一直是"文开河"。所谓文开河,就是以热力作用为主形成的融冰开河,封冻自上而下逐渐融解,在来水流量不大、水温比较平稳的状态下,冰凌可以随着逐段解冻的河流安全下泄,也就不会出现凌汛灾害;反之,则是灾难性的"武开河",河道在封冻期间,由于上下河段温差较大,冰厚、冰量、冰塞形成了差异,当气温上升,在水量较大的情况下,上游河道先行解冻,而下段河道因纬度偏北,冰凌仍然处于封冻状态,随着上游来水的冲击,冰水齐下,水鼓冰开,大量冰块堵塞在弯曲或狭窄的河道内,形成冰坝,顶托水位,随之而来的便是凌汛灾害。每一次灾难性的凌汛决口,都是"武开河"。

走笔至此,不妨提前交代一下小浪底水利枢纽对黄河下游山东段的防凌作用。内蒙古河段和山东省河段一个在上游,一个在下游,但大河上下的凌汛又是同一个主题、相似的命运,都是黄河凌汛的重灾区。1951年2月,黄河最下游的利津王庄决口,而在同一个地方,四年之后再次发生决口。魏军在电脑上给我展现的那些历史老照片虽说有些阴暗模糊,却依然触目惊心,这都是在人民治黄的历史上发生的决口。而在此前,黄河下游凌汛更是以决口频繁、危害严重、难以防治而闻名。据不完全统计,自光绪九年(1883年)至1936年,半个多世纪里就有二十一年发生过凌汛决口,"五年两决口"。在人民治黄的历史上,尽管战胜了多次严重凌汛,扭转了历史上"五年两决口"的险恶局面,但黄河下游防凌的形势难以得到根本性的扭转。从小浪底开始运转以来,每年凌汛期来临之前,都会制定出周密的防凌预案,密切关注气温和凌情变化,并按照黄河防总调度指令,双管齐下:一方面强化对枢纽原型的观测和库区滑坡体的监测,保证有足够的防凌蓄水库容;另一方面随时采取调控措施,对上游来水采取出入库均衡运用,对下游河道流量进行调节。黄河下游凌汛形势得以从根本上扭转,小浪底水利枢纽起到了关键作用。效果到底怎么样？魏军说出了一个答案,如果把小浪底的运用作为一个历史开端,从小浪底投入运行以来,黄河下游迄今尚未发生大的凌汛险情。那么,是否可以这样说,在小浪底以下,基本解除了凌洪的威胁？魏军微微一笑。而在他微笑的背后,我的思绪又回到了前文关于黑山峡水利枢纽的那个话题,也正是因为水库在防凌中发挥的作用越来越大,黄委才力主黑山峡大柳树水利枢纽早日上马。倘若黑山峡大柳树水利枢纽能够成为黄河上游的一座小浪底,与龙羊峡、刘家峡配合开展调水调沙,制造人造洪峰冲刷下泄泥沙并协调水沙过程,既可以遏制该河段主河槽不断淤积抬升、萎缩的现象,从根本上解决河道泥沙淤积问题,也可以从根本上扭转宁蒙河段尤其是内蒙古河段的防凌形势,那真是功莫大焉。

在四项工程措施中,还有一项就是采用人工爆炸破冰防凌,这也是我们时常在电视里看到的情景。每当凌灾形势严峻,解放军就会调动飞机、榴弹炮、迫击炮,或投掷水雷,对处于高度危险状态的冰凌、冰塞、冰排和冰坝等实施轰炸爆破,像是一场真正的战争。这种破冰法可以迅速打通主流道,降低上游水位。但也不是狂轰滥炸,一般按"窄河道炸,宽河道不炸"的原则。辩证地看,这种炮炸性破冰防凌虽说突显了其独特的优越性,但在操作上也难以把握:一是时机难以掌握,炸早了,遇寒流又重新封冻,等于白炸了,炸晚了,又失去了最好的时机,难以达到预期效果;二是难以绝对排除误炸的风险。

除了上述工程措施,还有非工程措施,这个内容就更广泛了,如建立防凌指挥机构和组织、加强冰情观测、开展气象和冰情预报、建立冰情预警系统等。黄委水文部门成立了宁蒙河段巡测大队,沿河安装了多个卫星遥测观测点,黄河防总还将致力于流域联动机制的完善,不断提高流域防汛一体化管理的水平。同时,黄河防总还将通过宁蒙河段三维地理信息系统、凌情预测预报数学模拟系统的建设,不断提高科技管理水平。

应该说,这些工程措施和非工程措施都初见成效了,黄河凌汛已有多年没有发生决口了,但每年伏秋汛期过后,国家防办、黄河防总的神经依然不敢放松,又马上投入凌汛防洪,尤其是对宁蒙河段进行河道河势查勘。当我同魏军握手告别时,又一次看了看他办公室文件柜后边摆着的一张简易床。这张床从我走进他的办公室第一眼就看见了,一看就知道,每到汛期,无论伏秋大汛还是凌汛,他都要夜以继日地守候在这间防办的办公室里。而柜子里的雨衣、雨靴,已经把我想问的问题做了回答,这是一个随时都要准备奔赴灾难现场的身影……

中篇 | 由远及近的黄河

黄河的命运
迂回与进入
八百里秦川
历史选择了三门峡
绝地上的诞生

第六章　黄河的命运

　　一条由远及近的黄河，从约古宗列盆地流到内蒙古呼和浩特市托克托县河口镇，漫长的上游终于告一段落，至此，万里黄河已流过了一大半行程。

　　按水利部黄河水利委员会的划分，从内蒙古托克托县河口镇到郑州桃花峪为黄河中游。黄河中游有多长呢？一个非常好记的数字：1234公里。这1000多公里的黄河，仅占黄河总长度的五分之一，却给黄河带来了百分之九十以上的泥沙。黄河成为一个巨大的悬念，就是被这些泥沙堆上去的。

　　这就是黄河的命运，从这里开始，黄河才成了一条名副其实的黄河。

——采访手记

一、穿越晋陕大峡谷

　　在一道漫长的大峡谷出现之前，从宁夏南长滩一路流来的黄河宁蒙河段，就要在内蒙古托克托县的头道拐告一段落了，黄河上游也在这里进入了尾声，但这里还不是黄河上中游的分界线，还得继续跟着黄河走一段，到了河口镇，就从上游一步跨进黄河中游了。

　　头道拐位于托克托县中滩乡麻地壕村，这里有两座黄河直接催生的建筑，一座是始建于1970年的麻地壕扬水站，一座是头道拐水文站，麻地壕灌区由此应运而生。而灌区之外还有滩区，在大河上下凡与滩有关的地名一般都有滩区。站在扬水站东边的一道斜坡上,我微微弓着腰,看着眼下这条黄河,又见一大片宽阔的河漫滩,河滩西边是鄂尔多斯台地,东边是一带低矮的黄土山丘。一个人走到这里,又得从黄河那个巨大的"几"字说起,在河套平原呈东西走向的黄河,流到这里,又开始进入一个大转折,从一路东流急转为自北向南流淌,这"几"字的右上角,就是大青山南麓的托克托,这是内蒙古人类发祥地之一,黄河北岸的敕勒川——土默川平原,作为河套平原的一部分,一直延伸到这里的黄河岸边,一条大河的上游行将结束,一个大河套也进入了尾声。敕勒川那"风吹草低见牛羊"的塞外风情已是久远的幻象,而农民们在阳光下晾晒的莜麦、彩米、葵花子、红辣椒就是今天塞上江南的风景。当游牧的草原变为了灌区田园,没有荒凉,只有繁荣,自然也有难以名状的惆怅。而偶尔看见一匹低头吃草的骆驼或一匹拴在绳子上的蒙古马,你也忍不住会多看几眼,仿佛过了这个村,就再也看不着了。

在这里,比扬水站更有名的还是头道拐水文站,这是黄河上中游之间一座承上启下的水文站,也是内蒙古河段凌汛的一座很关键的监测站。关于黄河水文人如何艰苦,我已在上游写了一个专章,这里不再赘述。我更关注的不是这里的水文人,而是水文。对这一段流域最清楚的还是守望在这里的人。在河滩上,我遇上了一个测流的师傅,老张,还是老赵?那像黄河一样浊重的西北口音,在南方人听来,还真有些分不清。这年过半百的汉子,在这里已经干了几十年了,看上去已经是一个沧桑老人了,两鬓斑白,皱纹布满额头,还有一副瘦削的风吹日晒的脸孔。这样一个人,站在空旷的河谷里,一下就突显出了水文人那种特有的孤独之感。我慢慢走过去,指着眼前这条瘦弱不堪的黄河问他:"这水,怎么变得这样小了?是什么时候开始的?"他愣愣地看我一眼,没好气地说:"这水不小了,你还没看见水最小的时候呢!哪像一条大河啊,跟一泡马尿似的。"我笑了笑。我这一笑让他有些诧异,还没等我追问,他就道出了实情:"由于上游一座座水利枢纽层层拦截,过一道峡谷,黄河就被截流一次,黄河水在这里,已变得特别小。"

这是一位直爽的汉子,也是我不愿意透露他姓名的原因。哪怕再浊重的乡音,只要你仔细问,就会搞清楚的。他的直言,进一步验证了我的猜测,黄河水量锐减的原因，除了全球变暖、生态恶化等复杂原因，一个最直接的原因，就是人类修建的一道道拦河大坝，这无疑改变了一条大河的自然规律。有人说黄河上游是自然河流，下游是人工河，这话至少要大打折扣了。如果你还一定要说黄河上游是自然河流，那是捂着眼睛骗自己的鼻子。

从头道拐继续往下走，河流越来越小，顺着河流的方向，一道峡谷渐渐浮现出迷蒙的轮廓。从平原到峡谷是一个渐渐走高的过程，那个界线并不那么清晰。而经历了一次又一次大转折的黄河，已经让我有些晕头转向，黄河变得越来越可疑，我也越来越神经质，到了河口，我的神志忽然又变得清晰了，一个被盛夏的阳光照得无比清晰的河口镇，就是一道清晰的分界线——这也是黄河水利委员会确定的黄河上游和中游的分界线。

一尊躺在浪花之上的黄河母亲塑像，仿佛是从兰州黄河铁桥边走过来的，走到这里又凝固了，在这道分界线上长久地凝望。

凝望这宽阔的河床和平缓的水势，凭经验，我也知道，如果有足够的水，这里应该还是一条黄金水道。如果说黄河真的就是她的身体，这再次现身的黄河母亲，一定会为自己的消瘦而黯然神伤。黄河流到这里，海拔已降到了 1000 米左右，眼前的河床上布满沙洲、岔流，一副山河破碎的悲凉。河口镇的老乡们把这样的河流叫作"破河"。历史上，这一段黄河的河道极不稳定，忽南忽北地摇曳摆动，形成了许多牛轭湖，俗称"死河筒"。每到汛期，洪水漫延为一片浑黄的水泽，而等到汛期一过，黄河又是一条直揪人心的"破河"了。

在河口镇有一句老话，先有河口镇，后有托克托。这是河口人的骄傲。翻检《托克托县志》，也验证了我的猜测，这历史悠久的河口古镇曾是一个商贾云集的水陆码头和边贸重镇，在黄河航运史上曾缔造过漫长的繁华，从内地络绎而来的商船，将塞外草原人们需要的食物、布匹、茶砖运载过来，再将草原上的马匹、牛羊和皮毛源源不断地运回内地。当年走西口，河口也是西口之一。然而，眼前的现实无情地撕破了那在岁月中依稀浮现的幻境。事实上，我已走不进那座河口古镇，它早已被毛乌素沙漠席卷而来的泥沙掩埋，黄河上早已难觅行船的踪影，从前往来船只川流不息的河道，现在变成了辽阔的河滩,又变成了农人辛勤耕耘的沃土,种上了庄稼,墨绿的玉米、金黄的向日葵,这如同油画一般的田园风光,让我一次次脱离了黄河作为河流的现实。

一河分秦晋,而黄河的南北走向,又划分出了河东河西。立足河东山西,这大峡谷可谓晋陕大峡谷;站在陕西,这大峡谷又堪称秦晋大峡谷。尽管人类对这个大峡谷有着不同的命名、各自的定义,但大自然从来不以人类一厢情愿的意志而转移。从自然地理上看,这道大峡谷其实也可谓晋陕蒙大峡谷,它南依山西偏关县,北岸是内蒙古清水河县,西邻鄂尔多斯高原的准格尔旗。这是一个鸡鸣三省之地,也是一个兵家必争之地,古今多少英雄豪杰,在此置关设隘,或作为进攻对方的桥头堡,或作为防御的滩头阵地,而最大的防御工事便是在这里交会的内外长城,若按人类浪漫的形容,"这里是万里黄河与万里长城握手的地方"。但人类最怀念的还是那"秦晋之好"的岁月,唯愿人间化干戈为玉帛,但愿黄河岁岁安澜,那一定就是盛唐那样的太平盛世了。

河口镇与山西省偏关县接壤,黄河也是在这里流入山西境内的。一条长河在头道拐与河口镇区间内完成了一个九十度的大转折,一头扎进了一道"左带吕梁,右襟陕北"的大峡谷,一条大致由西向东流淌的黄河忽然掉头向南,让人感觉有些突如其来。而天地在造化一条大河的同时,仿佛刻意造化了无数的大峡谷。一路上,我已经历了太多的峡谷,但最大的莫过于晋陕大峡谷。这条大峡谷和上游那些峡谷截然不同的,就是没有被别的地形、地势分割,它以连绵不断的方式构成了黄河干流上最漫长的一段连续峡谷,如果把晋陕峡谷与晋蒙峡谷连接在一起,绵延700多公里,1000多公里的黄河中游基本上在这大峡谷里流淌。

峡谷之河,必有枢纽。地处晋陕蒙三省相交之地、山西偏关县的黄河入晋第一镇——万家寨镇,就有一座我在此前一笔带过的万家寨水利枢纽。这是一座国家水利部和山西省、内蒙古自治区三家联手打造的跨世纪水利枢纽工程,其主体工程于1994年年底开工,历经六年打造,2000年全部机组发电,这也标志着一座水利枢纽已大功告成,全面投入运行。这座水利枢纽与别处最大的不同,就是把供水摆在了最突出的位置,其首要任务就要解决晋蒙地区的工农业及生活用水问题。这里是中国严重缺水的地区之一,人畜饮水非常困难。

所谓"严重缺水",又岂止是这一方水土?一条大河上下都在频频告急中喊渴,严峻的水资源危机,就是黄河的命运。遥想那个传说中的盛唐时代,这条大河极有可能正处于激情喷流的鼎盛时期,要不李白怎么会发出这样的惊呼:"巨灵咆哮掰两山,洪波喷流射东海……"在李白眼里,黄河就是咆哮的巨灵,这大峡谷就是那巨灵的神力掰开的。这奇诡的想象其实也蕴含着科学道理。自古以来,这里就是大河上下水势最为凶猛的一段。如果没有一条大河亿万年的洪波喷流、坚韧而执着的冲刷,又怎能掰开这样一道深邃的大峡谷?

与其说是深邃,不如说是深切。一道大峡谷深切于世界上黄土覆盖面积最大的黄土高原,大峡谷的最深处便是黄河河谷。那比大峡谷更伟大的黄土高原,从青海日月山以东到太行山以西,纵贯东西2000余公里,自长城以南至秦岭以北,横亘南北七八百公里。这60多万平方公里的黄土高原,地处中华腹地,而其最核心的区域就是"一河分秦晋"的秦晋高原。这条晋陕大峡谷里的黄河就流淌在中华大地的心脏部位,而这里又是黄土高原水土流失最严重的区域。这里也是黄河支流最密集的地方,黄河最大的两条支流——渭河和汾河,就是在黄河中游加入黄河的。而这些支流又绝大部分流经黄土丘陵沟壑区,它们给黄河带来了四成上下的水量,却给黄河带来百分之九十以上的泥沙,而且是给黄河下游造成严重淤积的粗泥沙的主要来源。

这就是黄河的命运,从这里开始,黄河才成为一条名副其实的黄河。黄河姓黄,黄土高原的黄。一条母亲河,仿佛在黄土高原重新经历了一次分娩,从此继承了黄土高原的姓氏。若没有黄土高原,黄河是没有姓氏的,它的名字就是一个简单的字——河。若没有黄土高原,它的血液里也不会有那么浓烈的黄颜色的染色体。

随着黄土高原海拔由1000米逐渐降至400米以下,黄河的泥沙也越来越多了,河床却在泥沙的淤积下不断抬高。全河多年年均输沙量16亿吨中有9亿吨来源于此区间。而黄河作为一条河情特殊、水少沙多、水沙异源、极其复杂难治的悬河,几乎在这里能找到所有症结。

这也是中华民族的命运。黄河,黄土,黄种人,一个民族的命运就是由黄河与黄土高原决定的。这里是华夏民族、炎黄子孙的发祥地,唯其如此,黄河才能被称为中华民族的母亲河,河东为上古传说中的尧、舜、禹三代古都所在,河西有中华民族的始祖轩辕黄帝陵。从三皇五帝到北宋覆没,上下五千年,这黄河中游一直是中国的心腹之地,也是魂之所系。

英国诗人威廉·布莱克说,在一粒沙上可以看见世界。

世界太大,但此言不虚。这是人类认识世界的方式,更是我们认识黄河的方式,一条浑浊的黄河你也许看不清楚,但在一粒沙上还真是可以看见黄河的命运。黄河是世界级的大河,维系着我们这个世界的生态平衡,若地球上没有黄河,我们的祖国,还有我们这个大中华民族,又将以怎样的方式诞生?世界又将是怎样的格局?问卜黄河,问卜中华,这就是一条大河写在沙上的卜辞。河上下的老百姓说得更形象,"九曲黄河十八弯,一碗河水半碗沙",这一句民谚被黄河两岸的老百姓从古说到今。

那么不妨用科学的方式来检测一番。张晓华是黄河水利科学研究院一位70后的工程师,对水质的监测几乎是他每天都要做的事,仔细得像查验血型。据他的监测数据,目前,从中游进入黄河下游的粗泥沙约占总沙量的两成,但其淤积量却占到总淤积量的一半,又主要淤积在主槽中,对河道行洪极为不利。而这1000多公里的中游河段内,河道淤积与侵蚀河段交互出现,峡谷与宽谷相间,由于夏秋季多暴雨,洪峰流量大,沙源丰富,又有三十多条大小支流汇入黄河,给黄河带来了大量的泥沙,使得黄河成为世界著名的多沙河流,也是黄河变成悬河的最直接原因。

一句话,黄河成为一个巨大的悬念,就是被这些泥沙堆上去的。

谁都盼着有"黄河清,圣人出"的那一日,但中国出了那么多圣主明君,黄河的泥沙非但没有减少,半碗沙反而变成了大半碗。为了控制住黄河的泛滥,治黄成了历代统治者最大的功德,几乎每一个皇帝,哪怕昏聩到了极点,也知道治黄是天下大事,否则这天下顷刻间就会被黄河淹掉一大半。而那些黄河沿岸的"父母官",更是如履薄冰,"黄河决了口,县官活不成"。为了抵挡黄河的洪水,从皇帝到县官,几乎每年都要大规模征发徭役,以人海战术和大量土石方修起千里长堤,如同一座在水上直接筑起来的万里长城。但道高一尺,魔高一丈,堤坝增高一寸,泥沙又淤积一尺,人类的速度总是赶不上河床淤高的速度,黄河也就越来越悬,一旦决口,便是灭顶之灾,这千里平川之地,想找一个躲水的山头也不容易,全靠黄河大堤来挡水。

又想到了一代伟人毛泽东那个未竟的夙愿。不过现在,即便他老人家真的从黄河的源头一直走到黄河的入海口,他可能更看不懂这条黄河是怎么回事了,黄河已经多年没有过洪水了,别说洪水,很多地方连水都很难看见了,在他还活着时黄河就已断流了。而现在人们最渴望的是,"黄河之水天上来,奔流到海不复回",让水在每一条干涸的河道里滔滔地流淌。

事实上,这样的景象已难以看到了,但至少在一个叫壶口的地方,还能看到一个不同凡响的高潮……

二、一个不同凡响的高潮

黄河仿佛要给世界一个不同凡响的高潮,然而那个高潮不会轻易来临。

一路穿行于晋陕大峡谷之中,峡谷也是河谷,一道大峡谷那是名副其实的大,而一条大河深陷于峡谷最深处,几乎看不见黄河在哪儿,但见裸露的河床,如同粗粝的戈壁,寸草不生。河东,河西,两岸皆是如铁矿石一样的深褐色崖壁,岩峰中生长着稀稀拉拉的野草杂树,一枝一叶亦苍劲如铁。这样一道大峡谷,郦道元是不会错过的,他给我们描述了那个时代的晋陕大峡谷:"夹岸崇深,倾崖返捍,巨石临危,若坠复倚。"从北魏到如今,这大峡谷似乎没有太大的变化,一如既往,而变化最大的也许还是这条黄河。

经过一座石桥,桥底下,只有偶尔的阵雨留下的一摊浅显的积水。这河床,也是像崖壁一样的深褐色岩石。没想到,一条泥沙俱下的黄河还有这样一个坚如磐石的底部,这不是比喻,而是真正的磐石。在毒辣的日头下,这灼热的石头踩在脚板心里一阵阵发烫。

荒凉河谷里,有人正拉长声音吆喝:"骑马啊——照相啊——10块钱一张啊!"

扭头一看,但见一匹匹昔日的战马,站在不见流水的河床上,披红挂彩,充当着游客们到此一游的背景和道具。而那些头上绾着白羊肚毛巾、手里操着长杆儿烟袋锅儿、牵马招徕生意的陕北老汉,一看就是乔装打扮,他们也只能以这种表演的方式来挽留一段过往的风景,在大太阳底下苦苦营生。一看见他们走过来,我立马加快了脚步,不是为了躲避这些拉客的马帮,而是急于躲开某种不祥的景象。当一条大河上可以纵马狂奔时,这个世界上已经充满了荒诞不经,一条几乎看不见流水的黄河,似乎跟人类开起了恶劣的玩笑。

在看见那天造地设的壶口之前,先看见人类摆设在路口的一块巨石,如同一个巨大的障碍。这是壶口瀑布的标志石,据说是人类从黄河底下掏出来的。站在这里,我的身体又一次倾斜,而思维是有惯性的。我在想,一直在想,一条黄河,又将以怎样的方式从那举世瞩目的壶口脱口而出?越是能引起你想象的东西,越是不肯轻易示人。再往深处走,那宽敞的河谷随着我越来越快的步伐变得越来越逼仄,最窄处,不到30米,从陕西一眼就能看到山西。这个最窄处,如同壶口,就是壶口!早在《尚书·禹贡》中就已被人类发现了,"盖河漩涡,如一壶然"。谁是第一个发现者?是大禹吗?在上古传说中,凡与水有关的存在,几乎都与大禹治水有关。

不观壶口大瀑布,难识黄河真面目。这样的说辞实在太多,我其实不太相信。

必须走近,走得很近了,才能感觉到干燥的空气里慢慢有了弥漫的水汽,甚至可以清晰地看见被阳光照亮的水分子。越过烟雨迷蒙,下意识地朝高处看,悬崖是峭壁支持下的一种存在,而瀑布天生就是挂在悬崖上的。这是大自然最凶险又最充满激情的结合方式。但我未看见憧憬已久的壶口大瀑布,头顶上的断崖形如锋利的锯齿,只有奇形怪状、犬牙交错的巨石,高悬在悬崖的边缘上,仿佛随时都会滚落下来。这绝非杞人忧天,在河谷里满地都是滚落的坠石，还有一个个被石头砸出来的深坑，像是砸向大地的陨石坑，一种仿佛来自地球之外的巨大撞击力，让我的神经一下就绷紧了，直至颤抖。

天下瀑布，我也见得多了，无不是从那如刀斧猛劈出来的悬崖峭壁上飞流直下，然而一条大河把这个大自然的规律给颠覆了。眼下依然是悬崖峭壁，却绝非高耸于云端，而是深陷于地心，一片河水正在宽阔的河床上缓慢地汇聚。这是一个极其漫长的过程，长达数千里，从这大峡谷两岸的千山万壑中流淌而来的大大小小的支流，还有来自青藏高原、黄土高原的上百条河流，每一滴被黄土渲染过的黄河水，最终都聚集在这里，被挤压进那狭窄的壶口。当河水从壶口涌现，顷刻间，一条大河化为世界上最大的黄色瀑布，直接跌入了一条比峡谷更深的河谷。那河底坚硬的岩石，在激流经久不息的冲刷下，形成一道30～50米宽的深槽，状如长长的壶嘴。这是传说中的"十里龙槽"。

这也许就是壶口瀑布最独特、最出人意料、最具颠覆性的地方。当一条大河在河床上消失，真是庆幸还剩下了这样一条比峡谷更深邃的裂缝。当坠落成为一种力量，我也终于感受到了一条大河的气势。这也许是她最后的底气、最后的力量，黄河上游所有的流量，此刻，几乎都集中在这条水沟里。你不必仰望，只需俯瞰。此时，每个人都弯着腰、低着头，人类已经很难得在一条自然河流面前表现出如此谦卑的姿态，这样才能看见流水与石头的交锋，这是一场无止无休的自然战争，那久经河流冲击的岩石，宛如刀锋划过一般锋利，这也许是一条大河最后的锋芒。亿万年来，黄河就是以这种锋芒毕露的方式，在晋陕大峡谷中打造出了一条神奇而壮丽的百里画廊，那层层叠叠的岩石，像一册册天书，从中，你可窥探到大自然的奥秘，感受到水的力量、风的动力以及寒来暑去、冰消雪化、四季循环的岁月轨迹。这神奇的大峡谷地貌，就是天地间的各种力量共同创造的神奇杰作，是中国最壮美的十大峡谷之一。在大自然打造一条大峡谷的同时，也把黄河变成了一条真正的"黄河"，哪怕从青藏高原流来的最纯净的源泉，也早已被泥沙夺去了明澈，这沙，是一把把粗粝的黄沙，握在手里，不会像水、像沙子一样从指缝间流出来,只会把手心硌得生疼。

　　这是伟力,也是暴力,只有大自然才有如此伟大而残暴的力量,向人类展示出它的暴力美学。大自然必须体现自己的统治权和话语权。它是这个世界不可战胜的王者,它必须维持一个自然王国的秩序。一旦平衡被打破,便是人间巨大的灾难。

　　还有更让我吃惊的一个事实,眼下这黄色的瀑布不是黄色的,在黄褐色的沟壑间,也不见黄色浊浪,在我眼里和镜头里同时呈现的,竟然是清澈泛绿的水流和绽放的雪浪花。这不是我的发现,很多人都发现了,世界上最大的黄色瀑布已经变色,黄河变清了,壶口瀑布变清了!"黄河清,圣人出",这世代的梦幻现在真的变成了现实,难道在我们这个太平盛世,真要出圣人了?

　　恍惚中,我听见了,也只有在这里还能听到:"风在吼,马在叫,黄河在咆哮,黄河在咆哮……"然而这咆哮之声,却如同受伤的战马在长风之中发出的悲怆嘶鸣。如果你不只是来看一个大瀑布,而是为了看清一条大河的真相,只要你沿着壶口瀑布下泄的水流往下走,走不多远就会发现,那峡谷中的水流,再也没有汪洋恣肆的气势,更没有冲天而起的大浪,如同在人类的脚下扭曲、翻滚或挣扎。如果不是眼睁睁地看着,如果不用最夸张的特写镜头来拍摄,真的不敢相信,一个不同凡响的高潮竟然如此短暂,接下来的黄河又渐如一条南方湍急的山涧。忽然觉得,我刚刚拍下的照片,很可能只是一种假象、一个伪证,我把一朵浪花放大成了巨浪。

　　随着水势渐渐减弱,一条黄河流得越来越慢,竟然慢慢变清了。这不正是人类梦寐以求的盛世之景吗?"黄河清,圣人出。"然而,我很快就听到了一个警告:"黄河变清了,必有大灾!"发出警告的是与我一路同行的老马,甘肃省社科院文化研究所所长马步升。这个喝黄河水长大的西北汉子,许多年来,一直在研究黄河的历史文化。他的说法有些危言耸听,却早已被历史验证。历史上,每一次黄河变清,都是因为极度的干旱让上游来水锐减,对泥沙的冲刷减缓。这才是壶口瀑布下游水流明显变清的主要原因,那柔弱而缓慢的河流无力把泥沙带走,只能淤积在河道里。这种淤塞又会在大旱之中带来大洪水,形成旱涝急转的双重灾难。历史上,黄河每一次变清都会引发赤地千里、饿殍遍野的大灾,直至引发农民暴动和改朝换代的血腥战争。所谓"圣人出",出的更多的其实是乱世英雄。老马这一番解释,还真是对历史逻辑的一种另类演绎,乍一听,有点耸人听闻,仔细一想,还真有某种因果关联。而眼下黄河变清,未过多久就被当地气象部门验证是灾难性的,也有黄委专家认为"主要是水库的蓄浑排清"。无论是灾难性的判断,还是后一种结果,黄河的泥沙淤积都是人类的千年之患、当务之急。

当我走得离壶口瀑布愈来愈远,那撼人心魄的咆哮声渐渐化作依稀潺鸣,荒凉河谷间,万籁俱寂,离我最近的一条大河,如同我心,心若止水。忽然想,那震撼了一个民族的黄河大合唱,也许,真的快要成为黄河的绝唱了。

三、咆哮万里触龙门

从壶口瀑布到李白笔下那座"咆哮万里触龙门"的龙门,是一条长约75公里的水路。风有点儿清冷,水也有点儿清冷。一路上经历了十一处险滩、五十多道河湾,险滩未见如何凶险,河湾变成了河漫滩,而那从唐朝传来的咆哮声更是闻所未闻。但见一条越流越小的长河,时而水落石出,也会有一些事物在河谷中浮现,一切仿佛皆在我的预料之中,如那久闻其名的黄河三门:宜川孟门、乡宁石门、韩城龙门。它们的存在,早已无从引起今人的惊奇,仿佛只是传说与历史的旁证,看上去离历史本身也十分遥远。

那从河底突兀而起的两块菱形巨石,便是俗称"九河之蹬"的孟门。当黄河流过巨石,先被一分为二,然后又合二为一。这样一个地方必有传说发生。相传,这两尊巨石原为一座阻塞河道的石山,大禹治水时将石山一劈为二,从此河水畅通无阻,那喧哗而来的流淌声,远在十里之外都能听见。这个传说被郦道元转化为了历史,载入了《水经注》:"孟门,即龙门之上口也,实乃河之巨厄……此石经始禹凿。"无论传说,还是史载,大禹劈开孟门其实与青铜峡的传说如出一辙,青铜峡是大禹挥着利斧劈开的,这里也是。又传说,古时有孟氏子弟被河水从上游冲到了这里,在孟门侥幸得救,从此孟氏子弟感恩戴德,将此门命名为孟门,以感念这绝处逢生之门。孟门与其上游的壶口、下游的龙门并称为"黄河三绝","南接龙门千古气,北牵壶口一丝天",然而,眼下这一座孟门不见喧哗而来的河水,且不说十里之外就能听见流水声,哪怕连脚踩在水上了,也只闻隐隐的呜咽声。黄河三绝,走到哪儿都是绝唱。

呜咽之声,渐行渐远,又渐行渐近,我知道,龙门近了。走向龙门,我感觉我已经不是去看黄河的一处风景,而是在绝望的追问中寻找一个回答。这座龙门,既是晋陕大峡谷的最后通道,也是黄河流出大峡谷的南端出口。此处关隘,东岸为山西境内的龙门山,西岸为陕西梁山,两岸峭壁夹峙,形如一座壁垒森严的门阙。凡大河上下呼之曰"门"之处,必是紧要关头的峡谷。望文生义,一个"峡"字,便是两山夹峙的结构。这峡谷中的河流原有两座礁石(石岛),将河流分作三股,如同其下游的三门峡,而古人把这里称为上三峡,与三门峡遥相呼应。

每到这样的关键时刻,人间就会出现深重的灾难,芸芸众生就会深情地呼唤一个半人半神的治水英雄横空出世,而大禹从来不会忘却自己的使命,哪里需要他,他就会出现在哪里。"大禹神功何处有,壶口南去有龙门",此诗不知为何人所作,虽说过于直接,没有太多的深意,却也把大禹从壶口到龙门一路治水的踪迹交代清楚了。据《尚书·禹贡》载:大禹"导河自积石,至龙门,入于沧海";又据《水经注》载:"龙门为禹所凿,广八十步,岩际镌迹尚存。"龙门,也因此而被称为禹门或禹门口。如果不走到这里,很容易混淆,还误以为是两道门呢。又哪怕身临其境,也难免搞错。在龙门山北还有一道河口,就是大禹的父亲或大禹本人留下的一个错误。那个河口酷似龙门却不是龙门,也就怎么都无法打通。相传,那为大禹之父鲧治水时所凿,但鲧是一个失败的治水者,那个没有打通的河道也就成了一个失败水利工程的标本,被当地老乡称为"错开河"。又一说,那条错开河其实不是鲧所开,而是大禹自己开凿的。我觉得这个传说比大禹所有的传说更有意思,一个如神人般的治水英雄竟然会犯这样一个大错。而大禹和他的父亲不同,鲧因治水失败被打入了上古传说中的四大罪人之列,与欢兜、三苗、共工并称为"四罪",而据《国语·晋语八》载:"昔者鲧违帝命,殛之于羽山,化为黄能(熊)以入于羽渊。"于中透露,鲧被殛,还有一个重要原因就是"违帝命",又到底是违背了尧帝之命,还是因治水失败让尧帝威信扫地、江山动摇呢?鲧治水失败后尧帝以禅让的方式下台,往深里琢磨,这里边还大有深意,治水与治国安邦,在上古传说中就能追溯到两者之间的关系。

大禹就比他父亲幸运多了,当他错开河时,有神灵及时向他发出了警示,这神灵化为一只大鹏鸟,在半天云里冲他大声呼叫:"错开河,错开河,开西不胜往东挪!"别的人听不懂鸟语,但大禹善辨鸟语,他一下听懂了,知道这条河开错了,赶紧命令民夫改向东挪,终归是准确地开向了龙门。龙门,也因此而称之为禹门或禹门口。不过如今峡谷未变,但河已大变,三门中仅有一道中门还有河流,靠陕西的西门骆驼巷早已为泥沙淤积,靠山西的东门在元代时就已被人类堵塞,在那上面建起了一座禹王庙。人类的行为就是如此令人啼笑皆非,大禹好不容易打通了三道门以供黄河之水畅流,人类为了纪念他的功德却又堵死了一道门。——但愿这只是民间传说,我更愿意相信黄委专家的观点,这是河床下切的自然结果。如今,那座禹王庙已荡然无存,但一座大禹的塑像犹在,只是这伫立于无尽岁月中的大禹,已是一个远离了黄河水的治水英雄,一条瘦弱无力的黄河,已经流不到他的足下,让这个治水英雄陷入了孤立无援的境地。

李白一生为黄河抒写了很多壮丽的诗篇,而黄河一经他的笔下,便化为了千古绝唱,如"黄河西来决昆仑,咆吼万里触龙门",我相信,这不只是李白渲染出来的气势,而是龙门本身的磅礴气势。如果说李白诗中的黄河过于浪漫夸张,那么还有近乎写实的古诗:"龙门三激浪,平地一声雷。"我没有查到此诗出处,感觉不像诗,像是民谣民谚,而这也许就是那时候真实的龙门。

龙门三激浪,又称龙门三跌水,每当凌汛开河,春潮猛涨,或伏秋大汛,一条大峡谷内的黄河奔向狭窄的龙门夺路而出,狭窄处的河道水位陡涨,而出口处豁然开朗,水位骤降,河道的宽窄和高低必然形成落差。所谓三激浪或三跌水其实是三层落差形成的。当峡谷中的河水如银瓶乍破水浆迸,在一个急弯中形成第一个落差,猛然撞在峭壁上,形成了第一股狂涛激浪;被峭壁挡回来的水浪又撞到了对岸的巨石上,这是第二股激浪;水浪再次猛回头,顷刻间又与河中一座巨大的礁石相遇,这就是龙门三激浪,而那激流与巨石的撞击之声,轰然如平地惊雷。而这里既是龙门,自然会有一个家喻户晓的传说,鲤鱼跳龙门。据《三秦记》载:"大鱼集龙门下数千,不得上,上者为龙,下者为鱼。"又云:"每岁季春有黄鲤自海及诸川争来赴之,一岁之中,登龙门者不过七十二。初登龙门即有云雨随之,天火自后烧其尾,乃代为龙。"鱼龙变化,在此一跃,虽说是神话,但这里的鱼之多却是真实的。听这里的一个老人说,他小时候,每年三月开河之际,便有成群结队的鲤鱼溯流而上,而它们能否跳过龙门还真是生死一跃,大多数鲤鱼都成了人类的盘中餐,黄河鲤鱼天下有名,又以三月最鲜。

对于鲤鱼,这是一道难以逾越的龙门,对于人类,这里自古以来便是秦晋交通要冲的一个古渡口。有人把龙门称为"华夏文明第一门",从历史人文的角度看这也是言之有理的,肇自上古传说中的轩辕黄帝,中华民族历史上那些人文先祖都是穿过晋陕大峡谷,由龙门进入中原腹地。透过大禹"导河自积石,至龙门,入于沧海"的历史或传说,这里已经离沧海不远了。据古地理专家考证,在大禹时代,过了三门峡不远就是古海洋。而人类无论是溯流而上,还是入于沧海,一道龙门都是难以逾越又必须逾越的天险,这里不知沉没过多少往来的舟船。然而这一道黄河天险,在真正的勇士面前却常常会变成一条捷径。

忽然听见一阵纤夫的号子声。这声音曾贯穿了我的整个童年,那时候我强壮的父亲和十多个纤夫,弯着腰,背着纤,拖着一条沉重的大木船,在狂暴的风浪中一步一步地前行。——那是发生在另一条大河上的事情,此时却在这条北方的河流上产生了回响。或许是童年的记忆过于深刻,那悲壮而又苍凉的号子声,时常在我的耳畔响起。我心里十分清楚,这样的幻听是危险的,这是一种可能早已不存在的声音。然而,现在我又听见了,真真实实地听到了。它把我吸引到了一个方向,一条老船,停在离壶口瀑布不远的黄河岸边。那喊着纤夫号子的是一个老汉,身上落满了尘土,头上扎着一条已成了土黄色的白羊肚子毛巾,脸上淌满了污黑的汗水,哪怕看他一眼,我都感到酷热无比。从他死死地盯着我的眼神看,我立马就知道他现在干的是什么营生,但我还是不由自主地走过去。

这是一条由木板钉起来的破船,它比眼下这条黄河还干,从头到尾都是干枯的裂缝,身上早已嗅不到一条船的水分和气味。这样一条又老又破的木船,船头上还飘扬着一面五星红旗,这个反差实在太大,庄严之中有点滑稽。

我笑了笑,递上一支烟,老汉擦了擦脑门上的汗珠,把烟接了。

这老汉很健谈,一根烟就让他打开了话匣子。听他说,早先,也不是太早,也就四五十年前吧,黄河上下往来船只很多,但都过不了壶口这一关。从上游来的船,先得将货物全部卸下船,换用人担、畜驮,沿着河岸运到下游码头。这船呢,也只有靠人力拉出水面,又在船下铺设一根根圆木,托着空船在河岸上滚动前进,一直拖到壶口下游了,再将船放入水中,装上货物,继续下行。——这是黄河航运史上最奇特的一幕,也是一道不复存在的风景:旱地行船。虽说有一些圆形木杠铺在船下滚动,但为了把一条船拖过壶口,常常需上百个纤夫一起拼命拉纤,最使力的方式就是用膝头抵着地上的石头,一跪一拜地把船往前拽,很多人都深信这样可以感动龙王爷,其实也是为了更好地使劲儿。为了把力气往一处使,每个人都喊着号子,他们只能以这样的号子声来表达他们与河流共同的宿命,那号子喊得又曲折又漫长,我听见了,我眼前的这个老汉正在喊呢!听起来,比他的一生还曲折还漫长。这号子也让我深信不疑,这老汉就是当年的一个纤夫。

如今,一切已恍若隔世,这里有了公路、铁路,又修起了黄河大桥,黄河上下已很少看到一条船了,连往来两岸的渡船也非常稀罕了。就是没有这些公路、铁路和大桥,眼前这一点儿黄河水,也载不起一条船了。黄河,早已失去了航运价值。而眼前这条老船,再也没有人把它拖过壶口了,命定的,它只能永远搁浅在这里,那"旱地行船"的景象,也成了我等游人凭吊的一道风景,绝美的风景。那么,一个当年的老纤夫,每天又守着这样一条破烂不堪的老船干吗呢?不说你也知道,一条船的主人和一匹马的主人以不同的方式干着一样的营生,是为了招徕游客来这里照相留影。我感到这老汉很可怜,这实在是很可怜也很廉价的营生,跟这个老汉和这条老船照一张相十块钱,照了,又感到这一切虚伪得要命。当现实变得虚伪了,历史才会变得很可怜。

然而,只要你一低头,就能看见河岸上被船底的滚木和纤夫们的膝盖擦划出的一条条深痕。在这个老人赤裸的肩膀上,还能看到那被坚硬的纤绳勒出来的印痕,深邃、暗红,这一切又是那么残酷而真实,越是年深月久越是触目惊心。

对于他们,这其实没有什么,这只是他们在另一段岁月里的庸常生活。当你看着这样一个老人,你会在河流那隐忍不言的流逝中渐渐忘怀那大苦大难又大起大伏的一切。

那黄河的咆哮虽说沦为了岁月的回声,但你绝对"不能藐视黄河",这是一代伟人毛泽东早就发出的警示。据毛泽东身边的工作人员回忆,1936年早春,毛泽东率领红军东征,从陕北渡过黄河转战山西,当时,正值黄河凌汛,大河里漂浮着一块块磨盘大的冰块,而被堵塞的河水又急于从这些冰块中脱身,这河水与冰块之间的争持与搏击,发出天崩地裂般的巨响。毛泽东就坐在一条东征的木船上,这条船被冰块和河流裹挟着,拼命挣扎着,颠簸、摇晃、倾斜,头顶上还有寒风呼呼刮过,那些年轻的警卫战士,心都剧烈地跳了起来,一个个僵着身子一声不出,仿佛一开口就是惊天动地的事,又仿佛在等待着什么可怕的事情发生。毛泽东却一身轻松地坐在船上,谈笑风生。他指着那些头上包着白羊肚毛巾、喊着号子的黄河船工说:"看,这就是我们民族的精神!"

看着警卫员们渐渐放松了,他又问:"呃,你们谁敢游黄河?谁游过黄河?"

几个人这下更放松了,有人说给彭总送信时游过,有人说发大水时游过,还有的说在枯水季节游过。

"那太好了!"毛泽东豪迈地把手一挥,"来,我们不用坐船,游过去吧!"
这话,又把几个警卫员吓坏了:"啊?河里还有这么多冰块,怎么能游?"
毛泽东笑了,他好像就等着这句话呢!看着这些一惊一乍的战士,他说出了这样一句名言:"你们可以藐视一切,但是不能藐视黄河。藐视黄河,就是藐视我们这个民族!"

  这话也让我感到了内心的震撼,一条大河和一个民族之间竟有如此深刻的联系。而当我在震撼中走出龙门,蓦然回首,一条大河仿佛突然从心底直奔而来。

第七章　迂回与进入

若要看清黄河的命运,还必须以迂回与进入的方式,深入那些在黄土高原盘桓已久的支流,它们生存在一条大河的生命境域里,维系着黄河的健康生命。

黄河中游接纳了汾河、渭河、洛河等众多支流,但若要揭示黄土高原与黄河的关系,延河堪称一个极具典型性的缩影。这条漫长而短暂的河流,为黄河的一级支流、陕北第二条大河,也是中国革命的一条主流。漫长的是历史,短暂的是河流的长度。

延河发源于陕北榆林市无定河上游的靖边县白于山天赐湾周山,由西北向东南,一路流经志丹、安塞、延安,于延长县南河沟凉水岸附近汇入黄河,地势西北高、东南低,水系结构呈树枝状。其全长虽不到300公里,流域面积不到1万平方公里,但流域内的地势形态涵盖了黄土高原的三种主要类型:上游山大沟深,坡陡谷窄,滩多水急,河床比降大,植被稀少,侵蚀强烈,水土流失严重;中游为峁状丘陵沟壑区,梁窄峁小,河谷宽阔,河流两岸阶地宽广平坦,支流众多,侵蚀不如上游严重;下游为破碎原区,原面窄小,冲沟发育,河流深切基岩,构成谷窄、岸陡、滩多水急的曲流峡谷,两岸悬崖陡壁,又逐渐演变为线形河谷。

解读黄河的这样一条支流,或许能从中寻找到黄土高原、黄河及其众多的支流一些共同的或大同小异的症结,这是我一直苦苦地寻找着的答案。还有一个重要原因,延河流域对水土流失的综合治理,在黄土高原可以作为一种具有普适性的推广模式。

——采访手记

一、传说中的延河

陕北的太阳热烈得让人睁不开眼睛。

对这一方水土我有一种本能的敬畏。一直想来看看,一直又不敢来。

一路走来,从"帝都"咸阳到"红都"延安,从八百里秦川到黄土高原纵深的腹地,沿途经过的许多地方似乎都与水有关,铜川、洛川、延川、甘泉,从这些还未被湮没的古老地名推测,历史上这一带并非干涸缺水之地。这样一片土地,一旦踏足,便是深入,哪怕在最深的沟壑里,也能感觉到黄土高原巨大的轮廓、烈日,以及无边的空旷。而一座如同在空冥世界上隆起的大坟——黄帝陵,为我在苍茫天际下确立了一个来路与归途的坐标。

追溯的开端,也许得从一条河流开始,黄河的一条支流——延河或延水。但许久以来更让我心仪的还是她的另一个芳名——清水河。当我在郦道元的《水经注》中不经意地看到这个名字,我的高度近视的双眼一阵发亮,黄土高原、黄河流域,竟然还有这样一种清澈透亮的历史记忆。一条清凌凌的河流,从长城脚下的天赐湾一路曲曲绵绵地流淌而来,真的如同天赐,连想一想也是奇迹。所有的奇迹都有背景,河流的诞生比人类早,在人类在这里出现之前,这黄土地上的主人还是天生地长的丛林,林莽中有毒蛇出没,有危险的物种繁衍,有野狼的嗥叫。是的,这绝非迷人的风景,却是真正的大自然。那时的延河,就是一条穿过幽深丛林的河流,在绿荫的掩映之下,碧水长流,渐渐流淌出了一座古城池——延安或延州。——这古老的名字最早在《隋书》出现。延河,之所以叫延河,据说是人类寄望于自己赖以生存的这条母亲河能够永远绵延不绝地流淌;而延安,则以"延水平静安宁"而得名。这河名与域名正好构成了丛林与人间的一种共生关系,而历史在很长时间里只是一种多余的存在。

一条河流与一座城池的历史,或许是在1937年1月真正开始的。在那个早已化作了飞雪的早春,中共中央正式进驻延安,而黄河的一条支流,从此成为中国革命的主流。但我来这里,从一开始就无关那段骚动与流血的岁月,我最关注的,还是一条河。1937年的延河到底是什么样子?我想寻找当年的证人。还真是特别幸运,我找到了两位还健在的老红军:一个是九十一岁的薛应德老人,当年毛泽东身边的警卫排战士;一个是九十四岁的田玉山老人,红军东征的老战士。这是两位长寿老人,看上去都很健旺,脑子很清醒,对湮没已久的往事仍然记忆清晰。一说到延河,两位老人那深陷的老眼里立刻焕发出清亮的光泽,那条在岁月中远逝的河流,仿佛又逆着时光缓慢地流过来……

那时的延河不但清亮,水还不小,是一条供百万人畅饮的河流,延安军民喝的是延河水,用的是延河水。当时,边区政府在城东还专门辟有一座小东门,俗称水门,穿过水门,延安军民就可以在延河汲水、洗衣物、饮马、纳凉、散心。一座古老的城池,拥有这样一条水汽充盈的河流,精神气很足,活力十足。借用诗人何其芳的一句话,那一代延安人都过着"紧张的快活的日子",而延河给他们紧张的生活带来了最大的放松和快活,延河两岸,欢声笑语不断,那忘形的笑声时常惊飞了树上的小鸟。延河还是边区军民的天然游泳池,后来又修了个跳水台,这是当时延安著名的体育场所之一。在这里游泳、跳水的不只是年轻人,当年已年过花甲的徐特立老人,也时常顶着一头白发,从这跳台上纵身一跃,凌空飞过,那矫健的身影在后来许多关于延河的回忆文字里反复出现。

延安,延河,宝塔山,在时间和空间里构成了一个信仰与理想的图腾,让无数热血青年闯过一道道封锁线,如同朝圣般来到这里,这些经历过漫长苦旅的人,一个个风尘仆仆,蓬头垢面,嗓子干得冒烟,猛地看见一条被树荫染绿了的延河,他们下意识地就会扑向她,甚至咕咚一声跪下来,一阵酣畅地痛饮,一个个热泪长流,慢慢地,又掬水一点一点地洗尽脸上、身上的风尘。就这样,他们通过一条河,不知不觉就完成了一次接近神性的洗礼,整个人,就像换了一个人,如重生般的感觉。而这条河,从此也成了他们一生的皈依。

这延河边的丛林里还不知散落着多少故事,这也是我无从去一一打捞的,而这两位耄耋老人以共同的记忆,验证了那个时代的集体记忆。

十二年后,当一种新的社会秩序确立起来,延安在中国革命史上写下的非凡一页,也只能像历史一样被翻过去,而一条延河,也从中国革命的主流回归到黄河的一条支流。对于当年投奔而来又奔赴四面八方的那一代人,延河,从此只在他们的嘴里、耳里、想象里、回忆里和心底里缠绵与回响,许多人一生对这条河流都保持着清亮的记忆。也有许多人会偶尔回到这条河边,但延河早已不是他们记忆中的延河了。延河变了,河水变得浑浊了,水面上漂浮着垃圾、死鱼,散发出刺鼻的气味。再后来,河水越来越干涸,一条延河变成了一摊污黑发臭的稀泥。直到某一天,连污泥浊水也没有了,延河断流了。——这就是延河变化的一个大致过程,而一条河流最急遽的变化,就发生在一种新的社会秩序确立起来后的二三十年里。这让很多再次归来的人,都不敢相信眼前的现实,也不敢承认眼前的事实,看着一条河的今生,回溯一条河的前世,人类已有多少无法偿还的情债?

　　大自然的恶性循环,首先在人间发生。当年,那些连胡宗南占领延安后都没有被砍掉的国槐与桑榆,在不到十年时间里就被人们一棵棵砍掉、劈开,填进了那种只有中国人才能发明的土高炉里。接踵而来的又是三年困难时期。饥荒过后,又一轮恶性循环开始了。当饥荒成为笼罩了一个民族的巨大阴影,粮食、吃饭、饭碗,又成为摆在人们面前的头等大事。民以食为天,吃饭的事比天还大,中华民族有一只农业的胃,一切都是为了嘴巴、为了肚子。在中国,粮食不但能填饱人的肚子,还能统治人的脑子。谁都知道,粮食不能从树上长出来,只能从土地里生长出来,为了多打粮食,就必须开垦出更多的土地,而所有不能长出粮食的土地都是荒地,都是人类开荒夺粮的对象。于是,那些饿怕了的人,那些饿殍的子孙,又开始变本加厉地砍树,延河流域,那千百年留下的原始森林、次森林,很快就从陕北大地上消失殆尽,连树蔸也被刨起来做了烧柴,连杂草也被烧掉用作土杂肥。那些开满了山丹丹的山坡上,全部种上了玉米、土豆、南瓜。一座座没有了树木的黄土丘陵和一道道沟壑终于被撕开了,彻头彻尾地暴露在光天化日之下。一阵风吹过,被风卷起的漫天黄尘,从陕北一直飘到北京上空,弥漫为首都沙尘暴的一部分。

天地间有一种力量在酝酿,在黄土高原的云层里酝酿成一次次剧烈的风暴,这最干旱缺水的延河流域,竟然一次又一次成为最不可思议的暴雨中心。而这条看上去瘦弱不堪、时常断流的延河,一下大雨就闹水灾,随之而来的便是山洪暴发、山体滑坡、泥石流等一系列灾难。

发生在1976年的那场洪水,终于又让延安人在巍巍宝塔山下看到了滚滚延河水,同时也看到了延河那震天撼地般的力量。洪水冲毁了半个延安城,一直冲到了宝塔区西北约4公里处的王家坪,这儿是当年中央军委和八路军总司令部所在地,还有毛泽东、朱德等中央领导住过的一排排黄土窑洞。很多经历过那场洪水的人,依然保持着最可怕的记忆,眼看着洪水漫上来,那些连日军飞机轮番轰炸也没有炸毁的窑洞,一眨眼,就像被橡皮轻轻擦掉了。王家坪大桥,当时还是一座竣工不久的钢筋混凝土大桥,洪水竟然把一块几百吨重、有篮球场那样大的桥面掀掉了,又把它冲到了下游好几里远的地方。

我在延安走来走去,这是一座河谷里的城池,延安的大街就这么两条,两条长街,沿着延河狭长的河谷延伸。一些崛起的高楼大厦,几乎是紧贴着崖壁站着。看了这样一座延安城,我也感到恐怖,一旦山洪暴发、山体滑坡,这延安城便首当其冲,腹背受敌。

王家坪,延河右岸,就是全国爱国主义教育基地"一号工程"——延安革命纪念馆,广场上矗立着毛泽东的铜像。一个经历过那场洪水的老馆员说到当年的洪水,一双老眼依然惊骇地睁着,嗓门儿发颤。他踮起脚,指着毛泽东铜像的胸口说,当时,广场全是汹涌的洪水,眼看着,洪水就漫到了铜像的胸部,又哗哗冲进纪念馆,把毛主席当年的坐骑白龙马的标本也冲走了。这匹白色的高头大马,当年毛泽东就是骑着它从江西于都出发走过了两万五千里。路遥知马力,说起来更神奇,1935年10月,一天晚上,毛泽东、周恩来率中央红军抵达一个叫界石铺的地方,人困马乏,正在抓紧时间歇息,拴在马棚里的白龙马突然不停地朝着陕北方向奋蹄嘶鸣。警卫员陈昌奉感觉到有危险,当即叫醒了毛泽东、周恩来等人,连夜翻山撤离界石铺。结果,他们撤离不久,国民党追兵就猛追过来了。共产党人是唯物主义者,然而这又是一个千真万确的事实。毛泽东对白龙马也特别疼爱,时常亲自牵马去延河饮水、溜达,成了延河畔的一道风景。新中国成立后,这匹白龙马养在北京西郊的一个饲养场里,毛泽东还时常去看望,就像看望自己的一个老战友。后来,白龙马年老病故,延安革命纪念馆将它制成标本,虽是标本,但看上去仍是一匹栩栩如生的白龙马。没承想,这匹身经百战、历尽奇险的白龙马,在变成标本后还要遭遇一次浩劫,它被洪水裹挟着一路沉浮,还是一位老师发现了,奋不顾身地跳下水把它救了起来。这位勇敢的老师因此被记了大功,他抢救出来的不是一匹马,而是国家一级文物。

洪水一般也有大小年之分,头年经历过大洪水,第二年就不会发生大洪水了。但延河好像越来越不讲道理,延河的洪水已完全没有规律可言。1977年7月初,黄河流域的延河、北洛河和泾河又发生了"77·7"特大暴雨洪灾,而延河流域又一次成了暴雨中心。这次暴雨山洪,也是延河历史上罕见的特大洪水,据说是千年不遇。那些以战天斗地、改天换地的方式开垦出来的坡耕地,在一场洪水中全都泡了汤,还有六千多处水库、淤地坝、灌溉渠道、河堤、抽水站、水电站被洪水冲毁,被洪水冲走的泥沙高达一亿吨,全部冲进了黄河,一百三十多人在惊涛骇浪中死亡或失踪。许多失踪者,到现在也没有找到尸体,他们很可能埋葬在延河、黄河的泥沙里了,而这被人们称为母亲河的河流,成了更深、更真实的坟墓。

现在已很少有人还记得那些受难者、失踪者的名字了,但有一个名字一直到今天还偶尔会被人们提起——杨步浩老人。

还是那位白发苍苍的老馆员,把我引到了王家坪毛泽东旧居的后山,这里有一座坟茔,坟前立有一块石碑,石碑上就刻着这个人的名字。这是一个陕北农人的名字。说到他,这位老馆员还清楚地记得那老农的模样,个子不高,穿一身黑布衣,头上系个羊肚子白毛巾。这样一个形象在陕北实在太多了,其实就是一个陕北老农的普通形象。这个十来岁就开始给地主家种地的穷小子,在中央红军到达陕北后,分到一个八十垧地的山头。一个赤贫的农人拥有了自己的土地,他的命运也就彻底改变了。对分给自己土地的人,自然有着一种感恩戴德之情。他在自己的土地上勤扒苦做,一心想着的就是怎么多打粮、多交公粮。到了1941年,边区掀起了大生产运动,连毛泽东也有生产任务,也要交公粮。这让一个农民有了自己朴素的想法,他想啊,毛主席每天都要谋划天下大事,咋能让他也去种地交粮呢?他要给毛主席种地。在他的再三请求下,最终得到了边区政府的批准,他种上了毛主席的责任田,成了毛主席的代耕农。每年开镰收割后,他就会赶着毛驴,把碾打好的粮食送到毛泽东的住处杨家岭,为毛主席代交公粮。毛泽东也被一个农民纯朴和真挚的感情感动了,他认下了这个农民兄弟。但到了1961年,杨步浩这个种地能手居然也混不饱自己的肚子了,一家都在忍饥挨饿。在最困难的时候,毛泽东没有忘记他,还托人给他捎来几斤白糖、两瓶酒和两块布料。这让杨步浩燃起了一个强烈念头:进京看望毛主席。在毛主席家里,他一顿饭吃了八个馍馍九碗饭。毛主席看着他,笑着说:"好,能吃就能干!"吃饱喝足了,毛主席又给他削苹果吃。——这些事,都是历史没有记载的细节,但杨步浩讲了一辈子,一直讲到死。如果不是一场大洪水,他也许还会继续讲下去,我这次在延安说不定还会见到他呢。然而,这场洪水是命定要发生的,1977年7月6日凌晨,天还没亮,大水从杨步浩家的窑背上漫过,把他一下惊醒了。那时候,他已是一个七十多岁的老汉,他连声惊叫:"啊,发水了,发大水了!"赶紧带着一家老少逃生,但他刚逃出来,突然看到洪水冲走了很多木材,这可是国家财产啊!他几乎连想也没想,就扑通一声跳下水去抢救木材,要是这老汉能抱上一棵木材也好了,但没有,瞬间这老汉就被一个浪头卷走了,他的尸体被捞起来时两只手依然向前僵硬地伸着,想要抓住什么,但最终两手空空。被洪水席卷而去的还有他的老伴、儿媳和一个孙子,一家四口遇难,也成了那场洪水中最悲惨的记忆。

  杨步浩生前是一个人缘很好的老人,又是为了抢救国家财产而牺牲的,还是一家四口同时遇难,惨哪,太惨了。这让经历过这场灾难的人心头更加惨痛,在为老人送葬时,不知有多少人痛哭失声。然而,延河,从一条母亲河变成这样一条灾难性的河流,谁又为你哭泣?

二、从宝塔山到南泥湾

　　三十几年过去了,哪怕再大的洪水也早已在岁月中变得抽象空洞了,一个老汉最后的壮烈也变成了一段传说,但眼前这一座低矮的坟茔,又让我真切地感到了洪水的恐怖和难言的痛楚。一个逝者可以永久地埋在心底,而灾难却永远无法埋葬。那滔天洪水来势汹汹,转瞬间又扬长而去,如同销声匿迹的凶手,留下的是行凶的现场。然而无论它给人间带来了多少痛苦和多惨重的损失,它都是不负责任的,一切都留给人类来慢慢收拾。一条延河,在陕北大地上已是一道难以弥合的伤口,而在愈合之前新的灾难又出现了,那就是旷日持久的干旱。

　　多少年过去了,陕北人心依然是红的,血依然是红的,一条哺育了中国革命的母亲河,水流干了,血流尽了。干涸、断流,对河流是最残酷的词语,甚至是一种诅咒,现在却在被我反复运用,如同死亡的魔咒。当一条河流没有水流,事实上已经死亡。

　　巍巍宝塔山,滚滚延河水,这曾是悠久而真实的历史记忆,也是一个时代的集体记忆和国家记忆,如今这样的记忆却已沦为空洞的想象。

　　尽管我知道延河干涸已久,但还是迫不及待地奔向她。

　　在河流出现之前,一座山,一座宝塔,几乎是毫无悬念地出现在我的视线里。

　　我感到我的眼睛出了问题。那座高耸的宝塔,作为一个伟大的象征,竟然在我的视线里发生了倾斜。但很快就有人告诉我,不是我的眼睛出了问题,是这座山和这座宝塔出了问题,真的出了问题。巍巍宝塔山,由于近几十年来的严重水土流失,已发生多处山体滑坡,一座40多米高的宝塔,随着山体滑坡,眼下已是一座倾斜了365毫米的斜塔,而且还在继续倾斜。如果没有一种力量来挽救它,过不了多久,也许等不到我下一次来到宝塔山,这座唐朝的宝塔就已经彻底倒塌了。这无处不在的危机,也让延安人充满了危机感。从1998年开始,延安人就在抢救,对这座宝塔直至整个宝塔山采取抢救性保护措施，先后进行了护坡帮畔、平台硬化、散水排水和绿化治理等一系列措施，又搬迁了宝塔山保护区内的居民，这对山体保护起到了一定的作用，但也只是暂时缓解，还有太多的隐患难以一一排除。由于滑坡坡体面积大、治理难度高，塔体和塔基目前已出现部分砖块严重风化残损，塔体木制楼梯磨损严重，人们已经不能登塔俯瞰黄土丘陵沟壑间的延安城了，我们只能在一座古塔的外部不停地转圈。就是让我进去，我也不敢进去，哪怕站在宝塔山上，我几乎也不敢抬头看那座倾斜的宝塔，不敢正视一种可怕的真相。

转过身来，背对古塔，俯瞰山下的延河，眼前的一切如同幻觉。

一座宝塔是真的倾斜了，但一条延河却没有干涸，骄阳之下，波光闪烁，那水还不小呢，河面还挺宽呢，一艘艘游艇往来穿梭。听着游人兴奋的叫喊，我蒙了，这，又是怎么回事？干涸的延河里，怎么突然就有水了？

从宝塔山上下来，夜幕降临了，两岸灯火闪烁，眼前扑朔迷离，一条延河变得更加魅力四射了，那延河映衬下的宝塔显得格外清晰。这让我更加疑惑了，不知道是我眼前出现了幻觉，还是眼前的一切就是一片幻境。

还是一个在河边摆照相摊的汉子告诉了我实情，看他那岁数，五十岁上下。这岁数，该是一个经历过多次洪灾的延安人，也是一个经历过漫长干涸的延安人。听这汉子说，多少年了，从他记事以来，除了山洪暴发偶尔会发大水，延河几乎一直是干涸的。但现在，延河有水了，真的有水了，这水是2011年春天才有的。那么，这水又是从哪儿来的呢？把来龙去脉说得更清楚的还是延安市河道管理处的卫处长，卫玲。眼下这延河水，实际上是延安人对延河数十年综合治理的一个结果。从1991年起，在联合国的资助下，延河综合治理工程启动了。经过二十多年的治理，延安城区延河干流段的防洪标准已由原来不足二十年一遇提高到三十年一遇。这一防洪工程，也被打造成了一道城市景观工程，以宝塔山下的嘉岭桥为核心，在延河上下游主干道上，延安人用橡胶坝围聚了一片水域，就是我眼睁睁地看见的延河水。

真相让我惊叹，这是一片足以用奢华来形容的水域，为了营造这20多万平方米的水域，延安人可是花了血本了，花了近两个亿。这个时代，最奢华的物质就是水,水在这个时代的金贵也可见一斑,现在早已不是用平方公里而是用平方米来计算了。面对这一片流光溢彩的水域,实话实说,这不是真正的延河,这只是一条自然河流被人类虚拟了的命运,一种以虚拟的方式呈现出的水体景观,这水既不能喝,也不能用,只能给人看看、玩玩,但至少有一点是真实的,它让延安人又感受到了久违的潮润清爽的气息。但不管怎样,一座古老的城池里毕竟有了水,有了水,那宝塔、宝塔山也有了一种更具象征意义的映衬。听说,当消失多年的延河水又重新出现在延安人眼前时,他们喜出望外。很多网友在延河水神话般重现的日子里欣喜若狂地发帖:"快来看啊,传说中的滚滚延河水又回来了!"

哦,眼下,这就是传说中的延河水。但这条有水的延河实在太短了,走不了多远,只要你走到王家坪大桥上一看,你就会看到两条截然不同的延河,或,一条分裂的河流。橡胶坝里,是一片波光粼粼的碧水,每一滴水都是真实的。但只要转眼一看,坝外的延河,依然是干涸裸露的河床,只有一缕缕断断续续地流淌着的细流,就像一条条被撕裂开的布条,这才是一条真实的延河。如果没有两道橡胶坝拦着,如果整个延河都是一片碧水,碧水长流,该有多好啊!

同眼前这一小片灿烂的延河水相比,在我看来,延安比这水体景观更真实的风景,还是这满目的青山翠岭。三十年前的那些荒山秃岭,如今几乎看不见了,举目四望,只见漫山遍野的丛林,郁郁葱葱,看上去如同江南的青山碧野,连岩石陡壁上也有绿蔓婆娑。这才是三十年来延安人治理延河流域最伟大的结果,也是延安人在这红色的土地上缔造的绿色传奇。我已不止一次听延安人说:"北京的沙尘暴里现在没有了延安的沙尘,北京来的记者现在想拍摄出一点陕北的沧桑感也拍不到了,只有等到了冬天,当树叶凋零,陕北延安才有那么一点沧桑感。现在谁想看看陕北的最后一点儿沧桑感,得赶紧来啊!过不了多久,这里可能连一座黄土山岭都看不见了。"

这是真的,我一直在睁大眼睛看,连眼睛都绿了,我也分享着延安人置身于这无边绿色之中的自豪与舒心。但一个担心随之而来,眼前这片绿色,会不会也像那用橡胶坝拦起来的延河水一样,只是一种人类营造的幻觉呢?

或许,一走出延安城,就是满目的荒山秃岭。

我就是带着这种心思,从延安城里忐忑不安地走出来的。

从宝塔山的延河奔向延安城东南四五十公里外的南泥湾,一条路,随着黄土高原的山岭沟壑此起彼伏,漫山葱茏的树木在眼前往复翻涌,一条路,几乎一直笼罩在这铺天盖地的绿影之中。

南泥湾是陕甘宁边区的南大门。一看这地名,又让人想到水。这里也是一条河流的源头——汾川河,她与延河一起滋润着这片干旱少雨的黄土地,是维系延安地区的水脉与命脉之一,在延安宜川县注入黄河,那里已经离壶口瀑布不远了。水土,水土,有了水的滋养,才会有肥沃的土地。多年前的南泥湾,也的确是一方水汽充盈、土地肥沃的水土。但到了清朝中叶,这里的回民与汉民在一个暑热难熬的季节,一度为争夺水源而互相残杀。经历了数十年的血水横流,这里又退化到了一种野生或半野生的状态,那曾经被人辛勤耕耘的田园,又变成了一片野草丛生、荆棘遍野、人烟稀少、野兽出没的荒芜之地。南泥湾,变成了烂泥湾。"南泥湾呀烂泥湾,荒山臭水黑泥潭。方圆百里山连山,只见梢林不见天。豺狼黄羊满山窜,一片荒凉少人烟……"这陕北民谣,像哭一般,唱出了无边的悲怆与荒凉,但依然看得出,这片弥漫着死亡气息的土地上,水源十分充足。1940年秋天,皖南事变爆发,国民党加紧了对边区封锁,日军也在实施囚笼政策,延安迎来了八年抗战中最艰辛惨淡的一段岁月,连毛泽东开会做报告也穿着袖口上、膝头上打了大补丁的衣裤。用毛泽东的话说,"时局危机,诚未有如今日之甚者","我们曾经弄到几乎没有衣穿,没有油吃,没有纸,没有菜,战士没有鞋袜,工作人员在冬天没有被盖……我们的困难真是大极了"。面对如此严峻的形势,朱德总司令带人来了一趟南泥湾,在一片荒芜中,这位雇农的儿子一眼就看出,这是一片荒芜的土地,也是一片肥沃的土地,野蒿子居然长到一人多高,能长野蒿子的地方就能长庄稼。回来后,朱老总马上向毛泽东建议,调三五九旅去南泥湾开荒。1941年春天,三五九旅开进南泥湾,这也是人民军队屯兵垦荒的开始,他们用自己的双手和汗水,将荒无人烟的南泥湾变成了"到处是庄稼,遍地是牛羊"的陕北好江南。

如今的南泥湾,已是延安市宝塔区的一个红色旅游景区,三五九旅当年开垦的梯田、稻田、鱼塘,被2012年夏天的阳光照得层次分明。走近拓荒者的群像,仿佛还能听到他们带有热气的呼吸。南泥湾大生产展览馆前,就是一片三面青山环绕的稻田,稻田里刚刚插上了嫩绿的秧苗,水汪汪的一片,看上去不像陕北的土地,如同江南的田野。一个穿着黑马夹、系着白头巾的老人,守护着这片水田,一张老脸看上去比他身上的黑马夹还黑。看得出,这是个很实在、吃苦能干的老汉。我走过去和他搭讪,问他:"怎么这时候才插秧?"老汉张嘴说话时,光看见舌头动,牙都没了。那一口浓重的陕北话,我听不大懂,大概只听懂了一半,这让我的叙述至少有一半是真实的。他的意思是,这里季节晚,每年都是这个季节插秧,一年只种一季稻,每亩田现在能打上千斤稻子。

老汉连声说:"陕北大米饭,好吃,吃着香呢!"

看着老汉连说带比画的样子,我也咧着大嘴傻笑起来。我被他的乐观感染了。

说到现在的农民种水稻,也与我小时候大不同了,现在不光是陕北、东北农民种的是一季稻,很多江南、海南的农民也都种一季稻了。我小时候在生产队插秧,先要在稻田里划上格子,按"农业八字宪法",实行三五寸密植,而现在的农民都是大大咧咧地抛秧、撒秧,有人说这是懒汉种田,其实更有科学道理。地力是有限的,水土的养分也是有限的,一年种上两三季稻子,亩产量虽然高了,但那稻子粗粝得简直没法吃,又没营养,又浪费了大量人力和宝贵的水资源。如果只种一季稻,稻米质量高,产量其实也不低,还可以让土地得以休养生息,尤其是节约了水资源。在中国用水总量中,农业用水占了大头,达到三分之二左右,一个农人少用一滴水,这延河里、地底下,兴许就会多一滴水。春雨贵如油,现在的每一滴水都弥足珍贵。

无意间发现,这老汉不但种稻子,捎带还干着别的营生呢!在稻田的一角,竖着一块"三五九旅南泥湾垦荒遗址留念碑",碑上挂着一把镢头、一支枪,这正是南泥湾战士当年"一把镢头一支枪,生产自给保卫党中央"的真实写照,也是一个值得让你照照相的地方。如果你想跟这老汉合影,或借他的道具使使,这老汉就毫不客气地伸出一只长满了老茧和皱纹的巴掌,10块钱。一个游客甩给了老汉5块钱,老汉不干,追着那游客讨要。一个看上去十分憨厚的农民,这样要钱,让人觉得陕北人不像我们想象的那样纯朴厚道了,又或许,就在他们伸手要钱时,他们也开始富起来了。一个地方想要富起来,首先就是因为有了这样一种致富的观念。现在的南泥湾人,收入的活路也多了,除了旅游收入,更多的收入还来自这地底下的石油,这里到处都是油井。而当人类拥有了更多的收入来源,不再把生存简化为土地,这里的山山岭岭也大多已退耕还林,山林覆盖率已在百分之八十以上。

我用了五六天时间,穿越了一条延河,这些天还接连下了几场雨,如今延安的雨水比原来明显多了。但我深知,延河流域的生态恢复还需要漫长的时间,延河或许还会长时间处于干涸缺水的状态,但只要这片绿色能够被人类长久地守护着,那条从《水经注》中流来的清水河,或许又会成为一条穿过岁月丛林的绿色河流,碧水长流。

三、迂回与进入

一条延河走到了尽头,但延河并非我的终点,我还想深入黄土高原的腹地,去看看其间的真相。

越野车穿行于海拔千米之上的沟壑与山塬之间,在起伏的梁峁和纵横的沟壑间迂回盘旋。陕北人把山谷之间那像脊梁一样延绵的高地叫"梁",把那些顶部浑圆、斜坡较陡的黄土丘陵叫"峁",把我们南方人所说的山冲、山坳叫"沟",还有"塬"。黄土塬,在地貌学上还有一个学名——黄土平台,其实也挺形象,像巨大的桌面一样平坦宽阔,周围为沟谷深切,呈花瓣状。这也是黄土高原上的最高堆积面。黄土高原的大致地貌就是这四种,它们的形成,无一不与水土流失有关。但在我的行经之处看不到水土流失,眼前的一切,依然被一望无际、透迤起伏的绿色覆盖着,这绿色,又衬托在一抹碧蓝的天色里。这里也几乎看不到坡耕地了,连山坡上的农舍也很少看见。看来,对国家的退耕还林政策,这里是严格执行和实施了。

一路上,随时都会遇到那些举着望远镜朝山岭丛林间搜寻的人。他们这是在干吗呢?一打听才知道,这些都是延安各县区的乡镇干部和守林人,现在退耕还林了,连羊也不能上山放了。这些高倍望远镜,可以看到远山上的风吹草动,一旦看见有羊上山,他们就会上山捉羊。一个乡干部苦笑着对我说:"现在当干部,最难搞的就是两个事:一是搞计划生育,捉人;一是保护山林,捉羊。"羊捉到了山下,麻烦跟着就来了,老乡们不见了羊,就知道捉到了乡政府,一呼喝就上来一群人,里三层外三层地堵在乡政府的院门口。现在的农民"大大地狡猾",汉子们站在后面当靠山,出头的多是娘们儿,擤鼻涕抹眼泪,一哭二闹三上吊,非逼得你把捉来的羊放了不可。——这也成了干群之间最大的纠纷,表面上一看,是干群矛盾,往深里一想,其实是人与自然之间的博弈。这让我又多了一番忧虑,当绿色重回山川大地,树木丛林又成为大自然的主人,人类的生存空间也难免受到挤压。想想,这山上既不能种地了,又不能放羊了,老百姓的日子又怎么过呢?

一个疑问接着一个疑问,不知不觉就到了黄土高原腹地、清涧河上游的子长县,原名安定县,这里是陕北红军和苏区的创始人之一谢子长烈士的故乡,在他牺牲后,于1942年5月1日经陕甘宁边区政府批准改为子长县,沿用至今。县城瓦窑堡,一度是中共中央机关所在地。尽管处于黄土高原腹地,但县境内有延河、清涧河、无定河三大水系,然而这三大水系和延河一样,长久以来处在干涸、半干涸的状态,这也让我感觉到了陕北大地无处不在的水荒、水危机。退耕还林,对化解水危机是治本之策。一个来自官方的数据:延安十三县区计划退出九百多万亩坡耕地,占实有总耕地面积的三分之二,其中子长县就要退出一百六十多万亩。在退耕还林之后,子长县的基本农田已所剩无几,人均只有一亩多了,这剩下的一点土地,又怎么能保证老百姓的口粮呢?这让我的忧虑更加强烈了,如果一味以强制的方式退耕还林,就是暂时退出来了,也不一定能够守得住啊。

我找到了县委书记兰孟偃,一个儒雅而又沉稳的中年汉子。我毫不掩饰地说出了我的担心,但他对我那一脑门子的疑问,似乎并不急于回答,而是先要带我们去一个地方看看。又上路了,一条七弯八拐的路。眼看着一条路快要走到尽头了,转过一道山岔,又见一段路,但绝对没有柳暗花明的感觉。眼前这条土路,一看就是刚修的,黄色尘埃不断地飘浮,又不断地沉落,如同我此刻的心情。我感觉,很快就要看到兰孟偃想要让我看到的东西了。

下了车,兰孟偃先把我们带到一幅放大了的老照片前,那是一条沟,西山沟,沟里有一个只有百来户四百多人口的小山村,被围困在一片黄土山岭中,那倾斜的山坡,几乎都被开垦成了坡耕地,只有很少的几棵树,孤苦伶仃,看上去就像战争年代的消息树。我的目光,掠过一排排裸露在黄土坡上的窑洞,在这老照片的每一个旮旯里搜寻。我在寻找这里人赖以生存的水源,找了很久,才在一条山坳里找到了一点白亮的痕迹,像是一小摊积水,又像是一小片没有化尽的积雪。到底是什么呢?

兰孟偃说:"这就是西山沟村唯一的水源,一条很小的水沟。"

看了这地形、地势和一条隐约可见的小水沟,不用说,一看就知道,这是一个极度干旱缺水的地方,而一旦山洪暴发,那山洪又会毫无遮拦地裹挟着松散脆弱的黄土坡直奔而下,这窑洞,这耕地,顷刻间就将化为黄河泥沙的一部分。人类如果不从这山坡上退出来,即便是最顽强的生命,也只能以极脆弱的方式生存,说不定什么时候,一场泥石流就将这个小山村活埋了。如今,西山沟人用三十年的时间,把这些黄乎乎的山坡和山岭变成了绿沉沉的山林,但绿色也是沉重的。这些山林可以养护一方水土,却无法养命。西山沟村现只有基本口粮田三百多亩,人均还不到一亩。而这长了嘴的人张口就是要吃饭的,又让他们到哪里去找养命的土地呢?

兰孟偃凌厉地把手一挥,造!

顺着他手指的方向,一道夯土大坝筑在两山之间,十几台推土机正在加紧施工。这又是个什么工程呢?开始,我还以为这里在修建一个大型水库,走近了,才发现,这显然不是修水库,推土机正往那巨大的土坑里推土,一座山岭已经推掉了一半,一个大土坑也差不多填了一半。下车后,兰孟偃带着我们走上大坝,他这才不紧不慢又踌躇满志地说出了我一直想得到的答案,他们这是在治沟造地。他不说,我也清楚地看见了,这大坝上就竖着一道施工的标牌:西山沟治沟造地工程。眼下,这工程还在加紧施工,但已能大致看出一些眉目,这治沟造地,就是先在两山之间筑起一道大坝,把周边一些水土流失严重、不适合绿化的山岭丘陵推得基本上与大坝齐平,这铲平的山土被推进了两山之间的沟道里,这样就能造出一大片像小平原一样的田地了。

听了兰孟偃的一番讲解,我多少有些明白了。这治沟造地其实也并非今人的发明,而是陕北黄土高原的老传统。早在清嘉庆年间,这里的老乡们就有打坝淤地的做法,先在沟掌口打一道土坝,然后就等着山洪暴发、山体滑坡、泥石流等自然灾害发生。治沟淤地,说穿了就是把山洪暴发、泥石流等自然灾害因势利导,变害为利,这是陕北农民的智慧,也是适者生存的自然选择。当滑坡的黄土淤泥填满了坝里面的沟壑,就是一块平整的沟坝地,也就是坝田,被誉为陕北的粮囤子。那时候,谁家能有一亩坝田,胜过十亩坡耕地,这也就是陕北老乡说的实在话:"宁种一亩沟,不种十亩坡。"

既然治沟造地有这样好的效果,那就该大力推广啊。以子长县为例,从20世纪50年代开始治沟造地,但造出来的坝田和那个时代留下的许多农田水利工程一样,一来由于当年机械设备落后,原来的坝、渠等工程标准低,二来很多都是在狂热的"大跃进"中以大寨的方式上马的,头脑一发热就风风火火干了起来,很多工程土法上马,缺少缜密的科学论证和全面综合的设计,尤其是很少从生态环保上考虑,顾上了治沟,顾不上治坡。老百姓是很有智慧的,如果不是被逼到了山穷水尽的地步,一般也不会到那水土流失严重的黄土山坡上去开荒种地。但在"大跃进"、农业学大寨和以粮为纲的时代,陕北黄土高原在相当长的时间里陷入了不顾一切地战天斗地和改天换地的运动式开垦,把山坡上的山林也作为荒地给开垦出来了。那些治沟造地工程既没有植被的保护,又加之工程质量不过硬,这些坝田的水毁和盐碱化越来越严重。如今,当年修建的淤地坝七成以上都已无法正常利用。这也应了陕北老乡的那句话,"治沟先治坡,光治沟不治坡,到头来还是个烂窝窝"。

"治沟先治坡",让我很自然就想到了有人给我说的一句话,"治黄先治黄",乍一听,像是绕口令,听了内行人的解释,我方才明白,前一个"黄"是黄河,后一个"黄"指黄土高原。而这两个"黄"字之间,就是水土流失所产生的黄土泥沙,而泥沙一旦进入河流就不能随便拦,拦住容易,弄出来就难了。那这些泥沙怎么办呢?你不拦,它就会被河流带入下游河道,这是黄河成为悬河的根本原因,也是数千年来一直令人伤脑筋的问题。1964年12月,周恩来总理主持召开了一次全国治黄工作会议。时任长江水利委员会主任、被毛泽东称为"长江王"的水利专家林一山,曾系统地提出了一种全新的治黄大思路。他认为,黄河不同于一般河流,治黄之关键,就是要在三门峡以上吃光喝净黄河的水沙资源,使潼关或三门峡断面的来沙量降至1.6亿吨以下。而当年,由于三门峡给其上游尤其是渭河流域造成严重泥沙淤积,黄河在潼关断面来沙量有30多亿吨,几乎是潼关多年平均来沙量的2倍。要把30多亿吨来沙量降到这么低的水准,除了林一山本人,还有谁敢相信呢?

追溯历史,必须尊重历史。历史是最公正的裁判,真理也往往掌握在少数人手里。

若按林一山的理论推理,可以简单归纳为"三化":一是建淤地坝——沟壑川台化;二是修水平梯田、水平沟——丘坡梯地化;三是植被林草化。"三化"归一,土不下山,水不出沟,如此一来,就地吃光喝净黄土高原的水沙资源。而西山沟的惨痛教训证明,"三化"缺一不可,必须"三化"归一,综合治理,才有可能达到林一山预期的效果。

从1997年开始,一场在全国范围内前所未有的大规模生态治理拉开了序幕,在不到十年的时间里,全国累计退耕面积约3亿亩,而黄土高原约占到一半,有专家声称这在"人类治黄史上是一个历史性的大事件"。那么,效果又如何呢?

这里不妨比较一下:1997年至1999年,黄河潼关来沙量年均5.7亿吨,而在2000年后的七年里,黄河泥沙明显减少。2003年发生的一场"华西秋雨",为黄河流域近二十年来未曾有过的强降雨,黄河中下游干流及主要支流渭河、洛河、伊河、沁河、大汶河相继发生十七次洪水,渭河出现了首尾相连的六次洪水过程,其他支流的来水量、洪水位也达到或接近有实测记录以来的最大值,致使潼关来沙量剧增,但也仅仅超过了 5 亿吨,而据历史水文数据,在 1920 年至 1997 年的七八十年间,只有四年的来沙量是在四五亿吨,其他年份均在 5 亿吨以上,最高年份曾高达近 40 亿吨(39.2 亿吨)。这至少可以验证,哪怕在非常年代,潼关的来沙量也处于正常状态。而从 2000 年到 2007 年的正常年景里,潼关来沙量有七年保持在 1.3 亿吨至 3.5 亿吨之间,这在黄河有水文记录以来是绝无仅有的。最低的一年,比林一山半个世纪前的预言还要低 3000 万吨。潼关来沙量锐减的背后,是黄土高原水土流失量的大大减少。有人乐观地预计,到 2020 年时,黄土高原上还将建成十六万多座淤地坝,加上原有的,合计三十万座左右,基本覆盖了黄土高原约 16 万平方公里的多沙粗沙区域,而到那时黄土高原的林草覆盖率也将达到百分之六十,这将使入黄泥沙再下降两个大台阶,"从近十年的年均 4 亿吨左右降至 1 亿吨左右,且具有可持续性"。诚然,一些水利专家对此并不乐观,认为还有待持续观察,深入研究。若这一伟大的黄河梦能够梦想成真,就是林一山预言的兑现之时,黄河作为悬河的一个灾难性的根本症结——泥沙淤积问题就基本上化解了,人类数千年治黄的大困局也将全盘皆活。对此我不敢做出妄断,但可以借用一位专家的说法,"这是一种黄土高原—黄河系统的全局性变化、质的变化,黄河将由此涅槃重生"。

林一山先生虽说看不到自己预言实现的那一天,他于 2007 年辞世,但也有一种初见成效的欣慰了。更遗憾的还是王化云先生,他在 1992 年就已与世长辞。

回到子长县西山沟,如今,这里人再也不会干那种"光治沟不治坡"的傻事了。治沟造地,既要充分利用陕北黄土高原独特的地形地貌,更要遵从自然规律。自 1997 年以来,子长县将"田、坝、路、林、渠道、排水、产业"相结合,把治沟造地既作为黄土高原生态环境建设、水土流失治理的一项生态工程,也作为一项造福一方的惠民工程。现在治沟造地的条件比以前好多了,有了大型施工设备,就像眼下这个西沟村治沟造地工程,不但可增加七百多亩良田,这造出来的坝田,还可以集中连片开发,机械化耕种。

对于退耕还林、治沟造地,陕北农民说得更形象:"树上山,粮下川。"

一个地方,只要老百姓不愁没有饭吃,基本生存就有了保障,生存有了保障,生态才能保护。在退耕还林的同时,延安人一直把淤地坝建设作为黄土高原水土保持的一项重大工程措施来抓,这里的水利部门,不叫水利局,也不叫水务局,而是叫水土保持局。水土保持,是这里人最重要的使命和责任。而筑坝淤塞沟床,有效地改善了沟道地形,每一次山洪暴发,就是通过这些沟沟壑壑冲刷下来的,水土流失,也是从这些沟沟壑壑里流走的。

子长县是延安市推进生态治沟造地工程试点的三个县区之一,一个子长县,就有四万多条黄土沟壑,通过对西山沟这样的一条条小流域进行治理,全县的水土流失基本上就控制住了。在治沟造地中,他们又特别注意淤地坝与林草、农田、道路、前期水面利用和乡村建设等综合治理措施相配套,按照整流域推进、集中连片开发、统一规划、一次治理的原则,采用沟道治理、盐碱地改造和旧村庄整治等多种形式,着力解决过去淤地坝建设"小、多、成群无骨干"等问题,建成一系列具有拦泥、生产、防洪和改善生态环境多重功能的重点坝系。——我越听越兴奋,这是一个相当诱人的前景,如果能够变成现实,人类从坡耕地上退出来的口粮田,有增无减,而且比原来的更好。而在治沟造地的同时,还打通了一条条乡村公路和机耕道,原来的许多断头路,现在都一直修到了村民的家门口、田垄边。这是事实,我们乘坐的汽车就一路畅通无阻地开到了这片坝田边上。这便利了交通,也为陕北农业实现机械化、现代化打下了坚实基础。

用兰孟偃的话说:"我们要再造一个现代化的陕北南泥湾!"

但我是一个怀疑主义者,尤其对人类设计的一切过于美妙的前景,我总是持怀疑的态度。我几乎是以质问的口气,说出了我的另一个担心:"这样大规模的推山填沟,会不会破坏原来的水系?是否会影响自然生态?如果没有水,这些人造小平原会不会变成人造沙漠?"

"不会。"兰孟偃说,"造地先治沟,治沟重在水,治沟造地,第一个就是要考虑排洪渠是否行洪顺利,有没有水漫新地的危险,二要考虑生态护坡是否牢固,有没有滑坡堵渠的可能。这些,正是生态型治沟造地工程施工的关键标准要求。"

他说这话时,我看见十几个农民正在大坝一侧的斜坡上栽树苗。天气晴朗干燥,一根根小树苗像插在土里的小棍子。还是老习惯,听了干部怎么说,还想听听这些老百姓的说法。走向那群被太阳晒得黝黑的农人,问一个低头栽树苗的汉子:"老乡,这是什么树呢?栽得活吗?"

那汉子在刺眼的阳光下眯缝着眼睛瞟了我一眼,那神态甚至有点轻蔑,好像是在嘲讽,你这个人,怎么连这么常见的树也不认得呢?他告诉了我,这树苗是紫槐。

紫槐,我认得,只是不认得这小树苗。就在这旁边的一座山岭上,就长满了紫槐树,长得枝繁叶茂,绿荫如盖,黄白色的槐花,开得正盛,香气扑鼻。紫槐树耐寒,喜光,不耐阴湿而抗旱,对土壤要求不高,哪怕在石灰岩和盐碱地上也能顽强地生长,尤其是在这种深厚、排水良好的沙质土壤上生长得特别蓬勃旺盛,历来都是防风固沙的好树种。看着这一棵棵小树苗,想到它们过不了多久就会长成一棵棵大槐树,用茂密的枝叶遮护着这一道黄土坝,我忽然想到那个"南柯一梦"的典故。那个白日做梦的人,就是靠着一棵大槐树,梦见自己在大槐安国做了二十年南柯太守,醒来才发现他这大槐安国原是槐树下面的一个蚂蚁洞。但愿,我看到的、想象的这一切,不会成为南柯一梦吧。

在怀疑的驱使下,我又问了这些农民一个问题,一个愚蠢的问题:"这些坝田到底好不好?同你们原来的坡耕地相比,你们是情愿种坡耕地,还是坝田?"

还没等那男人吭声,一个抱着树苗的女人开口了:"有这么好的田地,谁还愿意上山种地啊!"

言谈中,对这女人家里的情况我大致明白了,她家六口人,原来有七亩坡耕地,种的是玉米,按退耕还林的要求,得新地,退坡地。今年年初,她家新分到了已造好的七亩坝田,原来的坡地已经全部退耕了,栽上紫槐和沙棘了。而现在的坝田又有多少收入呢?女人给我算了一笔账,这地里现在还是种玉米,但产量比坡地高了一半了,土地平展了,又不担心水土流失了,还可以套种洋芋和绿豆。她扳着指头一笔一笔地算下来,每亩坝田至少有

3000块钱的收成。对这个收成,我没什么感觉,但这个农妇的感觉非常强烈,她说,原来一亩地,一年到头整来整去,也整不到四五百块钱,现在这每亩地的收成,可是翻了五六倍呢。

这女人越说越来劲了,她现在又在算,等这片坝田造好了,她家又该多分几亩了。

看着一个陕北农妇那由衷的笑容,我的心情也像脚下的大地一样舒展了。

西山沟,只是一条名不见经传的小山沟,由此延伸开去的却是大自然的鸿篇巨制,陕北大地,黄土高原。不说偌大的黄土高原,只从西山沟扩展到整个延安,延安市共一区十二县,总面积超过台湾,相当于两三个以色列,而延安的总人口到现在也不过两百来万,约为中国台湾的十分之一,还不到以色列的三分之一。这样简单的类比其实并不简单,无论是幅员的辽阔,还是自然资源的丰富,以及人类占有水土资源的绝对平均数,人类在这片土地上都还有极大的生存空间。哪怕把百分之九十左右的大地归还给大自然,延安人也不缺少生存空间。问题是,你得把这片土地治理得像模像样,而治理的最大难度,还是这里"沟壑纵横,地形破碎,干旱和洪涝灾害频繁发生"的自然环境。这一方水土若是治好了,也为黄河流域的治理立了大功,这里是黄河流域水土流失最为严重的地区之一,平均每年就有两三亿吨泥沙输入黄河。如果没有这两三亿吨泥沙输入黄河,黄河就算每年借两三亿立方米的水给延安,也值啊!

黄土高原,这是我曾经误解过的大地,我不止一次用贫瘠来形容它,现在我多少懂得了,这样的土地绝不贫瘠,而是一片神奇而深厚的大地。只有这样的高原大地,才能承载起一个伟大民族的繁衍生息。

第八章　八百里秦川

八百里秦川,又称关中平原或渭河平原,南倚秦岭,北界北山,西起宝鸡峡,东至潼关,准确地说,这是秦岭北麓的渭河冲积平原。自古以来,这里风调雨顺、土地肥沃、农业发达,被喻为"陕西的白菜心"。想想那鲜嫩水灵的感觉,在粗犷的大西北哪儿还能找到这样一个好地方?然而话里透出来的,似乎又还有其柔软脆弱的一面。

——采访手记

一、山河表里潼关路

黄河从晋蒙陕大峡谷一路南下,走出龙门才发现,这里其实也是黄河中游的一道天然分水岭。这是一种似曾相识之感,恍若从青铜峡进入河套平原,眼前一下变得豁然开朗。

从龙门——禹门口至陕西潼关、河南三门峡,这段 130 多公里的黄河两岸为渭北及晋南黄土台塬,沿途陆续接纳了汾河、洛河、泾河、渭河等中游主要支流。而这些泥沙俱下的支流,每年给黄河带来 5 亿多吨泥沙,这是黄河泥沙的又一个主要来源。

小北干流有"黄河小下游"之称,其河道特征和流势变化自然与黄河下游相似,是一段宽、浅、乱型河道,"三十年河东,三十年河西",据说就是源出于此的一句俗话,以此形容这段河道处于大游荡、大摆动的状态。而这种宽、浅、乱型河道与大河套的宁蒙河段以及黄河下游一样,也会出现大大小小的黄河滩,这是所有冲积平原河段必然出现的现象。这些具有灾难性的又特别肥沃的滩地,为晋陕两岸农民争相开垦,从明朝末年一直延续至今,是小北干流治理上的一个难以根治的历史遗留问题。人间的纠纷,往往比自然河流更为错综复杂。而最复杂的又莫过于紧接小北干流而来的潼关和三门峡,一进入这危险而复杂的大峡谷,我就开始紧张地喘息。

喘息未定,一座蓦地出现的关山,一下挡住了黄河的去路。一条自北而南的黄河在自己发出的嘶吼声中掉头东转,又是一个九十度的大转折。就在这一转折处,耸峙着一道天造地设的险关。"重关踞天险,三辅重神京。绣岭遥尊岳,黄河曲抱城。"这座被古人反复渲染过的重关,就是关中的东大门——潼关。郦道元在《水经注》中如是诠释:"河在关内南流潼激关山,因谓之潼关。"这一座重关,南踞秦岭屏障,北临黄河天堑,雄踞于陕、晋、豫三省要冲之地,与古老的函谷关遥相呼应,却远比函谷关更为惊险。潼关的险要,清人吴禄贞以诗歌的方式一下就交代清楚了:"走马潼关四扇开,黄河万里逼城来。西连太华成天险,东望中原有劫灰。"

一句"黄河万里逼城来",写得特别有气势,这气势是属于黄河的。

随着潼关与黄河中游下段峡谷——豫西大峡谷的出现,河谷骤然缩紧,形成一道紧张的天然卡口,小北干流至此告一段落,接下来出现的就将是豫西峡谷之三门峡了。河流一旦进入峡谷,一条被挤压在逼仄峡谷里的长河,顷刻间就会兴风作浪,高潮迭起,奔腾的激流和翻涌的巨浪在峡谷的岩石上冲刷、碰撞,气势逼人。只是那条咄咄逼人的黄河,如今已大减当年的气势。但若论及黄河治理,潼关依然是一个谁也绕不过去的难关。潼关一带河床的高低与黄河小北干流、渭河下游河道的冲淤变化有着密切的关系。而所谓"潼关高程",则是黄河上游水情安全的一个关键指标。这么说吧,这个指标是指黄河流经陕西潼关时每秒1000立方米流量时的水位。水涨船高是谁都明白的道理,水与泥沙的关系也可以同理推论。泥沙淤积得越严重,潼关高程越高,潼关上游尤其是黄河最大支流渭河的水情也就越危险。"潼关高程"也是中国现当代治黄史上一个使用频率非常高的水文术语,尤其在人类修建三门峡工程之后,"黄河万里逼城来"变成了另一种方式,咄咄逼人的不是黄河水,而是三门峡至潼关一带不断淤积的泥沙和抬升的河床。在我接下来的叙述中,潼关或潼关高程,也将反复出现,想绕也绕不过去。

不用说,这样一座天险重关,自古以来又是兵家必争之地。但在东汉以前这里还没设关城,第一个在这里设立关防的是曹操。这是有确凿史载的,曹操于建安元年(196年)始设潼关。大人物干事大多异常决绝,曹操一不做二不休,又把老子骑青牛出关的那座函谷关给废了。自此往后,潼关就成了出入关中的唯一通道,无论东进中原,还是西出关中秦川,抑或远赴西域,除了这座重关你便无路可走。"关门扼九州,飞鸟不能逾",别说长着两条腿的人,就是长了翅膀的鸟也休想从这里飞过去,这一道关卡的森严险要可想而知。

在一代枭雄逆光的背影之后,历朝历代不断加固重修,严防死守。一座潼关一直占据着晋、豫、陕三省的交点,在中华十大名关中雄踞第二。但现在,这道重关已是形同虚设,它在我的视线里已经不复存在。潼关被毁,是离我们很近的一段历史。抗战时期,日军为了打通关中,隔着黄河在彼岸的山西对据守潼关的国军部队发起猛烈的炮击,但一座潼关依然久攻不下,日军随即又调来飞机狂轰滥炸,潼关西城门楼和箭楼在战火中被焚。死守潼关的国军为了修筑工事,又拆毁了潼关的大量建筑物。战后,一座潼关只剩下了如同焦炭的残骸,但哪怕是残骸也依然倔强地守望着这条黄河。而潼关的荡然无存,还是"大跃进"时代,为修建一座三门峡水库,一切都必须为之让路,一座古老的潼关自然也是障碍之一,它最终的宿命不说你也知道了。

潼关的命运,又何尝不是人类的命运?元人张养浩那一首《山坡羊·潼关怀古》,写尽了天地人间的兴亡之慨:"峰峦如聚,波涛如怒,山河表里潼关路。望西都,意踟蹰。伤心秦汉经行处,宫阙万间都做了土。兴,百姓苦;亡,百姓苦。"过了七百年,有人将这首曲篡改为:"峰峦如聚,波涛如怒,秦川百里潼关路。望西都,意踟蹰。伤心秦汉经行处,黄河渭河都做了土。离,百姓苦;归,百姓苦。"一首元曲被篡改,只因离这里100多公里处的一道大峡谷将这里人、这一方水土的命运篡改了。这是一段提前交代的后话。

每个人走进潼关,或许都会有某种难以名状的沧桑与惆怅之感。哪怕一座潼关消逝已久,这里依旧弥漫着那古老的气场或气息,不知不觉间就让你深陷其中,难以自拔。而此时,最好的方式就是穿越一座不存在的潼关,走向关中八百里秦川。

二、八百里秦川

走进关中八百里秦川,有一种深入内陆腹地的感觉,甚至有一种走进子宫的感觉。

八百里秦川,与八百里河套、八百里洞庭一样,远远不止八百里。秦川,自然是平原,又称关中平原或渭河平原,南倚秦岭,北界北山,西起宝鸡峡,东至潼关,准确地说,这是秦岭北麓的渭河冲积平原。自古以来,这里风调雨顺、土地肥沃、农业发达,被喻为"陕西的白菜心"。想想那鲜嫩水灵的感觉,在粗犷的大西北哪儿还能找到这样一个好地方?然而话里透出来的,似乎又还有其柔软脆弱的一面。

秦岭姓秦,秦川也姓秦,这千里沃野,为秦国文明的兴起奠定了雄厚的基础。慎终追远,我们都是炎黄子孙,这里是轩辕黄帝和神农炎帝的隆兴之地,是中华文明的发祥地之一。从这个意义上讲,这关中大地也堪称孕育了中华民族的神奇子宫。怎样的土地,才能完成如此伟大的孕育?只要踏上这片土地,你就能感觉到那与繁衍、生息有关的一切。

在大西北干燥的内陆深处,最缺少的就是水,而这里拥有渭河、泾河、北洛河等众多的河流水系。从水系来看,渭河是黄河最大的支流,而泾河、北洛河都是渭河的主要支流,也就是黄河的二级支流,但这两条支流的水量和流域面积都要远远超过黄河的许多一级支流。这也让泾河、北洛河的地位得以提升。事实上,一直到现在,很多水利学家、地理学家都把泾河、北洛河视为黄河的一级支流。北洛河在历史上还一度摆脱渭河,直接注入黄河,它被视为黄河的一级支流是有历史原因的。在中国众多的江河水系中,把二级支流直接列入一级支流是很少见的,并且这并非名义上的。在水利行政部门的历次规划中,都是将泾河、北洛河从渭河流域中分离出来单独规划,而渭河的治理规划则不包括泾河和北洛河。

人类可以用行政手段将它们单独规划，却无法从自然地理上将它们割裂。整个渭河流域，就是由这三条河流共同创造的，其流域面积约为13万平方公里，占了大半个陕西省。而八百里秦川，则是黄河中上游最重要的平原之一。在中国，除了三大平原，最重要的平原也就是这关中平原和河套平原了。

人类对这里的开垦，从传说中的炎黄时代就开始了。这是自然而然的。没有这一方水土的养育，那为周天子养马的附庸（秦先祖因养马有功被周王封为附庸）怎么会变得越来越强大？一个地处穷乡僻壤、不被其他诸侯国放在眼里的秦国，又怎么能完成统一中国之大业？秦国走向强大的一个最重要的原因，也可谓根本原因，就是兴修水利、发展农业。农业是根本，水利是命脉，自古而然。黄河流域的郑国渠、长江流域的都江堰、珠江流域的灵渠，秦人在中国水利史上书写了一个个大手笔。而地处秦国核心区域的关中平原，既是当年秦国也是中国水利事业发展最早也最好的地域之一，一个经典之作，就是郑国渠。

郑国渠，哪怕用一本书来书写也是非常厚重的一本书，然而我要书写的是整个黄河，这里只能大致厘清一个来龙去脉。郑国渠与当时的中原郑国没有关系，只与一个叫郑国的人有关，而且从一开始，就与一个阴谋有关。公元前246年，此时离秦王嬴政成为秦始皇还有二十多年，一个叫郑国的韩国人风尘仆仆地来到了秦国，他唯一的目的就是来游说励精图治的秦王嬴政，向他献上了一个妙计：在泾水和北洛水之间，穿凿一条大型灌渠，这样一来，关中大地上又可以开垦出更多的旱涝保收的田地。从单纯的水利意义上讲，这的确是一个非常好的点子，秦王嬴政那是何等聪明的人物，他本来就想兴修水利，这样就可以让秦国彻底从自然灾害中摆脱出来，生产更多的粮食，变得更加兵强马壮，他早就做着吞并六国、一统天下的大梦。郑国这一诱人的妙计，正中秦王下怀。他是个有韬略也有气魄的人，第一个是用人不疑，马上就任命这个来自敌国、身份暧昧的人主持这一尚未被命名的水利工程，第二个是说干就干，一声令下，就征集了成千上万的民夫和工匠，中国水利史上一个伟大的水利工程就这样开工了。

然而，历史总是充满了戏剧性，还在施工过程中，一个阴谋败露了，郑国的真实身份暴露了，他不但是一个杰出的水利工程师，还是韩国派来的间谍。韩国是秦国的东邻，秦国的强大，就是对邻国的威胁。眼看着秦国国力蒸蒸日上，厉兵秣马，虎视眈眈，韩国虽说也是战国七雄之一，却一路在走下坡路，已是强弩之末，但他们又怎么心甘情愿坐视自己被一个虎狼之国吞没呢？而韩国要与秦国公开叫板，又自知不是对手，只好一面虚与委蛇地周旋，一面使出阴谋诡计来削弱秦国的实力，而阴谋往往就是弱者的伎俩。就这样，韩桓王在秦王嬴政登基的第二年，以为幼主可欺，嬴政当时还是个小孩子嘛，正好可以利用他好大喜功的弱点，诱使他大兴土木、劳民伤财，以此来消耗秦国的实力，达到"疲秦"的目的。没想到阴谋提前败露，秦王的愤怒可想而知，他的脾气原本就不好，要不后来怎么会成为一个杀戮成性的暴君呢？而杀掉郑国，就像掐死一只蚂蚁。郑国竟然没有逃走，在束手就擒之后，他最大的遗憾不是自己马上就要被杀死，而是遗憾这样一个大工程就此夭折，对于一个水利工程师，一个大型工程的指挥长，他觉得这太可惜了。他决定再做最后一搏，请求面见秦王。在秦王面前，他说了这样一番真诚的话："始臣为间，然渠成亦秦之利也。臣为韩延数岁之命，而为秦建万世之功。"——这是载入了史册《汉书·沟洫志》的一番话，过了两千多年，它依然深深地打动了我，因为他说出了水利的真谛，只有一个真正懂得水利的人，才能说出这样的真谛。这一番话把杀人不眨眼的秦王嬴政打动了，他不但没有杀掉郑国，反而一如既往，让郑国继续主持这一浩大的工程。一个阴谋败露了，一个工程在继续，经过十多年的努力，一个伟大的水利工程竣工了，人称"郑国渠"。

郑国渠的渠首工程，东起中山，西到瓠口。这两个古地名后来又分别称为仲山、谷口，都在泾阳县西北，隔着泾河，东西相望。考古专家在郑国渠遗址发现三个南北排列的暗洞，即郑国渠引泾进水口。每个暗洞宽3米、深2米，南边洞口外还有白灰砌石的明显痕迹，地面上开始出现由西北向东南斜行一字排列的七个大土坑，土坑之间原有地下干渠相通，故称"井渠"。这一考古发现让今人得知,当时的人们已经掌握了相当多的河流水文学知识,他们把渠首工程布置在泾水凹岸稍偏下游的位置,哪怕用现代水利的眼光看,这也是十分科学的。在河流的弯道处,除通常的纵向水流外,还存在着横向环流,上层水流由凸岸流向凹岸,河流中最大流速接近凹岸稍偏下游的位置,正对渠口。这样一来,渠道进水量就大得多,同时,水里的大量细泥也进入渠里,进行淤灌。横向环流的下层水流却和上层相反,由凹岸流向凸岸,同时把比较重因而在河流底层移动的粗沙冲向凸岸,这样就避免了粗沙入渠堵塞渠道的问题。由此可见,郑国虽是从一个阴谋开始,但对这个水利工程的设计特别用心。或许,当他投入水利建设时,早已把他的另一个使命给忘记了,他把全部心血都倾注在热爱的事业上,否则,他在这工程上玩点猫腻,谁又能看得出呢?水利变成水害,只是一转身的事,但他没有这样干,更没有为他祖国的敌人干出一个豆腐渣工程。他干出的是一个精心设计、巧妙布局、因势利导、几乎可以用完美来形容的工程。

这一伟大的水利工程,最伟大之处就是不以改变自然山水为代价,而是遵循、利用自然规律,来达到人类的目的。郑国渠西引泾水,东注洛水,一路绵延300余里。而泾水从陕西北部群山中冲出,流至礼泉就进入关中平原。关中平原地形特点是西北略高、东南略低,郑国渠充分利用这一有利地形,在礼泉县东北的谷口修干渠,使干渠沿北面山脚向东伸展,很自然地把干渠修筑在灌区的最高地带,这最大限度地扩展了灌溉面积,因势利导,一路上形成了全部自流灌溉系统,可灌溉田地四万余公顷。

重新审视那段历史,一个工程从阴谋开始,它的出发点也许并不好,但只要遵循水利的自然规律,依然可以成为一个伟大的工程。秦国修建了这一宏伟的水利工程,虽说也有极大的投入,但并没有耗尽自己的国力,反而是这一水利工程让秦国从自然灾害中摆脱,可以腾出手脚一门心思进行战争准备。而有了这些旱涝保收的良田沃土,有了增产、高产的粮食,秦国更加兵强马壮,这又从经济上完成了统一中国的战争准备。那些一味穷兵黩武的国家,却是灾难频发,哀鸿遍野,连肚子都吃不饱,你想养兵又拿什么来养呢?诚如北魏郦道元《水经注》所云:"愚以行兵,此道最便,盖承借水利,用为神捷也。"所谓军事实力,说到底还是国家的综合实力,秦王嬴政能够在郑国渠修起后,将那六国一个又一个地灭掉,最终完成他一统天下的大梦,着实有他非同一般的政治智慧,而所谓智慧说穿了也就是一些常识。只要你愿意想一想,就会恍然大悟。

自秦开郑国渠后,汉武帝又开白公渠,引泾入渭。在此之前,沿秦岭北麓还有从长安引渭入黄的漕渠,既是以运送粮食为主的水运航道,又有灌溉之利。这些先代开凿的渠道,经历代扩建,使渭河中下游渠道纵横,有泾惠渠、渭惠渠、洛惠渠等灌溉工程,是历史上著名的产粮区。而这些河渠,自汉至唐,皆为关中漕运要道。在后来漫长的历史演变中,由于泥沙淤积,郑国渠干渠首部逐渐填高,致使河水不能自流入渠,人们便在谷口一带不断改变河水入渠处,但谷口以下的干渠渠道始终不变,一直泽被苍生。而关中的水利建设,也在一代又一代人手里得以开拓和延伸。但在战火硝烟之中,水利也时常会被那些一门心思争夺土地称王称霸者抛到一边,以致荒废。中国的所谓自然灾害,几乎都是人在作孽,天地广大,哪能没有自然灾害?而让苍生流离、水利失修的人祸,才是真正的祸根。

1929年,"关中大旱,饿殍载道,人相食,百姓流离失所,老弱转乎沟壑……",如果这些垂死挣扎的饥民有幸活下来,他们绝对不会忘记一个人,李仪祉。这个名字一旦出现,就将不止一次出现,只要涉及中国现代水利史,黄河、淮河、长江,这些大江大河中都会浮现出他黝黑、消瘦的身影。

李仪祉生于晚清光绪八年(1882年),自幼生长在渭北高原,他的终生夙愿就是效法郑国、白公,振兴关中水利。十七岁时,他高中同州府第一名秀才,翌年被推荐入泾阳崇实书院读书,开始攻读严复翻译的《天演论》等著作,这是他最早接触西方资产阶级民主思想,后赴德国留学。武昌起义爆发后,李仪祉毅然辍学,只身回国投身辛亥革命。中华民国成立后,他转而致力于水利教育和水利工程技术,从此将毕生的心血倾注于水利建设和水利教育事业上,相继创办了中国第一所高等水利学府——河海工程专门学校(现为河海大学)和陕西水利专修班(后改为西北农学院水利系,现在为西北农林科技大学水利与建筑工程学院),堪称中国现代水利教育的开山祖。当时连一本像样的水利教材也没有,他夜以继日地编写了《水工学》《水力学》《水工试验》《潮汐论》《中国水利史》《实用微积分》等一系列教科书,把各地水利工程做成模型,进行直观教学,还亲自带领学生在海河流域考察,培养了两百多名现代水利事业骨干科技专家。他谆谆告诫学子们"要做大事,不要做大官,一切事情要讲求实际,不要争虚名"。

李仪祉先生虽然两度留学德国攻习水利,但他从不生搬硬套。对外国的经验、中国古代治水经验,他去伪存真,古为今用,洋为中用,立足中国之现实而兴水利。而故乡关中,既是他最大的牵挂,也是他最大的心病。1922年,李仪祉离开南京,回陕西任省水利局局长兼渭北水利局总工程师,在陕西陆军测量局的支持下,组织引泾灌溉工程勘测设计,历经两载,完成两种设计方案。但因经费没有着落,直到1927年仍无法开工。他为此而愤然辞职,拂袖东去。1928年至1930年,他先后担任华北水利委员会委员长、北方大港筹备处主任、导淮委员会委员兼总工程师,在此期间他筹划了白河水利,倡办了华北灌溉讲学班,设置了黄河水文站,亲自勘察了运河和淮河,拟订了导淮计划,设计了杭州湾新式海塘,还在天津创办了中国第一个水工实验室。

中国历代都有负责治河的河官,有的河防大臣甚至高居二品,但大河上下从来没有被看作一个系统,也没有全流域的统一治河机构,河官的主要职责是在黄河下游修堤防洪,抢险堵口。1933年李仪祉受命筹设黄河水利委员会并出任第一任委员长(一说第一任为冯玉祥,李仪祉为第二任)。但一个李仪祉改变不了黄河决口的命运,那黄河"金堤"早已千疮百孔。当年8月,黄河下游决口五十四处,受灾人口三百六十多万人。1934年黄河在河南封丘贯台发生决口。1935年黄河又在山东甄城县董庄决口。为组织防洪抢险、救济灾民,李仪祉疲于奔命。而从1929年开始,关中大旱,使八百里秦川沦为千里赤地,大河小河干得冒烟。适逢杨虎城督陕(任省主席),急召李仪祉入关,任省政府委员兼建设厅厅长,那时水利工程建设也归建设厅管理。那被搁置了数年的引泾灌溉工程,终于开始付诸实施。

李仪祉走在干涸开裂的秦川大地,看到一个个面黄肌瘦、衣不蔽体、蔫头耷脑的老百姓,他流泪了。经仔细勘察,他决定在早已荒废的郑国渠遗址上修建泾惠渠。历时近两年,泾惠渠在1932年入夏时,第一期工程竣工。古老的郑国渠仿佛复活了,五十万亩干旱绝收的土地又恢复了生机,长出了秧苗。1935年,第二期工程完工,灌溉面积扩展到六十五万亩。泾惠渠,堪称中国现代水利工程的典范之作,在中国水利史上写下被当世与后世反复翻阅的一页。但李仪祉先生或许从未想过要青史留名,他想到的是老百姓,一条水渠,在那饥寒交迫的岁月,不知能拯救多少人的性命!

李仪祉的计划远不止一条泾惠渠,泾惠渠竣工后,他还计划集中精力实施兴建"关中八惠"的宏伟规划。在逝世前,他先后修通了渭惠渠、梅惠渠、陕北米脂织女渠,还筹划了陕南汉惠渠、褒惠渠和陕北的定惠渠等一系列水利工程。他的这一系列计划,得到了杨虎城和继任陕西省政府主席邵力子的鼎力支持。可惜天不假年,在治水的奔波辛劳中,李仪祉积劳成疾,于1938年逝世,年仅五十六岁。至他逝世时,泾惠渠、渭惠渠、洛惠渠、梅惠渠这四大灌渠已初具规模,灌溉面积近两百万亩。

回顾李仪祉先生短暂而光辉的一生,他终生以治水为志,"求郑白之愿,效大禹之业",凿泾引渭,治黄导淮,整治运河长江凡数十年,足迹遍布中国江河湖海。据时人记载,"出殡那天,吊者逾万",在李仪祉先生的灵柩后面,跟着长长的一列不停哭泣的关中百姓,上万人挥泪送葬……

中国的老百姓很健忘,有时候连日子也记不住,但他们记得住一个好人的名字。一直到现在,李仪祉这个名字还被关中老乡代代相传,念念不忘。在老百姓心里,他不只是一个水利专家,更是一个救命恩人。一个水利专家,能够被老百姓记在心里,先必须把老百姓装在心里,这才是真正的水利专家。上善若水,只有把最底层的人民放在心中最柔软的部位,才是上善。

自新中国成立以来,八百里秦川和全国其他地方一样,进入了一个大兴水利的时代。对先辈遗留下来的水利灌溉工程,按照"边运用、边改善、边发展"的原则,先后对新老渠系进行了三次规模较大的"改善调整、挖潜扩灌",在治理渭河干支流河道的同时,一座座大型水利工程,在秦川大地上矗立起来,其中不乏精彩之作。如对李仪祉先生主持兴建的泾惠渠,通过整治扩建,灌溉面积翻了两三倍,现在已是一个亩产粮食过千斤的灌区。李仪祉先生生前未能建成的洛惠渠,也于新中国成立初建成了,还了先生一个夙愿。而1970年建成的东方红扬水站(抽渭灌溉工程),通过八级提灌,灌溉面积达一百三十万亩;1971年又建成了宝鸡峡塬上干渠,引渭灌溉面积超过三百万亩。还有陆续建成的洛西工程、千河冯家山水库,在渭河南岸支流石头河上建成的石头河水库等一系列水利灌溉工程,这每一个共和国时代的水利工程,无不是沿着先代的足迹延伸而来,又无不超越先代。如果说郑国渠很容易激发人们对文治武功的想象,这些新中国的水利工程,更能凸显共和国时代以最大的决心、举全国之力大兴水利的雄图大业。你只有用这样的宏大叙事,才能真实地描述出这宏大的存在。

然而,又不能不说,在这宏大叙事的背后,还有很多被忽视了的细节。

随意走向泾阳县的一片田野,田野上随处可见农人忙碌的身影。

自从郑国渠开始泽被苍生,或在更早之前,八百里秦川就是历史上的粮食主产区。

张思华就是这里的一个种粮大户,其实也说不上是大户,我采访过的种粮大户有十万亩以上的,老张还不到一百亩。他其实也想扩大种粮面积,但这几年国家政策好,粮价往上走,加上老天帮忙,大家种粮劲头都很足,他承包的是村集体和周边农户的耕地,现在很多外出务工的农民都回来种粮,把他转包的土地又收回去了,他还剩下不到一百亩地,看样子也保不住了。这让他有点无可奈何。中国农业,以现在的土地政策加小农经济模式,要真正走向现代化的大农业,可能还需要一次根本性的变革,靠一些激励性的优惠政策是解决不了的。

农田水利也是这样,当大水利遭遇小农经济,似乎必然会遭遇一道瓶颈。

我在老张的麦地四周转了一圈,就是想要看清楚眼下的农田水利情况。在这方面,原本就生于农家的我,又跑了这么多年的水利,应该说不算门外汉了。农田灌溉,先要通过渠首工程从河流引水进入总干渠,然后通过一条条干渠、支渠、斗渠、毛渠引入乡村,斗渠从支渠取水,毛渠又从斗渠取水,最终通过一条条像毛细血管一样的小沟渠流入农人的垄沟。从我一路看过来的情况来说，从2011年中央一号文件颁布开始，全国各地、大河上下都加大了对农田水利的投入。中央一号文件对水利工作进行全面战略部署时，把加强农田水利建设放于六大重点任务之首，计划在未来十年，国家投放水利建设资金4万亿，平均每年4000亿。陕西省也以大手笔启动了八大水利工程建设。但这巨额资金，亦如我所谓的宏大叙事，从省里到地市都在集中力量办大事，打造一个个鸿篇巨制。这些钱，就像这渠道里的水一样，很难流进入村入户的毛细血管里来。以渭河流域为例，陕西的重点是对渭河陕西段进行全线系统的综合整治，计划建成两岸集防洪、交通功能为一体的坚固堤防以及城市滨河大道，还将同步建设一批荷花池、运动公园、沙滩球场等市民休闲健身场所。此外还有一个酝酿已久的大工程——引汉济渭（总投资177亿元），在汉江黄金峡修建水库大坝，将汉江水引入渭河，以解决陕北能源基地的缺水用水问题。列入规划的还有南山支流整治、东庄水库、安康东坝建设等大型水利工程。对于主政一方、放眼全局的宏观决策者们，这也是应有的战略眼光。

然而，什么时候才能把钱投到农民的田间地头来呢？我这还真是鼠目寸光的小农意识，只关心自己的一亩三分地。而小农意识又是与农民的生产方式紧紧联系在一起的，连他们自己都不关心脚下的这一亩三分地，又有谁来关心呢？这也是我在大河上下时常看见的现实：堤防修好了，水库修好了，干渠修好了，可一个农人眼睁睁地看着流水哗哗地从身边流过，就是没有办法把水引到自己的一亩三分地。要解决这个困难，其实很简单，只需修一条小毛渠。可这样一条小毛渠，别说省长、市长，连个小村主任也不会放在眼里，只能靠村民小组长吆来喝去地找村民修，可现在的青壮年农民又有几个还留在家里呢？就算有，也很难吆喝起来。如今的村民可不是原来人民公社的社员了，一声令下，招之即来。如今，每年都是庄稼快要干死了，"屎胀急了挖茅坑"，才会去修。一条小水沟灌溉十几户农民的土地，多则八九亩，少则三两亩，纠纷不断，矛盾百出，挖水沟时就开始争吵谁出力多了，谁出力少了，谁的田多，谁的地少，谁都怕自己吃了大亏。好不容易把一条水沟挖通了,近水楼台先得月,上游的先把自己灌满了,才肯放水过来。而地处下游的农人看着枯焦的秧苗,等得急火攻心,有时候还没有等到水流过来,便会流出鲜红的血来——干涸之中,火气都大,一经触碰,锄头扁担就干上了。这种为争水而发生的流血事件,也是乡村高发案件,有时候甚至会引发大规模械斗。

像张思华这样的大户,反而比较好安排,他可以专门为自己开一条小沟渠,安一台小水泵,相当于建了一个小型灌溉体系,也没有那么多沟沟坎坎的田界。如果有可能,他可以把整个村的田地全都承包下来,田亩越大,农田水利就越好规划整治。又如果这土地全是他的,一辈子都是他的,世世代代都是他的——这当然是一个农民不切实际的幻想,但如果这不是幻想,而是真的,那无疑又是中国农民走向现代化大农业的一个方向,这一小片一小片被田埂、垄沟分割开来的土地就可以连成一大片了,也根本用不着这么多农民面朝黄土背朝天地种地,全部可以实现机械化作业,还可以把现在的漫灌改成喷灌,别的不说,那该省下多少水啊。然而,我心里十分清楚,这只是梦想,而我看到的也只是另一种景象,一家一户守着自己的一小片土地,谁都巴不得把自己的田地灌得饱饱的,又生怕别人多灌了水,自己吃了亏,灌水时,任其在地面漫流,连垄沟里都灌满了水。中国到处都缺水,中国的亿万农民,每年又不知道要浪费多少宝贵的水资源。

走在八百里秦川的这一小片土地,我的双脚沾满了泥泞,沉重得挪不开脚步。

三、当黄河遭遇渭河

关于渭水与秦川的关系,又有一句清诗高度提炼出来了:"渭水千年浊,秦川万里秋。"

说到千年浑浊的渭水,还得从一个成语说起:泾渭分明。若把这个成语真的解释清楚了,渭河流域的历史也大致清楚了。但河流为何"泾渭分明",千百年来很少有人真正解释清楚,至少还从未有过足以让人信服的解释。

与其解释，不如追溯。河流的秘密，只能在追溯的过程中才能被揭示。同漫长的黄河相比，渭河只能算是一条短的河流，它发源于甘肃省渭源县鸟鼠山，全长800余公里，从地形看，南有东西走向的秦岭横亘，北有六盘山作为屏障，最终在潼关汇入黄河，这也是黄河与渭河的必然遭遇。这约13万平方公里的渭河流域，又大致可分为东西两部分，西为甘陕黄土丘陵沟壑区，也是黄土高原的一部分，东为关中平原区，也就是那无数英雄都想要拥抱入怀的八百里秦川。

对于渭河水系，我在前文已有所交代，其上游以及北岸有流经黄土高原的泾河、北洛河等主要支流，一路夹带着大量泥沙，这也是黄河潼关一带的来沙之一。从黄河、渭河、泾河的关系看，一如泾渭分明一样清楚，渭河是黄河最大的支流，泾河又是渭河最大的支流。而它们的关系，又被泥沙搅浑了。譬如说那个谁都知道的成语——泾渭分明，又到底是谁清谁浊呢？如果光看词典里的解释，也不一定准确，最好还是亲眼去看看。有人告诉我，一个最好的观察点，就在古城西安北郊的泾渭交汇处。泾渭分明，这儿绝对是泾渭分明，一点也不含糊。这一景观很吸引人，每天都有不少人来这里，一个个伸长了脖颈，把眼睛睁得跟铜铃似的，想把那"泾渭分明"看个明白。但又真的看得明白吗？我在2008年秋天专门来看过一次，又在2012年夏天来看过一次，看到的是两种截然不同的结果，一次是泾清渭浊，一次又是泾浊渭清。不看还好，这一看，还真让我不明白了。

其实古人也未必就那么明白。历史上关于泾渭分明的记载，最久远的是《诗经》："泾以渭浊。"很清楚，在春秋时代泾水是清澈的，渭水是浑浊的。到了唐代，杜甫在其诗中有七次提到"清渭"，四次说到"浊泾"。这就是说，那时的泾渭分明已经颠倒过来了，浑浊的渭水变清了，清澈的泾水变浑浊了。这种现象一直延续到了清代，乾隆皇帝也是个爱刨根究底的主儿，他曾派陕西巡抚秦承恩对泾渭进行实地考察，秦承恩得出的结论又一次把历史颠倒过来了，又回到了《诗经》的时代：泾河水清，渭河水浑。这也是《现代汉语词典》中的解释："泾河水清，渭河水浑，泾河的水流入渭河时，清浊不混。"这就怪了，我相信没有人会在这事上撒谎，那为什么古往今来泾渭分明的两条河流会有这样的颠倒变化呢?

这又只能从自然上去寻找原因了。先看渭河,渭河属典型的不对称水系,上游流经黄土高原,大部分为深厚的黄土覆盖,土质疏松,且多孔隙,加之历史上长期滥垦乱伐,植被遭到严重破坏,又加之落后农耕时代那种广种薄收、单一经营的农业生产方式,致使水土流失越来越严重,渭河也就变成了一条像黄河一样的多泥沙河流。到了中下游,渭河又流经八百里秦川这狭长的冲积平原,既冲刷,又淤积,这个道理和黄河出了青铜峡一样,渭河河床不断抬升,是自己将泥沙冲上去的,堆起来的,又总在变动中,它既可以通过河床淤积的泥沙自己给自己供沙,又可以把泥沙带入黄河。从这样的情形看,渭水应该一直是浑浊的,怎么又会变清呢?

我带着这疑问,又看泾河,看是否能够找到答案。

泾河也是从黄土高原流下来的,但与渭河不同,这是一条下切河,又称山区河,比降大、流速快、自然冲刷力强,这让河床下切很深,而河床又是比较坚固的石头。因此,泾河一般是很少有泥沙的,其泥沙只是集中在雨季和汛期,把上游侵蚀黄土高原裹挟而来的泥沙带下来了。除此之外,泾河大部分时间都是一条清水河。这个解释似乎很有道理,却只解释了泾河有时候会变得浑浊的原因,没有解释渭河为什么有时候又会变清。我从渭河带来的疑问,依然是疑问。

从这两条河的泥沙含量来看,又是一个令人瞠目结舌的结果:清澈的泾河,年均泥沙含量每立方米约 196 公斤,而渭河年均泥沙含量每立方米约 27 公斤。当然,这个数字也处于变化之中,泾河的年均含沙量为渭河的 7 倍之多,却是人类反复测量得出的数据。

对这些很吊诡的存在,你又怎么解释呢? 这还真是一个大问题,很多专家在理论上对泾渭分明这一自然现象有逻辑严密的论证,然而在这匪夷所思的事实面前难以自圆其说。这不只是一个成语所反映的自然现象,在变幻莫测的江河面前,很多事好像一眼就能看明白,其实很难看明白。但有一点连我这个门外汉也是清楚的:泾水中比渭水高达 6 倍的泥沙,最终都将带入渭河,再加上渭河本身的泥沙,最终又将一起带入黄河。这是自然规律,也是常识。然而很不幸,非常不幸,一座20世纪50年代末修建的大型水利枢纽,最终一头栽在这个常识上。是的,谁都知道,那就是三门峡工程。当泥沙俱下的渭水奔向黄河时,却被一道拦河大坝挡住了,那在豫西大峡谷里遭遇的两大河流,眨眼间就如同一潭死水。而静水沉沙,随着泥沙的不断沉淀淤积,便出现了我在前文提及的"潼关高程",水位上涨,洪水无法下泄,便只能倒灌渭河,致使八百里秦川泛滥成灾。

尽管对历史的追问充满了像暗流漩涡一样的怪圈,对历史的真相至今还有人文过饰非,但水文数据是不会撒谎的。在三门峡水库修建前,渭河虽是一条泥沙淤积和输沙量都很严重的河流,但也是一条输沙量近于平衡也相对稳定的河流。在三门峡水库建成后,由于回水淤积,潼关渭河入黄高程最高一度达到前所未有的329米,致使渭河下游河道淤积而急剧抬高,一度成为比黄河更加充满悬念的"悬河"。自从修建三门峡工程以来,渭河与黄河一样,经历了一年又一年的洪灾,但究其原因,并非水大了,而是水少了。这就怪了,谁听了都会觉得很怪异,甚或认为我是在撒谎。然而事实就是这样,渭水的每一次水灾都是非常怪异的"小水大灾",与其说是水灾,不如说是沙灾。泥沙太多了,堵塞了河道,水进不来,又出不去,无雨则大旱,有雨则大涝。这样一说,又让人恍然大悟了。三门峡工程的第一个核心意图就是解除黄河中下游洪水泛滥,结果却让渭河流域的八百里秦川成了洪涝重灾区,这也成了关中的心腹大患。从渭河的命运看,人类治水,从来就是一件十分吊诡的事情,从水利到水害,真是一转身就会发生的事。

关于三门峡,我将专门用一个章节来叙述,而此时,渭河遭遇黄河,还只是刚刚开始。

第九章　历史选择了三门峡

　　追踪黄河,这将是我无法绕开必须直面的一道难关。我第一次知道三门峡,是诗人贺敬之那神采飞扬的诗句:"望三门,门不在,明日要看水闸开。责令李白改诗句:黄河之水'手中'来!银河星光落天下,清水清风走东海……"然而这人类的欢唱转眼就遭遇了黄河的嘲笑,三门峡给人类带来的不是"清水清风",却是泥沙淤积的深重灾难。这也让我对三门峡的采访显得特别谨慎。除了现场察看,面对面的采访,我还翻检了数以百万字计的海量资料,这一切,就是为了对历史、对现实、对未来尽可能做一个接近真相的客观呈现。尽管人微言轻,但我也绝不想遭到黄河的嘲笑。

——采访手记

一、历史选择了三门峡

　　转过陕西潼关,便是黄河那个巨大的"几"字一钩处,南北走向的黄河转为东西走向,由此进入了黄河中游峡谷的下一段——晋豫大峡谷,北岸为山西,南岸为豫西。峡谷的走向,决定了河流的走向,一条大河如同一条由西向东延展的蓝色飘带,这是如今的黄河风情,在三门峡大坝筑起来之前,黄河却是另一般姿色,至少,那飘带应该是黄颜色的。在我降生于人世之前,一切皆已注定,我能看到的只是一个被人类重新打造的大峡谷,它由大大小小近百级瀑布及三百多个潭池组成。而大峡谷中最重要的一个峡谷,无疑就是北邻山西、西邻陕西、地处豫西的三门峡。

谁人不知三门峡？在黄河所有的峡谷中，三门峡的名气可能是最大的。而在三门峡工程建造之前，这里还是河南陕县的一个穷乡僻壤，那时还是一个"野兽出没、风沙扑面"的荒凉河谷。在古代地理图志中，三门峡被称为三门山。这是符合实际的。峡谷两岸，并不见壁立千仞的悬崖，看上去也没有鬼斧神工的诡异与凶险，反倒有几分山河映衬的秀美。那看似凶险的，还是峡谷河流中两座不小的礁石岛，自右岸至左岸将水道分成三道门：鬼门、神门和人门，这景致也并非绝无仅有，龙门（禹门口）与此大同小异。三道门将一条大河分为三股，鬼门与神门河水湍急，人门水势看似平缓，却是暗流汹涌。当河水闯过三道门后，又被两岸的半岛与巨石束合为一，在约7公里长、400多米宽的峡谷中奔向大海的方向，在大禹治水的时代，过了三门峡黄河就即将"入于沧海"了，而今，这里还是黄河中游，离大海还远着呢。据说以前的三门峡"浊浪排空，吼声巨大"，人道是三门天险。但眼下，这水已静如高峡平湖。

那座号称"万里黄河第一坝"的混凝土大坝，在第一时间就猛地扑进了眼帘。

这个第一，不是地理概念，而是历史概念。这是新中国在黄河干流修建的第一座拦河大坝。人类选择在这里筑坝，与其说是人类的抉择，不如说是上苍与历史的双重安排。此地正处在陕、晋、豫三省之间的"金三角"，一座水利枢纽可以惠及三省，这是可想而知的。从筑坝条件看，这里是黄河中游河道最狭窄的河段，峡谷又属石质峡谷，鬼门、神门、人门三岛又属岩石岛结构，这样的河势、地形、地质条件，对于筑起新中国第一座黄河拦河大坝，可以说是极其优越。而三门峡作为黄河中游的最后一道大峡谷，拦洪效果最佳，控制流域面积大，能最大限度减轻黄河下游洪水的压力。

说到这个工程，又要说到李仪祉先生了。他在20世纪30年代任陕西省水利局局长期间，同时也担任了黄河水利委员会委员长兼总工程师。在民国时代，这是一个在中国大江大河中都不可或缺的人物。而在涉及一个具体工程之前，先有必要了解一下他的治黄理念。他曾明确地指出，"河患症结所在之大病，是在于沙。沙患不除，则河恐终无治理之日"，此言击中黄河为患之要害。而他还纠正了先代治黄的一个大误区,"历代治河皆注重下游,而中上游无人过问者。实则洪水之源,源于中上游;泥沙之源,源于中上游",并由此断定,"中上游不治,下游难安","黄河挟带泥沙,泥沙本应随河流入海,因为沙重沉于河床不能泄运,酿成河南境内多沙,河北次之,而山东境内沙少而泥多,河南河北两省黄河南北河堤距离宽广,而洪水所占无几,大多为泥沙所淤塞,所以治黄不在中上游减沙,只在下游修堤,防不胜防"。那么又怎么对黄河中上游进行治理呢,他第一次明确提出"兴建水库,蓄洪减沙"的主张,并在黄河中上游加大植被保护,防止土壤侵蚀,减少冲刷。不能不说,在这方面,他既堪称中国近代(现代)水土保持工作的先驱,也是以现代眼光治黄的中国第一人。对于这样一个水利专家,我从来不敢造次评价,这里还是以原水电部部长钱正英的说法为准:"李仪祉把我国治黄理论和方略向前推进了一大步,直到今天仍然具有现实意义。"

李仪祉不只是说说而已,还曾倡议在潼关至孟津河段选择适当地点修建蓄洪水库,但当时并未确定具体坝址。而他在黄河水利委员会的挪威籍同事、时任黄河水利委员会主任工程师的安立森(Sig Eliassen)于1935年对三门峡、八里胡同和小浪底三个坝址进行了"查勘和比选",认为"三门峡为最优良坝址"。

然而两年后,抗战爆发,三门峡陷入日本人之手,李仪祉先生在抗战爆发的第二年就病逝,在这一段河道内修建蓄洪水库的设想随之化为泡影。

直到抗战胜利后,国民政府的黄河水利委员会又聘请了雷巴德、萨凡奇(撒凡奇)、葛罗同、柯登等美国专家为顾问,对这一河段再次进行查勘和比较。不能不说,这些外国专家对中国水利是高度负责的,在他们提出的初步报告中,就已经预估到了一个灾难性的后果,即若在三门峡建库蓄水防洪发电,对潼关以上的农田淹没损失太大,又是以后无法弥补的,于是郑重建议,将坝址选在三门峡以下、小浪底上游20公里处的八里胡同,在此修建170米高的大坝,其首要任务在防洪而非发电。美国专家"首要任务在防洪"的主张与李仪祉先生修建蓄洪水库的意图不谋而合。随即而来的又是全面内战,这一民国时代的设想,最终只能宿命般地落在了新中国的肩上。

若要大河安澜，先要人间太平。随着新中国的诞生，一个乱世变成了治世。治水与治国从来就是高度统一的，人类开始着手对黄河综合治理，意图长治久安。而人民治黄的历史，比新中国的诞生还要早。1946年5月，王化云被任命为冀鲁豫区（解放区）黄河水利委员会主任，这是他一生治黄的开始。新中国成立后，王化云又被任命为新中国的首任河官——黄河水利委员会主任，直到退居二线，直至逝世，在人民治黄六十余年的历史上，王化云扮演了近四十年的主角。这是一个对黄河有大爱的人，也是一个有大气魄、大手笔的人。面对一条千古悬河，他要用他的理想、他的智慧、他的气魄来实现黄河岁岁安澜的大梦，解众生于倒悬。1955年制订的黄河治理规划，就是新中国治黄的路线图，按规划，人类将在黄河上建四十六座梯级工程，既可利用水库一级一级地拦蓄洪水，削峰，错峰，极大地减轻下游防洪的压力，又可以把水资源转化为中国严重紧缺的电力资源。而三门峡工程，又是最早提上议事日程的。

初生的共和国只好借助国外的技术力量。1952年，中苏专家考察三门峡和八里胡同坝址，在反复比较后认为在八里胡同建坝不具备冲沙库容，而在三门峡建坝移民又太多，难以取舍。1954年1月，以列宁格勒水电设计院副总工程师柯洛略夫为组长的苏联专家组来华。从当年2月到6月，中苏专家共一百二十余人，行程12000多公里，对黄河进行了一次大规模的实地查勘。在对多个选址地反复比较之后，苏联专家做出了这样一个判断："任何其他坝址都不能代替三门峡为下游获得那样大的效益，都不能像三门峡那样能综合地解决防洪、灌溉、发电等各方面的问题。"在那个特殊年代苏联专家的判断极有权威性，但中国专家也有自己的主见，绝非一味盲从。此前，他们也反复进行过论证，选址三门峡的确有很多得天独厚的优势，这些优势我已提前交代过了，这里不再赘述，总而言之，中国专家和苏联专家几乎是不谋而合。

如今的专家教授习惯于扮演事后诸葛亮的角色，认为三门峡工程的第一个失误就是选错了坝址，殊不知在当时若选择小浪底和八里胡同，凭当时的施工技术条件，将是更危险的选择。所谓到什么山上唱什么歌，此一时彼一时也,选择三门峡,这是当时的历史条件所决定的。三门峡工程的第二个失误也是根本性失误,是严重低估了黄河泥沙,这是举世公认的,也是我接下来要叙述的。这里先且一笔略过。

三门峡工程事关重大,这绝非包括苏联在内的专家能够决定的,也不是黄河水利委员会能够决定的,还必须提交国家最高权力机关审议通过。1955年7月,全国人大一届二次会议召开,对这一工程,人大代表没有人反对,没有人弃权,在热烈鼓掌中一致通过。这意味着,一个民族的伟大梦想将要付诸实施,而三门峡不但在国内一夜家喻户晓,也成了世界各大媒体瞩目的焦点。

周恩来风趣地说:"作了这么一个世界性的报告,全世界都知道了。"

这就是三门峡工程上马之前的一段真实历史,而当我们回望那段历史,只能说:历史选择了三门峡,也决定了三门峡的命运。

二、近乎完美的设计意图

每一个大型水利工程,无不是从近乎完美的设计意图开始。人类总是充满了最美妙的设计、最正确的决断,但也必须有另一种人存在,说出最坏的结果,哪怕只是一种可能。

事实上,就在三门峡工程还在运筹之际,就出现了一个插曲,一个德国的水利专家来到三门峡坝址,经过勘测,就给一个尚未动工的工程提前下了死亡通知书:"在三门峡筑起大坝,无疑是在修建一个祸害关中的死库!"

此事是否当真,还有待进一步核实,但此时,一个中国的水利工程专家发出了不同的声音,则是众所周知的事实:1956年春夏之交,黄河规划委员会收到清华大学教授黄万里的意见书,这是第一个全面否定苏联专家意见的中国人,此人胆子不小,他指名道姓地说国务院某副总理的人大报告"不正确"。这其实早已是公开的秘密。1955年7月18日,邓子恢副总理代表国务院在第一届全国人民代表大会第二次会议上作《关于根治黄河水害和开发黄河水利的综合规划》的报告,他提出了修建三门峡水库的目标,并且满怀豪情地说了这样一番话:"这不能不叫人想起早在周朝就有人说过的一句话,'俟水之清,人寿几何'。但是现在我们不需要几百年,只需要几十年,就可以看到水土保持工作在整个黄土区域生效,并且只有六年,在三门峡水库完成之后,就可以看到黄河下游的河水基本变清。我们在座的各位代表和全国人民,不要多久就可以在黄河下游看到几千年来人民梦想的这一天——看到黄河清!"

由于黄河下游难得一清,三国时魏国李康在《运命论》中首次提出"夫黄河清而圣人生"之说,后来又逐渐演变成"圣人出而黄河清",河清海晏,也就成为太平盛世的象征。说起来有些滑稽,据《宋史》和《续资治通鉴》等史载,在那个葬送了北宋的亡国之君宋徽宗大观年间,竟连续三年出现过"河清",大观元年(1107年),"乾宁军言黄河清,逾八百里,凡七昼夜,诏以乾宁军为清州";大观二年(1108年),"同州黄河清";大观三年(1109年),"陕州、同州黄河清"。这活生生就是"夫黄河清而昏君生",宋徽宗是早已打入了历史另册的昏君,不过他兴许自以为是个圣主。其实,人类不是没有反思,但很多反思都发生在痛定思痛的未来。王化云先生的《我的治河实践》这本凝聚他一生治黄心血的书中,就有一段关于"黄河清"的反思:"黄河不可能变清……黄河也不需要变清。未来黄河的治理与开发,我认为应该建立在黄河不清的基础上。"可惜这样的反思来得太晚了,至少迟到了三十年。而由此想到黄万里的据理力争,又是多么不容易。

对于一位大学教授在本专业领域内真实地表达自己的观点,其实没有必要过度诠释,这是一个知识分子的本分,也是一个合格的公民应尽的义务。一句话,这是很正常的一件事,很平常的一个人,如果你觉得他所做的一切非常了不起,只能说明这个社会当时处于某种不正常的状态。唯其如此,这个人,才会成为一个说起来就会让人心情复杂的人。自1937年留学归国,他就投身于大江大河治理。而当一个水利工程专家的命运与一个水利枢纽工程联系在一起,我们不得不承认,他的宿命已经注定,从黄河三门峡到长江三峡,他扮演的都是一个灾难性的预言家。一直到死,对很多人来说,他的声音都像乌鸦一样刺耳难听。中国有太多的喜鹊,最缺少的就是这种"宁鸣而死,不默而生"的乌鸦。这句名言出自范仲淹,范仲淹也是北宋的一只乌鸦。而黄万里的父亲黄炎培其实也算是一只乌鸦,一个很有悲剧性的历史预言家。在延安窑洞里,他对中国王朝周期律的发问,曾让毛泽东做出了最正确的回答,却没有做出最正确的选择。这个非常清醒的人,是否预见到了自己忧郁压抑的后半生以及自己儿子悲惨的命运呢?

当时的高层决策也并未堵塞言路。据三门峡水利枢纽大事记:1957年6月10日至24日,水利部遵照国务院指示召开三门峡水利枢纽讨论会,参加会议的专家、教授共七十人。这次长达半个月的会议主要是对三门峡水库"蓄水拦沙"和"拦洪排沙"两个方案的利弊进行比较,对水库综合利用和水土保持的评价进行讨论。黄万里很幸运,作为一个持不同意见者,他也在被邀请之列,这给了他一个坦诚己见、建言献策的机会。很多事情只能猜测,只有历史才能自圆其说。不过,当时只要稍具政治敏锐性的人,都能感觉到山雨欲来风满楼之势。这次会议几乎是一边倒地选择了"蓄水拦沙"方案,并认为"水库宜分期运用,实行水位逐步抬高的原则"。事实上,无论方案与原则,都是以苏联专家为主设计的,这些来自普希金故乡的苏联专家,又是否真正了解这条"河情特殊,极其复杂难治的"中国大河呢?但他们在当时有不容置疑的权威性,他们用普希金那诗情洋溢的语言,加之以极富激情的手势,描绘出一幅三门峡工程建成后的美妙图景,充满了梦幻抒情色彩,让多少中国的专家教授听得如醉如痴,赞不绝口。

又不能不说,在那个充满激情的时代,人类要保持理智上的清醒是非常难的一件事。黄万里只能是固执己见,与其说是据理力争,不如说是"舌战群儒"。在半个月的会议上,他激辩了七天,自始至终都在反复重申和强调自己的一个观点。从理论上说,他主张把因势利导作为治河策略的指导思想,从江河及其流域地貌生成的历史和特性出发,全面、整体地把握江河的运动态势,认识和尊重自然规律。——他的这一理论,在学术界有着广泛的影响力。从他反对修建黄河三门峡工程,到后来又反对修建长江三峡水利工程,就是源自其关于水利的基本理念和对中国水资源的客观评价。对更具体的三门峡工程,他发出了一个灾难性预言:"若在三门峡修水库,黄河潼关以上河段将大淤,并不断向上游发展,黄河下游的灾情将移往上游。特别是渭河,那里的老百姓将像下游的百姓一样,整日顶着架在他们头顶上不断增高的河床,一旦有一日老天发怒,黄河会将他们全部淹没。"但他的预言太不合时宜,几乎遭到了与会专家学者异口同声的反驳。

重新翻检那一段历史,发现当时其实有不少学者在内心里是认同他的,但都很识时务地保持沉默。值得一提的还有他在清华大学的同事、美国哈佛大学毕业的著名水利水电工程结构专家张光斗,这位后来被誉为"水利泰斗"的两院院士,给我们带来了另一种复杂的心情。新中国成立前夜,一些在华工作的美国水电工程师力邀张光斗赴美工作,他义正词严地回答:"我是中国人,是中国人民养育了我,我有责任建设祖国,为人民效力。"国民党政府在败退台湾时,曾多次令张光斗把他自己多年参与查勘、积累的水电资料送往台湾,可他巧施调包计,交出的是假资料,却把整整二十大箱宝贵资料藏到地下,新中国成立后全部捐赠出来,这些宝贵的资料成为新中国第一个五年计划期间水电建设的重要依据。此举虽然机智,却也是要冒着掉脑袋的危险的。他的勇敢与胆识令我辈敬仰,一个人敢于献出生命,理应也有坚守真理的勇气。以他渊博的学识和高深的专业素养,也深知水流必然趋向挟带一定泥沙的原理,可在这个节骨眼上,他却未敢坚持己见,而是立刻识时务地放弃了己见,丝毫不谈泥沙淤积的问题,甚至也加入了"黄河清,圣人出。圣人出而天下治"的黄河大合唱。在苏联专家决定堵死"排沙孔"时,他明知此举会产生多么可怕的后果,在设计过程中却依然没有坚持己见。一个在旧中国如此机智勇敢的知识分子,怎么在新中国变得这样懦弱不堪、这样没有主见了呢? 这也是他留给后世的无尽追问。

当时,倒是有个大学刚毕业不久的年轻人,像黄万里教授一样敢于坚持自己的意见。这个当年名不见经传的小伙子,就是后来把一生都献给了治黄事业的著名水利专家温善章先生。1955年,他还是天津大学水利系的在校生,看了邓子恢副总理关于黄河规划报告中所提到的三门峡大水库,他就感觉到这不符合中国国情。1956年大学毕业后,温善章被分配到国家电力部水电总局工作,他先后给国务院和水利部上书,建议将三门峡水库设计水位从360米降为335米，这也就是在前苏联专家和黄万里两种截然相反的意见中出现的一个折中方案，大致可以用八个字概括：低坝、小库、滞洪、排沙。同前苏联专家比较，两方案的区别是："排沙"与"拦沙"、"少淹"与"多淹"。但这一折中方案也遭到了苏联专家的反对，支持或基本支持温善章建议的，仅有黄万里等三人。那些识时务者心里都十分清楚，苏联专家的方案早已是定案，所谓提意见，只是让你提出一些细节性修改意见，想从根本上推翻或改变一个既定方案，那是根本不可能的。

三、如果真理再往前走一小步

1957年4月13日，一年一度的黄河凌汛渐近尾声，而人类治黄史上的一个伟大开端将从此开始。那天的三门峡，不只有一如既往的春潮汹涌和穿峡而过的巨大漩涡，更有比一条大河更波澜壮阔的人海、人潮。那是一个让人们充满激情和梦想的年代。黄河干流上一座史无前例的水利枢纽工程就在激情与梦想中破土动工了。

我曾经把那一幕想象为千军万马大会战的人海战役，这也是那个时代的中国特色。那曾经的艰苦奋战就不说了，那个时代的水利建设，基本上是同一版本的故事，在不同的地方轮番上演。但三门峡工程还真是一个超越了我想象的版本，也堪称中国水利工程划时代的历史性超越，其施工动力装配程度在当时是相当高的，尤其是在土石方开挖、大坝混凝土浇注、截流上实施了综合机械化作业，这是新中国历史上第一座高度机械化施工的大型水利工程。一个工程，既有人类奋不顾身的奋战，又有所向披靡的机械化施工，其进度也是创纪录的。仅仅用了一年半多时间，一条大河就于1958年12月被人类成功截流，又于1960年9月实现关闸蓄水，这标志着大坝主体工程就基本建成。这三年多时间里，贯穿了"大跃进"和新中国历史上异常艰难的三年困难时期，对于一个足以用伟大来形容的水利枢纽工程，这是伟大的胜利。

那么，这一工程的质量又如何呢？这是我最担心的问题，也是那个时代普遍存在的问题。由于大多数工程是急匆匆上马，又以只争朝夕的速度推进，难免会出现这样那样的问题。从那个时代特别强调的"多快好省"看，别的都不难做到，最难得的是一个"好"字。就在三门峡主体工程基本建成的同年，经国家组织的拦洪验收委员会检查验收，就做出了一个"工程质量良好"的评定。但在这么短的时间内，这一评定无疑不是结论，历史选择了三门峡，历史也将检验三门峡。尽管我知道，三门峡工程的质量一直受到同行的公认，但作为一个历史追踪者，我还必须登上大坝仔细看看。半个多世纪过去了，快六十年了，一道横亘于峡谷中的"万里黄河第一坝"，不说风霜雨雪等自然侵蚀，也不说还有多少自然灾害，只说那峡谷河流的不断撞击与冲刷，连岩石也会留下深刻的痕迹和裂缝。但这座大坝看上去真是比长城还沉稳坚固。这座枢纽工程由主坝、副坝、隧道和坝后发电站组成，主坝为混凝土重力坝（坝长713.2米，最大坝高106米），副坝为钢筋混凝土心墙土坝（长144米，最大坝高24米），这一座座建筑，我从外到内，深入其间，都特别用心甚至别有用心地看过了。谁都知道，大体积混凝土坝有一个最常见的问题，就是裂缝问题，一直到现在国内外都难以完全解决，但在三门峡我还真是极少看见这样的裂缝，不说没有，但确实很少见。而严重的贯穿缝，则是绝对没有的。只有看过了，才会更真切地感觉到，也不得不承认，这一座座"大跃进"时代的建筑不但没有我想象中的粗糙破败，而且愈是年深月久，愈见执着与深沉，坝体更深处的东西虽说看不到，也能感觉到，在它的内部有一种稳定型的结构在长久地支撑，又出人意外地延续着某种持久的活力。它的存在，让我超越了对那个时代的简单理解，让我感觉到这里边不只有钢筋混凝土，或许还有一个时代的信仰、信念和非凡的理想情怀，这就是那个时代的灵魂和主心骨，从而构成了一种奇妙的结构，构成了一种牢不可破的支撑力量。

　　我不但要呈现一座水利枢纽的客观存在，也坦诚地交代我内心的感受，如此才能对一座水利枢纽做出更真实的描述。一个专家这样对我说："哪怕和今天兴建的许多优质水利工程相比，三门峡工程也不逊色。"我相信这是事实。我也知道，哪怕亲眼看见的也不一定就是事实，但这么多年了，一座座枢纽工程从外观到内在质量都未发生过大的问题,还有什么比这更能经受住历史和时间的严峻考验呢?

如果以当年"多快好省"的四大标准来看,三门峡工程堪称是一个"工程量多、工期短、质量好、投资省"的典范,尤其是在工程施工中始终贯彻了"质量第一"的方针,这是永恒的真理。作为新中国大型水利枢纽工程的开篇之作,它在各方面突显出了其开创性的意义,首先它就改变了以往以人力施工为主的传统,大大提高了我国大型水利水电工程的机械化施工和现场管理水平,在大河截流、土石方开挖、大坝混凝土浇注和发电机组的水涡轮焊接等方面,率先推出了包括新技术、新工艺和新材料在内的多项创新,同时也锻炼和造就了一支能打硬仗的水利水电工程施工队伍,其中有各工种的技术工人、各专业的施工管理人员和技术人员,这为以后黄河上的青铜峡、三盛公、刘家峡、龙羊峡以及长江流域的丹江口、葛洲坝、三峡等大型水利水电工程培养了一大批骨干。

然而,一个工程无论设计理念有多么完美,建设过程有多么完美,哪怕这个工程本身足以用完美来形容,最重要的还是得看运用过程中产生的效果。这又要看人类对一个工程的设计理念了。

三门峡工程被定义为"一座以防洪为主综合利用的大型水利枢纽工程","确保黄河下游的防洪安全是三门峡水利枢纽的首要任务"。而三门峡工程当年之所以急于上马,据说就是"为了避免黄河下游迫在眉睫的水灾"。从这个设计意图上看,三门峡水利枢纽投入运用后,黄河下游的防洪就不仅是单纯依靠堤防来严防死守了,还可以依靠水库、河道和分滞洪等措施的综合运用,由此形成防洪工程体系。这"标志着黄河下游的防洪已提高到一个新的历史阶段"。但我不看标志,只看效果,这里还是用事实说话。在三门峡建成之初未发生大的洪水,黄河下游还一度断流。自1964年以来,三门峡以上地区曾出现六次流量大于1万立方米每秒的洪水,由于三门峡水利枢纽的控制运用,削减了洪峰流量,直接减轻了下游堤防负担和漫滩淹没损失。这里以1982年7月末的一场暴雨洪水为例,三门峡至花园口区间的干支流普降暴雨和大暴雨,花园口洪峰流量高达1.53万立方米每秒,七天洪水量超过50亿立方米。由于三门峡水利枢纽和其他滞洪工程同时发挥作用,使这次大洪水化险为夷,最终安全入海。而看半个多世纪以来的历史事实,黄河下游"三年两决口"的局面的确已成为历史,"百年一改道"的局面,看眼前这条柔弱无力的黄河估计再也难以发生。应该说,三门峡水利枢纽的第一个设计意图达到了,黄河中下游数千年来的一个心腹大患——洪水威胁,不说完全解除,但也基本解除了,借用黄委的话说,"黄河下游岁岁安澜,千里大堤安然无恙"。

除了防洪,还有防凌。黄河下游河道在河南兰考县折向东北,随着纬度逐渐增高,成为黄河凌汛的重灾区。自三门峡水利枢纽运用以来,利用三门峡水库进行凌前和凌期蓄水,控制下泄流量和河道水量,黄河下游再也未发生过凌汛决口。这里以1966年黄河进入封冻期至1967年开春黄河开河为例,当时,黄河下游封冻总长600多公里,整个黄河下游差不多都封冻了,这也是新中国成立以来冰量最多的年份。由于三门峡水库适时运用,也将这次处于高危状态的凌汛化解了。实践证明,利用三门峡水库调节黄河下游流量,对保证下游凌汛安全起到了关键作用。

又从蓄水灌溉看,三门峡枢纽投入运用以来,极大改善了黄河下游的引黄灌溉和城市供水,沿黄两岸七十多个市、县都用上了黄河水,尤其是保证了向郑州、开封、济南、东营等沿河重要城市和胜利油田、中原油田的供水,这也为引黄济津、引黄济青工程创造了有利条件。而三门峡水库每年利用凌汛和桃汛蓄水,把洪水变成了宝贵的水资源,每年为下游春灌保持了14亿立方米的蓄水量。三门峡在引黄灌溉上发挥的作用不只是让黄河下游的河南、山东直接受益,也惠及中游的山西。山西省沿黄地区利用三门峡水库蓄水使潼关河道水位升高的优势,在沿黄库区修建大、中型电灌站和引黄提灌设施,据不完全统计,山西省沿三门峡库区引黄灌溉面积有一百多万亩。

三门峡水库对减轻黄河下游河道泥沙淤积也起到了重要作用。以1960年7月至1970年6月十年期间为例,三门峡共拦沙近60亿吨(57.42亿吨),对同期下游利津以上河道最大冲沙量达20多亿吨(23.1亿吨),1964年汛后三门峡水库冲槽排沙,下游河道回淤,在上述十年内下游河道累积冲淤基本平衡,这就是说,由于三门峡水库的拦沙作用,下游河道相当于十年不淤。而自1973年以来三门峡水库采用"蓄清排浑,调水调沙"的运用方式,更加提高了下游水流的输沙能力,增大了排沙入海的比例。

透过上述事实,可见三门峡水利枢纽对黄河下游可谓有百利而无一害,而唯一深受其害的就是陕西,这也就是所谓的"陕西之痛",对此,黄万里先生早已预言:"兴建三门峡大坝,必将造成水灾搬家。"这话说得再明白不过了,"水灾搬家",就是从三门峡下游搬到了上游,这是一种危机转嫁方式,说穿了,这又是在河流上修建水库的通行规律,"下游得利,上游受害","水灾搬家"必将导致移民搬家。当一种平衡被打破,从自然生态到社会生态,就必须重新构建新的平衡关系,而通行的做法就是建立起合理有效的补偿机制,在一方得利时,向受害的一方让利。如果这种关系没有处理好,就会让受害方伤上加伤、痛上加痛,而最受伤的又是老百姓。而这正是三门峡移民的悲惨命运,也是三门峡工程的一个失误,致使移民问题变成了一个为天下所诟病的、迄今也未解决好的遗留问题,在中国移民史上写下了血泪交织的一页。

按照工程原来规划,三门峡蓄水高程将达到海拔350米,预计淹没两百万亩良田,移民九十万。而按当时的逻辑,小局必须服从大局,"为了下游八千万人民的利益,牺牲陕西一百万人的利益是值得的"。在移民时,一个充满献身精神的口号就是"舍小家,为大家;迁一家,保千家"。尽管陕西方面一直反对三门峡工程上马,但还是以小局服从全局的政治高度,从1955年就开始启动移民工程。四十多万关中的父老乡亲从水土肥沃的渭河谷地迁至宁夏、渭北等偏远干旱地区。而三门峡工程后来又出现反复,先是由于潼关河段将大淤,一些原本没有列入移民计划的关中老乡,挑着担子,背着包袱,一批批地踏上离乡背井之路。后来又因三门峡工程改变运用方式,水位控制在325米以下,按原计划350米高程搬迁腾空的上百万亩土地并未被淹没,很多移民又回迁故乡家园,但这些耕地已被各机关单位占用,移民们为了重返家园只能抗争,其中有很多遭到抓捕和迫害,还有很多既回不了故乡,又不愿意去那贫瘠的安置地,沦为盲流。这四十多万移民中有十几万来来回回迁移十几次，他们甚至不知道也看不清自己要去哪里，许多人哭得眼皮肿胀都睁不开了，还有许多虚弱的女人只能被坚强的男人架着上路……

直到中国又跨入了一个新的历史时期，中央派出了调查组，对三门峡移民问题进行深入调查。据公开报道："连国务院派去视察的高官看到他们悲惨的生活，都为之落泪说：'国家真对不起你们！'"1985年，一个让三门峡移民期盼已久的中央文件（中办发【1985】29号文件）正式颁发，同意部分移民回到库区。然而，当移民们终于回归桑梓，从前那精耕细作的田园早已变成了白花花的盐碱地，像被霜打过一样，那安身立命的房子早已荡然无存，一切只能重新开始。对于这些苦难而勤劳的农民，只要有一个重新开始的机会，他们就实实在在满足了。

移民问题，只是三门峡诸多问题中的一个。无论有多少问题，一个由"国家最高权力机关审议通过"的工程，必将按国家意志强行推进，一个陕西省又怎么能顶得住呢？他们只能期盼，但愿黄万里等水利专家的预言不会变成现实。然而该发生的必然会发生，这是大自然的规律。就在大坝基本竣工并开始蓄水后不久，许多人还沉浸在胜利的喜悦之中，灾难已经初显。黄万里当年知道三门峡工程阻挡不住，又退而求其次，主张至少也要多留几个导沙底孔，在关键时刻能派上用场，而就在泥沙淤积越来越严重时，从1960年11月到1961年6月，三门峡工程将十二个导流底孔全部用混凝土堵塞了。人类可以在一座工程上表现得如此决绝，却在大自然面前无能为力，到了1961年下半年，在不到一年的时间里，从黄河上游和渭河下泄的十五亿吨泥沙全部铺在了从潼关到三门峡的河道里，潼关河道急剧抬高，有人将之比喻为"翘尾巴"。当一个灾难性的预言变成灾难性的事实，还有什么比这更确凿的证据？

历史选择了三门峡，而自然规律则让潼关从此成了一个最直接的证人。黄河潼关水文站是三门峡入库的把口站，也因此成为黄河中游末端重要的控制性站点，黄河流经这里的每一滴水都会从这里得到记录。而潼关高程也由此成为三门峡上游水情安全的一个关键指标，一旦涉及黄河，谁都难以回避。据水利专家介绍，"决定潼关高程有两个因素：一个是三门峡水库的蓄水程度，一个是黄河水量大小与泥沙含量。潼关高程的水位数值越高，就意味着渭河下游泥沙淤积程度越高，黄河最大支流渭河发生洪灾的风险越高"。这里就是潼关高程的实测数据：从1960年9月三门峡工程落闸蓄水，到1962年3月，其上游渭河潼关河床抬高了4.5米。随着潼关河道的不断抬升，渭河变成了一条像黄河下游一样的悬河，黄河水患以及众多灾难，就这样被直接转嫁到了渭河流域，一年就淹毁了关中八十多万亩良田。

此时那个灾难性的预言家又身在何处？他早已被打成了右派，正"奉命在密云劳动，与昌黎民工同居同食同劳动，所居半自地下掘土筑成"。一个原本以正常方式表达自己意见的知识分子和共和国公民，在逼迫之下愈来愈彰显其高贵的人格和良知。他其实并未沉默，但他那像乌鸦一样的刺耳鸣叫已没有人能够听见。但灾难深重的陕西人再也按捺不住，既然三门峡工程是全国人大会议上审议通过的，那么解铃还须系铃人。1962年4月，在全国人大二届三次会议上，陕西省代表提交议案："拟请国务院从速制定黄河三门峡水库近期运用原则和管理的具体方案，以减少库区淤积，并保护335米移民线以上居民的生产、生活、生命安全。"但当时也没有什么良策，这也是人们常说的，"泥沙不能随便拦住，拦住容易，弄出来很难"。三门峡其实也不堪重负，只能硬扛着，在扛了两个年头后，已淤积了50多亿吨泥沙，潼关河床被抬高了5米以上。河床抬高了5米，水位也就相应抬高了5米，防洪大堤也就必须再筑高5米，但这不是简单地加高，对于梯形的堤坝，必须从大堤最底下一直往上筑。关中百姓每年冬修水利，就是挑土筑堤。洪水暂时挡住了，但关中平原的地下水无法排泄，田地出现盐碱化和沼泽化，从此粮食岁岁减产，农民只见土地年年减产，却不知原因何在。而最糟糕的是河道还在继续"翘尾巴"，泥沙淤积不断向上游延伸，一直延伸到古都西安，最近时距西安只有14公里。西安不只是陕西的西安，还是西北最大的中心城市，也是大西北最重要的工业中心。这让陕西人更加惶恐不安了，那曾经令黄河下游感到"迫在眉睫"的洪水，如今让他们感到"迫在眉睫"了。他们只能向中央反映，除了向周总理反映，还到毛主席那里去"告御状"。

毛主席也因此而焦虑不安了，对周总理说："三门峡不行，就把它炸掉！"

但炸坝是否可行,各方意见不一,争论异常激烈。而面对三门峡,有的人在绞尽脑汁地想办法,也有人一心只想怎么推卸责任。当时,中苏已经反目,于是,有人把很多问题都推到苏联专家身上。1964年12月,又一次治黄会议在周恩来主持下召开。会上,有人又提出把责任推给苏联专家,周恩来听了,一边摇头,一边沉痛地说:"三门峡工程苏联鼓励我们搞,现在发生了问题,当然不能怪他们,是我们自己做主的,苏联没有洪水和泥沙的经验。"他承认,现在看来三门峡工程上马是急了一些,一些问题不是完全不知道,而是了解得不够,研究得不透,没有准备好,就发动了进攻,这一仗一打,到现在很被动。黄河规划时间短了些,搞得比较粗糙。但他也理性地指出,对三门峡工程"不宜过早下结论"。

也正因为有这样理性的决策,炸坝方案最终没有被采纳,但解决潼关高程抬高问题迫在眉睫。为了减轻渭河淤积的严重问题,对三门峡工程的改建已经势在必行了。1964年12月,周恩来总理主持召开会议,寻求解决泥沙淤积问题的方法。会议最后达成一致意见:对三门峡大坝进行改建,以加大泄流排沙能力。

据三门峡水利枢纽大事记:为贯彻落实周恩来总理"立即动手,迅速建成运用"的指示,1965年1月,三门峡水库启动了"两洞四管"改建工程,所谓"两洞四管",就是在大坝左岸290米高程处增加两条泄流排沙隧洞,同时,把八条发电钢管中的四条改为泄水钢管。这也是三门峡工程建成后的第一次改建,又称"增建工程",其原理和黄万里提出的多留几个导流底孔是一样的,目的就是通过泄洪排沙,降低三门峡水库水位。这一工程实施难度相当大,为加强改建工程隧洞开挖力量,当时的国家水电部还经解放军总参谋部批准,从武汉、河南、沈阳军区调来了六百多名退伍军人参加改建工程施工,由此可见,这是一场非常艰险的攻坚战。这次改建,比三门峡主体工程建设的时间还要长,直到1969年8月,第一次改建全部完成,在汛期投入运用,但由于泄水建筑物的入口高程太高,水库的排沙泄洪能力还是不够,预期目标没有达到。

到了1969年12月,经国务院批准,水电部又下达三门峡第二次改建任务。对于第二次改建的时间一说始于1970年,这里以三门峡水利枢纽大事记为准。这次改建相继打开280米高程的1至8号施工导流底孔,用以排泄水库底部淤沙,还把1至5号压力管道的进口高程从300米降到287米。1990年又打开了9号、10号施工导流底孔,2000年打开了11号、12号施工导流底孔。至此,三门峡工程施工导流底孔全部打开,现共有二十七个泄洪排沙出口。在降低了水位之后,又将水电站改为低水头发电,新改建的每台机组需在已建的坝体混凝土中于287米的低高程处重新开挖出一条直径10米的大孔洞,以便安装低高程的新发电引水钢管道。这是非常艰巨的任务。我在三门峡工程现场采访时,一位专家给我讲解,"在已建成的大型水利枢纽的坝体内实施爆破开挖,挖出一条大孔洞,并且对开挖边缘四周的坝体混凝土又不造成明显或不可弥补的损伤,这项混凝土开挖技术在当时是绝无仅有的。此外,发电机的混凝土风罩由常规的现场浇注改为预先在厂房外整体预制,在厂房内分瓣吊装等多项新工艺,大大提高了施工效率,缩短了机组安装的直线工期,提前并网发电"。

  这两次改建,也可合称为"一期改建",着重解决了增加泄流排沙设施以增大泄流排沙能力问题。如果说每一次争论都能把意见统一起来,而三门峡工程的每一次改建,也把水利工程技术大大向前推进了一步。水利界普遍认为,三门峡大坝的改建产生了很好效果,特别是第二次改建,在连续敞泄四年之后,其运行方式已发生根本改变。对三门峡水库的运用方式,清华大学水利系教授王兆印将之分为三个时期:第一个时期是1960年9月到1962年3月的水库蓄水初期,按照原设计,采用蓄水拦沙运行方式,水库整年都在高水位运行。这种运行方式是利用高坝大库的特点,将来水来沙全部拦截到水库中,以库区的淤积换取下泄清水,以清水冲刷下游河道,减少下游河道淤积。从1962年3月到1973年10月,则采用了滞洪排沙运行方式,三门峡水库用来滞洪和排沙,在汛期闸门全开敞泄,让洪水穿堂而过。除在汛期拦滞洪水外,水库整年都在低水位运行,以利用尽可能大的洪水冲沙。这一时期三门峡几乎没有发电效益。从1973年11月开始,三门峡枢纽采用蓄清排浑调水调沙控制运用,在来沙少的非汛期蓄水防凌、春灌、发电,汛期降低水位防洪排沙，把非汛期淤积在库内的泥沙在洪水期泄排出库。水库在非汛期高水位运行，而汛期低水位运行。三门峡利用汛期洪水冲刷潼关淤泥，从而使潼关高程一度下降了近两米（从328.4米降至326.6米），这是了不起的成就，并在相当长的一段时间内趋于稳定。

就在三门峡工程不断改建的过程中，正在接受"改造"的黄万里先生，其个人的命运也有了一次"解决"的机会。毛泽东在一次与黄炎培的会面中，主动提起了黄炎培这个儿子，"你儿子黄万里的诗词我看过了，写得很好，我很爱看"，他暗示黄万里写个检查，问题就可以"解决"了。作为父亲，黄炎培肯定希望把自己的儿子解救出来，但他这个儿子显然还没有"改造"好，黄万里上书毛泽东，说三门峡问题其实并无什么高深学问，而1957年三门峡七十人会上，除他之外无人敢讲真话。

在三门峡第二次改建时，黄万里已经来到了三门峡，很多人上厕所时都会见到一个头发花白、正在掏厕所的老人，就是他了。从这个人的命运看，所谓真理，有时候就是一个人的真理。说穿了，向中国人挑战的从来就不是什么深奥的命题，它其实就像常识一样简单，是一目了然的普适价值。我更喜欢"普适"这个词，而不是"普世"。但在中国，哪怕是简单如常识一样的真理，也只被内心天真的人坚守。识时务者为俊杰，才是更多人的真理。在这些"俊杰"们眼里，黄万里、温善章与其说是在坚守真理，弗如说是认死理。从真理到死理，这其中有一个奇怪的逻辑链。像黄万里这样的学者注定只能成为另一类学者。这样的人，哪怕到了现在也难以想象。在现实中，他可能被一些人私下里认同，但他在现实中发挥的作用、实现的价值极其有限。他更大的意义是作为一个预言者、一种精神范本而存在。

1980年早春二月，在度过了二十多年非人的右派生涯后，黄万里终于被摘掉了右派帽子，这位1937年就获得了美国伊利诺伊大学工程博士学位而且是第一个获得该校工学博士学位的中国人，著名的水利工程专家，终于恢复高教二级教授的工资待遇。这时候他已经年近古稀，而很多识时务者早已是一级教授、学部委员了。尽管经历了多年的冤屈，但你很快就会发现，一个知识分子的人格在经历了二十多年的改造之后，依然没有被扭曲，这十分罕见。在那样一个时代,一个人的本性没有被扭曲,只能靠内心的力量。如果内心里没有一种更强大的力量做支撑,他必然会崩溃,或者曲意逢迎。后来,很多在重压之下扭曲了人性的人,将一切都归罪于那个时代,甚至归咎于我们这个民族,这是最聪明也最乐意被人接受的一个借口,它从另一个角度完全取消了个人的意义,个人不必对历史承担责任,无论他们干过什么,说过什么,都是因为那个特殊的时代或特定的历史阶段。

　　从个人的命运,又回到三门峡工程的命运。经过两次改建,在运行十多年后,潼关高程又迅速抬高。三门峡水利枢纽泄流工程开始第三次改建,一般称为"二期改建工程"。从1985年开始试验性施工,到1995年年底全部工程基本竣工,这次改建历时十年。而在这次改建过程中又进行了大量试验探索,推出了一项项了不起的科技创新,特别值得一提的是1984年研制成功的"深水钢围堰",这在国内外都是一项创举。简单说,这种"深水钢围堰"在40米高水头的作用下,结构稳定,止水良好,用后拆卸亦较灵活方便,这在不影响水库正常运用的情况下,为底孔二期改建创造施工条件,从而避免了另从电站坝体实施"开膛破肚"的改建方案,在二期改建工程中"起到了决定性的作用",1985年获国家科技进步一等奖。而二期改建工程的质量也在汛期经受住了高速含沙水流磨蚀冲刷的考验。随着二期改建完成,三门峡大坝安全状态达到了"正常坝"标准。

　　正常,一个多么平凡而简单的词,只有从非常年代走过来的人,才知道"正常"是多么来之不易。如今,一个工程已回归正常标准,一个社会也回归正常状态。而只有在正常状态,我们才能辨别什么是真理。

　　这里再以黄万里先生为例。关于三门峡工程,历史已经验证了他的灾难性预言。他的预见之准,也让他被誉为"中国水神"。2001年8月27日,他带着无尽的遗憾离开了人世。每次想到他的另一个灾难性预言"三峡大坝迟早要被炸掉",我就心惊肉跳,在内心里虔诚地祈祷,这个预言永远也不会应验,也唯愿,一个人的离世,不是另一种声音的消失。对黄万里先生的高贵人格我打心眼里敬仰,然而,我也应该像他一样坦诚地说,对他的观点我持保留意见,尽管他准确地预见了三门峡工程给上游带来的灾害,却忽略了至少是没有重视三门峡工程给下游带来的利益,那是名副其实的水利。

辩证地看三门峡工程,首先我觉得,三门峡工程不是该建不该建的问题,如果认为三门峡工程从一开始就绝对不该建,那也难免会有矫枉过正的谬误。在这个根本问题上,我没有话语权,这里还是援引专家的观点。清华大学水利系教授王兆印主要从事泥沙运动规律和江河治理方面的科研工作,并担任国际泥沙研究培训中心顾问委员会主席,他认为:"在黄河上修建水库减少进入下游的泥沙是控制黄河洪水灾害的关键,建设三门峡水库是符合减少侵蚀和宽河滞沙这一战略思想的。换句话说,在黄河上建设大坝战略上是正确的。实际上,现在黄河上修建的二十多座大坝都起到了减沙和减灾作用,同时也取得了发电供水等其他效益。而三门峡水库发电效益大大缩水,还导致渭河洪水泛滥和大片良田淤埋,没有达到工程的战略目标。那么,为什么只有三门峡水库决策失误了?失误在哪里?我分析认为,三门峡水库的失误是战术上的失误。"

狄德罗尝谓,真理与谬误始终相随。这里又不妨借用一个马克思主义哲学观点:"任何真理都有自己适用的条件和范围,如果超出了这个条件和范围,只要再走一小步,哪怕是向同一方向迈出的一小步,真理就会变成谬误。"我觉得,三门峡工程后来发生的诸多问题,其实就是"超出了这个条件和范围","向同一方向迈出的一小步"。而这一小步往往就是真理与谬误之间的界限。设想一下,如果按照当时那个"小人物"温善章提出的方案,采取"低坝、小库、滞洪、排沙",也就不会出现后来那么多致命的谬误了。后来三门峡工程的一次次改建,基本上就是按他的思路来的,这就是把超出了条件范围的脚步一步一步收回来,这是一个回归正常的过程,也是一个回归真理的过程。

从这个意义看,三门峡无疑有太多惨痛的教训,但也并非绝对就是一个失败工程的标本,尤其是后来通过不断的探索和改建,在汲取惨痛的教训时也积累了成功的经验,如果没有三门峡的教训,三门峡工程出现的许多问题、犯过的许多错误,或早或晚,也会在别的工程上出现。从汲取教训这个意义上,我觉得也应该把这个工程留下来,让它成为一个被后来者反复剖析的标本。不过这样的标本有一个就足够了,我们已经付出了惨重的代价,交了巨额的学费,千万不要买回同样的教训,而这也正是一个人一直到死都最担心的。

其实,我在采访中发现,三门峡人对于黄万里先生等反对派也是打心眼里尊重的,这其实也是对科学的尊重。有人甚至说,对于三门峡工程"贡献最大的就是反对者","对于一项工程利弊得失的争论,只有听到了反对的声音,才能通过那些对不利因素的质疑,发现更多问题,从而解决更多问题。而那些能够坚持自己观点的学者,不仅是对学术负责,更是对人民负责,对国家负责"。这样一说,我心里就豁亮了。反对永远比赞成更难,想想1955年全国人大代表在审议三门峡工程时全票通过,到1992年全国人大审议长江三峡工程,在到会的2633名代表中,有177票反对、664票弃权、25人未按表决机器,这其实不是坏事,是好事,至少表明很多代表是在认真审议并且高度审慎地表达了自己的真实态度。这又何尝不是一种回归正常社会的表现?

四、重新审视三门峡

我在此长久地凝望,凝望着这样一座隐忍不言、有些冷清落寞的宏大工程,心情变得复杂而沉重。

三门峡工程,作为新中国历史上第一座直接切入黄河干流的大型水利枢纽工程,在中国水利建设史上,还没有哪个工程像它一样,从规划设计到付诸实施,从投入运行到一次又一次地改建,在将近六十年的岁月里,一路风雨,一路坎坷,一直都是水利界乃至全社会关注的一个焦点、一个症结。围绕这一工程的质疑、争议和追问,贯穿了三门峡工程的全部历史,迄今仍未尘埃落定,其波及范围之广已远远超出了科技与学术的本身,演绎为各种站在不同立场上的利益诉求与博弈,这不仅使许多历史事实变得扑朔迷离,也使三门峡工程的去留成为一个悬念,很多人早已发出了"三门峡命悬一线"的论断。

在三门峡工程历经三次改建后,也曾度过一段波澜不惊的岁月。然而,就在黄万里先生辞世两年后,2003年的一场华西秋雨顷刻间又把它推上了风口浪尖。从8月到10月,渭河流域发生了自1981年以来最大的洪水,历时五十天,先后出现六次洪峰,首尾相接,不断叠加,由于渭河淤积严重,难以尽快排入黄河,导致洪水演进慢、历时长。9月1日,渭河南山支流石堤河东堤被洪水撕开了一道裂口,又加之这条支流与渭河干流堤坝交界处的一座大桥垮塌,倒灌水流和南山支流两股洪流激烈相遇,叠加在一起,产生了巨大冲击力,这道裂口越来越大。而一旦河堤发生决口,必将是致命的灾难。据陕西方面统计,这场洪水造成一千多万亩农作物受灾,两百多万亩农作物绝收,受灾人口五百多万,包括抗洪抢险的烈士在内有数十人死亡,还有二十多万人被迫撤离家园,直接经济损失80多亿元,另有一说为超过10亿元,两者之间悬殊很大,而对死亡人数也有不同说法。但不管怎么说,有一点是公认的:这是渭河流域半个世纪以来最为严重的洪灾,是一场典型的"小水酿大灾",即"小洪水、高水位、大灾害"。一些专家痛心疾首地说,这原本只是渭河五年一遇的洪水,却造成了五十年一遇的洪灾。这让人类又一次陷入追问的怪圈:为什么一场并不罕见的华西秋雨,却给渭河带来了一次历史上罕见而严重的秋汛?一场不该发生的洪灾为什么会发生?不用说,罪魁祸首,又是潼关下游100多公里处的三门峡,而这道拦河大坝在一场灾难中又面临新一轮的存废去留之争。

陕西方面的意见就不用说了,从三门峡工程建成以来,差不多经历了三代人,谁都知道三门峡大坝把黄河的泥沙都淤在陕西了,河床高了,渭河的水流不到黄河里,就只能往老百姓家里流了。只要一提起三门峡大坝,几乎所有的老百姓都会说,三门峡大坝早该炸掉了。

三门峡方面也从未否认历史事实。原三门峡水利枢纽管理局总工程师陈士麟先生的《三门峡工程的功与过——向张光斗院士请教》一文认为,潼关高程的抬高,主要是由于三门峡水库蓄水初期造成的,而三门峡在两次改建之后,已基本对潼关高程不产生任何影响。此外,他还有一个重要论点:渭河是一条多泥沙河流,近年来,由于当地过度用水和不注重水土保持,致使泥沙淤积，"即便没有三门峡，（渭河）三十年淤高两米也是正常的"。如果说陈士麟是站在三门峡的立场上说话，还有超然于两者之间的专家亦有类似观点。当年10月份，由水利部组织召开了一次"潼关高程控制及三门峡水库运用方式专题调研研讨会"，此次会议在郑州举行，也被称为"郑州会议"。就在这次研讨会上，清华大学教授张红武也说出了和陈士麟基本一致的观点：渭河这次发生严重水灾，其根本原因是渭河十多年来河床不断淤积抬高及主槽萎缩所致，"即使没有三门峡水库，渭河下游目前和今后每年的平均抬升幅度也比建库前大"。

黄河复杂，渭河复杂，当渭河遭遇黄河，人间纠纷更复杂。就说这淤积在潼关至三门峡河道里的泥沙，大部分都是渭河从陕西带来的，这就难免有人质问："你渭河的泥沙淤在当地就埋怨三门峡，那么下游淤积的泥沙又该怨谁？"还有人在灾情发生后特意去渭河那边看过了，结果发现"那边的防洪设施简陋得很，而且几乎没有抢险物料"。还有人指出，这次渭河流域的河道决口均发生在渭河的南山支流，而不是渭河本身，但渭河的治理由黄委负责，支流则由陕西方面负责，责任在谁，还用说吗？

诚然，答案与问题一样都未必如此简单，我也是一个两不相干者，也许更能客观公允。早在三门峡工程上马之前，陕西方面就提出了一个反对三门峡工程上马的理由，认为只要"沿黄河流域水土保持好就能解决黄河水患问题，无须修建三门峡工程"。水土保持，无论对黄河和渭河都是至关重要的，而在人们追究灾害的责任时，往往又把泥沙淤积问题直接转嫁到了三门峡水库，我觉得也应该反思我们在水土流失方面是否可以做得更好？

再看这次人们把矛头指向三门峡的另一个原因，"造成渭河水灾第一位的原因就是三门峡大坝的运用不当。由于过于注重发电效益，致使蓄水水位过高、时间过长，从而使潼关高程一直抬高"。一个数据就是，到2003年华西秋雨时，潼关高程已经超过了1973年改建之前的水平。对于一个水电站而言，谁都知道，发电与蓄水是相辅相成的。而水电站作为三门峡水利枢纽的一部分，我还一直没有提及过。走笔至此，我又特意翻检了一下三门峡枢纽大事记，应该说，三门峡工程把发电一直是摆在最后的，在三门峡主体工程建成十余年后，1973年12月26日，第一台国产水轮发电机组投产发电，到1978年年底，全部五台发电机组安装完毕。按静态计算，到1986年时三门峡已收回国家对这项工程的全部投资，至1990年年底累计已发电150亿千瓦时，这相当于水利枢纽工程固定资产的近2倍（1.83倍）。这里以三门峡水利枢纽管理局提供给我的资料为准：为实现枢纽的统一管理和运用，1983年成立了三门峡水利枢纽管理局，现隶属于水利部黄河水利委员会。1996年5月，经批准改制成立了三门峡黄河明珠（集团）有限公司，为保证枢纽工程继续发挥综合效益和行使水行政职能，原"三门峡水利枢纽管理局"名称不变。三门峡黄河明珠（集团）有限公司经过多年来的发展，形成了以发电为主，金属冶炼、水电工程施工、水电检修、酒店餐饮、旅游、养殖、咨询监理等多种产业共同发展的经济格局。那么，这个"以发电为主"的公司又有多大的规模呢？目前枢纽共装有七台发电机组，设计年发电能力约40亿度。由于改制后国家就停止拨款，目前枢纽局主要靠每年近2亿元的发电收入来维持正常运转，也有人称之为"以电养水"。

一个水利枢纽工程，难道就是为了保证这近2亿元收入而围绕水位高低和上下游进行生存之争与利益之争吗？又无论是上游和下游，都希望三门峡加大排水流量，降低水位，这既有利于上游的排沙，也有利于下游的补水，但水位又是水电站的一道生死线，如果降低水位，就无法正常发电，甚至根本无法发电。转了一圈，又回到刚才那个根本问题上了，三门峡水利枢纽还有必要运转下去吗？

若要回答这个问题，还真得重新审视三门峡。审视，是为了正视。

对于一座水利枢纽的去留，先且不说放弃有多么难，更主要的还是要看它还能不能在水利上发挥作用。如今这座三门峡枢纽工程，历经三次改建，其实早已不是原来的那个三门峡水利枢纽工程了。通过对水库的"蓄清排浑"，按照防汛指挥机构的"电调服从水调，水调服从洪调"的调度指令，既可以对水量进行调节，还可以调水调沙。当然，也必须正视，自从小浪底水利枢纽投入运用后，三门峡水利工程原有的那些功能，大部分可转由小浪底工程承担。但三门峡也并非毫无作为。对三门峡工程的去留，最明白的还是周恩来总理当年提到的那个年轻人——温善章。从大学毕业,他就一直在黄河水利委员会勘测规划设计研究院工作,半个多世纪来他一直在为三门峡操心,如今已年逾八旬的温善章老人,依然还在为三门峡操心。这位与三门峡一生相随的老人,既有深刻的三门峡之痛,也有深厚的三门峡情结。他明确表示,"完全废弃也不是最佳选择","遇到洪峰时,三门峡大坝可不抬高水位,保持敞泄状态;在非洪峰期,可以低水位径流发电;在特大洪水时,则临时滞洪"。

还有很多专家认为,无论小浪底的表现多么优秀,也只是唱主角,但单单依靠一个小浪底唱独角戏,其功能将大打折扣,凭小浪底"一库定天下"更是绝无可能。从小浪底水库投入运用后的实践看,只有与三门峡、陆浑、故县水库实行"四库联调",共同发挥作用,才能确保下游安全。如果失去了三门峡这个有力屏障,小浪底的设计目标就难以实现,下游的整个防洪体系也将被彻底打乱。假如三门峡敞泄,按照黄河水沙条件,小浪底在五到八年就可以淤满。当然,这只是一个假设,但也是科学推演,诚如一些专家所说,谁敢轻率地以放弃三门峡来与变幻莫测的黄河进行一场豪赌?这是拿数以亿计的黄河人赌命,有这个必要吗?

那么,反过来看,如果废弃三门峡工程,是否会像陕西方面认为的那样可以直接减轻渭河洪灾呢?所谓废弃,也并非要把三门峡大坝炸掉,而是三门峡全年敞泄。对此,水利部曾委托清华大学、中国水科院、黄委、西安理工大学四家制作冲刷模型,以测算如果实现敞泄将会对降低潼关高程起多大作用。但四家单位的模拟结果差异很大:西安理工大学数据最高,五年降低3.5米,黄委则最低,仅降1米。不难看出,在明显的差异中也明显有着人类利益介入的因素。那么,又看看与三门峡没有直接关联的王兆印教授的观点:"为了估计废掉三门峡水库可能对渭河洪水的影响,笔者计算了废掉三门峡水库后渭河的演变,结果表明,对于流量小于2000立方米每秒的洪水,废掉三门峡水库后洪水水位会明显降低,但对于流量大于4000立方米每秒的大洪水来说,废掉三门峡水库十五年后洪水水位仅仅降低1~2米。此结果可见,即使废掉三门峡水库,渭河洪水灾害也不会明显减轻。鉴于以上结果,建议三门峡水库仍然按照蓄清排浑的方式运用,而且每年通过水库调节,人造异重流通过小浪底水库排沙。"

我比较认同王兆印教授的观点,但也不能忽视一些更权威专家的观点。如水利泰斗张光斗先生,还有长时间担任水利部长的钱正英,这一次的态度都非常鲜明,把造成2003年渭河洪灾的矛头直指三门峡水电站,"三门峡水电站为了发电,水库的蓄水水位常年保持在较高水平,使得上游地区特别是陕西的渭河流域泥沙淤积严重,导致渭河的河床抬高,从而导致渭河一发洪水就冲出堤坝的情况出现"。

当然,我也绝对不会忽视来自水利部的声音。从一份水利部文件上也可看到时任水利部部长汪恕诚当时的意见:"关于潼关高程控制及三门峡水库运用方式问题,我的基本意见有两条:第一,三门峡水库建设,没有正确认识和处理好人与自然的关系,违背了水沙自然规律,导致黄河潼关生态系统的破坏,教训是深刻的。三门峡建设破坏了原有的生态平衡,但也要看到三门峡运行四十三年来,又建立了新的生态平衡,如果简单地废除三门峡水库,又会打破现有的平衡,可能造成新的危害。对此要有足够的认识,要持特别谨慎的态度。第二,当前可以把降低潼关高程两米作为工作目标。为实现这个目标,必须采用综合治理、重点突破的方法,例如减少来沙、裁弯取直、河道整治等,当然改变三门峡运用方式,降低运行水位也是重要的措施之一。等潼关高程降低后,再视情况确定新的治理目标。"

三门峡不是一个孤立的存在,是有条件地保留,还是无条件地放弃?既要考虑大局,也要考虑小局。这让我又一次想到那个关于真理的论述,如果在2003年华西秋雨过后,人类急于做出废弃三门峡水利枢纽的选择,是否又往前多走了一步?

从当时的现实看,2003年的渭河水灾虽说与三门峡脱不了干系,但诚如一些专家所言,"根本原因是渭河十多年来河床不断淤积抬高及主槽萎缩所致。即使没有三门峡水库,渭河下游目前和今后每年的平均抬升幅度也比建库前大。简而言之,是一种惯性的作用"。这就必须对渭河流域进行"减少来沙、裁弯取直、河道整治"等综合治理。实践证明,采取这一系列措施后的效果是明显的。而随着人类对黄土高原的综合治理,如今那逶迤起伏的黄土高原宛如波澜壮阔的绿色海洋,一座座遍布水土流失区的淤地坝更起到了拦沙淤地的作用,随着包括渭河流域在内的黄土高原泥沙量逐年减少,潼关至三门峡河段的泥沙淤积程度也逐渐降低,而泥沙量减少又给减轻了负担的河流带来了冲击力,也就形成了对泥沙的冲刷力。这就是人类顺应自然规律后的一种良性循环。据王兆印教授列举的数据,"从2005年以来,三门峡水库从净淤积转变为净冲刷,三门峡渭河库区也从淤积转为冲刷,2005至2012年净冲刷量大约2亿吨。可以预见,不久的将来,三门峡水库的入库泥沙将进一步减少"。王兆印也由此预测三门峡水利枢纽未来的命运:"南水北调西线工程调水将增加黄河水量,三门峡水库的运用水位可以较现状有所抬高,以增加发电、航运、生态和水资源利用效率,三门峡水库将浴火重生。"还有专家发出更乐观的预言:"在2030年前,小浪底以下河床可恢复到1966年前的高程,全河河床永不再淤积抬高;全流域水库进入最佳运行状态,实现根治黄河的宏伟目标。"

  这个预言中的"宏伟目标"离我们已经不再遥远了,就像三门峡离小浪底的距离一样,也不是什么遥远的距离,那将是我奔赴的下一个目的地。

第十章　绝地上的诞生

王化云说:"小浪底不上马,我死不瞑目!"
钱正英说:"三峡我敢签字,小浪底我不敢。"

——采访手记

一、黄河的命门

　　从三门峡到小浪底,130余公里,一条泥沙俱下的黄河在峡谷里快速推进,连越野车都追不上。在时光之河的峡谷里,飞奔的感觉是真实的,半个世纪的岁月,一路如同山水泼墨,一个多钟头就到了。逝者如斯夫!戛然而止处,乍见一道赭红色的大坝将黄河拦腰截断,在大河之上,更能感觉到一种横空出世、波诡云谲的气势。忽然间,感到没有了前路,又忘了归途。

　　打开手机上的高清卫星地图,找到了我此刻的位置:此处南距洛阳40公里,北离王屋山50公里。洛阳不只是千年古都,且是一座八面环山、五水绕城的城池。王屋山,愚公移山的那座山,如果愚公在这个时代再活一回,他是否会挖掉一座山,又搬来一座山,在这里把黄河拦住?愚公是一个民族生生不息、不屈不挠的精神象征,在某种意义上也是西西弗斯神话的中国版,不同的是,西西弗斯是徒劳的,而愚公以人类最愚蠢也最决绝的方式引来了仙人襄助,如愿以偿。这也是人神合作的一个典范。

　　看黄河北岸,那与云影相互交织、难以分辨的山影,是随九曲黄河一路逶迤而来的中条山脉,延伸到济源、孟州一带又与太行山相连,因势赋形,势是山势,形为水形。南岸则是秦岭东段支脉崤山的余脉,一座在更深邃的背景下展开的历史文化名山——邙山。这是小浪底的背景，一旦抽空了这个背景，你就无法理解小浪底，无法理解小浪底对于黄河有多么重要。如果说邙山是黄河与其支流洛河的一道分水岭，小浪底则是黄河中下游的一道自然分水岭，从三门峡至桃花峪区间的黄河由小浪底分为两部分：小浪底以上，河道穿行于北岸的中条山和南岸的崤山—邙山之间，两山夹峙，由此形成了一道抱紧了黄河的豫西山谷，这也是晋陕大峡谷最后一段，但人类不再叫它峡谷，而是山谷。山谷和峡谷是有区别的，如果说三门峡是黄河最后的峡谷，这里则是晋陕大峡谷出口处，也是黄河从一条峡谷河流向平原河流过渡的地带。在重重叠叠的关隘与纵横的沟壑之间，从黄土高原奔突而来的黄河，无论怎样咆哮也只能俯首听命，而一旦冲出挟持它的最后一道关口，黄河便变得躁动不安，像脱缰的野马一样肆虐难羁。再往下，在越来越开阔的大河两岸，已经看不到危险而陡峭的峡谷，连灰冷而逼仄的山谷也越来越放松了，随着两岸的山脉逐渐被这条奔流的大河抛在脑后，河道、河床、河谷越来越宽，辽阔的中原已经没有任何天然屏障来约束这条大河，一切都交给人类了。

哪怕像我这样一个水利的门外汉，看到这里也大致看清楚了：在黄河从峡谷河流变成平原河流之前，如果要在三门峡以下再造一座掌控黄河的水利枢纽，小浪底就是一道命门，这是黄河给人类留下的最后机会，甚至是唯一的选择。

事实上，黄河的这道命门早就被人类盯上了。追溯起来，20世纪30年代，一些独具慧眼的中国水利专家向当局递交过小浪底水库选址的报告，但没有下文。到了20世纪40年代，又有日本、美国水利专家的身影在小浪底的荒凉河谷里时常出现，而后，他们也提出在小浪底筑坝建库的建议。然而在那样一个兵荒马乱的乱世，谁还有心思来理会黄河的命运，这些建议注定只能是一纸空文。

按1955年制订的黄河治理规划，小浪底是四十六座梯级工程的第四十级。如果三门峡工程不出意外，小浪底工程或许早就上马了。而当时修建三门峡工程的核心意图，就是在一道峡谷里为奔向黄河下游的洪水设置一

第十章 绝地上的诞生

道命门,作为控制洪水下泄的总阀门或总开关。然而,王化云的大手笔变成了大败笔,一座人类精心设计的命门,最终却变成一座人间与地狱之间的罗生门。对那些深受其害、万劫不复的生灵,它就是一座通向地狱之门,也是新中国水利史上最惨痛的一个教训。

对于力主三门峡工程上马的王化云,从义不容辞到难辞其咎,一直深陷在罪与罚的阴影里,这也是他将要背负一生的十字架。但一味指责、埋怨三门峡都是徒劳的,也是弱智的。一个糟糕的工程,不能简单地归咎于某一人。在那样一个狂热的时代里,只要参与其间者,每个人都有责任。而比问责更重要的是如何补救。事实上,王化云也没有被这个十字架压垮,没有被黄河这条世界上最复杂、最凶险莫测的大河吓倒。他一直在反思,也一直在筹划:三门峡留下了太多的后遗症,仅靠三门峡工程本身难以从根本上解决,如果在三门峡下游至桃花峪之间再造一座水利枢纽,只要能解决好库容泥沙淤积问题,对一个失败的工程很可能就是一种成功的补救、一个再造的奇迹。

一个人,在世事洞明之后还真是具有非凡的眼光,这一次他真是看准了。然而,三门峡惨痛的教训,离小浪底实在太近,这也让人们对规划中的小浪底工程变得特别踌躇,如同生死徘徊,难以抉择。在三门峡之前,人们想得最多的是如何创造辉煌,而在三门峡之后,想得最多的则是最坏的结果:若在三门峡以下再造一座黄河的命门,会不会成为下一座罗生门?人类的态度,亦如罗生门的词义进一步延伸,罗生门这一词诞生时便有"生死徘徊"的意味,后来演化成指当事人各执一词,各自按自己的利益和逻辑来表述证明,同时又都无法拿出第三方的公正有力的证据,结果陷入无休止的争论与反复。

就在人们难以抉择的徘徊中,一场与黄河无关的人间浩劫发生了,王化云在劫难逃,他必须承受那个疯狂时代的恶作剧,白天戴着高帽子挨批斗,夜里关在牛棚里写检查。但无论怎样的折腾和折磨,都无法压抑他的小浪底情结,一旦摘下了头顶的高帽子、脖子上挂着的纸牌子,他脑子里蹦出的第一个念头便是小浪底。

十年浩劫中出现的第一次转机,在 1970 年 3 月。在周恩来总理的特意关照下,国务院副总理余秋里把王化云接来参加国家计委工作会议。会议开始时,王化云还有些诚惶诚恐,周总理环顾会场,一道目光在他身上掠过,好像看见了他,又好像没看见他,突然大声问:"王化云同志到了吗?"

王化云一听总理的呼唤,眼眶顿时一热,站起来沉声回答:"到了。"

周恩来含笑冲他点了点头,又当着众人大声问:"解放了吗?"

这一次王化云加大了嗓门:"解放了!"

周恩来微笑着带头鼓掌。在热烈掌声中,王化云很快就冷静下来了,这是一个机会,他要抓住这个难得的机会,向总理说出他修建小浪底水库的想法。总理一直用心地听着,在本子上记录着。这是我在小浪底听说的故事,而比故事更接近真相的还是历史。在那样的岁月,一个大型水利工程想要上马,只有极其渺茫的希望。而哪怕只有渺茫的希望也要继续奔波、疾呼。但小浪底建不建,怎么建,该建成什么样子,又到底该建在哪里,多少年来依然是争论不休,除了政治上、经济上的原因,也有技术上的原因,总之,在激烈的争议中只听雷声响,不见雨点下。

或许是命运的刻意安排,小浪底工程最终决定上马,还真与一场暴雨有关。

1975 年 8 月,一场台风带来的特大暴雨袭击豫南驻马店、周口、漯河等中原地区。对那场暴雨,无论是中央气象台、河南省气象台,还是离灾难现场最近的驻马店地区气象台,无一做出准确预报。当年的气象资料显示,这场巨大的灾难在降临之前就以风暴的方式在太平洋上空形成,随后便穿越台湾岛在海峡西岸的福建晋江登陆,后被气象界命名为该年度中国内地第 3 号台风,这场台风和一场被命名为"75·8"的灾难紧密相连。一般来说,无论多么具有摧毁力的台风,在横扫东南沿海一带之后,都会变成强弩之末,在陆地上迅速消失。3 号台风却以罕见而强大的穿透力,在穿越福建、江西、湖南等关山重重的内陆腹地之后,又在湘西北(湖南常德附近)突然转向,北渡长江直入中原。这在气象上是非常罕见的,而更罕见的是,这个台风不但充满了极强的穿透力,行踪也非常诡秘,就在气象界追踪它的踪影时,它却在最要命的关头突然从中央气象台的雷达监视屏上消失了。如果真是消失了也就好了,而它又突然再次出现,一场史上罕见的特大暴雨几乎是在人类猝不及防的状态下突然降临。特大暴雨必然带来特大洪水,顷刻间,河南淮河支流洪汝河、沙颍河等几近干涸的河流便变成了洪水汹涌、浊浪翻滚的灾难之河。而在暴雨中心——位于板桥水库的林庄,最大六小时雨量为830毫米,超过了当时世界最高纪录——美国宾州密士港的782毫米;一天二十四小时最大雨量为1060毫米,创造了我国同类指标的最高纪录……

这场台风带来的洪水,不但气象学家没有想到,许多水库设计者也未曾料到,暴雨与洪水的威力大大突破了人类的预计和设计,板桥水库、石漫滩水库等六十多个大中型水库相继垮坝溃决。据一些幸存者回忆,板桥水库20多米高的大坝溃决是在凌晨四点钟左右,这也是人们睡得最深沉的时候,很多人在睡梦中被那山崩地裂般的震撼惊醒了,还以为是地震了,惊慌地跑出屋子,眼前是浑茫弥漫的田野,什么也看不见,等到他们看见时,很多人就被洪水卷走了。在那些侥幸逃过一劫的幸存者眼里,只有满世界的水,他们并不知道从决口处冲下来的洪水有多大的流量,只感觉如翻江倒海、山呼海啸。多少人还没来得及看第二眼,便被洪水淹没了,在呼啸、咆哮与求救的呼叫声中,只见一次次沉下去又一次次浮起来的人头,每个人都在拼命挣扎,挣扎到最后。那些庄稼、树木、房屋、村庄像被瞬间抹掉了一样。这是无数人最后一眼看见的世界,世界末日,然后就被一股不可遏制的力量冲到了另一个世界。后来从泥沙里挖出来的受难者,一个个都目瞪口呆,这是他们在一瞬间凝固的神态,如同化石。

据灾后统计,在这场灾难中,一千多万人受灾,近两千万亩耕地被淹,五百多万间房屋倒塌,三十多万头耕畜被洪水冲走。纵贯中国南北的大动脉——京广线,被洪水冲毁100余公里,遂平火车站一辆重达50吨的车厢被冲走5公里,铁轨被扭成麻花。京广线中断行车半个多月,影响运输一个半月。这场灾难给人类带来的直接经济损失近百亿元。这是迄今世界上发生的最大最惨烈的水库垮坝惨剧。而最宝贵的莫过于生命。王化云每提到黄河防洪,必提到这场灾难和那数以万计的死难者,他眼里闪烁着泪光说:"一场水灾,死了两万多人,两万六千多人啊!"而我看到的另一个数据是,在这场暴雨洪灾中有超过二十四万死难者,数以千计的人家成为绝户。

淮河上游的一场暴雨,以异常诡谲又猝不及防的方式对黄河发出了严重的警告。

如果说三门峡是离小浪底最近的教训,"75·8"暴雨洪灾则是离小浪底最近的灾难。

在中原大地上,中国七大江河水系中有四大水系在这里流过,长江、黄河、淮河、海河,都没有撇开这片大地,而黄河与淮河原本就是难分难舍、处于同一时空之下的两大水系,历史上多次漫溢交织在一起。最典型的一个例子,黄河几乎是紧挨着郑州流过,黄河水利委员会的总部就设在郑州,而郑州并非黄河流域的城市,而是淮河流域最大的城市。如果此次灾难不是发生在豫南,必将是两大流域叠加的灾难。又如果说,三门峡的惨痛教训是让小浪底工程一再延宕的原因,"75·8"暴雨洪灾则最终把小浪底工程逼上了梁山。假设一下,这场暴雨如果降临黄河,据专家预测,花园口将出现4.6万立方米每秒的特大洪水,远远超过黄河下游防洪标准。从概率上看是万年一遇,这个概率很小,但不怕一万,就怕万一,人类防洪防灾,防的就是万一。在人们反思这一场灾难的同时,河南、山东这两个黄河下游流域的省份,也是历史上黄河洪灾的重灾区,急电中央,呼吁抓紧在三门峡以下修建大型蓄滞工程——其实也是人类在灾难中形成的共识,尽管当时黄河下游已多年断流,但防洪,依然是黄河水利工程的重中之重。同三峡的生死未卜相比,对小浪底工程的上马,一直以来,几乎很少有质疑的声音,连当年坚决反对三门峡工程上马的黄万里先生,对小浪底的态度也不那么排斥,他提出在满足若干条件的情况下,是可以修建小浪底大坝的。应该说,在中国,上上下下,对一个大型水利枢纽工程的上马,还很少有这样的高度默契。

在一种强烈的危机感驱使之下,小浪底水利枢纽的规划与设计加快了步伐。但对这座三门峡至花园口区间的水利枢纽,人们又从上不上的争议,进入了另一场争议:黄河中游的这座命门,到底是建在小浪底,还是小浪底下游的桃花峪?

第十章 绝地上的诞生

从桃花峪的地理位置看，优势是明摆着的：在这里建水库，控制面积比小浪底更大，按规划设计，基本上可以抵挡来自中上游的各种类型的大洪水，堪称是一个投资小、工期短、见效快的工程。但劣势也是明摆着的：黄河一过小浪底，再也没有峡谷控制，一个巨型水库只能修建在宽敞的黄河滩上，按设计，是在黄河滩上围一道长30公里的拦蓄大坝，与其说是大坝，不如说是一道长堤。这样一个平原型水库，到底有多大的效果呢？有人比较乐观，也有人戏称为"晒太阳"工程，言下之意，这样一个花大把钱搞出来的工程很可能只能躺在黄河滩上晒太阳。且不说这种"晒太阳"的可能，还有另一种极具灾难性的可能：在悬河之上再建一个充满了悬念的水库，一旦蓄水很容易发生管涌。桃花峪的右岸就是已接近尾声的邙山，邙山有四大滑坡体，一旦蓄水，这黄土坡经水浸泡，就会滑到水库里，势必会大量淤积有限的库容，更直接影响坝肩的稳定。而最让专家们担忧的还是一个大难题，这也是三门峡一直难以化解的根本症结：泥沙淤塞，造成回水倒灌库区上游。三门峡回水倒灌了潼关以上的关中平原，而桃花峪也是黄河泥沙极易淤积的一段河道，一旦淤塞，回水就会回到洛阳白马寺，倒灌洛阳盆地，淹没大量良田，洛阳尽成泽国。这让当地政府极力反对。哪怕硬着头皮上，也存在移民安置等问题，又是中国水利建设中难以解决的问题，如三门峡移民问题，一直以来都是一个难以断根的遗留问题，于国于民，都有说不尽的悲怆。那么，是否还有第二种选择呢？

再看小浪底，这是黄河干流最后一段峡谷的出口处，也是三门峡以下唯一一段可以不被淤死的河道，按人类的设计意图，这也是唯一能够全面承担防洪、防凌、减淤、灌溉、供水、发电等重任的综合性枢纽工程。然而，这既是一个绝佳的地理位置，又是一个水利工程的绝地——从1953年起，黄委第一钻探队就在小浪底打下了十一个地质钻孔，每一个钻孔都让人类陷入了深深的绝望。这里不但像桃花峪一样面临着大滑坡体的威胁，更要命的是河床下有80多米深的鹅卵石层，在这样极不稳定的地质条件下筑起一道横截黄河的大坝，如同在沙滩上建造一座摩天大厦。这也是反对者一个最坚决的反对理由，水利工程建设中最忌讳的东西都几乎占尽了，不是人们不想在这里筑坝,而是根本不能在这里筑坝。如果人类一定要决绝地在这里筑坝,小浪底的命运很可能比三门峡更令人绝望。

这就是摆在人类面前的两个选择,只有这两个选择,这也是共和国水利史上最艰难的抉择,生死攸关的抉择。从1976年开始,当时的国家水电部每年都要召开一次专门讨论会,与其说是会商,弗如说是唇枪舌剑的论战、面红耳赤的交锋。在那样一个万马齐喑的时代,水利似乎成了唯一可以自由讨论的空间,而且还非常强调科学民主。而一年一度的论战,也围绕两个选址方案形成了两大阵营,一个是桃花峪派,一个是小浪底派,相持不下,彼此谁也说服不了谁,结果只能是此起彼伏,用时任水电部部长钱正英的一句话说,"逢单是小浪底,逢双是桃花峪"。这是一句半开玩笑的话,却也是实情。而当年力推三门峡上马的王化云,这一次又最坚定地站在了小浪底一边,每次讨论,小浪底都是黄委拿出的第一方案,而不是第二种选择。

就在人类激烈交锋的同时,一场场接踵而至的灾难,对人类步步紧逼。在"75·8"暴雨洪灾发生七个年头之后,又一场台风带来的暴雨降临了,这一次不是发生在淮河流域,千真万确就发生在黄河流域,从三门峡至花园口区间,在1982年的汛期连降大到暴雨,黄河下游水位急剧抬高。8月2日,黄河花园口水文站洪峰流量超过了1.53万立方米每秒,这虽然比人们预料中的那场千年一遇的大洪水还要小很多,但也是一场特大洪水,黄河危在旦夕,黄河防总严阵以待,仅河南就有近三十万军民奔上大堤,严防死守,并紧急开启东平湖分洪闸门泄洪,最终把洪水安全导入大海。但这绝非人类又一次战胜了洪水的奇迹,扬长而去的洪水留给人间的是惨痛的损失。就在这次洪水来临之前,年逾古稀的王化云1979年被国务院任命为水利部副部长兼黄河水利委员会主任。这让他充满了一种"烈士暮年、壮心不已"的悲壮使命感,更深感自己余生短暂,决意在自己生命的最后岁月里,把小浪底工程推上马。

他甚至说出了这样的狠话:"小浪底不上马,我死不瞑目!"

无论王化云的态度多么坚决,都需要钱正英这个水利部部长来拍板、签字。这对钱正英来说也是最艰难的抉择,她说了一句实诚话:"三峡我敢签字,小浪底我不敢。"

岁月蹉跎,一晃又是一年过去了。直到1980年11月,水利部在对小浪底、桃花峪工程规划进行又一轮审查讨论后,最终选择了小浪底,并责成黄河水利委员会对小浪底工程抓紧设计,而这一历史重任又直接落到了一个人的肩膀上,这也是我接下来叙述的又一个主角,林秀山,一个平凡的,又必将载入史册的名字。

二、小浪底不是三门峡

一段历史还在叙述,另一段历史已经开头。

对于我这样一个水利的门外汉,只能以旁观者的视角切入那一段非同寻常的历史。

若要搞清楚小浪底从规划、设计到施工的全过程,林秀山便是历史的证人。眼前这位白发似雪的老者,年过七旬,精神矍铄,散发着内敛而凝重的气质。他和我父亲同龄,却是另一种意义上的父亲,很多人都把他誉为"小浪底之父"。但他本人是坚决否认这一说法的,老人连连摇手说,他只是小浪底的一个普通设计人员,干的也是分内的事。

老人谦逊地摇手,仿佛也挥去了笼罩在他身上的一层层光环,露出了一个黄河水利人朴素而平凡的精神质地。但我知道,无论这个老人显得多么谦逊、平凡,都无法隐藏一个事实:小浪底枢纽工程从初步设计一直到全部竣工,从头到尾,都是在他的总设计下完成的,这就是他说的分内之事,他是小浪底工程的设计总工程师。第一感觉,这是一个习惯于沉默的老人,这也是许多水利工程专家多年来沉潜深造的结果,他们更多的是实干,而很少言语。但沉默归沉默,谦逊归谦逊,有一种方式可以让这个老人打开话匣子,一说到小浪底,林老立马两眼放光,一个父亲的形象突然变得逼真了,那神情,就像说到自己有出息的儿子。

还是从头说起吧。1963年,二十出头的林秀山从清华大学水利水电工程系毕业。那可真是一个藏龙卧虎的学系,只说两位在中国水利界堪称泰斗级的人物,一个张光斗,一个黄万里,他们以各自的方式诠释了清华人的水利精神。这里不说黄万里,只说张光斗。林秀山师从张光斗,尽管时下对张先生颇有争议,但他对中国水利事业的贡献就像他缔造的一道道水利丰碑一样,折射出了共和国的一部水利史,从荆江分洪、官厅水库、三门峡工程、五强溪水电站、二滩水电站一直到三峡工程,几乎每一个大型水利工程都离不开他沉思的身影。在水利理论和教育上,张光斗率先在国内开设了水工结构专业课,并建立了中国最早的水工结构实验室,开创了水工结构模型实验。名师出高徒,清华水利水电工程系毕业的学子,后来几乎都成了中国水利事业的栋梁,林秀山便是其中之一。

  从清华大学毕业后,林秀山便投身黄河的治理开发。黄河既是他倾注了毕生心血的一条大河,也是他生命中的一条大河。他是山西太原人,从太原穿城而过的汾河,是黄河第二大支流,而他用了二十多年的时间,从支流走进了主流。当历史的重任直接落在他的肩膀上,他正值从不惑走向天命的年岁,时任黄委勘测规划设计研究院副院长。1987年,他又兼任了小浪底工程设计分院院长和黄河小浪底水利枢纽设计总工程师。这意味着,小浪底这幅让无数人充满了憧憬也充满了变数的蓝图到底该怎么画,就交给他和他这个团队了。四年后,以林秀山领衔的专家组提交了小浪底工程的可行性报告,按他们的设计规划,这是一个"以防洪、防凌、减淤为主,兼顾供水、灌溉和供电"的大型水利枢纽工程,它和别的水利枢纽工程最明显的区别,就是把防洪突出地放在了第一位,而把能直接产生效益的供电放到了最后。

  对这个可行性报告,国务院在审查过程中又提出了很多问题,重点是要求进一步研究如何采用新技术和改进施工方法等。接下来,又是长达四年的设计、论证,人类用精细而繁复的笔,在那如迷宫般的弧线、图形与符号中,对每一个比针鼻子还小的细节,进行一次一次的修改和优化。这些图形、符号让我联想起仰韶出土陶器上那些宽带纹、网纹、花瓣纹、鱼纹、弦纹和几何图形纹等,六千多年的岁月一下贯通了,从前世到今生,一条黄河激发了炎黄子孙源源不绝的想象力,如果说古人的刻画有更多充满了情感的暖色调,今人则把更犀利的笔锋深入了大自然的骨骼里、心脏里、脉络里。人类在黄河上描绘出来的种种蓝图中,这应该是最精细的一幅,也是最小心翼翼的一幅,从林秀山到每一个设计工程师几乎是在一个绝望的世界里描绘着希望的图景。如果说成功是唯一的目标,失败则有无数种可能。从暗藏的玄机、蛰伏的凶险到所有可能的灾难,人类把该想到的一切都想到了,把不该想到的一切也想到了。

1991年9月1日,这是一个开学的日子,小浪底水利枢纽前期工程开工了。或许只是巧合,却又意味深长,无论是开工典礼,还是开学典礼,都有着对未来一份答卷的期待。

这年,林秀山五十二岁,他和他的设计团队已为一个纸上的水利枢纽倾注了八年心血,而那曾经满头的黑发不知不觉已夹杂着一缕缕光亮的白发,一张白纸,在他温热的手心里终于变成了蓝图,但变成现实至少还要再等十年。

这年,王化云八十三岁,由于多年来一直身患冠心病,他只能支撑着病体,躺在病榻上观看小浪底开工的电视画面。一个长久的憧憬,终于如愿以偿,他一身的病痛被欣喜与兴奋压住了,他睁大两眼,凝视着每一个镜头,颤抖的眼眶里闪烁着颤抖的微光,一串憋了几十年的老泪,无声地滑下。他是幸运的,终于等到了小浪底开工的这一天。遗憾的是,他已经等不到小浪底建成的那一天,1992年2月,他便溘然长逝了,临终时,一只眼闭着,一只眼睁着。按他的遗嘱,他的骨灰一部分安葬在邙山的妻子墓旁,一部分撒在黄河里。一个为黄河奔波一生的生命,最终魂归黄河,九曲黄河的波涛里,依然汹涌着不尽的忧患,依然浮动着他依依不舍的牵挂,而小浪底,无疑是一个黄河之子魂牵梦绕、频频回首处。

同新中国水利史上的无数水利工程相比,小浪底有很多特别之处,它绝不是三门峡那种"大跃进"式的工程,从规划设计到前期准备施工,一个痛定思痛的教训让中国人终于告别了那种理想主义的狂热冲动,小浪底人一直保持着理智上的冷静和清醒,一直在沉稳中从容不迫地推进。且不说此前长达八年的规划设计,仅前期工程施工就干了整整三年,直到1994年9月小浪底主体工程才破土动工。不慎重不行,水利工程是人命关天的工程,最终对它做出评判的不是人类,而是历史。古往今来,哪一个搞水利的人,不想再造一个都江堰?然而数千年来,中国人又能留下几个都江堰?这是所有水利人的梦想,也是人类难以实现的梦想。但有一个最基本的底线,一个水利工程绝对应该利大于弊,否则,一笔昂贵的学费又算是白交了。

小浪底工程还有一个特别处,也可以说是它的特殊身份印记:它不再是一个狭义的中国水利工程,而是一个广义的世界水利工程,它身上拥有来自全世界的最优秀的基因,它的血管里流淌着来自世界的资本。当年为修三门峡工程,周恩来总理"作了这么一个世界性的报告,全世界都知道了",而小浪底工程则是一个名副其实的世界性工程,全世界的人都参与了。

20世纪90年代,中国水利事业已从一个狂飙突进的时代跌入了历史的低谷,也可以说是从一个极端走向了另一个极端,国家一年的水利投资在当时不过三十多个亿,小浪底数以百亿计的巨额投资从哪来?一个字——借,向世界银行借。这对向来以既无外债又无内债自诩的中国人又是一次难以做出的抉择,但反过来一想,这又何尝不是一种十分自信的表现?敢借,就是相信自己还得起。从羞于借债,到敢于借债,是中国人在自身的嬗变中以小浪底为轴心实现的一次重大转变,从此,中国人不再像从前那样一味强调"自力更生",而是对自己的未来更加充满了自信,借世界上的钱来办自己的事,同时,也是借未来的钱来干眼前紧急的事。这样的自信,对一个民族,在某种意义上比自力更生更为重要。

然而,这世界上的钱也不是你想借就能借到的,无论你怎么强调自己的特殊国情,你都必须接受世界通行的游戏规则。作为工程总设计师的林秀山,除了负责工程的总设计,还要投入很大的精力,对利用世行贷款进行可行性研究,主持接待世界银行对小浪底项目的考察评估。对那些老外几近苛刻的严谨,他有着比一般人更深刻的感触。想起当年那些事,老人的微笑里充满了苦涩,说:"你说你严谨,你同那些老外打交道就知道啥是严谨了,他们提出的问题特别多,诸如,为什么修小浪底?可行不可行?还有一条,出了问题,有无备选方案?你听着这些问题吧很简单,就像个什么都不懂什么都要打破砂锅璺到底的孩子提出来的问题,可这些问题要回答清楚很不简单,我们光给他们看的评估报告,堆起来这么高……"

老人随手比画了一下,让我一下看到了那个高度,差不多有半人高。

世界银行终于答应贷款了,但你不但在贷款上要接受世界通行规则,在工程上也必须和世界接轨:从设计到施工,每一个关键环节都必须向世界招标。众所周知,新中国成立后,中国人一直在计划经济体制下办水利,大型水利工程无一不是国家工程,国家把一个工程交给某个工程局,而当时所有的工程局也都是国家的,从施工、质量监控、投资控制都由这个工程局来一揽子负责、一条龙完成,直到最后把钥匙交给你——交钥匙工程。而按国际惯例,你一个工程首先得有业主,小浪底是国家工程,但这个业主不能笼统地由国家来担当,必须有一个很直接、很具体的业主。为此,水利部成立小浪底水利枢纽建设管理局,由它来担任这个业主,代表国家行使业主的职权,面向国际招标。1993年8月,小浪底土建工程项目国际竞争性招标开标仪式在北京举行,由国内外三十多家公司组成的九个国际承包商联营体和一个独立投标商参与竞标。林秀山又开始和这些"国际纵队"直接打交道,全程参与了工程的招标和评标。在激烈竞争中,最终中标的都是世界水利工程建设的劲旅:以意大利英波吉罗公司为责任方的承包商中大坝标;以德国旭普林公司为责任方的中德意联营体中进水口泄洪洞和溢洪道群标;以法国杜美兹公司为责任方的小浪底联营体中发电系统标。

按国际惯例,除了业主、施工单位,还得有监理单位,而业主和施工单位都不能自己监督自己,为此又专门成立了小浪底咨询公司,负责工程监理。与此同时,水利部还设立了水利部质量监督总站小浪底项目站,负责质量监督。各项支出,由国家审计署审计。就这样,一整套按国际通行标准打造的水利工程建设体系,在小浪底形成了。如今,这些国际惯例早已成了中国惯例,但在20世纪90年代,这些国际惯例对于中国无一不是划时代的开创与破冰之举,小浪底工程超越了一个单纯水利工程的意义,在小浪底这样一个峡谷的出口处,中国人从头开始学习世界通行规则,又在实战中越来越熟练自如地运用世界通行规则,那些在计划经济体制下以服从命令为天职、从来不问世事的国家工程局,如今也按国际惯例被打造为"国际纵队"中的一支支劲旅,在国际竞标中击败了一个个强有力的对手,登上了世界工程建设的一个个制高点。

在小浪底的设计上,也凝聚了世界的智慧。从20世纪80年代,中方人员就与美国伯克德工程公司进行小浪底工程联合轮廓设计。伯克德公司是一家具有百年历史的综合性的工程公司,他们的目标是永远做全世界最优秀的工程设计、施工及管理公司。说起来又令人有些匪夷所思,这家在美国工程建设领域名列榜首、在全球工程总承包商中名列前茅的公司,竟然是一家家族企业,一个家族企业创造的利润几乎超过了中国当时所有的国家工程局,他们在世界一百多个国家和地区承建了数以万计的工程项目,无一不让人尊敬和仰望,其中堪称20世纪工程奇迹的美国胡佛水坝、英吉利海峡海底隧道等,都是伯克德的代表作,而他们参与设计的小浪底,无疑也是他们在中国的一个代表作。

小浪底不但让伯克德引以为荣,而且让当年参与了小浪底工程的建设者,无一不对这一工程充满了自豪。作为一个世界性工程,小浪底给全世界带来了荣耀。那中标的三大公司,无一不是世界一流水平的国际水利工程公司,在接下来的施工中,他们大规模采用了世界一流水平的新技术、新工艺和先进设备,这也让小浪底成了世界最先进的水利科技竞争平台和展示平台,一下就把中国水利工程建设推上了世界一流水准。

随着一支支洋施工队组成"国际纵队"挺进小浪底,一夜之间,这些来自五十多个国家和地区的国际施工人员,把晋陕大峡谷的一个出口处变成了一个旌旗招展的小联合国。这也让许多当时还处于闭塞状态的中国人,第一次看见了地球村是什么模样,第一次看见了那些建筑工地上的"洋大人们"是怎样生活的。他们的生活区,如同优雅宁静的国际社区,新中国历史上的第一个国际社区,或许就是在小浪底形成的,花园、绿地、太阳伞、沙滩椅、游泳池,营造出了一方清风徐来、暗香浮动的温馨港湾,一道有形的或无形的围墙,避开了建筑工地的喧嚣与尘土飞扬,也让在同一个建筑工地上劳动的中国工人可望而不可即,在他们眼里,那是如同梦幻般的人间仙境。那些从工地上回来的老外,穿着泳装、浴衣,或在阳光下秀着健美的肌肉,或躺在白色的沙滩椅上悠闲地喝着咖啡,一个个神清气朗,脸上看不见一丝倦色,怎么看也不像是建筑工地上的施工人员,倒像是在度假村里度假的贵族绅士们。而中国的建筑工人,在自己的国土上,住的是简陋的集体工棚,房子是板壁钉起来的,床铺是砖块垒起来的,那些刚下班的工人,像是刚从烂泥坑里挣扎着爬出来的,一个个浑身泥水,疲惫拖沓,身下拖着的两条腿,像是灌了铅一样。

同一个工地,却像不同的世界。

这还只是表面上的差别,还有更深层的文化、理念和思维上的差异,你看不见,却碰得到。在施工中,这些差异时常会以碰撞的方式彰显出来。正是这样的碰撞,让很多以前很少和老外打交道的中方人员明白了一个常识:跟这些老外打交道,你千万别讲那些吃苦啊、奉献哪、精神啥的,他们不跟你讲这些,你只能跟他们讲合同,对于他们,合同就是一切。

有这样一个细节:1997年10月,大河即将截流,中外工程队都在按合同规定的工程进度施工,由于小浪底地下水位很高,在一号导流洞浇注混凝土时,里面积水较深,但外国施工方为了赶工期,没有及时抽水,给施工环境造成一定的影响。当时担任工程监理的薛喜文听到反映,赶到现场,要求施工方先抽水再浇注,那个老外却嚷嚷说,如果抽水,就会耽误工期,这个责任谁来承担?薛喜文和老外打了几年交道,已经很有经验了,他早有准备,把合同带来了,指着合同对那位洋大人说:"如果你们不抽,我就让别的施工方来抽,按合同,所需费用从你们这儿扣除!"那老外一见合同,如见《圣经》。薛喜文说完该说的话转身便走了,一句多余的话也没说,而这个外国施工队也在他规定的时限内加班抽完了积水。在这些老外的心底里,除了《圣经》,最信奉的便是合同,这就是他们奉行的契约精神。

从这个细节可以看出,中方人员在和这些老外发生碰撞的过程中,已经学会了国际惯例,也熟练地运用着国际惯例。在小浪底工程按照国际上通行规则建设的过程中,中国人也在文化、理念和思维上进行着一种潜移默化的、和国际接轨的精神重建或再造,从一开始不知怎么与外国人打交道,到越来越善于与外国人打交道,越来越显示出了一副雍容大度的开放而自信的姿态,看世界的眼光和视角也发生了根本性的变化,通过这些老外,他们已经把目光放大到了整个世界,有了世界性的眼光。

说到小浪底与老外打交道最多的人,无疑又是工程总设计师林秀山,他和这些老外自然也时常碰撞,频频过招。但他谈得最多的还是那些老外的敬业精神,他们来小浪底的目的很明确,赚钱,他们赚钱的目的很明确,享受生活。为了赚钱,为了享受生活,为了履行合同,他们倾注自己的心血与智慧,进行一项项难度极大、充满艰险的施工。黄河是世界上最复杂、最难治理的河流,要不,三门峡也不会出现那么多灾难性的问题,但小浪底特殊的水沙条件、变幻莫测的地质结构,其施工难度之大、风险之高,均超过了三门峡,也超过了黄河上所有的工程,堪称世界上最复杂的水利工程之一,而其中难度最大的一个工程,就是德国旭普林公司中标的小浪底泄洪工程。该工程第二标段的原项目经理维根(Wiegand)一开始还不知道这块骨头有多么难啃,初来乍到,他便口出狂言:"日耳曼是地球上最优秀的民族,从来没有难倒我们的工程!"

这样的狂言中国人不会说,美国人也不会说,日本人更不会说。当小浪底工程向世界招标时,美国人、日本人也想从中分得一杯羹,但美国人在了解工程的难度之后,放弃了。而比美国人更深谙黄河乖戾性情的日本人,几经踌躇,最终也知难而退。最后投标中标的大多是欧洲人。其实,这也最中中国业主的下怀。在水利水电工程方面,无论技术、经验,还是设备、人才、资本,欧洲一直是走在世界前列的,而德国更是世界一流。也难怪维根会口出狂言,他的狂妄是有足够的底气的。然而,这位傲慢的、底气十足的日耳曼人,在中国小浪底遭遇了他平生最难啃的一块硬骨头,很快就和他优秀的施工团队卡在黄河北岸太行山的岩缝里了。再硬的骨头日耳曼人也从不轻言放弃,维根却成了一枚弃子,由于他一直无法推动工程的进展,没干多久便被德国旭普林公司总部免职,一个叫克劳泽的项目经理,从一脸沮丧、满手岩土的维根手里接下了这块最难啃的骨头。

在小浪底工程竣工十余年后,我走近了当年的施工现场。德国人当年施工的山体,早已面目全非,如果不是开工之前拍下的老照片留下了历史证据,对那座山,现在可能谁也无法指认。昔日的山体已被人类齐崭崭地劈去了一半,触目处,是一道陡峭绝壁,在阳光的照射下寂静得可怕。就在这绝壁上,人类钻出了十六个幽深的坑洞,又在山体里边打通了一百零八条纵横交错的洞子,其中三条导流洞的三个中闸室,每个室高52米,能装入三座十八层大楼。这就是人类为黄河重新设置的命门,当大坝截流后,黄河水就从这道命门里奔向下游。如果你想打听德国人当年在小浪底干了什么,这便是他们干出来的。看起来很难,干起来更难。听说,德国工程队越往里挖,地质结构越复杂,变幻莫测。当人类钻进大山的肺腑里、心脏里才发现,同是一座山,却有着迥然不同的地质结构,大自然的差异远远大于人类的差异。同大自然内部的秘密相比,小浪底设计院为他们提供的地质勘探资料只是一种表象,这是情有可原的,哪怕人类最先进的勘探技术和尖端仪器,也无法洞悉大自然内部暗藏的玄机,而一旦人类触动了某个暗设机关,可怕的灾难便发生了,一大片刚刚打开的山体顷刻间便坍塌下来,尽管经验丰富的德国人对各种灾难早有预料和准备,没有造成重大的人身伤亡事故,却不得不一次次重复施工,这又像神话中那个可怜的西西弗斯了。神判处西西弗斯把一块巨石不断地推上山顶,石头因自身的重量又从山顶滚落下来,西西弗斯又得再把它推上山顶。而德国人不想扮演可怜而徒劳的西西弗斯,他们找到了一个向业主方提出修改合同的借口:鉴于实际地质情况与设计不符,一是必须延长工期,延长期限根据实际施工环境确定,二是由于工程量增大,施工费用必须随之增加。实话实说,这又不是借口而是实情,如果按原设计方案施工,一是根本无法干,二是无法按规定工期完成。

　　遇到难题的又岂止是德国人,林秀山老人说:"所有水电工程遇到的地质难题,几乎都在小浪底遇到了。"

　　除了德国人,当时很多外国公司也开始同业主方扯皮,纷纷要求修改合同,延长工期。如果答应他们的要求,整个工期可能要延误一年左右。就在这样的背景下,小浪底的中方施工人员说出了这样一句话:"在外国人面前,我们是中国人;在中国人面前,我们是小浪底人。"小浪底人很少说出什么豪言壮语,这也不是什么豪言壮语,却是一句充满了民族自豪感的话。而在这句话的后面,还有这样的承诺:"即日起,谨向世界宣布,中国水利人有在世界上任何一条河流上将任何一座水工建筑物如期完工的能力。"没有感叹号,只有句号。而为了一个句号,为了一次圆满的完成,小浪底的中国水利人,既像外国人一样讲合同,还有一种超越了合同的精神,那就是老外们不愿跟你讲的吃苦啊、奉献哪、精神啥的,这不是世界通行的规则,不是普世价值,却是中国精神。

很多小浪底人都跟我提到了这样一个名字:刘蜀晋。乍一听,这是一个男人的名字,却是一个女人。哪怕穿着没有鲜艳颜色的工装,头上扣着一顶火红色的安全帽,露出的也是一个女人的本色,白皙的脸庞和清秀的眉眼,走到哪里也是个女人。但那双手没有性别,一看那手腕和骨节,就有那么一股子劲儿,那显然是一股不同于平常女子的力量。她和我同岁,1962年出生,兰州铁道学院毕业,一出大学校门,就走进了中国水利水电第三工程局。那是中国水利水电建设的主力军之一,先后承建和参建了黄河小浪底、长江三峡和南水北调中线等世界级特大型水利水电工程。1996年,三十多岁的刘蜀晋已经是三局的骨干了,在小浪底工地担任三号导流洞施工队队长,这是小浪底的关键工程之一。来之前,她把几岁的女儿小雯雯送到四川外婆家,丈夫曹卫国则奔赴了长江三峡工地。一家三口,分居三地,一对当时还很年轻的夫妻,每年只能见一次面,甚至连一面也见不上。而那些老外,也有拖家带口来小浪底的,住的是别墅式洋房,还有专门为他们的孩子盖的国际幼儿园和学校。这是他们来这里施工事先就已讲好的条件,一笔一画地写在了合同里。中方施工人员却是无条件地招之即来,来之能战。在那些老外眼里这简直不可思议,中国人怎么会这样呢?刘蜀晋来到工地之前就有病在身,没日没夜的劳累又让她病情加剧,去医院里看了,必须马上动手术,丈夫曹卫国这才请假赶到小浪底,来照料一年半未见面的妻子。但此时正值小浪底截流的节骨眼,一个工地拖了后腿,就会拖累整个工期。为确保小浪底按时截流,刘蜀晋只能咬着牙,干完了施工任务后再做手术。她强忍着病痛,每天爬上几十米高的隧洞顶施工,呛人的粉尘、震荡的噪音,她早已

第十章 绝地上的诞生

习惯了,甚至连病痛也慢慢习惯了,就这样,一干就是七八个小时。一滴又一滴的汗水,从安全帽下湿透了的头发里流出来,她没看见,但丈夫看见了,丈夫的一双眼也湿透了,红着眼眶埋怨她:"你不要命了!"她却咯咯咯地笑起来。这是她的性格,她天生就爱笑,不管有多苦多累,她都会付之一笑,天大的事一笑就过去了。

黄河小浪底工程按时截流时,长江三峡工程也开工了,开工时浇注的第一方混凝土,就是曹卫国所在的南坪村砂石系统经理部提供的。身在黄河的妻子,想着远在长江的丈夫,身在长江的丈夫,也想着远在黄河的妻子,两条一同出发却从未交叉的大河,因一对平凡的人间夫妻而有了倾诉与呼应。事实上,刘蜀晋也并非我想象中的那种铁姑娘的形象,她就是一个活得很真实的女人,很少说出什么豪言壮语,只是感到特别幸运,她说:"并不是每个人都像我们这样幸运,咱们国家最大的两项水利工程都让我们俩赶上了。"

而他们远在四川的女儿小雯雯,会时常对她的小同学们小小地吹嘘一下:"我爸爸、妈妈最棒了,一个在三峡,一个在小浪底。"

这个故事也许太一般了,太平凡了,这就是中国式奉献,中国精神。老外自有老外的享受,这是契约赋予他们的权利;中国人也有中国人的快乐,那是奉献带来的成就感和幸福感,苦难的历程变成了幸运的机会。中国人可以很快就学会那些国际惯例,而那些各种肤色的老外,很可能一辈子也难以学会中国式奉献和中国精神,他们压根儿就不想学。但眼看着中国人对工程顽强地推进,对一个又一个难关的攻克,这让他们理直气壮的借口变得不那么理直气壮了,他们也只能硬着头皮、咬牙切齿地跟着中国人一起推进,这让他们有些被动,还有些委屈。

一切都是过程。一切汗水在水中,泪水也在水中。而人类的记忆难以经受住时间长河的冲刷与淘洗,那十一年湿透了的日子,如今大多已处于被遗忘的状态,多少往事,恍如在岁月的虚无中浮动。但有一个日子小浪底人是不会忘怀的,1997年10月28日,随着最后一车石块被人类抛进黄河,一条充满了野性的大河也在最后的咆哮声中归于宁静,在沉默与寂静中,只有人类的声音在天地之间回荡,黄河小浪底工程截流成功了!

从截流成功到 2001 年 12 月 27 日第六台机组正式投产，人类又在这个绝地上鏖战了四个多年头，小浪底主体工程才全部竣工。从开工到竣工，人类用了十一年时间，在世界上最复杂的河流上，建造了世界上最复杂的水利工程之一。它拥有由十座目前世界上最大、最集中、最复杂的进水塔组成的进水口系统，由三条明流洞、三条消能泄洪洞、三条排沙洞和一座正常溢洪道组成的出水口系统，由三个集中布置的消力塘组成的目前世界上最大的出水口建筑物。它们共同构成一个严密的泄洪排沙体系，各司其职，又紧密协作。而最受瞩目的存在，是一座斜心墙堆石坝将黄河拦腰截断，设计最大坝高 154 米，被誉为九曲黄河第一坝。我却一直没有求得正解，小浪底既不在黄河之首，也不在黄河之尾，顺过来，倒过去，显然都不是一个时空上的概念，那么，称为"第一坝"，是因为它工程量的宏大？或是它在人类水利意义上的伟大？

人类的创造力，也是在前所未有的、几近绝望的困境中不断激发的。从 1994 年开始，林秀山主持施工详图设计，在四百余项科学试验和反复论证的基础上，许多在三门峡出现过的问题或没有出现过的问题，如进口处的泥沙淤堵、高速含沙水流、洞室群围岩稳定、坝基深覆盖处理、多沙河流汛期发电、进出口高边坡处理等，这一系列充满了挑战性的技术难题，他们都一个个攻克了。对这样一座水利枢纽建筑物，一个庞大的系统工程，还有那些复杂而深奥的工程技术问题，要描述出来非常难，也非常枯燥，我只能以更简明的方式，说出小浪底工程创造了多项中国第一和世界之最——

它建造了世界水利工程上最大最复杂的进水塔：塔上集中布置了十六条隧洞的五十个进水口、五十五个闸门、三十六个拦污栅和二十六个启闭机室，其工程规模、结构复杂和施工难度均堪称世界之最；

它开创了世界水利工程中最大的孔板泄洪洞：导流洞导流任务完成后，增设三级孔板环，改建为永久泄洪洞，是世界最大的孔板消能泄洪洞；

小浪底的水轮机设计、制造和抗磨防护技术代表了当今世界最先进水平；

小浪底地下发电厂房是世界上在砂页岩泥化夹层的不良地质条件下开

凿的最大水电站地下厂房；

小浪底大坝混凝土防渗墙是国内最深的混凝土防渗墙；

……

小浪底是怎样创造这些中国第一和世界之最的？每一项都可以写成一本书，这里，我只能采用最简单的方式来说出其工程量之大：如果将整个工程开挖的土石方堆成一米见方的土石堤，能绕地球两圈半。

小浪底工程竣工时，林秀山先生已六十二岁，如果加上开工之前的八年规划设计，他已为小浪底奉献了二十多年岁月。二十年一代人，林秀山付出的是他一生最宝贵也最成熟的壮年岁月，至此，他终于可以卸下肩上难以承受的重担了，也该退休了。但六十二岁的林秀山一点也不觉得自己老，哪怕到了七十三岁，他也不觉得自己老，还在国内外的水利工地上奔波忙碌。看上去，除了一头白发似雪，林老还真是没有一点老态，一张脸在阳光的映照下闪烁着健康的光泽，那腰杆也依然挺得笔直。他每天都坚持骑自行车上下班，闲下来了就打打乒乓球，说到打乒乓球他有些得意，很多年轻人都打不过他。有个年轻人输了还有些不服气，开玩笑说："现在我打不过林老，再过十年，等林老走不动了，我再和他打！"

林老却充满自信地一笑："再过十年你也别想赢我！"

从这个老人身上，我看到了小浪底人的又一种精神：自信，刚健，底气十足，从来不在乎任何挑战。而我也越来越觉得林老是一个平凡的人，一个甘于平凡的人，他既不是两院院士，也不是什么"泰斗"，看上去就是一个普普通通的退休老人，但一个人只要干出了一个好工程，比任何帽子头衔都强。小浪底为新中国提供了一个水利工程的标本，甚至可以说开创了共和国治水的又一个时代。这是一个平凡的人和成千上万平凡的人共同缔造的一个伟大的工程，用刘蜀晋的话说，太伟大了。

历史已经验证，小浪底不是三门峡，从当年人山人海、肩挑手挖的三门峡，到小浪底采用世行贷款、国际招标，采用大型现代化、机械化军团作战，一部共和国的水利史，从一页翻到另一页，翻天覆地。

小浪底不但是黄河中下游的一道分水岭，也是共和国水利史上的一道分水岭。

三、不只是完美的假定

　　登上大坝,朝波光潋滟的深处看,很想看看黄河是什么样子,但那九曲黄河已经看不见了。如果不是一个小浪底人指给我看,我真是不敢相信,在一道大坝的背后,一片杨柳掩映下的那一弯宁静的、平缓的狭长水泊,就是当年浊浪翻涌的黄河。这是黄河最年轻的故道,那浑黄色的岩壁,有一种被历史撇开了的孤寂,在渐近黄昏的阳光中,如同岁月发黄的底片。这是黄河留下的证据,黄河两岸的岩壁也是这种褐黄色的。我不再东张西望,不再怀疑。

　　朝大坝的另一个方向看,浑浊的黄河变成了一个一碧万顷的大湖。万籁俱寂,静极了。从黄河上游一路走来,我不知看了多少个这样的湖,我知道这是人工湖,但每看到这样一个湖,一半阳光,一半水光,如同微醺中路过的仙人之境,让我忘了这是一个水库,但那清清亮亮的水,又会让我朦胧的两眼逐渐清晰起来。水很幽静,但水汽充盈,在热辣辣的阳光下,一下就感到了水的清凉。对于一个在风尘中长途跋涉的旅人,突然看到这么多水,眼睛里也能汪出水来。这是我的天性,也是一切生命的天性,生命与水,永远都是这样亲密。在这清风碧水间边走边看,不知不觉已走出了老远,忽然发现大坝下游河岸边的山林中,掩映着一幢幢红白相间的别墅,开始没有发现,走得很近了才看见,心想,这些依山傍水的人可真是享福了,转而一想,又不免替他们担心,这些房子建得离水也太近了,看那地势,有的房子离黄河水位线还不到 10 米,莫不是违章建筑吧?到了汛期,一旦涨水,这些别墅会不会被淹没?

　　一个房主冲我笑了笑:"涨水?涨什么水,再大的水也有大坝挡着呢。"

　　看那样子,他有十足的把握。而他说的还真是实情,有了这样一座拦河大坝挡着,人类还真是有些高枕无忧了。

　　一座水利枢纽,从当年的蓝图变成眼前的现实,它的核心意图没有变,其重大功能的排序没有变,以防洪、防凌、减淤为主,兼顾供水、灌溉和供电。但我深知,一个工程建得再好,还要看人类怎么来运用它。我在小浪底采访时,带我参观、给我讲解的是小浪底水力发电厂厂长张建生,一个四十岁左右的瘦高个汉子。假如时光倒流十几年,他还是一个刚分派到小浪底建管局的研究生,在小浪底竣工并投入使用的第二年,他还很年轻,被评为"河南省青年岗位能手"。如今看上去他也不年轻了,却有了一种成熟的干练、骨子里的刚健。这其实也是小浪底超越工程本身的意义之一,它以不同于既往的方式造就了共和国的又一代水利人。

小浪底既是直属水利部的国家工程,也是一个世行贷款工程,而其最直接的经济效益就是发电,发电厂是其偿本还息的关键所在。小浪底发电厂是当今世界上在复杂地质上开挖的最大的地下厂房,深藏在左岸山体之中,若要深入其间一窥究竟,必须穿过一道道武警守卫、门禁森严的大门,哪怕厂长亲自进出,也必须出示证件或特别通行证,否则谁也不敢越雷池半步,那些武警战士只认证件不认人。在小浪底管理局的特别关照下,我有幸进入了地下厂房,这也是小浪底工程最神秘的部位之一。我目测了一下,主厂房的顶拱至少有二十层楼高,而顶拱和边墙大部分位于岩性坚硬、块度大、整体稳定性较好的岩层中。想想也知道,当年在这里施工有多么艰难,而张厂长只用一句"不容易"就淡定地回答了我。他指着正在运转的发电机组说,小浪底共安装六台单机容量为30万千瓦的水轮发电机组,总装机容量180万千瓦,为国家级一流电厂。而发电也不仅仅是为了经济效益,2003年12月份,由于电煤紧缺,火力发电量大减,很多省市出现了电荒,小浪底这六台水轮发电机组没日没夜地运转,满负荷发电,极大地缓解了河南电网的调峰压力。这么说吧,河南省每用6度电,就有1度来自这里。如今,随着小浪底配套工程西霞院水利枢纽竣工并投入使用,小浪底电厂更能发挥调峰作用。

西霞院我已去看过了,心里一直有个疑团,为什么在建起了小浪底枢纽之后,又在小浪底坝址下游16公里处的黄河干流上建一座西霞院反调节水库?听了张厂长的一番解释,我才恍然大悟。西霞院的主要功能,就是对小浪底水电站调峰发电的不稳定流进行再调节:当小浪底发电流量较大时,西霞院水库按反调节流量要求发电,多余水量存于库中,或根据需要调峰发电;当小浪底水电站停机时,利用库中存水按反调节水量下泄,满足黄河下游河段的工农业用水要求,达到资源的充分利用。尤为重要的是,这样的反调节还可以使下泄水流均匀稳定,减少下游河床的摆动,减轻对下游堤防的冲刷,还可以作为南水北调中线工程备用水源。其实,很多大型水利工程都有反调节工程,比如三峡水利工程配套的反调节工程是葛洲坝。听了张厂长的一番讲解,我也明白了很多大型水利枢纽为什么要建反调节水库,只是三峡在建设过程中把顺序颠倒了,先建葛洲坝,然后才建三峡。

小浪底工程是治理黄河的关键性工程,任何一个工程都不能不考虑经济效益,但身为发电厂厂长的张建生,给我讲得最多的还不是发电,它首先必须保证其主要功能——防洪、防凌和减淤,才能兼顾供水、灌溉和供电,发电是放在最末尾的,电调服从水调,这是小浪底把社会利益放在首位的原则,它是一个民生工程而非效益工程,如果完全按市场运作,小浪底的直接效益要比现在大得多。而小浪底的三大主要功能,首在防洪。尽管在小浪底工程之前,黄河上中游已修建了一系列水利枢纽工程,也都是兼具防洪、供水、灌溉和发电等综合利用的工程,但像龙羊峡、刘家峡、青铜峡等枢纽工程,都是直接由国家电力部门管理经营的效益工程,三门峡是直属水利部黄河水利委员会管辖的,也是把防洪摆在首位的,但它让人深深失望了。随着小浪底枢纽建成并投入使用,一个未竟的重任就从三门峡转移到了小浪底,也难怪很多人把小浪底看成三门峡的擦屁股工程,防洪就是三门峡丢过来的一个皮球,甚至是对三门峡"后事"的一个交代。这样说来未免太刻薄,却也是实话实说。防洪是小浪底责无旁贷的第一重任,作为黄河中游和下游的一座命门,一个总阀门或总开关,在中上游拦蓄多少水,向下游放多少水,都在它的掌控和调度之中。小浪底只能根据黄委的水量调度指标和指令,安排机组发电计划。小浪底的发电最低水位205米,但遇到干旱年景,为避免黄河断流,小浪底又必须把为下游补水放在最重要的位置上,在2000年、2001年黄河下游面临断流之际,小浪底连续两年停止发电,把水位降到最低发电水位以下,向下游放水。小浪底水库被很多人形象地比喻为一个安放在黄河中下游分水岭上的大水盆,这个总库容为126.5亿立方米的大水盆,可以把下泄洪水控制在下游堤防防御标准之内。黄河下游在历史上遭受"黄灾"最严重,更确切地说,灾难的原因在中上游,灾难的后果却发生在下游。这让我又想起了那场人类严防以待的灾难——一场4万立方米每秒的大洪水,这场一直没有降临的灾难,或已迫在眉睫,随时都可能发生,或许还将等待千年。

小浪底能够化解这样一场巨大的灾难吗?小浪底人给我的回答是一个字:能。

这就意味着,小浪底一下就把黄河下游的防洪标准由六十年一遇提高到千年一遇。

四、一个令人发疯的科学神话

接下来我要讲述的绝对是一个传奇,甚至是一个令人发疯的科学神话。

黄河,举世公认,是世界上最复杂难治的河流,全球所有河流存在的问题在黄河上都能够寻到踪迹,而黄河的泥沙、悬河、断流以及生态危机均堪称世界之最,但再复杂的问题说出来了其实也就是一个症结:泥沙。

我已经不止一次重复过,黄河最致命的问题,不是水,而是沙。黄河水灾其实不是水灾,而是沙灾,三门峡致命的问题就是没有解决好泥沙淤积。黄河是世界上含沙量最大的河流,径流量为535亿立方米,里面却裹挟着16亿吨泥沙,其中4亿吨泥沙会在水库和下游河道中沉积下来——这是时任黄委防办副主任魏军告诉我的数字,但我听了仍一脸茫然。估计很多普通人也和我一样,很难通过抽象的数字了解黄河的泥沙淤积到了怎样的程度。魏军又换了一种更形象的说法:如果把黄河一年的泥沙堆成一道1米宽、1米高的土墙,可以绕地球二十七圈。

这下我听明白了,在恍然大悟的一瞬间,我下意识地"啊"了一声。

然而,一条悬河最致命的悬念还不在这里。谁都知道黄河居高不下的含沙量造就了黄河下游越淤越高的河床,但不一定知道,黄河另一个致命的问题,还不是水少沙多,而是水沙不平衡。这也是我多次提及过的,黄河并非一条泥沙俱下的河流,而是一条水沙异源且分布极不均衡的河流,河水冲刷中上游的黄土高原沟壑,在产生大量泥沙后,又一直无法把泥沙输送到大海里,随着泥沙在下游河道淤积,河床势必逐年抬高,由此而成为一个巨大的悬念。若用更宽广的视野看,泥沙的淤积也不是灾,而是一条母亲河对炎黄子孙的慷慨厚赠,从辽阔的中原到广袤无垠的华北平原,以及渤海湾不断长大的黄河三角洲,都是黄河冲刷而下的泥沙铺垫起来的沃土。从大自然视角看,所有的江河水系都是自然存在、自然流淌,漫溢、决口、改道,是天赋黄河的自然权利,大自然就是大自然,若是没有人类,大自然真是一个自然王国和自由王国,这又未尝不是大自然创造的一种辽阔境界。所谓水利,只因有了人类。大自然和人类从来没有交易,没有契约,不可能与人类达成人类单方面愿景中的默契。但身为人类,又不能不从人类自身的利益去考虑,趋利避害对人类来说是必然的选择,水利从来都是站在人类立场的,以人类利益为中心的。为了生存,为了活命,人类只能改变她的天性,约束她的天性,让她按人类的法则去流淌,其中最简单的方式就是筑起堤防来捍卫自己的利益,但你越是约束,她越是桀骜不驯、肆虐难羁。从黄河堤防来看,由于黄河中上游基本上处于峡谷地带,也就用不着去筑堤、防洪,峡谷就是天然的防洪堤。黄河防洪的重点在下游,河床的淤积也在下游。随着河床日复一日地长高,人类只有不断地加高两岸堤防。魔高一尺,道高一丈,而洪水被人类称为"洪魔",还真是像魔鬼一样神出鬼没,总能找到你的软肋,一下就把堤防撕开了。数千年来,黄河一次次决口、改道,人间一次次洪水滔天,一条大河的历史就是一部灾难史,史不绝书。在一次次交织着人类本能、自然野性的挣扎、沉沦与轮回的混战中,生活在黄河下游流域的亿万苍生比别处的人类更有切肤之痛。

话说回来,人民治黄近七十年,伏秋大汛无决口。七十年,对于人类的生命很长,对于一条大河很短,谁也不敢保证黄河从此不决口、不改道。若更冷静、理性地分析,这骄人的成就又是在极高的代价上堆起来的。近七十年来,黄河下游河床依然在不断淤高,每年抬高10厘米。当魏军告诉我这个数字时,我笑了笑。10厘米?这算啥呢?乍一听,还真是微不足道,仔细一想,又真是骇了一跳,一年10厘米,十年就是1米,人民治黄近七十年,河床抬高了7米多,差不多比原来的河床又高出两层楼了,而人类依然难以从根子上去解决泥沙淤积问题,依然只能采取那种愚公移山的方式,以不屈不挠的意志筑堤防洪,黄河大堤历经的四次加高培厚,其速度、规模和投入的人力物力前所未有。

当我站在这越筑越高的黄河大堤上,想象着未来的一条悬河,一百年后,一千年后,越想越恐怖,如果河床以这样的速度一直抬升,千年之后的黄河将在眼下这条悬河的基础上再高悬100米,人类筑起的堤坝还要增高三十多层楼高。这绝非天方夜谭,对未来的预测,可以用历史来验证:在古城开封的地底下已经埋葬了七座皇城。"邙山坟摞坟,开封城摞城",这是黄河创造的绝世风景。

我脑子里时不时就冒出一个伟人曾经的发问:"黄河涨到天上去怎么办?"

这是天问。难道人类也把大堤修到天上去?果真如此,那也只是人定胜天的妄想了。

这条极其复杂难治的黄河,到底怎么治?远的不说,这里就从新中国首任河官王化云的治黄策略说起。从1950年起,他根据下游河道的特点和堤防工程状况,采取了一系列工程措施和非工程措施,并把这些举措概括为"宽河固堤"。尽管采取宽河格局以防御洪水的治河策略由来已久,但把"宽河固堤"作为新中国成立后的主要治河策略之一,还是王化云首次提出来的。这一策略,主张两岸堤防要远离主槽,保持较大的两岸堤距,既可以减轻洪水对堤防的压力、减少洪水对堤防的冲决,又可以利用广阔的滩地滞洪滞沙,减轻山东河段的防洪负担,降低河床淤积抬升的幅度。目前,黄河下游陶城铺以上河段两岸堤防间距均在5公里以上,最宽处达24公里。——摸脑袋想想,这也不失为治河的又一上策。然而,单一的"宽河固堤"又忽视了河道的纵向输沙能力,这也是明代治河专家潘季驯早已预见到了的。此策在给洪水留足出路、为泥沙的淤积留足空间的同时,却对于如何提高河道的输沙能力考虑较少,由于泥沙淤积对河势的影响,客观上造成了听任大河游荡摆动,致使横河、斜河、滚河频繁发生,一旦河流改变了奔向大海的方向,两岸堤防又首当其冲,危机四伏。

眼看着宽也不成,窄也不成,王化云在1952年又提出"蓄水拦沙"之策,即通过水土保持和大量修筑干支流水库,把泥沙和洪水拦截在高原上、沟壑中和水库里。然而,随着三门峡水库发生的严重淤积和回水倒灌,此策从形式上看,似乎是在重复鲧的悲剧。沉痛的教训促使决策者再次进行战略调整,于是又提出以"上拦下排、两岸分滞"来减轻洪水的压力,以"拦、排、放、调、挖"来解决泥沙淤积。"上拦"需要足够的库容,这让黄河中上游的水库越修越多,从龙羊峡到小浪底,黄河被一道道大坝拦腰截断,一条黄河变成了数十个水库;"下排"则需要足够的河流动力,但在"束水攻沙"之策失效后,人类一直难以为黄河找到足以将每年产生的十几亿吨泥沙安全地输送到大海的动力,只能采取非常被动的方式,一方面对堤防不断加高培厚,力保大堤不倒,一方面采取挖深河道的办法,那就真是愚公移山的办法了。愚公有仙人襄助,但人类没有,防汛的压力越来越大,越来越被动。每到汛期,人类就必须摆出跟洪水势不两立、决一死战的态势,哪怕没有洪水,哪怕黄河断流了,人类也要像军事演习一样,在每年汛期来临之前进行演练,随时做好防大汛、抗大洪的准备。一旦洪水来袭,这巍巍大堤就成为危危大堤,稍有闪失,功亏一篑。

该想的办法,人类几乎都想到了,每一条治黄之路,似乎都已经走到尽头。历史的使命最终又落在了小浪底的身上。就在人类几乎被逼进山穷水尽的死角时,一个充满传奇的想法,随着小浪底水利枢纽的诞生应运而生。

具体到小浪底,黄河由西向东穿过小浪底库区,其间有十八条较大支流汇入,如北岸的西阳河、逢石河、毫清河、沇西河和南岸的畛河、青河、北涧河等河流,多数分布在库中区和库前区,这些支流无一不是泥沙俱下。而小浪底除了预防可能发生的洪水,排沙减淤也是其主要功能之一,而减淤的直接目的还是为了防洪。由于小浪底工程正好处在黄河承上启下的关键部位,可以控制接近百分之百的黄河输沙量,按设计方案,至少可以拦沙运用二十年,滞拦泥沙七八十亿吨,基本上能保证下游河床至少在二十年不再淤积抬高。在为下游拦沙减淤的同时,人们不免又有些担心:小浪底会不会重蹈三门峡的覆辙,将泥沙淤塞在上游?这个还真是不必担心,小浪底正常运用水位才275米高程,大大低于潼关高程,又在三门峡下游130多公里远的地方,其泥沙淤积对潼关以上河道基本没有影响,它淤塞的只是自己的库容,牺牲的是自己的生命(使用寿命)。这其实也是当年坚决反对修三门峡工程的黄万里先生提前看到了的,他对小浪底工程不反对,其主要原因就是小浪底对上游流域不会产生淤积。

对小浪底自身的淤积,一些专家已提前发出了警告:如果过于频繁运用小浪底水库拦蓄中小洪水和高含沙量洪水,会加速水库的淤废。事实上,这也是当年规划设计时就预料到了的,随着时间推移,小浪底库容会越淤越小,最终降到51亿立方米。这其实也是小浪底的宿命,它是一个堪称伟大的工程,却并非一个永恒的工程,它的使用寿命是有限的。小浪底的寿命,取决于泥沙淤积的程度和速度。为了尽可能地延续自身的寿命,更为了从根本上化解黄河下游的泥沙淤积,小浪底采取的策略是一个字:调。

事实上,在国务院批复的《黄河流域近期重点治理规划》中,就已确立了五字方针:拦、排、放、调、挖,一个"调"字早已写在那里。这五字方针中,其他几个字都好理解,唯独这一个"调"字让人费解,甚至还有些神秘色彩。我在黄委的水利专家那里找到了正解,所谓"调",就是调水调沙。前文说过,从自然规律看,黄河的灾难根源是由"水少沙多,水沙不平衡"的特性所决定的,河流没有足够的动力将所有泥沙冲刷入海,这是数千年来人类一直难以解决的顽症,却并非绝症,只要找到一个合适的水沙平衡关系,黄河水流是完全有能力将泥沙输送入海的。为了找到这个水沙平衡的关系,多少治黄人年复一年地测验、计算,观察不同断面的变化情况,终于找到了在理论上可行的水沙关系,从而提出"调水调沙"这一划时代的治黄理念。从既定的技术路线看,调水调沙就是通过调控水库泄水,把淤积在黄河河道和水库中的泥沙尽量多地送入大海,冲刷河床,减缓泥沙的淤积。这一策略的核心意图是根据当年水情、雨情，借助自然的力量，统筹调度水库存水和上游来水，依靠大型水库的人工调节，对来水来沙进行调整和重组，塑造出合理的水沙比例和连续的泄流冲力，创造一种既能够冲刷下游河床泥沙又在人类掌控之中的"人造洪水"，最终把泥沙安全地输送入海。

追溯起来，第一次提出"调水调沙"的并非中国人，早在20世纪40年代，美国学者萨凡奇·葛罗同在1946年治理黄河的初步报告中就提出，在利用水库控制洪水并发电的同时，如在坝底设排沙设施，每年放空排沙一次，可以减缓黄河下游的泥沙淤积。到了20世纪60年代，随着三门峡的泥沙淤积问题暴露无遗，又有人提出一个很具体的设想：在三门峡以下再造一座大型水库，对泥沙进行反调节。但当时，连这个水库该不该建也充满了争议，这个设想也只能是设想。进入20世纪70年代后期，随着人类对三门峡水库的运用实践有了更深刻的认识，一个设想变成了一系列设想：在黄河上修建一系列大型水库，实行统一调度，对水沙进行有效的控制和调节，变水沙不平衡为水沙相适应，更好地排洪、排沙入海，从而减轻下游河道的泥沙淤积，最终甚至可以达到不淤的效果。这可能吗？

这个可能随着小浪底的运用将被人类验证，而一切只能从实验开始。

说到这里，又必然会提到一个人，李国英。1964年出生的李国英，河南禹州人，禹州是治水英雄大禹的封国，也是一个水灾频繁的地方。在我对水利的书写中，一直很关注一个人的出生背景，一方水土养一方人，养育的不只是生命，还有性情，甚至会在潜移默化中决定一个人未来的人生方向。李国英几乎是毫无悬念地选择了水利。1984年，二十岁的李国英从华北水利水电学院水利水电工程建筑专业毕业，被分派到黄委勘测规划设计院，尽管工作有几次变化，但黄河是他人生中的一条中轴线，他有二十多年的心血，倾注在这条世界上最复杂最难治理的河流上。2001年5月，还不到四十岁的李国英被任命为黄河水利委员会主任，成为共和国历史上又一位任重道远的河官，一肩挑起了治黄的大梁。说来，如今在中国水利战线上，挑大梁的大多是李国英这样60后的一代水利人了。这代人有一个共同的性格特点，他们从一个被否定的时代走来，经历了对那个时代的批判与反思，在治水方面也有了更理性更具现代性的理念与策略。

但无论你怎样理性、你的设想和策略怎样科学，都必须经过实践，实践是检验真理的唯一标准。但问题是，这不是通常在实验室里进行的模型实验，而是一次基于空间尺度的调水调沙实验，一次在上千公里甚至可能数千公里的黄河上进行的原型实验，这是一次史无前例的实验，也是人类在世界上最复杂、最危险的河流上进行的最复杂、最危险的实验，稍有闪失，就是一场巨大的灾难。在一条黄河上，人类经历了太多的实验，多少美妙的设想最终都在黄河的检验中功亏一篑、一败涂地。而这次实验所激起的争议，比小浪底当初建不建、到底该建在哪里的争议更激烈。在赞同者看来，这是人类从传统治黄向现代治黄转变的标志性技术；在我这样一个旁观者看来，这是一个充满了幻想色彩的传奇；而在更多人看来，这简直是一个令人发疯的科学神话。

争论的焦点，又主要集中在两点上：一是担心人造洪峰后劲乏力，那些调出来的粗泥沙就会在演进中沉在中途，造成"冲河南，淤山东"的灾难性后果；二是在一个水资源奇缺的流域，把无比珍贵的水资源白白放进大海，值吗？对后一个问题，黄委给了毋庸置疑的答案：第一，实验是在汛期举行的，参加实验的水量全部都超过了国家规定的汛限以上水位；第二，黄河下游河道已经恶化到了生死攸关的关头，为了遏制主河槽萎缩的趋势，必须增大其行洪能力，维持河流生命的本体存在，这是一个刻不容缓的神圣使命。而对前一个问题，黄委难以给予这样毋庸置疑的回答，既然是一次实验，谁又敢拍着胸脯保证百分之百的成功呢？连生死攸关的载人航天飞船在发射之前也没有人敢于做出百分之百的保证，从发射成功、在太空轨道上正常运转到最后安全着陆，你才能说是百分之百成功了。想想也知道，无论是作为黄河水利委员会主任，还是作为首次调水调沙实验的总指挥，李国英所承受的压力有多大，这是双重的职责，也是双重的压力。多少年后，回想起当时的情景，他还心有余悸地说，如果真有什么闪失，"我们就会成为罪人"。

然而，为了拯救一条濒于绝境的黄河，这又是一次别无选择的实验，只能上。

2002年7月4日,又一个必将写进中国水利史和世界水利史的日子。此时距小浪底工程全面竣工还有大半年,黄河第一次调水调沙实验在这天上午九时启动。随着总指挥李国英镇定地发出一个一个指令,小浪底水利枢纽的十一孔闸门依次徐徐开启,从不同层面泄流洞喷涌出超过3000立方米每秒流量的水头,白色和黄色的水流如同巨龙般喷涌而出,在阳光中呈现出两种反差强烈的颜色,这激情澎湃的巨浪,刹那间仿佛又将时间回放到了"风在吼,马在叫,黄河在咆哮"的岁月,一泻千里地向黄河下游宣泄。那苍老的、萎缩的、死气沉沉的黄河下游被这人造洪水的强大冲击激活了,它试探着恢复自己原始的野性,重新找回属于自己的那无与伦比的激情与力量,将淤塞在主河槽里的6000多万吨泥沙,一路浩浩荡荡地输送入海。当黄河入海口的水文监测数据在实时监控的荧屏上显示出来,李国英长吁了一口气,黄河第一次调水调沙实验成功了。

　　如果说第一次还只是小试牛刀,2003年黄河第二次调水调沙实验则是大显龙威。这是黄河流域水旱交替、跌宕起伏的一年,自8月下旬以来,一场被气象部门称为"华西秋雨"的强降雨覆盖了陕南、豫西至山东部分地区的狭长地带,黄河流域发生了近二十年来未曾有过的强降雨,黄河中下游干流及主要支流渭河、洛河、伊河、沁河、大汶河相继发生十七次洪水,渭河出现了首尾相连的六次洪水,其他支流的来水量、洪水位也达到或接近有实测记录以来的最大值,各大干支流水库水位居高不下。这无疑是一场灾难,却给黄河第二次调水调沙实验创造了绝好的机遇,可以充分利用洪水演进的时间差和空间差,结合防洪需要,对三门峡、小浪底、陆浑和故县四大水库实施联合调度。随着一个一个指令发出,一扇扇闸门徐徐开启——

　　8月30日上午九时,故县水库开启大坝底孔泄洪,流量逐渐增加到一千立方米每秒。

　　8月31日上午七时,陆浑水库开始放水泄洪,黑石关水文站,伊洛河入黄口,奔涌的碧波与滚滚浊流狭路相逢,很快就难解难分地纠缠在一起,神奇的一幕出现了:清水自动背"沙袋",成了大河减淤的搬运工。这是黄河干流水沙比例得到第一次调整,黄河水沙不平衡的一个千古难题,终于有望化解。三小时以后，从太行山奔腾而下的沁河在武陟水文站、花园口水文站与人造洪水准确对接，一种冲而不淤的水沙关系形成了。

当上游洪水抵达黄河的最后一个峡谷时，一座库容巨大、功能齐全的水利枢纽开始发挥总阀门的作用。9月6日，小浪底排沙洞闸门按指令开启，对于黄河下游，这是如同命门的开启，人们又一次回到了首次实验的状态，那看似冷峻的眼神，也掩饰不了呼吸急促的紧张。随着人造洪峰的又一次出现，一个精心塑造的洪水过程开始了，这洪水里包含了2000立方米每秒的流量，100公斤每立方米的含沙量，还有0.05毫米以上的泥沙颗粒级配。这简直像是医生的配方一样，如果没有适当比例的清水补进，这股洪水里的大部分泥沙将淤积在下游河床上。而这个配方还真是神奇的灵验，实验的结果是，通过四库联调，共拦蓄十多场洪水，多次成功削减了黄河下游洪峰，把花园口水文站可能形成的 5000~6000 立方米每秒的洪峰，削减至 2500 立方米每秒左右，这大大减轻了黄河下游防洪压力。尽管黄河下游的兰考、东明发生了生产堤决口，但假如没有小浪底，在6000立方米每秒的洪水冲击下，黄河滩区将大面积漫滩，滩区近两百万人民的生命财产安全就不是面临洪水威胁的问题，而是被洪水直接淹没……

我没有亲见那一场洪水，但在小浪底，我有幸看见了最大的黄河浪，这就是人类塑造的洪峰。其实，黄河泥沙也可以催生一种奇特的自然现象——揭河底。这是黄河上独有的一种泥沙运动规律，当高含沙的洪峰通过时，短期内河床遭受剧烈的冲刷，将河底成块、成片的淤积物像地毯一样卷起，然后被水流冲散带走。这样强烈的冲刷，在几小时至几十小时内能将该段河床冲深几米至十几米。因为这一现象形成条件比较特殊，而被称为黄河百年奇观。黄河最近一次出现"揭河底"是在1977年7月初，黄河中游吴堡至龙门区间支流普降暴雨，洪水挟带大量泥沙汹涌而下，从而迸发了一次"揭河底"的力量。这次"揭河底"持续了半个多小时，伴随着汹涌的水声，先后冲起两块巨大的掀起物，如同被激流揭起来的河底。黄河调水调沙，不知道是否受到了"揭河底"这种自然现象的启发，但看上去比揭河底还要惊心动魄，我极力地掩饰着内心深处的阵阵震撼，却在人类这种超自然的创举中难以压抑住癫狂与惊喜,这真是一个令人惊叹的科学神话!

黄河调水调沙实验,还有第三次、第四次、第五次……

一次次调水调沙实验,每一次都充满了悬念,每一次都创造着河流生命的奇迹。随着原型实验空间的不断扩大,从单库调度、四库联调,到数库接力调水,龙羊峡、刘家峡、万家寨、三门峡、小浪底、故县、陆浑——这些从上到下梯级分布的水库群,把黄河一段段截断了,也被黄河分割成了一个个孤岛,现在有了小浪底这个总开关和驱动器,人类通过这些水库和水利枢纽能量的重新组合,把这一系列水库、水利枢纽一气贯通地调动起来了,一条大河在人类的指尖下、掌心里再次贯通,畅通无阻,又预留、储存和分解了天然河流的巨大活力,从而调配出合适的水沙关系,塑造出理想的人造洪峰。一个令人发疯的科学神话,依然是神话,却不再令人发疯,只让人备感神妙与神奇——这其实是人类水利与自然江河在高度默契之下共同创造的一种天人合一的境界,人类的设计不是违拗江河的自然天性,恰恰是遵循其自然规律而因势利导。小浪底工程非凡的成功,也改变了许多人对大坝的偏见和误解,甚至对那座很多人想要炸掉的三门峡大坝,不少人也改变了看法,因为有了小浪底,三门峡不再是休止符,而是重新焕发了生机,在配合小浪底调水调沙和防洪上,它也发挥了不可或缺的作用。

如今,调水调沙作为人类治黄的一项划时代的关键技术,从实验阶段转入常规运用,自小浪底工程运行以来,采取拦粗排细和人工塑造异重流的方式,按不同的水情运用了不同的调度模式,若有洪峰出现,则利用洪峰输沙,没有洪峰时,则利用人造洪峰冲刷下游河道,直至将泥沙冲入大海。说起来简单,操作起来却特别复杂。打个比方说,小浪底既是保证下游防洪的安全阀,又是保证黄河不断流的一个生命起搏器,这个道理与张建生厂长讲到的调峰发电有相似之处,既达到了"大水大沙"的水沙平衡,实现冲沙减淤的目标,又能把小水期的淤积调蓄到大水期排放,最大限度地利用了洪水,把洪水转化为了宝贵的水资源。那么,效果又到底怎么样呢?

这样说吧,如果这真是一段黄河传奇,效果更神奇。前文说过,按设计规划,小浪底水库设定了二十年的蓄水拦沙时限,并预留淤沙库容75.5亿立方米。在运用二十年后,其主要作用将改为"蓄清排浑",而减淤的接力棒则交给新建的水库,现在正在规划中或即将上马的黄河上游梯级工程还有黑山峡、碛口和古贤等三座水利枢纽。如今,头十年已经过去了,截至2010年,小浪底库内已淤积了28.33亿立方米泥沙,损失了约五分之一的库容,如果按这样的淤积速度,小浪底蓄水、拦沙、减淤的生命力至少可以从二十年延续到三四十年——这是人类创造的第一个奇迹。而小浪底还创造了第二个更伟大的奇迹:人类运用小浪底这道黄河的命门,以人造洪水为黄河下游河床冲淤,经过十多年的冲刷之后,黄河下游河道恶化的趋势得到遏制,河床不但没有再抬高,反而正在逐年降低,下游河道普遍刷深30~40厘米,随着河道刷深,主河槽通过水流的能力是以前的1倍多,过流能力或行洪能力已由1800立方米每秒提高到3000立方米每秒。主河槽的畅通,河床的降低,也就意味着一条悬河对人类的威胁大幅度降低了。这是亘古以来人类治黄创造的最大的奇迹,最伟大的成果。

伟大!我只能用这个词来再次表达我的惊叹,太伟大了。

五、假如没有小浪底

如果说黄河的洪水是一个巨大的悬念,黄河断流则是我接下来叙述的一个残酷事实。

一条洪水泛滥的黄河,怎么会枯竭断流呢?这就是黄河变化莫测的另一面,要不怎么说她是世界上最复杂、最难治的大河呢。

走进历史,穿越历史的纵深去看黄河,似乎又不是像我想象的那样充满了危机。尽管黄河水量同长江、珠江相比足以用奇缺来形容,但在农耕文明时代,人类对黄河水的开发利用一直很有限,似乎也从未担心黄河水少了,最担心的还是水大了,一转眼就变成洪水,形成洪峰,如何以最快的速度把洪水放归大海,才是人类一直以来努力解决的一个问题。直到新中国成立初年,每年都有四五百亿立方米的黄河水,在人类眼睁睁的注视下白白流入大海,谁也不觉得可惜。黄河开始出现资源性水危机,大致与一座座梯级水电站的兴建处于同一时期,随着流淌的自然河流变成一个个平静如镜的大型水库,在阳光的照射和如同镜面的反光交相辉映下,蒸发量剧增,直接导致河流径流量减少。但这还只是个中原因之一,导致黄河水量锐减的主要原因,还是人类对黄河流域的开发进入了一个前所未有的大时代,人类的气魄,人类的力量,人类的欲望,都大得超过了历史上的任何时代。随着一座座城市的崛起,如今黄河两岸已有五十多座大中城市和三个特大型能源基地,还有大大小小的厂矿,更有从中上游的河套一直绵延到下游黄淮海平原的引黄灌区,生活用水、工业用水、农业用水,四面八方的手臂一齐伸向了黄河,也只能伸向黄河。越开发,越缺水,越要建大坝、修水库,黄河两岸,大河上下,一路上是络绎不绝的大坝、水库、水利枢纽、引黄闸、提灌站,层层拦截黄河水,拦截多,放流少,河道里的水自然也就越来越少了。一条自然大河,一次次被人类逼近死水位。而黄河的供水范围还远远超越了黄河流域,引黄济津、引黄济青、引黄济淀——海河流域的白洋淀,如今也是靠黄河源源不断地输血来维持生命,这都是跨流域的调水。哪怕在天干地旱的苦旱年,这条不堪重负的母亲河在哺育黄河儿女的同时,依然担负着远程输水的使命。人类最终把一条大河逼到山穷水尽直至断流的地步。

黄河断流,在历史上也曾偶尔发生过:一次是1938年蒋介石下令扒开花园口,造成花园口以下主河道连续多年断流,但严格说那不是断流,而是改道。还有一次是三门峡大坝落成的1960年,人类为了在枯水期试闸,致使黄河断流。这几次断流都是人为的原因。

黄河第一次自然断流,发生在1972年4月23日,有人把这一天称为黄河母亲的祭日。但至少在当时,还不能这样说,黄河还没死,断流也只是发生在山东河段的下游,这次断流虽说是黄河史无前例的第一次自然断流,但还只是轻度的季节性断流,断流时间也只有半个月左右。此后,黄河又连年发生这种季节性断流,一般只发生在春旱时节。随着这种季节性断流反复出现,黄河入海水量开始大幅度衰减,但常年仍保持了约300亿立方米的入海水量。应该说,这是黄河对人类提前发出的灾难性预警,警告人类对河流生命的索取已突破极限。

一条黄河,灾难深重,但人丁兴旺。中华民族,可以说是一个在苦难深重中显示出了最顽强的生存能力、最强大的繁衍能力的伟大民族,我们拥有如此辽阔广袤的国土,但我们的土地还远远不够,我们拥有七大江河、十大流域,但我们的水资源也远远不够。说穿了,只因我们的人口太多了,十三亿人,十三亿张嘴,一张嘴,就可以吃掉一座泰山,喝干一条黄河。你可能觉得我这话太夸张了,还有比我更夸张的,有人说,"如果碰巧一个老汉赶着羊经过,一群羊就能把河里的水喝干"。

千万不要以为说这话的是咱们搞文学的,这是李国英的原话。

一切都是宿命,为了生存,为了发展,人类对一条母亲河的索取实在难以遏制。

在此后的一段岁月里,黄河从历史上的"三年两决口"一变而为"四年三断流"。翻检一本近四十年的黄河水文流水账,从 1972 年黄河下游第一次自然断流到 1996 年,二十多年间,黄河有十九年出现河干断流,而一旦黄河断流,则意味着黄河中下游流域处于干旱缺水的极端状态。当灾难被推向极端状态,黄河断流也就开始发生恶变。从 20 世纪 80 年代后期开始,黄河断流已由春旱的季节性断流,扩展到了全年度,1987 年后,黄河几乎连年出现断流,断流时间不断提前,断流范围也不断扩大,断流频次、历时不断增加。1995 年,据黄河河口段的利津水文站记录,利津以下黄河断流历时长达四个多月(一百二十二天),而断流河长从山东河口段一直上延至河南开封市以下的陈桥村附近。1996 年,地处济南市郊的泺口水文站从 2 月 14 日就开始断流,而利津水文站该年先后断流七次,长达一百三十六天,这是有史以来黄河断流时间最早、历时最长的一年。这一历史记录在第二年就被打破,1997 年,黄河利津站断流高达二百二十六天,黄河口连续三百三十天无滴水入海,开封以下 800 公里河道变成了死河道,如同干涸千年的黄河故道,而断流河道又一次上延,直逼郑州花园口,过了花园口,就是黄河中游了,这意味着整个黄河下游都断流了,黄河还没有流到大海就提前结束了生命。而随着断流不断向纵深推进,甚至连远在三门峡之上的潼关河段也濒临断流的危机。如果没有一种办法来遏止黄河断流,曾经洪水滔天的花园口、潼关就将变成黄河口,黄河将不再是一条奔向大海的中华龙,而是一条龟缩在中国腹地的内陆河、季节河。黄河长度、流域面积等,这些每一个小学生都在填空题上一遍一遍地填写的数据,他们依然在继续填写,但他们也许不知道,他们填写的已是真正的空白,至少在1972年到2000年这近三十年间,他们以正确的方式,书写着一个个错误的答案,错的不是这些天真单纯的孩子,而是没有人告诉他们一个比标准答案更正确的真相。黄河断流,在那个时代,除了离她最近的人知道真相,一直是一个如同天机般的秘密。

当断流成为黄河的常态,黄河也基本上没有了汛期和洪峰。一条河流没有了汛期,就像一位母亲没有了生理上的循环周期,意味着生命体征的老化和枯竭。黄河断流,致使下游流域的最后一个省份山东陷入焦渴,至少有五百万人喝不上黄河水,要想活命,只能靠拼命打井开采地下水。中国第二大石油生产基地——胜利油田也因缺水而多年限产。黄河断流,不只是山东一省深受其害,它也加剧了整个北方水危机,直接引发了一系列生态灾难。由于没有足够的水量冲刷泥沙,使下游河道进一步恶性发展,河床泥沙沉积更加严重,行洪能力下降到历史最低点,一旦旱涝急转,黄河很可能发生决口、改道。这是看得见的灾难。还有看不见的,由于黄河断流,地下水得不到补充,又加上人类的拼命开采,在华北平原和黄河入海口,形成了一个个如同天坑般的地质漏斗,干涸的河道里没有流淌的河水,却有倒灌的海水,由此而引发一系列生态灾难,海岸线后退,三角洲湿地水沙环境失衡,生态系统加剧萎缩,河口地区及近海生物多样性减少,生物种群和遗传多样性丧失,海洋和陆地生物链严重断裂。在人类遭遇海河断流、淮河污染积重难返的背景下,黄河已是中国大陆腹地最后一道"生态长城",而随着黄河断流也成为事实,这道"生态长城"已被撕开了一个巨大裂缝,这意味着黄河下游的生态系统已处于崩溃状态,黄河口湿地保护区的生物种群和海洋生物正在陷入灭顶之灾。

一个世纪走到了尾声,黄河断流不但没有被遏止,还在继续向上游纵深推进,越过开封、花园口,直逼桃花峪。很多悲观的预言家发出了世纪末的预言:黄河,正在演变为一条死河。为了拯救黄河,温家宝在国务院总理任上对黄河一共做过四次批示,每次都针对不同的情况,但有一句话被重复地书写了四次,始终不变:确保黄河不断流!

2000年,在一个新世纪和新千年的关口,黄河的命运出现了一个转折点。

就从这年开始吧,这是黄河重生的一个开端,也是黄河流域的一个大旱年。6月22日,地处大河尾闾的山东利津断面只剩下两个流量,一息尚存,气若游丝,一口气都可以吹灭,黄河再次进入濒危的状态。为了维持那一息尚存的流水,黄委先后派出上百个工作组奔赴大河上下,对全流域主要引水口实行二十四小时的全天候监控,而小浪底作为黄河的命门和心脏,又一次发挥了关键作用,人类像防洪一样实施全河大跨度接力式调度,不断调度下泄水量,黄河的又一个奇迹出现了:从1972年首次断流的黄河,在2000年这个黄河历史上的枯水年,黄河恢复全线过流,在下游断流近三十年之后第一次以完整的生命形态安然入海,这意味着,黄河断流的历史,终于没有被一个古老的民族带进又一个新千年、新世纪。

走笔至此,又不能不说到李国英。如果说前辈治黄,最揪心的是洪水,到了李国英这一代60后的水利人,他们遇到的则是一个比抗洪抢险更难的问题——黄河没水了,黄河断流了。一种灾难性的倒逼机制,在几近绝望的危机中催生出一场技术革命。但技术革命必须有可以运用的技术条件,小浪底枢纽为人类的一场技术革命提供了这个条件。如果说小浪底对防洪起到了生死攸关的作用,它对遏止黄河断流则起到了起死回生般的作用。在没有建小浪底以前,黄河宝贵的水资源难以调配,一出峡谷,到了下游,基本上是以自然的方式流淌,而随着小浪底的运用,再也不会让一滴水白白流走了。

黄河的水量调度权在黄委,黄委设有一个水资源管理与调度局,对水量调度是科学而周密的,具有相当高的技术含量,要描述出来相当难,但目的非常明确:通过枢纽工程的调节作用,使有限的水资源得到优化配置,在大旱之年保证黄河不断流——这是人类对一条大河做出的保证,但实现这个保证实在太难。对此,十多年来一直从事水量调度的主任工程师董泽亮给我做了一番大致的梳理。

这里按时间顺序来叙述。黄河虽说在2000年恢复全线过流,但谁也不敢说黄河断流的历史从此终结了,那只是一个良好的开端,而要保证黄河连续不断流,还需要长足的后劲。2001年,对黄河又是一次严峻的考验,这是在历史上处于第三极的枯水年,首先告急的是三门峡上游的潼关河段,而且是在汛期告急,告急的不是洪水来临,而是仅剩下不到一个流量。自古以来,这个"河在关内南流潼激关山"的潼关,从来担心的是洪水,而现在,一条洪汛期的大河,竟然只剩下了不到一个流量的水,这意味着黄河在流量最大的中游就有可能断流。黄委采取紧急措施,对干流水库进行了联合运用:通过调控万家寨水库的蓄水和严格监控山西、陕西两省引黄用水,首先保证了山西、陕西河段不断流,这是第一级调度;当河水进入晋陕峡谷的出口处,又通过调控小浪底水库下泄流量以及三门峡至黄河花园口区间伊河、洛河、沁河的地表径流,保证黄河下游河南至山东段不断流,这是第二级调度;接着,又用东平湖保证其下至河口区间山东全河段不断流,这是第三级调度。就这样,通过几个骨干水库接力式的运用,一个利用骨干水库统一联合调度的工程体系初具雏形,这是缓解黄河断流的关键措施,标志着黄河水资源统一调度、优化配置开始真正走向全河统一。

接下来的2002年,黄河来水继续偏枯,全流域大旱,在人类的调度下黄河没有断流,但也是命悬一线。到了2003年上半年,黄河来水遇到了有实测资料以来罕见的紧急状态,从上游唐乃亥断面、中游头道拐断面到潼关断面,黄河的流量一路上亮起了红灯,各大水库的蓄水位均已达最低点,远在青海的龙羊峡水利枢纽已经逼近发电死水位,年均径流量为535亿立方米的黄河干流可供水量仅有117亿立方米,只剩下了五分之一。黄河会不会再次断流?每一个关注黄河命运的人,都睁大了无比空洞的眼睛。而越是干旱缺水,越是需要水,来水持续减少,用水却节节攀高。就在这人人如在炼狱里煎熬的关头,全国人大代表、黄河水利委员会主任李国英,在分组讨论会上大声疾呼:"河流是有生命的。现在黄河水量相对减少,以经济增长为目标的用水要求却日益迫切,黄河下游断流或长期超警戒水量运行,导致主河槽恶性淤积、河道急剧萎缩、河口生态体系几近崩溃。触目惊心的现状表明了一个我们并不情愿承认的事实:中华儿女似乎早已喝干了母亲河的乳汁,现在还要喝干她的血!"

这是一个人民代表,代表一条被人类逼进了绝境的河流发出的疾呼。

一个令人欣慰的结果是,一方面黄委水调部门实施全河大跨度接力式调度运作,一方面沿黄各地以大局为重,忍受着人类最难以忍受的焦渴,又一次保证了黄河不断流。

说到如何保证黄河不断流,李国英就像一个精于计算的精算师,每一次调度,都精细到了每一个流量,少放一个流量,害怕下游会断流,多放一个流量,又心疼会不会少蓄了水影响下一步调度和发电。

一座水利工程其实并不需要漫长的时间来检验,小浪底的综合效益几乎在一开始运用就显示出来了,而三门峡的灾难几乎是与生俱来。应该说,小浪底是对三门峡的一次成功的补救,这对我诚惶诚恐的叙述也是一次非常及时的补救。如今,黄河已经以完整的生命形态流淌了十多年,而这还不能说是小浪底交出的一份答卷,但至少可以得出一个阶段性的结论:作为一个大型水利枢纽工程,小浪底的主要功能和兼顾功能都经历了十多年的检验,尤其可贵的是,它真正体现了民生水利的真谛。十多年来,在保证黄河岁岁安澜、不再断流的同时,还保证了两岸人民都能喝上水,还保证了农业生产关键期用水。由于实现了科学调控、调度,充分考虑了农作物的需水规律,在最需要用水的农时实施水量集中下泄,保证了小麦等主要农作物在关键期的灌溉,提高了农业用水效率,因为浇上了宝贵的黄河水,沿黄大部分地区农业喜获丰收。这也是我亲眼所见,就在我探求一条大河的一个水利工程的真相时,中原大地已经连续四个多月没有下过雨,但大旱之年未见灾情,一条条清渠悠悠而来,一片片庄稼荡漾开去,今年,沿黄大部分地区的夏粮在经历了又一年的春旱之后又夺得了大丰收,有些地方还创历史最高水平。

如今,小浪底已是中国水利工程的一张国家名片,足以和世界上许多著名水利工程媲美。一向以严谨著称的两院院士、水利专家潘家铮已提前说出了一个我不敢说出的结论:小浪底枢纽保证了下游河道年年安澜,并为地区经济、社会发展提供了宝贵的水资源和清洁的能源,还取得了显著的生态环境效益,这是治黄工程中的重大成就,这一史诗般的成就来之不易,将载入史册。而世界银行检查团团长古纳则说出了小浪底的世界意义:小浪底水利枢纽工程不仅为中国的水利建设树立了样板,同时也具有世界意义,是世界银行与发展中国家合作项目的典范。

而我在黄河流域奔波时,很多人都不约而同地提到了这样一句话:"维持黄河健康生命。"这话也是李国英说的,这是一种不同于既往的治河理念,甚至是江河治理的一个终极目标。水利,不只是对人类有利,还要对水有利,对人与自然都有利,这才是水利的完整意义。一句话,水利应该是人与神的杰作。神不是上帝,而是大自然。还有一句话,如果我们不能超越狭隘的"人类中心主义",不能把一种更辽阔而博大的爱——博爱,向人类之外的自然界扩展,或许永远抵达不了水利的真谛。

我不想说小浪底是人类治黄历史上的一座丰碑,我更想说的是一系列假设:假如没有小浪底,黄河下游河床又该淤高1米多了;假如没有小浪底,黄河滩区又不知被洪水淹没过几回了;假如没有小浪底,黄河断流已经近半个世纪了。如今,人类已连续创造了黄河十多年连续不断流的奇迹,这也让黄河成为迄今为止全世界唯一解决了断流问题的大河。有人说,这哪里是调水调沙,这是为我们的母亲河换血。黄河既是中华民族繁衍生存的命脉,也是一条有生命的大河。由于泥沙的淤积,由于人类无穷无尽地索取,在黄河的血管里已经淤塞了许多生命之外的东西,而生命的污垢只有用血液来冲洗。人类通过调水调沙,一方面为这条生命功能严重退化的母亲河大换血,一方面为她降血脂、除污垢,对她的血管从上到下进行清洗、疏通,重新激活了她的生命。黄河清,未必就有圣人出,但河床的降低、河流的畅通,无论对生死系于黄河的亿万苍生,还是对严重退化、一次次枯竭断流的黄河,都是具有重生意义的拯救。

然而,作为一个旁观者,我也保持了一种理智上的清醒,这种全靠人类掌握的"不断流"办法依然是脆弱的。一方面水量非常有限,一方面黄河还处在随时都可能再次断流的危机中。从我在黄河河口段看到的情况看,黄河看上去早已不像一条大河了,宛如一条南方的小溪。这绝对不是一个比喻,却也绝非有人所说的其象征意义远大于实际意义,只要黄河不断流,哪怕像现在细水长流,对黄河流域的生态、对这里的一切生命,就有血液循环的意义。

下篇

当黄河成为一个悬念

当黄河成为一个悬念
共和国的大堤
黄河滩
渐行渐远的长河
黄河入海流

第十一章　当黄河成为一个悬念

　　按地理教科书，以旧孟津为黄河中游和下游的分界线，这也是地理学界几十年来一直沿用的观点；按水利部黄河水利委员会的划分，自郑州桃花峪至山东垦利河口为黄河下游，河长786公里（流域面积仅占全流域的百分之三）。这就是长期淤积形成的举世闻名的悬河、地上河。

——采访手记

一、从孟津到桃花峪

　　若要认真追溯，黄河成为一条悬河，是从内蒙古西部河套平原的磴口就开始的。当黄河从内蒙古托克托县河口镇进入中游，在穿越晋陕大峡谷的最后一道关口龙门后，那100多公里的小北干流，还有素有小黄河之称的沁河、从洛阳孟津到桃花峪的一段设防河流，都有突出的黄河下游的悬河特征，但黄河成为一个最大的悬念，还是从黄河下游开始。

　　沁河只是我从洛阳孟津河段到郑州桃花峪河段的一段插叙。这条河流在黄河众多支流中既有其特殊的河情，也有其特殊地位。自明清以来，各朝都将沁河防洪与黄河防洪统一管理。由于其"洪水来猛去速，善淤善决"的天性，又因其是目前黄河中下游唯一没有控制性水库工程的支流，如今依然被纳入黄河统一管理。在沁河历史上，一场不大的风雨也会引发呼啸而来的洪水，给两岸百姓带来深重的灾难。直到20世纪80年代初实施杨庄改道工程后，沁河严峻的防洪形势才发生了奇迹般的转变。在武陟县城附近的杨庄,是一段河道转折处,有一道堤距仅有 300 多米宽的卡口,杨庄改道,就是将这一段河道裁弯展宽,向右开辟了一条 800 米宽的新河道,从根本上解决汛期壅水不畅的问题。而就在杨庄改道主体工程建成的十天左右,老天爷仿佛要故意测试一下,沁河下游发生了 4130 立方米每秒的超标准洪水,若在往年遇到这样大的洪水,极有可能又是洪水决口的重灾,而直接面临威胁的群众有十七万之多。但改道后的效果立竿见影,由于杨庄河道过洪能力大增,这次超标准洪水有惊无险,老百姓没有像以往那样惊呼,却发出了一声声惊叹,真是神啦!这也的确是沁河治理上的一个神来之笔。

孟津河段所属的黄委豫西河务局,前身为 1993 年成立的洛阳市黄河河务局,1998 年更名为豫西地区黄河河务局,原属于焦作市黄河河务局的济源市黄河河务局也被划归这个局,2004 年更名为豫西黄河河务局。其管辖河道为黄河中游的最后一段,河段内自上而下有三门峡、小浪底、西霞院等三座大型水库,沁河济源段 42 公里长的河道,还有孟津至桃花峪之间的 31 公里设防河道。

只要你跟着一条长河走,必然会经过一个黄河古渡口:洛阳孟津。

欲知孟津,先观洛阳。洛阳"立河洛之间,居天下之中",北据邙山,东北又据黄河之险,禹划九州,河洛属古豫州地。从中国第一个王朝夏朝开始,先后有十三个正统王朝在洛阳建都,而这座"山河拱戴,形势甲于天下"的十三朝古都,却不同于黄河下游的另一座古都开封,这里虽说自古便有"八关都邑,八面环山,五水绕洛城"之说,但其地势高于黄河,也就不至于像开封那样被黄河一次次淹没、被泥沙一层层掩埋。但那座古都早已难觅踪影。时间之河的力量,其实远胜于一条自然之河。追溯北宋开国后弃西京(洛阳)而就东京(开封),一个重要原因便是黄河泥沙淤积也给洛阳带来了漕运不畅的障碍,一座帝都只有往黄河下游迁移,才能借黄淮两大水系之利,而日后也将深受黄淮两大水系之害。这又是一段提前交代的后话了。

孟津,实为洛阳沟通黄河的一处要津。早在公元前一千多年,周武王二年,为伐纣灭商,"诸侯不期而会孟津者八百",这也就是史上著名的"八百诸侯会孟津"。孟津与洛阳近在咫尺,几乎一出洛阳东城门就是孟津了。而孟津最看重的还不是诸侯会盟,而是一条大河的分界线。以孟津为黄河中下游的分界线,洛阳占有"最早提出""传统认定"和"写入课本"的三大优势。现在通用的地理教科书,依然把黄河中游和下游的分界线确定为"旧孟津",而旧孟津就在今孟津县城东部的会盟镇。对此,人民教育出版社地理编辑室高俊昌主任也有解释,"黄河中下游分界为旧孟津的说法是地理学界几十年来一直沿用的观点,每次在审定教材的时候,专家们都没有对此提出过异议"。而一旦进入了教科书,那就是每个学生都必须牢记的标准答案。以孟津为黄河中下游的分界线,也并非人为的设定,而是自然的造化。孟津地势西高东低、形如鱼脊,这样的地形决定了黄河的走势,一道"鱼脊"就是黄河中下游的天然分界线。会盟镇是黄河岸边一个古老的小镇,地形和孟津城差不多,南靠邙山,北依黄河,境内还有仰韶、龙山文化遗址。早在上古时代人类就在这里设津(渡口),一个古老的渡口几乎贯穿了整个水运时代。然而,这里也是黄河的一个灾难性开端。更确切地说,在小浪底枢纽工程修建之前,黄河从小浪底峡谷出口处冲出来之后,一下就在两岸山谷的夹持下放开了手脚,两岸虽说还有一些山岭的余脉,但从黄土高原进入了地势低平的黄淮平原已是一个必然趋势,由于河谷越来越开阔,河道坡降越来越小,以至于零,河流也从湍急变得越来越平缓,加之河道又宽浅散乱,从黄土高原冲刷而下的泥沙无法被这平缓的河流冲走,一路流淌一路沉沙,随着泥沙一路淤积,黄河变成了一条致命的悬河,一条河床高出地面四五米甚至十余米的悬河就这样诞生了。

  一座"黄河中下游分界标志塔"高耸在会盟镇洛阳黄河公路大桥南岸西侧,这是由北京大地景观规划院设计的,然而这如此高耸的姿态,又能否平息争议?又到底应该以水利部黄河水利委员会的设定为准,还是以教科书为准?而以郑州荥阳桃花峪为黄河中下游的分界线,至少在水利界和河南省已基本定论。在《河南省志》第四卷《黄河志》中就明确写道:"自河源至内蒙古的托克托,为黄河上游;自托克托至河南郑州桃花峪,为黄河中游;自桃花峪以下至山东垦利河口为黄河下游。"

除了这两种权威说法,还有一个观点:根据地貌特征变化明显、"地上悬河"起点以及第一条自流渠出现这三把标尺来衡量,焦作市武陟县的嘉应观为最符合标准的黄河中下游分界。此外,又有专家根据"河流特性""区域地质环境和河谷地貌特征",提出三门峡、花园口为中下游分界线。这每一种说法无不通过一系列论证,几乎都有理直气壮的理由,黄河本无事,庸人自扰之,不是庸人,是高人。一条黄河的分界线被人类搞得扑朔迷离,我不想介入争议,但唯恐被卷入争议,更重要的还是我怕搞错了答案,一个答案白纸黑字写下来误人子弟。为此,我特意向黄委原副总工程师胡一三先生请教,他说出了一个更准确的答案:从河道的形态来看,黄河中下游的分界线应该在旧孟津,如果以这里为分界线,黄河下游的起点至少要往上再推90余公里(92公里),黄河下游的河长就不是700多公里(786公里)而是800多公里(878公里)。

从孟津到桃花峪,一座被黄河无形地拉长了的邙山,一直牵引着我,连一座山也仿佛处于流逝的状态,这是我在追踪一条长河时时常产生的幻觉。邙山是一座天下名山,也是一座貌不惊人的山,又名北邙或北芒,它在天地间的姿态不是高耸,却如横卧,横卧于一座古都的北侧,以一条大河和一座帝都为背景,烘托出了浑圆而苍翠的山影,哪怕最高峰——翠云峰,海拔也不过300米。它的出现,是一种纵深,无论你以怎样的方式穿越一条历史长河,这都是一座你必将遭遇的苍山。在中原的黄土丘陵地带,它的苍翠超过了我的想象,随流水而蔓延的苍松古柏,营造出一种森森的寂静,人行处,偶有林中藏雀惊飞而起,倏然间扇起水声一片。那是黄河的声音。

凝神看,这又是一座没有骨头的山,一座黄土堆积起来的山,一座充满了人生况味的山。裸露的黄土中看不见山石,只有可疑的骨殖和苍苔斑斑。我用手使劲攥了一把黄土,发现这黄土并不松散,至少比人类的骨头要硬得多。据地质学家勘探,在邙山地表以下深两三丈的土层,大都是渗水率低、黏结性好、紧硬密实的土壤。一个证据:无论一条大河怎样冲刷淘洗,这座亘古的黄土丘陵从来没有被岁月弄丢。由于这山川土厚水深,也让古代帝王、皇亲贵胄和士大夫们把这里作为最后的归宿。在我们这个既重生又重死的民族,邙山成了一座巨大的坟墓。人生如梦,生在苏杭,死葬北邙,便是古人在生死两端间的两个大梦。据晋人张载《七哀诗》云:"北邙何累累,高陵有四五。借问谁家坟,皆云汉世主。"从东汉建都洛阳(东京),一座洛阳便成了天下帝都,一座邙山则成了一座冥都。又有唐人白居易的一句"北邙冢墓高嵯峨",一笔就写出了人类终极关怀或终极世界的一种盛景。苍翠如云的翠云峰上,筑有唐玄元皇帝庙,比这更低处,是大大小小的冈陵与土丘,这不是山丘,而是陵墓。所谓丘陵,一座邙山给了你最直接的解释。这山上埋着东汉、曹魏、西晋、北魏四朝的十几个帝王:汉光武帝刘秀的原陵、汉献帝陵、西晋司马氏陵、南朝陈后主陵、南唐李后主陵……无论是叱咤风云的开国帝王,还是窝囊透顶的亡国之君,邙山都以宽厚的胸怀包容了他们,一座座坟茔,如同躺在母亲怀中熟睡的婴儿。除了帝王陵和皇族、大臣陪葬墓,还有秦相吕不韦、唐朝诗人杜甫、大书法家颜真卿及王铎等历代名人墓,这上千座坟茔如同世间一样有着高低层次形成的结构、确定的秩序,荒谬却又异常巩固,在岁月的风化中至今犹存,而黄土早已化为了他们骨子里的东西。

  邙山不只是人类黄泉之下的乐土,也是最适合人类的栖居之地。就在邙山西端三门峡的渑池县城北郊,有一个叫仰韶的村庄,当人类越过斑驳的老墙掘开长满苔藓的土地,便揭开了一个埋藏了五六千年的文化遗址,那是新石器时期黄河中游地区人类文明的一个标志,而精美的彩陶又是仰韶文化独具特征的标志,那些宽带纹、网纹、花瓣纹、鱼纹、弦纹和几何图形纹等,每一个灵动的细节都与先祖们逐水而生的黄河有关。而一捧出土的小米,已在中原大地上种了五千年,如今还在种。当那些深藏于邙山之下的遗物被一一揭示出来,一条大河与一个民族一脉相承的关系从此不再是后世凭空展开的想象,这里不仅是华夏文明的一个源头,也是祖先的天堂,哪怕你已走失得太久,像我一样早已远离了自己的故乡,只需久久地凝望着一条长河,一条长河不知不觉就会从心底流出来。

  对崇尚自然的道者来说,邙山也是一座可以让他们返璞归真的道山。相传老子曾在山中炼丹,后世在山上建有一座上清观以奉祀这位道教元祖,附近还有道教寺观吕祖庵、中清宫、下清宫和武则天避暑行宫等。无论帝王将相，还是升斗小民，当你突然觉得应该放下一切，邙山便成了你必然的方向。"人居朝市未解愁，请君暂向北邙游"。遥想当年，在那漫山遍野浮动的笑脸中，在那络绎不绝的游人之间，一个叫张籍的唐代诗人也跻身其间，他不再像可怜的杜甫一样风尘满面，脸上、衣襟上滚落着晶亮的露珠。山不在高，有了这样一座邙山，也就有了一个俯瞰尘世的高度，览伊洛二川之胜，看一条大河奔流。邙山晚眺，自古以来是洛阳八景之一，当夜幕降临，从大河迟缓的落日，到夜幕深处透出的万千灯火、天上的繁星，天上人间，一派天然，万籁俱寂，又因了这灯火与繁星的映衬，你才不会感到寄身于世间一隅的孤寂。那些浑身长满了苔藓的亡灵也许将被磷火唤醒，无数奇怪的影子在河山之间游动，在一条大河深沉的流淌声里，无论生者，还是死者，他们皆走得如此之深……

对于那些逐鹿中原的英雄，低矮的邙山从来都是必先抢占的战略高地，关于那些血腥而辉煌的邙山之战、邙山大捷，就不说了吧，这里只说黄河与邙山的自然关系。站在黄河岸边，一看就知道，邙山是洛阳背后的一道天然屏障。在这里，黄河还不是悬河，南岸的邙山和北岸的太行山余脉均远远高出黄河及洛河水面（约高出150米）。一条大河有了这样的山脉来抵挡，哪怕洪水猛涨也不会成为一个悬念。追溯起来，邙山其实还有一个更古老的名字——太白原，由此引出了一段与河流有关的历史。据郦道元《水经注·谷水》载："谷水又东，左会金谷水，水出太白原，东南流，历金谷，谓之金谷水。"这条源出邙山的金谷水，在北魏时代应该还是黄河流域的一条支脉，而且是一条给人类源源不断带来财富的水脉。这并非望文生义，所谓金谷，在古籍中指钱财和粮食，而郦道元说金谷水"东南流经晋卫尉卿石崇之故居"，石崇便是当时的天下巨富。如今，那条流过石崇故居的金谷水早已不知所踪，或已像黄河流域的众多河流一样在时光的指缝间漏尽了，消失了，但今天的洛阳市还有一条金谷园路，隐隐散发出一条水脉的气息。

当一座山渐渐进入了尾声，又一个标志远远地在视野里出现，我在第一时间就感觉到了它的意义,一条奔波了4000多公里的长河,又到了一个关口,桃花峪。

这里是黄河的中下游分界线。但这条分界线究竟应该划在哪儿,历来各有各的说法,一直难以确定一个标准答案。按水利部黄河水利委员会划分方案,从郑州桃花峪到黄河入海口为黄河下游,全长700多公里(786公里)。这也同样不是标准答案,黄河的长度只能是一个约数,也是一个变数,随着河口三角洲的不断长大,黄河的长度也在自然延伸。

桃花峪,离郑州已经很近了,就在距郑州市西北30公里的三皇山下。天底下的三皇山也不止一座,谁都巴不得离自己的始祖更近一些。而桃花峪这座三皇山其实就是邙山,据说以前就叫三皇山,但在古籍和当地旧志中一般都称之为广武山。据《荥泽县志》载,广武山"山势自河边陡起,由北而南,绵亘不断……峰峦尖秀,峭拔数十丈,朝霞暮烟,变态万状"。昔人修志喜用文学笔法,把一座山描绘得如此惊险、神奇,到了这里看看就知道,一座邙山走到这里不再是绵亘不断,差不多走到头了,而所谓峭拔数十丈,海拔也不过百余米,要说险要,不在山险,险在黄河,一条大河紧贴山脚流过,谷深坡陡,崖壁参差,在一马平川、几乎无险可守的中原与黄河之间,这里也算得古代的一处水陆交通的咽喉和天险了。这河山之间,自然也是人类的必争之地了,争的便是江山。而最终决定成败的从来不是光荣与梦想,而是阴谋与战争。从车上下来,我立马就被一群野马导游呼啦一下围住了,就像被一场战争包围了。他们大多是这里的农民,而拉客、当野马导游,是他们的另一条活路。我感到了手臂的力量,无论是男人还是女人,一旦拉住了你就很难放手。

他们把我拉到离这里不远的楚河汉界,那是一条鸿沟,一条被流水由南向东北方向拉开的鸿沟,实际上是广武山的一条溪涧,广武涧。当年楚汉两军便是以这条鸿沟为界瓜分天下,争夺天下。如今,这鸿沟两岸还留下了两座隔涧据守的营垒,一座刘邦的汉王城,一座项羽的霸王城。我被野马导游拉到那里去看了,没有什么感觉,却忽然想起晋人阮籍登广武山观楚汉战场时的一句感叹:时无英雄,使竖子成名。在阮籍那双青白眼里,这两位都不是他眼中的英雄。但若同项羽相比，刘邦似乎更接近一个竖子的形象，他最终以阴谋战胜了从个人伟力到军事实力都比他强得多的一代霸王。为了迷惑项羽，他命人从点将台下偷偷挖了一条通向荥阳的地道，让屯在广武的军队悄悄地在广武和荥阳之间往返，以示自己有源源不断的援军，而项羽还真是被他给蒙骗了，一直不敢下决心越过鸿沟攻打汉军。等到刘邦的援军真的赶到时，项羽失败的命运已经注定。而除了一条鸿沟，一切都跟我的想象差不多，那些所谓历史古迹，无非是一些现代人用钢筋水泥堆起来的仿古建筑。让我感到震撼的，不是人类，而是一匹战马，一看就知道，战马的主人已经战死，四周都是失败者丢弃的盔甲、血腥而残忍的刀枪剑戟，那些命如草芥的人仿佛都死了，只有一匹战马还活着，它不再有义无反顾地冲向战场的激情，却站在一道濒临黄河的悬崖边上，在黄昏的落日下朝着一条流逝的长河引颈嘶鸣。让我震撼的不是一匹战马不屈的形象，更非它对那个战死的主人的凭吊，而是它朝着一条大河发出的嘶鸣，马嘶是世间最悲怆的声音，我听见了一条大河浑浊而深沉的回声……

　　真正的历史是深沉的，在这无比辽阔的大地上，一轮轮的英雄逐鹿，一次次的马革裹尸，那些人，那些马，那些从未止息的兵戈，无论成者王侯还是败者寇，都被一次次的黄河决口和改道撇在了脑后，掩埋在岁月深处了。这深厚的沃土就是一层一层的泥沙、白骨和碧血累积起来的。如果把中原大地一层一层揭开，你可能会看见这地底下埋葬了十几个王朝、十几条黄河。

　　桃花峪自非黄河的源头，但从人类的历史长河看，这里也是一个民族血脉的源头。三皇山，又是哪三皇？一说为天皇、地皇、人皇，一说为伏羲氏、神农氏、燧人氏，其实没必要那样较真，一切都是传说。而在三皇生活的那个混沌而蒙昧的时代，人类还无从知道一条长河有多长，又是从哪里流来的，一座邙山也有可能遮蔽他们的视野，把这里当成了黄河的源头。而今，人类把这里作为黄河的第三条分界线，黄河的又一个开端，也有一望可知的自然原因。峪，望文生义，它的本义就是山谷，山谷或峡谷开始的地方，但只有回过头来、逆着一条长河看，才能看到那已成追忆的山谷。当你的目光与河流保持一致的方向,这桃花峪恰好是山谷或峡谷结束的地方。走到这里,一座邙山走到了尽头,黄土高原走到了终点,脚下已是黄淮平原起点。

一切如同岁月初始,风沙依然很大,天地苍黄,尘世茫茫。仰望三皇,天皇、地皇、人皇,连同烘托他们的一座高台,也都是厚重的土黄色,就像这中原厚重的泥土,构成了天、地、人的稳定结构。皇,在古汉语中的本义是大和美。天地有大美而不言,这三位传说中的人文始祖保持着大地的纯朴与尊严,又以沉默的方式表达了一个伟大民族亘古以来对大美无言的默契。又相传,上古时的燧人氏、伏羲氏、神农氏也在此耕耘、采药、播种,仁慈地教化那些还裹着树叶和兽皮的蒙昧众生。他们也给后世留下了许多古朴的传说。而所有的传说,只因那些老百姓愿意一代一代地往下传。凝望着这些被放大了的人物,忽然觉悟,我们这些凡夫俗子和这些非凡的祖先其实一直就共同栖身于一个亘古如一的空间。尽管我是喝长江水长大的一个江南人,但我们可以追溯的先祖,也是从黄河流域迁徙到长江流域的。黄河,被誉为中华民族的母亲河,从来就不是一个空虚的比喻,而是源于我们血脉与命脉的事实,一些与传说有关的遗物,时时可以被挖掘出来。

在这里,我没有看见黄河母亲的塑像,但见一尊大禹塑像,这是人类对一个治水英雄的想象,头戴斗笠,一身粗衣,一手执耒凝望着黄河。这形象,颇有一蓑风雨任平生的意味。但我感觉道具有误,耒该是属于炎帝神农氏的,而作为一个治水英雄,应该掌握的是三件神器,河图、开山斧和避水剑。其实也没错,在《韩非子·五蠹》中便有如是记载:"禹之王天下也,身执耒臿,以为民先,股无胈,胫不生毛,虽臣虏之劳,不苦于此矣。"治水治河,自古以来就是天下第一等的苦事,古往今来皆如此。

走到桃花峪,一座标志碑自然是少不了的,远远看上去如一叶风帆。这座碑比旧孟津那座早立了十多年,但低了近20米,形如一叶云烟中的风帆。从地势看,荥阳是中国三大阶梯地形的二三级交接点,旧孟津又何尝不是?但作为山地与平原的衔接处,桃花峪显得更明显。这座标志碑也是独具匠心,碑体外部呈"H"形,这是黄河汉语拼音首个字母的大写,碑基座东北—西南方向呈一道裂缝，将两侧的土地分割为黄河中游和黄河下游，这给游客们划出了一条"脚踏黄河中下游"的分界线，其实黄河的一条分界线又哪有如此清楚？

　　看着一条长河从上游峡谷里弯弯曲曲地流来，流得悄无声息，而一座看似一叶风帆的标志碑，只是一个苍白的象征，这条水路已经多少年没有行船了，黄河之水，早已无力将一条船轻轻托起。在很多人心里，那是一条咆哮的大河，一条在时空中呼啸而过的大河，然而在这里，你眼睁睁地看着，看到的是一条最真实的黄河，却仿佛是另外一条河流。若要看清一条河流的真相，需要一个高度。我缓缓地登上三皇山，这其实就是一道缓缓的山冈，很快就登顶了。两眼依然混沌而迷茫，但视野又分外辽阔，在迷茫而辽阔的视野里是迷茫而辽阔的河谷。我看见了，眼下就是著名的天下黄河十八弯，却不知是此弯还是彼弯。这里的河床看上去比长江还宽，但支离破碎、水汊密布，没看见黄河，看见的是那一条条水汊，如同纷乱的浊水溪。在大片裸露的漫滩上，静静地躺着一洼一洼浑黄的积水。看着它，就像突然窥见了母亲不洁的躯体，我慌忙缩回了目光。我感到自己是有罪的。或许不看还好，想象中的黄河至少还是一个完整的形象，看了之后，黄河反而变成了一个模糊的、破碎的、空洞的概念。必须聚精会神，把意念集中在一条河流上，才能在混沌中重新想象出一条岁月长河的模样，以及她的来路与归途。

　　又如果说黄河是一条悬河，在孟津至少还没有这样悬，到了桃花峪，如同到了一个关口，人类对这条悬河的视觉与嗅觉从此开始变得愈来愈敏感了。历史上，黄河的一次次溃决和改道，无不发生在桃花峪以下的黄河下游。如此看来，把桃花峪作为黄河中下游的分界线还真是有充分理由。至少在历史和地理上，这是一个无可争辩的灾难性分界线。

二、谁能堵住黄河

　　这里，我选择从邙山脚下的桃花峪——一条灾难性分界线开始。

桃花峪与平原交接处的那个山岭,实为邙山延伸至平原的尽头,当地老乡皆呼之为邙山头。黄河流经桃花峪,也可谓告别了黄河中游的最后一段山谷。接下来,一条长河便进入了郑州市惠济、金水两区地界。

　　在这中下游交界处,还安置着一座毛泽东主席的坐像。很多人都见过他老人家在邙山留下的一幅照片,那是他视察黄河时留下的一幅侧影。据毛泽东身边的工作人员回忆,新中国诞生后,毛主席习惯于乘坐专列到各地巡视,这次视察黄河也是。1952年10月31日上午十点左右,专列在黄河南岸的邙山脚下缓缓停下。他老人家不顾多日来长途奔波的疲劳,车刚停下,就下了车,然后健步向山顶攀登。一座邙山延伸至此已是尾声,那山并不高,但那时的山路还是一条弯弯曲曲、杂草丛生的羊肠小道,别说一个年近花甲的老人,连年轻人也爬得有些气喘吁吁。有几个陪同人员几次想上前去搀扶毛主席,但他老人家不是摇摇手,就是摇摇头,一声不吭地往上登。当毛主席登上离黄河最近,也是最高处的一个小山头,他站住了,先是从东到西,然后又由西向东,这样来来回回把黄河看了几遍,不知不觉就点上了一支烟,坐在一个黄土疙瘩上,一边兀自吸烟,一边长久地凝视着那座黄河铁桥。桥上是南来北往的列车,桥下是浩浩荡荡的黄河水。这就是我们后来看到的那幅毛泽东视察黄河的经典照片。一代伟人,神色凝重,坐在一个荒草依稀的黄土疙瘩上,背景像是一个安静的黄昏,他以凝固的姿势凝望着一条漫无边际的大河,逆光的脸上布满了阴影,让人感觉充满了忧患,又像怀着某种神奇的启示。

　　只要涉及新中国治黄的历史,这都是一个充满了忧患色彩的开端,也是谁都会提及的一段往事,一个标志性的历史事件:1952年10月下旬,毛泽东主席在开国后利用休假的时间第一次出京视察,几乎直奔黄河而来。那时霜降已过,一年一度的伏秋大汛告一段落,但黄河人的神经未敢松弛,反而绷得更紧了,接下来又是更凶险的凌汛了。而毛泽东就在这时候来到了黄河。10月27日下午,毛泽东视察了山东济南黄河泺口,而后一路马不停蹄,逆河而上,对山东、河南境内决口泛滥最多、危害最大的险工河段进行了为期一周的深入考察。他是从黄河下游一路走来的,走到邙山脚下

第十一章　当黄河成为一个悬念

的桃花峪,已是 10 月 31 日,他没有再往上走了。这里是邙山向东延伸的尽头,也是黄河下游的开始。而他走过的这一段黄河,就是黄河最悬的、最危险的一段。

如果以他老人家坐着的这个黄土疙瘩为起点,也就是从黄河下游有堤防的地方开始,一条黄河越来越悬,一路高悬到入海口。你可以沿着一条大堤一直走下去,在大堤上任何一个位置往堤外看,你的视角都是俯视,黄河两岸,除南岸东平湖至济南间为低山丘陵外,其余全是一马平川、无边无际的大平原,黄河下游流域内的城镇、村庄、田园以及生存于此间的一切生命,就全靠人类筑起来的堤防来守护。哪怕最低的河床,也比两岸城镇、乡村、田园要高出三五米,有的高悬八九米,很多人都以为悬差最大的地方是开封,不是,还有比南岸的开封更高的,那是河南新乡市,这一段黄河滩面比新乡市的地面高出 25 米,差不多有八层楼那么高,八层楼竖起来不算太高,如果八层楼高的水竖起来,想想也知道,一旦失守,高耸的洪水顷刻间就会将一个新乡市铺天盖地地淹没。又岂止是一个新乡!从古至今,这条悬河一直是高悬在人类头顶上的巨大悬念,也是中华民族的心腹之患,不说历史上那些更辽远的黄泛区,它直接威胁着的就有 25 万平方公里的黄淮海平原。而黄河下游漫漶交织在一起的黄河流域、淮河流域、海河流域,也只有这一道道堤防来作为分水岭。

为管束住滚滚东流的河水,黄河北岸自孟县以下,南岸自郑州铁桥以下,除了个别河段傍依山麓外,两岸皆筑有大堤。但严格说,黄河南岸堤防并非自郑州铁桥以下开始的,而是从孟津开始的,自孟津牛庄至和家庙有一段长约 7 公里的堤坝,俗称孟津堤,由五小段河湖两用堤和五小段山口隔堤组成,在黄河下游堤防中,孟津堤只能算个短暂的引子。一般来说,黄河下游南岸(右岸)临黄大堤就是从毛泽东当年坐着的这个黄土疙瘩——河南郑州市的邙山脚下开始的,这南北两岸的临黄大堤和北金堤等,是黄河下游防洪工程体系骨干工程,也是最重要的组成部分,黄河下游流域就是依靠这左右岸的临黄大堤来捍卫的,这是国家工程,国家堤防,俗称"国堤",犹如"水上长城"。除了临黄大堤,下游流域还有其他各类堤防,总长 2000 多公里。

如果没有这些堤防,黄河下游皆成泽国。

若要看清一条神龙见首不见尾的黄河,必须穿过层层岁月,从眼下的现实进入历史。这样你才会发现,黄河远不只是眼下这条黄河,还有一条条早已消失的黄河在岁月的迷宫里穿梭。

追溯人类治黄的历史,最早只能从"河伯授图"的神话开始。相传河伯(古代神话中的黄河水神,原名冯,亦作冰夷)穷尽一生治河,但大河依然灾难深重。他预感自己来日无多,便找到了大禹,将自己在治河生涯中绘制的一幅河图传授给大禹。大禹治水如得神助,赖有三件神器,一是河图,二是开山斧,三是避水剑。而河图又是摆在第一位的,那幅传说中的河图,可想而知,自然是河伯考察地形、河势、水情,掌握了河患要害的黄河流域形势图。

大禹被誉为一个治水英雄,而他的父亲鲧,尽管以堵为策、治水失败,但我觉得,他老人家至少也算一个失败的英雄。事实上,古往今来,人类用得最多的办法还是堵。说起来,鲧也有些无辜,他的堵,不可能傻到把一条大河拦腰截断,其实也是筑堤防洪,他很可能是最早的堤防修筑者。这绝非我妄加猜测。自然,他的儿子大禹更明智,以疏为主,因势利导,将洪水安全地导入大海。但在疏导的同时,也同样要修筑堤防,将河水纳入河道。否则,你怎么疏导?谁都知道,对这条泥沙淤积的悬河,最好的方式是疏导,但以黄河泥沙的淤积之重,在没有大型设备又缺乏现代水利科技的古代,又怎么能靠人类的力量去疏导呢?是故,随着泥沙淤积不断抬高河床,人类只能被动地不断筑高堤防,在面对洪水泛滥的黄河时,运用得最多的还是最直接的方式——堵。

说到堵,也实在不容易,必须有强大的实力你才能堵得住。在比大禹更早的年代,便有共工和鲧"障堵洪水"的传说,如果撇开神话色彩,那应该是世界上修建最早的防洪工程。但比较可信的史实是,黄河堤防工程,最迟在两千七百年前的西周就已经出现。先民们在与黄河洪水不屈不挠的抗争与共存中,堆土成堤,以堤束水。随着黄河堤防的出现,终结了黄河自然泛滥、肆意漫流的原始洪荒时代。

那么，我脚下的这个桃花峪是否还是从上古时代一直留下来的呢？对历史的猜测需要历史的证据。一座伏羲墓，虽说可以把历史推到最久远的年代，却难以为凭，没有谁相信这坟墓里埋着的真是伏羲。再往下，年代最早的就是郑武公陵了。我觉得这比较接近历史真相了。郑武公为郑国第二代国君，约于公元前744年前在位，由于郑国原在棫林的封地被周平王指给了秦襄公，在他父亲手上，郑国成了一个有国而无地盘的诸侯国。而武公继位后，除了以征战的方式兼并了"东方十国"等弱小的诸侯国，采取的另一项重大举措就是率臣民开垦黄河滩涂，扩大疆域，增强国力。在他的时代，东至今开封，北至今新乡，这些黄河两岸的土地均已纳入郑国的版图，一个空有其国的诸侯国也被武公打造成了黄河下游的一个强国。透过这个历史事实可知，在春秋时代人类已开始对黄河下游进行开垦，而为保护开垦的土地，便开始在黄河下游大规模修筑堤防，沿河诸侯相继筑堤。"壅防百川，各以为利"，这是关于黄河下游筑堤为防的最早记载。但当时诸侯各霸一方，没有统一部署，顾头不顾尾，上游不管下游的死活，河南不顾河北的安危，只想自己岁岁安澜，哪管人家洪水滔天，一切从自身的防洪需要出发，东修一段，西修一段，一道七歪八扭的黄河堤，大小、宽窄和高矮都不一致。但洪水无情，时常发生大水冲了龙王庙、城门失火殃及池鱼的惨剧。

由于各诸侯国竞相筑堤，原始意义上的"堤"不断得到扩展。到战国时代，黄河堤防迎来了第一个建设高潮，尤其是地处黄河下游的齐国，更是把兴水利、除水害看作治国安邦的根本大计。"善为国者，必先除其五害。"这是摄齐相四十余载的管仲所言，对治水，他给予了最突出的强调："除五害，以水为始。"公元前685年，管仲向齐桓公提出筑堤防洪、除害兴利之法。齐桓公采纳管仲的建议并付诸实施，齐国得以富强，终成霸业。除了齐国，在诸侯列国的不断兼并中，一些实力较强的诸侯国，对兴修水利也高度重视，并留存下稚嫩的"方略"：顺水在旁侧筑堤，大堤断面要下大上小，种植荆棘固土，间种柏杨作为抢险时的备料。但这种"各以为利"的结果，依然是堤防缺少统一规划，以致工程标准不一，堤距不一。据"治河理论家"贾让在他著名的"治河三策"中描述:齐国因地势低下,首在"距河25里"的地方修起堤防,洪水由西向东时被齐堤挡住,折而流向赵国和魏国,而赵、魏也在"距河25里"处修堤挡水,河水就在"50里宽"的河床内自由游荡,险情不断。为了共同的利益,大河上下,诸侯会盟,公元前651年,齐桓公召集天下诸侯,在葵丘商谈治黄大计,逐渐达成了对黄河堤统一修防的举措,提出了"无曲堤"的法规,严禁各诸侯国修筑阻水、挑溜的弯曲堤防。这也是人类在纷争中被一条大河逼迫下的"统一"。总的来看,先秦时代,古人基本上是采取宽河格局来治河。那时黄河下游流域人烟稀少,旷阔的河谷,让河道泄流和蓄洪有了宽裕的空间,那时也就很少有黄河决口改道的史载。

尽管在战国时代黄河下游堤防已经具有相当规模,但直到秦始皇统一中国后,黄河堤防也才有可能完全统一。地处关中的秦国,甚至一直把水利视为比战争更重要的国家战略,一座邙山,也埋葬着秦相吕不韦,而"水利"一词,最早就见于他的《吕氏春秋》:"掘地财,取水利。"秦统一全国后,散落在华北平原的堤防开始走向真正的统一,在堤防的约束下,放荡不羁的黄河暂时变得温驯起来,散漫于平原上的河道逐渐合而为一,黄河水害得到平息,大面积被淹耕地重焕生机,下游河槽出现了一个渐渐安澜的局面,但在安澜的同时,一个悬念开始出现,甚至早已出现。这里不说那些接近传说的历史,只说有文字记载的历史。早在公元前4世纪,当黄河的全名尚未出现时,黄河中下游就因河水浑浊而被人类称为"浊河"。又有文献记载,公元1世纪初,"河水重浊,号为一石而六斗泥"。黄河的一切灾难都可以归结为泥沙,"三年两决口,百年一改道",这流传千百年的民谚,就是黄河最真实的写照。倘若恰好处在黄河决口改道的岁月,父亲看到的黄河,儿子就不一定看得到了。儿子看到的另一条黄河,父亲也未必能够看到。而黄河决口又和长江决口不同:长江决口一旦堵上了,江水又会回到原来的河道里继续流淌,跑走的只是洪水;黄河一旦决口,有时候连一整条河都跑掉了,你都不知道它跑到哪儿去了,等到你找到她,黄河已不是原来的黄河,漫延的黄水在大地上又冲出了一条新的黄河,而原来的黄河,就变成了黄河古道或故道,黄河沿岸的老乡们都称其为老黄河。

对黄河频繁的改弦易辙,古人谓之"徙流"。汉代的桓谭在他的《新论》中为后世留下了一次黄河改道的记录,但那已是对历史的追记:"《周谱》言,定王五年,河徙故道。"《周谱》为周王室谱录,由于《周谱》早已像周朝的那条黄河一样消失,后世也就只能根据桓谭的转述或追记来分析和推测人类早期对黄河改道的记载。由此追溯,远在商周时代,黄河便时常改道。又据《禹贡锥指》:"河自禹告成之年,下逮东周齐桓公之世,九河亡其八枝(支),后数十岁为(周)定王五年己未,当鲁宣公之七年,而河遂东徙,凡一千六百六十余岁。"所谓九河,据说是大禹治水疏导黄河时,将河水分为九支分洪,又按流域设定了九州。而在一千六百多年的岁月里,这九河就有八条被湮没了,或许就被深埋在我脚下的这黄土泥沙之中。

秦汉时期,黄河下游堤防逐渐完备。但无论是忙着修长城的秦始皇,还是秦汉易代之后的西汉初年,对临黄大堤,主要是在战国堤防的基础上进行加固和整治。从刘邦之后的几代皇帝,均采取与民休养生息的国策,也没有大修堤防。由于年久失修,到汉文帝十二年(前168年),黄河第一次发生自然决口,而开创了"文景之治"的汉文帝只能眼看着黄水泛滥,黄河决口也从此变得越来越频繁。这也让"文景之治"至少被洪水淹没了一半。到汉武帝时,西汉帝国已进入空前的盛世,当国家有了雄厚的实力,朝廷也把治河视为国家要务。在治黄工程中,汉武帝时代也是以堵为主,主要是在战国堤防的基础上进行加固和整治,将一些险工段从夯土改为石工,并出现了挑流、护岸等载入史册的河工工程。又据今人考证,经过汉武帝时代整修的汉堤从今天的郑州开始一直延伸到了入海口附近,许多河段的堤防还被修成了坚固的石工,如同筑在黄河两岸的水上长城。应该说,在黄河堤防史上,汉武帝是一个用大手笔书写历史的王者,但这样的堤防也同样是有两面性的,一方面它暂时抵挡住了洪水;另一方面,当泥沙俱下的黄河被束缚在两岸的大堤里,随之而来的是主河槽淤积加快,而以洪水的力量,再坚固的堤防也会被它撕裂。这不是悬念。所谓悬念,只是时间与地点的问题,什么时候会撕裂?又会在哪里撕开致命的裂口?

灾难发生在汉武帝元光三年(前132年),黄河发生了历史上最惨烈的一次大决口——瓠子决口(今濮阳西南)。顷刻间,居高临下的洪水朝着地势低平的东南方向狂泻,在吞没了黄河下游最大的湖泊巨野泽之后,又纵横决荡千余里,南侵泗水、淮水,帝国版图被洪水一个郡一个郡地淹没,洪水席卷了十六郡,被淹没的大多是西汉的粮仓。危急之中,汉武帝几乎在黄河决口的第一时间就派汲黯与郑当两位大臣率十万人去瓠子堵口,又哪里能够堵得住,哪怕把这十万人全部填进去,也堵不住帝国命脉上的一个溃口。汉武帝这个策马驰驱、雄武盖世的征服者,面对这比匈奴的千军万马更狂暴地奔涌的洪水,整整二十三年,几乎束手无策。直到西汉元封二年(前109年),一直徒劳地看着黄水泛滥的汉武帝才再下决心堵口。这一次,汉武帝大有"毕其功于一役"的决心,他亲率文武百官赴瓠子决口处,这也是中国水利史上的一件大事,自秦始皇统一中国后,汉武帝是第一个也是第一次亲临现场治理黄河的皇帝。在堵口之前,先举行了悲壮的仪式,汉武帝沉白马、玉璧祭祀河神,随后,官员自将军以下"负薪草",堵决口。堵口采用的是当时最先进的施工方法,《史记集解》对太史公的《史记·河渠书》相关记录有这样的解释:"树竹塞水决之口,稍稍布插接树之,水稍弱,补令密,谓之楗。以草塞其里,乃以土填之。有石,以石为之。"为了堵口,这附近一座战国年代的卫国著名园林——淇园活该遭殃了,园中的竹子全被砍光了。堵口成功后,汉武帝似乎并没有太多的胜利感,他命人在堵口处筑了一座"宣防宫",这不是为了纪念什么伟大的胜利,而是为了警示臣民严防、慎防黄河决口。

但是防不胜防,在瓠子堵口后不久,黄河又在下游北岸的馆陶再次决口,这一次决口向北分流,竟然分出了一条与黄河平行的河流——屯氏河,这倒真是大自然鬼使神差的安排,为黄河起到了分流减水的作用,至少给黄河带来了七十年安澜。而后,黄河又在清河郡境内再次决口,从此黄河伴随着一个正在急遽地走向末世的帝国不断兴风作浪,不断决口,从西汉末年到东汉,数百年来频繁决口的黄河干脆改弦易辙,如同金蝉脱壳,一条大河从原来的河道里冲了出来,摆脱了一代代人为它修筑的堤防,在大地上又哗哗地冲出了一条新河道,在今山东千乘一带注入渤海,原来的河道也就变成了黄河故道,如同一具死去的骨架。

追到王莽时代,黄河在魏郡元城(今河北大名东)以上决口,当时,王莽因为河决东流,可使他在元城的祖坟不受威胁,就不主张堵口,听任洪水漫延,结果这漫延的时间比他缔造的那个短命王朝要漫长得多,一直延续了六十年之久,这是黄河史上第二次重大的改道,史称,"河决魏郡,泛清河、平原、济南至千乘入海"。不过,这一次让无数苍生化为鱼鳖的漫长浩劫,似乎也带来一些好处,因黄河重新找到了一条入海的出路,在此后近千年的岁月里,黄河下游河道反而出现了相对稳定的局面,虽有偶尔的决口,但洪水不大,一直没有形成让黄河再次改道的力量。探究这近千年来黄河没有改道的历史,其实还有一个非常重要的原因,恰好显示出了人类治水、治黄的有为,这就是史上著名的王景治河。

治水如同治国,大多是明君与名臣高度默契、联手打造的。

对王景治河的千秋功业,不能归功于王景一个人,也该归功于东汉明帝刘庄。刘庄是历史上一个少有的仁主明君,直到今天,人们对他的评价依然很高,称他为人格健全的帝王和东汉历史上近乎完美的二世祖。在他的治理下,吏治清明,四海安定。但对于一个明君,光有吏治清明显然还不够,仁治的最高境界是河清海晏,而治黄成了他的当务之急。自王莽时代黄河决口之后,一直放任自流,直至刘庄登极,洪水依然在泛滥。每次收到黄河水灾的奏章,他都倍感焦虑又一筹莫展。不过,他很快就找到了一个治水专家,此人便是大约与王充同时代的王景。

王景年轻时就博览群书,尤其在水利上有专攻,他曾与一个叫王吴的助手联手修治了今安徽亳州境内的浚仪渠,那里再也没有发生过水灾。刘庄把王景找来,向他询问治黄良策,王景果然名不虚传,他治黄的策略,让刘庄连连点头,深以为然,随即便命王景和王吴共同主持治黄工程。这也是中国水利史上一个浩大的工程,征发民工数十万人,由王景和王吴率领,以荥阳——也就是现在桃花峪一带为起点,采取了几项主要举措:第一,采取坚固堤防和疏通主河道并举的措施,将旧河道中的民埝等阻水工程一律清除,堵绝横向串沟,提高行洪能力。据当代水利专家分析,王景选择东汉故道作为黄河主河道是独具慧眼的,这段河道河身较短、地势较低,因而行河路线相对于其他河段更有优越性,大大缓解了河床淤积,从而使黄河下游河道的淤高过程明显延长。第二,另开新河,缓解主河道的溯源淤积。在王景所处的时代,汴渠已是从汴京东通江淮的主要漕运通道,王景在对黄河进行整治的同时,又治理疏浚了淤塞多年的汴渠,对汴渠等灌溉引水渠道采取"十里立一水门"的方法,交替从黄河中引水入渠,从而实现了黄河与汴渠分流,彻底改善了汴口极易决口泛滥的状况。另外,据一些当代水利专家推测,王景在汴渠采用"十里立一水门,令更相回注"的方式,很可能是一种利用沿河大泽放淤的工程措施,利用两岸低地放淤沉沙,浑水从上游出来在低处沉淀泥沙,清水再从下游回注主槽,从而提高了水流的挟沙能力,可使主河道的沿程淤积明显减轻,这对于延长行河年限也有不可低估的作用。第三,利用沿河洼地引浑放淤回注清水,明显缓解了主河道的沿程淤积。

经过一年多的施工,第二年夏天,在黄河洪汛来临之前,这长达1000余里的综合治黄工程大功告成,从王莽时代泛滥漫流了六十多年的黄河水,又被纳入河道之中。这条被重新固定的黄河,自西汉时代的黄河别出,循古漯水河道,在今阳谷县与古漯河分流,最终在山东利津县境入海,这大致也是今天黄河的入海口。而当时黄河下游存在不少分支,或单独入海,或流入其他河流,沿途还有一些大小湖泊和沼泽洼地,也被王景有效地利用起来了,为黄河起着分洪、排沙与调节流量的作用,这也为黄河在此后的近千年里不再兴风作浪、一路畅流入海发挥了重要作用。

治黄工程竣工后,明帝刘庄沿着新修的河堤一路巡视,仿佛穿行在两个时代之间,"自荥阳东至千乘海口千余里"。可以想象,在当时的生产力条件下,笔走龙蛇,横卧在"悬河"两岸的黄河大堤该是华北平原何等壮观的风景。那被淤塞了多年的汴渠又开始通航,河渠里,白帆点点,商船穿梭,渔舟唱晚,那些被淹没的耕地又种上了庄稼,水汽漫过灌浆的田野,刘庄一路上兴致勃勃地巡视着,一路上也对王景所采取的筑堤、修渠、绝水、立门等一系列治黄措施和设施赞不绝口,但欣喜中他没忘一件事,一件很重要的事:兴修一个水利工程是短时间的事,维护和保养水利工程却是长时间的。他下令,按照西汉的建制,沿河的郡国都要设立专职河官,而治黄有功的王景被任命为"河堤谒者",也就是由中央直接委任的主管大型水利工程的主官。当这种制度被确立起来,在此后千百年的史书上,很少见到有关黄河决口和改道的灾难性记载。

王景治河的成功,是被后世经常引用、借鉴的一个经典范例,他历时不过一年的治理,虽为此而耗费亿钱,却赢得了黄河下游安澜八百年,从此河行新道,九百多年未发生大改道,这也是人类治河史上一个不可思议的奇迹。也难怪很多当代水利专家抚今追昔,汗颜不已。但追溯这近千年岁月,其实还有比单纯治河更深的启示。

据黄河水文、植保专家的研究,从王景治河至隋代的五百多年间,为黄河史上又一阶段,其最鲜明的一个特点就是黄河下游河患相对较少。河患与雨水有直接关系,而在这五百余年里黄河中游地区大暴雨的记录较少;河患又与洪水是否有更多的出路直接有关,而这一时期黄河下游有汴水等较大的分支流,两岸又有较多的湖泊洼地,均可起到分洪滞洪的作用。还有一个尤为重要的原因,从东汉开始,大量游牧民族迁入黄河中游,游牧文明虽然低于农耕文明,却是大自然的福音,没有了汉民勤劳的农耕,黄河中游广袤的次生草原和丛生的灌木得以恢复。植被的普遍恢复具有双重效应:一是其本身就能在很大程度上减少水土流失量,通常由草灌林覆盖的地面较之裸地的水土流失量要减少六至八成;二是它通过改善气候这一反馈环节,削弱了强对流天气生成的条件,从而降低了大暴雨发生的频次,山洪暴发、水土流失随之减弱,黄河输沙量也随之减少。用现在的水利专业话语说,这是非工程措施——实际上是一次大规模、长历时的自然的源头治理,它与王景无关,只能说王景的运气实在太好了,否则,他所开辟的新河道也会很快被淤积,降低泄洪能力。这一时期黄河中上游植被恢复、水土流失减少的原因,任美锷先生的研究这样分析:内蒙古高原和黄土高原位于我国北方的草原带和农牧交错带,在历史上每当这里的农牧界线北移南迁,都对当地沙漠南侵与水土流失产生深刻影响,并间接影响黄河下游的安危。从战国到秦汉,此间经过多次移民垦殖,原来完好的草原和森林被当年生栽培作物所取代,农牧界线一度移到阴山以北,但因开垦而加强了土壤侵蚀,并造成黄河下游水患频繁,而开垦的耕地最终也因强盛的风沙侵扰而被抛弃。东汉永和五年(140年),也就是王景治河近七十年之后,大规模的移民屯垦停止,农牧界线随之南移,恢复到了战国后期的情况,由于水土流失减少,这一时期的黄河水变清了,且有"黄河清复清"的民谣流传。随着黄河下游河床不再被泥沙淤积抬高,黄河的过流、行洪能力也就大大提升,由此安澜八百年。

然而,一条桀骜不驯的黄河不可能被人类一劳永逸地根治,泥沙,依然是黄河最大的祸患,而人祸更甚于天灾。为减轻泥沙对下游河道的致命影响,让一条悬河不再成为一个更大的悬念,古往今来,多少最聪明、最有智慧的头脑为此绞尽脑汁,也由此产生了不同的治河思想和治河体系。东汉哀帝时,待诏贾让应诏上书,明确提出了不与水争地的治河主张,也就是给河流让路的宽河之策。到了唐朝中叶,经历了安史之乱后,农牧界线又迅速北移至河套以北,大片草原又变为农田,又一次加剧了水土侵蚀,黄河下游灾害增多。到唐末乱世,黄河下游河口段又开始翘尾巴,逐渐淤高。唐景福二年(893年),黄河河口段又发生近百里的改道。从唐末乱世,到五代乱世,黄河决口比乱世中的王朝更迭更频繁,平均两三年黄河就有一次泛决。值得一提的是,哪怕在五代乱世,人类也没有停止加筑堤防,那时已经有了双重堤防,并按险要与否分为"向着""退背"两类,每类又分三等。但这种双重堤防也堵不住黄河决口。

为了固堤,在五代北宋时,又有了双重堤防之说,这是固堤之策。尤其是从北宋开始,随着又一个太平盛世出现,灾难没有得到遏制,反而愈演愈烈,一边是黄河下游频繁决口,一边是黄土高原出现了开垦坡地的记录,这标志着黄土高原土地开垦方式发生了重大变化,水土流失量明显增加。宋仁宗庆历八年(1048年),"时商胡河决,分为两派,北流合永济渠至乾宁军(今青县)入海;东流合马颊河至无棣县入海",也就是奔流到现在的天津一带入海,史称"黄河北派",这也是黄河变迁史上的第三次重大的改道。如今的海河流域,实际上成了黄河泛滥的下游,狂暴的河水在失去约束后,纵横决荡,形成20多万平方公里的黄泛区,致使今天的淮、海和黄河等三大流域搅成了一团乱麻,一直到现在,淮河和海河依然是水系紊乱、边际含混的河流——混血的河流。据《水经注》记载,河北平原上被称为"河"的水道多达十余条,大都是历史上黄河决流改徙的故道。由于黄河多次改道,在淮海大地上冲积出扇状的古河床和古自然堤,成为缓岗与洼地相间分布的倾斜平原,这也是华北平原上常见的景象。

"黄河北派"七十年,一直没有得到人类的有效治理。到南宋建炎二年(1128年),黄河又发生了一次改道,不过这次改道不是天灾,而是绝对的人祸,罪魁祸首便是那个史称"为人喜好功名,生性残忍好杀人,缺少谋略"的杜充。金军第二次南下伐宋攻破开封前夕,杜充镇守北京大名府(今河北邯郸大名县),他不敢与金军铁骑正面交锋,唯一的对策便是下令扒决黄河大堤,以此阻挡身后的追兵。然此举非但难以阻挡如黄河呼啸一般的金军铁骑,反而让呼啸的黄河纵横决荡河南东北、山东西南地区,最终夺泗入淮。这是黄河下游变迁史上划时代的大事件——黄河历史上的第四次大改道,被直接淹死的百姓达二十万以上,因洪灾而引发瘟疫流行造成的死亡更难以计数,近千万人流离失所,沦为无家可归的难民。从此,黄河彻底抛弃了春秋战国以来流经今浚、滑一带的故道,在河北平原上失踪。在之后的七百多年中,黄河一直借淮河水道入海,淮河的命运被彻底改变,黄河的灾难被转嫁给了淮河,让淮河变成了一条灾难深重的河流。北宋曾经津津乐道的"天下无江淮不能以足用,江淮无天下自可以为国"的淮河流域,因此逐步变成了"大雨大灾,小雨小灾,无雨旱灾"的格局。淮河流域百姓由此陷入深重的灾难之中。此后数百年间,"颗粒无收,人相食"的记载就时常见诸史书。

到元世祖忽必烈至元二十三年(1286年)十月,黄河又在原武、阳武等十五处决口,一股在中牟境内折而南流,经尉氏等地由颍水入淮,一股在开封境内,折而南流,经通许、太康等地由涡水入淮——这也是黄河历史上第五次大改道。元代诗人萨都剌的一首《过古黄河堤》,就是黄河改道后的真实写照:"古来黄河流,而今作耕地。都道变通津,沧海化为尘。"河流变成了耕地,城市的道路变成了河流、渡口,沧海变成了荒漠。直到 16 世纪中叶的明嘉靖年间,黄河下游多股分流的局面才终于告一段落,黄河南流的古道全被泥沙掩埋,史载"南流故道始尽塞","全河尽出徐、邳,夺泗入淮",这是河势的一大变化,也让淮河成了黄河的唯一入海水道。

黄河极易决口,但堵口太难,洪水滔天的汛期堵口最难,而元代贾鲁就创造了汛期堵口的奇迹。贾鲁是元代著名的河防大臣,也是一位卓有成效的水利专家和治水英雄。他生逢一个"黄河决溢,千里蒙害"的悲惨时代,而越是不幸的时代往往越能造就非凡的人物。元至正四年(1344 年)五月,黄河决河改道,今河南、山东、安徽、江苏交界地区皆成千里泽国。六年之后,至正十年(1350 年)二月,元政府命贾鲁为工部尚书、总治河防使,官级进秩二品,授以银印,让他挽河堵口,使黄河继续东行以恢复故道。贾鲁采取疏、浚、塞并举的治河方略,而他创造的一个载入史册的奇迹,就是在汛期堵截山东曹县黄陵岗(黄菱岗)大堤决口。据史载,"因决口势大,又遇秋汛,河口刷岸北行,回旋急,难以堵截",要堵住这样一个决口,将黄河重新纳入故道,丝毫不亚于今天那惊心动魄、波澜壮阔的大河截流。贾鲁采用的办法,是用二十七艘大船连接为一条方舟,"以方舟装石,依次下沉",如此层层叠叠,将一条咆哮的黄河镇压住,终于在奔泻的激流中筑起一道石船大堤。而桀骜不驯的黄河,你越是想把它堵住,它越是疯狂,一时间,"水势猛急,若自天降,怒吼咆哮,犹撼船堤",大堤久久难以合拢,而"观者股栗,众议腾沸",谁都以为这决口根本堵不住,大堤根本合不拢,但贾鲁"神色不动,机解捷出",在他意志坚定的指挥下,大堤终于合。在人类治黄史上,能够像贾鲁这样在汛期堵住黄河决口的,不说绝无仅有,也是极为罕见。

明清两代,传统的河工理论日益完备,传统河工技术高度成熟和普及,堤防按位置及用途分成遥堤、缕堤、格堤、月堤、子堤、戗堤、刺水堤、截河堤等。随着人类对黄河水流、泥沙和河道冲淤关系认识水平的提高,"以堤束水,以水攻沙"或"以河治河,以水攻沙"的治黄方略应运而生,这一治黄方略在中国古代水利史上占有极其重要的地位。有人把这一方略归功于明代著名治河专家潘季驯,其实,早在明隆庆六年(1572年)万恭总理河道时,虞城一位名不见经传的秀才首次提出了"束水攻沙""以河治河"的设想,认为"以人治河,不若以河治河也。夫河性急,借其性而役其力,则浅可深,治在吾掌耳"(明万恭《治水筌蹄》)。潘季驯只是将上述思想运用到具体实践中,不过,他更具体地提出了筑缕堤以"束水攻沙",这一策略主要是通过缩窄河道横断面,以增大流速、提高水流挟沙能力和对河槽的冲刷力,利用河流动力从水平方向将泥沙输送入海。这一策略从万历初年开始推行。潘季驯试图利用水沙关系的自然规律,利用水流本身的力量来刷深河槽,减少淤积,增大河床的容蓄能力,从而达到防洪保运的目的,同时还有"蓄清刷浑"和"淤滩固堤",而实现这一切的主要实践措施就是坚筑堤防,固定河槽。此时,江苏徐州至淮阴河段兼作运河,是"咽喉命脉所关,最为紧要",万历治河重点即在这一河段上,重修高家堰,抬高洪泽湖水位,兴修了一系列蓄清刷黄的水利工程,于是,黄河下游河道又基本固定,尽管依然频繁决口,但决口之后旋即又回到决口前的河道,形成了只有决口、没有改道的格局。潘季驯既采用了"束水攻沙"之策,同时也主张以遥堤拦洪防溃,建格堤淤滩固堤,这又是"宽河固堤"思想的体现,由此而形成了一套史上最完整的"以河治河"的堤防工程体系,并在黄河下游较长河段内进行了尝试,实现了治黄方略由单纯治水到水沙并治的重大突破。而明朝的堤防工程施工、管理和防守技术都达到了相当高的水平,把堤防分为遥堤、缕堤、格堤、月堤四种,按照各堤的作用,因地制宜修建。此外,值得一提的还有明代刘天和,在其《问水集》中曾提出筑堤必须选择坚实的好土,不能用混有泥沙的土,土的干湿应该恰到好处,如果土太干则筑堤时应该在每层都洒适量的水,取土的地点则必须在离堤身数十步外平取,不能挖出深坑,否则会影响耕种,更不能在堤附近形成沟。

按说,潘季驯治河还真是顺应自然又因势利导的上策,但人算不如天算,人类自以为有胜算的定数,黄河却有无尽的变数,"束水攻沙"虽然充分调动了水流的挟沙能力,但没有坚固的堤防和对河道的综合整治,不仅不能攻沙,反而攻击了堤防,让不堪压力的脆弱堤防一次次溃决,一个想当然的上策变成了灾难性的失策,"束水攻沙"又一次让人类束手无策。

从明代隆庆到清代乾隆前期的两百年间,是黄河下游堤防建设的一个高潮。清代的修堤技术又进一步发展,特别强调"五宜二忌"。五宜分别为:一审势时,宜选择高地修堤,以节省土方,且堤线要顺直;二取土宜远,要在临河距堤20丈以外取土,土塘之间要留土格,以防止汛期堤根行溜;三"坯头宜薄",坯头薄了易于硪实;四"硪工宜密";五验水宜严,硪实以后以铁锥穿孔,依据灌水的多少来确定是否合格。两忌是忌隆冬施工和盛夏施工。经康乾盛世大筑堤防,河南境内河道出现过一段难得的安澜时期,而山东、江苏境内河段的决口次数依然有增无减,河患的重心下移淮阴至河口段,大量泥沙淤积海口,河口不断延伸,淤塞到19世纪之后,由于河道淤废不堪,决口连年发生,更兼政治动荡,治河不力,又一次新的改道已宿命般不可避免。咸丰五年(1855年),也是太平天国五年,在人类的又一次血腥争战中,黄河刚进入伏汛,便在河南省兰阳铜瓦厢决口,致使黄河第六次大改道,冲破原有的河道,一转为东北走向,在山东境内借大清河入渤海。这次改道一举终结了七百多年来黄河夺淮入海的历史,终于又回归渤海湾入海。

然而,这并非黄河的最后归宿,黄河还将发生一次离我们最近的、也最悲怆的改道……

三、花园口,被淹没的记忆

离我们最近的一次黄河改道,缘起位于郑州北郊、黄河南岸的花园口的决口。

花园口,一个充满了诗意的名字,一个历史的决口。相传明嘉靖年间,吏部尚书许瓒在此修建了一座方圆五百余亩的花园,然而让它名震中外的还是一场"泰山崩,洪水溢"的人间浩劫与灾难。

追溯一下历史上的黄河决口,大致可以分为漫决、冲决和溃决三种形式。在我采访黄委著名防洪专家胡一三先生时,他又给我做了一次难得的科普。所谓漫决,是因水流漫溢而导致堤岸破裂。如林则徐在清道光十七年(1837年)五月二十日的日记:"闻襄阳脉望嘴以下,沔阳、汉川所辖南岸堤工,各有漫决数十丈。"这是发生在长江流域的一次灾难,但河堤漫决的方式是大同小异的。冲决则是堤防被强大的洪水直接冲开、冲破,或在洪水的反复冲刷下,洪水突破堤防,形成决口。这里以魏源《筹河篇下》对沁河濒临发生冲决灾难的警示为例:"沁水浊悍冲决,使北行入运,则卫辉必有昏垫之虞。"冲决是黄河频发的灾难,史不绝书。溃决是一种崩溃状态下的堤防决口,或是堤防经洪水的长时间浸泡,土质松软,或是堤防出现裂缝孔隙,如韩非子所谓之"千丈之堤,以蝼蚁之穴溃"。苏轼在《制科策》中尝谓:"江河溃决,百川腾溢。"若从字义解释,溃,从水贵声,贵,既为声,亦指堤防体系中的关节点、支撑点;溃,则是洪水冲垮堤防体系的支撑点,或堤防体系的若干支撑点被洪水冲垮,这是"溃"的本义。而溃决不同于漫决与冲决的差别主要表现为,它是堤防在洪水浸泡、冲刷下发生的溃烂、垮塌而致的决口。

黄河决口也同样与政治高度联系在一起,如《国语·周语上》所谓"防民之口,甚于防川,川壅而溃,伤人必多,民亦如之。是故为川者,决之使导;为民者,宣之使言",还有韩非子发出的"千丈之堤,以蝼蚁之穴溃;百尺之室,以突隙之烟焚"的警示。又无论黄河以哪一种方式决口,都是人间的没顶之灾,即便侥幸逃生者,也从安分守己的顺民变成了在泥淖中挣扎的灾民,又从灾民变成无家可归的难民,而最后的结果,往往是难民变成揭竿而起的"暴民"。而灾难深重的黄河流域,也因此一次次成为农民起义的发源地。这也是历史的轮回,一条大河连同这里的人,总是充满了反叛精神。那些主宰天下的天子,只要不是绝对的昏君,都知道"河防如边防"的重要性、严峻性,而历代河官、河防大臣的地位也至关重要,"河官进京三声炮",虽说含义不明,但也可以猜测,这兴许是奏捷的炮声,也可能是迎接的礼炮。而河官进京,一般没有大事不登门,水利工程,耗费巨大,普天之下,都是把银子往京城里运,只有河防相反,把白花花的银子从京城运到黄河。这也让河官成为肥缺,遇到那些特别贪婪的河官,一半银子都被他装进了自己的腰包,不过那也是赌命的事,一旦堤防决口,必将引起朝野震惊,一个王朝都有可能在震撼中摇摇欲坠,土崩瓦解。"挽狂澜于既倒,扶大厦之将倾",这也是治水与治国高度统一的一种方式,一种灾难性的方式。

黄河决口,除了漫决、冲决和溃决三种方式,还有一种极为罕见的方式,那就是人为的"扒决"。翻检史籍,黄河真正被人为扒开大堤至少有三次:一次就是我在前文述及的南宋建炎二年(1128年)杜充掘堤阻兵,致使黄河发生历史上第四次大改道;一次是明崇祯十五年(1642年),为阻止闯王李自成挥师北上,明军扒开黄河堤,这也是史上继杜充之后又一次"以水代兵",也是我在"问水开封"一节中将要叙述的内容;还有一次就是1938年国民党军队奉蒋介石密令扒开花园口堤防。"三年两决口,百年一改道。黄河决了口,县官活不成。"这民谚我都记不得听过多少遍也重复过多少遍了,但也有人把黄河扒开了,依然活得理直气壮,因为他有一个神圣的名义,为了抗日救国!——是的,这是一个已经被反复讲述还将被后世继续讲述的故事,但要了解事情的真相,还得从多个角度来探寻。

我异常清醒地走着,却又恍然置身于茫茫黄水之中。一路打听,走了不少弯路,才找到了一个七十年前从大地上抹掉了的村庄。其实,这里所有的村庄几乎在同一时刻从地球上抹掉了。洪水比地震更厉害,哪怕再惨烈的地震也会留下一片废墟,而洪水可以让一切在顷刻间消失,消失得无影无踪。在灾难过去了七十多年后,我想找到一个证人。我心里其实十分清楚,即便当年侥幸没有淹死的人,如今也大多死了,哪怕活着,也是八十以上的老人了,这还必须保证他当时已经有比较清晰的记忆,太小的孩子也很难说清楚当年的事情。

这个村庄姓李,是郑州市惠济区远郊的一个普通村庄。穿过一些像火柴盒子一样的砖瓦楼,没有村味儿,也没有市井味儿,如今的乡村不知是啥味儿。我的叙述,又是一段重复,这村里很少看见青壮年汉子,只有一些留守的儿童、女人和老人。寂寞的女人正一堆一堆地凑在一起,从她们不断搅和的手里,传出一阵阵哗啦啦的麻将骨牌声。

很幸运,我找到了我想要找的一个老人,阎大爷。一见面,老汉就瘪着嘴巴嘀咕,他这姓没姓好,和阎王爷是一家呢。我也咧嘴笑了起来,这老汉挺风趣。在中原这文化底子深厚的地方,哪怕一个普通的老农,也不可小瞧。抬眼看老汉,一脸老年斑,牙齿落得只剩下了残缺焦黑的几颗,讲话已经关不住风。但他依然让我肃然起敬,因为他还活着,一个经历了大灾大难的人,能够顽强地活到现在,还活得这样豁达、乐观,是多么不容易。而让一个老人回忆那一段惨绝人寰的岁月,又是多么冷酷。这让我迟疑了很久,也不知怎么开口。而我的来意,阎大爷很清楚,现在,只要还没有遗忘那一场灾难的人,都会来找他,这甚至就是他活着的意义。他的健在,就是对遗忘的抵抗。

  假如岁月倒流七十年,站在我眼前的还是一个十二三岁的乡下少年。说到那天,那个具体的日子他早已记不清了,这是后来人们根据有关史料推测出来的,1938年6月6日。那是一个干燥晴朗的晌午,他正要跟着父亲下地干活,像他这么大的孩子,在大人们看来已经算是半个劳力了。这时候来了几个粮子——当兵的,急匆匆地把他们父子俩给拦住了。一个军官点着花名册,叫出了他父亲的姓名。核对了身份之后,那军官让一个士兵拿出几块大洋塞进他父亲的怀里,说是今年黄河要发大洪水,日本鬼子也马上要杀过来了,催促他们全家赶快逃命去。——从这个细节猜测,当时的国民党军队还是提前通报了群众的,到底给了他们几块大洋,这个当年的少年记不清了,但他记得,当年一块大洋很值钱,可以买一担麦子。这应该就是给他们逃荒的盘缠吧,但这些国军当时隐瞒了真相,也不可能说出实情,这在当时是绝密,可能连他们自己也不知道是怎么回事,只是奉命行事。这也让父子俩感到非常奇怪,老人还记得,他父亲当时猛一听要发大水,还抬头看了看天,但老天爷没有一点要下雨的样子,根据一个农人的经验,黄河要发大水,一般都是在连遭暴风雨的情况下才可能发生。至于日本鬼子要打过来的消息,在村里早已开始流传了,但要让他们逃命去,却很茫然,逃到哪儿去才没有日本鬼子呢?再说,他们在哪朝哪代都是种地缴粮,这些日本鬼子又会把一个种田的农民咋样呢,无非是他们来了,照样给他们缴粮就是。

  这样的想法,让一对农民父子没有感到一场巨大的灾难即将降临,虽说心里有些忐忑,但地里的活路还是照样要干的。要说呢,最让他们感到奇怪的一件事,还是这些当兵的,莫名其妙地把他们家的三口大水缸给搜走了,不光是他们家,这村里家家户户的水缸都被当兵的搜走了。他们搜走这么多水缸干吗呢?——后来才知道,这些当兵的在花园口扒河堤扒了几天都扒不开,有人想出了一个主意,在水缸里装上炸药,把河堤炸开。事实上,花园口的黄河大堤就是炸开的,可很多农民可能一直到死都不明白是怎么回事。后来有的人明白了,但一切都晚了,完了。

就在那些当兵的夜以继日地掘堤时,李村的老百姓还是一如既往地过着他们日出而作、日落而息的日子,当时麦子熟了,眼看着就要开镰收割了,半饥半饱的农人又盼着能吃上几顿饱饭了,还有人赶在麦收之前办喜事。阎大爷说,就在出事的那天,邻村有一家人到李村来迎亲,娶媳妇,又是喇叭,又是花轿,热闹得很。当时,他和一帮小屁孩正站在村头一棵大树下看热闹,突然觉得有些不对头,先是感觉脚底下的地皮猛地抖动起来了,连树也在呼呼摇晃,接着就听到了闷雷般的响声,像雷,又不像雷,很快,他们,所有的人,就看见洪水像脱缰的野马一样奔涌而来。不是像决口,那是真的决口,几个孩子站着的地势比较高,眼看着那从低洼处走来的轿夫,洪水先是漫过了两个轿夫的膝盖,一眨眼又涨到齐腰深,立马又涨到肩膀上。此时,孩子们还没有感觉到大难来临,还站在那里傻乎乎地看呢,只看见两个轿夫将花轿高高举过头顶,还在大水中呼啦呼啦地走了一阵,紧接着就看见几个大浪扑过来,再朝那花轿看,没看见两个高大壮实的轿夫了,也没有看见花轿和花轿里的新娘了,只看见满世界的黄水,好像一条黄河全都灌进来了……

这不是我的描述,这就是当时的真实情景,只有极少的幸存者侥幸逃脱了这场灭顶之灾,被这场洪水直接淹没的生命,有八九十万,是南京大屠杀死难者的两三倍。这个少年不知道到底淹死了多少人,他知道的是,他嫁到邻村的姑姑一家七口全被淹死了,他自己家里一家七口也被淹死了,有的村子里,全都死光了,一个人也没有留下。这都是他后来知道的,当时根本看不清楚这一切是怎么发生的。被淹死的不光是老百姓,还有一些当兵的,他们在被洪水淹没前还在朝天拼命开枪,不知道他们是否打光所有的子弹,很快,什么也看不见了,什么也听不见了,天底下,只有大水呼呼冲过的声音。

这个少年能够活下来,是那棵大树救了他的命,这还多亏了他平时喜欢上树掏鸟窝、捉知了,在洪水滔天时,他听见知了在树上拼命叫,这是一个少年一辈子也忘不了的记忆,知了,知了,知了……

老汉的讲述不断被他自己的咳嗽声打断,伴随着浓重的河南土话和像拉风箱似的喘息的讲述,实际上是一种复述,他不知讲过多少遍了,但我还是努力地捕捉着,希望有一些新的发现。对历史,我总是怀有这样的企图。当一场灾难过去七十多年后,是否真的能还原那段真实的历史?或许,还应该切入另一个角度——

从战争史来看,当日军逼近黄河北岸,蒋介石以水代军的命令下达,诚如有人说,这是"弱国的无奈",否则,以老蒋的绝顶聪明,也不会出此下策,而这种水淹七军式的战例在中国战争史上也多次被成功运用,创造过以弱胜强、转败为胜的奇迹。决堤地点一开始并非选在花园口,而是中牟县境内大堤较薄的赵口,但因赵口流沙太多,费了九牛二虎之力也没能扒开。蒋介石知道赵口扒开无望后,就密令再换地点重新决堤,而花园口也在几经选择后成为一个历史惨剧的宿命之地。蒋介石担心驻守这一防线的程潜、商震等人虚与委蛇,一再通过口谕、电令催促坚决扒堤,不要有"妇人之仁"。而这一次,担当此任的第二十集团军新八师绝对未打折扣地执行了上级的命令,经过两天两夜不停地挖掘,6月9日凌晨,几乎就在距郑州30公里的中牟被日军攻陷的同时,花园口黄河大堤终于炸开了,这对已经兵临郑州城下的日军无疑是猝不及防的一击……

花园口扒口抗日,是一个民族救亡图存的生死之战,这对于危机中的中华民族,是压倒一切的事情。黄河决口时,据一些过来人的回忆,当时站在郑州城头,就能看见像蝗虫一样的日军,眼看着就要兵临城下,却骤然被无边无际的黄泛区阻隔了,坦克装甲车开不过来了,重型火炮也运不过来了,没有被中国军人阻挡住的日军,被黄河水挡住了,他们不得不放弃了沿平汉线向南进攻武汉的原定计划——如果这一计划得以实现,他们必将和从南京沿江而上的日军构成对武汉的铁壁合围之势,趁中国军队新的防线尚未布设好,立足未稳,以一战而亡中国。而花园口决口,不但形成了巨大的黄泛区,还形成了新的黄河河道、新的天险,从而打乱了日军的战略部署,阻止了日军的西进和南下,更重要的是,使得中原地区又坚守了六年而没有沦陷,没有这六年,国民政府撤到重庆后,就难以保证大后方的安全。这也使得日寇迟迟不能打通大陆交通线,迟滞了日军军事调动和战略物资运输。此外,这场洪水在淹死了八九十万中国老百姓的同时,也直接消灭了一万多日军精锐部队。花园口决口给日军造成的惨重损失,从日本军方的解密档案中也得到了佐证。日军不得不重新退回徐州后,南下到蚌埠,渡过淮河,再到合肥与日军其他部队会合,绕了一个大弯子,从长江北岸进攻武汉。尽管武汉失陷已是命定的,但花园口决口为当时武汉的国民政府赢得了四个月的喘息时间,这在危急的战争年代,对军事部署的调整和下一步设防,是相当宝贵的时间。应该说,从单纯的军事意义看,这并非一个败笔。

然而,对于人民,对于生命,这是最残忍的算术。花园口决口,造成了历史上又一次人为的空前大灾难,也致使黄河又一次改道——这也是黄河史上的第七次大改道。改道的黄河再次南下夺淮,直接淹没了豫东、皖北和苏北大片土地,形成了近30万平方公里的黄泛区,除了八九十万死亡者,还造成一千多万人受灾、三四百万人流离失所,又有多少没有被洪水淹死的人,如同在生不如死的人间地狱中,在长达数年的流亡与挣扎中饿死、病死。有人说过,如果将所有死亡者的姓名在花园口决堤处沿着一条大河刻下去,可以刻满大河上下、黄河两岸。

从水利上看,九年黄泛还有一个直接后果:黄河把每年十几亿吨泥沙淤积在平原和河道里,淮河干流从蚌埠开始,要爬两米多高的坡才能进入洪泽湖,而洪泽湖早就是一个危机四伏的悬湖了。半个多世纪过去了,淮河两岸人民依然在努力消化和排解花园口决堤、黄河改道后的灾难性后果,而在黄河又一次夺淮入海之后,她自己的入海通道又再一次被夺走,被水利专家形象地比喻为一条"没有屁股的河"。

对黄河决口造成的惨重损失以及可能产生的巨大国际影响,蒋介石是有心理准备的。不知是蒋介石暗示过,还是第一战区司令长官程潜老谋深算,他们在花园口决口之前就拟订了对外宣传的策略,谎称是日军飞机狂轰滥炸,致使黄河大堤决口。一直到20世纪80年代,花园口事件在台湾仍是禁止公开谈论的一段秘史。然而,一个秘密又可以隐藏多久?最终还是被揭露出来了。如今老蒋早已故去,但这一笔历史的血账,将要永远记在他头上。

如今,这曾经被掘开又重新被堵上的花园口,已是郑州郊外的一个水利风景区。这里有扒口处遗址、决口处界碑,还有一块黄河花园口合拢纪念碑,看到蒋介石手书的"济国安澜"四个大字,真是一笔好字,章法严谨,骨力雄强,字如其人,从中不难看出这个人瘦硬挺骨的倔强,也能看出那险绝森严的性格。然而,从决口到堵口,那个叫蒋中正的人,又是否把"济国安澜"放在最中正的位置呢?

第十二章　共和国的大堤

　　绵延700多公里的黄河下游,"三年两决口,百年一改道",给中华民族带来了深重的灾难,又加之黄河下游由西南向东北流动,山东河段一直是黄河下游凌汛的重灾区。而下游河段除南岸山东东平湖至济南间为低山丘陵外,其余全靠黄河两岸1400余公里的堤防挡水,一条大河被约束在大堤内,成为海河流域与淮河流域的分水岭。古人取固若金汤之意,称堤防为金堤。翻检《史记·河渠书》,西汉时便将黄河大堤称为金堤。而自汉代以降也多用"金堤"泛指其他修筑坚固的堤防,但历史上的"金堤"极少有固若金汤的,大多抗洪强度不足,频繁发生决口。

　　在新中国历史上,黄河下游先后进行了四次大修堤,尤其是第四次大修堤,建成了"防洪保障线、防汛交通线、生态景观线"三位一体的标准化堤防体系。这不仅为黄河提供了坚实的防洪屏障,也构建了黄河沿岸的一道生态屏障。我甚至觉得,这是人类堤防史上最具野心的作品,是美与力量的双重体现,完美地体现了人与自然和谐相处、天人合一的大境界。而人民治黄近七十年来创造了一个前所未有的奇迹,伏秋大汛无决口。我采访的一位防洪专家说:"共和国的大堤不会倒!"如果说一道屹立不倒的黄河大堤,体现了共和国强大的国家意志,而人民治黄近七十年,又验证了"人民,是不管多大洪水都冲不垮的又一道长堤"。

　　如若要对大河上下的黄河人做一个大致的区别,大河之上,是黄河的守望者,大河之下,则是黄河的守护者。

——采访手记

一、当守望变成远眺

花园口不只是一个历史的决口处,不只有被淹没的记忆,还有人类为抵御洪水而表现出的强大意志。而一座将军坝,让我以最直接的方式感受到了人类的强大意志。

这是一座固若金汤的大坝。三门峡大坝号称万里黄河第一坝,将军坝也号称万里黄河第一坝,一个属于当代,一个属于古代。不同的是,这个古代的黄河第一坝从来没有什么争议。这是万里黄河上坚固无双的一个坝头,却也是花园口险工的主坝——90号坝。所谓险工,是直接濒临河水、经常受水流冲击、容易贴溜出险的堤段,或是历史上时常发生冲刷险情甚至发生过决口的堤段。这样的险工在黄河下游现有160多处,由此而产生的险工坝、垛、护岸有5500多道,工程长度达300余公里,占堤线长度的五分之一以上。在险工段一般修有丁坝、堆垛、护岸等挑溜御水建筑物。为便于防守、抢护、堆放河工物料和抢险运输,险工段大堤比一般堤防都加宽了,并采取堤背放淤或修戗加固等措施。追溯起来,黄河下游险工有悠久的历史,据史载,早在汉成帝刘骜(前51年至前7年)时就有险工出现。过去的险工多为秸料埽,新中国成立后,开始用石料砌筑,近期还采用了新材料和新结构。这座将军坝始建于清乾隆八年(1743年),距今已有260多年的历史,后经历代不断加固,方筑成现在的规模,其坝体为浆砌石结构,坝长120多米,根石深23米多,是黄河根石最深的一道坝。

这坝名曰将军坝,却不知是哪位将军所修,据说是一位陈氏大将军。在将军坝顶上,就赫然屹立着一位威风凛凛的将军,看上去比那些镇河铁犀还威武,但这位大将军并非清朝人物,而是以明朝治水名将伏波为原型塑造的。将军坝西侧有一座铁犀牛,是明代兵部尚书于谦主持修铸的。这样的镇河铁犀一般都置于危险濒临的边缘,古人认为河患是水怪蛟龙作祟,而水怪蛟龙最害怕犀牛。我倒觉得它更合乎《周易》中相生相克的五行之说,五行中铁属金,金生水,金为水之母,五行中牛属坤,坤属土,土性能克水,因此铸铁犀以镇河患。而对将军坝的命名,也有一个更接近历史真相的史实,清嘉庆十三年(1808年),当地百姓为祈祷黄河岁岁安澜,在此修建了一座将军庙,很可能就是伏波将军庙,他虽与这座将军坝无关,却是老百姓心中能镇河患、降洪魔、保佑大河岁岁安澜的治水英雄,有了将军庙,这座坝也就被称为将军坝。而今,一座将军庙已荡然无存,一座将军坝巍然犹存,很多人也把它称为"常委坝",每一次中央常委视察黄河,必会视察花园口,而到了花园口,又必来看看将军坝。

一座将军坝经历着风雨沧桑,也守望着不尽的沧桑,而一条黄河,已经离它越来越远,当守望变成了远眺,它的天性能否感受到,当一种灾难渐行渐远,另一种灾难已越来越近……

就在离将军坝最近的地方,20世纪50年代,在将军庙当年的遗址上,人类修建了一座引黄闸,这比一座徒供众生跪拜、祈祷的庙堂更有实际意义。一座看上去很小、很不起眼的涵闸,却又不可小觑,这是黄河下游南岸第一座引黄涵闸,花园口灌区的农业灌溉和放淤改土,就靠它了。郑东新区那个被誉为点睛之笔的龙湖,也眼睁睁地等着它引来黄河水,没有水,一个再漂亮的点睛之笔也只是一个睁眼瞎。龙湖是郑东新区生态水系的核心,黄河水引入龙湖后,一个碧波荡漾的景观湖泊出现了,一座座高楼大厦在环湖的水岸上拔地而起,而郑东新区也将被打造为金融集聚的核心功能区和高档住宅区。在保证足够的景观用水后,多余的黄河水将直接流向下游的郑州东部和开封地区的农业灌区,据称将有效改善下游40万亩耕地的种植条件。一个疑问,黄河还有多余的水吗?为了人类追求的核心利益和高尚境界,一条母亲河的命运不难猜测,她只能越来越瘦弱,在被雾霾笼罩得看不见的天空下,在浑茫弥漫的背景深处瘦弱不堪又悄无声息地流淌着,在我高度近视的双眼里,几乎看不见那条叫黄河的河流了。每到此时,我总是特别小心,连喘口气也是小心翼翼的,生怕一口气就让一条黄河断流了。

难以承受生命之重的不止一条黄河,眼前这座运行了半个多世纪的引黄闸也一直在超负荷运转,由于地基不断沉降,致使涵闸扭曲、开裂,每一次启闭都会颤抖、震动,多少年前闸门就开始漏水。不过,这是我几年前来这里看到的情景。2013年深秋,当我再次来到这里,这座涵闸已经过一次大修,焕然一新,如同重生,看上去就像刚建起来一样坚固,甚至更坚固。

对于人类,尤其是现在的人类,修复一座涵闸不算太难,修复一条河流却实在太难。很想看看几年前我看见的那条黄河,但她离我越来越远了。我身边也有不少远道而来的游人,他们千里迢迢来到这里,就想看看那条传说中的母亲河。黄河呢?黄河在哪里?难道黄河跑掉了?他们像我一样,站在这将军坝上,手搭凉棚,以远眺的姿态,搜寻着一条大河的踪影。但哪怕再远的目光,也只见大片裸露的河床、沙洲、疯长的荒草和瑟瑟秋风中飞扬的黄沙。很难想象花园口事件是一段真实的历史,感觉那是一个弥天大谎,哪怕用炸药把一座将军坝炸掉,也绝不会有一滴黄河水从河道里流出来。一座引黄闸就是明证,它要直接从黄河引水,明摆着一看就不可能,人类只能在干涸开裂的河床上挖出一条渠道,一路弯弯曲曲地延伸到那渺茫得看不见的黄河,才能把浑黄的河水引到这闸门口。这渠道应该挖了一段不短的时间了,有不少人在岸边悠闲垂钓,如果不是早已习惯了,他们不会修炼得这样气定神闲,又如果不是时间太长了,那些迷途黄河鲤就不会稀里糊涂地把一条渠道当成一条河道。

偌大一片被黄河遗弃了的河滩,听说有十多万亩,1998年就被当地政府列为湿地自然保护区。而在人类看来,自然保护区和风景区就是一个同义词。哪怕在伏秋大汛时,这片湿地也不会被洪水淹没。听本地老乡说,多少年这河滩上都不见黄河水了,更别说洪水了,只见络绎不绝的城里人来这里游玩,尤其是夏天,很多城里人来这里乘凉。同闷热无比的城里相比,这里还真是一个纳凉的好地方。虽然黄河不再从这里流过,但只要她曾经流过的地方,都会带给人们一丝清凉。

如果一定要看到黄河,也不是走投无路。你可以一直沿着这茫茫无边的河滩走,在干旱的河道内,还停放着一辆辆沙滩卡丁车,一匹匹架着漂亮马鞍的马,你花不了多少钱,就可以开车、骑马游黄河。干这营生的大多是当地的老乡,他们在一条河道上找到了土地之外的另一条活路,换了一种活法,从憨厚的农民一变成为精于算计的商人。但我没有理会他们如同老乡见老乡的那种无比亲热的招呼,我想一步一步地走近一条母亲河身边,而脚下踩着的是碾压的车辙和马蹄踩出的沙坑。河滩上除了疯长的荒草,还有芦苇,在越来越深的荒芜丛中,我必须走得特别小心,有一种正在迫近的淹没感。而荒芜中,居然还有原本该长在湖泊湿地或池塘里的莲荷,它们正在愈来愈深的秋天里枯萎,成为那种适合人类病态审美意识的残荷,凋败、散落,与泥土中那些干死的河蚌、螺蛳和死鱼的骨骸混杂在一起,化为黑暗而肥沃的腐殖质。

在农人眼里,这是最肥沃的土地,而湿地对于他们就是荒地。还真有一些农人在这里开荒种地,有的人甚至还挖了鱼塘。触目惊心的是,有数千亩苇丛被烧得焦黑一片。

看见一个汉子在河滩地上收割小麦,我走了过去,看他这麦子长势喜人,只是一把亮晃晃的镰刀让我有些胆寒。

别的什么不能问,我问他收成怎样?

他憨厚地笑着,又擦了一把流到眼眶上的汗水,说:"还、还行吧。"

我递给他一支烟,我也点上一支,两个人蹲在地上,一边抽着烟,一边闲谈,这是我常用的方式。当然,我有我的狡猾,会把话题漫不经心地引向我感兴趣的方向。很快,我就打听到了一些实情,他在这里种地,浇水方便,土也肥,播种之后就不大管了,这样的地叫"甩亩",这我知道,我们江南也有。看见他这样纯朴的样子,我的胆子大了一些,又问那片芦苇,怎么给人放火烧掉了?他摇着头,表示他也不知道,也很不理解,这芦苇有什么用呢,又不能吃,又不能喝,这河滩上长上芦苇就是湿地,长上了麦子不也一样是湿地?这地不湿,啥东西也不能长。他嘀咕着,把烟头掐掉了,又站起身来,握紧了镰刀。看着一个农人在灼热的太阳底下弯着腰、弓着背割麦子,听着一把镰刀在麦子之间发出的碰撞与断裂的声音,我对这天地之间的一个勤劳的农人充满了敬意。

天地广阔,万物自在,只因中国有太多像这样勤劳的农人,想要多打一点养命的粮食,才一次次侵入大自然的领地。古往今来,只有我们这些人类,才像永远都没有生存空间的动物。

黄河还真是跑掉了,从南岸向北岸足足跑了两三公里。

又往前走了一阵,荒草越来越稀疏了,脚底下出现的是一条条龟裂得比脚板还大的裂缝,一失足就陷进去了。

当几条搁浅在滩涂上的船只出现时,我知道离黄河应该不远了。

这不是渔船,而是采沙船。黄河的一切灾难都因泥沙而起,泥沙既是祸害,也是宝贝,黄河的泥沙里含有铁砂,前些年,郑州黄河河段一带出现了上千只采沙船,他们把船开进花园口的黄河主槽里,或围在一起,或一字排开,先用船上的机器把浑浊的泥沙从河底抽上来,吸取铁砂后再把河水喷吐到空中,河水呈抛物线状落入黄河,被阳光一照,映现出彩虹般的幻境。很多农民地都不咋种了,专事采沙,从焦作、花园口往下,随处都能看见这样的采沙船。这是一条灰色利益链,河道采淘铁砂活动伴随着造船生意兴起,一些造船作坊就在黄河两岸"安营扎寨",每天有人在船厂门口排队购买采沙淘铁船,还有人专门跑到外地定制高产淘铁船。3万元买条船,一条采沙船一天收入超过2000元,一个月就可收回成本。在利益的驱使下,沿黄一带许多渴望致富的农民,也东挪西凑,借钱购买采沙船。据河南黄河河务局调查,高峰时,采沙船多达一千五百余艘,就连山东与河南交界处的菏泽、东明黄河河段也发现有一百多艘采沙船出没。一些网站也在发布售卖黄河铁砂消息。采沙对河道的危害有多大,这些采沙人也知道,它会直接改变河道冲淤形态,引发黄河河势变化,从而给黄河防洪安全带来不利影响。在汛期,黄河下游及支流来水概率高、预见期短,采淘铁砂人员的生命财产安全无法得到保障;枯水期间,大量船只运行产生的柴油泄漏、生活垃圾污染黄河水质,加之船只搅动泥沙,引发污染附着物重新释放,造成水质恶化,直接影响下游沿黄城镇饮用水安全。河南省黄河河务部门联合多家执法部门集中清除采沙船只,仅在黄河河南段就查处了近两千只采沙船。据河南黄河河务局宣传科科长祖士保介绍,由于缺少几种化学元素,黄河河道中开采的铁砂无法直接用于炼铁,多数只能卖给小型民营钢厂,用于生产劣质钢材。一条灰色利益链就这样形成了,卖船者、采沙者、收沙者、造假者,四者之间形成从生产工具到原料采集、销售,最后到造假的一条灰色利益链。从河南河务局了解到,集中清除采沙船工作目前已基本结束,有关方面正在组织验收。在强力打击下,黄河河道终于重新恢复平静,而许多农民借钱购买的采沙船转眼间成了一堆废铁,有的就直接抛在了河滩上。从村民反映的情况看,所谓"日进斗金"很可能是一些造船厂为销售船只而释放的烟幕弹,能"日进斗金"的一是那些造船作坊的老板,还有那些贩卖铁砂、生产劣质钢材的小型炼钢厂,而那些劣质钢材又卖到哪儿去了呢?或许又卖给这些采沙的农民去盖房子了。这世上的许多事就如同轮回,如同报应,最终的报应都会落到老百姓身上。

我黯淡的眼睛慢慢亮了起来,那一缕水光就是我们伟大的母亲河,却不像一条河,像是一条条被风吹散了的小溪,几乎听不到水流的声音,这宽广的河滩更显寂静、空旷。对于这一条如同溪流般的黄河,我其实也没有太多的吃惊,一路循着黄河走下来,我已经见惯了这样的黄河。又想到我在河口镇听到的一个词——破河,从河口到花园口,黄河又流淌了千百里,从中游流到下游,依然有一种强烈的破碎之感,虽说黄河已经不再断流,但想要看见一条浑然完整的黄河,似乎不可能了。眼前的黄河水看上去并不浑浊,虽然散乱、破碎,看上去竟然很清澈。那在空旷河谷里晃动着的身影,走近了,才看清是水文测量员,正在这里测流。

水文测量与黄河下游的安危生死攸关,对洪水要能做到从天到地的掌控。

对天的掌控,是对天气行踪及时准确的把握,利用气象信息接收、处理获取的海量常规观测气象数据、卫星云图信息和天气雷达信息,日夜密切跟踪关注天气形势,用暴雨预报数值模型、天气预报模式预测天气系统的变化演进和降雨的强度、落区和时间。在有重要灾害天气出现,影响黄河流域之前和过程中,动态地发出预警预报,向黄河防总乃至国家防总报告。对地的掌控是与洪水争分夺秒,为洪水测报抢占先机提供充分的时间,确保"测得到,测得准,报得出,报得快",为黄河防汛的布局、防汛队伍的到位,也为洪水测报工作抢占先机提供充分的时间。

预见期越早,人类就能越早地做好防汛抢险的准备。据黄委防办副主任魏军说，以前，由于预测的科技水平比较落后，不能及时获得准确的数据，直接影响了对灾难的预见期，对灾难的预见期很短，有时候在灾难已经迫在眉睫时才能发出预警，往往让人措手不及。这还不算最坏的，最坏的是在大难临头时才能发出预警，甚至根本来不及发出预警，一场巨大的灾难就已降临。最典型的一个惨痛案例就是淮河流域的"75·8"暴雨洪灾，那是一场造成数以千计甚至数以万计人死难的灾难，也是迄今世界最大最惨烈的水库垮坝惨剧。当时，在大难临头之前却没有发出任何预警，在电闪雷鸣中，当地驻军只能冒着被雷击的危险，将步话机天线移上房顶，再次将垮坝情况向上级通报，同时只能用信号弹向濒临灭顶之灾的下游群众发出警示，催促他们紧急转移。而发出警示的时间在凌晨四点，几乎所有的人都还在梦乡中沉睡。

而今这样的惨案再也不会发生了。这里以花园口水文站为例。这座我憧憬已久的水文站，就坐落在花园口事件纪事广场西侧，一座三层的白色建筑，看上去很有现代感，人称小白宫。追溯历史，这是一座离灾难最近的水文站，早在1938年7月花园口决口不久，当时的国民政府黄河水利委员会就在这里设立了水文站，从此把整个黄河中上游来水都纳入了监测范围。由于花园口处于黄河中下游的关键位置，在黄河治理工作中有着不可替代的地位，一直以来都是国家级重要水文站、黄河干流重要的控制站和黄河下游防洪的标准站（编号站），担负着为国家防总、黄河防总等各级防汛指挥部门收集水文信息、提供水沙情报预报、开展治黄实验研究等重要任务，也是黄河下游防洪调度、水资源管理的重要依据站，整个黄河下游防洪均以花园口为标准，每当黄河防汛的关键时刻或危急关头，花园口水文站的数据在第一时间就要摆在党和国家领导人的案头。

但我看到的这座水文站，早已今非昔比。2001年，当黄委水文局准备启动小花间（小浪底至花园口区间）暴雨洪水预警预报系统建设时，便将花园口水文站的现代化建设列为首项工程。在2002年6月伏汛来临之前，这座花园口水文站新站开始启用，这不只是从老房子搬进了新房子，更是人类治黄史上一个划时代的标志，这是黄河流域也是全国第一座数字化水文站，也是世界上规模最大、测验条件最复杂的水文站,它的投入运用,标志着中国水文、黄河水文从此迈进了数字化时代。对高含沙河流泥沙的测验,一直是世界级重大难题,通常采用的取样分析方法,精度低且费力费时。而今,黄委自行研制的振动式测沙仪在该领域已取得历史性的重大突破,花园口水文站应用这一仪器及系统实现了泥沙在线测验,从测船的自动测流、测站计算机网络系统、水位遥测系统、图像监视系统、信息查询与处理系统等,可以全程实现防汛信息的远程传输和资源共享。这让人类可以随时监测含沙量的变化过程,并将数据实时传入水文网络,大大缩短了水情测报的时间。当年7月,时任国务院总理朱镕基视察了花园口水文站,详细询问了暴雨洪水预警预报系统建设的进展情况,要求尽快将整个系统建成。共和国总理的嘱托,如今已变成现实,花园口水文站不但拥有国内一流的测量设备和技术,还装备有国际先进水平的声学多普勒流速剖面仪(ADCP),与需要数小时的传统测验方式相比,这大大提高了水文的快速、机动测验能力,仅五至十分钟就可以完成一次断面流量测验,并把数据实时传送至计算机同步进行处理,在计算机屏幕上清晰反映出测验过程以及断面形态和流态的分布。

对这样的速度,我只能用一声惊叹来形容,神速!

然而,哪怕拥有最尖端的设备仪器和自动化系统,也难以全然替代人类。对一些很关键、很特殊的河道水情,还得有人去河流里进行实测。当然,现在的实测也比以前先进多了,有了便携式水深探测器,该仪器有表箱、电缆线和探头三个主要部分,首次采用水压传感技术,利用探头感知水压形成电流,并通过显示器进行信号分析,直接显示出水深数据。这在很大程度上解决了传统测量方法的数据不准确、测量难度大和投入费用高等弊端,也大大减轻了第一线水文测量人员的劳动强度,但他们依然有一般人难以想象的艰辛和风险。黄河水文实测与长江、珠江等大江大河不同,由于河势游荡、摇摆,一般很难建起固定的水文塔,只能靠测量船来测流。这一段黄河,水不大,但风声很大,又加之我在岸上,测量人员在一条小船上测流,我的询问,不知道他们是否听得清楚,在风浪声中,我也只能隐隐约约地听见模糊的回答。但我看得清他在干什么,他站在颠簸的船头,取水样、测流速、查水位,这看似简单又特别单调的工作流程,就是他们每天重复的工作,每个小时都要取一次水样,一年到头都是这样,也不知他干了多少年。多少水文人,就这样重复了一辈子,也没换过地方。看那担当主测的师傅,岁数也不小了,应该五十多了,那黝黑的脸上布满了皱褶,也布满了水珠,或是汗珠。这几乎是所有水文人的形象特征。我看见他在忙碌中不时用手擦擦自己的眼眶,他必须以最清晰的眼神去看清每一滴水、每一粒沙。

  终于,他们把船慢慢划向岸边了。我走过去打听,现在的流量是多少?

  那老师傅站在船头,习惯性地朗声答道:850!

  对水文数据我已经比较了解了,我知道他说的是每秒850立方米的流量,这个数字比我预料的还要低,太低了。

  他解释说,这个流量已经不低了,黄河还能有这样的流量,还多亏了小浪底,通过小浪底的调节,保证了每秒744立方米的下泄流量,花园口才有这样大的流量,比小浪底还高100多,而这样的流量完全可以保证黄河一直流到入海口。当然,到了利津水文站,水就更小了,估计只有500多点儿了。

  我记下了这个日子,2013年10月23日,这就是花园口水文站的实测流量,后来我查了一下这一天黄河潼关以下各站的流量,黄河下游的最后一站——利津水文站的流量为每秒529立方米。黄河能以这样的流量进入尾声,还真是不容易。假如没有小浪底,黄河早就断流了。而我也打听到了黄河水变清的原因:一是小浪底通过十多年的调水调沙,减少了下游河床的淤积,使黄河下游主河槽的行洪能力增强,水看上去就比以前清了不少。还有一个根本性的原因,随着这些年的退耕还林,黄土高原综合整治,生态植被大面积恢复,水土流失减少了,被冲刷到黄河里的泥沙也少了。

  据我了解,在小浪底工程投入运用后,已足以抵御流量每秒40000立方米的特大洪水,也就是黄河千年一遇的洪水。这个流量就是以花园口水文标准站(编号站)黄河下游防洪的标准为依据的。而迄今为止,花园口水文站实测最大洪峰流量为每秒22300立方米,离现在最近的一场灾难,是2003年华西秋雨带来的一场洪水,但通过小浪底的调节,花园口的流量仅有每秒2500立方米。而每秒流量在10000立方米以下的洪水,为中小洪水。看到这里,谁都会明白,眼下这每秒850立方米的流量,也实在是微不足道,也难怪一条黄河变得如此渺小,几乎都快要看不见了。

我还想走得离黄河更近一点去看看,站在船头抽烟的王师傅猛喊一声:嗨,小心,黄河滩边非常危险,随时都会发生塌方!

话音未落,那船头忽然一沉,尾巴一下翘起来,王师傅一个趔趄险些掉进了河里,幸亏他很有经验,把身体向后一仰,又把一条船稳住了,但船上的东西哗哗往下掉……

这倒不是什么惊心动魄的一幕,只能说是一个意外的小插曲,却也让我心里一阵猛跳,想起一个伟人说过的一句话:"你们可以藐视一切,但是不能藐视黄河……"

二、曾经沧海难为水

人道是,小溪沟里翻不了大船。但黄河绝不是小溪沟,哪怕它看上去像一条小溪沟。

对黄河的性情最了解的,还是黄河人,那些长年累月和黄河打交道的人。

眼前,这位瘦高个子、满头白发的老人,胡老,胡一三先生,就是一个差不多和黄河打了一辈子交道的人。我采访胡老时,他已七十二岁,1964年从天津大学毕业后被分派到黄委,一直到从黄委副总工程师的位置退线,他这一生就交给黄河了。这样的老前辈我还见了不少,黄河就是这样的一条河,一条魔性十足的河,一条魅力四射的河,只要你一脚跨进来,你可能一生一世再也离不开它。胡老退二线了,但至今还没有完全退下来,现任黄委科技委副主任、教授级高工。胡老还有一个重要身份,他是国家防总抗洪抢险专家库的专家之一。这对于他,对于黄河,是永远不会退休的身份,更是使命。他一生的意义,仿佛就是为了一条黄河。

当胡老把手伸过来同我握手时,我愣了一下,他手上还粘着一块止血的胶布,一看就知道他是刚刚输液后赶来的,那胶布上还有渗透的血迹。这让我感到有些不安,实在不该来打扰一个病中的老人,但老人没有丝毫的病态,一开口,我就从平静的声音里感到了一股平静而又硬朗的精神气。那是一种底气,一种元气。他知道我去看过黄河了,他也知道一条大河现在看上去有多小,他也知道我来找他的目的,甚至连我的心思都猜出了几分。

果然,当我说到我看见的黄河有多小时,他淡淡地微笑了一下,说:"你生长在长江边,对黄河可能还不大了解,黄河与别的大江大河是不一样的,无论是大水、中水、小水,甚至根本没有水了,断流了,也仍然随时都面临着很严峻的防洪形势,这是由黄河的特性决定的,也可以说是黄河的性格,黄河的性格很古怪……"

当黄河的一本流水账被胡老在不经意间徐徐翻开,对黄河的性格我也渐渐懂得了一些,有的是我早已知道的,如:黄河是世界上含沙量最大的河流,不同于世界上任何一条清水河流;黄河是一条地上悬河,在这条悬河还没有解决的情况下,这条悬河之上又背上了一条悬河——二级悬河。对这些,我在此前的篇章中都已提及,这里就不再赘述了。但黄河还远不止这两个特性,譬如说,黄河还有一个很突出的特性,同长江、珠江等大江大河相比,黄河的支流、湖泊、洼地要少得多,又主要分布在中上游,到了下游,除了一个东平湖和一条倒流河——大汶河外,既没有较大的支流,也没有湖泊、洼地用来滞洪、分洪。听胡老说,历史上,黄河下游从郑州东部往下,原本有很多湖泊、洼地,到如今,黄河下游两岸的湖泊都消失了,下游流域所有的用水只能靠干流,而所有的洪水也集中在干流,这让黄河面临着两重巨大的压力,一是极度缺水的压力,一是抗洪的巨大压力,这也是很多人所说的两面作战。当遭遇超标准的大洪水时,水库、堤防将面临严峻威胁;而没水也同样可怕,一方面,这会让主河槽进一步加剧萎缩,大量的泥沙不能被水带入大海,只能堆积在主河槽内,日积月累,将把黄河拖入无以复加的恶性循环。正是这种有无洪水皆成忧患,决定了黄河防洪的特点,也让黄河人近年来确立了控制洪水、利用洪水、塑造洪水的防洪新理念,即对于大洪水加强控制,对于中常洪水注重利用,而无洪水时要因势利导塑造洪水。这几年,黄河防总每到汛前便利用小浪底枢纽调水调沙,就是塑造洪水的典型实践,对于黄河来讲,塑造洪水扩充主河槽就是防汛工作的一部分。另一方面,除应对可能出现的洪水外,抗旱也是同等重要的任务,小浪底水库既要为汛期腾出一定的库容用作防洪,同时又要千方百计为下游两岸用水蓄水。防洪与抗旱、防洪与防止断流同样是黄河上的两面作战。

  黄河面临的两面作战还不只是在防汛抗旱上,还有很多这样的两面作战情况。譬如,黄河滩区的存在,可以说是世界上所有河流都没有的现象,差不多有两百万老百姓住在黄河的河道里,河道不是住人的地方,而是过水行洪的地方,但你能眼睁睁地看着这两百万老乡的生命财产被洪水淹没吗?这使得黄河防汛既要确保大堤外边的安全,又要考虑堤内老百姓的安危,即一方面确保黄河大堤安全,保卫两岸的黄淮海平原,同时又不能不顾及堤内滩区群众的生命财产安全。同样,在防汛思想上也是两面备战,新中国建立以来,国家投入大量资金用于黄河建设,在黄河上形成了"上拦下排,两岸分滞"的防洪工程体系,黄河大堤普遍加高了三四米,目前黄河下游堤防高度全部达到两千年一遇设防标准。同时,随着小浪底在防洪上发挥的巨大作用和"数字防汛"系统日臻完善,应该说可以确保黄河伏秋大汛下游堤防不决口,但这样会让人产生麻痹松懈的意识,而对黄河下游防洪绝对不能有丝毫松懈,沿河军民依然必须严密防守……

  我注意到了,胡老每提黄河防洪,都是突出强调黄河下游的防洪,这让我这个黄河的门外汉多少有些疑惑,我也知道,黄河的灾难在下游,黄河防洪的重中之重在下游,却是知其然,不知其所以然。而深谙黄河性情的胡老,一边和蔼而慈祥地微笑着,一边娓娓而谈——

  黄河素有"铜头、铁尾、豆腐腰"之称。铜头是指小浪底以上的中上游河段,除了宁蒙河段的河套一带外,黄河一路上基本上在高山峡谷里流淌,这是一条大河的天然屏障,也可谓人类的天然堤防。铁尾则是指山东艾山口以下的河段,两岸又开始有一些山脉绵延,而河道也开始变得比较稳定了。除了这一头一尾,其余的便是所谓"豆腐腰",一般就指孟津以下至艾山口,这也是黄河灾难最深重的一段,自然也是人类严防死守的重中之重。

  当所有的问题最终都集中在一个焦点上,防洪,又如何防呢?简而言之,天下防洪也就是两大措施:一是工程措施,如堤防工程、河道整治工程、蓄洪滞洪工程和防洪水库工程等;二是非工程措施,说起来比较复杂,一言以蔽之,包括一切工程措施之外的防洪措施。从工程措施看,如黄万里先生的遗言:"治江原是国家大事,'蓄''拦''疏'及'抗'四策中,各段仍应以堤防'拦'为主。"在如何治理江河水系的纷争中,其实也有一个高度一致的共识,即把堤防建设放在防洪工程的首位,如一位有争议的人物就说出了这样一番没有什么争议的话:"对河流防洪而言,堤防的作用是绝对的,是古今中外一切大江大河最有效的措施,……只要地球存在,河流存在,堤防的作用就是永恒的。"这话是谁说的其实并不重要,它是古往今来人类治理江河的智慧结晶。

那是一段历史的开始,实际上又是花园口决口之后的一个结局。从历史大势看,也是一个历史的转折点,抗战刚刚结束,内战又将开始。就在当年早春,国民党政府提出要堵上当年被他们扒开的花园口决口,将黄河引回故道。如果说他们当年扒开花园口是逆天之举,现在提出堵口还真有一个天经地义的理由,自花园口决口改道后,黄河一直在豫皖苏黄淮平原上游荡恣肆,数百万黄泛区的难民在战火硝烟和洪水泛滥中颠沛流离。如果能够将黄河引回当年的故道,这些无家可归的老百姓也可以重返故乡。然而,此时,黄河改道南下已经八年,那些被一条大河遗弃了多年的大堤早已残破不堪,堵口之前若不复堤,靠什么来抵挡黄河水?还有,自黄河改道之后,中共已创建了冀鲁豫解放区和渤海解放区,黄河故道两岸包括干涸的河床内大部分已被开垦为农田,解放区的数十万军民在其中屯垦生息,如不先复堤而直接堵口,无异于直接再造一个黄泛区。在两难选择中,中共一方面做出了以大局为重的选择,同意国民党政府的黄河堵口归故计划,另一方面则提出了"先复堤、后堵口"的主张,这也同样是天经地义的。

然而,天理总是被卷入人类的纷争之中,在此后一年多的时间里,国共两党一直围绕着花园口这道被撕裂的历史伤口,进行着政治和军事上的博弈。一方面,在周恩来的亲自领导下,中共与国民党当局进行了十多次艰难谈判,尽管多次达成协议,但国民党当局在谈判桌外加快了堵口步伐。眼看着黄河在汛前就将回归故道,解放区也不能不加紧应对,历史上第一个人民治黄机构——冀鲁豫解放区治河委员会,几乎是以催生的方式于1946年2月22日诞生了,这也是人民治黄的开始。三个月后,治河委员会改为冀鲁豫区黄河水利委员会,王化云被任命为第一任黄委主任。而国民党当局也于3月1日开始在花园口打桩,急不可待地动工堵口,尽管在施工中两次遭受阻挠,但其步步紧逼的态势已昭然若揭,国民党最高当局甚至还下达了"宁停军运,不停河运,限期完成,不成则杀"的命令。这杀气腾腾的背后,或是又欲制造一次"以水代兵"的逆袭,又仿佛急于掩藏一个罪证。

对于国民党当局急于堵口的心态,解放区也不得不考虑,这是否是蒋介石故技重演,再次"以水代兵"?蒋介石曾透露有一个"可抵四十万大军"的黄河战略,如果他利用黄河汛期洪水水淹解放区,就可以把地处黄河下游地区的冀鲁豫解放区一分为二,并以此切断华北解放区与中原、华东解放区之间的联系,实施其对解放区分割包围、各个击破的战略目的。尽管老蒋未必会这样做,但解放区不能不防着一手,更不会坐以待毙。随后,山东渤海解放区也于5月22日成立了山东黄河河务局。按协议,从1946年5月下旬开始,解放区组织了十八个县的二十多万民工,在西起长垣、东到齐禹300多公里的堤段上掀起了复堤工程大会战——这也是人民治黄历史上第一次掀起堤防工程建设。这年5月底,美国进步作家罗辛格等人到冀鲁豫解放区鄄西县一带采访复堤情况,当汽车开到鄄西县江苏坝时,成百上千正在修堤的工人立即把车围住了,他们扛着铁锨,脸上滚着大汗珠,堤上到处是新搭起的席棚窝棚,修堤工人推着满载锅灶的小车,不断从四面八方赶来,人和堤一样看不到头。

罗辛格跷起大拇指说:"你们的精神真好啊,说干就干起来了!"

解放区的老乡们付出的不只是汗水,还有他们的命根子:土地和庄稼。大堤内外,到处是长势喜人的庄稼,而修堤用土,要挖掉很多庄稼。鄄城县陶堌堆有个叫贾克冉的汉子,家里原本一分地也没有,多年来一直是以要饭为生。好不容易等到儿子长大了,靠给人家打短工卖苦力挣来了一笔钱,买了一头猪崽,他七十多岁的老母亲把小猪养大后卖了,租了两亩五分地,没想到刚种上头一季庄稼,就赶上挖地复堤。他母亲哭喊着:"挖了俺家的庄稼地,俺全家还得要饭啊,求求你们了,能不挖不?"他老父亲过来拉母亲,说:"不成,为了咱这两亩半庄稼地,能淹大家伙吗?"老两口哭着走了,贾克冉挥起镢头开始挖自家的庄稼地……

解放区的老乡们,把上河工当作上前线,没上堤的妇女老弱,也像支前一样。大堤上砖石紧缺,有的老乡把盖房子的砖石都挑来了,连婆姨们用的捶布石也献了出来,他们说,黄河决了口连性命都保不住,家产房产有啥用,多献一块石,多救一条命。张丘一带的民工,搓麻绳,买铁丝,一夜之间就绑成了四千架夯实大堤急需的石碓。滑县一个农民为修堤,用五斗麦子换了一辆土车,在劳动竞赛中他曾创造了连续推土八十四车的奇迹,人们送他个外号叫"火车头"。除了为堤工做饭,还有三千名妇女与汉子们比赛修堤。在劳动竞赛中,涌现出了一个个"挖土大王"和推土打碓的英雄……

为修堤,不只是流汗,还要流血。国民党当局非但没有按协议拨付复堤的工粮、器材和款项,随后,还发动了全面内战,为配合军事进攻,国民党派飞机轰炸解放区的复堤工地,很多民工被炸死、炸伤,不少已经修好的工程也被炸毁。在枪林弹雨之下,解放区军民展开了一手拿枪、一手拿锹的"修堤自救",两区先后动员四十多万民工投入施工,夜以继日地抢修故道堤防。1946年5月,就在解放区的民工加紧修堤时,国民党军队在山东齐河连续两次袭击正在埋头修堤的民工,当场杀死十六人,数千名民工被强行驱散。6月中旬,冀鲁豫解放区长清修防段段长张元昌等五人到黄河沿岸检查工程时,被国民党特务杀害。除张元昌等中弹牺牲外,其余几人是被特务用斧头、菜刀、镰刀、长矛残忍地杀死。

在河南长垣大堤有一位被活埋在堤下的烈士,长垣县黄河修防段段长王汉才。他任段长时,长垣境内急需修复的堤段就有30多公里,10多公里在解放区,大部分都在国民党占领区内。但人间可以划分界线,而一条黄河自古难分人间是非,一旦大堤决口,大河上下皆成灾区,遭殃的是所有人。王汉才眼看国民党占领区对防洪修堤不管不顾,对频频告急声置若罔闻,便带领一万多名民工深入国民党占领区抢修堤防,那是真正的"一手拿锹,一手拿枪",敌人不来就抢修堤防,敌人来了,放下锄头,就捏起了刀枪。1947年7月15日早晨,王汉才正领着民工在大车集加紧复堤时,突遭国民党第四十七师袭击,三十多个粗壮的汉子倒下了,或死或伤,那黄土夯筑的黄河大堤,又添了一股真正的血气。王汉才为了指挥和掩护民工转移,把自己留在了最后。他与工程队长岳贵田、队员李光山一起不幸落入敌手。敌人对王汉才等人进行了严刑拷打,把铁丝穿进王汉才的肩锁骨。但王汉才在钻心般的疼痛中依然大义凛然地痛斥敌人:你们以前不顾老百姓的死活,扒开了花园口,现在又不让老百姓修堤,天理难容!这一声声痛斥,还有那一滴滴从铁丝穿透的锁骨里溅出的鲜血,是真正的铁血!而丧心病狂的敌人,竟把受尽折磨的王汉才等三人五花大绑,活埋在了一道还没来得及修好的堤坝下。

一道绵延千里的黄河堤,不只是用黄土与石头修筑起来的,也是用血汗和骨肉修筑起来的,而那些竭力阻止修复大堤的敌人,既是人民公敌,又何尝不是黄河的敌人?这次复堤工程,解放区军民不但抢修了北岸长300公里和南岸100公里的破败不堪的旧堤防,还堵上了1937年麻湾决口的老口门,修筑了山东垦利以下黄河段30公里的新堤。而国民党在对解放区的堤防狂轰滥炸的同时,也加紧了堵口合龙工程。1947年3月15日,花园口,一道被撕裂了九年之久的决口,终于填上了最后一筐土,而黄河随即回归故道。一夜之间黄河决口,人类却用了一年多的时间来堵口。而历史的伤口,弥合比撕裂更难,这是一个民族永远难以弥合的大伤口。

对于花园口事件,随着黄河回归故道,一个故事已经讲完,而对新生的人民治黄机构,一切还只是刚刚开始。两面作战的形势可以说从那时就开始了,在黄河回归故道后,一方面,随着人民解放军转入战略反攻,国民党试图通过破坏堤防、利用黄河水淹解放区,再次制造一次"以水代兵"的逆袭,另一方面,解放区的堤防毕竟是在突击修复下完成的,在浊浪滚滚的黄河面前显得非常单薄。而当时的冀鲁豫区黄委对上游来水的规律也尚未掌握,更缺乏水文资料,只能提出一个谈不上方法和策略,但目标坚定而明确的治黄方针:"确保临黄,固守金堤,不准决口。"随即,一场修堤整险的大会战在

600 余公里的堤防线展开了。当时,天上有敌机的盘旋、轰炸,地上有国民党军千方百计的干扰和破坏,解放区军民舍生忘死,对两岸大堤进行了加高培厚,还经历了高村抢险、大樊堵口、贯台抢险等惊心动魄的一幕幕……

三、共和国的大堤不会倒

当历史长河流进 1949 年,一个新中国已经呼之欲出。而在开国之前,黄河下游还必将经历回归故道后的第一场大洪水。从 7 月 6 日起,黄河伏汛已是洪波浩荡,连续出现一浪高过一浪的洪峰。而伏汛终于过去后,防汛抢险人员连喘口气也来不及,接踵而至的又是一次严峻的秋汛。据花园口水文站的历史数据,9 月 14 日,花园口实测断面的洪峰流量已高达 12300 立方米每秒。这也是黄河归故后的首次大洪水,千里黄河堤,虽经人民治黄后的复堤、培修和加固,但许多堤防还未经受过洪水的考验,有的堤段甚至低矮残破,险象环生。有的河段,洪水几乎与堤顶齐平,风一吹,水浪呼啸尖叫着,一个浪头打过来,一大堆人不见了,连堤顶也看不见了。

花园口的洪水,一路浩荡奔涌,流到山东济阳已是两天之后。9 月 16 日夜,济阳黄河段到了最严峻的时刻,一条大河已浊浪掀天,天上又连降暴雨,而这个在电闪雷鸣中出现的身影,便是在这里巡防的工程队员戴令德。在这一段河堤中,有一道沟阳险工。戴令德披着一块油布,提着一盏马灯(那时候连手电筒也没有),在风雨与风浪交加的险工段一直巡查到深夜一点左右,还好,在险工段没有发现险情。然而,就在他往舒家村的临时住处走,走到舒家村口一个平工段时,他忽然感到有些不对头。他听见了一阵水声,那是从背河传来的流水声,如果不是警惕性极高,一般人是难以在风雨交加中听到这隐隐约约的水声的,但戴令德听见了,他的神经一下绷紧了,马上就提着马灯循声找去,发现背河堤身上有一个小洞眼正在冒水,而且是浑水。戴令德当年还是个不到二十岁的小伙子,但他很敏感,第一反应就是这大堤出了漏洞,而这黄土堆起来的堤防,一旦出现漏洞,那也是天塌地陷的事。他一边呼喊"出漏洞了,快来人啊",一边往河堤临河一面去找漏洞。这也是巡防人的经验,一旦背河堤身出现了漏洞,径自找过去,就能在临河堤的一面找到对应的漏洞。而他找到的不是漏洞,而是一个被马灯照亮了的漩涡。危险!这漩涡底下就是漏洞。他跳入水中去摸,那洞口已有碗口大了,必须把这洞口赶紧堵住。可除了一盏马灯和身上披着的一张油布,他手边没有什么东西可以堵住漏洞。对了,还有衣裤。他立马扒下夹袄夹裤,还有披着的油布,揉成一团塞在洞口,但根本堵不住。眼看洞口越来越大,戴令德灵机一动,用身体堵住了洞口。只要对黄河漏洞多少有些了解的人都知道,他这是拿自己的性命在堵呢,随时都有被涌入漏洞的河水吸进去的危险,更有被漩涡席卷的凶险。而在这危急时刻,他也只能靠自己的身体和性命来赌一把了。为了抵挡住洪水对洞口的巨大压力和冲刷力,他紧抱着双臂,也紧紧地搂住自己的身体,用全身力气压在洞口上,只露出一个头喘气,让洪水朝着自己的脊背冲撞。还有什么比一个黄河汉子的脊梁更顽强?这样坚持了七八分钟,那些听到他呼喊声的抢险人员带着工具和抢险物料赶了过来,而此时戴令德已被洞口的漩涡深深吸住了,几个粗壮汉子七手八脚地把他从水中使劲拽出来,随即投入紧急抢堵。这个漏洞,经过数百人三个多小时的封堵抢护,才被彻底堵死。但谁都没有丝毫胜利的喜悦,很多人依然愣愣地望着那个堵死了的漏洞,如果不是戴令德这小伙子发现了漏洞,又舍生堵住漏洞,这条古老的黄河,极有可能将以一次决口甚至改道来迎接新中国的诞生。戴令德在当年汛后被山东省黄河防汛总指挥部授予"特等功臣"的称号,也是迄今为止黄河水务部门授予的唯一一位特等功臣,在黄河战线,他就是一个用胸脯堵住枪口的特级英雄黄继光。

透过戴令德这样一个平凡的身影可以看到,每一个英雄其实都很平凡,每一个平凡的人都可以成为英雄。回顾新中国成立前夕的这次抗洪抢险,一道长堤如同战线,四十多万军民奋战在第一线,而黄河两岸老百姓亦如当年支援前线一样,向前线源源不断地运送抢险物料和土石方,有推车的、抬筐的,甚至有用床单兜的、洗脸盆端的,只要能装土的东西都用上了。子埝不断堆高,洪水也在猛涨,很快,洪水又逼近了被子埝加高的堤顶,随时都有可能漫决。但你只能死守,如果大堤决口,洪水向北直冲京津,连新中国成立的部署都会被打乱。这次洪水持续的时间很长,大堤被水泡了十几天后,几乎泡透了,背河200米内出现很多蚁穴,后堤坡泥水不断往外淌,这是决口的先兆。而一旦出现裂口,人们只能用命来堵了,一个个争着往决口处跳,在翻滚的污泥浊流中组成人墙,有扛梯子的、搬石头的、扛草捆的,连老婆婆的棉袄、新媳妇的被子都统统塞进了那个深不见底的窟窿。一个个窟窿堵上了,又得严防死守。几十万军民愣是在风雨交加的堤上死守了四十多个日夜,没有人穿过鞋袜,喝的是黄河水,吃的是老乡们送上来的馍,一人一块漆布,一人一条麻袋,白天遮雨,晚上御寒,就这样一直坚持到洪水退却……

随着新中国的诞生,一个乱世进入了治世,对江河的治理也进入了一个着眼于长治久安的历史时期。黄河是非同一般的大河,作为中华民族的发祥地、炎黄子孙的母亲河,黄河不但在华夏文明史上享有独一无二的崇高地位,在历史上,从古都咸阳、长安、洛阳、开封,黄河在漫长的中国王朝史上一直是穿过古代中国政治、经济、文化中心的一条中轴线。黄河安危和社稷安危有着生死攸关的内在联系。"黄河宁,天下平",黄河的洪水威胁,绝不只是一种自然灾难,历来为国家的心腹之患,牵动着治天下者的每一根敏感的神经,关乎着每一个黎民百姓的生命与生存。大河上下的黄河人,每一根神经都紧绷着。

追溯新中国的治河史,迄今已对黄河下游堤防进行了四次大规模的加固整修,这也就是黄河人所说的"新中国历史上的四次大修堤"。

第一次大修堤,在开国第二年就在黄河下游全线拉开了序幕,从1950年到1957年,历时八年,期间遭遇了1954年、1957年的两次大洪水。在某种意义上说,这也是洪水对人类的一种倒逼机制。经历了1949年的伏秋大汛,共和国的第一任黄委主任倍感黄河洪水的危险和防洪的压力之大,在1951年提出:"继续加强堤防,巩固坝埽,大力组织防汛,保证发生比1949年更大洪水时不发生溃决。"在修堤的同时,黄委还根据下游河道特点和堤防工程状况,基本上采用了明代潘季驯的治河策略,以"宽河固堤"为核心,包括废除民埝,对临黄大堤加高、加固、培厚,石化险工,绿化大堤,建立堤防管理等一系列工程措施和非工程措施。就在人类不断加高加固堤防的同时,又一场大洪水正在迫近。1952年，黄河中游查勘发现黄河中下游流域将会出现更大的洪水，于是又提出了"以防御陕县站洪水23000立方米每秒，争取防御陕县站29000立方米每秒"的防洪目标。1955年，黄委再次提出了以防御黄河秦厂站25000立方米每秒洪峰流量的标准，下游堤防培修标准再次被刷新。

堤防标准的一次次提高，意味着人类将要付出更多的辛劳。那正是抗美援朝时期，一个原本就一穷二白的国家，在战争与灾难的逼迫下，财力物力捉襟见肘，像这样的大规模水利工程，也只能靠老百姓来流汗出力了。在那样一个没有大型机械作业的时代，全靠肩挑手挖：抬土是两人一根杠子，抬着满满一筐土，喊着号子一步一步往上蹬；推土是肩勒车襻，双臂使劲撑着，双手紧握车把，两腿用力蹬着堤坡，身子左右摇摆扭曲地躬着，脸憋得紫红，汗水顺着脊梁往下淌；拉车的斜挎拉绳，甩着膀子，脸几乎触到堤身。夯实大堤全靠打硪，汉子们光着膀子抬起两三百斤重的石硪，高唱着打硪号子，如今，黄河岸边一些健在的老人还会唱："时间跑得快呀，赛过一条龙呀！咱们超过它呀，按期来完成呀！脚踏实地干呀，赶到洪水前呀！"他们起早贪黑，除了吃饭就是推土，往往从鸡叫头遍开始上工一直干到星星出来看不见人为止，若是赶上上弦月干一个通宵是常事。那时的老百姓热情很高，觉悟也很高，也非常纯朴单纯，他们说："只有修好了大堤，黄河才不会决口，只有守住了黄河，才能保卫国家啊！"

就像那首民工的打硪号子唱的一样，人类仿佛在跟时间赛跑、跟灾难赛跑，而就在第一次大修堤刚刚告一段落，一场早在人类预料中的灾难、新中国历史上黄河流域发生的最大的一次洪水，已经席卷而来……

1958年7月中旬，黄河三门峡至花园口之间（简称三花区间）发生了一场自1919年黄河有实测水文资料以来的最大的一场洪水，来势猛，峰值高，花园口实测洪峰流量达22300立方米每秒，洪峰水位高达93.82米。由于黄河下游河道上宽下窄，当花园口站的大洪水推进到下游狭窄河段后，洪峰更是高潮迭起，河南兰考东坝头以下全部漫滩，大堤临水，有些地方的堤根水深达五六米，高水位持续时间长。在洪水到来之前，各级防汛指挥部已提前将滩区居民迅速转移到安全地区,解放军又派出飞机空投救生设备和物资,从而避免了居民大量伤亡。而两百多万军民早已上堤防汛,以"人在堤在,水涨堤高,保证不决口"的决心严防死守,日夜奋战,仅一夜之间就加修子埝600多公里。7月18日,周恩来总理在惊涛骇浪中亲临黄河前线,视察水情,指挥抗洪。特别值得一提的是,在新中国第一次大修堤时,还在1951年确定了增辟北金堤滞洪区和东平湖分洪区,在人民治黄的历史上,这也是"上拦下排、两岸分滞"治黄策略的最早体现。当花园口出现22300立方米每秒流量时,按规定应启用北金堤滞洪区和东平湖滞蓄洪水,但黄河防总考虑到花园口站最大洪峰已经出现,花园口以上各站水位正在回落,伊、洛、沁河和三门峡干流区间雨势也在减弱,只要加强防守,充分利用高村以上宽河道和东平湖滞蓄洪水,可以不使用北金堤滞洪区,以减少分洪损失。黄委的这一意见最终经周恩来总理批准,没有使用北金堤滞洪区,只开放东平湖分洪区。在这次洪水中,东平湖发挥了很大的滞洪作用。那时的东平湖还是一个尚未修建分洪闸和泄洪闸的天然湖泊,当年最大面积为208平方公里,河高,湖低,对分蓄(滞)黄河洪水十分有利,极大减轻了黄河干流的抗洪压力。

应该说,这是新中国在黄河抗洪上取得的一次伟大胜利,首战告捷。但此次洪水给黄河下游仍造成了惨重损失,横贯黄河的京广铁路交通中断十四天,仅山东、河南两省的黄河滩区和东平湖湖区,就有一千七百多个村、三百多万亩耕地被洪水淹没,三十多万间房屋倒塌,七十多万人受灾。这是人类的灾难,却对黄河很有益,花园口站五天过沙量4.6亿吨,三门峡在五天内相应减少了过沙量4.3亿吨,有利于淤滩刷槽,增加河道的行洪能力。

经历了1958年的大洪水,黄委意识到对堤防还要进一步"强筋壮骨",而这时又有一个问题暴露出来了,随着三门峡工程对潼关以上的淤积,不得不进行改建,而改建的结果是将泥沙淤积从三门峡以上转移到了三门峡以下,致使下游河道出现严重淤积,河床进一步抬升,堤防势必要进一步加高培厚。这是黄河给人类制造的一个怪圈,而一个失败的工程,也只能让人类来咀嚼失败的苦果。而此时人类正在咀嚼一个更大的、更苦涩的苦果,三门峡的问题暴露出来时,"大跃进"的问题也暴露无遗,一个年轻的共和国,陷入了三年困难时期,此前许多仓促上马的水利工程都被叫停了。

直到国民经济开始好转,黄河下游第二次大修堤才动工。从1962年到1965年,历时三年,以防御花园口洪峰流量22000立方米每秒洪水为目标,加高培厚堤段580公里,整修补残堤段1000公里。而此时,三门峡的惨痛教训也促使以王化云为代表的治黄人开始反思:黄河的治本之策究竟是什么?千百年来的实践证明,堤防固然很重要,但是单纯依靠堤防也难以解决洪水的威胁,必须建立一个以堤防、河道整治工程、蓄滞洪区及上中游干支流水库等组成的防洪工程体系,依靠综合的工程措施和非工程措施,才能确保下游防洪安全,这也就是"上拦下排、两岸分滞"的治河方略。这一策略,在新中国治黄之初他们其实已经意识到了,北金堤滞洪区和东平湖分洪区就是在这种意识下产生的,而在汲取三门峡工程的教训之后,应该说,这一思维更加清晰了。于是,在第二次大修堤期间,也开始着手"下排"工程,一个核心意图,就是充分利用黄河下游河道,排洪排沙入海。

然而,黄河毕竟是世界上最复杂难治的一条大河,无论人类有多么理想的、完美的设计,总是会落入一种人算不如天算的宿命般的轮回。到了20世纪60年代末70年代初,多年来一直处于枯水多沙的黄河,竟然开始出现另一种匪夷所思的灾难——小水大灾。1973年汛期,花园口站出现了5890立方米每秒的小洪峰,这同1958年的大洪水相比几乎不值一提,哪怕同其他年份的中小洪水相比也是很小的水量,但这一次简直不能算洪水的洪水,竟然在花园口到长垣石头庄(长约160公里)的河段内,出现了普遍比1958年的洪水水位还高0.2~0.4米的洪水,此次洪水不但造成了山东东明滩区的生产堤决口,而且其水流甚至直逼黄河大堤,造成大堤多处出险,又一次惊动了国务院和周恩来总理。周恩来连夜打电话询问黄河险情,随后又指示国务院召集有关部门开会研究,并组成工作组赴实地调研。在深入分析了黄河下游近年来出现的新情况后,为确保下游防洪安全,经国务院批准,黄河又进行了第三次大修堤,防御洪水的标准依然以花园口站22000立方米每秒,艾山口以下大堤按11000立方米每秒设防。而就在第三次大修堤开工第二年,河南淮河流域发生了"75·8"暴雨洪灾,给黄河敲响了警钟。为防御三门峡至花园口区间可能发生的超过40000立方米每秒的特大洪水,第三次大修堤工程中又增加了防御千年一遇大洪水的工程。对此,当时也有一种不同意见,认为修堤经费所占的比重太大,大堤只需加厚就可以了,不一定再加高。但王化云力挺修堤的重要性:洪水主要靠大堤约束向下游排泄,如果花园口站遭遇千年一遇的大洪水,只有把洪水送到渠村分洪闸才能分滞,送到孙口、东平湖才能运用,中间几百公里的堤防若不加高培厚,如果还没等洪水走到分洪闸就溃决了怎么办?

　　黄河下游第三次大修堤,从1974年到1985年,历时十一年,共计培修堤防1300公里,两岸临黄大堤平均加高两米以上,达到了防御花园口站22000立方米每秒的防洪标准,黄河大堤,也由此而成为著名的"水上长城"。又岂止是长城可比的,这次修堤的土石方工程量相当于十三座万里长城。

　　然而,在人类不断加高堤防时,河床也在不断淤积抬高,人类一直难以撼动黄河这条多沙河流复杂难治的秉性。就在人类把堤防修得越来越高的同时,黄河主河槽的行洪能力却一路走低,在20世纪70年代以前,黄河主槽的行洪能力在6000~8000立方米每秒,到20世纪80年代行洪能力已不足1800立方米每秒,更有甚者,1996年开封黄河某段曾出现1000立方米每秒流量直冲大堤的局面,这根本就不是什么洪水,却让沿河军民投入了一场抗洪抢险的"奋战"。这一年,正值人民治黄五十周年。回首这半个世纪的岁月,黄河儿女也交出了一份骄人的历史答卷,以花园口为标准站,先后战胜了1958年流量达22300立方米每秒的特大洪水和从1949年以来的十二次流量在10000立方米每秒以上的较大洪水,确保了黄河五十年伏秋大汛无决口。而以花园口实测流量为标准,10000立方米每秒以下只能算是中小洪水,5000立方米每秒以下就根本不是洪水了,而现在摆在人们面前的是,他们将为不是洪水的洪水而战。我在采访时任黄委防办副主任魏军时,他对黄河下游的洪水变化做了一个令人吃惊的定位:1958年流量达22300立方米每秒的特大洪水,在当时只是三十年一遇,而按现在黄河主槽的行洪能力,则已达到了千年一遇的洪水标准。这意味着黄河河道的萎缩已经到了病入膏肓的程度,在行洪能力如此低下的形势下,又如何保证黄河在下一个五十年、一百年岁岁安澜？

就在国人仰天叩问的同时，黄河又遭遇了1998年的秋汛,其中,渭河临潼水文站9月19日的洪峰流量达5410立方米每秒,为1981年以来最大流量。加上黄河北干流区间来水叠加,据测算,黄河花园口水文站洪峰流量将达到7800立方米每秒,如果不提前采取调控措施,以黄河下游现在的主河槽行洪能力,一场中小洪水,就将造成洪水漫滩的灾难。黄河防总通过小浪底等水库拦洪错峰,使黄河花园口水文站洪峰流量由7800立方米每秒的洪水减小到3500立方米每秒,从而有效避免了黄河下游的一场灾难。而这一年的黄河洪水,也被长江、黑龙江、松花江等"三江"特大洪水遮蔽了,亿万中国人的目光此时都关注着"三江"的命运,没有太多的人注意到黄河的这一场秋汛。

"三江"大水过后,国家又做出了"抓紧加固堤防、建设高标准堤防"的部署,黄河虽说暂时被遮蔽,却也绝不会遗漏。已经经历了三次大修的黄河大堤又怎么样呢？专家曾对黄河堤防做过一次"胸透",并开出了一张并不乐观的体检单,黄河存在四种难以根治的病症。一是土质复杂。大堤堤身大多为砂壤土和粉强砂,渗透系数大,洪水期易发生渗水、管涌等险情。另外,个别堤段用高含水量的黏性土筑堤,以后经过长时间的固结脱水,形成干缩裂缝,特别是贯穿性横缝形成的过水通道,严重威胁堤防防洪安全。二是筑基不实。受技术、施工设备等条件限制,堤防存在着土料不符合要求、铺土厚、碾压不实、工段接头留有沟缝等问题。这些堤段易发生裂缝、松土层,遇高水位渗流量大,严重时甚至形成渗水通道,造成河堤决口。此外,獾、鼠掏洞筑穴,严重削弱堤防的抗洪能力。三是老口门多。据统计,现黄河大堤历史上决口近四百处,堵口时填筑了大量的秸料、木桩等,形成强透水层；口门背河处遗留有潭坑或洼地,汛期高水位时,易形成过水通道,成为黄河大堤的隐患。四是双层地基及多层地基。大堤堤基多数为复杂的多层结构。地面下七八米为粉细沙、沙壤土、壤土、黏土互层,其下为沙土。该地质结构,易造成渗透变形、液化、沉降。而最难以根治的其实还不是这四种病症,而是随着人类活动不正当干预的加剧,导致下游河道形态不断恶化,让悬河之上又背上一条悬河——"二级悬河",极易造成洪水形成横河、斜河、滚河等不利河势,威胁着原本脆弱的黄河大堤。

从1998年起,人们又开始运筹新中国历史上的黄河第四次大修堤。随后,一场标准化堤防工程建设率先在黄河南岸打响,花园口又被列入这次标准化堤防建设的试点。这地方,仿佛受到了魔鬼与神灵的双重控制:一边是首当其冲的灾难,黄河下游的所有灾难首先就会在这里突显出来;一边是守护与捍卫,人类既要守护一条大河,也要捍卫自身的利益,而所有抗灾减灾的措施,包括工程措施和非工程措施、新的治黄理念和高新技术,也总是率先在这里投入运用。这里已然成了一个人类治河、人民治黄的实验基地和平台。

在新中国历史上一道屹立不倒的黄河大堤,体现了强大的国家意志,人民治黄近七十年,用事实验证了"人民,是不管多大洪水都冲不垮的又一道长堤",还有一点也至关重要,这如水上长城一样的千里金堤,还凝聚着人民群众贵比千金的智慧。黄河堤防的发展史,也是一部水利科学、水利工程技术的探索史,而新中国历史上的四次大修堤,足以书写一部关于黄河的"天工开物"。我如是理解:天工,巧夺天工;开物,就是人类的发现和发明创造。

这里还从黄河第一次大修堤说起。修堤排险,第一要找出隐患。譬如说那些堤身内蚁穴、腐朽的树根、狐狸和獾钻出来的洞穴,这很多的隐患和裂缝,比较明显的还可以看见,暗藏在大堤深处就难以发现了。以前,为清除堤身深处的这些隐患,只能将大堤挖开,这既费劳力又窝工。在新中国第一次黄河大修堤时,河南河务局封丘修防段有个叫靳钊的工人,这人爱琢磨事,一直琢磨着有没有更好的排险方法。他原来干过在河滩上找炭块的工作,有一种办法就是用钢锥刺探到地底下,抽出来看看最深处的锥头,就知道地底下有没有炭块了。他琢磨着,这种找炭块的锥探法能不能用来探测大堤深处的隐患呢?这一试,还真是神了。说起来也不复杂,就是凭钢锥进土的快慢、发出的声响和人的感觉来判断。堤身内若有洞穴、裂缝,或被白蚁、老鼠、獾狐等扒出来的松土,钢锥进土自然快;而堤身越是坚固结实,钢锥进土就越慢。就这样,靳钊带领四十人用十天时间就在堤防上锥探五万余眼,准确地找到了暗藏在大堤深处的獾狐洞穴、裂缝等九十多处隐患。这还真是一个好法子,很快就被黄委作为新技术在全河推广开了。到 1954 年,全河共锥探发现各类隐患八万余处,捕捉獾狐、老鼠等堤防天敌两万多只。在发现隐患后随即灌浆填实,堵塞漏洞,合称为锥探灌浆技术,有人戏称为给大堤"打针注射"。

一项看似原始的发明创造,却是黄河人在河堤修防技术上的一个创举,锥探灌浆技术不仅在提高堤防抗洪能力上发挥了巨大的作用,也为全国堤防的排险加固做出了不可替代的贡献。但靳钊的发明,还只是人工锥探技术,而且是很沉重的体力活,几个人架着一条 10 多米长的钢锥,一起使劲往大堤下面钻探,为防止流汗手心打滑,还得戴上手套,连锥杆也要包裹起来。这样,不但劳动强度大,钻探、灌浆的效率和质量也有待提高。人类的发明,总是循序渐进的。而一个原始的发明,在实践运用中又会激发人民群众的创造力。这人工锥探法,能不能用机械操作呢?这一个念头的背后,必将又有一个发明家出现。

这个人便是电动打锥机和柴油机自动打锥机的主要发明人彭德钊。

彭德钊原在黄委设计院工作,1969 年下放到河南河务局温陟黄沁河修防段,这也是当时的风潮,知识分子大多要下放劳动。那正是黄河第二次大修堤与第三次大修堤之间。当他看到那沉重的人工锥探方式时,他脑子的念头就动了。随后他就和曹生俊等人组成了一个打锥机技术革新小组,在 1970 年研制出第一台手推式电动打锥机,这不但从根本上减轻了人工锥探的劳动强度,效率也一下比人工锥探提高了四五倍。

但一个问题又随之而来,电动打锥机自然离不开电,而堤防工地大多在乡村,那时候很少有通电的乡村,有的地方通电了也经常停电。这让修防工人大多数时候还是操着那笨重的人工打锥机。彭德钊的脑子一转,又动了一个念头,如果能改成柴油机就更好了。经过几年钻研,他和曹生俊等人又终于制成了第一台柴油机自动打锥机,仅需一人操作,机体可灵活移动,每台机器一天可锥孔三百眼。这种自动打锥机是典型的中国制造和中国创造,后由黄河机械修造厂定型生产,被命名为"黄河 744 型"自动打锥机,比人工锥探的效率提高了整整十倍,而查找隐患据称比人工开挖要精准百倍。从那以后开始在全河推广机械锥探灌浆。这项黄河人的发明创造,被水电部及时推广到长江、淮河、汉江等大江大河的堤防上,还被用于中国援建斯里兰卡的金沙堤防加固工程项目。如今,随着人类科技水平的提升,又相继推出了堤坝多功能电动打锥机、全液压堤防打锥机,但应该永远铭记靳钊和彭德钊、曹生俊这两代黄河堤坝加固技术的开拓者。随着锥探灌浆技术在中外堤防工程中广泛使用,中国工人的发明创造已变成了一种世界性的智慧。

就在彭德钊开始研制电动打锥机时,在山东齐河修防段下放劳动的黄委工务处处长田浮萍也正和该段职工一起大胆钻研,在1970年7月建成黄河历史上第一只简易机动自航式钢板吸泥船,随即在齐河下水试验,用高压水枪冲搅泥沙,再用吸泥泵抽吸,通过管道输送到大堤背河淤区内,加固堤防。这种放淤固堤的方式,并非田浮萍等人的首创,但在此前一直属于自流放淤阶段,而田浮萍等人的发明,变被动为主动,极大地提高了施工效率,不但比人工修堤节约劳力、财力、物力,还大大减少了耕地开挖面积。1974年6月,黄委在山东齐河召开放淤固堤现场会,将制造吸泥船淤背固堤作为黄河下游近期治理的重要措施之一,并列入国家计划,造船钢材由上级调拨。而创造了吸泥船的山东黄河人,在新时期又发明了渣浆泵,按20世纪70年代黄河大复堤"小推车"最大日施工量计算,一天要把近四万方土输送到5公里以外的淤背区,需要八万民工付出艰苦的劳动,而现在只用八台渣浆泵就能完成,一台渣浆泵能抵一万人。这不只是生产力的提高,更是人类从传统治黄向现代治黄的根本性转变。

人民群众的智慧是层出不穷的。在河南台前河务局有个叫刘孟会的修防工,只上过初中,但他不怕自己文化程度低,只怕自己不学习。刚参加工作时他月薪只有20多元,这点钱不但要养活一家老小,还要给父母看病。要说穷,还真是难找比他更穷的了,结婚十年了,他和妻子一直住在两间破草房里。直到这房子实在住不下去了,再不盖就要塌下来了。可盖房子的钱不够,六根檩条就有四根是两根木头拼接起来的,还有一根大梁短了,只得从地上垒起1米多宽的砖柱,然后把大梁架在上面。好不容易有了个遮风挡雨的房子,妻子又患了类风湿关节炎,父母亲加妻子一下有了三个病号,这钱不够用,还得两头跑,在修防段一下班,就得赶紧回家去照顾一家老小。就在这样极其艰苦的环境下,刘孟会不到三十岁就钻研出了多种抗洪抢险技术。在"96·8"黄河大洪水期间,台前河段韩胡同控导工程上首形成了最为险恶的横河,大河主溜漫过四道坝顶,冲出一个宽达300多米的豁口,涌入滩区,六万多亩耕地、一百多个行政村、七万多名滩区群众,面临灭顶之灾。在这危急时刻,刘孟会钻研出的那些抢险技术起到了力挽狂澜的作用,先利用坝上的柳料在口门上缓解流速,因口门太大,柳料不够,他又把坝上的几个麦秸垛全都用上。由于麦秸拉力小、浮力大,刘孟会又创造性地采用加密桩绳之法以增大埽体的结构力,终于堵住了这个超宽的大口门。他还独创了一项"锥体橡皮包堵深水漏洞"技术,获得了第六届中华技能大奖,一个普普通通的黄河修防工人,站了一个工人所能站到的最高处。

"拼力气不如用科技",黄河儿女不只是埋头苦干,也特别有创造性智慧。很多问题光靠出苦力、拼血汗是难以解决的,在黄河四次大修堤中,许多以前在堤防建设中闻所未闻的新技术、新设备得以发现和发明创造,这也再次验证了"实践出真知"这一哲学原理。一切,诚如著名教育家陶行知所谓:"行动生困难,困难生疑问,疑问生假设,假设生试验,试验生断语,断语又生了行动,如此演进于无穷。"在堤防工程新结构及抢险新技术试验研究应用方面,黄河下游大部分新建工程均采用了新型筑坝技术和新型材料,全河共推广数十种五百多台/套防汛抢险新技术、新机具。这不但可以让堤防工程跃升到新的水平,也可以让一些单位走出困境。新乡黄河工程局(原新乡河务局第三工程处,现河南中建水电工程有限公司)就是"一项堤防技术改变一个单位命运"的标本。20世纪90年代初期,受大环境影响,该局经济发展一度陷入低谷。为了走出困境,该局把堤防防渗技术研究作为突破口,举债进行液压开槽机施工技术开发工作。1998年11月,该项技术通过水利部科技成果鉴定,在黄河、长江、松花江、汉江等堤防防渗墙工程中推广应用,创造了数以亿计的产值。

而今，当一条长河横越时空，流入21世纪，黄河人新的治黄理念更加凸显、明晰、成型，对现代治黄科技也愈加重视。而小浪底工程更是创造了一个科学神话，通过小浪底枢纽工程的调水调沙，黄河下游的防洪能力从六十年一遇一举提高到了千年一遇，这让人们多了一份安全感。但深谙黄河特性和防汛形势的治黄人也认识到，黄河复杂难治的特点将长期存在，悬河形势一时得不到消除，滩区人口也不可能全部外迁，下游游荡性河势短期内得不到有效控制，黄河防汛任何时候都不能掉以轻心。

为解除新形势下的洪水威胁，应尽快在黄河下游全线建成高标准堤防，彻底扭转黄河下游堤防的不利形势。而新中国历史上的第四次大修堤，又不知会激发出多少如"天工开物"般的发现和发明创造。

当我同胡一三先生告别时，他说，百闻不如一见，你还是上堤去看看吧。

老人的声调依然平静，这是一位在抗洪抢险中历尽奇险的老人，也是我见到的最严谨的水利专家。他一直用平静的语调讲述着，但我感到惊心动魄，一条长河流过人民治黄近七十年的岁月，仿佛就是在一次次洪峰中流过，依然是惊涛拍岸，险象环生，一条悬河，也依然是一个巨大的悬念啊！

握别胡老，老人突然说了一句话："放心，共和国的大堤不会倒！"

四、从将军坝出发

告别了胡一三先生，一条思路变成了更加清晰的路线，我选择从将军坝出发，去看看花园口的标准化堤防。

说花园口堤防其实是不太准确的，眼前这一段堤防，准确地说，应该是黄河惠金段，从邙山脚下的桃花峪一直延伸到狼城岗，81公里河道，31公里堤防。这是捍卫中原重镇郑州的第一道防线，每当黄河洪水兴风作浪，郑州市六百多万人口的安危就靠它了。若按黄河水利委员会设定的以桃花峪为黄河中下游分界线，桃花峪既是黄河下游的起点，也是黄河下游千里堤防的起点。管理这一段河道与堤防的是惠金河务局。惠金河务局原本叫邙金河务局，随着郑州市邙山区改名为惠济区，邙金河务局也就改名叫惠金（惠济区、金水区)河务局。

眼前,这位土生土长、脸色黝黑的黄河汉子,就是惠金河务局局长李长群,他是我的同龄人,1962年出生。说起来,他的人生经历,以及他的身世,也是黄河的一段经历与身世。他父亲在旧社会是要饭的,新中国成立后,被招进了黄委系统,后来成了一位治黄劳模。作为黄河子弟(在黄委系统一般都这么说),李长群在1979年高中毕业后就招工进了黄委系统。他的第一份工作,是在航运大队当水手。说到那条船,他有些自豪,那是刘邓大军横渡黄河时拉坦克的一条船,原属平原省水兵司令部第二运输大队,后转入地方,为抗洪抢险拉石料。

这一番简单的交代,却充满了历史的风云变幻。1947年6月,为将战争引向国民党统治区,刘邓率十多万晋冀鲁豫野战军主力强渡黄河,千里挺进大别山。全国解放战争战略进攻的序幕从此揭开。为保证刘邓大军胜利渡河,指挥部迅速组织沿黄群众造船,一些规模较大的造船厂后来都留了下来。而平原省,则是在华北解放后,1949年8月1日由当时的华北人民政府通令成立,省会就是花园口黄河对岸的新乡市。三年后,平原省建制撤销,这是历史上一个非常短暂的省份。而在这两件载入史册的事件中,还透露了一个被忽略了的信息,那时的黄河还是一条汹涌澎湃的大河,一直到李长群招工时,黄河虽说在枯水期已经发生断流,但在汛期,还有足以承载起重达几十吨甚至上百吨船只的流量——拉坦克、拉石头的船,起码也得几十吨。活跃在历次抗洪抢险前线的黄河水上抢险队,其前身是当年刘邓大军渡河时的黄河指挥部二、三大队。新中国成立后,这支队伍转而以运输黄河防汛石料、抢险救护为主,隶属河南河务局航运大队,1988年更名为水上抢险队。当年航运大队的主要任务就是"撑篙拉纤背石头"。黄河当时都是秸坝,为了加固堤防,几十条船往坝头运送石料,黄河从那时以后才有了石坝。背石头最累人。一块石头百十斤重,一个人背上放块木板,再由两人抬起一块大石头放他背上,一步一挪地走过颤巍巍的跷板,硬生生把石头背到坝头上,这一背就是近三十年。老航运大队工人身上都有着相同的烙印——后腰上两个拳头大小的硬疙瘩!可以说,从花园口到台前,哪个坝头都有我们老河工留下的足迹和血汗。而一旦发生洪水,这些船也是救命船,天黑风大,我们摸黑驾船,喊着叫着搜寻大水中被困在树杈和屋顶上的老乡,发现后浮水把他们救到船上。听完老人们的述说,那磨出厚厚老茧的脊背总在我的脑海中挥之不去。老一代治黄人就像黄河堤坝下那一块块根石,为黄河千里大堤、道道坝垛打下牢牢的根基,更为治黄事业打下稳如磐石的根基,经过几代治黄人前仆后继的艰苦努力,才有了今天坚固的堤防、巍峨的险工。

从李长群接下来的经历看,黄河航运至少延续到了20世纪末。他招工后不久,又进了开封黄河技校学习,从1984年分配到黄委下属的造船厂,直到1997年,才从船厂工会主席任上调到邙金黄河河务局。这几年里,船厂一直在生产,黄河航运也一直在延续,但厂里已经越来越困难了,成了黄委系统最困难的企业之一,在他离开几年后,便停产了。而黄委下属的运输船队,由于改革开放后公路建设的快速发展,也随黄河数千年的航运一起终结,一条古老大河的航运史,从此成为徒供人类凭吊的历史。

对过往的历史,老李似乎没有太多的缅怀,他两眼一直望着前方,而我也只能跟着这个向导,从将军坝直接奔向了惠金黄河大堤。从一开始,我就有些奇怪,这80多公里的河道,怎么只有30多公里的堤防呢?难道还有近50公里河道处于不设防的状态?

这又是我的少见多怪了,李长群告诉我,在郑州河务局管辖的160公里河段中,其中近一半背靠邙山,在惠金段又占了50多公里,这是一道天然的黄河大堤。我总是下意识地拿我心中的长江来和黄河比较。黄河与长江的确有太多的不同,而花园口这一段黄河又与我在桃花峪以上看到的黄河不同。老李说,这是一条典型的游荡型河道。说到这里,他习惯性地扳起了手指,给我讲述黄河下游的几种主要河道形式,从黄河下游开端——这个开端可以是从孟津开始,也可以从桃花峪开始,甚至可以从黄河奔出晋陕大峡谷出口处的小浪底开始,大致可分为四种河道:第一段就是游荡型河道,一直延伸到山东省东明县高村,差不多有300公里(299公里);接下来,从高村至山东省阳谷县陶城铺,这一段河道有160多公里(165公里),为过渡性河道;

从阳谷县陶城铺一直到垦利县宁海的 300 公里（322 公里）河道为弯曲型河道，再往下就是河口段了。（这里说明一下，括号内的准确数字是我后来查核过的。）

　　李长群是一位岗位意识和责任感很强的局长，他最关心的还是他管着的这一段游荡型河道，几次停下车，站在大堤上，指给我看，游荡型河道是啥样子。其实，这样的河道我在花园口就看见了，一目了然，却又不知道所以然。看上去，这种河道比一般的河道顺直，又宽又浅，险滩密布，水流散乱如辫，还出现了很多分岔。老李似乎猜出了我的心思，笑道，你看了不觉得吧，这种游荡型河道是最危险最难治的，在各河型中也是最不稳定的，河道主槽在南北两岸摇摆不定，摆动幅度和摆动速度都很大，20 世纪五六十年代，主流还出现过一夜之间南北徘徊、上下摆动五六公里的现象，一夜河北、一夜河南，这可让那些黄河滩区的老乡遭罪了，一些村庄多次搬迁。这实际上是黄河在河道内的迁徙改道，由于河势变化剧烈，也是历史上最容易发生决堤改道的河段，而游荡型河道又大都处于强烈淤积状态，河床不断抬高，多为地上悬河。与同流量的其他河流相比，流量变幅大，每逢汛期，大河挟带的泥沙洪水左冲右突，洪峰暴涨暴落，又由于滩槽高差较小，河床边界物质抗冲性弱，河床对水流的约束性很差，危害性极大，轻者，可能会导致一些防洪工程失去应有作用，造成水闸引水困难，还可能威胁到滩区耕地和民众的房屋财产安全，而更危险的是冲垮堤防，造成黄河决口，甚至又一次改道……

　　老李张口就来的一番话，对于我这个黄河的门外汉，还真是一堂生动的科普课。但我越听越奇怪了，黄河为什么会这样摇摆不定呢？

　　老李解释说，黄河的游荡性主要由河道属性和上游来水来沙关系共同决定的，黄河水量和含沙量的变化都会对河道游荡产生一定影响。在黄河流量增大的时候，河面变宽，表面上好像是一条整体的大河在流动，其实，水面之下，河道主流还在不断摆动。形象地说，黄河天生就"欺软怕硬"，像这样的多沙河流，其冲淤转换非常快，而河床也不一样，有的是沙质河床，有的是黏土河床，沙质河床易受冲击，遇到比较强硬的黏性土质，它就绕道走，遇到软弱的沙质河床它就一个劲地冲刷，致使河床坍塌，河道形势决定河流的走势,有时候河流会横着走,直冲对岸的堤防,这就是危险的横河……

这下我明白了,除了横河,还有斜河、滚河,这都是畸形河势。

老李说,这种游荡型河道在防洪上的压力是最大的,也是最难治理的河段,但也不是不可救药,针对黄河的游荡移动,从 20 世纪 60 年代开始,河务部门就开始进行河道整治,越是难治的河段,越要拿出来重点整治,整治的目的是压缩河流游荡范围,避免洪水直冲大堤。到 20 世纪末,黄河下游修建了上万道丁坝、上百处的河道整治工程,很大程度上缩小了河道游荡的范围。特别是小浪底枢纽建成后,大的洪水得到控制,中小洪水也得到一定遏制,黄河摆动现象已比以前好多了。河南河务局还研发出了一种"黄河下游移动式不抢险潜坝",这是一种临时和永久相结合的工程措施,根据河道的游荡移动,可以随意、灵活调整,这是应对黄河下游河势游荡多变特性的撒手锏。

不过,老李对游荡型河道的治理程度却不那么乐观,他说,到现在为止,这 300 公里游荡型河道的河势还只控制了一半多点(百分之五十四),又哪怕得到了百分之百的控制,堤防也是最重要的主体工程。老李这话里接连的两个转折,倒是没有转晕我的头脑,我的脑子反而更加清晰了,光靠堤防是不行的,没有堤防是绝对不行的,而且是足以抵御洪水的堤防。所谓标准化堤防,它的实质就在这里,无论发生多大的洪水,都必须绝对保证它是一道不会冲决、漫决和溃决的防线,它是直接抵挡洪水的第一道屏障,也是最后一道屏障。

走在大堤上,绿色的、生气勃勃的气息一阵阵扑面而来,仿佛走进了丛林深处,我甚至忘了一道大堤的存在,它也的确不像一道大堤,更像绿荫掩映的一条路。但老李时不时的一句话,又会让我立马回过神来,无论它与风景有多么相像,这就是一道堤。他指着那远得难以辨清的河道说,那是明清故道,距今已有五百余年的历史。而那些历史悠久的堤防早已看不见了,或已埋葬在淤积的泥沙里,变成了河床的一部分。而民国时代的堤防,老李虽没见过,但他父亲那一辈人见过,很多老人还健在,还依稀记得当时的黄河堤是什么样子,堤身矮小单薄,几乎就是沙质土壤堆起来的,不光蚁穴密布,还有很多狐狸和獾在堤内钻沙打洞,堤防沿岸还有三处老口门,留下了三个大潭坑。那时候郑州沿黄一带还没有淤积得这么厉害,地势低洼,全都是荒草疯长的沼泽和盐碱地……

如果说那是一幅黯淡而斑驳的黑白照片,眼下的一切则如同立体的、多维的彩色视屏。这一条绿荫掩映的大道,其实就是花园口标准化堤防 12 米宽的堤顶,两侧的堤肩,栽植着两行四季常青的行道林,是雪松,根根挺立,信仰坚定。这也的确是世间最坚定的一种树,它们站在大堤的最高处,必须经受住风吹雨打与冰雪的压力。它们的生命力也很旺盛,不过十来年,头顶上的枝冠就已茂密地连接在一起,人在树下走,如同穿行于一条绿色长廊中,一眼望不到尽头,只看见那枝叶上斑驳抖闪着的阳光,让我想要看清的事物显得明朗而迷离。

我只能跟着老李的手指看,临河的一面是 50 米宽的防浪林。如果老李不给我解释,我依然是知其然而不知其所以然。譬如说,这迎着大河、绵延千里的防浪林,栽的是生命力旺盛蓬勃、生长迅速的杨柳,这是最能抵御风浪的树种,却又不仅是用来防浪的,更是随时都可以就地取材的防汛抢险的埽料。追溯起来,这又是充满了智慧的中华民族为世界堤防史贡献的一大杰作——黄河埽工。下埽是中国古代的一种传统治水方法,主要用于堵塞决口、保护堤脚、减杀水势,也可沉入水中作为堤基,还可用来筑挑水坝和构筑码头等。据考古专家发掘,早在先秦时代,在秦国的灞河下游和岷江都江堰便发现有埽工的遗址——茨防。埽一般由埽骨和埽料等构成,埽骨为柳榆荆苇秸秆之类,用竹索麻绳编织绑缚,形如巨网,上面铺上密实的梢柴草秸,再平铺一层厚实的土泥,压实后起卷。下埽后,为了避免在洪水的冲刷浸泡下溃散,再在外围钉上木桩、木橛。埽之大小,则随工程需要而定,大埽长达数十米,直径也可达数米,巨如长龙,在堵塞大决口时能起到巨大作用,如今的大江大河截流,实际上也借鉴了埽工的原理。历史上著名的瓠子堵口,汉武帝亲临决口一线指挥,令群臣从官自将军以下皆负薪堵口,司马迁也参加了瓠子堵口,为堵口负薪背草,他后来记下了这历史性的一幕,这也是他在书写历史时身临其境、最有现场感的一幕。而这些柴草,一部分就用来制埽。又据《河防通议》中关于宋埽的记载："自龙门至于渤海,为埽岸以拒水者,凡且百数。……岁不下数百万缗,兵夫之役,岁不下千万功。"于中可见古代埽工的工程之巨,古代劳动人民甚至为此而倾家荡产,这绝非我的妄自猜测,而是来自《宋史·河渠志》的记载："黄河调发人夫修筑埽岸,每岁春首,骚动数路,常至败家破产。"由于埽体巨大沉重,难以运输,因此一般都是就地取材。如今的防汛抢险再也不用千军万马齐上阵了,大河上下,都是严阵以待的机械化设备,但这种埽工技术一直沿用到现在,依然是黄河防汛抢险的主要方式之一,每年汛前,黄河下游两岸都要进行防汛抢险的实兵演练,捆柳抢险必是演练的一大科目,而这绵延千里的防浪林,亦如养兵千日,用兵一时,随时随地都准备奉献出自己的一切。当我懂得了这一点,再去看那些平常得不平常的杨柳,一种敬意油然而生。

又看背河的一面,老李说,这是 100 米宽的淤背区。这又是古人在治河过程中探索出来的一种充满了智慧的创举——放淤固堤。一条黄河,既是一条泽被苍生的母亲河,也一直是人类最强劲的对手,她频频施展的魔法、制造的灾难,也激发了人类无尽的创造力。泥沙淤积虽是堤防的天敌,但若能利用泥沙来放淤固堤,这淤积在河床上的泥沙又可以成为堤防的坚强后盾。这种治河之策,从明朝开始尝试,到清代已形成一个高潮,成为继埽工之后人类治黄的又一杰作。但明清时代的施工还很原始,只能借助水流作用或人力挖泥的方式来施工,那是非常艰辛、沉重的劳作。自人民治黄以来,黄河下游的修防职工一直在探索更省力、效果更好的方式。20 世纪 50 年代,山东利津县綦家嘴建成了山东黄河第一座引黄闸,利用黄河泥沙在背河洼地放淤改土,开创了由虹吸、闸门放淤到机械提水放淤,由自流淤背到利用泥浆泵进行堤防充填等一系列放淤固堤、放淤改土的举措。随后,黄河济南段建成第一批虹吸工程,利用虹吸管汲取淤泥,淤填了三千八百亩常年积水的洼地和黄河决口的老口门。1970 年,齐河修防段还建造了黄河上第一条吸泥船,后来又研制了机械传动铰吸式挖泥船,效率大增。就说花园口吧,这里有个 1938 年决口的老口门潭坑地段,堤脚一直渗水,极易发生管涌险情,这是个久治不愈、让人伤透了脑筋的难题,后来采取了引黄放淤措施,经过三次放淤固堤,不但止住了堤脚渗水,还将潭坑改造成了二千五百亩黑黝黝的良田。放淤固堤效果显著,施工设备和工艺也越来越现代化,一种古老的方法,在不断的推陈出新中成了现代堤防工程中一大法宝。而这次标准化堤防工程,在绵延千里的黄河大堤上统一规划出一百米宽的淤背区,这是有史以来最大规模的"放淤固堤"。

说到这个淤背区工程,老李却露出了一脸苦笑。河南黄河标准化堤防建设第一期工程从 2002 年 7 月 19 日在惠金河务局开始试点建设,那会儿,他还不是局长,担任一个标段的项目经理。说起来,那可真是跟上前线打仗一样,军令状一级一级往下签,如不能如期按质按量完成任务,就地免职!——后来还真是免了好几个。一开工,就没有白天黑夜了。老李这个项目经理,不管天晴下雨都穿着一身迷彩服,脚蹬一双解放鞋,一双大脚丫子在鞋子里咣当着,一个月就要蹬烂七八双解放鞋。从上堤之后他就没回过家,昏天黑地地忙,连家在哪儿都忘记了,连老婆见了他都认不出来了,哪像个什么经理,比民工还像民工。说累吧,懒得说,只说那几个月的饭量,一顿六个馍还不够,一个月就吃了 82 斤饭票。实在太累了,就躺在工地上打个盹儿,很多人都得了皮肤病。

老李负责的那段工程,有堤防,有险工,但最难的还是淤背区工程。说难呢,最难的还不是对付淤泥浊水,而是跟人打交道。淤背区工程要填埋原来大堤边上的不少鱼塘,这当然是要给老乡们补偿的,也早就提前通知他们把鱼捞起来。有的老乡好说话,但遇上了那些村霸,那就啥话也说不通了。你跟他讲道理,他跟你来横的,拿着长把刀拦在那里不准你施工。真正遇到了这样的村霸,老李也不怕,怕也没有用,一个村霸把刀架在了他脖子上,老李愣是连眼皮也没眨巴一下,照样指挥施工。一天夜里,约莫是晚上一点多,下着雨,一帮人突然把老李他们的工房给围住了,有人手里还拿着电棒,在铁框玻璃门上啪啪打出火花。这又何止是老李一个人、一个工区的遭遇,很多工区都遭遇了,还真有不少人被吓跑了。但老李没有被吓跑,在这种时候,你唯一的方式就是打开门,直接面对这一切……

从头年 7 月开工,到 2003 年 4 月 28 日,惠金标准化堤防工程全线竣工,也就大半年时间,惠金河务局创下了河南黄河防洪工程建设速度之最。而在最后几天的大决战中,不说别的工地,只说老李这个工地,每天就有三百多辆大卡车运土,一天就要干上十多万土石方。按开工前签下的军令状,他提前两天完成了任务。他倒不在乎表扬不表扬,只觉得终于可以躺下睡一个囫囵觉了。

尽管经历了千辛万苦,老李还是感到格外庆幸,惠金标准化堤防可谓这一伟大工程的开篇之作,而他不但见证了史上最强大的堤防的诞生,也是这一历史的创造者。从花园口标准化堤防试点工程竣工,到 2004 年年底,郑州、开封、济南标准化堤防相继告竣,千里黄河大堤,以伟岸的姿态,一直延伸到大海。站在大堤上看黄河,一条举世闻名的悬河不再是一个巨大的悬念了,更像是一条水往低处流的"地下河"了。

而随着小浪底调水调沙以及中上游的生态植被被人类一点一点地修复,十多年来,黄河河床再也没有长高,长高的只有这大河两岸的树木。当年那个淤背区早已看不见黑乎乎的淤泥了,看见的是一片生态林。这里边的树木就更多了,红叶李、五角枫、法国梧桐、大叶女贞、国槐、香花槐、白蜡树、黄山栾、枇杷、玉兰,仅玉兰树就有广玉兰、白玉兰、红玉兰、黄玉兰,我估计有上百种之多,林子大了,什么颜色都有,什么香气都有,什么鸟都有。我正瞅着,感觉眼皮动了一下,一棵黄山栾像伞一样撑开的树冠下,露出一只毛茸茸的小脑瓜,一眨眼又不见了。我下意识地张望,这一道大堤四周几乎看不见一寸裸露着的土地,连两面堤坡上也长满了葛芭草,这是一种附着性强、以蔓延的方式生长的草丛,在堤坡上已经连绵成绿茵茵的草甸子了。

老李说,我看到的这道堤防还只是正常标准,在一些险工险段,还有更高的标准,有的要加宽至二三百米。走不多远,就是一段险工,惠金段有六处险工,险工的一个突出标志,就是丁坝,它和大堤构成一个"丁"字形,由坝头、坝身和坝根三个部分组成,伸向河道,主要功能是迎托主流、保护河岸不受水流直接冲刷。除了险工,这 30 多公里的堤防上还有五处控导工程。老李带我去看了申庄险工,又把我带到马渡下延控导工程。这是治理游荡型河道的重要工程之一,主要功能就是约束主流摆动范围、保堤护滩,引导主流沿设计治导线下泄。控导工程比险工处理更复杂。治河工程的稳定,关键在于根石基础的稳定,但游荡型河流是沙质河床,根石很容易走失。为了防止根石走失,工程技术人员在马渡险工一个附垛上修建了一个铅丝网罩石垛,但时间一长,就发现铅丝网罩很容易生锈腐蚀,根石又跑掉了。为解决铅丝腐蚀问题,工程技术人员又采用土工网网罩固根技术来防止根石走失,施工技术难度较低,但效果很明显。除了固定根石,马渡险工还利用铰链式模袋混凝土沉排结构来护岸护坡,这具有施工机械化程度高、工艺简单、造价低、防护效果好等优点,已在其他险工大力推广运用。还有那些穿堤工程、引黄涵闸等,不是险工,胜似险工。

一位治黄专家说,黄河是世界上最复杂、最难治理的河流,世界上所有河流的问题与症结在黄河上都可以找到,世界上所有河流治理的方式在黄河上也都可以找到。从传说中的大禹治水到西汉时贾让提出的"治河三策",从东汉王景"宽河行洪策"到明代潘季驯"束水攻沙"的理论与实践,治理黄河基本上是以除灾为主要目的。新中国成立以后,在中国共产党的领导下,人们对黄河的认识不断深化,逐步建成了"上拦下排、两岸分滞"的防洪工程体系,千疮百孔的黄河大堤变成了雄伟的"水上长城",创造了一个多甲子以来伏秋大汛不决口的奇迹。然而,时至今日,黄河的防洪问题并没有得到根本解决。为了实现黄河的长治久安,支持黄河流域及相关地区经济社会的可持续发展,让黄河永远为中华民族造福,在进入21世纪后时任黄委主任李国英提出了加快"三条黄河"建设的要求——

原型黄河,是现实中的黄河;

数字黄河,通俗地讲,就是把黄河装进计算机,借助现代化手段及传统手段采集基础数据,对全流域及相关地区的自然、经济、社会等要素构建一体化的数字集成平台和虚拟环境,以功能强大的系统软件和数学模型对黄河治理开发与管理的各种方案进行模拟、分析和研究,并在可视化的条件下提供决策支持,增强决策的科学性和预见性;

模型黄河,通俗地讲,是实验室中的黄河,通过对原型黄河所反映的自然现象进行反演、模拟和试验,从而揭示原型黄河的内在规律,直接为原型黄河提供治理开发方案,另一方面为数字黄河工程建设提供物理参数。

而黄河的主要症结都集中在下游,黄河的灾难、黄河的防洪重点,也集中在下游。由于黄河的特性,无论是大而言之的治河,还是很具体的防洪,都只能根据黄河的性格特点来予以实施,在实施过程中,也需处处体现它自身的独特之处,简而言之,又是六个字,或六字方针:上控,中防,下调——

上控,即统筹兼顾上游水库和水库下游河道的防洪安全,适度控制龙羊峡水库水位上涨速度,严格控制刘家峡水库水位,在留足防洪库容的同时,通过龙羊峡、刘家峡水库联合调度,保持进入宁蒙河道洪水流量平稳变化,在确保防洪安全的前提下,努力实现洪水资源利用。

中防,就是采取主动防御措施,提前转移黄河小北干流滩区人民群众,确保人员安全。小北干流,指黄河中游禹门口至潼关河段,过去是一段宽、浅、乱型河道,河道许多特征和流势变化与黄河下游相似,游荡性十分强烈,因而,有"黄河小下游"之称。加之在历史上很少治理,灾害十分严重,是一段有名的"害河"。

下调,就是利用三门峡、小浪底、西霞院三座水库联合调度,调控进入黄河下游的水沙过程,实现水库河道减淤、滩区不漫滩的目标。

每年,为备战黄河防汛,黄河防总都会将涉及黄河防洪的上百个问题进行细化分解,然后根据实用性、可操作性的要求,制定各种防汛预案,紧急储备防汛石料、编织袋,为适应新形势,积极进行社会化防汛队伍组织和社会备料探索研究。所有这些工作,又可以分为两大措施:一是工程措施,现在可以说,防洪下游的防洪工程体系已经形成。二是非工程措施:行政首长负责制,建立一、二、三线防汛抢险队伍,如今,已实现了由专管与群管相结合管理向专业化管理的转变。惠金河务局也组建了一支防汛抢险的正规军,被誉为一支骁勇善战、敢抢敢拼的近卫军、黄河铁军。每年汛前,都会举行一系列实战演习,国家防总、黄河防总通过视频直接指挥,参加演习的有专业防汛抢险队伍、群众防汛抢险队伍,这已形成了一套制度,基本上能在体制结构内保证抗洪。

老李感叹,过去想都想不到的事情,如今变成了眼睁睁的现实。然而,除了辉煌的现实,还有不堪入目的另一种现实。正当我在花园口采访期间,2013年10月22号晚上,一辆辆大卡车往河道里倒垃圾。餐饮船、摩托艇等旅游项目的发展,也给黄河带来了严重的污染,而河务水政部门执法很难,水政没有直接执法权,只能把案子诉到法院。那些餐饮船归旅游局管,摩托艇归海事局管,河道倒是归河务部门管,但河道中一块滩地出来了,又归当地政府管了,政府把滩地出租,河务部门防汛抢险,还要出钱买土,土方钱、青苗费,一分也不能少。2012年7月,从岸上掉下了人,在水里淹死了,河务部门要负责,张口就要70万,这是老李一直背在身上的一个官司,如何判决还是一个悬念。说到他这个河务局,老李更是有一本难念的经:通勤车报废了,只能借车,局里几个跑工地的车,跑了60多万公里了,还得继续跑;河务局招公务员,考上了,来这里看看,又走了。我看见有几个人正在打草。老李说,30多公里的堤防,每年最少要打三次草,打一次就要20多万。

看着阳光下他那张黝黑的轮廓分明的脸庞,我不知说什么才好。

大堤无言,岁月留痕。如果把黄河比作一艘行驶在历史长河中的航船,那么,当这艘古老的航船驶入新的世纪后,跨越时空风云,见证历史沧桑的千里堤防,正在不断焕发出青春和潜能,重塑着这条长河的生命。

一路上我都在想,标准化堤防的标准是什么?看到这里,我明白了,它不只是一道单纯的堤防,而是一道由"防洪保障线、防汛交通线、生态景观线"组成的三位一体的标准化堤防体系,不仅为黄河提供了坚实的防洪屏障,而且美化了环境,装扮了黄河,也是黄河沿岸的一道生态屏障。堤防是灾难与忧患的产物,从来不是风景,也很难成为风景,然而眼前的黄河大堤,却是美与力量的体现,是当代黄河人骨子里的完美主义的体现。有大悟者,方有大美,方有人与自然和谐相处的大境界。这是人类堤防史上迄今为止最具野心的作品,它是天人合一的,显示出人类对细节与人性的细腻观察,我已经说了很多个神奇,但我还想再说一次。

1950年,在印度召开的世界防洪会议上,一些西方学者曾悲观地认为:黄河不可能被征服,几千年后,华北平原就有可能变为荒漠。而如今的黄河,生机勃勃。此时,以郑州为中心的中原大地,风沙弥漫,天空几乎被灰霾所笼罩,我却在一道大堤上呼吸到了中原最新鲜的空气。当夕阳西下,一道大堤以及它四周的一切被一道金子般的光芒照亮了,一个最直观的感觉突然变得鲜明了。古人把黄河大堤称为黄河金堤,如今,人们则以前所未有的方式把一道堤防打造成了黄河金岸。但老李没有我想的那样乐观,黄河流域已超过三十年没来大水。据黄河防总分析,按照水文周期规律,发生大洪水的概率在不断增大。

一条黄河,像一根紧绷的弓弦,从来就没有松弛过。

五、问水开封

追寻一代伟人的足迹,日子如同倒流。毛泽东1952年10月视察黄河,从山东黄河一路逆河而上,我这个小人物则是一路追随黄河往下游走,这让我对他的追踪变成了倒叙。

我从邙山毛主席坐过的那个荒草依稀的黄土疙瘩出发,经过桃花峪、花园口、将军坝,一路上都是标准化的黄河大堤,也就两三个钟头,就抵达了开封柳园口。我这一趟采访行程,从2013年10月21日至27日,季节和毛泽东视察黄河时差不多,这也让我比较接近当年真实的现场。柳园口离开封城区已经不远了,如果沿着黄河南岸走,在开封出现之前,首先出现的是柳园口。

毛泽东视察柳园口,是1952年10月30日下午三点左右。那时一出开封城北门外,遍地都是荒土沙丘,专列根本就开不到这里来。据说他是坐一辆运送防汛石料的小火车来柳园口的。但也有一种更可信的说法,毛主席是坐汽车来的。由于路况极差,毛主席显得有些焦急,问司机能开过去吗?司机叫贾佩然,一开始可能不敢开得太快,但越慢越容易陷入沙窝子,折腾得更厉害了。看主席焦急,他才开足马力,冲出了沙丘,开上了柳园口大堤。

柳园口,一个美丽的名字,却是一个灾难频发的地方。这是黄河下游的一处著名险工,所谓险工,是一个水利科技名词,一般指河流常受大流冲击的堤段、历史上多次发生险情的堤段,还有那些时常决堤又被人类重新堵上、加固了的堤段。黄河险工有悠久的历史，早在西汉成帝时，就有关于险工的记载。在那个阳光朗照的深秋季节，毛泽东从山东到河南一路走过来，先后走过了济南泺口险工、兰考东坝头险工和杨庄险工，这仅仅只是他身边的工作人员记下的，不知还有多少没有记下的。而柳园口，这样一个灾难深重、史不绝书的险工，一个伟岸的身影，是必然会出现的。

这个季节，伏秋大汛已经过去，尽管洪水已经退走，但洪水在防洪大堤上横冲直撞的痕迹，依然像撕裂的伤口一样，久久难以弥合。毛泽东低头看着大堤上的一道道豁口，脸色凝重。慢慢地，他又抬起头来看着从天际流来的黄河，一个伟人的目光就这样出神地瞅着一条伟大的河流，似乎望得很远，远得无法收回来。站在大堤上看黄河，一条大河在脚下悄然无声地流逝，可只要你从大堤上转过身来，就能看见大堤之内的古都开封，至少要比黄河低六七米。这让人猛地抽了一口冷气。这是我的感觉，而在20世纪50年代初，黄河看上去要比现在大得多，黄河堤坝则要比现在低矮得多。通过一些过来人的记录，可以再现当年的情景：毛泽东站在柳园口堤上，浪花簌簌地飞溅到身上，溅在身上的不只是水花，还有被河水打上来的泥沙。他伸手抓了一把河水泥沙，一双眼大睁着，仿佛要看清这条大河的真相。这还不是汛期，如果在汛期，尤其当洪峰奔涌而来时，那水该有多大，想一想也就知道了。这就是真相。一条大河，一直高悬在人类的头顶上，一座开封城就全靠这大堤保佑了，大堤一旦决口，比两层楼还高的洪水，顷刻间就会将一座开封城连同四周的原野变成沧海，而哪个人又不是"渺沧海之一粟"？

当历史与现实的重叠影像浮现在我眼前，我赶紧把目光转开了，好像急于躲开这不祥的景象。但那一种高悬于大地之上的威压，是生活在这条大河底下的人无法躲开的，他们无时无刻不处于惊险与惶恐之中。不说长时间生活在这里的人，哪怕像我这样一个匆匆过客，在这里瞅一眼，心也会立马悬起来。

这就是悬河啊！一代伟人发出了这样的感叹。良久，他才擦了擦满脸的水珠和泥沙，忧心忡忡地问陪同考察的黄河水利委员会主任王化云："黄河涨上天怎么办？"

一个伟人的发问，如同天问。这也是王化云多少年来一直在思虑的问题。

此时，毛泽东和王化云还是初次见面，对这个名字还挺陌生，他问王化云的名字是哪几个字，王化云回答后，毛泽东幽默地说："半年化云，半年化雨就好了。"

尽管充满了忧患，毛泽东还是很风趣，博学而风趣的毛泽东，时常以这种幽默的方式记住一个应该记住的名字，同时也说出朴素的真理。就是在这次视察黄河期间，他还风趣地说出了自己的夙愿："李白说，黄河之水天上来，我真想骑着毛驴到天上去，从黄河的源头一直走到黄河的入海口，我要看看黄河究竟是怎么一回事。"

如今，毛泽东视察柳园口的伟岸身影已化作一座纪念碑，而这里还有另一座纪念碑，铭刻着一位民族英雄也是治黄英雄的英名——林则徐。说来，林则徐能够成为一个治黄英雄，多少有些意外和偶然。清道光二十一年（1841年），在第一次鸦片战争爆发一年之后，黄河在开封决口。而此时，林则徐正在贬谪伊犁的路上，接到了道光皇帝命他"折回东河效力赎罪"的圣旨。这事看似偶然，却也事出有因。其时，王鼎以大学士署理河南山东河道总督，督塞决口，此公与林则徐一样，也是力主抗英的主战派大臣。自古英雄惺惺相惜，王鼎上疏道光皇帝奏留"林则徐助襄河工"，一方面是他确实需要这样一个得力的人来襄助，另一方面他想给林则徐创造一个"戴罪立功"的机会。林则徐接旨后日夜兼程赶赴开封，那悲惨的情景一如他诗中的描写："尺书来汛汴堤秋，叹息滔滔注六州。鸿雁哀声流野外，鱼龙骄舞到城头。谁输决塞宣房费，况值年储仰屋愁。江海澄清定河日，忧时频倚仲宣楼。"而林则徐一来，就被王鼎委以堵口重任。林则徐立马上堤察看水情，制订堵口方案，于当年农历九月初七正式动工。此时林则徐已年届花甲，体弱多病，但他日夜吃住在大堤工地上，与堵口复堤的军民一起搬石运土，这让军民深受激励，士气大振。经过五个多月的苦战，一道溃决的大堤于翌年农历二月初八在柳园口（今39号坝至41号坝）堵口合龙。王鼎随即向道光皇帝奏捷，并称"林则徐襄办河工，深资得力"，请求免去对林则徐的遣谪，奏请任林则徐为河督。但道光皇帝迫于英帝国的压力,复旨"林则徐于合龙后,着仍往伊犁"。

这是林则徐人生途上也可谓英雄末路上的一个插曲,他虽然立下了治黄堵口的大功却依然难脱戴罪之身。当林则徐从自己堵口修复的堤坝上出发,踏上遥遥无期的贬谪之路时,上至王鼎,下至千万群众、民工含泪沿堤夹道送别。而林则徐修复的这段黄河大堤,从此被老百姓称为"林公堤"。一百七十多年过去了,如今,这段大堤仍安然无恙。这道林公堤,如同一座不朽的丰碑。

而今的柳园口依然是一道扼守开封的黄河险工,但一道历经新中国四次大修的黄河大堤,从桃花峪一直延伸到黄河流经的最后一个省份山东,这千里黄河金堤已然是固若金汤的水上长城。据黄委提供给我的一份史料,新中国成立前,黄河下游只要发生每秒10000立方米以上的洪水,黄河就会决口泛滥,不到每秒6000立方米就决口的情况也屡有发生。新中国成立以来,柳园口曾发生过每秒10000立方米以上的洪水十次,但没有一次决口。不能不说,对于历史上"三年两决口"的黄河,这是人民治黄创造的奇迹,而奇迹中总有惊险的故事发生。

1982年8月初,花园口出现了15300立方米每秒的洪峰,一路呼啸而下扑向柳园口险工,洪水漫过三十多座坝垛,爬上了12公里长的险工堤坡,猛涨到一百多年来的最高水位。此时的黄河,一改平日里那温驯、柔弱的模样,又显示出了暴戾、狂野的面目。一道大堤在暴风骤雨和惊涛骇浪中震荡、战栗,而黄河仿佛对它毫不眷顾。危急关头,人间的勇士挺身而出了。开封黄河修防段工程队三班班长姚志泉一接到抢险命令,就带领全班战友赶来了。抗洪抢险,第一要摸清水底下的根石。每到这关头,姚志泉总是第一个下水。他让队员们用绳子拴住自己的腰,两手死死抠住堤坡上的石头缝,钻进漩涡底下探摸。每次,直到力气快要耗尽了,他才钻出水面,呼吸一口气,又重新钻进去。摸清了情况,就开始抛石抢险。这是一场持续了六天六夜的奋战。终于,洪水开始下降了,他的体温却陡然升高了。到医院里一检查,高烧四十度。医生开出了住院单,几乎是强迫他住院。可吊针刚插进血管,一个险情传来,黑岗口河势突变,形成了黄河人都知道的最险恶的横河,700多立方米坦石瞬间就被洪水吞没了。姚志泉拔下针管,掀开被子就跳下了床,闪电般地冲进暴风雨中,背后传来医生的一声惊呼:"你不要命了?"而此时,他又哪里顾得上自己的性命,若是大堤决口,在这悬得最高的开封河段,数以百万计的人都要被洪水夺走性命。而等待他的,又是两天两夜的殊死搏斗,当黑岗口的洪水开始退却,他发现自己的高烧也退了……

这是我在采访中听到的一个故事,而对姚志泉这样的修防职工,这算不上什么英雄传奇,而是他们应尽的职责,天职。

眼下这条黄河,也早已不是那条时时如孽龙般兴风作浪的黄河了,却也未必就像我看到的这样安静驯服,如果她咆哮起来,这大堤依然在她的震撼之中。我来时,柳园口闸门除险加固工程正在加紧施工,当我看见那挖开的大堤内部,心里又猛地一颤:那大堤内部的黄土,几乎是一盘散沙。

从柳园口走向开封城内,我想起了李白《梁园吟》中的一句诗,"洪波浩荡迷旧国",如今这开封大地、大地上的开封,既有强烈的反差,也有太多的迷失。

李白这首《梁园吟》所描述的其实并非开封,而是宋州梁园(今河南商丘),但用来形容开封也很适合。商丘西扼开封,而如今商丘的黄河故道,或许就是李白看见的那条洪波浩荡的黄河。生逢盛唐的李白,自然不知道未来将有一个叫北宋的王朝。但自夏朝(帝杼)开始就曾在开封一带建都。春秋时期的郑庄公在今开封城南朱仙镇附近修筑储粮仓城,取"启拓封疆"之意,定名启封。汉初因避汉景帝刘启之名讳,将启封更名为开封,"开""启",原本同义,这便是开封的由来。战国时期,魏惠王迁都大梁,这个大梁就在开封一带,故开封又称汴梁。魏惠王在开封引黄河水入圃田泽(今郑州圃田),又开凿鸿沟,引圃田水入淮河,而水利既兴,农业、商业必然会得到极大发展,一座古都由此日趋繁荣。这都是李白之前的历史,到了唐朝灭亡后的五代时期,那早已是李白看不到的历史,除后唐之外,其余四代先后定都于开封。而开封能成为一个帝国大都,自然还是北宋开国、定都开封(东京、汴京)之后的事。尽管开封号称八朝古都,其实没有洛阳那样有底气,毕竟"八朝"没有多少大统一的王朝。而一个繁荣无比的北宋帝国,也把开封当成世界第一大城市。随着北宋的覆没,开封的历史地位也一路下降,从首都到省城,而当河南省会迁往郑州后,它也就像洛阳等古都一样成为一个地级市了。一座城市的兴衰,自然与水有关,即便北宋没有覆没,以黄河在开封越来越悬的趋势,也可能会迁都,否则,在当时那种治河条件下,首都随时可能在这条大河中覆没。

据史载,金人占领北宋首都汴京(东京)后,将其改为南京,而他们也许没有预料到,还有比北宋更强大的敌人,那就是黄河。黄河从金代改道开封附近后,一直到清末,开封城先后曾七次被淹,元太宗六年、明洪武二十年、建文元年、永乐八年、天顺五年、崇祯十五年、清道光二十一年……这一次次荡涤开封的洪水写得我手隐隐作痛,而最严重的一次便是我此前提及的那次人为扒决:明崇祯十五年(1642年),闯王李自成曾三打开封。为阻挡李自成率农民军北上,官军借助黄河为悬河的地势,扒开黄河堤,顷刻间,洪水如天崩地裂、山呼海啸般冲向开封城。据史载,"城内皆巨浸,所见者钟鼓两楼、群藩殿脊、相国寺顶、周邸子城而已"。大水过后,一座开封城几被黄河席卷而来的泥沙淤平,城内三十七万人仅存两万余人。又据毛泽东身边的工作人员回忆,毛主席在专列上一边吃饭,一边阅读黄委的汇报材料,这材料中就有这段历史,而他老人家的目光长久地停滞在这段历史上,良久,"他丢下筷子,拿起红铅笔在下面重重画了一道道杠杠,力透纸背"。

走进这样一座灾难深重的城池,又不能不敬佩顽强而勤劳的人类,一座城池一次次被洪水毁灭,又被人类一次次重建,或许黄河就是要以这种宿命的方式,来锻造一个最坚韧的民族。一直到今天,开封依然可以自豪地说,这是世界上唯一一座城市中轴线从未变动的古都,不过,在今天的开封大地已难觅一座真正的古建筑,大都是今人打造的仿古建筑。若要寻觅,也只能回望往昔的京华,也只有去纸上寻觅《清明上河图》描绘的繁华绮梦了。那一座座古都,早已被黄河泥沙深深淤埋在地下3~12米处。据考古专家发掘,在开封大地之下一层一层地叠压着六座城池,这其中有三座国都、两座省城和一座中原重镇。这种"城摞城"的遗址,在世界考古史和都城史上十分少见,这也是黄河不断改写或续写的历史。

若要看一条悬河有多悬,最佳选择是登上那座孑然幸存的开宝寺塔。这座古塔建于北宋皇祐元年(1049年),当年此地还建了一座开宝寺,因此而得名,由于它占据了城中的最高地势,才有幸成为黄河与开封沧桑巨变中一个千余年未变的铁证。据说,这已是如今开封城内唯一留存的北宋地面建筑了。开封人把这座古塔直呼为铁塔,其实并非钢打铁铸的,是层层叠叠的青砖砌成的,但这一穿越了九百多年岁月的古塔,从上到下已变成了铁褐色,这是岁月浸染的颜色,看上去真像一座铁塔了。这座古塔也以卓绝的建筑艺术而闻名,但我关注的不是艺术,而是一条悬河到底有多悬,开封人就以这座铁塔做比照。有人告诉我一个答案,黄河水大时,塔尖与水面高度相同。那么这座古塔有多高呢,且不说它的地势高度,整个塔高约56米(55.88米),八角十三层。这样一座高塔,在北宋时代的开封很可能就是最高建筑了,这样的地势和高度,也让它躲过了黄河泛滥的一次次浩劫。想一想,如果一条黄河从塔尖上的高度在顷刻间压向开封城,那就像天塌下来一样……

1952年10月30日下午五点左右,也就在毛泽东视察柳园口两小时之后,他老人家又一步一步登上了开宝寺塔。他的脚步如此沉重,如同历史深沉的回响。据说他还背着手绕塔一周,见塔身上有几个炸开的窟窿,问是怎么回事。陪同他的陈再道司令员说,那是日军用大炮打的。毛主席听了微微一笑说:"中国人民是打不倒的。这样好的古建筑,应当把它修好维护好。"

这是一位特别自信、特别有底气的伟人,但他在这次视察黄河时,显得特别谨慎。他曾为治理淮河挥笔题词,"一定要把淮河修好";他也曾为治理海河题词,"一定要根治海河";他在长江之行中,抒写了"万里长江横渡,极目楚天舒。不管风吹浪打,胜似闲庭信步,今日得宽余。子在川上曰:逝者如斯夫!风樯动,龟蛇静,起宏图。一桥飞架南北,天堑变通途。更立西江石壁,截断巫山云雨,高峡出平湖。神女应无恙,当惊世界殊"的豪迈辞章。但面对黄河,他主要是听和看,很少说什么,更没有发出"一定""根治"这样毅然决然的指示。后来,还是王化云追到车上,请毛主席做指示,他老人家才沉声说了一句,"要把黄河的事情办好"。这句话后来被铭刻在水利部黄河水利委员会的大门口,是根据毛泽东的手迹集字而成。

黄河的事情很难办,但人民治黄近七十年,交出了一份"伏秋大汛无决口"的答卷,这也是前所未有的答卷。然而,黄河的另一种灾难越来越突出。这里仍以开封为例,黄河和淮河两大水系贯穿开封,境内河流众多,素有"北方水城"之誉,却又是一个水资源贫乏的地区。这也让开封对黄河水的依赖性很高,八成以上的用水取自黄河,两成左右用地下水,而开封地下水质差,含氟量高。这水是不能长期饮用的,长期饮用后的一个典型特征就是牙齿发黄,更可怕的是会损害骨骼,患上氟骨症,还会造成贫血、失眠、脱发,影响消化及婴儿的发育,甚至会造成终生残疾。这不只是开封一地的严峻现实,目前我国发生慢性氟中毒地区的人口约为2.6亿。

为了解开封水资源危机的状况,我特意来到了黑岗口引黄闸。这座1957年兴建的引黄闸,是河南省黄河南岸第一座引黄闸。据黑岗口引黄闸管理处处长潘家良介绍,这座涵闸既担负着开封市郊区十八万亩的农业灌溉用水任务,又承担着开封市工业及城市居民生活用水的原水供应任务,每年给开封一个亿的流量,这是黄委统一分配的,也是维系开封的命脉了。而在水资源没有实施统一调度分配之前,黄河下游连年出现断流,开封人为了维系自己的一线命脉,只能把从上游流来的所剩无几的黄河水引进来。有一句在黄河两岸流行的现代俗话,"爱也黄河,恨也黄河,离了黄河谁也不能活"。对此,山东人的体会更深,一道黑岗口变成了河南人的黑岗口,黄河流到黑岗口就没有水流下去了。这里以1997年为例,黄河断流二百二十六天,山东人愣是一滴水也用不上。而黄河又是山东唯一的客水资源,想想那些干如烈火的山东老百姓,一个个眼睛通红的,不知会干出什么事情来。早有人预言,"现代战争是争石油,下一场战争是争水"。如果在旧社会,爆发一场争水之战也不是没有可能。而现在,有了黄河水利委员会这个代表水利部行使所在流域内的水行政主管机构,山东人只能向黄委告状,请求黄委解决山东的燃眉之急。而处于黄河最末端的东营市,更是焦渴无比,曾有一位市委书记(石军)说过这样一句话,"我们每次见了黄委的人都想下跪"。

这事惊动了国家高层,黄委也深知责任重大。从1999年开始,国务院授权黄委对黄河水资源进行统一管理调度,在黄委设置总调度中心,还设立了专门的水调局,对黄河流域八省区的每一个省际断面实施远程监控,多放一滴水都不行。而每年的黄河水量调度会议,八省区主管水利的省(区)领导更是争得面红耳赤。而对水资源的统一调度分配,很多老百姓一开始不接受。俗话说,"水从门前过,谁用都没错",这从门前流过的水怎么不让人用呢?为了防止老百姓擅自引水,黑岗口引黄闸只能用铁将军把门,拿大锁把闸门锁住了,可老百姓的办法干脆又简单,你锁住闸门,老子就把你这大锁砸开。而今,随着管理的科学化、规范化,既不用上锁了,你砸也是白费功夫了。又以黑岗口引黄闸为例,以前引水计量一直采取人工实测,这既费时费力也不大准确。现在,在引水渠上安装了人工智能潜水电磁流量计自动监测系统,每一滴水都进入了自动监测系统,而一旦超量引水,闸门就会自动关闭。

开封,这个名字越琢磨越有意思,一条黄河,一道闸门,在一开一关之间,演绎和推进着人类水利文明的进程。一座在黄河南岸绵延了数千年的古都,因黄河而兴,因黄河而废,如今又因黄河再次中兴。自从小浪底投入运用以来,黄河已连续多年没有断流,这得益于人类对一条母亲河的细心呵护。而河水流量虽然不大,但自从开始统一调度分配之后,也合理地减轻了沿黄两岸的水资源紧缺,那曾经白白浪费了的水资源,还有灾难性的洪水、凌汛水,如今都变成了宝贵的水资源。一座"北方水城",从名不副实又渐入佳境,这也是人水和谐之境。

六、东坝头,或铜瓦厢

黄河流过开封柳园口,还看不出明显的拐弯迹象,到了兰考东坝头,一眼就能看出,一条自西向东流来的长河向着东北方向的渤海湾拐弯了。黄河"九曲十八弯",这是黄河的最后一个大拐弯,大致呈"U"字形,因地势险要,素有"豆腐腰"之称。如果把黄河下游分成两段,从流向看,这里是一道分界线。当然,这里离渤海还很远,黄河还将沿着这个方向贯穿整个山东省。兰考是黄河流经河南境内南岸的最后一县,过了县境黄河就进入山东的第一县——东明了。

兰考县地处豫东平原西部,县域面积仅有1000余平方公里,却是拥有八十多万人口的大县。历史上它还曾有很多名字,每一个名字都反映了县域的变迁。清代,将兰阳和仪封二县合并为兰仪县,后因避宣统皇帝溥仪之名讳而改为兰封。毛泽东1952年深秋来此视察黄河时,还没有兰考县。1954年,又将兰封、考城二县合并,自此便有了兰考县。从2014年开始,兰考县从开封市行政区划中划出,成为河南省的直辖县。

只要提到兰考,就会想到一个与灾难、贫穷和艰苦奋斗联系在一起的名字——焦裕禄。焦裕禄烈士就长眠在县城关北沙丘上,而一条岁月长河,仿佛还流淌在他的生命中。1962年12月,焦裕禄调任兰考县委第二书记(后来担任书记)。他在兰考仅工作了一年半时间,却把生命留在了这里,于1964年5月14日病逝,年仅四十二岁。他也不是土生土长的兰考人,而是山东人,但他临终前对组织上唯一的要求,就是死后"把我运回兰考,埋在沙堆上。活着我没有治好沙丘,死了也要看着你们把沙丘治好"。

兰考是黄河边上的一个到处都是沙窝子、盐碱滩的沙地大县,究其原因,是黄河经常在这里决口。清咸丰五年(1855年),兰考北段河堤决口,由于洪水居高临下,向地势低洼的山东倾泻,这边地势较高的兰考没有水了,成了黄河故道。而在兰考历史上黄河故道有十一条之多,这既验证了黄河"多泥沙、善淤积、易徙易决"的天性,更足以证明兰考这个"豆腐腰"的脆弱。而每一次黄河决口,都会把兰考这个原本就是泥沙淤积的冲积型平原冲刷得坑坑洼洼、沙上加沙,在一条条黄河故道、废堤、田原、村落间形成一个个沙丘和沙窝子。又加之一下雨,水排不出去,形成内涝,而内涝又酿成了盐碱滩。这也就是焦裕禄痛下决心要治理的三害:风沙、内涝和盐碱。

还有一个不得不说的原因,在焦裕禄来兰考之前,一场全民炼钢的"大跃进"运动,将前人栽下的防沙治沙的树木在很短的时间里砍光了,而接下来的大饥荒就不用说了,河南原本就是饥荒的重灾区,兰考更是雪上加霜。焦裕禄到兰考上任时,也只能勒紧裤带挨饿,据当时的县委宣传干事刘俊生回忆:"当时困难得很,都是我们男劳力在封沙丘,有些小孩、妇女上外边去要饭,要了饭回来再吃。焦裕禄和县长张钦礼正是在这样一种环境下,吃着老百姓乞讨来的百家饭,带领兰考的青壮劳力,在盐碱地上,在沙丘上,创造出了今天的绿洲。"而长期的营养不良,也正是焦裕禄从肝炎很快恶化为肝癌的重要原因,为了节省医疗费,他又不愿治疗,"嫌浪费",很快就病逝了。

而今的兰考大地,终于可以告慰一个安眠在黄河岸边的英灵了,兰考县已入选首批国家级生态保护与建设示范区,并且跻身于全国林业行业推荐的四个国家级生态保护与建设示范区之一。从防沙治沙到平原绿化、黄河湿地保护与恢复、绿色生态农业建设,兰考都是一个走在全国前列、协调发展的典范。我走向毛泽东视察过的东坝头,虽已是深秋季节,但一路上绿荫掩映,一道黄河大堤变成了风光带,那宽阔河道里流淌的黄河,被太阳照出一片淳厚的黄色,波光粼粼。一个人的生命里拥有这样的风景,哪怕只是路过,也值啊!

1952年10月30日那个上午,一个伟岸的身影出现在东坝头下首的杨庄,这个身影便是毛泽东。他一会儿长久地凝望大河,一会儿又俯身仔细察看新中国成立后新修的道道石坝。他问王化云:"像这样的大堤和石头坝你们修了多少?"王化云回答,黄河下游两岸共修大堤1800多公里,还筑有石坝(也叫坝埽)近五千道。看见主席满意地点了点头,王化云若有所思地说:"不修大水库,光靠这些坝埽也挡不住啊。"

当毛泽东登上东坝头,王化云介绍说,这里还有个名字叫铜瓦厢。

这又是一个灾难的地址,灾难的名字。清咸丰五年(1855年),黄河在铜瓦厢决口改道,从而结束了七百多年黄河南流的历史,又经过一百三十年演变发展,逐渐形成今天的黄河下游。追究这次黄河决口改道的原因,又是天灾人祸纠结在一起造成的。咸丰年间,继鸦片战争之后,第二次鸦片战争爆发,大清帝国再次陷入多事之秋,既有外敌入侵,又有席卷大半个中国的太平天国起义。据《清史稿·食货志》载:"道咸以降,海禁大开,国家多故,耗财之途广而生财之道滞,……天府太仓之蓄,一旦荡然。"一边是"国用大绌",拿不出钱来支持河防,更加之从清廷到上下官吏日趋腐败,串通舞弊,在黄河决口改道的灾难发生之前,河防就已是一个腐败的重灾区,时人曾如此哀叹:"嗟呼!国家岁縻巨帑以治河,然当时频年河决,皆官吏授意河工掘成决口,以图报效保举耳","竭生民膏血,以供贪官污吏之骄奢淫僭,天下安得不贫苦?"而改道前黄河就已是一条泥沙淤积很高的悬河。尽管当事官僚均以天灾推卸责任,而从历史实情看,人祸更甚于天灾。

没有铜瓦厢决口改道,也就没有黄河在兰考县的一个大拐弯,黄河将自西向东从兰考穿境而过,流经商丘、徐州入黄海,也就不会形成一条泥沙淤积越来越严重、伏秋大汛和凌汛叠加的悬河了,更不会有像兰考一样水深火热的黄泛区了。然而这一切都是假设。毛泽东两次视察兰考东坝头,这在他一生中是很少有的事。或许是兰考苦难的现实深深触动了他,他不止一次说过:"这里自古以来就是穷地方,陕北也苦,可是有地种,有窑洞住,这里不行,地里不打粮食,黄河如果决口,就什么都没了,苦不堪言啊!"

遥想一代伟人的一声苦叹,我又想起了李白《梁园吟》中的最后一句,"欲济苍生未应晚",这是一个豪迈奔放的诗人写得最朴实的一句诗,你需要的只是做到,而不需做一点润色。

第十三章 黄河滩

　　黄河滩区并非其下游河道的特例,在上游的宁蒙河段、中游的小北干流以及孟津一带的设防河段均散布着大大小小的河滩,但集中连片的广阔滩地主要分布在下游宽河道河槽的两侧。黄河下游滩区面积有3000多平方公里,相当于三个兰考县,居住着约一百八十万人口。黄河滩区一方面是沉积黄河泥沙、滞蓄大洪水的重要区域,直接说就是河道的一部分;一方面又是滩区群众赖以生存的土地。对于河流而言,这是荒谬的存在;对于生活在这里的人类,则是尴尬的生存。滩区人在河道里苦苦求生,这也是黄河流域乃至中国最典型的边缘生存群体。

——采访手记

一、一场不该发生的灾难

　　若要做一次中国边缘生存状态调查,黄河滩区必是我的首选。

　　河流到哪里,人类就会追踪到哪里。人非草木,却也一样有着逐水而生的天性。这里,不是河畔,而是河道,甚至是河道的中央,却又是人类生存的边缘。我开始注意它的存在,与一场不该发生的灾难有关。

　　那是很多人向我反复讲述过的一场灾难,一场由2003年的华西秋雨引发的洪灾。追溯这场灾难,先要了解灾难的背景。在中国的大江大河中,黄河防汛的时间是最长的,从凌汛、桃花汛到伏汛、秋汛,除了冰冻封河的几个月,一条长河,一年到头几乎都处于汛期。这里且不说凌汛、桃花汛,只说伏秋大汛,每年从6月开始直到霜降(10月23日前后)结束,在这近半年的伏秋汛期,防汛人员每天必须二十四小时上堤巡查,一支支防汛抢险突击队也处于严阵以待的临战状态。而伏秋大汛的最关键时期又有"七下八上"之说——从7月下旬到8月上旬(7月16日至8月15日),这是黄河洪水的多发期,每一个防汛人员的神经都绷得紧紧的。只有这些离黄河最近的人,近在咫尺的人,才能更深地感知她的近在咫尺的凶险。

眼看就到8月底,随着又一个秋天在黄河流域降临,意味着黄河防汛的又一个关键期也基本上结束,如果没有意外,多少年来一直处于干涸少雨状态的黄河,又将安然度过一个没有汛情的漫长汛期。这让那些在大河上下严防死守的人,都下意识地松了一口气,那紧绷着的神经也放松了,感到异样的轻松与舒畅。然而,一切灾难仿佛都是意外发生的,一场被气象界称为"华西秋雨"的强降雨,在经历了长时间干旱的黄河流域,以兴奋到癫狂的方式降临了,这场北方的秋雨如同江南的梅雨,一旦降临便经久不息,迅速覆盖了陕南、豫西一直到黄河下游的山东部分地区,这是一个漫长而又狭长的风雨带,也是黄河流域几十年来遭遇的最严重的华西秋雨。一场接一场的强降雨,掀起了接二连三的洪峰,而核心降雨带在黄河最大支流渭河。在这次秋雨降临之前,渭河像黄河一样已经干枯了十几年,而一场久旱之后的大雨带给它的不是福音,却是灾难。越是干涸之河,越是禁不住风雨的摧残,渭河下游干支流河堤被洪水撕开了九处裂口,数以万计的群众以大撤退的方式紧急转移,一支支抢险突击队赶赴前线同洪魔展开生死肉搏。

对于我,那是一场遥远的灾难,但晚间七点准时播出的电视新闻,把灾难现场一下拉近了。那是2003年10月1日,共和国的国庆日,却在惊涛骇浪中变成了一个危机四伏的日子。当国务院总理温家宝打着雨伞、蹚着泥泞,从浊浪拍岸的大堤上一溜一滑地走向一个决口处时,一位摄影记者的脚底一滑,连人带相机滑倒在泥浆里。那路太滑了,但共和国总理没有滑倒,他走到了一个决口处,有人拦住了他,不让总理再往前走了,太危险了。就在总理的眼皮底下,100多米长的河堤被洪水冲垮,数百名青壮年汉子正在抢堵决口,一排排武警战士在决口处堵成人墙,而一段摇摇欲坠的河堤在滚滚浊浪的冲击下还在不断垮塌……

或许是看过太多灾难性的一幕幕，对人类与洪魔殊死搏斗的场景，我已经变得越来越麻木。然而，当共和国总理脸上隐忍着的焦虑、眼神里深含着的忧患和雨伞上流淌着的雨水和决口处的洪水交织在一起，我又一次感到了濒临绝境的危险……

当这样的场景在岁月中淡隐，我又忍不住追问，到底是什么，让一条条河流和宝贵的水资源变成了越来越凶恶的魔鬼？不只是我，无数人也在追问。一场华西秋雨，让渭河下游的防洪问题一下又成为无数国人关注的焦点，而千夫所指的三门峡，首当其冲成为最直接的靶子，它积重难返的泥沙淤积对潼关高程的抬升，致使黄河一次次倒灌渭河，多少年来，一直是难辞其咎，而今早已没有争议。这一次渭河决口却非黄河倒灌，而是一股来自渭河的"祸水"入黄直下，给黄河下游造成了难以承受的压力。同渭河一样，黄河多少年来也一直处于枯水期，在小浪底投入运用之前，黄河下游已连续断流三十多年，多少年都没有遭遇过这样巨大的洪水压力了。

说到这里，又该请出我此前采访过的黄河水利委员会原副总工程师、著名防洪专家胡一三先生。这位当时就已六十多岁的老人，在第一时间就抱病奔赴灾难的现场。而我最想知道的还不是一个个决口是如何堵住的，而是渭河当时的洪水有多大。胡老告诉我，超历史最高水位0.51米，而就是这比历史高出半米多点的洪水，创下了渭河流域受灾面积与人数的历史纪录。但在这超历史最高水位的洪峰背后，有着一个令人匪夷所思的事实——这次洪峰的流量并不大，以渭河临潼站为标准，六次洪峰过程的最大洪峰流量仅为每秒5100立方米。而在20世纪80年代，渭河流量至少要达到每秒6000立方米的流量，黄河下游才会漫滩。更让人不可思议的是，渭河的洪水并未直接奔泻到黄河下游，当渭河洪峰奔向黄河干流时，为减轻下游防洪压力，按黄河防总的指令，三门峡、小浪底、陆浑、故县四大水库联合调度，对洪峰大幅度削减，将花园口流量减到了每秒2700立方米。花园口作为黄河下游标准站，每秒10000立方米以下的洪峰仅为中小洪水，每秒5000立方米以下则连小洪水的标准也达不到。而这流量仅有每秒2700立方米的小水，在黄河下游制造了一场不可小觑的灾难，连远在渭河千里外的兰考也吃不住劲了。

黄河告急,最险的就是兰考一带,而兰考当时的流量是多少?还不到两千!

一个最明显的灾难性标志,就是我在这次采访时听得最多的一个词:小水大灾。

一个灾难性的事实,就是2003年华西秋雨在黄河下游酿成了一场典型的"小水大灾"。

按黄河防总的设防标准,这次"小水大灾"的重灾区河南兰考、山东东明等地的黄河段,足以抵御每秒20000立方米的洪水流量,而此次漫滩成灾的"洪水"仅为设计防洪标准的十分之一,这么小的水,竟然酿成了人民治黄六十多年来又一场洪水漫滩的大水灾,真是怪了。说穿了又一点也不怪,胡一三先生打个连小孩子都懂的比方:从前的黄河能盛一盆水,如今已淤积得只能装一碗水,哪怕把盆底里浅浅的水倒进一只碗里,也会漫出来。这样就可以理解了,为什么一场根本算不上洪水的洪水,就能给黄河下游带来一场不该发生的灾难。

从渭河决口到黄河漫滩,黄河和渭河得的是一样的病,而黄河的病更重。这里,只要简单地进行一下历史比较,就知道黄河下游防洪的严峻程度:20世纪50年代,黄河下游河槽的行洪能力为每秒8000立方米,到了20世纪末已经大大萎缩。一个经常被引用的例子是:黄河下游最糟糕的高村河段连每秒1800立方米的流量都会发生洪水漫滩!

怎么办?如果不从根本上解决泥沙淤积问题,这碗水还将变得更浅、更少。而对黄河下游严重的泥沙淤积,很多人都一咕噜推到了三门峡,三门峡几乎成了黄河所有灾难的替罪羊,这也让三门峡人一直很委屈。若要实话实说,从三门峡以上的龙羊峡、刘家峡、青铜峡,人类每建造一座水库,都会改变黄河的水沙平衡,都要为下游输送数以万吨计的泥沙。黄河水沙的自然规律是大水带大沙,没有大水,泥沙就只能一路沉积一路淤塞。1972年是每个黄河人都会向我提及的一个灾难性年份,也是我一次次重复的一个年份,就是从这一年开始,黄河下游连年出现枯水断流,最严重的1997年,黄河下游断流向上延至开封柳园口,利津断流超过两百多天,断流线还在不断向上延伸。由于多年没有大水,哪怕在不断流的季节,河水也是命悬一线,气若游丝,由于流力不足,滩槽水沙交换减少,水沙都在主河槽里边缓缓前行,致使主河槽逐年淤积抬高,河道萎缩的形势越来越严峻,大面积形成了槽高、滩低、堤根洼的"二级悬河"。众所周知,黄河原本就是一条悬念迭起的悬河,在"二级悬河"出现后,下游河槽的平滩水位普遍又比临河的河滩高出半米甚至四五米,一条悬河又背上了一条悬河,悬之又悬,这在黄河历史上是从未有过的,用时任黄河水利委员会主任、后任水利部副部长李国英的话说,"河道形态已恶化到历史上最不利的状态"!

在渭河堤防被撕开一道道大裂口时,黄河也出事了,出大事了!

危急中,一份新华社记者的内参,十万火急地递上了党和国家领导人的案头。

一个爆炸性新闻开始惊传:黄河决口了,兰考炸坝了!

这在人民治黄的历史上,在共和国历史上,还是史无前例的头一次。

但胡一三先生当时听到这消息,竟然呵呵一笑,假新闻!

决口是真的,是那位新华社记者眼睁睁看见了的,但他误会了,决口的不是黄河大堤,而是兰考县谷营乡蔡集的一道生产堤,又称菜园堤、护滩堤。此堤第一次决口发生在9月18日。我后来采访了谷营乡防汛办主任秦志强,老秦是我的同龄人,1979年高中毕业后就进了谷营乡水利站。水利站和防汛办实际上是一个机构两块牌子,他现在也是两个职务一肩挑,水利站站长兼防汛办主任。说到2003年那场华西秋雨,这位老黄河老防汛也感到特别不可思议,当时都开始打霜了,有的地方甚至都落雪了,居然还发了一次大水。但防汛人员还是及时发现了生产堤上的一个漏洞,就像老鼠钻出来的一个洞。巡防人员一边扑上去堵塞漏洞,一边打电话报警,一个电话还没打完,那老鼠洞就变得像碗口大的一个窟窿了,由于黄河滩土质松软,这种黄土泥沙堆积起来的生产堤根本抵挡不住洪水,一旦出现漏洞,被水一冲,很快就会变成一个大窟窿,顷刻间又变成一个大决口,洪水像发了疯似的直灌滩区。这一决口还没有堵住,在9月20日和28日又发生了两处决口,随着洪水漫滩,河南兰考、山东东明滩区约十二万滩区群众上百个村庄被洪水围困在河中央,平均水深1.5米以上,最深处有3米。灾情最严重的还不是决口的兰考,而是被殃及的东明。东明县是黄河入鲁第一县,缘黄河北流之势,历史上就是一个重灾区,明洪武元年(1368年),黄河在东明响子口决口,一度致使东明人口大减。而一旦灾难过去,那被洪水淤积的土地又是黑油油的沃土,引来无数人开垦,又围绕他们开垦的土地出现了大大小小的村庄。

每年汛期来临,黄河防总就要两面作战,一方面要确保黄河大堤安全、保卫两岸的黄淮海平原,同时,又不能不顾及两百万滩区群众的安危。只说2003年这场灾难,在兰考、东明漫滩之后,国家防总、黄河防总和当地政府一方面立即全力组织抢险救灾,紧急转移滩区灾民,向灾民投放救灾物资,保证灾民有衣穿,有饭吃,有地方住,有病能看,还要派出公安民警,确保灾区政治稳定和社会安定;另一方面,还要保护黄河大堤安全。随着洪水不断上涨,连远离河床10公里的大堤都偎了水,近百公里的黄河干堤长时间处于偎堤行洪状态,有的堤段水位创历史最高,水深达6米,一时间险象环生。为了保护黄河大堤,就必须炸掉滩区老百姓阻碍行洪的生产堤,炸生产堤也是真的!只有这样,才能把漫在滩区的洪水以最快的速度排泄出去,否则,随着大堤长时间偎水,土质在浸泡下变软,一旦发生大堤溃决,那就不是洪水漫滩的灾难了,而将是黄河历史上的又一次大决口、大改道,北犯京畿,南乱江淮,新华社记者的一次误报,就可能变成事实,变成一场难以估量的灾难……

事实上,这样的误报已不是第一次发生了,1972年也曾闹过同样的笑话,把周恩来总理都惊动了,他问到当时的水电部部长,才知道搞错了,决口的是生产堤,炸掉的也是生产堤。而这一次又是同样的错误,也同样惊动了时任国务院总理的温家宝,由此足见黄河决口该是多大的灾难,那受难的绝不只是两百万滩区老百姓和亿万黄河儿女,还将是一场国家灾难。

尽管这场大灾难没有发生,但面对一场原本不该发生的灾难,人们也只能奋不顾身地抗洪抢险。山东省的一位副省长,每天都要坐着冲锋舟赶到

第十三章 黄河滩

河南兰考谷营乡的生产堤决口处,他比河南更急于堵住决口。决口发生在河南,重灾区却在山东,无论干涸还是洪水,越处于河流的下游,越是灾难深重。黄河断流,首先是从山东开始;兰考决口,大面积漫滩的也是山东;泥沙淤积,一般也是冲河南淤山东。在这位满脸焦灼的副省长背后,是在洪水漫滩后又接连遭遇狂风暴雨的山东。和兰考紧挨着的东明,水面最大风力一度高达十级,山东滩区风高浪急,东明五十五个滚河防护坝中已有四十九个严重坍塌,更危险的是临黄大堤出现大面积渗水。山东危急,河南也急,一直在奋不顾身地堵口,但黄河堤防是沙土性质,生产堤更加脆弱不堪,一旦决口,在浊浪翻滚中极难堵住。而在这个要命的关口,无论是河南人,还是山东人,都眼巴巴地瞅着上游的一个方向——小浪底。

有一个相当敏感的猜测我不想隐瞒,对于黄河兰考段生产堤决口,有人认为,最直接的原因是小浪底水库泄洪导致黄河流量过急造成的。对个中原因,在时隔十年后我难以一一探寻,但有一点我敢肯定:假如没有小浪底将洪水从每秒五六千立方米的自然流量削减到每秒2700立方米以下,那一个爆炸性的"假新闻"很可能弄假成真。10月7日,兰考段流量达到生产堤决口以来的最高值——每秒2900立方米,这意味着小浪底还得进一步削减下泄洪峰。而为了堵塞兰考生产堤决口,这样一节节削减洪峰没有立竿见影的作用,只有关闸,把下泄洪水全部拦截在小浪底之上,才有可能堵住决口。据说,作为黄委主任和黄河防总副总指挥的李国英也曾犹豫过。他不能不犹豫,小浪底水库的警戒水位为蓄水60亿立方米,而为了减轻下游的防洪压力,小浪底水库蓄水一度超过了78亿立方米,超警戒水位18亿立方米。要知道,此时,小浪底枢纽还只是一个竣工只有一年多的工程,还没有度过工程必需的稳定期,一旦将所有的洪水全部拦截,无异于把一条黄河装进了水库里,它能承受如此高水位的洪水压力吗?如果小浪底大坝稍有闪失,一条黄河如同倒悬,当整个黄河中上游的洪水顷刻间冲出晋陕大峡谷的出口,在排山倒海的洪水之下,两岸堤防将一触即溃。据专家预测,如果花园口发生千年一遇(每秒40000立方米)的洪水,向北决口将直逼京津,向南决口则直逼江淮,整个华北、华东都将沦为黄泛区。而小浪底一旦溃坝,又岂止千年一遇,那将是人类史上从未遭遇过的一场万劫不复的洪水。

在难以估量的巨大压力面前,为了保证下游滩区堵口成功,小浪底按黄河防总指令,从10月26日14时30分起关闸,暂停泄洪一百个小时,随着小浪底上游洪水被全部拦截,黄河下游滩区水位开始大幅回落。而在这生死攸关的一百个小时内,河南调动了上万名军民,开始封堵一道已被撕裂了46米长的决口。此时,时间已不是以小时算,而是以分秒来计算,抗洪抢险突击队运送土石料的车辆,从大堤决口东西两侧向决口中心一寸寸推进,以平均不到三分钟卸一辆车的速度,像流水线作业一样向决口抛掷土石方……10月29日0时8分,谷营乡蔡集生产堤在决口四十一天后,终于成功合龙,比预定时间提前六十二个小时。这对于黄河下游的抗洪抢险是一次决定性胜利,由于堵住了冲向大堤的洪水,从根本上解除了对黄河大堤的直接威胁,黄河主流又重新回归原来的主河槽,同时也解除了洪水对下游滩区村庄的围困。而在堵口成功后,小浪底在逐渐为自身减压的同时,至少还为下游滩区抢排积水预留了三四天时间。如果下游滩区能通过爆破的生产堤并适时开启防沙闸,通过多渠道抓紧排除积水,滩区群众还可以抢种一茬小麦,把受灾损失减少到最低的程度,至少可以保证来年不饿肚子,不吃救济粮。

假如没有小浪底,后来有人统计过,这一场不该发生的"小水大灾",将给黄河下游带来超过100亿的直接经济损失。又假如没有近两百万人口住在人类不该住的地方,黄河的河道里也就不会有那么多障碍,哪怕泥沙淤塞、河床抬高,这样的小水依然可以畅流。说到底,洪水漫滩也根本不是什么灾难,对于一条自然河流,这是自然而然的。如果没有这么多不是假设的假设,没有人类在河滩上谋生这一荒谬的生存状态,这一场华西秋雨对于干涸的黄河下游是一场及时雨,对于无比焦渴的中原大地是一场憧憬已久的甘霖,然而,因为人类,它最终以灾难的形式降临了。

如今,那个堵口现场还在,当年打下去的一根根钢管,像历史悠久的炮筒一样,还深深地扎在泥土里,一块蔡集控导工程防守责任公示牌还竖在那里,还有一块用红漆刷写的标志牌:35坝——黄河兰考段控导工程35号大坝,为你清晰地揭示了决口处的位置。而那一长溜整齐地码砌这标志牌背后的石块,在秋日的阳光下依然严阵以待。望着眼前那刚刚焚烧过秸秆的一大片焦黑的土地,回望身后那在深秋已经枯萎发白的野草和干涸的沙沟,我两脚不知不觉已陷在深厚而松软的泥沙里,越陷越深,难以自拔……

二、荒谬的存在,尴尬的生存

时隔整整十年,当我走进黄河滩区,我觉得那位因制造了一个惊天"假新闻"而遭受处分的记者实在有点冤。

若不保持神志的清醒,你根本就不知道你已经走进了黄河滩。世界上所有的河流都有河滩,但极少有黄河下游这样广阔的滩地,这3000平方公里的黄河滩区,占整个黄河下游河道面积的八九成,又被左右摆动、不断游荡的河槽和人类筑起的东一道、西一道的生产堤分割为一百多个宽窄不等的自然滩,但又绝对不是自然滩,每一片滩地上,都有村庄、田园、树木、道路,当然还有在这漫长的河滩上艰难求生的人类。

我从当年那个决口处出发,想去看看当年漫滩的谷营乡李门庄。

一路上,在车轮卷起的漫漫尘埃中,根本看不见黄河大堤。我知道,这是河道——河流的道路,但那条河依然离我无比遥远,一路上几乎看不见黄河的踪影。这一带,两岸大堤相距20多公里,一个人又能看多远呢?人类的目光同自然界的那些生灵相比是非常短浅的。走在这河道上,你看见的不是河道,也不是河滩、河床,仿佛这里还是中原大地的一部分。然而,千真万确,这就是河道——河流的道路,但黄河的主河槽仅宽数百米,在两边大片的一眼看不到边际的河滩上,只能看见人类修筑的许多小堤坝,这就是人们常说的菜园堤、生产堤或护滩堤。而在古代河渠志中,一般通称为"民埝"。

黄河宽河道的形成,对黄河滩区的开垦,可以一直追溯到久远的先秦时代。那时黄河下游流域人烟稀少,古人基本上是采取宽河格局以防御洪水的治河策略,初筑堤防时,两岸堤距宽达50汉里(1汉里相当现今414米)。战国时期,齐、魏、赵筑堤各距河25华里。如此旷阔的河谷,让河道泄流和蓄洪有了宽裕的空间,那时也就很少有黄河决口改道的记载。到东汉哀帝时,待诏贾让应诏上书,更是明确提出了不与水争地的治河主张。但人类和与自己相依为命的河流从来就是一个悖论,当一条大河有了堤防的约束,人类也就有了基本生存的保障,有了安全感,于是又开始在大堤内的河槽两旁开垦大片河漫滩。人类非常渺小,但在大自然面前,每一个似乎都可以滥用权利。为了保护自己的那一亩三分地,人类修筑起了一道道小堤坝,这就是人们常说的菜园堤、生产堤或护滩堤,也即古代河渠志中通称的"民埝"。如此一来,人类又再次陷入了与水争地的怪圈,在人类的步步紧逼下,宽河道越来越逼仄。而为了保护自己开垦出来的田地,人类又只能在黄河大堤之内修筑更多的民埝,这种堤中有堤、大堤套小堤的现象,就是黄河历史上特有的现象,一直持续到新中国成立。但这些民埝既防不了洪,又堵塞河道,像肠梗阻一样,而黄河又是根本不能堵的。黄河原本就是一条泥沙淤积、排泄不畅的河流,水流越湍急,泥沙也就越是容易被河水冲走,你这里一堵,那里一塞,流速减慢,河床势必淤积抬高,那些好不容易筑起来的黄河干堤,很快就被这些民埝对行洪的阻碍所抵消。是故,很多王朝在治河时,都会以铁腕将这些东一道西一段的民埝铲除。

现在自兰考以下的宽河道,已非先秦故道,大多是在清咸丰五年(1855年)清明改道后形成的。据今天的黄河水利专家分析,当时的黄河流域一方面正处于干旱枯水期,一方面又多次出现多泥沙的特大洪水,致使兰阳(今兰考)以下近30公里的河道严重淤塞,主河槽一直处于剧烈的摇摆、游荡状态,黄河于1841年和1843年间连续出现特大洪水,并造成下游多次决溢。到咸丰五年清明,黄河洪水又一次猛涨,致使黄河在铜瓦厢决口改道,这次决口改道不但结束了七百多年黄河南流的历史,而且直接形成了当今的黄河下游。原本从江苏经徐州、涟水入黄海的黄河,从此改由山东利津入渤海。这是一次百年灾害链形成的巨变,从此黄淮海平原便沦为中国水灾的中心。说是水灾中心,也不是每年都能碰到洪水,没有洪水时,黄河下游900里,四分之三的河堤都是我此时看到的情景,用胡一三先生的话说,这是世界河流上绝无仅有的"天下奇观",也是举世罕见的"旱堤奇观":20多公里宽的大堤内,几乎看不见黄河在哪里,看得见的是河道里、河滩上密密麻麻的人口、村庄和田园。如今,在黄河滩上,栖居着近两百万人口,约有三百七十五万亩耕地,涉及河南、山东两省的十五个地(市)、四十三个县(市、区)。——这个数字到底是多少,历来说法不一,或许还处于变化之中。我在采访过程中,从黄委专家到地方官员,每个人说的数字虽有差异,但也大同小异。

这么多人聚居于黄河滩,自非短时间形成的。远的不说,只从民国时代说起,1935年,黄河自鲁西鄄城决口,时任山东省政府主席的韩复榘为安抚灾民、绥靖地方,推出了一个"惠民政策",将鲁西十余县的四千多灾民分批迁入东营的垦利县,按序数排列,先后建立了近三十个移民新村。但这些滩区垦荒者并未过上好日子,由于河水连年泛滥,他们筑起的小堤根本抵挡不了洪水。而一旦没有了洪水,便是干得冒烟的苦旱年,赤日之下又有蝗虫漫天飞舞,哪怕没有干死的庄稼,也被蝗虫给啃光了。滩区人,穷棒子命,大多数年景只能靠野菜、草籽和树皮养家糊口。他们的命运很悲惨,地位也非常卑微,人称"鲁西崽子"。而没过多久,又是花园口决口,黄河水冲出故道,向东南夺淮入海,制造了史上又一个灾难深重的黄泛区。随着黄河故道两岸大部分被开辟为边区、解放区,河床滩区也被开垦为农田,滩区人丁更加兴旺。

新中国成立后,对黄河滩区,国家的认识也曾几度反复。新中国成立初,由于滩区的村庄和生产堤对黄河行洪形成了层层障碍,国家曾一度严令禁止开垦滩区。但随着黄河下游人口剧增,中原原本就人多地少,眼看着滩区那肥得流油的土地,沿黄两岸又按捺不住强烈的冲动了。尤其是1958年大洪水过去后,另一场灾难却没有过去,当时正值"大跃进"时期,人类更是在黄河滩上大修生产堤,大规模开荒种地。之后,在以粮为纲的激励与驱使下,黄河滩区一度还是让无数人充满了自豪的"天下粮仓"。但黄河并非总是一副慈母心肠,当人类把它的出路越逼越窄,它势必给人类带来一次次灭顶之灾,灾难危及的不只是滩区,也通过对黄河大堤的一次次撞击,让黄河下游危机四伏。时至1974年,黄河下游已普遍形成了"二级悬河",国务院感到防汛防洪的形势越来越严峻了,又以国发27号文将大堤之内的生产堤明确定性为非法建筑物,必须拆除,而在拆堤废堤的同时,又开始有计划地为滩区群众修建房台、村台等避水工程。但一方面,是避水台工程标准低、质量隐患多,抗水浸泡能力差;另一方面是它只是为滩区群众提供了临时的避难场所,而滩区的田地没有纳入其保障范围之内,大多数滩区对废除生产堤都只是做做样子,有些废除了的生产堤又开始恢复。而面对既成事实,从黄委到当地政府都很无奈,那些终日生活在洪水直接威胁下的滩区人更加无奈,一旦黄河暴发洪水,他们便首当其冲。

一个自然法则是公认的,河滩是水深时淹没、水浅时露出的地方,对于黄河,这是沉积泥沙、滞蓄大洪水的重要区域,是河床、河道的一部分。而河道根本不用解释,它就是河流的道路。一句话,这里绝对不是人住的地方!可眼下,这里不光住着两百万人,还有人类赖以生存的一切,村庄、田园、生产堤、避水台,包括人类自身,这一切都是河流的障碍,无论是基于自然法则,还是从人类的水利伦理看,这都是一种荒谬的存在、尴尬的生存。面对着近两百万滩区人——相当于一个欧洲中小国家马其顿共和国的人口———边是黄委和政府一直在两难中难以做出抉择,一边是滩区的老百姓在发问:难道滩区的老百姓就不是共产党领导下的老百姓?

不说人民政府,连我这个旁观者,在走进这狭长的黄河滩后,也有一种进退维谷之感。

当我看到一棵大杨树顶上冒出的炊烟,我确认那是人间烟火。

随之而来的是玉米棒子的香气,在秋日午后的阳光暴晒下,阳光与玉米棒子一齐散发出浓烈的香味儿。一捆捆玉米棒子就露天堆放在农家的晒场边上,有的用铁丝扎成一个个小圆囤,有的码得像一道1米多宽的墙。中原的农舍大都带有院子,这里的农舍没有,那棒子墙就是它们的院墙。在一片地势较高的台地上,有一幢盖着红瓦、贴着白墙砖的砖瓦房,这就是李门庄的村部,墙壁上挂着一幅谷营乡黄河滩区村庄现状图,一条黄河触目惊心地弯曲着,这个在中国地图上根本找不到的李门庄,就坐落在黄河大堤与主河槽之间的滩地上——"宛在水中央",它距北边的黄河岸不过1公里,地势低洼,全靠一道蜿蜒如蛇的生产堤来挡水。

看了这地图,又看这村部四周,那些散落着的农舍看上去还不错,大都是砖瓦房,有的房子一看就是刚盖的,有的房子黑乎乎的,年深月久了,但一看那房子边码着的红火砖就知道,这些老房子也准备翻新了。

一群正悠闲觅食的鸡,因我这个不速之客的闯入,忽然变得慌慌张张了,但扑棱棱地惊慌了一阵,很快又恢复了常态,又开始在稀疏的草棵间觅食。那些靠着墙根晒太阳的老乡,也因我这个不速之客的到来,眼神里出现了一丝拘谨和慌张,还有一丝陌生的隔阂,但很快,他们也恢复了常态,继续晒着他们的太阳,唠着他们外出打工的子女又涨了多少工资。那眼神里、嘴角边闪烁着的一丝丝微笑,是那样闲适、安逸、自在。这样一个村庄,和中原大地上别的村庄实在没有什么两样,那些在闲坐的老乡和别处的老乡也实在没有什么两样。这小村里早已看不见十年前那洪水决口、漫滩的任何痕迹,一场灾难如同虚构。但我忽然看见了一块长在树上的干得发黑的苔藓,这是因洪水浸泡而长出来的,像一只支棱着的耳朵,仿佛还在谛听十年前的那场灾难,或是接下来的另一场灾难……

我心情复杂地在一把空椅子上坐下了,和这些看上去无忧无虑的老乡闲聊起来。而那过往的一切灾难,仿佛只在闲聊中发生。

这些老乡中,有一个戴着老花镜的老汉,像个懂风水的乡村老学究。我感觉这老汉不像个农民,一问,果然不是,他叫叶本生,是李门庄小学老师,现年六十三岁。他当了四十多年民办教师,直到退休前才转为公办,每月能领到两千多块钱的退休工资了。这在滩区算是一笔不菲的收入了,也让他比一般村民更有优越感和幸福感。然而,当我把话题引向我关注的主题——洪水,他脸上的表情和别的老乡一样,也是一脸的沧桑与悲凉。这在我的意料之中,在洪水面前,在灾难面前,所有人的命运都是一样的,心情也是一样的。

我选择这样一个人来追溯黄河滩区六十多年来的变迁,只因他是伴随着新中国的历史一同走过来的。他是1950年出生的,没赶上1949年的那场洪水,但接下来的每一场洪水他都经历了。对出生后发生的前几次洪水,他还处于没有记忆的年岁,没有什么印象,而他记忆中最早的一次洪水,发生在1958年。只要提及黄河历史上的洪水,就无法回避这场灾难,这是自1919年黄河有实测水文资料以来的最大的一场洪水,也是新中国历史上迄今为止最大的一次洪水,花园口实测洪峰流量达每秒22300立方米。叶本生那时已是一个八岁的孩子,他清楚地记得,洪水是一大早来的,很多老乡都起床了,要不,可能会淹死更多的人。那洪水来得特急,几乎刚听见水响,洪水就漫滩了,整个村子眨眼间就被淹没了。说起那时的房子,老汉用手比了比,说:"比人高不了多少,一抬手就能够到房檐,我们这里都叫趴趴房,瓦房很少,大都是高粱秆夹泥墙,大水一冲,那房子就泡汤了,软儿吧唧地塌下来,屋子里来不及逃生的人,就连同那屋子一起被浊浪卷走了。水退走后,村里人只能吃大伙(大食堂),那正是大饥荒的岁月,除了被洪水淹死的,后来又有不少人连饿带病地死掉了。"

发了一场大水之后,李门庄人年年都担心还会发大水,每年一到汛期,连睡觉都不敢脱衣,哪怕睡着了都支棱着一只耳朵,只要听见个水响,跳下床就去逃命。这种在睡梦中惊跳起来一边逃命一边呼喊村里人赶快跑的事情不知发生了多少次,却是一场场虚惊。说也怪了,李门庄从1958年之后有十多年没再发过洪水,老一辈还会梦到洪水,那些1958年后出生的人根本就没有洪水的记忆,好像这世上从来没有发过大水。可到了20世纪70年代,又开始接二连三地发洪水,1971年、1973年、1975年,每隔两年发一次大水,不过,那几年的洪水都比叶本生八岁时的洪水小,小多了,但每次洪水一来就漫滩,村子里也有半人多深的水,田地差不多都淹完了。那时叶本生二十多岁了,到了该成家的年岁。他在村小学里教书,媳妇还好找,但一般的滩区人要想娶上个媳妇可真不容易,滩区的女子都想嫁到滩外去,滩外的女子却不愿嫁到滩区来。滩区有句俗话,"宁往南走一千,不往北走一砖",啥意思?只因北边靠河,越是靠河就越容易遭水淹哪。叶本生一辈子也忘不了村里老孙家娶媳妇时的光景。在发水之前,他们家就看好了日子,那日子还不错,恰好错过了一场洪水,到了娶亲那天,洪水退走了,但满村都是烂乎乎的泥浆。有人劝老孙家改日子,可这家人不敢改,生怕一改,新娘家就改变了主意。可这烂泥浆里怎么迎亲呢?他们还真是想出了一个绝招,用一种能够在泥浆中行走的爬犁,由一头水牛拽着,把新媳妇给拉回来了。那么壮实的一头大水牛,在淤泥中也走得直喘粗气,每走一步都要用力拔脚,一路走一路吐着白沫子,当它一步一步地把爬犁拉到老孙家的大门口后,那气力已经用尽了,咕咚一声,一头栽倒在泥浆中,溅了新媳妇一身泥斑。拜堂时,满屋子的淤泥还没干,小两口也只能趴在爬犁上拜天地、拜高堂,可怜那新媳妇儿,一边拜,一边摇着满是泥泞的脸哭个不停,她发誓,若是生了女儿,再也不嫁滩区人。可她后来没生女儿,却一口气生下了三个带把儿的光头小子。如今,当年那个新媳妇已是老娘们了,她那三个儿子一个个长得牛高马大,都到了娶媳妇的年岁,那老娘们正在为儿子娶不上媳妇发愁呢。

叶老汉讲到这里,有人突然大笑起来,老汉忍不住,一龇牙,也乐了。扯远了,扯远了,他笑着说,又讲起了1982年那场洪水。这年洪水漫滩时,叶本生已是一个三十多岁的汉子了,三十而立,他用积攒了十多年的钱,在村东头盖起了一座明三暗五的砖瓦房,总算把一个门户立起来了,没承想,一场大水,又把李门庄从头到尾泡在了水中,他刚立起来的门户虽说是砖瓦房,但新盖的房子禁不住水,没支撑多久就塌下来了,砖瓦屋梁都被洪水冲走了。这也是滩区人的命,每一次洪水漫滩,哪怕有点家业的人也会又一次返贫,甚至沦为赤贫,一切又得从头开始,他们也只能一次又一次地在洪水扬长而去后的废墟上重建家园。

到了1996年,叶本生四十多岁了,一场大水又把他家盖的一座砖瓦房冲垮了,全村六成以上的房子都塌了。那年洪水有多大?我查了一下花园口洪峰流量,1996年8月,黄河下游连续发生两次洪水,其中8月5日14时花园口站第一号洪峰流量为每秒7600立方米,13日4时30分花园口站第二号洪峰流量为每秒5520立方米,由于二号洪峰推进速度明显快于一号洪峰,在孙口站附近与一号洪峰汇合,形成单一洪峰向下推进。但从流量看,这次的洪水还不到1958年洪水的三分之一,但在叶本生看来,这年的洪水一点也不比1958年的洪水小。他指着我右手边的一条村街说,当时30多吨的大船就是从这条村街上开进来的,那会儿已经建了避水台,在避水台躲水的村民们就是被船救走的。

而最近的一次洪水,就是2003年的那次秋汛,叶本生已是五十多岁的小老头了。这一次村里又加高了避水村台,大多数房子都盖在了地势较高的村台上,房倒屋塌的倒不多,但一场洪水把长在地里的庄稼淹没了,秋粮绝收了,滩区人又过上了吃救济粮的穷日子。

叶老汉数落着一次又一次的洪水,他这六十多年的人生岁月,基本上是一个年代遭遇一次大洪水,而生命的年轮,对于他以及这滩区的每一个人,从来就不是时间的刻度,而是一次次被洪水淹没的记忆。现在,他已年过花甲,又有十来年没有发过大水了,但他有一种强烈的预感,快了,又一次洪水快来了,越来越近了。

这种危机感,不光是叶本生有,也不只是滩区的老乡有,每年一到汛期,从黄委、黄河防总到黄河两岸的政府,神经一下就绷紧了。此时已是深秋,离霜降也不远了,但谷营乡防汛办主任秦志强每天依然奔走于滩区。他瞪着眼睛对我说:"黄河的性情太古怪了,你不知道什么时候会发洪水,一到汛期,我们时时刻刻都要防备着。"不过,现在防汛要比以前好防一些了,以前洪水来之前,气象和水文监测一般只有八小时的预见期,这么短的时间,一旦发生险情,哪怕抢险的军队以急行军的速度也难以及时赶到。现在好多了,一般都有三十多个小时的预见期,基本上可以保证一天半左右的防汛抢险准备,一旦出现洪水,秦志强这个最基层的防汛办主任第一个任务就是必须确保"乡里二十分钟通知到村,村里二十分钟通知到群众",这是黄河防总的命令,如同军令,军令如山。而村民如遇洪水突袭,什么都不能顾了,第一个就是要确保生命安全,生命第一!换句话说,这也是底线,不能死人。老秦苦笑着说起一件事,2003年发大水,洪水已经漫滩了,一个老婆婆想到柜子里还放着几千块钱,她在慌乱中找钥匙开门,刚把柜门打开,大水哗一下冲了进来,一个浪头就把她给卷走了。还好,这老婆婆还算命大,她被抢险突击队员救起来了,但钱没了,一条命也差点儿就没了。

那么,这些滩区的老乡在洪水来临之前又将转移到哪儿去呢?李门庄村主任沈留贵似乎早有准备,他拿来一本迁安救护卡给我看。这种卡是大红色的,由河南省防汛指挥部统一印制,卡上填写了临时撤迁户的人口、房屋和贵重物品数量以及安置户、迁移村至安置村的距离、路线等相关信息，还有安置户相关情况、迁出户主意见、迁入户主意见、迁移时间安排等多项内容，在备注一栏里还特别注明：双方户主汛前彼此了解，相互配合，安置方要为迁出户的临时生活提供方便。每年汛前，不管有没有洪水，黄河滩区都要举行迁安救护演练。以李门庄为例，这样的演练在迁出村李门庄和对口迁入村西张集村同时进行，演习之前，先进行全面动员，成立迁安救护演练指挥中心。演练开始，水情组人员发布水情，预报花园口将发生每秒12900立方米的洪水；村干部接到水情后，立即在高音喇叭里动员村民迅速集合，准备转移。县防汛指挥部向迁出村发布迁安救护指令，向参加演练的执勤民兵下达执勤任务。一声令下，参演群众打着横幅、手持迁安救护卡，在包村干部的带领下，对照迁安救护卡向对口迁入村西张集村紧急转移。执勤民兵身着迷彩服，佩戴执勤袖标，沿线站岗执勤，公安干警在演练区域周围维持交通秩序，医护人员设置临时救护点做好急救准备。一路上，转移的男女老幼背包挎篮，牵牛拉羊，排着队向目的地行走，还有奔马车、拖拉机、电动三轮车、工具车、面包车等各种各样的交通工具缓缓而行，车队有编号，并由警车开道，救护车断后。在撤退过程中，还要模拟在洪水中通信中断、交通中断、车辆故障等特殊情况下的应对措施。与此同时，对口迁入村已经做好了安置接待的准备，举着"一方有难，八方支援"的横幅标语和安置村名字，在堤口列队迎接迁移户的到来。参演群众在规定时间内到达预定位置后，转移乡镇与安置乡镇进行简单交接，并由安置乡村干部和转移乡村干部一同到安置村进行安置。在集中安置点，食宿保障、医疗救护、卫生防疫、饮用水保障等保障措施一应俱全。这样的演练，在一个小时内完成，迁移、救护、安置各个环节环环相扣，井然有序。如果真的发生了洪水，这种逼真的演练就是实战。

但这些措施说到底都只是暂时止血，每到危急时刻，可迁走的只是人，能带走的只是一小部分"贵重物品"，而滩区人又有多少能带走的"贵重物品"呢？他们最贵重的物品是房子，是田地，是在田地里生长的庄稼。但房屋迁不走，土地迁不走，庄稼迁不走。而等到洪水退走了，人回来了，一个村庄或已荡然无存,他们的家没了,牲口没了,田地没了,庄稼没了,吃的穿的全没了……

滩区人想要重建家园,也比外人想象得要艰辛无数倍。黄河下游存在槽高、滩低、堤根洼的地势,每当黄河漫滩,洪水退走了,但滩区的积水难以在短时间内退走,由于缺少必要的水利设施,排水非常困难,往往在高潮迭起的洪涝之后,便是旷日持久的内涝。除了洪灾,还有旱灾。滩区年平均蒸发量远大于降雨量,特别是春夏之交几乎年年出现旱灾。说到这些旱涝灾害,李门庄的老乡们都有一肚子气。他们把我这个与水利无关的人下意识地当成了水利部门的人,几乎是在质问我:几百里外都能用上黄河水,为啥咱们紧挨着黄河的却用不上黄河水?对这个情况,我还真是有所了解,这倒不是制度性的问题,而是黄河的地势决定的。一条悬河,大堤之内的河床比大堤之外的田地高出许多,开个引黄闸,就可以自流灌溉。可滩区不行,河床高,滩区也高,难以引黄自流灌溉;还有一个重要因素,若在河床上挖渠道,影响河势不说,就算挖了灌渠,河道也不稳定,忽东忽西地游荡,一旦洪水漫滩,一条辛辛苦苦开出来的渠道就淤死了。李门庄的一千多亩地,一千多口人,吃水用水,全靠打井,而这机井也很容易被泥沙淤塞,用不了多久就废了,废了又继续打,泥沙淤积越深,那井也就越打越深。若井水与黄河地下水串通了,对于滩区也是非常危险的,甚至会发生大面积坍塌。

无论旱涝都不是滩区最惨重的灾难,最可怕的还是坍塌。我在采访胡一三先生时,他就说过,"滩区怕塌不怕漫",在 1976 年前,黄河滩上有两百多个(256 个)村庄掉到河里了。这让我很震惊,从来只听说人掉到河流里去了,还很少听说一个村庄掉到河里了,不是一个,而是两百多个!掉到河里的不只有村庄,还有田地。滩区的塌陷,主要是因河势发生剧烈的游荡摆动造成的。说起来很神秘,有时候,你昨夜里关门睡觉时,一条黄河还在你家后边,可早晨起来打开门,家门口忽然出现了一条黄河。黄河就是这样神出鬼没。你没有在她改道的一夜之间掉进河里,那是你的幸运,侥幸,但不是所有人都有这样的幸运,如果黄河的游荡和改道恰好从一个村庄里穿过,这个村庄就塌陷了,掉到河里去了。

黄河滩上朝不保夕、苦苦求生的众生，只能在灾难的夹缝中生存。在这种随时都可能发洪水、随时都可能掉到黄河里的险恶环境下，除了保命，连维持最基本的生存都勉为其难，更遑论什么发展了。一方水土养一方人，黄河滩区人在一次次的灾难中养成了剽悍的、生命力和生存力都特别顽强的性格，也养成了活一天算一天、好死不如赖活着的性格。不是他们不想创业，不想发家致富，而是这地方根本就不能创业，不可能发家致富，说到底，还是那句话，这里压根就不是人住的地方。

由于滩区不能发展别的产业，更不可能在河道里盖工厂、搞开发，滩区人只能靠种田为生，而滩区农业是传统的一麦一秋两熟制格局。由于秋季常受洪水威胁，秋作物收成无保证。其他如畜牧业、养殖业，也只是小规模的家庭副业。如何从根本上解决滩区人的生存与发展，就像从根本上解决黄河的问题一样难。黄河下游滩区原本就是河道的一部分，是行洪、滞洪、滞沙的通道，却又是近两百万滩区群众赖以生存和生产的场所。这是一个大悖论，也是黄河下游防洪最突出的问题之一。如今的黄河滩区和黄河河道，都到了形势最险恶的程度，"来水就淹、小水大灾"，而目前确定的滩区防洪目标是"小水保生产，大水保安全"。自国务院"废堤（生产堤）筑台"政策实施以来，历经三十多年，堤没有废掉多少，台却筑了不少，但滩区安全设施依然严重不足，已建的避水工程标准低，避水的村台、防台高度和强度不足，在紧急时刻供转移撤退的道路和桥梁少，标准低，一遇雨天，一路泥泞，行人、车辆都会深陷在烂泥中。另一方面，在相当长的一段时间里，滩区人的田地、庄稼和财产被水淹了，国家没有任何补偿。而对滩区的唯一优惠政策，就是滩区人常说的"一水一麦"，意思是，一茬麦子遭水淹了，就减免一季（半年）的上缴。若从天理——自然法则看，洪水漫滩，并非灾难，这只是大自然赐予一条河流的权利，天赋的权利，滩区天生就是自然行洪、滞洪和滞沙的河道，并非国家在河道之外、大堤之外开辟的蓄洪区，也就没有补偿的道理。这也是滩区老乡长期不能脱贫、生产发展与堤外相比差距越来越大的原因之一。

一场华西秋雨把滩区人的命运再次推到了世人面前，十年来，这狭长的黄河滩,依然是插在黄河胸口上的一根刺,不拔,痛,拔,流血,而疼痛的、流血的,都是人类自己。

除了天理,还有人情,滩区人民也是中华人民共和国的人民。

近年来,为解决滩区人民的生存问题,2013年1月,由财政部、国家发展和改革委员会、水利部制定的《黄河下游滩区运用财政补偿资金管理办法》,对滩区滞洪造成的损失给予补偿。自2014年年底,河南、山东两省又相继开展滩区居民迁建试点工程。——对滩区老乡来说,这无疑是一项渴盼已久的惠民措施,却又让他们有难以割舍的家园之痛。

三、滩区人,路在何方

滩区人,路在何方?不要轻易说路在脚下,对于滩区人,滩区意味着他们的一切,一旦离开滩区,他们生无立足之地,死无葬身之地。他们祖先的坟茔,就埋在黄河滩上,而这些坟茔和他们生前栖居的房子一样,有的早已被洪水冲走,有的被埋葬在淤积得越来越深的河床底下。或许是在岁月的洪流中经历了太多的颠沛流离,他们原本就是从四面八方逃荒要饭迁徙而来的流民,这让他们同生活在别处的中国人相比,没有那么浓烈的祖先崇拜和对故土的眷恋,如果在黄河滩外有一块让他们赖以生存的土地,他们是不愿意住在这"宛在水中央"的黄河滩上的。我在黄河滩区走访时,大多数滩区人都表达了迁往堤外的愿望。

事实上,这就是一种最直接的、从根本上让滩区人走出尴尬生存的方式,也只有把河道归还给河流,才能结束在防汛防洪上既要面对洪水又要面对人类的两面作战的尴尬处境。但要把近两百万人口迁出来,又谈何容易。三峡大移民,其总数也才一百多万,如果没有强大的国家意志和高昂的国家财政投入,这样大规模的移民几乎不可能完成。而滩区移民差不多是三峡的两倍。而在人口密集的黄淮海平原,几乎没有一寸多余的土地,要把这么多的移民移出来,只能挤占、瓜分滩外老百姓的土地。但无论有多么难,这近两百万滩区人都必须移出来,当地政府也正在分期分批解决,但可想而知,若要全部搬迁绝非朝夕之功。

李门庄是幸运的,多年前就已被列入了整体搬迁的计划。那个还描绘在纸上的移民新村,将按国家新农村的高标准盖,规划为楼房区、平房区,由各家根据自己的家庭条件来选择。凡年满十八周岁的男丁,不管婚否,均可分到一个宅基地,占地二分五(四分之一亩)。我和这些村民谈着他们的宅基地时,很多老乡都在扳着指头算账,而算出来的结果是,不说楼房,连平房也盖不起。以叶本生为例,他有退休工资,老伴一直在家里干农活,也挺能干。老两口有三个儿女,两个闺女已经出嫁,是别人家的人了,不用他们来操心,家里还有一个傻儿子,天生智障,只能靠老两口养活。养活一个大活人不难,用老汉乐观的话说,只要他活一天,就能拿一天活钱,过日子是不愁的。但要他在滩外再盖一座房,他也盖不起。听说政府有补贴,但也补不了几个钱。按他的估计,就算那纸上的宅基地变成了真正的宅基地,全村百分之九十五以上的人家盖不起新房,也就迁不走。

或是叶本生的估计过于悲观,村主任沈留贵不时插话,把话题往乐观的一面引。这面相老实的汉子,比一般人显得更乐观、更有幸福感。在李门庄,他家的日子也的确算是好过的,他两口子五十多岁,在农村还是壮劳力,三个儿子都已成家,在外边打工挣钱,干的还是技术活,每个儿子一年的纯收入都有两三万,三个媳妇留在家里干农活。孙子已有三个了,还有一个也快出生了。他们家以前有一栋老瓦房,分给大儿子了,又在村部后边盖了一栋平房,分成两套,老二、老三各一套。老两口没屋住,就住在村部的一间偏屋里。如果搬迁,他们一大家人,四条汉子,可以分到一亩宅基地,家里的收入,加上儿子们打工挣的外快,再加上政府补贴,他估计,至少能盖起四座平房,但要盖楼房,也要借债。借就借呗,他很乐观,就是借也要盖楼房,有了安身地,不怕还不上债。

他越是这样乐呵呵地笑着,我越是多了个心眼,趁上厕所的机会,去他家里看了看。那烟熏火燎的灶房里,一大家子人正在吃他们的午餐,一人手里抓一个大馍馍,一人一碗黑乎乎的胡辣汤,吃得不知道有多欢。看那桌上,没有一点荤腥。我问村主任的老伴:多长时间能吃顿肉?她笑道:过年过节呗。我又指着那碗里的豆腐问:是不是天天都能吃上豆腐?她又笑道:不常吃,2.5元一斤哩,吃不起。这是个快乐的女人,她的笑也感染了我,我也笑了笑。看见那碗还没动筷子的胡辣汤,我知道是留给谁的。

从那屋子里一退出来,我催促老沈赶紧去吃饭,一碗热乎乎的胡辣汤,都放凉了。

我这话,又引起了一阵笑声,而我也在这乐呵呵的笑声中告别了李门庄。

在车开过李门庄村口那棵大杨树的一刹那,我回头望了一眼,在汽车扬起的灰尘中,我看见了那些老乡仰起的小脸,那些悠闲地觅食的鸡,依然在草棵间觅食。或许等到我再来时,这样一个庸常人间的村庄,一个听天由命的村庄,就已看不见了。

看得见的可能是另一种村庄,譬如说同属谷营乡的俭庄,这是一个几年前从滩区搬迁出来、按新农村的标准盖起来的移民新村。听这里的老乡说,俭庄,原本叫碱庄。很多人因焦裕禄而知道了兰考,也知道了兰考的风沙、洪水、内涝和盐碱,黄河滩上叫碱庄的村落很多,到处都是白花花的盐碱地,很多人的祖辈原来就在黄河滩上熬盐熬碱。

我已无法看见黄河滩上的那个俭庄或碱庄,李门庄或许就是它们的前世。这俭庄新村一看还真是不错,村街是一条平展的水泥路,还装上了路灯,乍一看还真像一条城镇里的街道,但一看这村街上晒着的玉米棒子,那种城镇化的幻觉立马就消失了。不过,这里的富裕程度倒不是幻觉,家家户户门口都停放着摩托车、电动车、农用车,还有小轿车,我数了数,小轿车就有十多辆。在这里,也很少看见靠着墙根懒洋洋地晒太阳的村民,但吃完午饭出来溜达的不少,像城里散步的退休老人。此时,正是农闲季节,秋收了,冬麦也都种上了,村里的青壮年都外出打工挣钱了,在村街边溜达的也都是一些老人。

但也有例外,迎面走来一个大个子,看上去岁数还不大,拖沓着两腿,走得很艰难。这让我有些奇怪,走过去和他攀谈起来。这汉子姓张,却叫了个女人的名字,张七妮,今年五十四岁。他原本在外面打工,因股骨头坏死,再也干不了重活,才回家了。他这病要拿出一大笔钱来诊治,他拿不出,也就只能这样拖着。说起来,这村里人和别的农村没啥两样,多少年来,都是打工挣钱,种地吃饭,在黄河滩上住着时是这样,搬到了滩外也还是这样。人搬出来了,但地没有搬出来,一年两季都种粮食,夏秋是一茬玉米,冬春是一茬麦子。在搬迁之前,三年两灾,如今也依然是三年两灾,但这里人、这个村庄,搬到这儿,有保障了,只要这黄河大堤不倒,只要自己不往黄河里边跳,再大的洪水也没事,遭灾的只是那些留在滩区的庄稼地,那是谁也没办法迁出来的。现在种地,比原来远多了。远倒不是问题,现在交通方便多了,可以骑摩托、电单车去,也可以开农用车去。

听老张这一番话,我发现滩区人都很乐观,乐天知命。我问他家分了多大的宅基地,老张说,十年前分宅基地时,凡年满十八周岁的男丁,每个人两分五。当时,他大儿子十七岁,小儿子十岁,都没有分宅基地。十年过去了,大儿子早已成家了,却无法立业,在外面打工挣了点钱,想回家盖房,把自己的一个门户立起来,但没有宅基地。眼看着小儿子也到了成家的年岁,也不可能再分到宅基地。乡下人把门户看得很重要,只有在自己的宅基地上盖房子,这门户才算立起来了。这就意味着,两个儿子只能跟他挤在一起,要盖房子也只能往上盖,一辈子也不可能另立门户了。在俭庄,像他这样两个儿子都没有分到宅基地的人家,还有二十多户,都不能另立门户,只能往高处盖楼,这么多人挤在一幢小楼里,盖了楼就没有空地了,没有宅院了。但乡下人不是城里人,大大小小的农具、牲口和杂物都要地方放,还有刚收回来的粮食需要晒场晒。难怪我看见,这马路都变成晒场了,很多刚收回来的玉米棒子都露天堆放着。

老张说到的,还有一个问题:女孩子家根本就不分宅基地。女人哪,菜籽命,一个闺女嫁到了婆家,若是家境好,夫妻关系好,就是落到了肥土上,没说的。但谁也保不了哪个女人都能落到肥处,若是离婚了,在婆家分不到宅基地,也没地种,回娘家也分不到宅基地,也没有地种,除了外出打工,就没有别的活路了。很多女人嫁人之后,哪怕过不下去了,也得咬紧牙帮子过,打落了牙齿和血吞……

这话让我牙缝里咝咝抽凉气了。一个人民共和国,喊了六十多年男女平等,但女人对男人的人身依附关系怎么这样严重!

尽管还有各种各样的问题,但我问老张愿不愿意搬回去,他使劲摇了摇头,说:"那可真不是人住的地方,每年一到汛期,就甭想睡一个安稳觉,不是旱,就是涝。就算没灾没难的日子,那村里也垃圾满天飞,到处都是鸡屎牛粪,柴火堆得到处都是。这里多好啊,我们日子过得越来越像城里人了。"

我也知道,他根本就搬不回去了。那样一个村子,就是让他重新搬回去,他也不习惯重新过上那日子。告别了老张,看着他拖曳着两腿,在村街上一步一步地走着,走得僵硬又艰难,我下意识地想,这条路,也许说不上是一条完美的路,但又的确是滩区人脚下最好的一条路。

第十四章　渐行渐远的长河

　　黄河流过山东,大致呈东偏北流向,她的归宿早已注定,渤海。

　　在黄河上、中、下游中,下游流程最短,而山东境内的河长就超过了黄河下游的四分之三。黄河在山东境内的现行河道,是清咸丰五年黄河在铜瓦厢决口、夺大清河入渤海而形成的。1938年黄河在花园口决口改道,一条在山东境内流淌了八十三年的黄河仿佛一夜之间又从齐鲁大地神秘失踪,改道南行经徐州淮河一线奔向黄海。山东黄河转眼又成故道。1947年花园口堵口复堤,黄河终于又回归山东故道,这就是我现在看到的黄河。

　　黄河下游除一条由东平湖汇入的大汶河外,再无较大支流汇入。东平湖是黄河下游的最大湖泊,也是黄河流域的四大淡水湖之一,发源于黄河扇形平原与山前冲积—洪积平原的接合地带,为古大野泽—梁山泊演变后的残迹,经过综合治理后,现已成为控制山东黄河安澜入海的大型水库。

——采访手记

一、追寻梁山水泊

　　黄河下游在河南兰考完成最后一个大转折后,便进入了山东东明县。

　　东明为黄河入鲁第一县,在历史上也是一个有些无所适从的县,它最早的名字不是东明县而是"东昏县",还是王莽篡汉时改过来的。此后又经历了"三置二废",自金、元、明、清至民国属直隶省(今河北),1949年新中国成立后先归平原省,1952年平原撤省后划归河南省,1963年,国务院为解决河南、山东两省交界地区的水利问题,又将东明划归山东省。而东明全境属黄河冲积平原,也是历次黄河南、北改道的三角地带,或许就是黄河的频繁决口改道,让这个古老的县境也不断改头换面。

  黄河决口的一个直接后果,就是民不聊生,导致农民起义。唐末王仙芝起义,东明是义军的发源地,东明人黄巢聚众响应,以横扫千里的气势成为继王仙芝而起的农民领袖。北宋末年那真实的宋江起义,传奇中的水浒英雄,不说席卷了东明,至少也波及了东明,东明与宋江的故乡郓城同属今菏泽市。而东明离那个传说中的梁山水泊已经很近了。北宋天禧三年(1019年)、熙宁十年(1077年)黄河两次决口,灌注梁山泊,使其水面不断扩大,而黄河泥沙又让湖底迅速淤高,形成一个烟波浩渺、绵亘数百里的巨泊,号称八百里梁山水泊。从东明县到东平县也就100多公里,这是我走过的一条路,以越野车的时速,两个小时就到了。追寻一个失踪的湖泊,比寻找一个失踪的人还要难。但梁山水泊还未完全消失,还有一个东平湖。

  多少人千里迢迢来到这里,就是为了看看梁山水泊。但睁眼一看,又一个个傻眼了,从前那号称八百里的梁山水泊,到底在哪儿呢?那天生地长的自然湖泊,又怎么会失踪呢?这个问题应该让我的向导来回答。——在奔上东平湖之前,我就提前找了一个向导,丁永林。我和他素昧平生,但看着一个黝黑的汉子在早晨的阳光下朝我走来时,我竟然觉得,从对面走过来的好像是一个熟人。

  对面那座坐落在泰安市郊的大楼,就是山东黄河河务局东平湖管理局的办公大楼。丁永林是这局里的一位资深工作人员,也是一位自学成才的历史地理和水利文化专家。他是山东梁山人,这让他对水浒和梁山水泊有一种与生俱来的兴趣,他是中国水浒学会会员、山东省水浒文化研究会理事,而这也是我慕名来找他的原因。在见到他之前,我已经拜读了他参与撰写的《东平湖与黄河文化》《探秘水浒王国》等历史地理著作。这也是他利用业余时间一直在干的事。身为梁山人,他对梁山水泊那种与生俱来的感情,自然要远胜我们这些外人。尤其是在供职于东平湖管理局后,他几乎把所有业余时间都用在了对水浒文化和梁山水泊的钻研上,如今,他已成了这方面颇有独到发现的学者。

我接下来的叙述,就是对他一些学术观点的转述——

在梁山水泊出现之前,这一带已有巨大的水域,这就是古地理书上记载的巨野泽,又称大野泽,大致就是梁山水泊的前身。据《元和郡县志》记载:"大野泽在巨野县东五里,南北300里,东西百余里。"据此记载,现在的梁山、东平、郓城、巨野、汶上、嘉祥及济宁市一带都曾是大野泽波及之地。而黄河每一次决口后奔泻而下的洪水,无一不是奔泻到这片大泽,它几乎天生就是为黄河分洪准备的。而黄河改道,也左右着这大泽的命运。自周定王五年(前602年)起,黄河下游发生大改道二十六次,其中,流经梁山县境就有六次。最著名的一次是我在前文提到的汉武帝元光三年(前132年),黄河在今河南濮阳西南的瓠子决口,洪水奔向东南向巨野泽狂泻,由于决口很长时间都没有堵塞,行洪达二十三年之久。这是黄河历史上的第二次大迁徙,也是流经梁山县境的开端。

梁山水泊的形成与演变,除受黄河改道、决口泛滥的影响外,还与汶河、古济水以及京杭大运河的开发整治密切相关。宋代的八百里梁山水泊,大致就是这样形成的。北宋大臣韩琦留下了一首《过梁山泊》诗,描写他看到的梁山泊:"巨泽渺无际,斋船度日撑。渔人骇铙吹,水鸟背旗旌。蒲密遮如港,山遥势似彭。不知莲芰里,白昼苦蚊虻。"这应该是当时梁山泊的真实写照。而《水浒传》虽是小说家言,但又绝非凭空想象。当年那很多绿林好汉和虎狼出没的荒山野岭,如野猪林、快活林、赤松林等,都让人们自然而然地猜想,那时候这里应该还是茂密的丛林。林子大了,什么鸟都有,若是没有一大片森林,又怎能藏住那些绿林好汉,更藏不住老虎那样的猛兽。据此猜测,在黄河下游的水危机出现之前,首先出现的是生态危机。换句话说,在黄河下游众多的水泊消失之前,大面积的森林先就消失了。而森林的消失,不用说,又是人类大规模开荒的结果,满山遍野地开荒、生儿育女,一座山一座山被砍光,甚至被一把火给烧掉了。这个世界,仿佛只剩下了人……

我感觉这是一个接近真相的猜测。眼见为实,看这里的山,大多不高,但很大,山野旷阔,很容易变成良田沃土。而历代官府又是鼓励老百姓开荒的,有了田地,就有了养命的粮食,一个老百姓,只要不到饿死的程度,就不会起来造反,这是中国人的硬道理。而把这些藏龙卧虎的荒山野岭变成了人口稠密的村庄、田园,没有了森林,没有了梁山水泊,那些危害人类的虎狼也都销声匿迹了,就是有人想要造反,也无处躲藏了,于是天下太平,普天同庆,又一个太平盛世出现。

除了人祸,丁先生认为,梁山水泊的消失还有另外的原因,这又与黄河改道有关了。可以这样说,梁山水泊是成也黄河、败也黄河。黄河改道让梁山水泊水势浩大,但黄河泛滥的不只是洪水,还有被洪水裹挟的大量泥沙,大野泽在承载了黄河洪水的同时也渐渐被黄河泥沙淤积,地面逐渐抬高,湖泊面积逐渐缩小。

对丁先生的这一观点我持保留意见,若从自然法则看,这个原因是说不过去的。泥沙淤积不但不会减少湖水,由于湖底变浅,反而会让水域扩大。我认为,真正的原因不在这里,而是我反复提到的、发生在南宋建炎二年(1128年)的黄河又一次改道,也就是为阻止金兵南下,宋东京留守杜充下令掘开了黄河大堤的那一次。这次黄河之水没有泄入梁山泊,而是把梁山泊撇开了,在一路扫荡河南东北、山东西南地区后,最终奔向南边的淮河流域,夺泗入淮。从此,黄河彻底抛弃了春秋战国以来流经今浚、滑一带的故道,在河北平原上失踪,在之后的七百多年中,黄河一直借淮河水道入海,而古代的大野泽、宋朝的梁山泊再也没有黄河洪水的侵入,也就少了一个重要的水源。到金世宗大定二十一年(1181年)时,"梁山泊水退地广,金人尝遣使安置屯田,民亦恣意种之……明年,命招复梁山泺流民,官给以田"(见《淮系年表》)。那时离杜充掘堤不过几十年,这一历史记载透露了两个重要信息,一是梁山水泊还在不断萎缩,二是人类开始有组织地屯田垦荒。到元至元初年(1264年)时,梁山泊已经大面积淤塞,残留部分以南旺湖之名出现。元至元二十六年(1289年),在修造京杭大运河时开挖由安山至临清的会通河,南接济州河,引汶水北达临清汇御河(今卫运河),把济水截为两段,谓之"引汶绝济",这一人为的改变致使安山脚下的古济水与汶水交汇为一个萦回百余里的湖泊——安山湖。到清朝时,据《清一统志》载:"梁山泺即古大野泽之下流,汶水与济水汇于梁山之东北,汇合而成。"《淮系年表》又载:"靳辅提请安山湖听民开垦佃种,输租充饷,此水柜遂废。凡开地九百余顷。"——这里面又一次提到人类对梁山遗存水泊的大规模开垦。

由此可知,梁山水泊的消失,根本还是人祸,杜充掘堤致使黄河改道是一次给梁山泊带来灭顶之灾的人祸,而历代对梁山水泊的不断开垦,也是持续不断的人祸。然而,如同因果轮回,随之而来的就是灾难。这里的山体原本疏松,一旦失去了植被的保护,水土流失、山洪、泥石流,一连串的灾难就发生了。事实上,梁山水泊就是这样消失的,一千多年的岁月,足以填平八百里梁山水泊,甚至根本不需要一千年。当然,也不能全怪这里的先辈们,除了梁山水泊的小环境,还有黄河流域的大气候。通过黄河的命运,可知它下游湖泊的命运,通过湖泊的命运,又可窥见一条长河的命运。

边走边看,我们已深入东平湖的核心区域了。从地形看,这里应该是不愁有水的。一个东平湖,三面都是环形的山脉,是一个典型的水窝子,特别适合蓄水,也素有"小洞庭"之称。但问题是,别说小洞庭,如今连大洞庭也干涸缺水。又从河流水系来看,东平湖西边是京杭大运河,东连大汶河,北通黄河,水系纵横交织,河湖四通八达,古往今来,这里就是漕运要枢。这样一个地方,无论你怎么看,实在都不应该缺水。围绕这湖走一圈,湖东岸据说就是宋江率水浒英雄攻打东平府城的营地,西岸有京杭大运河故道,还有天王晁盖等好汉初聚的司里山,北岸有唐朝大将程咬金的程公祠,还有西楚霸王项羽的墓地。

我关注的不是这些死去多年的英雄,而是一条死去的大运河,大运河故道。历史上,这里就是漕运要枢。隋唐大运河以至京杭大运河最繁华的时代,从东平湖可以坐船直抵天堂般的江南杭州。从一条河道变成一条干涸的故道,一定是有缘故的。这缘故现在没人能说得清,说出来也是找不到证人的猜测。但有一座清水石桥,见证了东平湖沧海桑田的变迁。这是一座隋朝的古桥,如今还淹没在湖底下,在淹没千年之后还依稀可见。它见证了什么?它所见证的,不是东平湖的干涸,而是梁山水泊的诞生。想象杜充掘堤后那狂暴的黄河水纵横决荡，20多万平方公里的黄泛区，汪洋一片，比山东省还大得多，在梁山四周的辽阔洼地上，汇聚了一个浩浩荡荡的水泊，一座陆地上的清水石桥，从此被淹埋在水下。

——这不是我在重复，而是对一个大湖诞生的一种推测，然而这座清水石桥又真能验证那一切吗？八百里梁山水泊，仿佛在猜测中诞生，又在猜测中消失，却又有一个事实是不用猜测的：尽管梁山水泊大面积消失了，但一直到新中国成立初期，东平湖这梁山水泊遗存的唯一水域，也还实实在在地拥有六百平方公里水域，还时常发洪水。而东平湖在黄河下游扮演的最重要的角色，就是蓄水滞洪，为黄河卸载洪水，这也是它一直没有消失的原因。

八百里梁山水泊，如今就剩下一个东平湖了。如果不是它的存在，我们只能从小说中猜想梁山水泊的样子了。同古老的梁山水泊相比，东平湖这名字还很年轻，直到清咸丰年间，这一汪水泊才被命名为东平湖。说东平湖不一定有人知道，说它也是梁山水泊之一，纵使不知道也能知道一二了。但若真的追溯起来，又未必有多少人知道它的前世今生了。梁山水泊大部分已消失得无影无踪，像是从天地间蒸发了，东平湖成了梁山水泊唯一的遗存水域。从东平湖到黄河口，是黄河下游的最后一段流域。但从20世纪70年代开始，在黄河断流的数十年岁月里，黄河下游还没有流到东平湖就断流了，这让东平湖如同被黄河遗弃的一个孤儿。事实上，它不但是黄河的孤儿，也是被梁山水泊遗弃的孤儿。又哪怕是遗存，如今它还是黄河流域四大淡水湖之一，也是黄河下游最大的淡水湖。

看着这样一个湖泊，难免又有些悲壮，它的存在，仿佛是大自然最后的坚持。但还能坚持多久呢？

从地图上看，东平湖几乎被水包围了，西依大运河，东连大汶河，湖水又从北面的小清河汇入黄河。这是一个天造地设的水上枢纽。

新中国成立之初，大江南北，大河上下，到处都是洪水泛滥的告急声，在这洪水肆虐的岁月，防洪，也就成了兴修水利、治江治河的头等大事。而治河的重中之重，又是这条像野马一样桀骜不驯的黄河。如果把东平湖放到一个更大的背景上看，正好处于黄河与大汶河下游冲积平原相接的洼地上。

历史上，它原本与黄河并不沟通，直到清咸丰五年（1855年），黄河自铜瓦厢决口，夺大清河水道，从此使东平湖与黄河连通。这一次灾难性的沟通，对东平湖来说也是灾难性的，从此东平湖受到两面夹击，既要分滞黄河洪水，又要接纳汶河洪水，被动地成为黄河与大汶河洪水的一个自然滞洪区。它也起到了一定的调蓄功能，当黄河水位高于湖水水位则倒灌入湖，当黄河水落，湖水又泄入黄河，这既对黄河与大汶河洪水起到削峰作用，又为黄河下游起到了补水的作用。但一个自然湖泊的调蓄能力毕竟十分有限，又很被动，一旦黄河和大汶河同时发生洪水，济南市、津浦铁路、胜利油田以及下游黄河两岸人民生命财产安全便遭到双重威胁。

事实上，在丁永林来这里的一年前，一个与黄河下游命运生死攸关的大型水利工程已经在1958年夏汛过后开工，这就是东平湖水利工程：把一个自然湖泊改建为一个平原水库，把黄河和大汶河对东平湖的双重威胁变成分滞黄河洪水、接纳汶河洪水的双重功能。但这个在"大跃进"时代仓促上马的工程和那个年代的许多水利工程一样，等到建起来了，才发现存在着许多先天不足的问题，譬如说在设计意图上，说是综合利用，实际上功能模糊，一个水利工程想要承载的东西太多了，反而很难发挥作用。在运行了五年后，1963年经国务院批准，东平湖水库再次改建，这一次把水库功能由原来综合利用明确为"以防洪运用为主"，"有洪蓄洪、无洪生产"，为此，又增建了进、出湖闸，在库内加修了二级湖堤，并将水库分为老湖区和新湖区，实行二级运用，成为一个确保山东黄河下游安全的关键工程。从那以后，运行半个世纪以来，东平湖陆续建成了比较系统完整的蓄滞洪工程，尤其是东平湖遭遇2001年8月的特大洪水后，国家通过各种渠道加大了对东平湖的投资力度，进一步完善了东平湖防洪体系。随着社会发展和黄河蓄滞洪区总体布局的调整，如今东平湖滞洪区愈加具有不可替代的作用。

梁山是一个古老的地名，但梁山县却是新中国成立后设置的。要说与东平湖生死相系的两个地方，就是梁山县和东平县。为了治理洪水灾害，梁山县根据这一带地形西南高东南低的特点，开挖疏浚了湖西排渗沟——梁济运河。1966年冬又按六级航道进行开挖疏通，北接黄河，南至五里堡出境,成为梁山县境内淮河流域的唯一排水通道。东西两侧的排水河大都垂直于梁济运河,形成了羽毛状水系,主要支流有郓城新河、琉璃河、湖外流畅河、龟山河、金码河、北宋金河、湖东排水河、湖区柳长河、戴码河等。由于黄河得到彻底治理,再加上这些河道具有充分的泄洪能力,梁山县境内的梁山泊遗存水域几乎彻底消失了。

身为梁山人,却只有梁山没有水泊,这让他们感觉到缺了什么。以前还没有这样强烈的感觉,在这样一个全民旅游的时代来临之后,尤其是在一部长篇电视连续剧热播之后,他们有了强烈的危机感。梁山人也一直在摩拳擦掌,要让800里水泊梁山重现当年的风貌。梁山人豪爽,实在,敢想敢干,说干就干,还真是让我有幸一睹水泊梁山的风貌。这是梁山人兴建的一个大工程,怎么说呢,说它是水利工程,不如说是一个水体景观工程,2010年春天动工,只用了一年多时间,梁山泊就蓄水了。

我来这里时,只见一片在影视剧中见过的山寨,倒映在一汪清澈的湖水之中。深入其间,又见湖港水汊,芦苇草荡,还真是一处引人入胜的梁山泊,从东到西,一路看过来,渔村、垂钓台、水城门,古色古香,恍若走进了宋朝的故事,但只可远观,不可近前,否则会让你从某种古老意境中一下清醒过来。又看西边的水域,梁山码头、水军指挥塔、梁山水寨门、水军营寨、朱贵酒店等,重现了当年梁山水军生活和征战的场景。还有一些今人穿着古人的戎装铠甲,正在厮杀,血花四溅。血是假的,但水是真的。谁都知道,这不是真正的梁山水泊,只不过是一个人工引水造湖的景观工程,但水没有真假之分,这水泊里的每一滴水都是真的,都是由两个氢原子和一个氧原子组成。不得不说,梁山人还真是做了一篇洋洋洒洒的活水文章,从根本上改变了水泊梁山有山无水的现状,打造了一个依山傍水、显山露水的水泊梁山,这很有创意,也很有水泊的意境,让我等慕名而来者,多少弥补了一点水泊梁山见山不见水的遗憾。只是,这梁山水泊也实在太小了,没有800里,也没有80里,仿佛一转身就转悠完了,也就七八里吧。这是人类的大限,想靠人工引水再造一个梁山水泊,太难了,实在太难了。

眼下这个东平湖,总面积600多平方公里,但事实上,哪怕精确到小数点后面的数字,它的常年水域也仅有124.3平方公里,水面小,水也很浅,平均水深只有两米多。它的理论蓄水总量为40亿立方米,但实际上,常年蓄水量仅有1.5亿立方米。很明显,和它的姊妹湖乌梁素海一样,东平湖也是一个正在不断衰老、萎缩、走向消亡的湖泊,如果没有力量来让她恢复生机,她将和她当年众多的姊妹湖一样,过不了多久,在天地间就会消失得无影无踪。

不过,她的命运也许没有我想象的那样悲观,这又与一些已竣工的水利工程和一些正在加紧修建的水利工程有关了。

在小浪底工程运行后,东平湖又担负了一个重要使命,那就是保证黄河下游直至黄河入海口区间不断流。黄河能否走完全程、流入大海,就靠东平湖来保证了。怎么保证? 就是靠以前被称为"洪水猛兽"的洪水来保证。

洪水也是水资源! 说这话的是时任水利部部长汪恕诚。

从洪水猛兽到宝贵的水资源,应该说,这是中国人治水的一个大飞跃,这倒不是什么思想观念的转变,而是中国人对洪水已经有了这样的自信和把握,有了前所未有的控制能力。现在,在严重干涸缺水的北方,抗洪已是一个不合时宜的词语,如今说得最多的是"迎洪"。每年开春,从大汶河到黄河,因冰凌融化而春水猛涨,由于此时正值沿岸地区桃花盛开的季节,这紧接着凌汛而产生的汛期便有了一个美丽的名字:桃花汛。一到这季节,黄河从上到下的水调人员全部上了第一线,迎接洪水的到来,这情形就跟当年防汛抢险一样,但他们现在不是抢险,而是抢水,别让这宝贵的水资源白白流掉了。黄委根据黄河桃花汛的特点,精心调度凌汛期产生的洪水,合理安排蓄积在几个水库里,为下游储蓄了大量春灌用水,而黄河下游的东平湖发挥了举足轻重的作用。黄河连续十多年没有断流,正是依靠对洪水资源的有效利用,人为调整、平衡水资源的时空分布,安全度过了春夏最干旱缺水的时期。具体到东平湖,在确保防洪安全的情况下,东平湖洪水被国家防总和黄河防总大胆及时地纳入黄河水量统筹调度方案中,通过人为控制泄流量,巧妙地借用下泄洪水,保证从东平湖直到利津以下的河口段不断流。

随着南水北调东线工程的加紧建设,在这一解决黄淮河地区东部和山东半岛水资源短缺的国家重点战略工程中,东平湖将实现第二次功能转换,由单一的滞蓄洪水水库转变为具有滞蓄与调蓄双重作用的特大型平原水库，而且是东线工程的最后一个调蓄水库。东平湖畔的八里湾泵站，就是东线十三级提水工程的最后一站，这个泵站将引来的长江水带到一个制高点，然后分成两路，一路往河北天津供水，一路输水至胶东地区。这既是东线的标志性工程，也是一个关键性的枢纽工程。而东平湖畔复杂的地质环境和工程本身的高规格标准，也给东平湖边的建设者们出了不小的难题。

曲福贞，东平湖工程局副局长，正在工地上指挥施工。没想到这个搞水利工程的汉子说出的话那么有诗意："这个泵站的作用就是将引来的长江水提升近 5 米，流淌进一堤之隔的东平湖。东平湖的给水源是汶河，而汶河是黄河下游最大的支流。八里湾泵站的作用就是让黄河水和长江水在东平湖内实现诗意融合。黄河和长江都发源于青藏高原，但从无交集，而八里湾泵站将改变这一历史。"——科学的数据，诗意的描述，原来科学也是这样充满了诗意的。或许，科学与诗意也像长江、黄河一样，源于同一座伟大高原却从未有交集，而在这个时代终于产生了交集，让两种相距甚远的东西同时获得了诗意的呈现。

说起这个建筑，曲福贞充满了自信和憧憬："从设计理念上来说，泰安境内的八里湾泵站是整个南水北调工程中东线山东段一个标志性工程，主体工程包括进出水渠、清污机桥、主泵房等几个部分。工程全部竣工后，泵站将安装观光电梯，乘坐观光电梯就能看见南水北调工程的部分河道和东平湖的美丽景色。"

听了这样一番话，我感觉比看见了真正的梁山水泊还兴奋，他的憧憬也是我的憧憬。

其实我可以满怀着这样的憧憬踏上归程了，却又想在离别之前再看这个大湖一眼。每到此时我总是怅然，天地广大，此生也未必还会来到这里。丁永林先生似乎也没有就此回头的意思，他还想带我去内湖看看。越往大湖深处走，风越大，在这依然闷热的初秋，多少有了一些清凉之感。湖水看上去还是清澈，但沿途看见，很多湖畔村庄的生活污水甚至连厕所里的粪水都是直接排放在湖里。这让我感到一阵阵恶心。湖面上，从近到远，漂浮着一个个网箱、浮标,连远到天际下的水域也被它们遮蔽了。还有许多违章建筑直接建在湖边上,甚至有当地政府违章修建的港口和码头。这都是丁永林先生告诉我的,他的眼神里,浸满的不是水,而是焦虑与迷离。

忽然觉得,我不该走得离一个自然湖泊这样近,如果所有人,我们人类,都能同一个湖泊保持一定的距离,这个幸存的湖泊,以及那消失已久的梁山水泊,或许又是另一番命运。

二、大汶河倒叙

大汶河不是我的目的地,而是去东平湖的一条路。

从泰安去东平湖有好几条路,丁先生选择了最直接也最难走的一条,也就是沿着大汶河—大清河的长堤走。但这条河绕来绕去,不但把我给绕糊涂了,连丁先生也好几次指错了方向。在走了一段不短的冤枉路之后,我们只得又重新倒回来。而这条路,其实就是一道堤坝,很不好走,也很少有车辆走,沿途看到很多险工标志碑。或许,只有在防汛抢险时,这条路才会变成一条路。到了那危急关头,也就不管好不好走了。

在接连几次出错之后,我们居然在从大汶河到东平湖途中,又看见一条河。

河边耸立着一座高大的牌坊——接驾坊,还有一座接驾亭。

我们就在这牌坊下下车了。仰望高悬的门额,脑袋一阵发胀。也不知道是为哪个皇帝接驾的。我以为又是一些与传说有关的事物,但丁永林说不是,他对这里的历史是非常熟悉的,而在这仿古建筑的背后还真有一段确凿的历史。他指着一座桥说,从《资治通鉴》到《东平县志》都有记载,在北宋大中祥符元年(1008年),宋真宗赵恒东封泰山,在这里过桥时,当地官员特意在桥上铺了席子,这座桥就叫"席桥"。

当然,这座桥也早已不是当年的席桥了,但桥下这条河还叫汇河,俗称汇泉河。这是汶河下游最大的一条支流,也是东平县的第二大河,有二十来条大小支流分别从左右岸汇入。从汇泉河这个名字猜测,这二十来条大小支流应该都是泉水。齐鲁大地多泉水,济南是有名的泉城,而汇河上游的平阴县,是山东有名的玫瑰之乡,更以清澈、甘甜的泉水而闻名遐迩,最有名的是姜女庙前的姜女池,相传那是孟姜女沐浴的地方。"品甘甜泉水,听孟姜女传说",是平阴人招商和招徕游客的名片或招牌,还特别强调,他们的泉水与济南的城市名泉不同,他们是乡村田园名泉,为此,平阴人一直主打泉水田园休闲牌。这些特别好客的平阴人说,他们不但要让来自各地的游客品尝到泉水甘甜的滋味儿,还要让每一个游客像孟姜女一样能洗上酣畅的泉水澡,于是乎,在平阴遍地开花的不只有玫瑰,还有遍布每一个角落的天然泉水浴场。当人类在泉水中狂欢时,汇泉河也就再也汇集不了一滴泉水,而当汇泉河流入东平境,就是我看到的这样子了。如果这条河里还有水,将在我们前方不远的戴村坝北的灰土坝以下注入大汶河下游的大清河。但这只是一种说法了,甚至是一种传说了。

但丁先生还是很仔细地给我介绍了汇河流域的历史文化,有西周鄣国、夏朝遂国的国都遗址,还有戴村坝和罗荣桓在这里指挥作战的办公遗址。这让我感到山东这地方,每一个角落里都有深厚的文化底蕴。说到这条河,丁永林更是如数家珍,他没有说汇河里的水,而是说汇河里的鱼,在20世纪80年代,汇河还有很丰富的水生植物和鱼类、鸟类,特别是汇河甲鱼、水草等可与东平湖媲美,可惜了,随着近几年的干旱,汇河的鱼虾、水草基本绝迹。

绝迹的其实不是鱼虾和水草,而是水。我必须说出我看到的真相,这河道里已经干涸得没有一滴水了。一条盘踞在河道上的石龙,从此岸到彼岸,在干涸的河床上,被太阳干晒着,看它裂开的大嘴、露出的舌头,倒是非常逼真地塑造出了这无比焦渴的景象。其实,这里人不是没有努力,从2010年开始,东平县水利局、河道局就按照"揽一河清泉水,造一道风景带,富一方百姓"的目标,把改善汇河生态环境和打造汇河观光旅游带结合在一起,开始实施汇河综合治理工程,建设了六座拦河闸,对一座老旧的拦河闸进行了维修,对河道也进行了一次大规模的清淤疏浚,又在沿河进行绿化和景观改造,还建设了一条滨河景观大道。然而,所有的景观都打造出来了,就是水没有办法打造出来。

这没有水的风景,看上去便只有虚荣和死寂。而一条支流的命运,也是一条干流不幸命运的旁证。但我没有当着丁永林先生说出我内心的感受,看着他在胸口抱紧了的手臂,我知道他心里很不好受。

在一路颠簸的车上,丁先生仿佛是为了纠正错误,更仔细地给我讲着大汶河的来龙去脉。

这条全长 200 余公里的河流,发源于号称沂蒙七十二崮之首的旋崮山北麓,一路汇入泰山山脉、蒙山支脉的众多水系,经东平湖流入黄河。这是黄河下游最后一条支流。这条并不算长的自然河流,却孕育了漫长的人类文明,最著名的就是大汶口文化遗址,这座距今六千多年的新石器时代遗址,不但为山东龙山文化找到了历史渊源,也为研究黄淮流域及山东、江浙沿海地区原始文化提供了重要线索,也又一次证明了河流和人类实际上拥有同一源流。

北魏时期,汶水还是济水的一条支流。北宋时期,古大野泽——梁山泊以北的济水——北清河与汶水合流,又名大清河,汶水成为大清河的支流。宋咸平以后,黄河多次溃决,东平城南二汶入济河道淤塞。明永乐九年(1411 年),又重新开通了大运河的会通河一段,引汶济运,在汶河口以南筑了一道著名的戴村坝,阻塞了她的入海之路。清咸丰五年(1855 年)黄河夺大清河入海后,大汶河成为黄河下游最末一条大支流,但它并没有直接注入黄河,而是借道东平湖。但由于黄河变成地上悬河,东平湖水已无法注入黄河,大汶河水也就不能经东平湖注入黄河,便被堵在湖里,成了一条没有出路的断头河。其实,历史上的大汶河还有另一条出路。明清两代,曾利用大汶河水补给京杭大运河,京杭大运河在清末宣布停止漕运后,山东段京杭大运河,尤其是济宁到黄河一段京杭大运河,连同作为京杭大运河"水柜"的北五湖——安山湖、南旺湖、马踏湖、蜀山湖、马场湖等也先后干涸,但哪怕干涸,水道犹在,在汛期至少可以用来分洪,但这不可或缺的分洪水道却被当地某县委书记下令堵死了。这样一来,大汶河集中了泰山山脉南部的雨水,由于集水面积很大,成为滔滔不绝的洪流,每到汛期,便在水满为患的东平湖兴风作浪,造成洪水一次次泛滥。

如果不走到这条河边看看,你绝对不会想到这是一条与洪水联系在一起的河流。

入秋了,但阳光的气势仍很旺盛,连我们身上都冒着热气。看看这条河,干涸的河床也在冒烟。这是我看到的一种真相。如今的大汶河,干涸得基本上是一条季节性河流,哪怕在现在的主汛期,到处都是裸露的焦黄的滩涂,荒草丛生。但在这看上去百病缠身、有气无力的河流中,在丁先生的指点下,我很快就看见了那些被洪水冲刷过的痕迹。这就是大汶河的另一种真相,这条河一直是黄河下游干流洪水主要来源区之一。直到 1958 年东平湖水库建成后,汶水漫坝汇大清河入东平湖,经陈山口出湖闸入黄河,一条水路才基本稳定下来。但一旦涨水,又会爆发出狂暴的力量,她凭借地势的落差,从泰山山脉一路狂奔而下,仿佛天生就有一种不可阻挡的叛逆性格。

大汶河洪水来得陡,是地势决定了的,来得猛,则又与山洪暴发无异。

说到这条河,当地老乡们都说,大汶河天生就要和人对着干、倒着来,你要水的时候,没有水,你不要水的时候,水来了。老乡们的这句话,倒是说出了一种真实,这条河不是东流,而是倒行逆施,一路向西,这样的倒流河在中国很少,而大汶河也创造了一个中国之最,被称为中国最大的倒流河。这让我的叙述也变成了某种意义上的倒叙。

但不知人们是否想过,我们人类也在同这条自然河流对着干。

在很多人眼里,大汶河最宝贵的不是河水,而是河沙。大汶河流域中上游山区,广泛分布着不同地质历史时期的各类古老火成岩岩体,历经数千载的大浪淘沙,积聚了宝贵的河沙资源。这里的河沙比我家乡的长江和洞庭湖流域更好,沙质以粒圆、色正、质纯、体坚而著称。在农耕文明时代,这些河沙是不会被人关注的,而在我们所处的这个时代,大江南北的河沙资源几乎都成为人类疯狂掠夺的对象,在多少人眼中,这哪里是河沙,这就是光芒四射的金沙啊。沿着大汶河朝泰山的方向走,一路看见,到处都是开挖的沙场、堆积如山的沙堆和满载着河沙的车辆,把河床都压裂了。许多年来,挖河床,取河沙,一直是这里人脱贫致富的最直接的手段。

然而,为了攫取这河底下的财富,人类又将付出多大的代价呢?

第十四章 渐行渐远的长河

一条母亲河的命运，总是会让许多忠诚的儿女忧心忡忡，丁永林就是其中一位。他是梁山人，也是泰安人，喝了多少年的大汶河水，对这条河有一种血缘般的亲情，但如今，他已经有点不敢走近这条河了。

对这条河，他比我更熟悉，也更有发言权。他说，过度开采河沙，最先遭到破坏的，其实不是这千疮百孔的河床，而是看不见的地下水环境。河床不是铁板一块，看得见的水，是因为河床底下还有看不见的水托着。哪怕河道干涸得滴水不剩了，河道底下的地下水暂时也不会干涸，河沙就是地下水资源的保护层，像保护血管的皮肤一样。以前，在旧县岩溶水水源地傍河一侧，曾有面积约5平方公里的大汶河河漫滩，地下水的可开采量每天可达到5万立方米。从20世纪90年代开始，这片地下水源地附近大汶河河沙被过度开采后，地下水位开始持续下降，下降幅度与采沙深度基本一致，这就是说，河沙开采一天，就等于减掉了旧县水源地每天2万多立方米的优质岩溶水的开采量，按目前泰安市工业万元产值耗水量计算，每天就要损失400万元工业产值，每年呢，至少有十四多个亿的工业产值由于缺水而不能完成。按照这一科学推算，这相当于将大汶河可开采河沙资源的总量全部卖掉的收入的2倍。——这一笔账算得让人痛心，也让人触目惊心，人类实在是得不偿失啊！

这还是最直接的算术，还有更多的根本无法估算的损失，你算不出，却是看得见的。随着河沙资源的严重超采，大汶河沿岸的农田灌溉和人畜用水早已危机四伏，同时，河流对污染水体的降解能力也大大削弱，另一种水危机——污染变得日益严峻，直接引发了一系列的环境地质问题。大汶河过去以盛产河蟹、河鳝和鳖类而远近闻名，流域内，拥有众多的漫滩、湿地和林地，是各类水禽及鸟类生活栖息的乐园。而今，随着河道漫滩消失，河岸湿地面积锐减，漫滩阶地长期形成的绿化带被毁，过去繁盛的水生生物及鱼类多已灭迹，水禽亦难觅踪影。当河床被掏空，面临直接威胁的就是防洪大堤，这关系到大汶河南岸的数万亩良田和无数老百姓的安危……

丁永林痛心疾首地说，即使现在停止一切采沙活动，已然晚矣，大汶河和谐的自然生态一旦遭受破坏，就再也难以恢复。

但无论你怎么算,都算不过这些滥挖滥采的人,他们也有自己的算术,那些道理,他们心里也明白,这些河沙可以让河床掏空、大地沉沦,但却可以让他们的腰包迅速鼓起来。只要有了钱,他们可以到任何一个地方去生活,而这些灾难最终落到谁的头上,他们是不会管的。

一个问了千百次的老问题,难道就没有人来管吗?

途中,我们遇到了大汶河管理处的一位副主任,他应该可以管管吧。但他管得了这河里的水,却管不了这河里的沙。看着河床上这些滥采滥挖的人,他一脸忧愤地说,像这样过度开采河沙,损害的不只是河床,对跨河、穿河、临河公用设施的安全运行也有极大的威胁,大汶河原旧县大桥,由于过度开采,河床下降了三四米,致使桥基高悬,现在已完全倒塌报废;京沪高速公路汶河大桥从1997年建成至今,已有十二根桥柱比建成时降低了四五米,接桩部位已完全暴露在河床以上1~2米处;大汶河干流宁阳县伏山段鲁—宁输油管道、济—郑国家光缆干线工程都是穿河而过,如今输油管道裸露悬空河床以上达1米之多,光缆也近乎暴露。挖沙,对水利设施的破坏是最严重的,现在,大汶河的河沙已经被挖掉了一半,随着河床与水面急剧下降,沿河五十多处灌溉面积超过五千亩的扬水站全都报废了,几乎所有的自流灌溉工程都已无法正常运行——他一边说,一边扳着指头,举了一个又一个事例:泰安市岱岳区徂徕河段八处扬水站已全部停用并报废;泰山区邱家店镇河段东颜张村扬水站已无法引水,虽于2000年投入80万元在河道内新建扬水站一座,但又因河床水面持续下降而发生引水困难,不得不投入近万元开挖临时引水渠道以解燃眉之急……

又是省略号,人类对自然水系的毁坏,罄竹难书,很多事,我只能省略。

望着这些在光天化日之下大大咧咧、满不在乎的挖沙人,我却越来越感到奇怪了,他们怎么就这么无所畏惧,难道像当年的梁山水泊英雄一样,拥有了全副武装的实力来保护自己,足以能同朝廷抗衡?我谅他们也不敢,保护他们的,或许是另一种谁都明白、谁都心照不宣的力量。

除了河沙的开采,一路上我还看见沿途那些煤矿、造纸厂向大汶河排出的滚滚浊流。据知情人士透露,这一带的主要污染源是宁阳县华阳化工,那是山东省内最大的农药生产企业——山东华阳农药化工集团的全资子公司,主要生产液体二氧化硫、焦亚硫酸钠、工业氯化钡等,他们生产出来的每一样东西,几乎都要贴上一个恐怖的骷髅标志。想想,如果这些东西流入了大汶河,必将流进东平湖。那么东平湖的水质又怎样呢?一个事实,就在2012年春节过后,随着河水和湖水解冻,东平湖东入口处开始漂浮起零星的野生死鱼,在死鱼漂浮之前,水色接连几天泛红。很快,渔民们就发现他们养在水中的鱼苗也一片片地泛起白肚皮。在很短的时间里,东平湖以及大清河一带就有上百万斤鱼苗死亡,而大清河其实就是大汶河下游。我采访了这一带的很多渔民,许多渔民不但鱼死了,连鱼苗都死光了,他们悲惨而绝望地说:"常言道,烂粮不烂种子,死鱼别死鱼苗啊!"这些渔民以最朴实的话说出了他们的绝境,如果连种子、连鱼苗都死光光了,这一年,你说还有什么指望呢?

对于东平湖,对于黄河,大汶河都是不可或缺的,且不说这是三地四县人的一条母亲河,就说洪水,如果没有这条河,当狂暴的洪水从泰山上一路冲下来,又没有了一个去处,整个泰山脚下,皆成泽国一片。

一条短河,几乎凝聚了中国水利的一切症结。唯愿,这条短河,不会成为一条短命的河流。

三、从艾山卡口到泺口险工

黄河流过山东,大致呈北偏东流向,她的归宿早已注定——渤海。更准确地说,是渤海湾和莱州湾之间的那个半岛最尖端,更倾向于莱州湾。

在黄河上、中、下游中,下游流程最短,河道全长号称1500里(约786公里),而山东境内的河长就超过了黄河下游的四分之三(约628公里)。黄河流经山东是在铜瓦厢决口改道的结果。对此,我在前文提及过:清咸丰五年(1855年)黄河在铜瓦厢决口,夺大清河入渤海。这让山东措手不及,没想到一条大河会奔自己而来。这里原本连黄河都没有,也就根本没想过要为一条大河提前筑起堤防,只能像原始洪荒时代一样,放任黄河肆意漫流了。直到清同治末年,才逐渐兴建河道堤防,直到光绪十年(1884年),山东黄河才由一条自然河流被人类重新纳入了人工河里。然好景不长,1938年6月花园口黄河大堤被国民党军队扒决,一条在山东境内流淌了八十三年的黄河仿佛一夜之间又从齐鲁大地神秘失踪,改道南行经徐州淮河一线奔向黄海。山东黄河转眼又成故道。1947年3月,花园口堵口复堤,黄河终于又回归山东故道,这就是我现在看到的黄河。

虽说只有600多公里的河长,但河道形势还特别复杂,总的看来是上宽下窄,又加之上陡下缓,不用说,这样的河道排洪能力也是上大下小。而它每流经一段,就会表现出迥然不同的性格特点,又大致可以分为几个段落——

黄河从东明入鲁后,自东明上界到黄河入鲁第一个水文站——高村水文站,河长56公里,两岸堤距5~20公里,排洪能力较强(20000立方米每秒),但由于河道宽展,又是泥沙河床,这一段黄河属典型的游荡型河段。

从高村至阳谷县,这一段河流比较长(约156公里),属过渡型河段,两岸堤距在2~8公里之间,排洪能力逐渐减弱(20000~11000立方米每秒),泥沙淤积比较严重。这里也是陶城铺引黄闸所在地,每年都要对沉沙池进行清淤,才能确保引黄灌溉、安全度汛和抗旱。

陶城铺至利津则是最长的一段(约307公里),属于弯曲型窄河段(堤距0.5~4公里),而在这一段河道中,最狭窄的是艾山卡口(宽275米),最险要的则是济南泺口险工。若要看清山东黄河的河势水情,这也是最典型的一段了。

从上宽下窄的河道形势看,没有哪里比艾山卡口更能体现黄河下游河道的一大特点。这里既是黄河下游宽河道的终点,也是窄河道的起点,更是黄河下游最狭窄处,由于两岸山头对峙,水急浪高,澎湃汹涌。"秋观浪涌冬观冰,正月十六放河灯。黄河鲤鱼跳卡口,艾山脚下锁蛟龙。"这首诗不知是何人所作,非常形象直观地描述出了这里的情景,艾山如锁,而黄河如一条蛟龙,活生生地被锁在这里了,于是挣扎,于是咆哮。然而,哪怕这条被卡在这里的蛟龙奋力挣脱出来,也没有进入卡口之前那宽阔的河道了,从艾山以下,一直到泺口险工,既是窄河段,又不像中上游的峡谷那样有天然的防洪屏障,急速的河水被挤在狭窄的河道内,全靠堤防挡水,经常出现大堤全线靠水的紧张状况,如此冲刷下去,对堤防是非常危险的。而山东河段不仅只有伏秋大汛,还有凌汛。关于凌汛我已在宁蒙河段有过比较详尽的叙述,这里就不再赘述,一句话,这里就是黄河下游最危险的河段。

泺口原为古泺水与济水的汇合口,地处济南市北郊,素有济南黄河防汛北大门之称。泺口现行河段也是咸丰五年(1855年)黄河在铜瓦厢决口改道夺大清河入海形成的。清光绪十六年(1890年),在这一河段筑起了泺口险工,最初为秸埽坝,后逐步改为石坝。由于河道逐年抬高,悬河之势日益加剧,现在泺口河段河床已高出济南市天桥区地面5米,对济南市构成严重威胁。泺口险工之险要如开封柳园口一样,柳园口决口,一座开封城首当其冲,将遭受没顶之灾,而泺口一旦决口,济南也必将遭受同样的命运。

毛泽东先后两次视察泺口险工,一次就是他在新中国成立后第一次视察黄河时,于1952年10月27日下午来泺口视察,他默默地望着一条被深秋的阳光照亮了的长河,长久无语。还有一次是1959年9月20日下午,这次,他老人家一直走到了伸入河里的泺口险工石坝前沿。那时,黄河下游堤防已经过两次加固培高,一道险工看上去比七年前更有气势。他一边仔细察看除险加固后的险工,一边详细地询问:黄河水有多深?夏季水有多大?随后又沿着一道险工堤防慢慢向西走去,一会儿看看黄河,一会儿又看看两岸的村庄田园,或驻足观望那被一道险工守护着的人间城郭。而河流、村庄、田园、城郭,就这样被一个伟人的目光交织在一起,不知不觉便有了水乳交融的意蕴。这一道险工堤防两边,一边是黄河,一边是人间,利也黄河,患也黄河,而能解黄河千年忧患,让一条河流泽被大地苍生,就是功在千秋的水利啊!尽管这险工堤防早已今非昔比,但毛泽东还是不放心,他面对的是黄河,背后就是整个济南啊。也就是在这次,毛主席说了一句充满了忧虑又意味深长的话:"人说不到黄河心不死,我是到了黄河也不死心。"

一路上,我追随着一条黄河,也追寻着一代伟人的足迹。凡毛泽东视察黄河重点察看过的堤防,无不是黄河下游的险工。五六十年的岁月,随一条长河在风声与涛声中流逝而去,而我眼前的这座渎口险工,已经历了新中国历史的四次大修堤,渎口险工作为标准化堤防建设的重中之重,以防御花园口站 22000 立方米每秒的洪水为设计标准,在 2005 年实施了拆除改建加固工程。看着这座如铜墙铁壁般的险工,你才会真切体会到什么是黄河金堤,什么是"固若金汤"。经淤背固堤,堤背宽度已达 100 多米,堤顶上是一条防汛抢险的快捷通道,一道道丁坝、护岸砌石排列紧密、整齐有序。在堤前的河滩上是一道 50 米宽的防浪林、绿化带,这是人类在一道防洪屏障前营造的一道生物防护工程,既防风固沙又抵御扬尘,还是一片绵延千里的河畔休闲园林。这样的工程又何止是标准化,足以体现中国堤防工程的最高水平,曾荣获中国水利工程最高荣誉"大禹奖"和代表全国工程建设最高水平的"鲁班奖"。

  站在堤坝上,想看看黄河,不见黄河浊浪,但见碧波荡漾。从这里出发,一条长河渐行渐远,离大海已越来越近……

第十五章　黄河入海流

　　黄河流到利津已经渐近尾声,利津以下为黄河河口段,位于渤海湾与莱州湾交汇处,黄河入海口更偏向莱州湾。由于黄河将大量泥沙输送到河口地区,大部分淤积在滨海地带,填海造陆,每年平均净造陆地25~30平方公里。若以这样的速度推算,三四十年就可再造一个兰考县,一千年就可以再造一个台湾省,亿万斯年也许就可以再造一个华北平原。一个还在不断长大的黄河三角洲,就是这样塑造出来的。

　　一条万里长河流到了最后,随着黄河入海口的淤积、延伸、摆动,入海流路不断延伸摆动,但依然不改其频繁决口改道的天性。历史上利津以下河道多次改道,1949年后曾经三次有计划地人工改道,河口段河道长也不断变化。现行黄河河口入海流路,是1976年人工改道流经清水沟后逐步淤积塑造的新河道。

——采访手记

一、黄河口

　　走向黄河口,秋色已经很深了。黄河口在地图上很小,但走进来很大。

　　事实上,黄河曾有许多年没来过这里。黄河口,几乎成了一个历史名词。

　　我来这里已不止一次了,这里有我一支宗亲,就住在垦利县陈家庄。大约在清末民初,他们在兵荒马乱的岁月一路逃荒讨米来到黄河口,这里有不少刚刚生长出来的土地,俗称新淤洲,暂时还没有主人。他们在这里一边开荒种地,一边打鱼摸虾,过着水陆两栖的生活。当他们渐渐站稳脚跟后,又有很多同宗亲友或乡亲陆续投奔而来,往往是,一片新淤洲,由最初的一两户人家渐渐形成一个村落,河口三角洲的许多村落就是这样形成的。荒凉无边的新淤洲上,又像他们的故乡一样飘扬着炊烟,而他们盖起的茅寮或土屋用不了多久又被烟火熏得漆黑。而这时,在他们的前方又有新淤洲刚刚冒出来。——这就是一部河口三角洲的简史。

每一条河都有一个最终的归宿,黄河最终的归宿却是那样变幻莫测。

追溯黄河入海口,西汉以前,黄河最后一段下游大致就是现在的海河水系,在流经现在的河北省之后,黄河在今天津附近入海。而黄河改由利津入海,一个直接原因,就是王莽时代的那次黄河决口改道,把利津变成了入海口,史称"千乘海口"。唐景福二年(893年),黄河又在今滨州市惠民县境内改道北流,至无棣县境入海。此后近千年,黄河在中下游频繁改道,时而北流无棣、天津一线入海,时而南流夺淮入海,而今天的黄河入海口以及河口三角洲始终处于黄河猛烈摆动的扇形中间。那时还没有现在的垦利县。黄河下游的最后一个县就是金朝时设立的利津县。这个古老的县,越长越大。这样的生长不是欣欣向荣的,而是异常缓慢的。清咸丰五年(1855年),这是我反复提到的也是在黄河的命运之书里非常重要的一个年份,黄河在河南兰阳铜瓦厢(今属河南兰考)决口,黄河主流冲出河道,穿过大运河,再夺大清河河道,由利津入海。八十多年后,蒋介石密令掘开花园口,黄河又一次改道,在撇开利津入海口数年后,花园口决口又被重新堵上,黄河重回故道,也回到了现在的入海口,行水至今,从此不再改弦易辙。如今黄河的河口段,上起滨州界,自西南向东北横贯东营全境,在垦利县东北部注入渤海,全长138公里。

黄河在哪里入海,就会把挟带的大量泥沙带到哪里,对黄河而言,这是深重的灾难,但对河口而言,这却是厚重的礼物。黄河最初在利津入海时,当时的海岸线还在今天的利津镇附近,而现在这里早已成了黄河口的腹地了,离大海还远着呢。随着滚滚泥沙从上游一直冲下来,黄河入海口因泥沙淤积,又不断延伸摆动,随着时间的推移,黄河口不断在东北方的海域淤积出大片土地,这也就是所谓新淤洲。千百年来,尽管黄河多次改道,但利津一直是它最主要的入海口,这旷日持久的"填海造陆"运动,在宽100余公里的范围内,共延伸造陆3000平方公里,海岸线也向大海推进30多公里,又向大海扩张出了整整一个县,垦利县。

若以垦利县城为中轴,整个县境大致可分成东西两半,一半古老,一半年轻。县境西南部原为蒲台县辖地,在元末明初已零零星星出现人家,大部分村庄都是明清两代的建筑。据他们保留下来的族谱看,河口三角洲最早的移民大多是从山西洪洞、直隶枣强等地迁至山东北部大清河两岸耕作的移民,黄河夺大清河入海后,入海口一带很快形成了大片新淤洲,大清河一带的元明移民为了垦荒又再次向黄河口搬迁,从逐河而居演变为逐海而居。县境东半部原属利津,这也是从大海里淤积出来的最年轻的土地,因成陆较晚,直到清朝末年这里还是人烟稀少、荆棘丛生的荒凉盐碱地。也有一些零星的垦荒者,大都是农忙时节在此搭个茅棚住下,收割之后便载着田里的收成回到他们真正的家。这样春来秋去地迁徙,让这里很久都没有形成真正的村落,也没有固定的地名,只因这里的大部分都在利津县境内,地势低洼,被当时的人们俗称为利津东北洼,后来又干脆就叫利津洼。

人类对这些新淤洲的大规模开垦,大多与灾难有关。民国初年,鲁西地区遭受特大水灾,当时的山东省政府为了安置这些陷入绝境,也充满了绝望情绪的难民,曾专门设立了一个"滨蒲利广沾棣淤荒设治筹备处",有组织地将灾区难民迁到河口三角洲开荒种地,这荒凉的盐碱地,也是对他们最后的拯救。然而,这样的拯救随时都可能被剥夺。1930年,山东省政府主席韩复榘为保存实力,下令他手下的第二十师五十九旅来河口三角洲屯垦,将那些贫苦百姓无力耕种的土地一律分赠给他的部卒。由此,在屯垦集中地带出现了王营屋子、刘家屋子等若干新村。1935年,黄河又在山东省鄄城决口,鄄城以下的菏泽、郓城、嘉祥、巨野、济宁、金乡、鱼台等地皆成泽国,成千上万的灾民由山东省政府按每二百人为一组,携妻带子、肩挑手推地来到黄河口的新淤洲,又形成了八大组以及从一村至二十五村等移民村屯。随着人口的不断增加和经济的不断发展,八大组(今垦利县永安镇政府驻地)逐渐成为这些移民村屯的中心区域。1936年,山东省政府决定以八大组为中心建立永安镇,并在此相继设立新安县筹备处、垦区筹备处,可见,当时就在筹备新设一个县了。但随着抗战全面爆发,正在运筹帷幄之中的新安县筹备处也在日军进攻山东时作鸟兽散。国民党前脚刚走,共产党后脚就来了。1941年年初,八路军山东纵队在这里创建了垦区抗日根据地,成立了垦区抗日民主政权,为县级,但尚未正式设县。1943年,才正式成立了垦利县抗日民主政府,由于此地有"垦区"和"利津洼"两个名称,因此合称为"垦利"。从此,垦利建县,而黄河入海口也就顺理成章地被划入了垦利县。解放战争时期,这里更成了渤海解放区的大后方,粮食、棉花、原盐等源源不断地由此输送到其他解放区和军事斗争前线,渤海垦区因此被誉为鲁北的"小延安"、山东的"乌克兰"。

新中国成立初期,黄河口再次成为国家安置移民的重点区域。20世纪50年代,为修建东平湖水库,山东省政府先后将东平、梁山、长清、平阴、青岛、济南等地两万多移民迁到利津、垦利两县落户。此外,还有华东军政委员会在广饶七区筹建国营广北农场,济南军区农建二师进入孤岛地区开发荒原,山东地方国营渤海农场总部迁至黄河口地区,随着大规模的农垦和军垦,河口三角洲的每一寸土地都不再荒芜。而随着胜利油田登陆黄河口,人类对河口三角洲的开发又从地上深入地下。这荒凉无边的盐碱滩,如今依然是人类拼命攫取财富的一片热土。

还说垦利,这个离大海最近的县,是黄河以最直接的方式孕育出来的一方沃土,已经不小了,县域面积超过2000平方公里。但这依然是一个动态的数字,人类可以划定它在大陆上的边界,却一直无法划定它和大海的边界,尤其是最近四十多年间,黄河输送至河口的泥沙每年平均向渤海延伸2公里,年平均净造陆地二三十平方公里,这就是说,黄河口每天要增加一个足球场的面积,每年要再造一个澳门特区的面积。如果黄河不断流、不改道,它还会继续朝大海搬运泥沙,在无尽岁月中还不知会淤积出多少个县来。

在不断"填海造陆"的同时,黄河下游河道一直游荡不定,尤其是黄河尾闾改道,一直是河口三角洲的心腹大患。所谓尾闾,据古人的解释:"尾闾,水之从海水出者也,一名沃燋,在东大海之中。尾者,在百川之下,故称尾;闾者,聚也,水聚族之处,故称闾也。"由于黄河口是黄河流域海拔最低的地方,要承接所有的河水,并且汇聚于一口,一旦河流不畅,就会造成河堤决口,洪水四溢,而黄河泥沙原本就多,尾巴又经常摇摆,俗称"龙摆尾"。新中国成立后,人民政府加大了黄河治理力度,先后四次对河口进行人工改道,让黄河入海口更加畅通。如今的黄河入海口位于渤海湾与莱州湾交汇处,是1976年人工改道后经清水沟淤积塑造的新河道。每次改道,黄河尾闾就能稳定一段时间,从1949年以来,黄河尾闾经历了四次改道,也经历了一次次大汛,但河口堤防无一决口,黄河从此不再随便"龙摆尾"。

二、久仰了,打鱼张

久仰了,打鱼张!打鱼张不是一个人,而是黄河下游右岸的一个二十来户人家的小渔村。黄河口很多村庄,都是以最早来到这里的人命名的。这个人姓甚名谁,这个村庄也就姓甚名谁了。所谓命名,其实没那么严肃,也就是老百姓信口叫出来的。不难猜测,这个叫打鱼张的地方,最早可能是个姓张的打鱼佬在这里打鱼为生。

天空是铅灰色的,云层压得很低,已经能感觉到海风在吹拂。海风只是对我的一种提醒,这里离大海已经不远了。一些不知名的海鸟也正在发出凄厉的鸣叫。在这多少有些莫名悲凉的气氛中,我的叙述只能从一个错误开始,这个错误是人类与岁月共同造成的。岁月里总有太多的阴差阳错,黄河口在新中国成立后区划调整很大,新中国成立初期打鱼张还属蒲台县,后来蒲台县撤销了,并入了现在的博兴县,再后来打鱼张又从博兴县划到了现在东营市东营区。在历史变迁中寻找一个小地方还真是不容易。当我按图索骥一路打听找到打鱼张,我还根本不知道我来到了一个错误的地方。我来这里,不是来拜访一个小渔村,也不是为了寻找一个早已不存在的打鱼佬,而是寻访另一个声名显赫的打鱼张。但打鱼张的老乡都摇头,他们都说我搞错了,我要寻找的打鱼张不在这个打鱼张,而在博兴县的王旺庄。一个中年汉子正蹲在地上吃饭,他用筷子头在地上画了一条路线,像蚯蚓一样,他又用那根筷子指点着,告诉我该在哪儿拐弯,又该在哪儿转身。但这次我很小心,我怕七弯八拐的,又走错了,就请这汉子给我带路。谈好了价钱,这汉子便撂下饭碗,从羊圈里推出一辆灰扑扑的大摩托,载着我,灰扑扑地奔上了一条土路。

风过之处,我很快发现这条路绝对是不会走错的,无论它怎么七弯八拐,只要你跟着这条黄河走,就绝对错不了。大约沿黄河往上走了7公里,过了一座牌楼,从这汉子倾斜的肩头上望过去,一眼就看见了,一座横亘在黄河岸边的水闸,在这阴沉沉的天气里浮现。那汉子翘了翘下巴说,那就是我要找的打鱼张。

走向它,多少有些激动,我千里迢迢而来,就是想来看它一眼。一个谜底可以揭开了,这个打鱼张,是打鱼张引黄灌溉工程的龙头,用水利科学名词则叫"渠首",其实就是一座引水闸。但这座水闸好像已经坏了,又仿佛是被人类遗弃了的一座废墟,我在这里转悠着,除了我像一个孤魂似的在这里转悠,几乎看不见这里还有别的人。又朝那闸门下的黄河看,我一下就屏住了呼吸。没有水,只有被恶臭包围的淤泥,周围抛满了各种垃圾。黄河离这座水闸很远了,那流逝声,如泣如诉。这让我再次疑惑起来,我是不是又一次搞错了,被一个貌似憨厚的农人带到了一个错误的地方?但水闸上的那一排大写的汉字告诉了我最正确的答案,没错,我要找的打鱼张就是这里。

一个明确的答案,让我感到更加蹊跷,一个工程如此名不副实,又是怎么回事呢?

这名不副实的工程背后,其实有很多的实情。一部分实情,是王旺庄的老乡们告诉我的。在还没有这个工程之前,也就没有什么打鱼张灌区。那时这里还是河口三角洲上一片地广人稀的盐碱地,但已有一些人在这里开荒种粮,其中就有王旺庄的祖辈们。他们大多是民国年间从兵荒马乱的内地一路逃荒逃过来的,逃到了这里,看着这样一大片白花花又没有地主的盐碱地,他们一下站住了,再也挪不开脚步了。这也是土地啊!虽说是盐碱地,但有地总比没有好,好赖也是一块地啊!很多的逃荒者,就这样变成了

第十五章 黄河入海流

开荒者。没有地主,谁开出来的田地,谁就是这里的地主。这盐碱滩上没有水,黄河里有水,但要把黄河水引过来浇地,对这些单家独户的拓荒者来说是根本不可能的。引黄灌溉,必须打水车、开渠道,还要修建蓄水库。农民有力气开荒种地,却修不了水利。他们只能眼睁睁地看着这条黄河,它近在眼前,但要从黄河里挑水浇地远在天边,那河漫滩全是比人还深的淤泥,不说挑水,一个光人也走不过去,还没走到水边,人就没了。没有水,就只能靠天老爷下一点雨了。这里的一些老人还记得当年的顺口溜:"走的是光板道,听的是鸦兰叫,吃的是黄须菜,喝的是牛马尿……"这其实也是他们当年拓荒时悲惨而又真实的经历。他们只能在这荒凉无边的盐碱滩上广种薄收,这里不但没有水浇地,连水也没的喝,干得嗓子冒烟了,只能靠牛马尿解渴。那时候,这盐碱滩上老百姓做梦都想喝上一口黄河水。

还有另一部分实情,是我在东营市档案馆查询到的。这片无边无际的盐碱滩,在新中国成立之初被国家看上了。1951年岁末,中央军委决定在河口三角洲开辟军垦区。第二年开春,华东棉垦委员会也决定开垦山东滨海一带的荒地种棉花。那时候摆在中国人面前最重要的两件事,一是解决吃的,一是解决穿的。按照中央军委和华东棉垦委员会的决定,山东省政府很快就成立了山东省棉垦委员会,由复员转业军人组成的农建二师穿着没有帽徽领章的军服开进了河口三角洲,那一双双曾经握枪杆子的手,现在握着的是开荒的锄头、镢头。这也是河口三角洲有史以来最大规模的垦荒,也就需要大规模的用水。为此,山东省棉垦委员会决定兴建打鱼张引黄灌溉工程。经中央水利部、中央财政委员会批准后,山东省政府随即组建了山东省棉垦区打鱼张引黄灌溉工程局,具体负责打鱼张工程的设计与施工,并明确要求,打鱼张灌区在1953年1月完成工程技术设计,开始备料,计划在当年9月份全面开工。

从这些解密的档案可以看出,这个工程一开始的确是准备建在打鱼张的,这也是经过当时的专业技术人员反复勘测比较之后,最终决定并上报国务院备案的。那么,后来又是怎么从打鱼张搬到王旺庄了呢?——这是当时的苏联专家做出的抉择。那是1953年开春不久,就在打鱼张工程正在紧张备料时,苏联水利工程专家沙巴耶夫、拉布图列夫在水利部灌溉总局副局长刘学荣陪同下,来到打鱼张灌区考察。从一些过来人留下的回忆文字里可知,这是两位神情冷峻但非常严谨的专家,在经过一系列的勘测后,搜集了大量的土壤、水文地质资料,尤其值得一提的是,苏联专家还很细心地考虑了引黄灌溉的泥沙处理。在实地勘察之后,他们又进行渠首建筑物的室内模拟试验,结果,他们把选址打鱼张的原定方案给否定了,因为那并不是最好的引水口。他们认为最佳选择是王旺庄,这里是一段"S"形河道,而王旺庄正好处在"S"形河道下端拐弯处,黄河水可以直冲引黄闸和沉沙区,不但引水方便,对水沙处理也更有利,根据黄河水的运行规律,此地极利于躲沙,简单说,也就是能够多引水、少引沙。此外,王旺庄还有一个明显的优势:这里的水头比打鱼张附近高出半米多,水往低处流,也就更能把水引进来。

那时候苏联老大哥的威信很高,中国人对他们是言听计从的。就这样,按苏联专家的建议,打鱼张工程在苏联专家的指导下进行了重新设计,把渠首位置从原定的打鱼张上行7公里,迁到了王旺庄,但"打鱼张引黄灌溉工程"这个名称没有改,这个工程项目当时已正式报国务院备案,也不好再作更改了。再说,改不改也无所谓,一个工程名称也就是个代表符号,并没有太多的实际意义,只是给我们这些偶尔来这里看看的外人带来了一点名不副实、文不对题的错位感,让我多走了一段冤枉路。

但从后来的事实看,这一段冤枉路又是走得特别值的。不能不感谢那些严谨的苏联专家,正是他们的科学精神,对这个工程做了一次非常及时也非常必要的调整,也让一个原本就要仓促上马的工程被水利部暂时叫停,停止备料,一切又从头开始。这种箭在弦上而被叫停,一切又从头开始的工程项目,在新中国水利史上是极少有的,这也是它值得我们再度回望的原因。

当时谁也没想到,这个工程的开工时间竟然被整整推迟了三年。

在这三年里,从中国水利部门的最高层,到当时科学界的最高层,都一次次来这里实地考察,再三论证。三年时间,足以再打一次解放战争了,中国人还从来没有这样从容,这样有耐心。而最终提出结论性意见的是苏联科学院院士柯夫达。柯夫达院士也是中国科学院首席顾问。在中国科学院副院长竺可桢陪同下,他率一个科学考察团来打鱼张灌区进行了一次更详尽的实地考察后,得出了和他的同行一致的结论,还有许多新的发现:"打鱼张灌区地处黄河下游滨海地区,土壤含盐多为氯盐,容易冲洗,底土有透水沙层,排水效果好,通过冲洗排水改良土壤,灌区开发是有前途的,在技术上是可行的,在经济上也是合理的。几年来的试验研究工作,方向是正确的,得到的资料是宝贵的,不但对该地区开发有决定意义,同时尚有全国性意义。"

有了苏联首席专家的权威性肯定,1955年,山东省水利厅打鱼张引黄灌溉工程处根据三年试验研究的资料数据,初步完成了工程设计,并上报水利部。随后,又在苏联专家儒可夫、康德拉什克和中国专家陈之颛等人的参与下,编制了打鱼张灌区第一期工程技术设计方案。水利部对这一设计进行初步审核,根据审核意见,由北京水利勘测设计院、山东省水利厅、山东黄河河务局等单位联合组成了一个更庞大的查勘组,又对打鱼张灌区进行为期六天的实地勘察,并在水利部西北水工试验所进行渠首引水模型试验,根据实验数据,对第一期工程技术设计再次进行了修订,把原设计中九条干渠修订为八条,取消原设计图纸上的九干渠,后来在建设中,由于各种原因,设计图上的八干渠也未修建。九条干渠付诸实施的只有七条。但工程仍未上马,1956年早春,水利部副部长钱正英又陪同苏联专家康德拉什克、尼古拉耶夫来灌区考察,决定将渠首工程设在王旺庄附近的弯道凹岸顶点下端,但为预防溜势下延,确保渠首险工段稳定,在灌区开发的同时,必须先加固上游对岸龙王岸护滩工程。

一个水利工程经过了如此反复的勘测、实验、论证、修订,透过这些丝毫没有文学性却又充满了科学性的细节,足以看出在第一个五年计划期间,国家对这一引黄灌溉工程是何等重视,又是何等严谨而缜密。如果后来的中国水利建设一直延续这种科学精神,我们的许多水利工程也就不会留下那么多隐患和后患了。在钱正英和康德拉什克等专家考察后,国家建委正式批准《山东省打鱼张引黄灌溉工程初步设计》,并列为第一个五年计划期间的国家重点工程项目。随后,中央人民政府指示:打鱼张工程开工。此时正是1956年春天,冰天雪地的黄河口又迎来了一个解冻的季节。

从黄河口三角洲的高清地图上看,打鱼张引黄灌区分渠首段、沉沙池及渠系三部分,北起黄河,南至广饶县小清河以南以及寿光县清水泊一带,西起张(张店)北(北镇)公路,东至渤海湾防潮堤,覆盖了原山东省惠民专区的博兴、广饶、利津及昌潍专区寿光县北部,设计灌溉面积为21.6万公顷。整个工程,计划用六年时间完成。然而,在按部就班、稳扎稳打地进行了一年多后,到了1958年,整个工程突然加速,工地上响彻那个狂热时代的口号:"跃进年,大苦干,保证今年争模范。白天赶太阳,晚上追月亮,抓晴天,抢阴天,微风细雨当好天。现在多流汗,共产主义早实现……"

这让那些神情冷峻的苏联专家一脸惊愕,中国人是不是疯了?

而在这时候,这些苏联老大哥的权威性已经大打折扣,咱们中国人已经敢于和这些苏联专家面红耳赤地争论了,连一些最底层的民工也敢冲着他们做出鄙夷的鬼脸。一个更大的背景是,两个伟大的国家和两个伟大的政党之间也开始唇枪舌剑地交锋。交锋的结果是苏联专家的全线撤退。没有了这些站在一旁指手画脚的"老大哥",咱们中国人也就更加放开了手脚,鼓足干劲,自力更生,"白天赶太阳,晚上追月亮",一个按原计划最少也要六年干完的工程,结果提前三年就干完了。中国人没疯,中国人要让那些苏联专家看到奇迹是怎样诞生的:整个打鱼张灌区共修建各类大中建筑物五万余座,不但提前三年完成了任务,打鱼张灌区面积也扩大了三分之一。

这是国家第一个五年计划的重点工程之一,若要形容它,又得借用当年的话语了,"打鱼张工程的胜利竣工是'大跃进'和人民公社化最伟大的成果之一"。从当时的现实看,黄河水是河口三角洲的主要淡水资源,整个河口三角洲都是引黄灌区,而河口三角洲就是黄河最后一段流域,这也意味着,黄河流域最后的命运,就是由这座水利工程来决定的。必须承认,在灌区建成初期,这一工程对解决河口三角洲的农田灌溉、土壤改良、人畜饮水等,均发挥了前所未有的作用,甚至足以用"空前的""巨大的"一类的词来形容,对老百姓来说,最直接的实惠就是从此结束了饮用咸水的历史,粮食亩产也从建灌区前的 50 多公斤猛增到了 80 多公斤。这点儿亩产量,现在看起来实在太低了,但在那个年代实在又不算低了。然而,在狂热的"大跃进"中,人类绝对不会满足亩产几十公斤、几百公斤,而是几万公斤、几十万公斤。这样的狂热只能转移到引黄灌溉上了,在人民公社的体制下,采取盲目大引、大蓄、大灌,恨不得把粮食亩产一夜之间就搞到上万公斤甚至几十万公斤,而在引黄灌溉中又重灌轻排,加之缺乏大型引黄灌区管理经验,排水系统又不配套,只见黄河水哗哗灌进来了,却不见灌溉尾水排出去,直接引起地下水位上升。

在打鱼张工程竣工两年后的 1961 年,"大跃进"和人民公社的灾难便以各种各样的方式暴露出来了,在短短的一年时间里,打鱼张灌区的土地碱化就已高达四万多公顷。这不是打鱼张一个引黄灌区的问题,这是当时黄河流域整个引黄灌溉的问题,中央意识到了,如果不踩急刹车,用不了几年黄河流域近 80 万平方公里的土地,都将变成白花花的盐碱滩。

对于灾难,人类可以找到各种各样的借口。洪灾可以找到借口,干旱也可以找到借口,但面对人类自己制造的灾难,人类已经没法找到任何一种借口,没法抵赖了。

又不能不说,1962 年春天的那个急刹车踩得非常及时,对于整个中国都踩得非常及时。

当年 3 月,国务院副总理谭震林在山东范县(现为河南范县)主持召开了一揽子解决引黄灌溉的"范县会议"。而解决的方式就像"谭大炮"的性格,果断而决绝:由于引黄灌溉大水漫灌,有灌无排,引起大面积土地碱化,根本措施就是停止引黄灌溉,退渠还耕。

谭震林脸色铁青:"不经水利部批准,谁也不准开闸!"

谭震林的脾气大,那是很多过来人都知道的。而在中国,也只有体制才有如此强大的力量,可以在风驰电掣中一脚踩死刹车。范县会议一散会,山东省引黄灌区便全部停灌,打鱼张灌区面临的还不只是停灌,除保留一干渠至五干渠外,其余的灌渠全部退渠还耕。修渠的是那些流血流汗的民工,把这些渠道挖掉的还是这些流血流汗的民工,他们都是农民,是这个世界上最能吃苦、最听话也最廉价的劳动力。看当年留下的黑白照片,看不清他们的表情,但能看见那一只只沾满烂泥的粗大胳膊,好像有永远也使不尽的力量。

在这一个个苦难的身影背后,打鱼张灌区的工作重点也从灌溉转移到以排涝治碱为中心上来。从那年6月开始,"山东省打鱼张灌区灌溉局"又多了一块牌子:山东省打鱼张灌区排涝治碱工程指挥部。一个机关两块牌子,就这样一直挂了几十年。而打鱼张后来的命运,也再次验证了那一次国民经济调整对一个年轻的共和国是多么关键、多么重要,一种失重、倾斜、偏离了方向的飞奔,又幸亏被某种国家意志竭尽全力地拉入了正常的轨道,否则,河口三角洲很可能早已被比农人的血汗更苦涩的盐碱吞没了。

很多事,只有当一个社会以及所有的成员都回到了正常的情形下,才有可能正视已经发生的一切。至少在1962年之后,没有中国人还会相信亩产几万斤、几十万斤的神话,如果不停灌、排涝、治碱,河口三角洲将变成一片离大海最近的荒漠,连亩产几十公斤的产量也保证不了。打鱼张灌区通过一年多的治理,到了1963年,灌区土地又逐渐恢复了生机。当年,中国农业科学院灌溉研究所所长栗宗嵩来灌区调研后,认为打鱼张灌区地理条件优越,农林牧副渔综合发展的潜力大,在进行干渠衬砌后,可以逐步恢复引黄灌溉,先向东部送水,以解决沿海地带人畜饮水困难,与此同时,在灌区西部进行试验,为复灌创造条件。从这些举措看,那时人们对引黄灌溉已相当谨慎,每走一步都小心翼翼,都先要进行试验。

到了1965年春耕季节,打鱼张灌区遭遇前所未有的大旱,当地干部、群众都强烈要求恢复灌溉,经水利部批准后,一座关闭了许久的引黄闸又打开了闸门,向四干渠输水试渠,随后一、二、三、五干渠又相继放水。这次复灌,不仅恢复了原有骨干工程和田间配套工程,又改建、扩建了一大批工程,灌区粮食亩产从1958年前的50多公斤逐年增加到了400多公斤,翻了8倍。这赶不上当初的设计目标,更赶不上"大跃进"的目标,但这每一颗粮食都是实实在在的粮食,而不是虚妄的数字。但要打出这实实在在的粮食,又必须有一个实实在在的前提:黄河里必须有水。从20世纪70年代开始,黄河断流之后,打鱼张以及河口三角洲上的所有引黄灌区,事实上已经名存实亡,这里的农民又只能像他们的先辈一样,靠雨水、靠打井来浇灌他们的一亩三分地了。

当1991年的春天来临,已经断流多年的黄河河道里依然看不见一滴水,只有威严的太阳俯瞰着一条死寂的河流。而这个干旱的春天,对打鱼张来说不是一元复始的春天,而是历史性的终结。在打鱼张工程竣工三十周年时,山东省政府决定打鱼张引黄灌溉管理局正式撤销,主要原因是,原打鱼张引黄灌区管理体制已经不适应当前该地区引黄灌溉管理的需要。但山东省政府在批复中又决定,由于这个灌区在国内外都有一定知名度,打鱼张引黄灌区的名称由省引黄济青工程管理局保留。事实上,保留它,已经没有别的意义,只是为了保持一个灌区在人间存在了半个多世纪的最后一点记忆。

再见,打鱼张。看着它,一座半个世纪前的水利工程那荒凉又固执的神态,我没有丝毫感叹,只感到它所经历的一切真正画上了句号。此时的天空依然阴沉,连夜幕正在降临的感觉也变得模糊了,我的眼睛越过一座半个世纪前的水利工程,望着别处,那是一条大河流来的方向。一条严肃的、近乎忧伤的大河,离我还有遥不可及的距离。

三、黄河欲尽天苍黄

然而,当一种灾难被人类解决,另一种灾难又开始出现:黄河没水了,断流了。

关于黄河断流,我此前已经多次叙述,这里就不再赘述,我想说的是发生在黄河断流背后的一些事情。在相当长的一段时间里,黄河断流只有断流流域的人们知道,哪怕知道也仅仅是极有限的局部,而外界一直不知道黄河断流了,这真是一个天大的秘密。直到1995年,在黄河断流十三年后,这一秘密才被黄委水文局王文玲和张纬等人捅开了,他们撰写了《黄河下游断流情况的回顾与思考》一文,在《人民黄河》该年第四期发表,这也是该刊首次发表有关黄河断流的文章。至此,黄河断流不再是秘密,而是中华民族必须面对的一个严峻事实。在1997年以后几年里,有关黄河断流的文章几乎铺天盖地,这足以表达人们对黄河断流的关注程度。而每个人在拿出治理黄河断流的对策之前,都必须追问,到底是什么原因致使黄河下游断流?

黄河断流,和其他所有灾难一样,原因很多,很复杂,尽管众说纷纭,但人类首先还是要在老天爷身上找原因,能够推给老天爷的先推给老天爷,如降水量减少、太阳辐射、太阳黑子、温室效应,还有所谓间冰期,等等,这都有可能导致黄河干涸断流。又由于黄河是一条悬河,河床淤积得比两岸地平线高出5米左右,水往低处流,比地平线更低的地下水不可能流到黄河河底,黄河不仅得不到两岸地下含水层的水源补给,反而要用河水下渗补给地下含水层,越是干旱越是下渗严重。这都是原因,也都是常识。对常识,只能用常识来追问:黄河在春秋以前就是一个巨大的悬念,一直悬到现在,几千年都没有断流,怎么到了我们这个时代就断流了?

人类,尤其是我们这个时代的人类,是推卸不了我们自身的责任的。黄河断流最直接的原因,说穿了还是人祸,而很多人祸又是以水利的名义进行的。有一个原因是很多人一直在回避的,那就是,那一道道横亘在黄河中上游峡谷里的拦河大坝。黄河流域原本处于高温干旱地区,在水体聚集效应下,很多宝贵的水资源在人间蒸发掉了。而沿途又有人类修建的大大小小的引黄灌溉工程层层拦截黄河水,拦截多,放流少,又因抗旱用水集中,水库蓄水能力相对不足,还有一些从国家水利大局出发向流域外引黄的水利工程,如引黄济津等,也引走了一部分黄河水。上述这些耗水量,年均达200多亿立方,约占黄河水量的三分之一。又由于对全流域的宏观管理不协调,在枯水年份或者枯水季节,黄河沿岸各地只考虑自身利益,纷纷引水、蓄水、争水、抢水,水资源管理混乱,水量分配不合理,水荒矛盾更加突出。黄河水还没有流到下游,在中上游就被用得差不多了,没有水放到下游来了。

还有一个在中国水危机中普遍存在的原因。新中国成立后,尤其是新时期以来,随着人口和经济的迅速增长、城市的不断扩张、人类生产与生活规模的无节制扩大,耗水量呈急剧上升态势。20世纪50年代时,黄河下游灌区灌溉约为一百四十万公顷农田,到20世纪90年代猛增到五百万公顷,工业用水也数十倍地增长。从耗水量看,历史上,人类对黄河水源的利用十分有限,尽管黄河水量比长江少得多,但人们也从未担心水少了,最担心的还是洪水。新中国成立初期,黄河供水地区年均耗水量才100亿立方米,一直到20世纪五六十年代,每年都有500亿立方米的黄河水白白流入大海,也从来没有人觉得可惜。到20世纪90年代初平均耗水量达到300亿立方米,翻了3倍。以黄河水资源之少,要满足人类如此之大的需求,也就只有竭泽而渔了,哪里还有水放到下游来?偏偏越是干涸缺水的地方,水资源越是浪费惊人,这又与水价低廉有关了。黄河流域是中国北方重要的农业产区,农业灌溉用水即占全河流用水总量的九成以上,而引黄渠每立方米水费仅为3厘钱,远远低于供水的生产成本。如此低廉的水价自然难以唤起人们的节约用水意识,农业灌溉仍然主要采用大畦漫灌、串灌等原始灌溉方式,一些灌区每公顷地年均毛用水量竟然高达五六十立方米,粗放经营的农业生产方式使黄河水资源的有效利用率还不到四成,水资源浪费程度令人触目惊心。有专家充满惋惜地哀叹,如果把那些浪费的水资源留在黄河里,黄河下游也不至于断流。

黄河断流致使黄河下游流域的最后一个省份山东陷入了一片焦渴,山东省黄河两岸五百万人吃水困难,下游引黄灌区近五千万亩农田无水灌溉,胜利油田也因缺水而多年限产。黄河断流加剧北方水危机,受害的不止山东一省。黄河断流,直接引发了一系列生态灾难,由于没有足够的水量冲刷泥沙,下游河床泥沙沉积更加严重,黄河三角洲生态退化、荒漠化。而对处于河口三角洲的山东省东营市来说,黄河是这里两百万人的生命河,黄河一旦断流,这里将成为一片毫无生机的盐碱滩。

黄河断流,改变了河道冲刷模式,泥沙淤积使河道萎缩、河床抬高,黄河下游成为地上悬河,降低了行洪能力,增加了决口和改道的风险,威胁着下游人民生命财产的安全。目前,黄河下游主河槽呈现出"浅碟子状",汛期一旦来大水,洪水就会轻而易举地越出河槽,在横比降远大于纵比降的"二级悬河"形势下,洪水甚至是中小洪水在滩区极易形成横河、斜河、滚河,使黄河下游两岸大堤防不胜防。

还记得1998年秋天,我站在一条看不见黄河的黄河口,干涸的河道流泻着落日的悲怆,那如同置身于世界尽头的荒凉,让我终生难忘。"大河上下,顿失滔滔",一个伟人笔下的黄河,仿佛将要成为黄河的另一种绝唱。随着黄河断流越演越烈,很多悲观的预言家开始预测黄河的命运:黄河将变成一条季节河;黄河的水很快就要被喝光用尽;甚至还有人更绝望地断定,"黄河断流是必然的,要学会与狼共舞",这条狼,便是断流的黄河了。

关注黄河命运的不只是中国人,还有许多外国人,尤其是与我们一衣带水的日本。黄河断流,中华民族的母亲在哭泣,已经到了欲哭无泪的程度。日本一家著名月刊如是说:"不应仅仅把黄河断流看成是经济和环境问题。整体来看,黄河断流带来的是整个流域的衰亡,断流使黄河流域的活力不断衰退……长远来看,黄河文明已开始走向衰退。"在日本人眼里,黄河文明就是中华文明的代名词,而黄河文明的衰退,意味着中华文明全面走向衰退。

对黄河下游的拯救,就是对黄河最后的拯救。

对于中国人,拯救黄河,不只是拯救一条自然河流,也是对中华文明的拯救。

随着众多专家学者和黄河儿女的奔走呼吁,1998年春天,"保护母亲河"被列为全国政协一号提案。此前,中国科学院和中国工程院一百六十多位院士面对黄河的年年断流,联名向社会发出"行动起来,拯救黄河!"的呼吁。

然而要拯救一条大河又是多么难,至少在那时,我还非常悲观。"土花漠碧云茫茫,黄河欲尽天苍黄。"李商隐这两句诗,写的不是黄河口,却也写出了我在黄河口的真情实感。想象一个人,在辽阔旷远的天地间,远眺黄河尽头那苍黄的天空,倍感孤寂与怅惘。而那时,人类正翘首以待的是南水北调西线工程早日上马,把长江水引进黄河,也只有长江才能改变黄河的命运,才能真正拯救黄河,这是黄河的唯一指望。这个梦想的实现已经为时不远了。到那时,当我又一次走到这里,黄河口流淌的也许是长江水。

四、黄河入海流

事情没有我想象的那样悲观,黄河的命运在 2000 年被人类一举扭转。对此,我在前文已经提及,这得再次感谢小浪底水利工程,随着这一工程的运行,在又一个千年来临之际,黄河终于没有把断流的历史带入一个新世纪、新千年。但一开始人们还并不乐观,以为这只是昙花一现。然而,从那以后,一直到现在,黄河已经连续十多年没有断流了。

黄河断流的危机,谁在黄河的最末端,谁的危机最大。黄河断流,最早就是从尾巴上开始,这个尾巴就是东营市,而垦利县又在这尾巴梢儿上,轮到他们用水时,也就到了最后关头,对于他们,这也是最后的拯救,在某种意义上说,他们必须同大海抢水,一眨眼,这水就流到大海里去了。他们都经历过多少年黄河断流,在他们眼里,这每一滴水真是比石油还金贵。这里不缺石油,这里最缺的就是水。每年开春,是黄河凌汛季节,也是河水比较充沛的时机,从东营市到垦利县的水利部门便迅速行动,全力抢引抢蓄黄河水,哪怕现在用不着,也要早早储存一点水。

缺水,对水利建设也是一种倒逼机制。水利,又进入了一种竞技状态。

我决定去垦利县水利局打听打听。这个水利局设了一个专门的灌溉处,一位副主任指着一幅垦利县引黄灌溉图,指着上面像血管一样的灌溉渠系给我讲解了半天,一种很真实的感觉:水,就是血脉。我听明白了,垦利县从 2011 年开始,确定了四大水利工程:溢洪河清淤疏浚工程、五七中型灌区节水配套改造工程、双河灌区续建配套与节水改造工程、麻湾灌区续建配套与节水改造工程。这些灌区渠系原本都是原打鱼张引黄灌区的组成部分,打鱼张灌溉管理局不存在了,可当年的工程还在,渠系还在,但受当时客观条件的影响,投资普遍不足,后来灌区配套建设又一直没跟上,至今仍有相当一部分灌区不能很好发挥效益。这次大办水利,清淤和防沙是重点,对河道、干渠要进行大规模的整修,对那些像毛细血管一样的支渠、斗渠、毛渠一直到农户田间的竹节沟,也要都进行清理疏通,这样才能确保渠系畅通,提高灌溉速度和效率。节水,是这些配套改造工程的重中之重,对大小灌渠都要进行防漏处理,力保每一滴水都不被白白漏掉;尤其要改变农民传统的漫灌方式,大力推广低压管道输水灌溉,如喷灌、微灌等先进的节水灌溉措施,这将是黄河灌溉史上的一次革命。按照规划,垦利县将要建设水闸、生产桥、支渠泵站、节制闸、渡槽等一百多座大中型水利工程。

这要多少钱啊?我问这位副主任。他说,总投资一个多亿。

我知道,垦利县有这个实力,垦利县全年财政收入已突破十个亿,十个指头,他们只是拿出一个指头搞水利,值。

如今大办水利的不只是政府,还有一些牛人私人投资搞水利。

张庆利就是这样一个牛人。老张出生在一个普通农家,但他不是农民,而是一个下岗职工。下岗对很多人都是不幸的,但对老张是幸运的。这个豪迈的山东汉子,很有商业头脑。他下岗后做生意,很快就挣到了第一桶金。随后,他搞起了房地产开发,虽说不是什么房地产大亨,也是黄河口小有名气的百万富翁。他原本想把自己的房地产越做越大,但一个很多人并没有在意的信息,让他在年过不惑时又一次转身。一个人的命运,也从此与这一方水土更紧密地联系在一起。

那是2002年,老张听说济南军区东营生产基地有大片的盐碱地正在招商,便马上赶来了。一开始也没有什么明确的想法,只是赶来看看,说不定有什么商机。这一看,让他心疼不已。一望无际的盐碱地,一片荒芜,他想,如能把这盐碱地改造好,那可真是一笔大买卖啊。但他早过了冲动的年岁,在心血来潮过后,他开始前思后想。想来想去,他还是觉得这是一个难得的机会,他甚至觉得终于找到了一件值得自己做一辈子的事情。他决定了,盐碱地也是土地,他要把这片盐碱地包下来,要能买下来当然就更好了,当然,这是不可能的。但他刚把自己的主意说出来,立马就遭到了家人的反对。也是的,你个老张,放着城里好好的生意不做,偏去改造那苍蝇不下蛋的盐碱地,又远离城区,干啥都不方便,这不是花钱买罪受吗?

对家人的反对,张庆利有心理准备,对远离城区,他不觉得那是什么坏处,反而是一个好处,但这需要在后来的日子才能慢慢看出来。老张是个豪爽人,但不是一个喜欢显山露水的人,他的性格,熟悉他的人那都是知道的,只要他认准的道,就会咬牙干下去,不撞南墙不回头,撞了南墙也不一定回头。他一出手,就是大手笔,承包了多少盐碱地? 十万亩! 惊得多少人连眼珠子都快掉出来了。

一个农家子,对农业多少是懂得一些的,然而他要当的不是父辈那样的农民,十万亩土地,要干就是大农业。他在山东农业大学待了一个月,为的就是向专家教授求教怎么改造盐碱地。说起来很复杂,一听却很简单,甚至让人觉得有点好笑:你吃过咸菜没有? 再咸的咸菜,用清水冲洗几遍,咸菜也变淡了。要把盐碱地改造成良田,道理是一样的。要改造盐碱地,先要修水利,这也是当年修打鱼张引黄灌溉工程时,那苏联专家讲的,实际上就是一个土壤改造工程,一个农田水利建设工程。那时候黄河已经结束了几十年断流的历史,这可给老张帮了大忙。他的目标确定了:挖水渠,引黄河水来洗盐渗碱,改造盐碱地。

一个私人老板对水利的投资就这样开始了。他拿出家中所有积蓄,又从多家银行贷款,第一期工程就筹资1500多万元,购置了大小机械设备四十多台,雇用了一百多名员工,他这实力,这机械设备,在他父辈的时代,比一个国家投资的大中型水利工程都要强。一期工程干了两年,五万多亩的盐碱地全部翻耕一遍,累计挖了大小水渠七百多条,其中15米宽的主干渠就有四条,总长50多公里,10米宽的副渠五十条,总长50公里,又在田间挖出一条条纵横交错的引水渠和专门的滤碱沟,大致估计,开挖土方达4000多万方。这些挖出来的土方都没有浪费,正好用来抬高洼地,洼地变成了一块块"台田"。

许多当年修过水利的老人都啧啧连声,不可思议,这样大的工程量,换了以前,一个人民公社也干不了,现在一个私人老板就干下来了,人世的变化可真是太大了!

事实上,老张并不比他父辈当年修水利吃的苦少,他吃住都在工棚里,每天天还没亮就起床,直奔工地,一直忙到深更半夜,一身泥水就倒在床上了。两年下来,他买来的机器设备报废了一半,他整个人瘦了一圈,很多城里的生意伙伴,乍一看见他,都不敢相认了,这哪像当年意气风发的张老板,整个人就像一个难民。吃亏他不怕,最怕的是有人来讨债。为了这片盐碱地,他不光把所有的钱砸进来了,还欠了一屁股债,而这又不是盖房子,赚钱那是吹糠见米,这修水利、改造盐碱地,只有投入,三年五载看不到收入。这样的风险和压力,难得有人理解,说风凉话的倒有不少:这盐碱地连人家济南军区改造了几十年都没有改造好,你能改造好吗?就算把土地改造好了,又被人家收回去了怎么办?

前边的话他无所谓,后边那句话才是最让人担心的,不只是他。

不过,他已经干到这份上了,也只能吃了秤砣铁了心地干下去了。紧接着又是第二期工程开工,引黄河水浇地,洗盐渗碱。这一干又是一年,必须经过两次大规模的春冬灌溉,才能洗去土壤中大量的盐碱,提升土壤的有机质,土地才有可能长出庄稼。这一环节做不好,一切都前功尽弃了。这对他来说,意味着再一年借债投资,再一年毫无收益。就在他进退两难之际,东营市河口区水利局伸出了援手,先是给他派来了专家组,继而又给他调来了大功率的抽水船,将饱含营养的黄河水源源不断地送进了他的农田开发区。而老张又组织了四百多名劳力,租用了两百多台抽水机抽水浇地,经过一年的洗盐渗碱,黄河水中的大部分有机物质留在了土壤中,而土壤中的盐碱成分越来越少,土质自然越来越好。在专家们的指点下,老张创造了引黄浇地渗碱、"上农下渔"改造利用盐碱等方法,以实践的方式填补了水利史上的一项空白。简单说,旱时,用黄河水浇灌台田,涝时,台田里的水就会流入沟渠和鱼池。

老张啊,还真不简单,这在水利上是一大创造,得到了很多水利专家的肯定。

一个私人老板在这盐碱地上打拼了十年,如今,这十万亩盐碱地已经成了一个农、林、牧、副、渔高效循环的经济区,这也很可能是迄今最先进、效益最高的引黄灌区,一个真正的鱼米之乡。他以渔改碱,在低洼的盐碱地上开发了八千多亩水产养殖区,在不同的池塘里,分别引来了海水养虾、淡水养鱼,他养殖的黄河口大闸蟹在市场上供不应求。他又把这些土地、水池分散承包给别的养殖户,这些养殖户的收入也不低。为充分利用生态资源,发展循环经济,他又买来了一百多头母牛,每年产崽牛六十多头,三年后可发展为五百头。农作物的秸秆可养殖牛羊,畜粪还田增肥土地,从而使农作物增产。禽粪既可还田,又可养鱼,鱼塘的池泥做肥还田。而远离城区的优势也彰显出来了,这个优势就是无工业、无城市生活污水的污染,可以生产出真正的绿色食品。——这是他在十年前就想到了的,但世间又有多少人有着这样长远的目光呢?

老张已经五十六了,但看上去只有四十出头,这是一个充满了底气也充满了爆发力的汉子,他感到这十万亩土地还不足以让他完全施展开拳脚,如果有一百万亩就好了。中国确实很需要他这样的人,但中国这样的机会又实在不多,他能暂时扮演一个十万亩土地的农场主,对于他,已经够幸运了。

而我,不仅为黄河口人以水兴利感到高兴,更为黄河的命运而额手称庆。

我在黄河三角洲上绕来绕去,绕了很多弯子,就是想看看黄河最后的归宿。一条黄河流到最后,在最后的 30 多公里,依然是"九曲十八弯,弯弯是险滩",绝对不是我在长江入海口看到的那种辽阔景象。同样是大河,同样是入海口,黄河口却像一条弯弯曲曲的狭窄胡同,这里也俗称"窄胡同"。这也让黄河把一个惊险的悬念,一直保留到了最后。

古人云:"以一壤之地,纳千里之洪波,近滩之处淤垫日高,状如仰釜,最称险要……"每年开春,"凌汛大涨,漫口林立……大者或数百丈,小者亦数十丈"。1937 年主汛期,黄河口南岸麻湾决口,淹没了数百村庄,洪水荡涤之处,一切荡然无存。新中国成立后,当地人民在河道拐弯大溜顶冲的险要位置,先后修筑起二十多处埽坝险工,又对黄河入海口进行了大规模的治理,如今,黄河的入海口已位于渤海湾与莱州湾交汇处,这是 1976 年人工改道后经清水沟淤积塑造的新河道。当万里黄河进入河口,首站便是麻湾险工,虽是险工,却已被人类打造得如同铜墙铁壁,一部新中国治黄的悲欢录,至此画上了一个有惊无险的惊叹号。

又一次走向 1998 年秋天我长久伫立过的地方,看着一条河在秋天的阳光下静静地流过来,水很小,离大海越近,一条长河流得越平缓。她的流速,已慢过了我的脚步。在走近一条河之前,她已经在脑海里重复了无数遍。没有意外,这条河和我想象的一样。

又得实话实说了,这样一点水量,与其说是现实,不如说是一种象征,它只是很勉强地、象征性地保持了黄河没有断流。但不管怎样,一条长达5000余公里的岁月长河,终于又能从头到尾流进大海了。在最后道别之前,黄河变得有些缠绵悱恻。应该说,她并不孤独,两岸已有大片的树林、天然草滩和茂密的芦苇陪伴她走完最后的行程,还有天鹅、白鹤、黄鹂为她送行,在蔚蓝色的大海出现之前,天地间是铺向大海的像红地毯一样的植物。远处的渤海,被夏日耀眼的阳光照耀着,像地图上描绘的一样蓝。

但事实上,无论你站在哪儿都看不见黄河投身于大海的姿态。从黄河源走到入海口,一条长河从头到尾绝对不像地图上描绘的那样清晰可辨,越是想看清楚越是看不清楚。我没有看清楚黄河究竟是在哪里变成一条清晰的主流或干流,只是在冰峰雪山和地下涌泉中投入了深深的一瞥;我几次走到黄河入海口,从未看清楚过黄河究竟是怎么奔向大海的,一切逼真的描述只是在想象中发生。

2014年7月至2015年10月初稿
2015年12月18日改定

主要参考文献

史念海. 历史时期黄河中游的森林. 陕西师范大学历史地理研究室编. 1981

黄河水利委员会. 李仪祉水利论著选集. 水利电力出版社. 1988

王化云. 我的治河实践. 河南科学技术出版社. 1989

本志编纂委员会. 黄河防洪志. 河南人民出版社. 1991

本志编纂委员会. 黄河三门峡水利枢纽志. 中国大百科全书出版社. 1993

孙博源. 黄土高原治理指南. 山西人民出版社. 1994

胡一三. 中国江河防洪丛书·黄河卷. 中国水利水电出版社. 1996

叶子龙. 叶子龙回忆录. 中央文献出版社. 2000

钱正英. 钱正英水利文选. 中国水利水电出版社. 2000

黄万里. 黄万里文集. 本书编辑小组编. 2001

蓝勇. 中国历史地理学. 高等教育出版社. 2002

侯全亮, 魏世祥. 天生一条黄河. 黄河水利出版社. 2003

毕星星. 问水山西. 大众文艺出版社. 2003

杨玉林等. 东平湖水库治理与移民开发. 黄河水利出版社. 2004

李国英. 维持黄河健康生命. 黄河水利出版社. 2005

黄河上中游管理局. 淤地坝系列丛书. 中国计划出版社. 2005

黄河水利委员会. 人民治理黄河六十年. 黄河水利出版社. 2006

郭国顺. 黄河:1946~2006. 黄河水利出版社. 2006

彭梅香. 黄河凌汛成因分析及预测研究. 气象出版社. 2007

薛正昌. 黄河文明的绿洲. 宁夏人民出版社. 2007

李国英. 黄河答问录. 黄河水利出版社. 2009

刘东生. 黄土与干旱环境. 安徽科学技术出版社. 2009

河南黄河河务局. 河南黄河志(1984~2003). 黄河水利出版社. 2009

侯全亮. 民国黄河史. 黄河水利出版社. 2009

徐洪增等. 黄河口治理实践与研究. 石油大学出版社. 2009

侯甬坚. 渭河(河流文明丛书). 江苏教育出版社. 2010

黄河上中游管理局. 黄河流域水土保持概论. 黄河水利出版社. 2011

李红良等. 黄河下游河段水量平衡研究. 黄河水利出版社. 2011

胡一三等. 黄河堤防. 黄河水利出版社. 2012

陈启文. 命脉——中国水利调查. 湘潭大学出版社. 2012

胡春宏. 黄河泥沙优化配置,科学出版社. 2012

[美]比尔·波特著;曾少立译. 黄河之旅. 南海出版公司. 2012

杜玉海. 山东省志(黄河志1986—2005). 山东人民出版社. 2012

韩荣. 青海省志(长江黄河澜沧江源志). 黄河水利出版社. 2013

黄河水利委员会水文局. 守望大河. 黄河水利出版社. 2014

王兆印. 河流动力学与河流综合管理. 清华大学出版社. 2014

张光斗. 张光斗院士文集. 中国水利水电出版社. 2014

后　　记

　　每当一次写作进入尾声，无论短暂还是漫长，都有如释重负之感。然而，对黄河的书写，在画上最后一个句号后，感觉依然如我书写的这条大河一样复杂而沉重，似乎还远远没有写完，永远没有尽头。

　　在采写以中国七大江河水系为线索的《命脉——中国水利调查》时，我就萌生了一个念头，趁年富力强，还跑得动，把中国七大江河都单独写一本书，这也是我初步设想的"中华江河丛书"。在《命脉》中，黄河仅占一章的篇幅（约七万字），而以这么短的篇幅要描述出一条万里巨川的全貌是根本不可能的。只有深入，才会深刻感觉到，黄河是一条最有个性、最有命运感的大河，更是一条最既错综复杂，又变幻莫测的岁月长河。在关于江河水系的书写中，这也是一条让我难以描述的大河，几乎所有大小江河存在的问题及症结，在黄河身上都能找到。无论是从中华文化源流的人文意义看，还是从中国江河治理的现实出发，黄河，几乎是别无选择地被摆在了第一位。

　　奔波于大河上下，最切身的感受就是自身的渺小和局限，一个人要把一条万里长河从头到尾走一遍，哪怕以如今飞奔的速度，也只能是浮光掠影。若要把一条长河从头到尾走一遍，还真不是一次性就能完成的。回顾近几年来，我一次又一次地穿行于一条长河贯穿的峡谷、高原与平原间，虽是雪泥鸿爪，亦可立此存照，这也是对自我遗忘的一种抵抗。

　　在 2010 年至 2011 年两年间，为写作《命脉》之黄河篇，我对大河上下做了一次田野调查式的采访,但我心里十分清楚,这次采访只是对黄河主干的一次浏览。

2012年5月,时值春夏之交,正是农历阳春三月间,"黄河自仲春迄秋,季有涨溢。春以桃花为候,盖冰泮水积,川流猥集,波澜盛长,二月、三月谓之桃花月"。因冰雪融化而常引起洪水,人称桃汛或桃花汛,这是黄河凌汛过后的第一轮汛期,这个季节万物复苏但生长尚未茂盛,也是水土流失的高发期。我特意选在这个季节,对黄河中游的晋陕大峡谷、陕北黄土高原及延河流域、清涧河流域、渭河流域及关中平原(八百里秦川)进行了一次比较深入的探访,也正是这次探访,让我对黄河与黄土高原的关系有了更深入的打量,更让我直接感受到,黄河的命运,乃至一个大河民族的命运,就是由黄土高原决定的。

2013年10月下旬,农历九月,"以重阳纪候,谓之登高水",这一次我从黄河中下游分界线的洛阳孟津、荥阳桃花峪开始,对郑州花园口、开封柳园口、兰考东坝头(铜瓦厢)等黄河中下游的关键点和险工段以及黄河滩进行了重点采访,而重中之重是对小浪底水利枢纽又进行了一次深入采访,这次采访由于黄委和小浪底水利枢纽管理局的特殊关照,让我深入其内部的核心区域,有了更深入的发现,更深入地感受到了这座水利枢纽在绝地上诞生的非凡意义,这是人类重塑黄河的命门之所在。

2014年7月到8月底,我从青海黄河源区到内蒙古托克托河口段区间,对黄河上游做了一次从头到尾的深入采访,尤其是宁蒙河段内蒙古河段一度被我忽视的凌汛,让我认识到黄河在桃汛和伏秋大汛之外,还有另一种更深重的、防不胜防的灾难。

2014年11月,我再次奔赴黄河上游采访,对黄河中上游的主要支流渭河和仅次于渭河的第二大支流洮河流域进行补充采访,尤其是洮河,由于此前的疏忽,我与这条支流一度擦肩而过了,后来听黄委一位专家说,这条支流为黄河至少补充了十分之一的水量,也是注入刘家峡水库的一条重要支流,而引洮工程和甘肃中部地区黄土高原丘陵沟壑区,让我又一次回到了黄河上游,也让我倍感江河水系是如此复杂。这次擦肩而过的疏忽,反过来也给我敲了一个警钟,人类在时空中有多么渺小,视野是多么狭窄,而为了追寻真相,我也只能多走、多看、多问,而且还要在风流水转中不断转圈子,在山重水复中不断地走重路,才有可能超越自身的局限,扩大自己的视野。还有一点也非常重要,对暂时不能确定也没有确证的存在,应该以科学的辩证观去"小心求证",绝不能"大胆假设",轻易下结论。——这也是我追寻事实真相的一个基本原则和底线。

2015年2月至4月,我在黄河凌汛期出发,从内蒙古河段穿插到陕北黄土高原和毛乌素沙地交界处,穿越黄河支流无定河流域后,又一次穿越了晋陕大峡谷,对黄河小北干流、汾河流域、三门峡水利枢纽、豫西大峡谷、洛河流域及故县水库、伊河流域、豫西河段、沁河流域、孟津,有选择性地进行了重点采访。

2015年7月,我再次赴甘肃黄河上游及其支流渭河源头采访……

这期间还有一些穿插性的、选择性的采访,这里就不说了。而那一次次长途跋涉的艰辛,说出来其实也没有多少意思,这么多年来,连我自己都感到迟钝和麻木了。江湖凶险,哪怕到了今天,很多地方依然是我难以抵达、无法逾越的大限,其凶险程度依然是致命的。2014年8月初,我抵达了黄河源区,登上青藏高原雪山冰川,高寒缺氧,头疼欲裂,狂风乍起,一场大雪铺天盖地席卷而来,瞬间把我打入冰雪世界,我都不知道自己是怎么挺过来的,而同那些黄河源头的守望者相比,这短暂的经历又算得了什么?

有人说,一个人能走进这样的生命禁区,哪怕什么都没有干过也是一种牺牲,而在这样一个凶险之地,从一开始牺牲就成了最大的可能。我心里十分清楚,如果说这是一种奉献、牺牲、理想主义,只会让人感到矫情。但既然选择了报告文学,选择了"大河上下",我就不能不来,抵达现场,这是对报告文学的一个起码要求,仅仅还只是第一步,如果连第一步你都没有迈出来,不但难以追寻真相,反而会闹出笑话。有时候我也会自己琢磨,从《命脉》到《大河上下》,我一直在超负荷地劳动,而报告文学既是脑力活也是体力活,我这样在江湖中奔波又到底是为了什么呢?为了功利?一部这样的报告文学,投入巨大的精力还有费用,最终获得的只是一点儿菲薄的收入,付出的却是收入的数倍,如此得不偿失的事情,如果没有别的东西来支撑,谁又会去干?我承认,也许我就是这样一个傻子吧。从根子里追溯,这与我身为湘人或许也有某种关系,我自小深受湖湘文化的浸染,追溯湖湘文化之源:一是屈原的"路漫漫其修远兮,吾将上下而求索",还可以加上一句"虽九死其犹未悔";二是范文正公为我家乡的岳阳楼抒写的"先天下之忧而忧,后天下之乐而乐",我虽不敢妄言自己"胸怀天下,忧国忧民",但对自身遭际还真是"不以物喜,不以己悲",否则一切将无法进行下去。

好在,这些年我养成一个还不算坏的习惯:在外面采访累了,就回来埋头写一阵,把写作当作采访的休息;写累了,又重新上路,把采访又当作写作的休息。如此交替进行,好像一直在工作,又好像一直在休息,这也算是我从事报告文学写作的一个小秘诀吧。这本书,原本是不打算写这么长的,只想在《命脉》黄河篇的基础上进行补充采写,最多也就二十万字吧,结果是,黄河不以人的意志为转移,大河上下,太厚重了,也太复杂了,最终写成了现在四十多万字的规模,原来的那点儿篇幅只是个小零头了。关于黄河的生态问题、水危机问题、重点工程、重大事件、典型人物或某一局部流域的书写,已有很多了,如果让我选择,我其实也更愿意去写一个断面或一个侧面,但"大河上下"就是一个全景式的命题,也决定了我只能对黄河从头到尾进行全流域的采写,历史、现实、水利、水危机、水生态,几乎所有关于黄河的问题都必须展现出来,由此而对黄河的命运做出完整的、全方位阐述。以文学的方式对黄河进行一次全景式的扫描和报告,应该说这还是第一部。如果不是这样,我又何苦把黄河重写一遍?而我通过这次采写,再次发现,几乎每一章都可以写一部巨著,这也让我又一次感到了自身的局限,人生有限,一条源远流长的河流是永远无法写尽的。

诚如本书的立意,我书写的主题是黄河的命运,而黄河的命运背后,也是人类的命运。对江河的叙述是一种历史感和现场感很强的叙述,我对大河上下的追踪,最终都必须通过很多过来人的讲述来呈现,这也是我惯用的方式,通过一个个形形色色的个体叙述者,用他们各自的视角来呈现某个片段,从而构成一条大河、一个时代的集体记忆。但在采访中我发现,人类一直处于可怕的遗忘状态,很多曾经铭心刻骨的记忆,也日渐被遗忘,包括我自己,也进入了健忘的年岁,这也逼使我采取种种方式来抵抗遗忘,一路上边走边记,手机、相机、iPad、手提电脑全都变成了文字加影像的记录工具。我所做的这一切,其实也就是美国学者保罗·康纳顿的所谓的"保持社会记忆",以此来"抵抗社会性的遗忘、集体遗忘"。在这些个体或集体的记忆中,有些东西是无法回避的,譬如说,中国的大型水利工程,都是举国体制下的国家工程,这也高度而集中地体现了中国社会制度的优越性,可以举全国之力来干大事,而在这些工程的前台和背后,都离不开中央高层的决策,这就难免会叙述到一些身居高位的领导人,若要刻意回避这些人物,就降低甚至丧失了报告文学的部分真实性,但由于客观条件所限,又不可能直接采写,只能间接描写。这也是一个报告文学写作者必须诚实交代的。

还有一点我也必须诚实交代,尽管这些年来我一直在涉猎江河水利方面的题材,但毕竟术无专攻,只能以专家和黄河水利委员会的说法为依据,除了面对面的采访,我还阅读了上百种与我的叙事有关的书籍(主要参考文献附录于后),这对我也是非常难得的科普,在此对以上书籍的著作权人一并致以真诚的感谢,而我在写作过程中对上述著作权也高度尊重,一般仅仅只作参考,因我所写的并非科普类、学术类专著,也无法直接援引。此外还要感谢中国作协、水利部、黄河水利委员会对我在采写过程中的支持。本书初稿完成后,经水利部、黄河水利委员会专家一个多月的审读,对思想性和专业性都以科学精神进行了严格把关,这本书绝非我一个人的创作,而是一个报告文学写作者和水利专家、治河专家和黄河人合作完成的,尤其是大河上下那些守望在沿黄一线的黄河人,一路上没有你们的支持和指引,我是不可能走得这么远的。

一条大河的咆哮之声渐远,事实上她也早已不再是一条纵横激荡的大河。在静穆的天地间,她看上去是如此安详,但每次在与她对视的刹那,我依然充满了一种突如其来的震骇,如果要用一个词来描述我对黄河的感觉,那就是敬畏。

2015 年 12 月 18 日